HEYNE BÜCHER

SCIENCE FICTION

Herausgegeben
von Wolfgang Jeschke

Von John Brosnan erschienen in der Reihe
HEYNE SCIENCE FICTION & FANTASY:

Der Skylord-Zyklus:

Die Macht der Himmelsherren · 06/5010
Der Krieg der Himmelsherren · 06/5011
Der Sturz der Himmelsherren · 06/5012

JOHN BROSNAN

Die Macht der Himmelsherren

Erster Roman des
SKYLORD-ZYKLUS

Deutsche Erstausgabe

WILHELM HEYNE VERLAG
MÜNCHEN

HEYNE SCIENCE FICTION & FANTASY
Band 06/5010

Titel der englischen Originalausgabe
THE SKY LORDS
Deutsche Übersetzung von Rosemarie Hundertmarck
Das Umschlagbild malte Karel Thole

Redaktion: Wolfgang Jeschke

Erstveröffentlichung by Victor Gollancz Ltd., London

Printed in Germany 1993
Umschlaggestaltung: Atelier Ingrid Schütz, München
Technische Betreuung: Manfred Spinola
Satz: Schaber Satz- und Datentechnik, Wels
Druck und Bindung: Elsnerdruck, Berlin

ISBN 3-453-06594-8

INHALT

ERSTER TEIL

Lord Pangloth

Seite 7

ZWEITER TEIL

Die duftende Brise

Seite 209

ERSTER TEIL

Lord Pangloth

1

Nicht weit entfernt schrie etwas in schrecklicher Qual. Jan sah zu der Wächterin hin. Die Wächterin hob die sonnengebräunten Schultern: »Hört sich nach einem großen Reptil an, das von einem Peitschenbaum eingefangen worden ist.«

Jan versuchte, das nervenzerfetzende Kreischen zu ignorieren, und wandte ihre Aufmerksamkeit wieder dem Panther zu. »Ich habe es dir doch gesagt«, rief sie zu ihm hinunter. »Wir brauchen keine Katze, aber trotzdem danke.«

Der schwarze Panther rührte sich nicht, sondern blieb auf seinen Keulen sitzen und blickte zu ihr hoch. »Ich arbeiten gut für euch, fangen Ungeziefer, gehen nachts eure Mauer ab.« Er hatte eine hohe, zischende Stimme.

Jan sah sich das Tier genauer an. Es war kräftig gebaut und anscheinend von guter Gesundheit. Im Pestland mußte es wirklich schlimm stehen, wenn ein solches Tier sich mit dem Angebot, für Menschen zu arbeiten, erniedrigte. Eine lange Narbe an seiner rechten Flanke fiel ihr auf. Sie wirkte frisch.

Neben ihr zwitscherte Martha nervös: »Nicht gefallen. Mach weggehen. Martha nicht gefallen ...«

Jan streichelte der Schimpansin über den Kopf. »Keine Bange. Er kann dir nichts tun.« Die Wächterin hob ihre Armbrust. »Soll ich ihm einen Bolzen durch die Schulter schicken, damit er schneller verschwindet?« erkundigte sie sich bei Jan.

Bevor Jan antworten konnte, drehte der Panther der Wächterin den Kopf zu. »Du schießen, und ich sein sehr schnell oben auf der Mauer. Ich deine Kehle mitnehmen. Dieser Draht sein wie Gras für meine Klauen.« Dann legte er sich in einer berechneten Zurschaustellung von Gleichgültigkeit zur Seite und bot ihnen seinen Bauch dar. Es war ein Männchen. Der Wächterin war bei der Drohung des Panthers das Blut ins Gesicht gestiegen; sie sah aus, als werde sie gleich etwas Dummes tun. Jan hob abwehrend die Hand. »Nicht, Carla. Überlassen Sie das mir.« Martha wimmerte.

Der Panther beäugte Jan mit einem Ausdruck, der kätzische Belustigung sein mochte. »Du sehr jung für sein Boss-Mann.«

»Ich bin kein Boss-*Mann*«, erklärte Jan. »Ich bin die Tochter der Hohen Frau Melissa, und ich habe diese Woche die Verantwortung für die Verteidigungsanlagen auf der Mauer.«

Der Panther zuckte auf beinahe menschliche Art die mächtigen Schultern. »Wie ich sagen, du Boss. Also warum lassen du nicht arme Kat-zzzze in Siedlung?« Das Wort ›Katze‹ wurde von einem langen Zischen geteilt.

»Wir haben strenge Richtlinien darüber, welchen Tieren wir erlauben, mit uns zu leben«, setzte Jan dem Panther auseinander. »Du mußt das wissen.«

»Zeiten sein schwer. Werden schwerer. Wir müssen zusammenarbeiten. Wie früher. Als meine Vorväter euren Vorväter haben dienen.«

»Unseren Vor*müttern*«, korrigierte Jan entrüstet. »Und das ist lange her. Es war damals, als man euch großen Katzen noch trauen konnte.«

»Du mir nicht trauen?« Der Panther versuchte, unschuldig dreinzublicken.

»Natürlich nicht. Ich wäre töricht, wenn ich es täte. Ebenso könnte eine Möhre mir trauen, daß ich sie nicht esse.«

»Auch gut.« Der Panther erhob sich rasch. »Du machen Fehler.« Er drehte sich um, peitschte verärgert mit dem Schwanz und stolzierte den beinahe zugewachsenen Pfad hinunter, der in die Kornfelder geführt hatte, bevor das Pestland sie überwältigte. Bald verschwand er außer Sicht. Martha hüpfte in nervöser Erleichterung auf und ab. »Böse Katze. *Böse.* Martha nicht gefallen ...«

Jan seufzte und wischte sich mit dem Handrücken den Schweiß von der Stirn. Ein Blick zur Sonne zeigte ihr, daß sie noch eine Stunde Dienst hatte. Sie sah zu Carla hin. Die Wächterin war nicht mit ihr einverstanden. »Sie hätten mir erlauben sollen, ihn zu erschießen, Herrin. Ein anmaßendes Tier. Ein anmaßendes *männliches* Tier.«

»Sie meinen, er wird zurückkommen?« fragte Jan sie.

»Er sollte es lieber nicht tun. Ich würde ihm den Bolzen zwischen die Augen statt zwischen die Schultern setzen.«

Jan bezweifelte, daß es Carla leicht werden würde, den schlauen Fleischfresser zu töten, aber sie sprach ihre Vorbehalte nicht aus. Die Wächterinnen auf der Mauer brauchten solche Prahlereien — sie halfen, bei einer in zunehmendem Maße entmutigenden Arbeit die Moral aufrechtzuerhalten.

»Geben Sie Alarm, wenn er zurückkommt«, sagte Jan. »Ich werde auf der Ostseite sein.«

Carla salutierte flüchtig. Gefolgt von der immer noch aufgeregten Martha ging Jan in östlicher Richtung entlang der hölzernen Brustwehr davon. Erst jetzt kam ihr zu Bewußtsein, daß das Reptil — sofern es eins gewesen war — aufgehört hatte zu schreien. Sie fragte sich, warum die Begegnung mit dem Panther sie so beunruhigt hatte. *Es war ein schlechtes Omen,* sagte sie zu sich selbst und flüsterte schnell ein Gebet zu der Mutter Gott.

Während der letzter Stunde von Jans Dienst gab es nur noch einen weiteren Zwischenfall. Ein Elefantenschlinger hatte den Drahtzaun an der Ostgrenze durchdrungen, so daß ein ganzer Abschnitt der Mauer zusammenzubrechen drohte. Jan überwachte den Trupp von fünfzehn Wächterinnen, die den sich langsam windenden Tentakel, an der dicksten Stelle mehr als vier Fuß messend, mit Flammenwerfern und Äxten vernichteten. Danach kletterten Martha und die anderen Schimpansinnen an dem Drahtzaun hoch und reparierten mit gewohnter Schnelligkeit den von der Pflanze verursachten

Schaden. Gerade waren sie fertig, da kam Alsa, um Jan abzulösen. Nur zu gern übergab Jan ihr den vergoldeten Zweig der Amtsgewalt, den sie im Gürtel stecken hatte.

»Er gehört dir«, sagte sie dankbar zu Alsa. »Ich bin kaputt.«

Alsa betrachtete die am Zaun vorgenommene Reparatur. »Gab's viel zu tun?«

»Nicht mehr als üblich.« Jan winkte Martha. Die Schimpansin kletterte an dem Drahtgitter hinab und verstaute dabei ihre Zange in der Werkzeugtasche, die sie um die Taille gebunden trug. »Wir gehen nach Hause?« fragte sie.

»Ja.« Jan streichelte ihr den Kopf. Dann informierte sie Alsa: »Vielleicht wirst du Besuch von einem glattzüngigen Panther bekommen. Will gegen Unterkunft für uns arbeiten. Nimm dich vor ihm in acht. Er ist keine glückliche Katze. Er könnte es mit einer Verzweiflungstat probieren.«

Alsa lächelte ihr zu. »Mach dir keine Sorgen. Du kennst mich. Ich gehe nie ein Risiko ein. Ich bin durch und durch feige.« Sie beugte sich vor, umarmte Jan und küßte sie auf die Lippen. »Sei vorsichtig, Kleines.«

Jan stieg die Leiter von der Brustwehr hinunter. Es ärgerte sie doch, daß Alsa diesen peinlichen Ausdruck benutzt hatte. Sicher, er war zärtlich gemeint, aber sie war empfindlich, was ihren Wuchs betraf. In ihren Kinderjahren war es weiter nicht schlimm gewesen; sie hatte ihrer Mutter geglaubt, die sagte, sie werde ihre Altersgenossen irgendwann einholen. Inzwischen war sie jedoch achtzehn geworden, und es stand fest, größer wurde sie jetzt nicht mehr. Alsa und ihre anderen Freundinnen überragten sie um vier oder fünf Zoll. Es verdroß sie, daß sie die gleiche Größe hatte wie ein durchschnittlicher Mann.

Der Himmel war wolkenlos, und die Sonne brannte heiß. Jan und Martha nahmen die Abkürzung durch die

Gemüsegärten, die auf jedem freien Raum zwischen der Mauer und den Häusern am Rand Minvervas eingezwängt waren. Jan bemerkte, daß Martha immerzu nervöse Blicke nach oben sandte.

»Er ist erst in zwei Wochen fällig«, sagte Jan. »Also reg dich nicht auf.«

»Nicht anders können. Himmelsherr machen Martha Angst. Nicht gefallen.«

»Damit bist du nicht allein«, stellte Jan grimmig fest. Sie träumte jetzt beinahe jede Nacht von dem Himmelsherrn. Der Traum nahm die Form ihrer ersten Kindheitserinnerung an den Himmelsherrn *Pangloth* an. Er schien den ganzen Himmel über Minerva zu füllen, und als er sich auf die Stadt niedersenkte, hatten sich seine großen Augen auf die fünfjährige Jan geheftet, die sich neben ihrer Mutter auf der Amtstribüne des Tributplatzes duckte. Sie schrie und schrie vor Entsetzen und versuchte, sich unter dem Kilt ihrer Mutter zu verstekken … Aber im Traum verschwand ihre Mutter und ließ sie allein.

Jan ertappte sich dabei, daß ihre Augen unwillkürlich den leeren blauen Himmel absuchten. *Ich bin ebenso töricht wie Martha,* sagte sie sich schuldbewußt. Der *Pangloth* war vor allem pünktlich. Das gehörte, sagte ihre Mutter, zu dem geheimnisvollen Nimbus des Himmelsherrn.

Eine mit schriller Stimme geschriene Obszönität lenkte sie ab. Sie gingen an dem Lager der männlichen Schimpansen vorüber, und mehrere von ihnen waren an die Gitterstäbe gekommen, um ihnen Beleidigungen zuzurufen. Die meisten gingen an Marthas Adresse, aber ein paar der kühneren Schimpansen bewarfen auch Jan mit Schimpfworten. Martha zwitscherte wütend zurück, sprang auf und ab und schwenkte die Arme. Jan sagte: »Verschwende keine Zeit auf sie. Komm schon, ich habe es eilig. Ich muß mich dringend waschen und etwas Kaltes trinken.« Sie ging weiter. Nach einer letzten zornigen, mit Gesten vervollständigten Entgegnung folgte Martha ihr. Zu schade, überlegte Jan, daß die männlichen Schimpansen, anders als die weiblichen, nach Erreichung eines bestimmten Alters unberechenbar wurden. Sicher, nicht alle, aber doch so viele, daß jedes erwachsene Männchen der Sicherheit wegen abgesondert werden mußte. So war es nicht immer gewesen, wie Jan wußte. Früher einmal waren männliche Schimpansen so zuverlässig geblieben wie die Weibchen. Doch vor vierzig oder fünfzig Jahren änderte sich das. Die ersten Anzeichen der Unberechenbarkeit von männlichen Schimpansen tauchten auf.

Ganz anders als bei den menschlichen Männern, dachte Jan. Sie blieben ihr ganzes Leben völlig berechenbar. Jeder Mann, den sie kannte, hatte ein friedliches, fröhliches Gemüt und einen unerschütterlichen Optimismus. Sogar die sich nähernde Krise mit dem Himmelsherrn machte ihnen anscheinend keine besonderen Sorgen. Warum, fragte sich Jan — nicht zum ersten Mal — hatte die Mutter Gott die minervischen Männer zu so *unkomplizierten* Wesen im Vergleich zu den Frauen gemacht? Als Sie das Böse aus ihren Seelen entfernte, hätte Sie sie doch sicher gleichzeitig ein bißchen interessanter machen können.

Wie zur Bestätigung ihrer Meinung entdeckte sie Simon weiter vorn. Er gehörte zu einer Gruppe von sechs Männern, die auf einem kleinen Kartoffelacker arbeiteten. Als er Jan sah, ließ er seine Hacke fallen und eilte ihr entgegen, ein breites Grinsen auf seinem hübschen, offenen Gesicht. »Jan! Wie schön, dich zu sehen! Wie geht es dir?«

Jan spürte, wie ihr die Röte den Hals heraufkroch. Simon war der einzige Mann, mit dem sie jemals geschlafen hatte. Das Erlebnis war wohl interessant, aber nicht besonders aufregend gewesen; jedenfalls brachte die Erinnerung an ihre Intimität sie in Verlegenheit. »Hallo, Simon«, antwortete sie kurz angebunden. »Tut mir leid, daß ich mich nicht aufhalten und mit dir reden kann. Ich komme eben von der Mauer, und ich bin todmüde.«

»Das geht in Ordnung. Vielleicht können wir uns heute abend in der Wirtschaft treffen.« Er starrte sie mit so unverhohlenem Vergnügen an, daß sie noch verlegener wurde. Sie runzelte die Stirn. »Hast du die Ratssitzung heute abend vergessen?« fragte sie ihn gereizt. »Bis sie zu Ende ist, wird deine Sperrstunde da sein.«

Er blickte für einen Augenblick betrübt drein, dann verzog sich sein Gesicht wieder zum Grinsen. »Dann morgen?«

»Vielleicht«, sagte sie und ging an ihm vorbei. In zwei Wochen war Minverva möglicherweise zerstört, und er konnte an nichts anderes denken als an Zusammenkünfte in Kneipen. *Männer ...*

Sie und Martha betraten die Stadt und eilten die engen Gassen entlang. Bis vor vier oder fünf Jahren war mehr Platz gewesen. Dann hatten die Bewohner der äußeren Farmsiedlungen ihren langen Kampf mit dem Pestland schließlich verloren, und das hatte sie gezwungen, in die Stadt zu ziehen.

Jetzt drängten sich neuere — und kleinere — Holzhäuser an die älteren Steingebäude und zerstörten die sorgfältig geplante architektonische Harmonie der ursprünglichen Stadt. Aber ansonsten wirkte alles täuschend normal. Es gab kein sichtbares Zeichen von den überall in der Stadt fieberhaft betriebenen Vorbereitungen.

Jan und Martha trennten sich vor einem langen, niedrigen Gebäude, dessen viele Fenster keine Glasscheiben hatten. Es war der Schlafsaal der Schimpansinnen, in dem mehr als vierzig von ihnen sowie mehrere Kleine beiderlei Geschlechts untergebracht waren. Sie sagen sich auf Wiedersehen, und Jan folgte weiter dem Weg zu ihrem Haus nahe dem Zentrum Minervas.

Bei ihrem Eintritt beugte sich ihre Mutter gerade über

einen Stadtplan, den sie auf dem Küchentisch ausgebreitet hatte. Sie blickte hoch, strich sich das silbern gefärbte Haar aus dem Gesicht und bedachte Jan mit einem müden Lächeln. »Hallo, Liebling. Was war heute auf der Mauer los? Gab es irgendwelche Probleme?«

»Nichts Ernstes.« Jan küßte ihre Mutter auf die Wange. »Ich werde es dir später erzählen. Zuerst muß ich aus diesen stinkigen Sachen heraus.« Sie goß sich einen Becher mit Wasser voll, trank ihn schnell aus, füllte dann eine Schüssel und trug sie in ihr Schlafzimmer. Wenn es doch genug Wasser zum Baden oder Duschen gäbe! Aber jetzt, wo Minerva nur noch drei Brunnen hatte, kam ein solcher Luxus nicht mehr in Frage.

Eilig zog sie ihre dicken Handschuhe aus und löste die Riemen des schweren stählernen Brustschildes, das sie erleichtert ablegte. Als nächstes kam der Waffengürtel mit Kurzschwert, Dolch und Kriegsbeil. Ihm folgten die kniehohen Stiefel, Weste, Kilt und Unterwäsche. Sie wusch sich von oben bis unten mit einem nassen Lappen und einem der wenigen noch übrigen kostbaren Stücke Seife.

Abzutrocknen brauchte sie sich nicht. Es war immer noch so heiß, daß die Feuchtigkeit auf ihrer Haut schnell verdunstete, aber als sie soweit war, daß sie ihr Lieblingskleid aus blauer Baumwolle anziehen konnte, fühlte sie sich sehr erfrischt.

Jan kehrte in die Küche zurück. Ihre Mutter hatte den Stadtplan weggeräumt, doch der angespannte Ausdruck lag immer noch auf ihrem Gesicht. Sie bereitete eine Mahlzeit aus Kartoffelpuffern und Salat zu, und Jan erzählte ihr dabei von den Tagesereignissen auf der Mauer. Besonders verweilte sie bei dem Vorfall mit dem Panther, und ihrer Mutter fiel ihr Unbehagen auf. »Was hat dich denn an dem Tier so sehr beunruhigt?«

Jan dachte nach. »Ich weiß es nicht. Es war, als sei es ein ...« Sie sprach den Satz nicht zu Ende. Sie wollte ihrer Mutter nicht sagen, daß sie den schwarzen Panther für ein Omen hielt. Es würde sie nur erzürnen. Sie würde Jan von neuem beschuldigen, schwach und negativ zu sein, sie in dieser Krisenzeit im Stich zu lassen. Statt dessen erkundigte sie sich bei Melissa, was die Vorbereitungen machten.

»Es läuft nach Plan. So gerade eben.« Melissa rieb sich die Schläfen mit den Fingerspitzen. »Das einzige Problem ist jetzt, dem Rat die endgültige Entscheidung abzuringen. Wenn er sich heute abend gegen uns stellt, ist alles nichts als Zeitverschwendung gewesen, und Minerva wird zum Untergang verurteilt sein.«

Zögernd erwiderte Jan: »Ich weiß, du hast recht, Mutter, und trotzdem wünschte ich, es gebe einen anderen Weg. Wenn ich daran denke, was geschehen wird, wird mir so … so …« Sie brach ab, aber es war zu spät.

Melissa baute sich vor ihr auf und nahm ihr Gesicht zwischen beide Hände. »Jan, du bist meine Tochter. Du hast in Minerva eine Stellung zu behaupten. Du kannst es dir nicht leisten, Angst zu haben. Du darfst es dir nicht *gestatten*, Angst zu haben. Und du *mußt* mich voll und ganz unterstützen!«

»Aber natürlich unterstütze ich dich, Mutter. Du kannst dich darauf verlassen, daß ich heute abend auf deiner Seite abstimmen werde …«

Die Augen ihrer Mutter blickten wild. »Das meine ich nicht. Du mußt *ständig* hinter mir stehen. Ein paar Worte des Zweifels zu einer deiner Freundinnen, und genau diese Worte werden in der Ratshalle als Munition gegen mich verwendet werden.«

»Ich habe zu niemandem etwas gesagt, Mutter«, protestierte Jan. Sie versuchte, sich von dem Griff ihrer Mutter freizumachen. »Mutter, du tust mir weh …«

Melissa ließ sie los, aber ihre Augen blieben wild. »Ich muß die Abstimmung heute abend gewinnen, oder es ist alles verloren. Ist dir das klar?«

Jan nickte ängstlich. »Natürlich. Mach dir keine Sorgen, Mutter, du wirst gewinnen. Das weiß ich.«

»Falls nicht, werden wir nach dem Treffen hierher zurückkehren und uns gemeinsam in unsere Schwerter stürzen. Besser auf diese Art ein sauberer Tod als das, was uns widerfahren wird, wenn Minerva dem *Lord Pangloth* zum Opfer fällt.«

Jan starrte ihre Mutter an. War es wirklich ihr Ernst, daß sie beide Selbstmord begehen sollten? Das konnte nicht sein! Doch der Ausdruck ihrer Augen sagte Jan, daß es doch so war.

Nach einer unbehaglichen, in Schweigen eingenommenen Mahlzeit zog sich Jan auf ihr Zimmer zurück. Sie hatte vor, noch ein paar Stunden zu schlafen, fand es jedoch unmöglich. Schließlich stand sie wieder auf, warf eine Freizeitjacke über und verließ das Haus. Es dämmerte. In zwei Stunden würde die Ratssitzung beginnen, aber Jan wollte sie und alles, was damit zusammenhing, für eine Weile aus ihren Gedanken verbannen.

Sie ging zum Männerlager. Ihr Vater war in der Werkstatt. Er lötete die Naht an einem Metallblechrohr, das etwa sechs Fuß lang und vier Zoll dick war. Als Jan sich seiner Werkbank näherte, legte er den Lötkolben hin und lächelte strahlend. Er war ein gutaussehender Mann mit einem breiten, ausdrucksvollen Mund, attraktiven graublauen Augen und dichtem schwarzen Haar. Jan sah ihm, zumindest äußerlich, ähnlicher als ihrer Mutter. Melissa war unter der silbernen Farbe ihres Amtes blond, und ihr Körper war lang und schlank, während Jan klein und dunkel wie ihr Vater war und Augen und Haare die gleichen Farben zeigten.

»Hallo, Jan«, begrüßte er sie glücklich und streckte die Arme nach ihr aus. Jan entzog sich dieser schnellen Umarmung nicht, obwohl physischer Kontakt — im Grunde *jeder* Kontakt zwischen Vater und Tochter von der Gesellschaft mit Stirnrunzeln betrachtet wurde. Es wurden niemals aktive Schritte dagegen unternommen, das wäre gegen die Verfassung Minervas gewesen, aber es bestand ein kaum merklicher, versteckter Druck, dessen sich Jan schon als kleines Kind bewußt gewesen war. Ihre Mutter mißbilligte ihre Beziehung zu ihrem Vater, obwohl Melissa das niemals ausdrücklich gesagt hatte.

Ihr Vater musterte sie kritisch. »Du bist müde«, stellte er in mild anklagendem Ton fest. »Schläfst du nicht richtig?«

»Ich habe Dienst auf der Mauer gehabt. Danach fällt es immer schwer, sich zu entspannen. Und da ist die Sitzung heute abend ...«

Eine Weile blickte ihr Vater auf uncharakteristische Weise beunruhigt drein. Dann lächelte er ermutigend. »Ich bin überzeugt, alles wird sich zum Besten wenden. Melissa und ihre Parteigängerinnen werden den Sieg erringen, du wirst schon sehen.«

Jan nickte. Sie hätte ihm gern von Melissas Drohung erzählt, im Falle einer Niederlage mit ihr zusammen Selbstmord zu begehen, doch sie überlegte es sich anders. Er würde gar nicht wissen, was er mit einer solchen Information anfangen sollte. »Ja, das denke ich auch. Aber wie wird es weitergehen?« Jan fuhr mit der Hand an dem Metallrohr entlang. »Glaubst du wirklich, daß diese Dinger funktionieren werden?«

Wieder nahm sein Gesicht kurz einen beunruhigten Ausdruck an. Dann erklärte er fest: »Ich habe volles Zutrauen in Melissa. Sie weiß, was sie tut. Wenn sie sagt, wir können den Himmelsherrn zerstören, dann werden wir ihn zerstören. Und vergiß nicht, wir haben die Mutter Gott auf unserer Seite. Sie wird uns erlösen.«

»Natürlich wird sie das«, sagte Jan ohne Überzeugung. Der Gedanke war blasphemisch, aber sie konnte nicht umhin, sich zu fragen, warum die Mutter Gott *so lange* damit gewartet hatte, Minerva von der Herrschaft des Himmelsherrn zu erlösen. Diese Herrschaft dauerte jetzt mehr als dreihundert Jahre.

Ihr Vater legte ihr die Hand auf die Schulter. »Arme

Jan. Du bist noch so jung, und doch tust du, als trügest du die Sorgen der ganzen Welt auf deinem Rücken.«

Es gelang ihr, ihn mit einem Lächeln zu bedenken, das, wie sie hoffte, tapfer wirkte. Armer Vater, sagte sie stumm zu ihm. Ich mag erst achtzehn und du magst mehr als achtzig Jahre zählen, aber das Kind bist du. Und du wirst es immer bleiben. Sie beneidete ihn um die Sicherheit seiner vertrauensvollen Naivität und wünschte, sie sei als Mann geboren worden.

Jan sagte ihrem Vater, sie müsse nach Hause und sich für die Sitzung fertigmachen. Noch einmal umarmte er sie und wiederholte, er glaube fest daran, daß alles gutgehen werde.

Draußen wurde es dunkel. Jan strebte eilig heimwärts. Unwillkürlich blickte sie zum Nachthimmel hoch, erwartete, die Sterne von der Masse des Himmelsherrn verdeckt zu sehen, der irgendwie von der geplanten Rebellion erfahren hatte und vor der Zeit gekommen war, um sie zu bestrafen.

Draußen im Pestland schrie etwas. Ob aus Schmerz oder Wut, konnte sie nicht unterscheiden.

2

Der Schwamm, der die Hohe Frau Avedon langsam tötete, war täuschend hübsch, ein leuchtend rotes Gewächs, das die linke Seite ihres Gesichts wie Pfirsichflaum bedeckte. Jan konnte sich nicht verkneifen, es anzustarren, als Avedon, die älteste der Hohen Frauen und daher Leiterin des Rates, Melissas Plan und die Einwände der oppositionellen Faktion zusammenfaßte. Schließlich zwang Jan sich, wegzusehen und ihren Blick zur Zuschauergalerie hinaufzulenken, die sich rings um die Ratskammer zog. Sie entdeckte Simon in der Männerabteilung. Er sah zu ihr herunter, und auf seinem Gesicht lag das übliche marionettenhafte Grinsen. Innerlich seufzte sie.

Avedon kam zum Schluß ihrer Ausführungen und reichte der Hohen Frau Anna, die Melissas hauptsächliche Gegnerin war, den Sprecherinnenstab. Anna begann zu sprechen, und in Jans Magen breitete sich ein flatterndes Gefühl aus. Wenn es Anna gelang, den Rat dazu zu überreden, daß er Melissas Plan verwarf, wollte Jan gar nicht erst an die Konsequenzen denken. Doch gleichzeitig teilte sie die Befürchtungen, die die Hohe Frau Anna wegen des vorgeschlagenen Angriffs auf den Himmelsherrn hegte.

Aber Jans Hauptsorge war das unmittelbare Überleben. So unglaublich es ihr in der vertrauten Umgebung der Ratskammer mit ihren alten Wandgemälden vorkam, sie wußte, es war ihrer Mutter ernst damit, sie heute abend im Falle einer Niederlage beide umzubringen. Jan versuchte, sich vorzustellen, wie sie sich die Spitze des Schwertes, das jetzt an ihrer Seite hing, in die Brust trieb ... Nein, das brachte sie nicht fertig. Es war ihr unmöglich! Und wenn sie sich weigerte, was würde Melissa tun? Ihre Mutter würde sie doch bestimmt nicht umbringen? Unvorstellbar! Aber die Zeiten waren nicht normal. Alles war möglich ...

Jan unterdrückte ein Erschauern und versuchte, sich

auf Annas Worte zu konzentrieren. Anna stand in der Mitte der runden Rednertribüne des Hauses und zeigte anklagend mit dem Finger auf Melissa, die grimmig zurückblickte. »... Und ich sage noch einmal, der Plan der Hohen Frau Melissa wird die Zerstörung Minervas zur Folge haben!« behauptete Anna mit tönender Stimme. »Es ist äußerste Torheit, zu denken, wir könnten einen Himmelsherrn abschießen oder auch nur vertreiben. Wenn das möglich wäre, hätten entweder unsere Vormütter oder eine andere Gemeinschaft es längst getan. Nein, die Himmelsherren regieren die Welt seit beinahe drei und einem halben Jahrhundert, und es wird mehr erfordern als das Feuerwerk der Hohen Frau Melissa, diese Tatsache zu ändern. Ich sage, wir müssen ihren Plan auf der Stelle ablehnen, die Vorbereitungen stoppen und die Raketen vernichten, bevor es zu spät ist!«

Zustimmendes Gemurmel kam sowohl von den Sitzen des inneren Kreises, die den Hohen Frauen vorbehalten waren, als auch von den äußeren Kreisen, wo ihre Töchter ihren Platz hatten. Melissas Ausdruck wurde noch grimmiger, und eine Sekunde lang hielt ihr Blick den Jans fest, die ihr beinahe genau gegenüber saß. Jan sah in die Augen einer Fremden. Ihre Mutter war verschwunden, und an ihre Stelle war eine andere Person getreten. Eine furchterregende Person.

Melissa hob den Arm und erhielt von Avedon die Erlaubnis zu sprechen. Sie stand auf. »Uns bleibt keine andere Wahl, als meinem Plan zu folgen. Andernfalls werden wir während des kommenden Winters verhungern. Sie alle wissen, wenn wir die übliche Tributquote des Himmelsherrn erfüllen, werden unsere Getreidesilos leer sein. Was die sogenannte Unbesiegbarkeit der Himmelsherren betrifft, so ist das ein *Mythos*. Ist nicht vor fünfzig oder sechzig Jahren ein Himmelsherr bei einem Sturm im Norden abgestürzt? Er war vom Blitz getroffen worden. Nun, wir werden den *Lord Pangloth* mit unseren *eigenen* Blitzen treffen!«

Dies trug wiederum Melissa zustimmendes Gemurmel ein, und Jan sah, daß überall in der Kammer billigend genickt wurde. Aber Anna schwang den Sprecherstab, der ihr das Recht gab, zu unterbrechen, wann immer sie wollte. »Wir wissen nicht *sicher,* daß das geschehen ist. Es war ein *Gerücht,* das von Reisenden verbreitet wurde. Aber auch wenn es wahr sein sollte, geschah es durch die Gnade der Mutter Gott, die ihre Naturkräfte benutzte, um den Himmelsherrn zu vernichten. Wie können Sie wissen, ob Ihre Raketen dem *Lord Pangloth* irgendeinen Schaden zufügen werden?«

Melissa wandte sich an Avedon. »Hat Schwester Helen die Erlaubnis, zu der Kammer zu sprechen?«

Avedon nickte, und Melissa winkte Helen, die auf der Galerie in der ersten Reihe saß. Helen stand auf. Sie war klein, wenn auch nicht so klein wie Jan, und drahtig, und jetzt wirkte sie verlegen. Sie leitete die Gießerei und hatte wesentlichen Anteil daran, daß Melissas Plan Realität geworden war. Denn sie besaß viel geheimes Wissen, einschließlich, so wurde geargwöhnt, zu viel Wissen über die verbotenen und bösen Künste des Mannes. Als Folge davon war sie nicht beliebt, aber anscheinend störte sie das nicht.

»Tragen Sie dem Rat noch einmal vor, was ich versucht habe, ihm bei früheren Gelegenheiten klarzumachen«, befahl Melissa. »Vielleicht wird es die Zweiflerinnen unter uns überzeugen, wenn sie es von Ihnen, der Expertin, hören.«

Helen schluckte nervös und begann mit dünner Stimme: »Die Himmelsherren werden, wie Sie wissen, von Gasen getragen, die leichter sind als Luft. Es gibt zwei solcher Gase — Wasserstoff und Helium. Früher einmal waren die Himmelsherren ganz mit Helium gefüllt, weil es sicherer ist. Es ist ein *Edelgas,* wohingegen Wasserstoff entzündbar ist. Im Laufe der Jahre haben die Himmelsherren viel von ihrem Helium verloren, durch normales Entweichen, durch Unfälle und so weiter, und waren nicht imstande, es zu ersetzen. Sie waren gezwungen, in vielen ihrer Gaszellen Wasserstoff als Ersatz zu benutzen. Anders als Helium kann Wasserstoff verhältnismäßig einfach mittels eines ›Elektrolyse‹ genannten Prozesses hergestellt werden, bei dem ...«

Melissa schwenkte, sie unterbrechend, die Hand. »Einzelheiten sind nicht notwendig. Wir wollen nur wissen, ob die Himmelsherren eine große Menge des gefährlichen Gases enthalten.«

Helens Gesicht wurde dunkelrot. »Äh ... ja, Hohe Frau Melissa. Ich möchte sagen, daß sämtliche Himmelsherren jetzt sehr viel mehr Wasserstoff als Helium enthalten.«

»Was sie gegen Feuer verwundbar macht?«

»Sehr verwundbar.«

»So daß unsere Raketen mit den Brandbomben an der Spitze schweren Schaden verursachen werden?«

Helen räusperte sich und sagte sehr laut: »Ich glaube, wir haben eine sehr gute Chance, den *Lord Pangloth* vollständig zu zerstören.«

Ein aufgeregtes Stimmengewirr breitete sich in der Kammer aus. Es brach ab, als Anna einwarf: »Können Sie sicher sein, daß die Himmelsherren keine Methode entwickelt haben, das ungefährliche Gas herzustellen? Das Helium? Wenn sie fähig sind, das andere Gas zu produzieren, warum dann nicht auch das Helium? Oder vielleicht haben sie ein völlig neues Gas erfunden?«

»Nein«, widersprach Helen fest und schüttelte den Kopf. »Das ist unmöglich. Wissenschaftlich unmöglich. Wenn Sie mir erlauben wollen, es zu erklären ...«

Diesmal wurde sie von Avedon persönlich unterbrochen. »Schluß jetzt mit dem Gerede über die Wissenschaft des Mannes in dieser Kammer! Wir wollen Ihr Wort dafür nehmen. Setzen Sie sich doch, Schwester Helen.«

Helen setzte sich eilends; ihr Gesicht war röter denn je. Anna nutzte den Augenblick, um mit lauter Stimme festzustellen: »*Die Wissenschaft des Mannes* ... das ist hier unser Problem. Melissas Plan ist beschmutzt damit. *Raketen!*« Sie spie das Wort verächtlich aus. »Solche Waffen sind nicht nur gegen die Verfassung, sondern auch gotteslästerlich. Die Mutter Gott wird Ihr Angesicht von uns abwenden, wenn wir Männerwaffen einsetzen!«

»Das gleiche wurde behauptet, als wir anfingen, die Flammenwerfer zu benutzen, aber es gibt kein Zeichen, daß wir die Mutter Gott beleidigt haben«, wandte Melissa ein.

»Wirklich nicht? Wenn das so ist, warum sind dann unsere Felder von der Pest befallen worden? Was haben uns diese Waffen genützt?« fragte Anna.

»Ohne sie würde der Schwamm inzwischen die ganze Stadt überwachsen haben. Die Flammenwerfer sind die einzige wirksame Waffe gegen die Sporen. Ganz zu schweigen von den großen Tieren, die in zunehmender Zahl unsere Grenze bedrohen.«

Anna beharrte auf ihrer Meinung. »Trotzdem droht Minerva die Zerstörung.«

Melissa seufzte. »Wenn wir den Himmelsherrn besiegen, werden wir genug Getreide haben, um durch den Winter zu kommen. Vielleicht gelingt es uns in dieser Zeit, der Pest einiges von unserem Land zu entreißen. Aber wenn wir uns dem Himmelsherrn fügen, ist unser Schicksal besiegelt.«

»Wir könnten versuchen, mit dem Himmelsherrn zu reden. Wir könnten ihm unsere Situation erklären. Schließlich ist sie für ihn doch aus der Luft deutlich zu erkennen!« rief Anna. »Wir bieten ihm, sagen wir, ein Drittel des erwarteten Tributs an und versprechen, es später wiedergutzumachen. Wir liefern uns seiner Gnade aus.«

Melissa lachte bitter auf. »Wann hat ein Himmelsherr jemals Gnade gezeigt? Sie wissen, als was die Himmelsherren uns Landbewohner ansehen. Buchstäblich als den *Abschaum der Erde.* Wir sind für sie Untermenschen. Nichts als ein Teil der Pest, den die Gen-Kriege zurückgelassen haben. Eher könnte man eine der Riesen-Eidechsen um Gnade bitten. Nein, unsere einzige Chance ist, den *Lord Pangloth* aus dem Himmel zu brennen. Es ist an der Zeit, daß wir, die Schwestern Minervas, uns von der Herrschaft der Männer befreien!«

Das brachte ihr den Erfolg. Jan konnte körperlich spüren, wie die Flut der Emotion in der Kammer unwiderruflich zu Melissas Gunsten umschlug. Melissa hatte gesiegt. Und kurze Zeit darauf bestätigte die Abstimmung es. Die Zählung der erhobenen Hände brachte ihr eine Mehrheit von dreiundzwanzig. Jan entspannte sich. Sie würde nicht sterben. Jedenfalls nicht *gleich.* Ihr blieben wenigstens noch zwei weitere Wochen.

Die beiden Wochen gingen mit furchterregender Geschwindigkeit vorbei. Jan hatte sie genießen wollen, aber dazu bekam sie keine Zeit. Melissa ließ sie und jeden anderen bis zur Erschöpfung an den letzten Vorbereitungen arbeiten. Jan hatte den Befehl über eine der vielen Dreiergruppen erhalten, die die Raketen abschießen würden. Sie übten das immer wieder, legten die Raketen auf das Gestell, entfernten die Tarnnetze, die die Abschußvorrichtungen verbargen, taten so, als zündeten sie, und nahmen Deckung hinter einer improvisierten Barriere.

Die Raketen waren laut Helen ziemlich einfache Geräte. Sie wurden von Schießpulver angetrieben und konnten, wie eine Reihe von Probeabschüssen gezeigt hatte, eine Höhe von etwa tausend Fuß erreichen. Wenn sie etwas trafen, wurde ein Schlagbolzen eingedrückt, was eine chemische Zündung aktivierte. Dadurch wurde der Alkohol in dem Nasenkegel in Brand gesetzt und über ein großes Gebiet verteilt. Niemand fragte, zumindest nicht in der Öffentlichkeit, wieso Helen wußte, wie man Schießpulver herstellt, eine Substanz, die auf dem

Index ganz obenan stand. Jan vermutete, Helen habe das Zeug von neuem erfunden.

Obwohl Melissa jetzt in Minerva theoretisch die Macht in Händen hielt, hörte Anna beinahe bis zum letzten Ende nicht auf, gegen sie anzukämpfen. Kennzeichnend war vor allem der Zusammenstoß, zu dem es zu Beginn der zweiten Woche zwischen ihnen kam. Anna, ihre Tochter Tasma, die Hohe Frau Jean und Adam, der Sprecher der Männer, erschienen an diesem Abend vor Melissas Haus. Melissa ließ sie ohne viel Freundlichkeit ein und befahl Jan, etwas zu trinken zu holen. Anna sagte, sie solle sich die Mühe nicht machen, da dies alles andere als ein nachbarlicher Besuch sei. Deshalb blieb Jan bei ihnen im Flur stehen.

»Ist es wahr«, wandte sich Anna anklagend an Melissa, »daß Sie zu Avedon gesagt haben, Sie wollten die Männer bewaffnen?«

»Es ist wahr.« Melissa wartete.

»Gibt es keine Grenzen für Ihre Gotteslästerungen?« schrie Anna. »Wenn ein Mann innerhalb der Grenzen Minervas eine Waffe trägt, verstößt das gegen alles, was uns heilig ist. Die Gründungsschwestern von Minerva müssen im Himmel vor Scham weinen!«

»Die Gründungsschwestern von Minerva waren Realistinnen«, erwiderte Melissa. »Und ich bin es ebenfalls. Wir werden am nächsten Montag jede verfügbare Person zur Verteidigung Minervas brauchen. Auch wenn wir den *Lord Pangloth* in Brand setzen, könnte den Himmelskriegern die Zeit reichen, Einheiten zu uns herunterzuschicken.«

»Besser das, als die Mutter Gott in dieser Art zu beleidigen!« rief Anna. Sie drehte sich zu Adam um, der versuchte, sich hinter Jean und Tasma zu halten. »Sage der Hohen Frau Melissa, daß du, als Sprecher für alle Männer, dich weigerst, Waffen zu tragen.«

Zögernd trat Adam zwischen Jean und Tasma vor. Er sah Melissa besorgt an. »Weigern tun wir uns eigentlich nicht, Hohe Frau Melissa, es ist vielmehr so, daß es Zeitverschwendung wäre, uns zu bewaffnen. Wie Sie recht gut wissen, sind die Männer Minervas keine Kämpfer. Dafür hat die Mutter Gott gesorgt. Was sollten wir in einem Kampf mit Himmelskriegern taugen?«

»Das wirst du schnell herausfinden«, teilte Melissa ihm brüsk mit. »Wenn ein Himmelskrieger in der Absicht, dir den Schädel mit einer Axt zu spalten oder dich mit dem Schwert aufzuspießen, auf dich zukommt, hast du zwei Möglichkeiten. Du kannst versuchen, ihn mit einer eigenen Waffe aufzuhalten, oder du kannst zulassen, daß er mit dir macht, was er will. Rechne nicht damit, daß die Schwestern dich beschützen werden. Wir werden zu beschäftigt sein, uns selbst zu verteidigen. Die Wahl liegt bei dir.«

Adam war bleich geworden. »Aber ... aber uns ist das ganze Leben lang eingehämmert worden, daß es uns absolut verboten ist, eine Waffe zu berühren oder ein Werkzeug zur Drohung zu benutzen. Sie können nicht erwarten, daß wir eine solche Konditionierung mit einem Schlag durchbrechen.«

»Er hat recht«, sagte Anna. Die anderen beiden Frauen nickten.

Melissa zuckte die Achseln. »Ich weiß nur, daß ich nach unserer Verfassung unter diesen Umständen die Vollmacht habe, an außergewöhnlichen Maßnahmen zu treffen, was ich für geeignet halte, um das Überleben Minervas zu sichern, und daß ich die Verteilung von Waffen an jedes männliche Wesen über zwölf anordne. Ob die Männer sie benutzen oder nicht, liegt bei jedem einzelnen. Mehr gibt es dazu nicht zu sagen.«

Annas Gesicht war finster. Sie öffnete den Mund zum Widerspruch, überlegte es sich jedoch offensichtlich anders. Mit einem zornigen Wirbeln ihres Gewandes schritt sie zur Eingangstür. Die anderen folgten ihr, Adam als letzter. Er war der einzige, der ein entschuldigendes »Gute Nacht« murmelte.

Als sie fort waren, sagte Jan zu ihrer Mutter: »Glaubst du wirklich, daß einer der Männer kämpfen wird?«

Von neuem zuckte Melissa die Achseln. »Mehrere. Der Selbsterhaltungstrieb ist stark. Wir werden sehen. Aber ich hoffe, es wird nicht notwendig sein. Mit ein bißchen Glück ist der *Lord Pangloth* zerstört, bevor die Himmelskrieger abgesetzt werden können.«

»Wenn einige der Männer tatsächlich kämpfen werden«, meinte Jan nachdenklich, »dann könnten sie Geschmack daran finden, oder? Wir dürften ihnen nie wieder trauen.«

»Aberglaube«, wehrte Melissa ab. Sie ging aus dem Flur in das Vorderzimmer und setzte sich müde auf einen Bovist-Sack. Jan folgte ihr.

»Aber ist das nicht der Grund, weshalb man ihnen den Umgang mit Waffen immer verboten hat?« fragte Jan ihre Mutter. »Die Angst vor dem Makel der Alten Männer, mit dem sie in ihrem Innern immer noch behaftet sind?«

Ohne sie anzusehen, antwortete Melissa: »Die Mutter Gott hat sie ein für alle Mal verändert. Sie können nicht mehr in den alten Zustand zurückkehren.«

»Warum gibt es dann das Gesetz gegen Waffen? Warum das abgetrennte Lager? Warum die Sperrstunde? Warum fürchten wir uns immer noch vor ihnen?«

»Das ist Tradition. Und das ist, wie es sein soll. Auch die Männer Minervas, verändert, wie sie sind, können die Sünden, die ihre Ahnen ungezählte Jahrtausende lang an unseren Vormüttern begangen haben, und die Sünden, die der Himmelsherr *Pangloth* jetzt an uns begeht, nicht sühnen. Aus diesem Grund müssen die Männer jeden Sonntag in der Kathedrale in der Bußzelle beten. Sie haben schon vor langer Zeit das Recht, mit uns auf einer Stufe zu stehen, verloren und können es niemals wiedererlangen. Jetzt geh auf dein Zimmer und laß mich in Ruhe. Ich habe über vieles nachzudenken.«

Jan tat, wie ihr geheißen worden war. Während sie

dasaß und ihr Schwert zum dritten Mal an diesem Tag säuberte, grübelte sie, was wohl mit den Männern nach dem Montag geschehen werde, wenn Melissas Plan, den Himmelsherrn zu zerstören, Erfolg gehabt hatte. Würde unter den Schwestern eine Bewegung entstehen, die Männer ganz aus Minerva zu vertreiben? Höchstwahrscheinlich, und höchstwahrscheinlich würde sie selbst eine solche Bewegung unterstützen. Doch gleichzeitig gefiel ihr der Gedanke nicht, daß ihr Vater aus Minerva verbannt werden sollte. Oder Simon. Und wie würde die Zukunft Minervas ganz ohne Männer aussehen? Bis zur nächsten Fortpflanzungszeit waren es nicht einmal mehr drei Jahre ...

An diesem Sonntag — an dem Tag vor der Ankunft des Himmelsherrn — war die Kathedrale gestopft voll mit Andächtigen. Keine betete inbrünstiger zu dem Symbol der Mutter Gott, das aus dem Stamm einer alten und heiligen Eiche geschnitzt war, als Jan. Sie betete, sie möge am nächsten Morgen aufwachen und feststellen, daß alles wieder so war wie in ihrer Kinderzeit, als die Felder noch nicht von der Pest überrannt worden waren und die Dächer der Stadt keine Waffen verbargen, die gegen den Himmelsherrn eingesetzt werden sollten ... Doch am meisten betete sie, daß die kalte und rücksichtslose Frau, zu der Melissa geworden war, verschwinden und ihre Mutter zurückkehren möge.

Jan kam in dieser Nacht nicht zum Schlafen. Den ersten Teil verbrachte sie damit, daß sie ruhelos in dem leeren Haus umherlief — Melissa nahm eine letzte Inspektion der Raketenstellungen vor. Sie betrachtete und berührte vertraute Haushaltsgegenstände in dem Versuch, sich zu überzeugen, daß alles normal war und normal *bleiben* würde, auch nach dem morgigen Tag. Um zwei Uhr früh hörte sie ein fernes Brüllen, gefolgt von einem donnernden Krachen. Rufe und Schreie ertönten, und dann kam der durchdringende Lärm eines

Mauer-Alarms. Jan legte hastig Rüstung und Waffengurt an, nahm eine der Kaltlichtlampen an sich und eilte hinaus.

Die enge Straße füllte sich bereits. Andere Schwestern stürzten aus ihren Häusern und strebten der Quelle des Alarms zu. Jan schloß sich ihnen an. Im Laufen rätselte sie, was für ein Notfall es sein mochte. Aus dem Krach war zu schließen, daß es sich um etwas Ernstes handelte — vielleicht eine der großen Echsen. Sie hoffte, die Mauer sei nicht durchbrochen worden. Seit ihrer letzten im Dienst gemachten Runde hatte sie kaum noch an die Gefahren jenseits der Grenzbefestigungen gedacht, weil sie zu sehr mit anderen Sorgen beschäftigt gewesen war. Es wäre ein Witz, wenn Minerva vor der Ankunft des Himmelsherrn von den Bewohnern des Pestlandes überrannt werden würde!

Sie fuhr zusammen, als etwas ihren bloßen Oberschenkel berührte. Dann sah sie, daß es Martha war. Die Schimpansin, die ihre Werkzeugtasche umgebunden hatte, hielt mit ihr Schritt. »Martha, du hast mich erschreckt.«

»Verzeihung ... Herrin ...« Martha keuchte, benutzte zum Laufen alle vier Gliedmaßen. »Du wissen, warum ... Alarm?«

»Nein. Wahrscheinlich eine Eidechse. Eine große.«

Jan behielt recht. Als sie die Mauer erreichten, sahen sie, daß das starke Westtor eingedrückt worden war und in den gesplitterten Trümmern der monströse Körper einer der Riesenechsen lag. Sie hatte sich in dem Maschendraht der oberen Barriere verfangen, und offensichtlich hatte dies sie daran gehindert, weiter nach Minerva einzudringen. Armbrustbolzen ragten aus ihrem Körper, aber sie zuckte und wand sich immer noch. Jan sah, daß sie von der Art war, die auf zwei Beinen geht wie ein Mensch — ein für seine Wildheit bekannter Typ.

Sie schob sich durch die wachsende Menschenmenge und hielt Ausschau nach Alsa, die, wie sie wußte, heute nacht Dienst auf der Mauer hatte. Dann entdeckte sie ihre Freundin bei einer Gruppe von Wächterinnen. Sie hatten sich um etwas versammelt, das auf dem Boden lag.

Jan trat näher. Es war eine mit einem blutbefleckten Mantel zugedeckte Leiche. »Wer ist das?« erkundigte Jan sich angstvoll bei Alsa. Alsa drehte sich um und sah sie benommen an. Anscheinend erkannte sie Jan nicht gleich, doch dann wurde ihr Blick klar, sie sagte: »Oh, du bist es, Kleines«, und wandte ihre Aufmerksamkeit wieder der Leiche auf dem Boden zu.

Das sterbende Reptil vollführte einen fürchterlichen Schlag mit seinem Schwanz, und Jan sprang erschrokken zurück. Eine der Mauer-Wächterinnen trat gefährlich nahe an das Tier heran und schickte einen Bolzen in eins seiner Augen. Es erschauerte krampfhaft und wurde still, obwohl seine Brust weiter wogte. Jan drehte sich zu Alsa um. »Wer ist das?« fragte sie noch einmal.

»Carla«, antwortete Alsa. Sie beugte sich vor und zog den blutgetränkten Mantel ein kleines Stück zurück. Jan sah, was darunter lag, und der Magen drehte sich ihr um. Carlas eines noch vorhandene Auge schien sie aus dem verwüsteten Gesicht anzustarren. Plötzlich war Jan von der irrationalen Überzeugung erfüllt, Carla lebe noch, ungeachtet ihres schrecklichen Zustandes, und spüre alles, was ihrem Körper widerfahren war. Am liebsten wäre Jan schreiend nach Hause gerannt und hätte sich unter der Bettdecke versteckt, bis die Welt zur Normalität zurückgekehrt war — zu dem Zustand, der geherrscht hatte, als sie ein Kind gewesen war, als sie solche Sachen nicht hatte sehen müssen ... als sie nicht einmal hatte wissen müssen, daß solche Sachen geschahen. Sie hatte tatsächlich schon einen Schritt rückwärts getan, bevor sie einigermaßen die Selbstbeherrschung zurückgewann. Du bist die Tochter der Hohen Frau Melissa, ermahnte sie sich, du kannst keine solche Schande über dich bringen!

»Wir waren zusammen auf dem Tor«, berichtete Alsa und deckte zu Jans Erleichterung das Ding wieder zu, das Carla gewesen war. »Ich konnte noch rechtzeitig zur Seite springen, aber sie blieb auf ihrem Posten. Die Eidechse brach durch, und sie wurde von dem zusammenstürzenden Tor zermalmt.«

»Was ist passiert?« fragte Jan sie. »Aus welchem Grund hat die Eidechse das Tor in dieser Weise angegriffen? Es ist ja schon vorgekommen, daß die Tiere versehentlich in die Mauer rennen, aber noch nie hat sich eins so verhalten.«

Alsa rieb sich die Wange. Dort bildete sich ein großer purpurner Fleck. »Ich bin mir nicht sicher … aber ich glaube, das Reptil hat etwas *gejagt.*«

»Was denn?«

»Ich habe nur einen Blick darauf erhascht, aber ich glaube, es war eine Katze. Eine große Katze. Schwarz. Sie rannte dicht vor der Eidechse her, dann schlug sie einen Haken und verschwand einfach.«

»Eine große Katze?« überlegte Jan. »Ein Panther?«

»Könnte sein. Ich sagte doch, ich habe das Tier nur ganz kurz gesehen.«

Jan dachte an den Tag, als der Panther um Obdach gebeten hatte, genau an diesem Tor. Und Carla war damals dabei gewesen.

Einen großen Bogen um das Reptil schlagend, ging Jan zu dem klaffenden Loch in dem zertrümmerten Tor und spähte in die Dunkelheit draußen. »Vorsichtig«, warnte eine in der Nähe stehende Wächterin. »Man kann nicht wissen, was von all dem Lärm angezogen worden ist, von dem Blutgeruch ganz zu schweigen.«

Jan achtete nicht auf sie. Sie suchte die Bäume gespannt nach Zeichen einer Bewegung ab. Und dann sah sie die Augen. Sie starrten von einem hohen Ast auf sie herunter, glühten grün im widergespiegelten Licht der vielen Lampen, doch der Körper des Panthers blieb vollkommen unsichtbar.

»Geben Sie her!« befahl Jan und riß der verblüfften Wächterin die Armbrust aus den Händen. Sie zielte mit der Waffe nach dem Ast, wo sie die Augen gesehen hatte. Sie waren jetzt fort.

»Stimmt etwas nicht? Was ist da draußen?« fragte die Wächterin.

Jan antwortete nicht. Sie wartete auf ein Geräusch — auf irgendein Geräusch, das ihr einen Hinweis auf die Position des Panthers geben würde —, aber sie hörte nichts weiter als fernes Donnergrollen. Dann sah sie am Horizont Blitze zucken.

Nach langer Pause gab sie der Wächterin die Armbrust zurück und murmelte: »Es ist ein Gewitter im Anzug.«

3

Das Gewitter war gekommen und gegangen, aber der Himmel war immer noch grau von niedrigen Wolken. Es war auch kalt, und Jan zog den Mantel dichter um sich. Angstvoll sah sie vom Dach auf den Marktplatz unten. Es war der traditionelle Ort, wo der Himmelsherr seinen Tribut entgegennahm, und jetzt, eine Stunde vor Mittag, lagen an seinem Rand hohe Stapel von Ballen. Nur daß sie bei dieser Gelegenheit kein Getreide, sondern Sand und Stroh enthielten.

Melissa und die anderen Hohen Frauen hatten sich vor dem Podium versammelt, wo sie bei früheren Gelegenheiten gesessen hatten, um gemeinsam den Vertretern des Himmelsherrn zu huldigen. Diesmal würde Melissa auf dem Podium eine rote Leuchtkugel in die Luft schicken und damit das Signal zum Angriff geben.

Jan blickte ringsum. Auf vielen Dächern waren Leute zu sehen, doch das war normal. Ein Besuch des Himmelsherrn pflegte viele Zuschauer herauszulocken; der *Lord Pangloth* mochte von den Schwestern Minervas verabscheut und gefürchtet werden, aber es ließ sich nicht leugnen, daß er ein unwiderstehliches Schauspiel bot.

Jan sah auf ihre Uhr. Der Himmelsherr war zwölf Uhr mittags fällig. Bis dahin war es nicht einmal mehr eine Stunde. Martha neben ihr zappelte nervös herum, spielte mit ihrer Werkzeugtasche. Es gab keinen Grund für die Anwesenheit der Schimpansin auf dem Dach, aber sie hatte so gebettelt, bei Jan bleiben zu dürfen, daß Jan nachgegeben hatte. Martha, vom Regen durchnäßt, wirkte in der Tat sehr unglücklich, und Jan kraulte sie tröstend hinter den Ohren. Martha gab halbherzig einen anerkennenden Laut von sich. Dann sagte sie: »Martha Angst haben, Herrin. Große Angst.«

»Keine Bange«, beruhigte Jan sie automatisch. »Kein Grund zur Sorge. Alles wird gut werden.«

»Die Männer-Schimps sagen, nein. Die Männer-Schimps sagen, Himmelsherr machen Minerva nicht mehr sein. Sagen, Himmelskrieger herunterkommen, töten Schwestern ... *vergewaltigen* Schwestern ...«

»Still!« rief Jan schockiert. Jetzt hörte sie das blasphemische Wort heute schon zum zweiten Mal. »Du weißt, daß es nicht erlaubt ist, dieses Wort auszusprechen, Martha!«

Martha ließ den Kopf hängen. »Entschuldigung, Herrin.«

Jan seufzte. »Tu es nur nicht wieder.« Sie hatte sich immer noch nicht von der ersten Gelegenheit erholt, als sie diese Gotteslästerung gehört hatte, auch nicht von den erschütternden Umständen, die damit verbunden gewesen waren.

Melissa war kurz vor dem Morgengrauen nach Hause gekommen. Jan spielte in der Küche mit ihrem Frühstück herum und versuchte gleichzeitig, vor ihrem geistigen Auge das grausige Bild von Carlas Überresten auszulöschen. Das bißchen, was sie an Appetit gehabt hatte, verschwand vollständig, als sie den Ausdruck auf dem Gesicht ihrer Mutter bemerkte. Noch nie hatte Jan jemanden gesehen, der so erschöpft wirkte, und doch strahlte Melissa eine schreckliche Entschlossenheit aus. Einen solchen Blick, dachte Jan voller Angst, mochte ein Leichnam haben, der zu irgendeinem unheimlichen Zweck ins Leben zurückgerufen worden war.

Melissa blickte eine Weile schweigend auf Jan hinab. Sie legte ein kleines Metallrohr vor sich auf den Tisch. Es war etwa drei Zoll lang und hatte einen Zoll Durchmesser. Jan betrachtete erst das Rohr, dann das beunruhigende Gesicht ihrer Mutter.

»Was ist das?«

»Eine Brandbombe. Helen hat sie gemacht. Sie hat mehrere gemacht. Sie ist sehr klug«, berichtete Melissa mit erstorbener Stimme. Sie nahm das Gerät auf und zeigte Jan das eine Ende. »Siehst du diesen Abschnitt?

Du drehst ihn in der Richtung des Pfeils, und dreißig Sekunden später wird die Bombe explodieren.«

Jan griff nach dem Zylinder und studierte ihn. Sie versuchte, beeindruckt dreinzublicken, weil Melissa das offensichtlich von ihr erwartete, verstand jedoch nicht, was ihnen eine so kleine Waffe gegen den Himmelsherrn nutzen sollte. Sie wollte sie Melissa zurückgeben, aber Melissa schüttelte den Kopf.

»Das ist deine. Du wirst sie von nun an bei dir tragen.«

Jan runzelte die Stirn. »Was soll ich denn damit machen? Ich meine, soll ich damit nach dem Himmelsherrn *werfen* oder was sonst?«

Melissa stieß einen Seufzer aus, der mehr wie ein Erschauern war. »Gesetzt den Fall, es geht heute schief und wir verlieren den Kampf. Dann stellt diese kleine Bombe unsere letzte Chance dar, Rache zu üben. Wenn du noch am Leben bist, wirst du dich von den Himmelskriegern gefangennehmen und zu dem Himmelsherrn hinaufbringen lassen. Bei der ersten Gelegenheit, die sich dir bietet, legst du dieses Gerät an eine Stelle, wo es dem Himmelsherrn den größten Schaden zufügt, am besten in der Nähe eines Gebiets, das dieses brennbare Gas Wasserstoff enthält.«

Bei diesen Worten Melissas blieb Jan der Mund vor Staunen offenstehen. »Mutter, das kann nicht dein Ernst sein!«

»Natürlich ist das mein Ernst, du Dummkopf!« fuhr Melissa sie an, so daß Jan zusammenzuckte.

»Aber das kann ich nicht!« protestierte sie. Ihr schwindelte bei dem Gedanken an alles, was damit zusammenhing. »Ich kann mich nicht lebendig von Himmelskriegern gefangennehmen lassen! Das ist unvorstellbar! Und daß ich in den Himmelsherrn selbst hinaufgebracht werden soll ...« Sie schüttelte den Kopf.

»Du hast keine Wahl«, erklärte Melissa kalt. »Ich *befehle* dir, zu tun, wie ich gesagt habe. Wenn du die

Schlacht überlebst, und ich will, daß du dir große Mühe gibst, sie zu überleben, wirst du dich ergeben. Du *mußt*, hast du verstanden?«

Jan begann zu zittern. Wieder betrachtete sie den kleinen Zylinder in ihrer Hand. »Es ist doch lächerlich«, sagte sie mit schwacher Stimme. »Selbst wenn ich zu dem Himmelsherrn hinaufgebracht werden sollte, wie könnte ich hoffen, ihn mit etwas so Kleinem zu zerstören?«

»Du wirst hoffentlich nicht die einzige sein. Ich sagte doch, Helen hat mehrere dieser Bomben gemacht. Sie sind an ausgewählte Personen verteilt worden, von denen eine du bist.«

»Aber warum ich, Mutter? Warum *ich?*« schrie Jan.

»Das liegt auf der Hand. Du bist meine Tochter. Wenn heute mein Versuch fehlschlägt, den Himmelsherrn zu zerstören, ist es von wesentlicher Bedeutung, daß meine Tochter an unserem letzten Akt der Rebellion teilhat. Du wirst nicht nur Minerva rächen, sondern auch die Ehre deiner Mutter.«

Jan sah ihrer Mutter in die Augen und erkannte, daß es unmöglich war, vernünftig mit ihr zu reden. Aber gerade, als die Verzweiflung sie überwältigen wollte, fiel ihr ein möglicher Ausweg ein. »Mutter«, sagte sie langsam, »selbst wenn es mir nach verlorenem Kampf gelingen sollte, die Vergeltungsmaßnahmen des Himmelsherrn zu überleben, und selbst wenn ich als Gefangene in den Himmelsherrn hinaufgebracht werden sollte, wie könnte ich das da vor den Himmelskriegern verbergen?« Sie hielt die Bombe hoch. »Du weißt, wie gründlich die Himmelskrieger unsere Getreideballen durchsuchen, bevor sie sie hochziehen lassen. Sie würden das da bestimmt in meiner Kleidung finden.«

In Melissas linker Wange zuckte ein Tick. »Die Bombe wird nicht in deiner Kleidung, sondern in *dir* sein.«

»Du erwartest, daß ich sie *verschlucke?* Aber ...«

»Sei nicht so begriffsstutzig!« schimpfte Melissa.

»Denk einen Augenblick nach, und du wirst wissen, wie du die Bombe in dir verbergen kannst.«

Jan hätte den Zylinder beinahe fallengelassen, aber da ihr einfiel, daß er eine Bombe war, gelang es ihr, ihn festzuhalten. Eine Woge des Abscheus überflutete sie. Sie starrte den Gegenstand an und sah ihn in einem neuen Licht. »Das kann ich nicht ...«

»Du *wirst*, ebenso wie die anderen, die ausgewählt worden sind, diese Geräte an Bord des Himmelsherrn zu schmuggeln. Es ist nicht anzunehmen, daß die Himmelskrieger daran denken werden, eine so intime Suche durchzuführen, aber beten wir, daß keiner von ihnen darauf kommt, dich zu vergewaltigen.«

»Mutter!« keuchte Jan. Es erschütterte sie bis ins Innerste, die schlimmste aller Obszönitäten ausgesprochen zu hören.

Melissa beugte sich vor und faßte ihre Schultern mit hartem Griff. »Jan, du kannst es dir nicht leisten, zimperlich zu sein. Du mußt der Realität ins Gesicht sehen. Dies ist Krieg. Dinge, die in normalen Zeiten besser ungesagt oder sogar ungedacht bleiben, müssen jetzt in Erwägung gezogen werden. Du bist kein Kind mehr!«

»Und du bist nicht mehr meine Mutter!« Das hatte sie nicht sagen wollen, das Wort war ihrem Mund entschlüpft, indem es sich in ihrem Gehirn formte. Es überraschte sie nicht, daß Melissas Hand ihr einen brennenden Schlag auf die Wange versetzte. Tränen traten ihr in die Augen. Sie wollte sich entschuldigen, ihre Mutter um Verzeihung bitten, aber jetzt wollte ihr Mund überhaupt nicht funktionieren.

»Geh ins Bad und tu, was ich dir gesagt habe — *sofort!*« Melissas Stimme zitterte entweder vor kaum unterdrückter Wut oder vor Qual. Schweigend stand Jan vom Tisch auf und ging ins Bad.

Jetzt stand sie voller Angst auf dem Dach des Gasthauses und konnte die Bombe spüren. Sie war unbequem und schwer, und ihr wurde übel davon. Jan war versucht gewesen, das Ding wegzuwerfen, sobald Melissa gegangen war. Doch sie fühlte sich schuldig, weil sie so etwas zu ihrer Mutter gesagt hatte, und deshalb brachte sie es nicht über sich, ihr ungehorsam zu sein. Sie sah die ferne Gestalt Melissas vor dem Podium stehen, und noch in diesem Augenblick wäre sie am liebsten zu ihr hinuntergeeilt und hätte sie um Verzeihung gebeten.

Statt dessen straffte sie die Schultern und wandte sich ihrem Raketen-Team zu, das aus Paula, einer Mauer-Wächterin, Lisa, die in der Bäckerei arbeitete, und Peter, einem Mann, bestand. Letzterer blickte immer noch sehr verlegen wegen des Kriegsbeils drein, das er verpflichtet war, am Gürtel zu tragen. Die Waffe rief bei Jan gemischte Gefühle hervor; sie vermutete, daß Peter unfähig sein werde, sie zu gebrauchen, und dann war er im Nahkampf nutzlos, und gleichzeitig empfand sie tiefes Unbehagen bei der Vorstellung, er *könne* fähig sein, sie zu gebrauchen.

Sie zeigte ihren Untergebenen ein Lächeln, das, wie sie hoffte, von Zuversicht und lässigem Selbstbewußtsein sprach, und sagte: »Wir wissen ja wohl alle, was wir zu tun haben — oder sollen wir es noch einmal durchgehen?«

Paula antwortete für die anderen. »Ich halte das nicht für notwendig, Herrin. Außerdem könnte es unklug sein, in dieser späten Phase die Tarnung zu entfernen. Der Himmelsherr könnte vor der Zeit eintreffen.«

Jan zuckte innerlich zusammen. Die Wächterin hatte recht und hatte sie vor den anderen bloßgestellt. Ein weiterer Beweis, daß sie ungeeignet war, den Befehl zu führen. Wenn ihre Mutter nicht Melissa wäre, hätte sie wahrscheinlich als Weberin oder Näherin gearbeitet, statt in einer Rüstung herumzulaufen und so zu tun, als sei sie eine Kriegerin.

Sie nickte Paula wohlwollend zu. »Ich stimme Ihnen zu. Der *Lord Pangloth* ist in der Vergangenheit immer pünktlich gewesen, aber man kann nicht zu vorsichtig sein.« Demonstrativ inspizierte sie die Raketen in ihren irdenen Abschußrohren unter dem Stoffschirm, der so bemalt war, daß er, von der Luft gesehen, wie ein Teil des Daches wirkte. Sobald Melissa das Signal gab, würden sie die Tarnung wegziehen, den Holzrahmen, der die Abschußrohre trug, senkrecht stellen und die Raketen zünden ...

Hinter ihr wurde die Dachluke geöffnet. Sie drehte sich um und sah Alsa heraussteigen. »Was tust *du* denn hier?« rief Jan überrascht. »Du solltest auf deinem Posten sein.« Jan wußte, daß sich Alsas Raketenstellung in der Nähe der Alkoholfabrik auf der anderen Seite der Stadt befand.

Alsa lächelte ihr zu. Das Mal, das sich heute am Morgen gebildet hatte, war jetzt ein purpurner Fleck, der von ihrer rechten Schläfe bis zum Kinn reichte. »Ich mußte kommen und dich sehen, Kleines. Um dir Glück zu wünschen, um dir zu sagen, daß du vorsichtig sein sollst.« Sie umarmte Jan und küßte sie.

Jan gab sich dem Trost hin, den diese vertrauten Arme ihr spendeten. Alsa war ihre erste Liebhaberin gewesen und ihre engste Freundin geblieben, auch wenn sie sich in letzter Zeit gegen Jan herablassend betrug. Aber dann, als der Kuß andauerte, merkte Jan, daß sie die Beherrschung verlor. Sie war in Gefahr, in Tränen auszubrechen, sich an Alsa zu klammern und zu betteln, sie solle nicht weggehen ...

Jan löste sich aus Alsas Umarmung und trat einen Schritt zurück. Sie zwang sich zum Lächeln, obwohl sie ihre Unterlippe zittern fühlte. »Sei du auch vorsichtig, Alsa. Und wenn alles vorbei ist, wollen wir unten zusammen ein Glas trinken.«

»Abgemacht, Kleines. Aber nur unter der Bedingung, daß wir das Glas in einem der Privaträume heben. Wir sind zu lange voneinander getrennt gewesen.«

»Das würde mir gefallen«, sagte Jan aufrichtig. Sie

und Alsa hatten sich seit beinahe einem Jahr nicht mehr geliebt, doch plötzlich kamen alle ihre früheren sexuellen Gefühle für Alsa mit einem Mal zurück. Sie empfand heftige Sehnsucht nach Alsa. Sie konnte es nicht erwarten, daß die nächsten Stunden vorübergingen und der Augenblick kam, an dem sich ihre Körper unter der Decke eines der großen und gemütlichen Betten des Gasthauses miteinander verflechten würden. Doch noch während sie diese Vorstellung genoß, sagte eine kalte, leidenschaftslose Stimme aus einem dunklen Winkel ihres Gehirns: »Du wirst Alsa niemals wiedersehen.«

Sie verbarg die Qual, die diese Vorahnung in ihr erweckte, lächelte Alsa zu und sagte: »Dann bis später. Sei vorsichtig.«

Alsa gab ihr einen zärtlichen Kuß auf die Wange. »Sei du auch vorsichtig, mein Kleines.«

Alsa kletterte durch die Luke zurück, und Jan überlegte, ob sie ebenfalls einen harten und schweren Zylinder des Todes in sich trug.

Es war eine Minute vor zwölf. Alle blickten westwärts zu der niedrigen Bergkette am Horizont. Hinter diesen Hügeln hervor war der *Lord Pangloth* immer erschienen, aber heute war es wegen der tiefhängenden Wolken und der Regenschauer, die auf dem Pestland zwischen Minerva und den Hügeln niedergingen, schon schwierig, ihre Umrisse zu erkennen.

Auch Jan spähte in diese Richtung und spielte nervös mit dem Griff ihres Schwertes. Gnädige Mutter Gott, betete sie stumm, schicke uns ein Wunder. Laß den Himmelsherrn nicht kommen. Laß ihn für immer verschwunden sein, vom Blitz getroffen und abgestürzt wie vor Jahren jener andere Himmelsherr …

Zwölf Uhr.

Immer noch gab es kein Zeichen von dem *Lord Pangloth.*

Und dann hatte Jan eine merkwürdige Empfindung. Die Luft um sie fühlte sich plötzlich anders an. Es war nicht wie eine Brise, sondern eher so, als sei die Luft *schwerer* geworden.

Instinktiv blickte sie nach oben. »Mutter Gott ...«, murmelte sie.

Der *Lord Pangloth* war genau über ihnen. Er senkte sich durch die Schicht niedriger grauer Wolken herab. Sein gewaltiger Leib durchbrach sie, und sie umwirbelten ihn in aufgeregten Fetzen. Bei seinem Anblick kam sich Jan so unbedeutend und hilflos vor wie zum ersten Mal, als sie noch ein kleines Mädchen gewesen war. *Wie können wir etwas zerstören, das so groß ist?* fragte sie sich verzweifelnd.

»Mutter Gott, rette uns ...« Das kam von Lisa. Die anderen blickten ebenfalls nach oben. Von benachbarten Dächern schallten ähnliche Ausrufe der Überraschung und der Furcht herüber. Martha hatte sich in einen Winkel gedrückt und jammerte.

Irgend etwas stimmte ganz und gar nicht, dachte Jan und sah zu, wie der *Lord Pangloth* sich weiter niedersenkte. Sein meilenlanger Körper füllte den Himmel, löschte alles andere aus. Warum war er von der traditionellen Art seiner Ankunft abgewichen? Warum war er nicht wie üblich von Westen gekommen? Hatte er einen Verdacht, was sie planten?

Immer tiefer kam er, und Jan wurde wie auch früher bei diesen Gelegenheiten von einer atavistischen Furcht gepackt. Es sah aus, als werde sich der *Lord Pangloth* auf die Stadt legen, Menschen und Gebäude unter seinem Gewicht zermalmen. Jan kämpfte gegen die wachsende Panik an. Marthas hohes Wimmern half ihr nicht gerade dabei.

Der *Lord Pangloth* hörte auf, sich niederzulassen. Er blieb etwa eintausendfünfhundert Fuß über Minerva in der Luft hängen. Seine großen Augen starrten nach unten. Wie üblich glaubte Jan, sie starrten genau auf sie.

Ein lautes Zischen war zu hören, dann ein Knattern. Dann begann eine wie Donner hallende Stimme zu sprechen: »ICH BIN DER LORD PANGLOTH, HERR DES HIMMELS UND ALL DESSEN, WAS UNTER MEINEM SCHATTEN LIEGT. SEHT MICH UND ZITTERT! *(Klick!)* IHR SEID MEINE UNTERTANEN, MIT DENEN ICH TUN KANN, WAS MIR GEFÄLLT! ICH KÖNNTE EUCH ALS DIE ERDENWÜRMER, DIE IHR SEID, VERNICHTEN, ABER ICH BIN GNÄDIG. *(Klick!)* FÜR DEN TRIBUT, DEN IHR MIR JETZT OPFERN WERDET, WILL ICH EUER LEBEN SCHONEN. DESHALB GEBT DAS SIGNAL, DASS IHR BEREIT SEID, ZU OPFERN, WAS MIR RECHTMÄSSIG ZUSTEHT. *(Klick! Knatter!)* TUT IHR ES NICHT, WIRD MEINE VERGELTUNG SCHNELL UND SCHRECKLICH SEIN ... SCHRECKLICH SEIN ... SCHRECKLICH SEIN ...« Die Stimme brach ab.

Jan zog die Stirn in Falten. Das Ultimatum des *Lord Pangloth* war das gleiche wie üblich, aber die klickenden und knatternden Geräusche wie auch die Wiederholung der letzten beiden Wörter waren neu. Diese zusätzlichen Abweichungen von dem normalen Ablauf der Ereignisse beunruhigten sie noch mehr.

Sie riß den Blick von der furchterregenden Masse des Himmelsherrn los und sah zu, wie Avedon auf dem Podium das Feuer entzündete, das dem *Lord Pangloth* signalisierte, der Tribut könne abgeholt werden. Ihr Herz begann zu hämmern. Jetzt dauerte es nicht mehr lange.

Der Rauch stieg von dem symbolischen Scheiterhaufen hoch, und Jans Augen wanderten zu dem *Lord Pangloth* zurück. Sie versuchte, sich zu erinnern, was ihre Mutter ihr bei diesem ersten Mal, als sie noch ein kleines Mädchen gewesen war, gesagt hatte: »Hab keine Angst, Liebes. Das ist nur ein Luftschiff. Ein übriggebliebenes Spielzeug aus dem Zeitalter der Gottlosigkeit des Mannes. Es sieht groß und mächtig aus, aber es ist kaum etwas darinnen — nur ein paar Leute und eine Menge Luft.«

Es ist nur ein Luftschiff, wiederholte Jan im stillen. Es nützte nichts. Der *Lord Pangloth* mochte nur ein Luftschiff sein, aber es war ein mehr als fünftausend Fuß langes und beinahe tausend Fuß breites Luftschiff. Jan kannte seine Abmessungen nur zu genau. Vergebens sagte sie sich, sein überwältigender Umfang sei eine Art Illusion, hauptsächlich aus Gas bestehend. Das hatte sie beruhigt, als sie ein Kind gewesen war, heute beruhigte es sie nicht mehr.

Ein Luftschiff? Nein, es war eine fliegende Stadt. Eine *befestigte* fliegende Stadt. Die Läufe der Todesmaschinen, die man Kanonen nannte, ragten an verschiedenen Stellen der Hülle wie Stoppeln auf dem Kinn eines Riesen hervor. Jan sah Reihen von Fenstern, Decks, Luken — und die faßförmigen Maschinen, jede von der Größe eines Weizensilos, deren lautes, beängstigendes Brummen fast wie fernes Donnergrollen war. Wie viele Himmelsleute lebten innerhalb dieser monströsen Flugmaschine? Niemand wußte es sicher. Vielleicht tausend. Oder sogar zweitausend.

Die Tonhöhe des Brummens änderte sich. Die Maschinen, die unter den großen stabilisierenden Flossen am hinteren Ende hingen, drehten sich um ihre Achse...

Der Himmelsherr hörte auf, sich niederzusenken. Jan schätzte, daß er jetzt in einer Höhe von nur noch etwa sechshundert Fuß schwebte, ein gutes Stück innerhalb der Reichweite ihrer Raketen. Sie spähte von neuem zum Podium hinunter. Es konnte jeden Augenblick losgehen.

»Halten Sie sich bereit«, sagte Jan zu ihrem Team. Ihre Stimme klang wie die einer Fremden. »Martha, sei still!«

»Da kommt er!« rief Lisa. Jan blickte nach oben. Ein großer Abschnitt der Hülle hatte sich losgelöst und wurde an Trossen, die an seinen Seiten befestigt waren, zu Boden gelassen. Jan wußte, daß das der ›Tribut‹-

Schlitten war. Sie wußte außerdem, daß er einen Trupp bewaffneter Himmelskrieger enthalten würde, deren Aufgabe es war, alle Getreideballen zu durchsuchen, bevor sie hinaufgezogen wurden. Sie sah, daß sich einer von ihnen über die Reling lehnte und herunterblickte. Offenbar war der Schlitten haargenau auf den Mittelpunkt des Platzes gezielt, auch wenn er in der steifen Brise, die sich erhoben hatte, hin- und herschaukelte. Jan hoffte, der Wind werde keine Wirkung auf die Raketen haben. Ganz bestimmt hatte er keine sichtbare Wirkung auf den Himmelsherrn, der ohne jedes Schwanken über der Stadt hing. Jan vermutete, seine vielen Maschinen waren fähig, alle bis auf die stärksten Winde auszugleichen.

Der sich niedersenkende Schlitten war jetzt nur noch hundertundfünfzig Fuß über dem Boden. Die Himmelskrieger, die in ihren schuppigen, panzerähnlichen schwarzen Rüstungen wie riesige Krustentiere wirkten, waren deutlich zu erkennen. Jan spähte aufgeregt zu dem Podium hinunter. Auf was wartete ihre Mutter noch? Hatte sie die Nerven verloren ...?

Auf dem Podium blitzte etwas auf, und etwas stieg in die Luft, das roten Rauch hinter sich herzog. Ein paar Sekunden lang starrte Jan es nur an, ihr Körper war wie gelähmt. Dann schaffte sie es, sich umzudrehen und ihren Leuten zuzuschreien: »Jetzt! *Jetzt!*«

Sie rissen die Tarndecke weg und richteten den Startrahmen auf, während Jan wie wild ihr Feuerstein-Rad drehte und versuchte, einen guten Funken zu bekommen. »Fertig, Herrin!« rief Paula. Genau in diesem Augenblick gelang es Jan zu ihrer unaussprechlichen Erleichterung, ihre Kerze in Brand zu stecken. Die Flamme mit der Hand schützend, kniete sie sich am Fuß der Rohre nieder und führte die Kerze an einen der Zünder nach dem anderen. Als sie sicher war, daß alle drei brannten, brüllte sie: »Deckung!«

Die anderen, einschließlich Martha, duckten sich bereits hinter der hölzernen Barriere am anderen Ende des Daches, als Jan um die Ecke schlitterte und sich hinwarf.

Für ein paar lange Augenblicke geschah gar nichts, und dann kam ein ohrenbetäubendes Zischen.

Es verklang. Jan ignorierte die Funken, die auf das Dach niederregneten, stand auf und sah nach oben. Die Luft war voll von den Raketen, die aus allen Teilen Minervas aufstiegen. Es waren Hunderte und Aberhunderte, und alle flogen sie genau auf den Himmelsherrn zu.

Zwei trafen den Boden des Frachtschlittens. Sie explodierten, und plötzlich stand der Schlitten in Flammen.

Wir werden siegen! jubelte Jan in Gedanken. *Ganz sicher!*

4

Das Krankenhaus wurde zu ihrer letzten Bastion.

Teils lag es daran, daß es als das einzige größere Gebäude in Minerva noch mehr oder weniger heil war, aber der Hauptgrund war, daß sich nach der Bombardierung alle Überlebenden automatisch dorthin begeben hatten.

Strategisch war es als letzte Verteidigungsstellung ideal geeignet, wenn sich das Wort ›ideal‹ unter solchen Umständen anwenden läßt. Als eins der wenigen Häuser in Minerva, die diesen Luxus genossen, stand es frei, und das Grundstück war von einer niedrigen Mauer umgeben. Beides war auf die schlechte alte Zeit zurückzuführen, als Quarantänen notwendig gewesen waren.

Insgesamt befanden sich sechsundachtzig Minerver innerhalb des Gebäudes und auf dem Grundstück, dar unter siebenundvierzig Schwerverletzte, die kampfunfähig waren. Von den übrigen neunundreißig, die alle mehr oder minder gefährliche Wunden trugen, waren elf Männer, auf die man sich im Kampf nicht verlassen konnte. Somit blieben achtundzwanzig Frauen, doch nur achtzehn waren Berufskriegerinnen. Zu den letzteren gehörte Jan.

Sie stand an der Mauer, die das Krankenhaus umgab, und sah die Himmelskrieger die Straße heraufkommen. In der Hand hielt sie eine geladene Armbrust. Blut lief ihr von einer Kopfwunde seitlich am Gesicht hinunter, und sie hatte Schnitte an Armen und Beinen. Ihre Ohren dröhnten noch von der Explosion, die sie durch das Dach des Gasthauses geschleudert hatten, deshalb hörte sie die Warnung nicht, die die Frau neben ihr schrie. Erst als die Frau heftig an ihrem Ellbogen riß, drehte sie sich um und sah, daß alle anderen Deckung hinter der niedrigen Mauer gesucht hatten. Langsam sank Jan in die Knie und stützte die Armbrust auf der Mauerkante ab. Alles kam ihr unwirklich vor. So vieles war während der letzten Stunde geschehen, daß ihre Sinne überladen worden waren. Die aufeinanderfolgenden Schocks hatten sie betäubt und sie von dem, was rings um sie geschah, losgelöst. Die vordere Reihe der vorrückenden Himmelskrieger blieb stehen. Sie zielten mit ihren langen, einschüssigen Gewehren auf die minervischen Verteidiger, doch Jan empfand keine Furcht. Sie wußte, was Gewehre waren und welche zerstörerische Wirkung sie hatten, aber die Frau neben ihr mußte von neuem heftig an ihrem Arm reißen, bevor sie den Kopf unter die Mauerkante duckte.

Das scharfe Krachen der Gewehrschüsse durchdrang das Summen in ihren Ohren. Steinsplitter explodierten weniger als einen Fuß von Jans Kopf entfernt. Ein Stück weiter unten an der Mauer sah sie, daß eine Frau die Hände vor das Gesicht schlug und rückwärts umfiel.

»Jetzt!« rief jemand ganz in ihrer Nähe. Jan erinnerte sich, was ihre Aufgabe war. Sie hob den Kopf wieder über die Mauer und hob die Armbrust. Die Himmelskrieger näherten sich im Laufschritt. Viele hatten an den Läufen ihrer Gewehre Messer angebracht. Sie brüllten. Jan legte sich den Kolben der Armbrust gegen die Schulter und wählte ein Ziel. Sie wartete. Die Rüstungen der Himmelskrieger bestanden nicht aus Metall, waren jedoch stark genug, um einen Armbrustbolzen abzulenken, falls er nicht aus kürzester Entfernung abgeschossen wurde.

Ihr Ziel war nur noch rund zwanzig Fuß entfernt. Sie drückte ab. Die Armbrust schwirrte und schlug gegen ihre Schulter, und ihr Ziel wurde zurückgeschleudert. *Eben habe ich zum ersten Mal in meinem Leben ein anderes menschliches Wesen getötet,* dachte sie, aber der Erkenntnis folgte keine emotionale Reaktion. Der Mann wand sich auf dem Boden; das gefiederte Ende des Bolzens ragte aus seiner linken Schulter. Sein Blut hob sich leuchtend von seiner schwarzen Rüstung ab.

Außer Jans Opfer lagen noch weitere Himmelskrieger auf dem Boden, und viele von ihnen bewegten sich überhaupt nicht mehr. Ihre Gefährten zogen sich bereits die Straße hinunter zurück. Die Frauen hinter der Mauer brachen in ein kurzes Jubelgeschrei aus. Eine rief etwas, das offenbar eine unfeine Bemerkung über die Krieger war, obwohl Jan die Worte nicht unterscheiden konnte, und ein paar Frauen lachten tatsächlich.

Jan fand das sehr seltsam. Mechanisch lud sie ihre Armbrust von neuem. Immer mehr Himmelskrieger strömten in die Straße, und ihr war klar, es gab keine Hoffnung, daß sie den zweiten Angriff stoppen konnten. Sie hielt Ausschau nach dem Himmelsherrn. Er hing jetzt zwei oder drei Meilen östlich der Stadt niedrig am Himmel wie ein großer Fisch. Ein Riß in den Wolken ließ Licht auf die silbrigen, schuppenähnlichen Dinge fallen, die die obere Hälfte seiner Hülle bedeckten und die Fischähnlichkeit verstärkten. Das eine große Auge, das Jan am Bug sehen konnte, schien in froher Erwartung zu schimmern. Sie wünschte, sie könnte den Bolzen ihrer Armbrust über die ganze weite Entfernung bis in dieses schreckliche Auge schicken und es für immer blenden. Aber selbst wenn sie eine so wirkungsvolle Waffe besäße, würde der Bolzen den Himmelsherrn ebensowenig erreichen wie eine der Raketen.

Nachdem die Bomben gefallen waren, hatte Jan auf dem Platz versucht, Melissa zu finden, und war in Helen hineingestolpert, die ziellos im Kreis herumlief. Sie hatte den rechten Arm unterhalb des Ellenbogens verloren, und obwohl ihr irgend jemand einen Druckverband um den Oberarm gemacht hatte, tropfte immer noch Blut aus dem Stumpf. Offensichtlich war sie im Schock, doch das hinderte Jan nicht, sie bei den Schultern zu packen und grob zu schütteln.

»Was ist geschehen?« rief Jan. Dann würgte sie, denn eine weitere Wolke dicken schwarzen Qualms trieb über den Platz. Auf allen Seiten brannten die Häuser, und die Hitze von den prasselnden Feuern kam in Wellen, wann immer der Rauch sich kurz verzog. Als Jan wieder Luft bekam, schüttelte sie Helen von neuem. »Was ist *geschehen*, verdammt noch mal?«

Helens einzige Antwort war ein leerer Blick. Jan ließ sie los, und sie taumelte in den Rauch. Ein Schluchzen der Enttäuschung entrang sich Jan. Es war nicht recht! Sie mußte wissen, was schiefgegangen war, als der Sieg ihnen schon sicher zu sein schien ...

Die Raketen hatten perfekt funktioniert, ausgenommen einige wenige, die gleich nach dem Start außer Kontrolle geraten und abgedreht waren. Doch diese paar Versager, die Helen eingerechnet hatte, zählten nicht, denn die Mehrheit der Raketen mußte das Ziel treffen.

Und dann, als die erste Rakete nicht einmal mehr hundert Fuß von dem Himmelsherrn entfernt war, kam die Katastrophe.

Lichtstrahlen — sehr helle Strahlen türkisfarbenen Lichts — schossen aus zahlreichen Stellen auf der Hülle des Himmelsherrn, und jeder einzelne von ihnen traf auf eine Rakete. Das war das eigentlich Unheimliche, daß jeder einzelne Lichtstrahl eine Rakete berührte. Was waren das für Leute, die Waffen — denn es wurde schnell klar, daß die Lichtstrahlen Waffen waren — mit solcher unfehlbaren Genauigkeit auf bewegliche Ziele richten konnten? Indem Jan sich diese Frage stellte, explodierten die Raketen. Alle ohne Ausnahme — und im gleichen Augenblick.

Eine glühende Feuerkugel markierte die Position jeder Rakete, und dann fielen brennende Trümmer herab. Der Himmelsherr hatte inzwischen begonnen aufzusteigen. Der Frachtschlitten, der immer noch lichterloh brannte, wurde nicht länger hochgewunden. Ein Himmelskrieger sprang, in Flammen eingehüllt, über die Reling hinaus.

»Was ist geschehen? Was waren das für Lichtstrahlen?« ließ sich eine atemlose Stimme hören. Sie gehörte

Paula. Die Frage riß Jan aus ihrer Lähmung. »Die Rohre nachladen!« befahl sie kurz. »Rasch, bevor der *Lord Pangloth* außer Reichweite ist!«

In aller Eile bereitete ihr Team drei neue Raketen für den Abschuß vor. Zischende Geräusche verrieten Jan, daß andere schneller reagiert hatten als sie. Sie spähte zu dem Podium hinunter, doch da war soviel Rauch von den Abgasen der Raketen, daß sie es nicht erkennen konnte. Was mochte in diesem Augenblick ihrer Mutter durch den Kopf gehen?

Etwas krachte neben ihr auf das Dach, Funken sprühten über ihr linkes Bein, und sie sprang mit einem Schmerzenslaut zurück. Es war der brennende hintere Teil einer Rakete. Jan benützte ihn, um ihre Kerze anzuzünden, dann befahl sie den anderen, in Deckung zu gehen, und führte die Flamme an die Zünder …

Wie sie befürchtet hatte, war es nichts als Zeitverschwendung. Wieder blitzten die türkisfarbenen Lichtstrahlen auf, und wieder verschwanden die Raketen — diesmal waren es weitaus weniger — viel zu weit von ihrem Ziel entfernt, als daß sie ihm irgendeinen Schaden hätten zufügen können, in Feuerkugeln.

Der Himmelsherr stieg weiter auf. Der brennende Frachtschlitten wurde entweder losgetrennt, oder die Kabel, an denen er hing, waren durchgebrannt. Funken hinter sich herziehend, fiel er zur Erde. Jan sah ihn hinter den Häusern auf der anderen Seite des Platzes abstürzen.

Danach geschah vielleicht fünf Minuten lang gar nichts. Der Himmelsherr erreichte eine Höhe von etwa viertausend Fuß und behielt sie bei. Teilweise von der niedrigen Wolke verdeckt, hing er bewegungslos am Himmel, eine böse, stumme Präsenz.

»Was sollen wir jetzt machen?« fragte Paula mit zitternder Stimme. Jan hatte sich diese Frage schon selbst gestellt. Noch einmal blickte sie in der Hoffnung, ihre Mutter werde irgendwie in letzter Minute ein Wunder aus dem Ärmel zaubern, zu dem Podium hinunter, obwohl sie wußte, ein solches Wunder gab es nicht. Martha tauchte aus ihrem Versteck unter der zur Seite geworfenen Tarndecke auf und schlang die Arme um Jans Beine. »Herrin, Herrin«, jammerte sie und begrub ihr Gesicht in Jans Kilt.

Irritiert versuchte Jan, sich aus dem kräftigen Griff der Schimpansin zu befreien. Sie hatte selbst zuviel Angst, als daß sie Martha hätte trösten können.

»Sehen Sie!« Das war der Mann. Er zeigte zu dem Himmelsherrn hoch. Jan hob den Blick. Mehrere kleine dunkle Objekte purzelten nach unten. Als sie näher kamen, war zu hören, daß sie ein pfeifendes Geräusch machten ...

Das erste landete auf dem Platz genau vor dem Gasthaus und schickte einen Geysir aus Rauch und Erdreich hoch in die Luft. Da wußte Jan, daß die Objekte Bomben waren. Sie hatte als Kind Geschichten über diese Waffen des Himmelsherrn gehört — sie stellten das Mittel dar, mit dem die Himmelsherren die Bodenbewohner nach den Gen-Kriegen unterworfen hatten —, aber noch nie zuvor hatte sie sie in Gebrauch gesehen.

Weitere Bomben landeten, und plötzlich war für Jan das ganze Universum mit Lärm und blendendem Licht erfüllt. Eine Schockwelle riß ihr die Füße weg. Es war, als werde sie mit einem großen, unsichtbaren Kissen geschlagen. Für eine unbestimmbare Zeitspanne lag sie wie gelähmt auf dem Rücken, bevor sie fähig war, sich herumzurollen, sich auf Hände und Knie aufzurichten und zu der Brüstung vorn am Dach zu kriechen. Bei dem Anblick, der sich ihr bot, schwammen ihre Augen in Tränen.

Minerva wurde ermordet. Brände tobten in jedem Teil der Stadt, und immer noch fielen Bomben. Eine große Feuerkugel stieg am anderen Ende der Stadt auf. Die Alkoholfabrik mußte getroffen worden sein. »Alsa ...«, flüsterte Jan vor sich hin. Der Platz war eine Masse von

Kratern. Wo das Podium gestanden hatte, lag nur noch ein Haufen geschwärzter, rauchender Holzteile. Sie mußte hinunter, sie mußte ihre Mutter suchen!

»Ihr gemeinen Feiglinge!« rief jemand hinter ihr. Jan drehte sich um. Lisa, die Mauer-Wächterin, schwenkte ihr Schwert gegen die dunkle Masse des Himmelsherrn. »Kommt herunter, ihr männlichen Schweine! Kommt herunter und kämpft gegen uns wie Frauen!« Das, was als Nächstes geschehen sollte, brannte dieses Bild — die muskulöse, goldhaarige Kriegerin in ihrer tapferen, aber sinnlosen Geste gegen das Ungeheuer über ihnen — in Jans Gedächtnis ein ...

Sie sah tatsächlich die Bombe das Dach treffen. Es war nichts als eine dunkle, verwischte Bewegung, und dann erschien auf magische Weise ein Loch hinter Lisa. Die Bombe detonierte nicht sofort. Sie nahm ihren Weg durch das ganze Gasthaus, bis sie den Steinboden des Kellers traf und explodierte. Der hintere Abschnitt des Daches flog in die Luft und verschwand. Lisa verschwand ebenfalls. Das Stück Dach, auf dem Jan stand, brach zusammen, und Jan stürzte nach unten. Im Fallen hörte sie Martha vor Entsetzen kreischen. Sie sah die Schimpansin niemals wieder, ebensowenig die anderen, die mit ihr auf dem Dach gewesen waren.

Ihr Fall wurde von etwas Weichem gebremst. Es war ein Bett. Eins der berühmt großen und gemütlichen Betten des Gasthauses. Es mochte sogar das Bett sein, das Alsa und sie für ihre Verabredung an diesem Abend bekommen hätten — wenn der Tag so verlaufen wäre, wie Jan gehofft hatte. Später, als Milo ihr einmal während seiner vielen Diskurse über bizarre Themen von dem Konzept alternativer Universen erzählt hatte, dachte Jan oft, daß sie und Alsa in einer dieser nahezu identischen Welten ihr romantisches Rendezvous an diesem Abend eingehalten hatten.

Sie blieb nicht sehr lange auf dem Bett liegen, denn der Fußboden gab nach, und es begann zu kippen. Jan sprang hoch und klammerte sich an einen Fenstersims. Ein Blick über die Schulter zeigte ihr, daß der ganze rückwärtige Teil des Gasthauses nicht mehr vorhanden war. Es war, als sei eine große Klinge niedergefahren und habe das Gebäude halbiert.

Das Bett gewann an Geschwindigkeit, rutschte an den Rand des sackenden Fußbodens und verschwand. Jan hörte es in den Keller krachen. Sie hob den Blick und sah, daß sie vom Dach aus zwei Stockwerke tief gefallen war. Unaufhörlich regnete Schutt durch das klaffende Loch über ihr. Sie mußte hinaus.

Sie kletterte auf den Fenstersims und sah hinunter. Das Dach der Veranda, die sich über die Vorderseite des Gasthauses erstreckte, war nur wenige Fuß unter ihr. Sie ließ sich darauf nieder, schwang sich von der Regenrinne auf das Geländer der Veranda und sprang das letzte Stück hinunter. Sofort wurde sie von der Druckwelle einer explodierenden Bombe umgeworfen. Sie lag am Fuß der Veranda, das Gesicht im Staub, die Hände auf die klingenden Ohren gedrückt, bis die Bomben aufhörten zu fallen. Erst als sie sicher war, daß keine mehr kamen, stand sie auf und begann, auf dem zerstörten Platz nach ihrer Mutter zu suchen. Hier traf sie auf die benommene, herumstolpernde Helen.

Sie fand Melissas Leiche nicht. Oder wenn sie sie fand, konnte sie sie nicht identifizieren. Überall waren Leichenteile verstreut, nur hatte sie die Nerven nicht, sie allzu genau zu untersuchen. Doch sie fand die Leiche der Hohen Frau Avedon. Ihr Gesicht war schlimm verbrannt, aber der Schwamm an der einen Kopfseite war immer noch deutlich zu sehen. Besser, auf diese Weise zu sterben, überlegte Jan, als einen langsamen, schmerzhaften Tod durch den Schwamm zu erleiden. Wenigstens hat dieser grauenhafte Tag für eine von uns etwas Gutes gehabt.

Der Platz füllte sich mit Menschen, die vor den Flammen der brennenden Stadt an keinen anderen Ort fliehen konnten. Jan sah die Hohe Frau Anna von fern. Erleichtert, jemanden zu entdecken, den sie gut kannte, auch wenn es die Hauptrivalin ihrer Mutter war, eilte sie zu ihr hinüber. »Anna!« rief sie im Laufen und vergaß in dieser schrecklichen Situation alle Förmlichkeiten.

Anna hörte ihren Namen, drehte sich um und sah, daß es Jan war. Sie runzelte die Stirn. Zu Jans Erstaunen zog die Hohe Frau das Schwert und eilte ihr entgegen — ihre Absicht war klar. »Dreck!« schrie Anna. »Abkömmling der Mutter-Teufelin, die uns alle ermordet hat! Deine Mutter mag tot sein, aber ich werde wenigstens die Befriedigung haben, *dich* aufzuspießen ...!«

Von Entsetzen gepackt, zog Jan sich zurück und konnte ihr eigenes Schwert gerade noch rechtzeitig ziehen, um Annas ersten bösartigen Schlag nach ihrem Kopf zu abzuwehren. »Anna, nicht! Ich will nicht mit Ihnen kämpfen!« flehte Jan, doch sie erkannte, es war zwecklos. Annas Augen waren wild und furchterregend. Es gab keinen Weg, wie Jan sie hätte erreichen können. Sie parierte einen weiteren Schlag — so heftig geführt, daß er ihren ganzen Arm erschütterte — und wich weiter zurück. Die Wahrscheinlichkeit war groß, daß sie von Anna getötet wurde. Ihre hysterische Wut gab Anna unnatürliche Kräfte.

»Sie werfen wieder Bomben ab!« schrie jemand in der Nähe. Dies und die Warnrufe von anderen Leuten hatten zur Folge, daß Anna von Jan abließ und nach oben sah. Jan fühlte sich in diesem Augenblick sicher, desgleichen zu tun. Der Himmelsherr bewegte sich, und dabei stieß er eine Wolke kleiner schwarzer Gegenstände in die Luft, einer Fröschin gleich, die Eier in das Wasser eines Teichs spritzt. Anfangs glaubte auch Jan, es seien neue Bomben, doch dann entfalteten sich über jedem einzelnen der Gegenstände seltsame dunkle Gebilde, die die Wirkung hatten, ihren Fall zu verlangsamen.

Und als die Gegenstände dem Boden näherkamen, sah Jan, daß es Himmelskrieger waren. Hunderte!

Jan hatte gehofft, viele der Himmelskrieger würden in die Feuer geraten, die die Bomben des Himmelsherrn entzündet hatten, und verbrennen, aber sie waren offensichtlich sehr geschickt darin, die schwarzen Stoffbaldachine, die sich über ihnen blähten, zu manipulieren. Keiner der Himmelskrieger landete in der Stadt selbst, sie kamen alle in dem Raum zwischen dem Stadtrand und der Mauer herunter. Dann waren sie zu Fuß von allen Seiten gleichzeitig vorgerückt.

»Da sind sie wieder!«

Eine feste Mauer aus schwarzen Rüstungen kam rasch die breite Straße zum Krankenhaus herauf. Jan wußte, es war hoffnungslos, und doch empfand sie immer noch keine Furcht. Ihr einziges Gefühl war eine vage Hoffnung, es werde alles bald vorbei und ihr Tod schnell sein. Wieder zielte sie mit ihrer Armbrust und wartete. Die schwarze Flut brandete heran. Jan schoß und sah ihr Ziel ebenso wie viele andere fallen, aber diesmal ließen sich die Himmelskrieger nicht aufhalten. Einige feuerten im Laufen ihre langen Gewehre ab. Jan konnte das Pfeifen der durch die Luft fliegenden Kugeln hören. Eine kam sehr nahe an ihrem Kopf vorbei. Sie hatte keine Zeit mehr, die Armbrust von neuem zu spannen, deshalb ließ sie sie fallen, zog Schwert und Beil und trat von der Mauer zurück. Die anderen machten es ebenso. Die Frau rechts von Jan grunzte plötzlich und fiel rückwärts um. Jan war es nicht möglich, für sie mehr als einen flüchtigen Blick zu erübrigen. In ihrer Stirn war ein sauberes rundes Loch. Jan beneidete sie um diesen raschen Tod.

Die Himmelskrieger kamen über die Mauer. So nahe war Jan ihnen noch nicht gewesen. Sie konnte sogar ihre Augen hinter den schmalen Schlitzen ihrer glänzenden schwarzen Visiere sehen. Sie brüllten sehr laut. Jan, das Beil in der linken, das Schwert in der rechten Hand, schritt ihnen entgegen.

5

Ein Gewicht wurde von ihrem Unterkörper gehoben. Ein Stiefel stemmte sich gegen ihre linke Seite und wälzte sie hin und her. Sie stöhnte und versuchte, die Augen zu öffnen, aber die Lider waren zugeklebt. Das Hämmern in ihrem Kopf war mehr, als sie ertragen konnte, und sie hatte schrecklichen Durst.

»Die da lebt noch«, sagte eine Stimme. Die Stimme eines Mannes.

»Nicht mehr lange, wie es aussieht. Wir könnten dem Erdenwurm ebensogut einen Gefallen tun und ihr die Kehle durchschneiden.« Eine andere Stimme, ebenfalls männlich. Jan stöhnte von neuem, lauter diesmal, und versuchte, sich aufzusetzen, aber ihr Körper wollte sich nicht bewegen.

Ein Quietschen war zu hören. Behandschuhte Finger faßten ihr Kinn und drehten ihren Kopf grob von einer Seite zur anderen. Sie wartete schon auf die Messerklinge, die in das ungeschützte Fleisch ihrer Kehle fahren würde.

Aber dann ließ die Hand ihr Kinn los, und die Finger stießen ihr unterhalb der Brustplatte in den Magen. »Ich finde nichts Ernsthaftes. All das Blut kann nicht ihr gehören«, erklärte die erste Stimme, jetzt sehr nahe.

»Stammt wahrscheinlich von dem armen Teufel hier«, fiel die zweite Stimme ein. »Sieh doch, es sieht aus, als habe sie ihn mit einem glücklichen Treffer in die Achselhöhle gestochen.«

Mit Glück hatte das nichts zu tun! Dieser aufgebrachte Gedanke durchdrang den roten Nebel des Schmerzes, der Jans Kopf erfüllte. *Als der Himmelskrieger die Arme hob, um mir den Kopf mit dem Gewehr einzuschlagen, habe ich einen perfekten Stoß geführt.*

»Also, was meinst du?« fragte die erste Stimme.

»Ich meine immer noch, wir sollten ihr die Kehle durchschneiden.«

»Der Befehl lautet, Gefangene mitzubringen, und bisher ist die Ausbeute gering gewesen.«

»Der Befehl lautet, ein paar *wichtige* Gefangene mitzubringen, damit die Aristos sie eigenhändig für ihren Verrat bestrafen können. Findest du, das Ding hier sieht wichtig aus? Außerdem ist sie zu jung.«

»Nun«, entgegnete die erste Stimme bedächtig, »sie *könnte* wichtig sein. Vielleicht ist sie unter all dem Blut eine Erdenwurm-Prinzessin. Diese Rüstung sieht irgendwie teuer aus.«

Es gab eine lange Pause, bevor die zweite Stimme antwortete: »Wenn sie eine Prinzessin ist, bin ich Lord Pangloth, aber auch gut, nehmen wir sie mit. Ist sie nicht wichtig genug, daß die Aristos mit ihr spielen wollen, können wir Anspruch auf sie erheben und sie als Sklavin verkaufen.« Behandschuhte Hände packten sie bei den Handgelenken und zogen sie grob auf die Füße. Die gewaltsame Bewegung ließ den Schmerz in ihrem Kopf zu noch größerer Heftigkeit explodieren, und sie schrie auf. Sie konnte die Augen immer noch nicht öffnen, und sie wäre, vom Schwindel übermannt, gefallen, wenn die unsichtbaren Feinde sie nicht aufrechtgehalten hätten. Dann wurden ihre Handgelenke zusammengedrückt und mit einem Strick gefesselt. »Los!« kommandierte die zweite Stimme, und es gab einen Ruck an dem Strick. Blind, krank vor Schmerz und Schock fand Jan keinen Willen zum Widerstand und tat die ersten stolpernden Schritte auf ein ungewisses Schicksal zu.

Erst als sie den Platz erreichten, war sie imstande, die Augen zu öffnen. Es hatte begonnen, ziemlich heftig zu regnen, und das Wasser wusch das getrocknete Blut weg, das ihr die Augenlider zuklebte. Sie sah auf den schwarzen gepanzerten Rücken eines Himmelskriegers. Er hielt das Seil, das ihre Handgelenke band, über die Schulter geschlungen. Hinter und rechts von ihr ging ein zweiter Himmelskrieger. Er drehte den Kopf nach ihr, als er ihren Blick spürte. »Du kannst also wieder sehen?« fragte er kalt. Blaue Augen spähten aus dem häßlichen Helm. »Gut. Eine blinde Sklavin ist keine zwei Cents wert.«

Jan versuchte zu antworten, aber ihre Kehle war zu trocken. Sie legte den Kopf zurück und öffnete ihren Mund dem Regen. Das kalte Wasser schmeckte so wundervoll, daß sie für einen kurzen Augenblick froh war, noch am Leben zu sein. Dann blickte sie ringsum, und die alles überwältigende Verzweiflung kehrte zurück.

Von Minerva war wenig übriggeblieben, das noch zu erkennen war. Die Brände waren von dem Regen gelöscht worden, doch sie hatten Zeit genug gehabt, ihr Werk zu tun. Was die Bomben nicht zerstört hatten, war danach niedergebrannt. Himmelskrieger stocherten in den Trümmern herum und suchten nach Beute, die der Mühe wert war. Die auf dem Platz liegenden Stapel verschiedener Gegenstände ließen darauf schließen, daß sie bereits Glück gehabt hatten. Jan sah sogar mehrere Getreidesäcke, was bedeutete, daß ihnen die unterirdischen Silos nicht entgangen waren. Himmelskrieger verluden ihren Raub in zwei Frachtschlitten wie dem, der gleich zu Beginn vernichtet worden war. Jan nahm an, daß der Himmelsherr wieder genau über ihnen hing, aber der Platzregen machte es unmöglich, ihn zu erkennen. Die Trossen an den Frachtschlitten schienen etwa fünfzig Fuß über dem Boden im Nichts zu verschwinden.

Jan wurde zu einem großen Käfig aus Korbgeflecht gebracht, der sehr primitiv konstruiert wirkte. An seinem Dach war ein einziges Seil befestigt, das wie die Schlittentrossen weiter oben in den grauen Wolken verschwand. Ungefähr zwanzig Leute waren in dem Käfig. Im Näherkommen sah Jan, daß darunter keine Verwandten oder enge Freunde von ihr waren. Tatsächlich kannte sie nur ein paar von ihnen. Wenn das wirklich die einzigen überlebenden Minerver waren, war jeder Mensch tot, den sie geliebt oder der ihr nahegestanden hatte. Ihre Mutter, ihr Vater, Alsa, alle ihre Freundinnen ... auch Simon war nicht mehr. Es war alles zuviel, um es zu begreifen. Bis jetzt hatte sie erst eine nahe Verwandte durch den Tod verloren, und zwar Pola, ihre ältere Schwester, die eine Fortpflanzungsperiode vor Jan geboren worden war. Vor sechs Jahren war Pola, die Wachdienst in einem der äußeren Farmgebiete gehabt hatte, im Kampf mit einer Räuberbande gefallen. Jan hatte lange Zeit gebraucht, um sich mit Polas Tod abzufinden. Jetzt stand sie dem Tod ihrer ganzen Welt gegenüber.

Die beiden Männer, die sie gefangen hatten, machten halt. »Was habt ihr denn da?« fragte ein neben dem Käfig stehender Himmelskrieger. Der Mann, der den Strick hielt, begann ihre Handgelenke loszubinden.

»Wir sind uns nicht sicher, Sir«, antwortete der andere Krieger, den Jan bei sich ›erste Stimme‹ nannte und der von den beiden der ein wenig Sympathischere war. »So, wie ihre Rüstung aussieht, dachten wir, sie könnte etwas Besseres sein. Vielleicht sogar eine Prinzessin, Sir.«

Der dritte Krieger lachte spöttisch auf, trat näher und sah sich Jan genau an. »Die Amazonen haben keine Prinzessinnen, Soldat. Oder vielmehr, sie *hatten* keine. Sie taten gern so, als seien sie durch und durch demokratisch. Trotzdem besaßen sie so etwas wie eine herrschende Klasse ...« Er brachte sein vom Helm bedecktes Gesicht dicht an das ihre heran, und Jan sah, daß seine Kleidung sich von der der beiden anderen unterschied. Offenbar war er ein Offizier. »Na, wie steht es damit, Amazone?« fragte er. »Bist du in dieser Erdenwurm-Stadt jemand von Bedeutung gewesen?«

Das Regenwasser hatte die Trockenheit ihrer Kehle gelindert, und sie war fähig zu antworten. »Nein«, stieß sie heiser hervor. »Ich war nur eine Kriegerin.« Dann fiel ihr ein, daß sie eine Kette mit einem Medaillon um den Hals trug, das sie als Tochter einer Hohen Frau auswies. Es war unter ihrer Rüstung verborgen, aber dieser Offizier kannte sich anscheinend in den Gebräuchen aus.

»Nur eine Kriegerin«, wiederholte er höhnisch. Er faßte sie am Arm und zog sie an die Käfigwand. »Ihr da drinnen!« schnauzte er. »Weiß einer von euch, wer dieses Mädchen ist?«

Die Minerver, die zusammengesunken an den Wänden des großen Käfigs hockten, sahen zu Jan hin. Ihre Gesichter waren grau vor Schock und Erschöpfung. Mehr als die Hälfte von ihnen waren Männer. »Nun?« fragte der Himmelskrieger.

Alle Insassen des Käfigs schüttelten den Kopf. Jan spürte Erleichterung. Es kümmerte sie immer noch nicht, ob sie am Leben blieb oder starb, aber nach dem, was die beiden anderen Krieger gesagt hatten, lag ihr gar nichts daran, in die Hände der »Aristos« zu fallen, wer sie auch sein mochten. Der Gedanke, gefoltert zu werden, entsetzte sie.

»Das wär's dann«, murmelte der Offizier. Es klang verärgert. »Nehmt ihr die Rüstung ab und steckt sie zu den übrigen Erdenwürmern in den Käfig.« Er schubste sie auf die beiden Soldaten zu.

Sie lösten die Schnallen ihrer Brustplatte. Ein panisches Flattern regte sich in Jans Unterleib. Der Offizier mußte das Medaillon an ihrem Hals entdecken. Und als die Rüstung fiel, entdeckte er es auch.

Er trat dicht vor sie und faßte das Medaillon mit seinem Handschuh. »Also, *das* ist interessant«, bemerkte er. »Sieht nach massivem Gold aus. Was hat es zu bedeuten?«

Jan schluckte trocken. »Es ist ... es ist ein Orden. Ich habe ihn verliehen bekommen. Für Tapferkeit. Auf der Mauer. Ich habe eine der großen Echsen zurückgeschlagen, die hereinwollte ...« Eine Woge des Abscheus vor sich selbst überschwemmte sie. Da erzählte sie diesen Schurken klägliche Lügen, um sich zu retten. Wenn ihre Mutter sie hören könnte ...

Sie keuchte auf. Der Offizier zog unerwartet an dem Medaillon und riß die Kette entzwei. Er steckte es in einen Beutel, den er am Gürtel trug. »Ganz die tapfere kleine Amazone, was? Übrigens *bist* du klein, für eine Amazone. Du bist ungefähr so groß wie einer von euren Eunuchen.«

»Äh ... wir dachten, wir könnten selbst Anspruch auf sie erheben, wenn sie sonst keiner will«, sagte ›zweite Stimme‹ zögernd. »Sie an eine der Sklaven-Gilden verkaufen.«

»Ich sehe kein Problem«, antwortete der Offizier. »Allerdings würde ich einen Anteil erwarten.«

»Oh, natürlich, Sir«, versicherte ›zweite Stimme‹. »Das versteht sich von selbst, Sir.«

»Freut mich zu hören«, meinte der Offizier trocken. »Nun kommt zu Ende mit ihr und schließt euch wieder eurer Einheit an. Wir werden bald abziehen.«

»Jawohl, Sir.« Sie zwangen Jan, Handschuhe, Stiefel und Waffengurt abzulegen. Dann fuhr ihr ›zweite Stimme‹ mit den Händen über die Kleider, wahrscheinlich auf der Suche nach irgendwelchen verborgenen Waffen. Jan grauste es vor seiner Berührung. Sie fürchtete, das sei ein Vorspiel zu einer Vergewaltigung.

Die Bombe befand sich immer noch in ihr. Sie spürte sie in ihrer Stoffhülle. Wenn sie sie doch nur irgendwann während der Schlacht oder während ihrer Bewußtlosigkeit verloren hätte!

Aber die Durchsuchung war schnell vorbei, und sie wurde zu einer Tür in der Käfigwand gestoßen, die einer der Himmelskrieger geöffnet hatte. Sie stolperte hindurch und hörte, daß die Tür hinter ihr zufiel. »Mach es dir bei deinen Freunden bequem, solange du es noch kannst. Sehr bald wirst du auf eine sehr interessante Fahrt gehen.« Der Offizier lachte.

Dankbar setzte sich Jan zwischen zwei Frauen nieder. Sie fühlte sich sehr schwach, und in ihrem Kopf tobte immer noch ein hämmernder Schmerz. Der Offizier und die beiden Krieger gingen davon. Von den letzteren trug einer ihre Brustplatte und ihre übrige Ausrüstung. Die Frau zu ihrer Rechten sagte: »Du bist die Tochter der Hohen Frau Melissa, nicht wahr? Der Frau, die für all das verantwortlich ist.«

Jan sah sie an. Sie kam ihr vage bekannt vor, aber ihr Name fiel ihr nicht ein. Für einen Augenblick war Jan versucht, zu leugnen, daß sie Melissas Tochter sei, doch sie entschied sich gegen eine so feige Handlung. »Meine Mutter war nicht allein verantwortlich. Bei zwei Gelegenheiten hat die Mehrheit des Rates mit ihr gestimmt.«

»Trotzdem war es ihre Idee, dem Himmelsherrn Widerstand zu leisten. Und sieh dir an, was es uns eingebracht hat.« Sie hob schlaff die Hand und wies auf die rauchenden Trümmer der Stadt.

Jan seufzte. Sie hatte nicht die Kraft, sich zu streiten. »Warum haben Sie dem Himmelskrieger nicht gesagt, wer ich bin?«

»Zuerst war ich mir nicht sicher. Jetzt bin ich es.« Die glasigen Augen der Frau betrachteten Jan mit kalter Verachtung. Jan erinnerte sich, wie Anna sie angesehen hatte, als sie auf sie losging. Wäre sie nicht durch die Ankunft der Himmelskrieger abgelenkt worden, hätte Anna sie bestimmt getötet. Die Verzweiflung drückte Jan immer stärker nieder. Sie befand sich nicht nur in den Händen ihrer Feinde, sie wurde auch noch von ihren eigenen Leuten gehaßt. Sie sah sich in dem Käfig um. Diejenigen, die die Worte der Frau mitbekommen hatten, starrten sie mit der gleichen Verachtung an, sogar die Männer. Jan schloß die Augen. Mochten sie tun, was sie wollten.

Es war ungerecht, dachte sie bitter. Es war ungerecht, daß sie immer noch am Leben war. Von Rechts wegen hätte sie tot sein müssen. Sie war überzeugt gewesen, in der letzten Schlacht am Krankenhaus zu fallen. Die Verteidiger waren schnell überwältigt worden, und sie hatte sich plötzlich allein in einem Meer von Himmelskriegern wiedergefunden. Einer von ihnen stand vor ihr und hob den Kolben seines Gewehrs, um sie damit niederzuschlagen, und sie hatte ihn angegriffen. Von da an fehlte ihr jede Erinnerung. Vermutlich hatte der Kolben sie getroffen, als der Mann zu Boden ging, und sie hatte das Bewußtsein verloren. Unter ihm liegend, von seinem Blut überströmt, war sie für tot gehalten worden, bis die Hitze des Gefechts vorüber war und die Himmelskrieger daran dachten, Gefangene zu machen. Was mochte aus all den hilflosen Verwundeten im Krankenhaus geworden sein? Jan verschloß ihren Verstand dem, was geschehen sein mußte ...

Nach etwa einer halben Stunde ließ der Regen nach. Jan öffnete die Augen und sah nach oben. Der Himmelsherr verbarg sich immer noch in der grauen Finsternis, aber sie spürte, daß er ganz niedrig über ihnen schwebte. Sie meinte sogar, das Summen seiner vielen Maschinen zu hören. Nur noch ganz wenige Himmelskrieger befanden sich auf dem Platz, und es war nur noch ein Frachtschlitten unten. Wahrscheinlich würde es bis zur Abfahrt nicht mehr lange dauern. Jan wunderte sich, warum der Käfig noch nicht in den Himmelsherrn hochgezogen worden war. Wieder betrachtete sie das einzige Tau an dem Dach. Es war dick, aber verschlissen. Der Gedanke, daß es einundzwanzig Menschen würde tragen müssen, auch wenn es nur für die kurze Reise hinauf zum Himmelsherrn war, gefiel ihr gar nicht.

Kurze Zeit später hob der noch übrige Frachtschlitten ab und brachte den Rest der Himmelskrieger und ihre Beute nach oben. Aber der Käfig blieb auf dem von Bomben verwüsteten Platz stehen. Jan fand das beunruhigend. Was hatte man mit ihnen vor?

Mit protestierendem Quietschen stieg der aus Korbgeflecht bestehende Käfig endlich in die Luft. Jan und die anderen mußten sich schnell festhalten, denn der Käfig begann, am Ende des Taus, das ebenfalls protestierend quietschte, hin- und zurückzukreiseln. Einer der Männer schrie entsetzt auf. Jan verübelte es ihm nicht.

Sehr bald wurden sie von dem Grau der niedrigen Wolke eingehüllt. Jan konnte nicht einmal mehr die Frau neben sich sehen. Das Kreiseln wurde schlimmer, und sie klammerte sich noch fester an die Stäbe des Käfigs. Ihr schwindelte, und sie schloß die Augen, aber das half nichts. So sehr sie sich davor fürchtete, an Bord des Himmelsherrn gehen zu müssen, betete sie doch zu der Mutter Gott, die Reise werde nicht mehr viel länger dauern.

Nach einer Zeit, die ihr sehr lang vorkam, tauchte der Käfig aus der Wolke auf. Jan öffnete die Augen und blickte nach oben. Furchterregend wie immer in seiner Ungeheuerlichkeit hing der *Lord Pangloth* über ihnen, vielleicht zwei- oder dreihundert Fuß entfernt. Das an dem Käfig befestigte Tau wirkte nicht stärker als ein Baumwollfaden, der aus dem Bauch des gewaltigen Luftschiffs hing. Dann fiel Jan etwas auf, und vor Angst hätte sich beinahe ihr Gedärm entleert.

Der Käfig stieg ebenso weiter in die Höhe wie der Himmelsherr, doch er wurde nicht zu ihm hochgewunden. Man ließ ihn einfach am Ende des Taus baumeln. Ein Blick hinunter auf die zurückweichende Oberfläche der Wolkenschicht unter dem Käfig bestätigte die Befürchtung. Sie entfernten sich schnell von der Wolke, kamen dem Himmelsherrn jedoch nicht näher.

Die anderen hatten das inzwischen auch gemerkt. »Was ist los?« jammerte eine Frau. »Warum ziehen sie uns nicht hoch?«

Der Käfig, der sich immer noch hin- und herdrehte, gab weiter beunruhigende quietschende Geräusche von sich. Es hätte Jan nicht überrascht, wenn das ganze Ding um sie in Stücke gebrochen wäre. Der geflochtene Boden, durch den sie die Wolken unten sehen konnte, sah besonders unstofflich aus. Sie entschloß sich, ein kurzes Stück an der Käfigwand hochzuklettern und Arme und Beine durch die Lücken zu haken. Das war nicht sehr bequem, aber so fühlte sie sich sicherer.

»Wir bewegen uns immer noch nicht!« rief eine Frau. »Was haben diese Schufte vor?«

»Sie werden das Tau durchschneiden! Ich weiß es!« rief eine zweite, und ihre Stimme stieg in die Höhe vor Panik. Jemand anders, ein Mann, begann zu schluchzen.

Jan hatte den gleichen Gedanken gehabt. Entweder das, oder die Himmelskrieger hatten vor, sie hier unten im Käfig zu lassen, bis sie an Hunger, Durst oder Kälte oder an allen dreien starben. Aber was hatte dann all das Gerede zu bedeuten gehabt, man wolle sie in die Sklaverei verkaufen?

Ihre Zähne klapperten. Je höher sie kamen, desto kälter wurde es, und ebenso wie die anderen war sie durch und durch naß. *Na gut,* sagte sie zu sich selbst, *mein Wunsch wird mir also doch noch erfüllt. Ich werde sterben ...*

Trotzdem widersprach sie sofort, als die Frau, die sie erkannt hatte, ein paar Minuten später sagte: »Eine von uns sollte hochklettern und das Tau losbinden. Besser, wir sterben von eigener Hand, als von den Händen dieser männlichen Ungeheuer.« Sie wollte immer noch sterben, nur nicht auf diese Weise. Sie ertrug es nicht, an den langen Sturz durch die Wolken bis zu dem endgültigen schrecklichen Aufschlag weit unten zu denken.

Die Frau verhöhnte sie: »So steht es also um die Ehre von Melissas Familie! Ihre Tochter ist ein Feigling.«

»Das bin ich nicht! Sie verstehen nicht ... Gerade um der Ehre Minervas und meiner Mutter willen muß ich den Himmelsherrn lebendig erreichen.«

»Ach ja?« Die Frau bedachte sie mit einem skeptischen Lächeln. »Und warum ist das so?«

Jan bereute ihre Worte bereits, doch ihr blieb keine Wahl, als weiterzusprechen. »Meine Aufgabe ist es ... den *Lord Pangloth* zu zerstören.« Sie merkte gleich, wie absurd das klang, und es überraschte sie nicht, als die Frau lachte. Ein paar andere, die in Hörweite waren, lachten ebenfalls.

»Du wirst den Himmelsherrn zerstören? Und wie wirst du diese Kleinigkeit zuwegebringen, Tochter Melissas?«

»Ich ... ich trage das Mittel ... verborgen bei mir. Eine Waffe. Von Helen gemacht ...« Jan kam sich dumm vor. Ihr war klar, daß sie das alles nur sagte, um ein Weilchen länger am Leben zu bleiben. Sie glaubte nicht im Ernst an eine Chance, dem Himmelsherrn mit Helens winziger Brandbombe auch nur geringen Schaden zuzufügen. Sie hatte es nie geglaubt. Außerdem war der Plan dahin gegangen, mehrere Minerverinnen, die derartige Bomben trugen, würden an Bord des *Lord Pangloth* gelangen.

Die Frau lachte von neuem. »Eine Waffe? Was für eine Waffe? Und wo ist sie? Vielleicht ist es eine Nadel, die in deinem Haar versteckt ist. Du willst sie benutzen, um das ganze Gas aus dem *Pangloth* zu lassen? Idiotin! Du bist ebenso verrückt wie deine Mutter, Mädchen!«

Bevor Jan sich eine passende Antwort einfallen lassen konnte, rief einer der Männer: »Wir steigen nicht mehr!«

Es stimmte. Der Himmelsherr stieg nicht länger in die Höhe, sondern begann jetzt, sich mit zunehmender Geschwindigkeit vorwärtszubewegen. Schon bald wurde der Käfig von einem starken Wind umhergeschleudert, was jede Unterhaltung unmöglich machte. Und was Jan weiter vorn sah, erfüllte sie mit der Überzeugung, der zerbrechliche Käfig werde nicht viel länger an dem Himmelsgiganten hängenbleiben. Es war eine große, schwarze Gewitterwolke, und der Himmelsherr hielt genau auf sie zu.

6

Nie hatte Jan etwas so Furchtbares erlebt wie den Flug durch das Unwetter. Es wurde schon dunkel, als sich der Himmelsherr dem brodelnden Berg aus Gewitterwolken näherte, und sobald sie darin waren, wurde es stockfinster. Der Käfig und seine Insassen wurden so heftig umhergeschleudert, daß ihnen schwindelte. Manchmal riß ein Aufwind den Käfig hoch, nur um ihn mit einem plötzlichen, Übelkeit erregenden Ruck wieder fallenzulassen. Bei jeder Gelegenheit war Jan überzeugt, das zerschlissene Tau sei gerissen, und sie schrie.

Dann kamen die fürchterlichen Donnerschläge, gefolgt von Blitzen. Jan hatte den Eindruck, genau im Zentrum des Gewitters zu sein, und sie erwartete jede Sekunde, vom Blitz getroffen zu werden. Sie hatte sich noch nie in ihrem Leben so unbedeutend und hilflos gefühlt. Arme und Beine steckten im Flechtwerk des Käfigs fest, sie hatte die Augen fest zugekniffen, und sie betete und betete zu der Mutter Gott um Rettung, während der Wind sie beutelte, der Regen sie durchnäßte, der Donner sie taub machte und die Blitze sie blendeten.

Als sie fest überzeugt war, das Tau sei längst gerissen und der Käfig treibe, vom Luftschiff gelöst, in den Gewitterwolken umher und werde endlos vom Wind geschüttelt, ohne jemals zur Erde zu fallen, hörte das Geschaukel plötzlich auf. Jan öffnete die Augen. Der Käfig hing jetzt in klarer, stiller Luft, und sie konnte von neuem das kräftige Brummen der Motoren des Himmelsherrn hören. Sie blickte nach oben. Der breite Unterbauch des Luftschiffs wurde von Lichterreihen erhellt. Jan löste ihre Hände und Beine aus dem Geflecht und ließ sich auf den Boden des Käfigs fallen. Es war eiskalt, und ihre Glieder schmerzten, aber sie war so erschöpft, daß es sie nicht kümmerte. Sie schlief ein.

In hellem Sonnenlicht erwachte sie. Durch den Käfigboden konnte sie sehen, daß die Erde sehr nahe war. Unter ihnen zog Pestland in seinem täuschenden Aufruhr von leuchtenden, sich beißenden Farben dahin. Die Wipfel der Bäume und die größeren Pilze schienen nur ein paar Fuß unter ihr zu sein.

Jan setzte sich auf und stellte fest, daß jeder einzelne Muskel ihres Körpers steif war und sehr schmerzte. Aber die Sonne fühlte sich wundervoll auf ihrer Haut an. Und sie merkte, daß sie großen Hunger hatte. Wann hatte sie das letzte Mal gegessen? Es war wenigstens vierundzwanzig Stunden her.

Sie war eingeengt von schlafenden Gestalten, oder wenigstens sah es anfangs so aus. Doch als sie den Mann neben sich an der Schulter berührte, um ihn aufzuwecken, entdeckte sie mit Grausen, daß er kalt und steif war. Tot.

Für einen Augenblick stand sie unter dem Eindruck, sie sei als einzige noch am Leben. Sie schüttelte die Schulter einer Frau und stellte erleichtert fest, daß sie warm war. Die Frau regte sich und stöhnte, dann öffnete sie die Augen. »Ach, du bist es«, stellte sie fest. »Die verrückte Tochter Melissas. Laß mich in Ruhe, Dummkopf, ich will schlafen.« Jan hatte die Frau nicht als ihre Anklägerin erkannt. Ihr Gesicht mußte während der Nacht geschrumpft sein. Es war ausgezehrt, und um die Augen lagen schwarze Ringe. Jan fragte sich, ob sie ebenso aussehe.

»Dieser Mann«, sagte Jan heiser. »Er ist tot.«

Die Frau richtete sich unter Mühen zum Sitzen auf und sandte einen kurzen Blick zu dem toten Mann hinüber. »Er hat Glück gehabt«, erklärte sie. »Ich beneide ihn. Er ist jetzt bei der Mutter Gott. Wenn er ein untadeliges Leben geführt hat, wird sie ihm eine Wiedergeburt als Frau schenken, und er wird dem Paradies einen Schritt nähergekommen sein.«

Jan wußte, das war die Wahrheit, aber es linderte ihr Entsetzen nicht, neben einer Leiche eingekeilt zu sein.

Sie faßte über den Toten weg nach dem Bein der Frau, die neben ihm lag, und zuckte zurück. Die Frau war ebenfalls tot.

Der Käfig ruckte. Jan keuchte und suchte nach einem Halt. Er ruckte wieder. Sie sah nach oben. »Wir bewegen uns!« rief sie. »Wir werden hochgezogen!«

Als der Käfig zu dem großen Bauch des Himmelsherrn hochgezogen wurde, erwachten noch weitere zum Leben und setzten sich auf. Jan sah, daß sieben Personen es nicht taten. Vermutlich hatte die Kälte sie getötet, oder auch der Schock. Und wieder einmal fand Jan sich unter den Lebenden. Vielleicht sollte es so sein. Vielleicht hatte sie *doch* eine Aufgabe. Hielt die Mutter Gott sie am Leben, damit sie Melissas Anweisungen ausführen konnte? Jan fand den Gedanken nicht gerade tröstlich.

Die Masse des Luftschiffes füllte den Himmel über ihnen aus. Die Überlebenden sahen sich furchtsam an. Sie wurden in eine viereckige Öffnung in der Hülle hochgezogen. Jans böse Ahnungen verstärkten sich, und ihr Herz hämmerte schmerzhaft. Was erwartete sie innerhalb des Himmelsherrn? Welche neuen Schrecken hielten die Diener des *Lord Pangloth* für sie bereit?

Der Käfig stieg durch die Öffnung in einen großen, matt erhellten Raum mit hoher Decke, von der verschiedene Stücke Maschinerie niederhingen, darunter auch die Winde, die den Käfig hochgezogen hatte. Als Jans Augen sich an das Halbdunkel gewöhnt hatten, sah sie, daß sich in dem Raum eine große Zahl von Personen befand.

Mit einem seufzenden Laut schloß sich die Öffnung in der Hülle langsam, und dann ließ man den Käfig unsanft zu Boden plumpsen. Die Gestalten in den Schatten rückten näher. Es waren lauter Männer. Einige waren in Schwarz gekleidet und trugen Waffen; offenbar waren sie Himmelskrieger ohne ihre Rüstung. Die anderen trugen beutelartige, einteilige Anzüge in unterschiedlichen, aber ausschließlich tristen Farben. Jan wurde von Furcht überwältigt und konnte das Zittern nicht unterdrücken. Verstandesmäßig hatte sie gewußt, daß die Himmelskrieger Männer waren, aber solange sie sich hinter ihren Rüstungen und Gesichtsmasken versteckt hatten, war sie imstande gewesen, dieses Wissen zu unterdrücken. Jetzt jedoch hatte sie keine andere Wahl, als sich der Erkenntnis zu stellen, daß sie von *Männern* umgeben war. Von Männern, die nicht den Männern Minervas glichen, sondern unveränderte Abkömmlinge der Alten Männer waren — der Ungeheuer, die die Frauen jahrtausendelang unterjocht und mißhandelt, die die Welt mit ihrer Gier, ihrer Aggression und ihrer bösen Technologie vergewaltigt und sie schließlich mit ihren Gen-Kriegen fast ganz vernichtet hatten. Ihr ganzes Leben lang hatte man sie gelehrt, diese Kreaturen zu fürchten und zu verabscheuen, und jetzt war sie ihnen auf Gnade und Barmherzigkeit ausgeliefert.

Die Himmelskrieger und die anderen Männer betrachteten die Insassen des Käfigs mit einer Mischung aus Verachtung und Amüsement. »He, ihr Amazonen!« rief einer von ihnen. »Jetzt habt ihr die Lust zum Kämpfen verloren, was?«

»Laßt uns hier heraus, und wir werden es euch zeigen!« rief die Frau zurück, die Jan angeklagt hatte. Jan wünschte, sie hätte den Mut besessen, diese Worte zu sprechen.

Dann traten zwischen den Himmelskriegern zwei Personen hervor, die sich in ihrer Erscheinung außerordentlich von ihrer Umgebung unterschieden. Zu Jans Überraschung war die eine von ihnen eine Frau. Der Mann, der voranging, trug eine blutrote Jacke mit Ärmeln, die sich bis hinunter zu den Handgelenken bauschten. Die Jacke reichte bis knapp unter seine Taille, und anstelle einer Hose hatte er etwas an, das sehr feinen und sehr engen weißen Strümpfen glich. Sie zeigten deutlich die Muskulatur seiner Beine. Jan war sicher, auch die Umrisse seiner Geschlechtsteile wären enthüllt worden, wenn sie nicht von einem hervorstehenden roten Futteral aus hartem Leder verhüllt gewesen wären. Das schwarze Haar hing dem Mann auf die Schultern. Sein langes, arrogantes Gesicht war mit einem weißen Pulver bedeckt, während seine Lippen die gleiche Farbe hatten wie seine Jacke.

Die Frau wirkte noch bizarrer. Auch sie war in Rot gekleidet, aber ihr Gewand war von einer Art, die Jan noch nie gesehen hatte. Es umschloß ihre Taille so eng, daß Jan sich fragte, wie sie wohl atmete. Die unnatürliche Schmalheit der Taille diente dem Zweck, die Hüften und den Oberkörper zu betonen. Von letzterem konnte Jan eine Menge sehen, weil das Kleid vorn so tief ausgeschnitten war, daß der Großteil der ziemlich vorstehenden Brüste bloßlag. Zu Jans Verwirrung trug bei, daß die Frau unter dem Gewand eine Art von einengendem Halter trug, der die Brüste nach oben preßte und zusammenschob.

Wie der Mann hatte auch die Frau das Gesicht mit einem weißen Pulver bedeckt und die Lippen rot bemalt, aber ihr Haar — es war blond — war auf dem Kopf hoch aufgetürmt und wurde von einer großen Zahl juwelenbesetzter Nadeln festgehalten.

Erst als der Mann zu sprechen begann, gelang es Jan, den Blick von der Erscheinung, die die Frau war, loszureißen. »Ich bin Prinz Magid, der Großkämmerer des *Lord Pangloth*«, verkündete er mit hoher, schriller Stimme. »Ich bin hier, um euch zu informieren, was der *Lord Pangloth* über euer Schicksal beschlossen hat. Da ihr es gewagt habt, gegen die rechtmäßige Herrschaft des Himmelsherrn zu rebellieren, habt ihr natürlich alle Rechte verwirkt, die euch der *Lord Pangloth* großmütig gewährt hat. Eure Gemeinschaft hat zunächst einmal das erste Gesetz der Himmelsherren gebrochen, indem sie flugfähige Geräte herstellte, obwohl ihr wußtet, daß der Himmel allein die Domäne der Himmelsherren und euch Erdenbewohnern für immer verwehrt ist. Und dann wagtet ihr es, diese Geräte in dem heimtückischen Versuch, euren Souverän zu vernichten, gegen den *Lord Pangloth* einzusetzen. Daß der Versuch von vornherein zum Scheitern verurteilt war, mindert die Ungeheuerlichkeit eures Verbrechens in keiner Weise.

Die anderen Mitglieder eurer Gemeinschaft haben den Preis bereits bezahlt — nun seid ihr an der Reihe. Ihr könnt zwischen zwei Möglichkeiten wählen: Tod oder Sklaverei für den Rest eures Lebens. Was soll es sein? Ich gebe euch eine Minute, um euren Entschluß zu fassen.«

Es herrschte Schweigen. Jan drehte sich um und sah die anderen an. Von den ursprünglich zwanzig Personen waren nur noch dreizehn am Leben. Neun Frauen und vier Männer. Unter den sieben, die während der Nacht gestorben waren, hatten sich fünf Männer befunden. Wie Jan erwartet hatte, war ihre Anklägerin die erste, die sprach. Und als sie den Mund öffnete, wußte Jan schon, was sie sagen würde. »Wir wählen den Tod. Dem Andenken Minvervas und unseren toten Schwestern zu Ehren.«

»Ja, laßt es den Tod sein!« pflichtete ihr eine zweite Frau laut bei. Drei andere Frauen murmelten mit weniger Begeisterung ihre Zustimmung. Die vier Männer blickten ängstlich drein. »Nun, was sagt die Tochter Melissas?« fragte die erste Frau kalt und wandte sich Jan dabei zu.

Jan wußte nicht, was sie tun sollte. Ihr Wunsch zu sterben war an diesem Morgen unter den Küssen der Sonne auf ihrer Haut verschwunden, doch gleichzeitig schreckte sie vor dem Gedanken zurück, sich den Männern des Himmelsherrn auch nur für eine Minute zu ergeben, ganz zu schweigen von dem Rest ihres Lebens. Außerdem war ihre Aufgabe zu bedenken. Sie bezweifelte, daß sie auch nur eine kleine Erfolgschance hatte, aber ihre Ehre verpflichtete sie, den Versuch zu machen.

»Ganz, wie ich es mir gedacht habe«, sagte die Frau, als Jan nicht antwortete.

»Die Frist ist verstrichen«, erklärte der Mann in Rot. Zwei Himmelskrieger traten vor und öffneten die Käfigtür. Andere zogen die Schwerter. »Heraus, und nennt euren Entschluß.«

Langsam kletterten sie aus dem Käfig und stellten sich nach den gebrüllten Befehlen der Krieger in einer Reihe davor auf. Jan warf einen kurzen Blick zurück auf die sieben kläglichen Gestalten, die in dem Käfig liegengeblieben waren.

»Nun, was soll es sein?« fragte der Großkämmerer mit seiner hohen, unnatürlichen Stimme. Es war, als sei er nicht gewöhnt, so laut zu sprechen. »Diejenigen, die den Tod wählen, sollen vortreten.«

Jans Anklägerin trat ohne einen Augenblick des Zögerns vor. Vier andere Frauen folgten ihr nach kurzer Pause. Dann gesellten sich ihnen die übrigen vier Frauen eine nach der anderen und mit offensichtlichem Widerstreben bei, so daß nur noch Jan und die vier Männer in der ursprünglichen Reihe standen. Jan fühlte sich gedemütigt. Sie wollte diesen entscheidenden Schritt vorwärts tun, und sie konnte es nicht.

Ihre Anklägerin sah sie über die Schulter an. Sie sprach kein Wort, aber die Verachtung in ihren Augen war deutlich. Jan blickte auf den Fußboden nieder.

»So viele von euch wollen gern sterben?« fragte der Großkämmerer. Es klang überrascht. Und von den Himmelskriegern ringsumher kam enttäuschtes Gemurmel. Jan vermutete, daß sie ein finanzielles Interesse an dem Ergebnis hatten. Doch wenn die Himmelskrieger sie als Sklaven wollten, warum waren sie dann so sorglos mit ihrem Leben umgegangen, solange sie in dem Käfig gesteckt hatten?

»Der Tod ist besser als die äußerste Entehrung«, erklärte Jans Anklägerin. Jan konnte nicht aufhören, sie zu beneiden. Die gleichen Worte aus ihrem Mund hätten nur dumm geklungen, dessen war sie sicher. »Wir verlangen nichts weiter, als daß unser Tod sauber sei und unsere Körper nicht vorher durch eure Hände beschmutzt werden.«

»Euer Tod wird sauber sein«, erwiderte der Großkämmerer gereizt. »Und man wird euch nicht belästigen. Aber was ist mit der da? Warum teilt sie euren irrationalen Wunsch nach Vernichtung nicht?«

Jan hob den Kopf und sah, daß er auf sie zeigte. Ihre Anklägerin streifte sie mit einem Blick und stellte kalt fest: »Sie ist unsere Geheimwaffe. Sie ganz allein wird euch alle und euren Himmelsherrn vernichten. Wenigstens ist es das, was sie uns erzählt hat ...«

Der Großkämmerer, seine Begleiterin und alle anderen Himmelsleute lachten, und Jan spürte, daß ihre Wangen heiß wurden. Sie wünschte sich zu sterben — aber sie wünschte es sich nicht *genug,* wie sie voller Scham erkannte, um vorzutreten und sich zu den anderen zu stellen.

Als das Gelächter verebbte, seufzte der Großkämmerer. »Gut, bringen wir diese unangenehme Sache zu Ende. Diejenigen von euch, die den Tod wählen, sollen in den Käfig zurückkehren.«

Jan wich den Blicken der neun Frauen aus, die eine nach der anderen langsam den Käfig betraten. Die vier Männer standen ebenfalls mit gesenktem Kopf da. Jan wurde von einem Himmelskrieger zur Seite gezogen. Er hatte einen großen schwarzen Bart. Einen solchen Bart hatte Jan noch nie gesehen. Minervischen Männern wuchs selten einer.

Von oben kam das Brummen einer Maschine, und der Käfig erhob sich um ein paar Fuß über den Boden. Er schwankte an dem Tau hin und her. Die Öffnung unter ihm entstand von neuem. Jan wurde noch elender zumute. Sie wußte, was geschehen würde. Die in dem Käfig wußten es auch. Einige von ihnen begannen, laut zu der Mutter Gott zu beten. Jan schloß die Augen.

»Tochter Melissas!«

Sie öffnete die Augen wieder. Ihre Anklägerin sah sie durch die Stäbe des Käfigs finster an. »Tochter Melissas! Warum bist du so bescheiden, was deine eigene Person angeht? Ich bin sicher, es würde deinen Herren schmeicheln, wenn sie erführen, daß du ...«

Der Käfig fiel. Es gab keine Warnung. Er verschwand einfach. Irgend jemand mußte das zerschlissene Tau durchgehackt haben. Jan schwankte benommen, und sie dachte schon, sie werde das Bewußtsein verlieren, doch das Gefühl ging vorbei. Plötzlich fand sie sich von Angesicht zu Angesicht vor dem Großkämmerer. Wellen eines sehr starken und widerlich süßen Parfums füllten ihre Nüstern, so daß sie beinahe zu würgen begonnen hätte. Die Frau stand dicht hinter ihm und starrte Jan über seine Schulter mit ausgesprochener Neugier an.

»Wie ist dein Name, Mädchen?« fragte er.

»Jan. Jan Dorvin.«

»Wovon hat diese Frau gerade eben gesprochen?«

Jan schüttelte den Kopf. »Ich weiß es nicht. Sie konnte mich nicht leiden. Sie hält ... sie hielt mich für einen Feigling.«

Der Großkämmerer strich nachdenklich seinen kleinen Spitzbart. »Für dich wäre es besser, ein Feigling zu sein. Denn auf diese Weise wirst du am Leben bleiben. Begehe irgendeinen Akt des Ungehorsams, und du wirst sofort das Schicksal deiner Landsleute teilen. Verstanden?«

»Ja«, antwortete Jan beinahe flüsternd.

»Gut.« Der Großkämmerer wandte sich den vier minervischen Männern zu. »Dasselbe gilt für euch, obwohl Ungehorsam nach dem, was ich über euch Eunuchen weiß, nicht in eurer Natur liegt. Auf jeden Fall seit ihr gewarnt. Verstanden?«

Die Männer nickten. Jan überkam ein Gefühl der Verachtung für sie, das sie schnell erstickte. Es stand ihr nicht zu, andere der Feigheit zu beschuldigen. Außerdem konnte sie nicht sicher sein, ob sie wirklich Feiglinge waren. Sie hatte gestern verschiedene minervische Männer Seite an Seite mit den Schwestern kämpfen sehen. Sie hatten nicht gut gekämpft, und sie waren von den Himmelskriegern schnell niedergemacht worden, aber sie hatten sich Mühe gegeben, und sie hatte sie dafür respektiert. Und gleichzeitig hatte der Anblick minervischer Männer, die Schwerter schwangen, sie mit tiefem Unbehagen erfüllt ... genau wie sie es erwartet hatte.

Der Großkämmerer sah sich fragend um. »Vermutlich haben einige von euch Eigentumsrechte an diesen Überlebenden? Wenn ja, meldet euch.«

»Ich, Gregory Tanith vom Dritten Bataillon, erhebe auch im Namen des Kriegers Martin Sundin, wie ich vom Dritten Bataillon, Anspruch auf diese Minerverin«, sagte der Himmelskrieger mit dem schwarzen Bart, der immer noch Jans Arm gefaßt hielt. Überrascht stellte Jan fest, daß er die ›Erste Stimme‹ war.

Der Großkämmerer nickte ungeduldig. »Hast du eine offizielle Beglaubigung dieses Anspruchs?«

»Jawohl. Officer Kaplan vom Dritten Bataillon wird den Anspruch beglaubigen.«

»Gut, dann ist der Anspruch anerkannt. An wen beabsichtigt ihr, sie zu verkaufen?«

»Wir hatten an Gildenmeister Bannion gedacht. Er hat einige Verluste unter seinen Glasgehern gehabt.«

Der Großkämmerer nickte zustimmend. »Gut. Sollte noch irgendwelcher Kampfgeist in dieser Amazone stecken, wird er ihr bei der Arbeit mit Bannions Gruppe bald ausgetrieben werden.«

»O Magid, es dünkt mich eine solche *Verschwendung* zu sein, sie unter Bannions Flegel zu stecken. Sie ist ein so hübsches Geschöpf. Warum kaufst du sie nicht für mich? Ich könnte sie zu meiner Zofe erziehen lassen.« Das kam von der Frau, die bisher noch kein Wort gesagt hatte. Sie sprach auf seltsam gezierte Weise. Jan kam es vor, als versuche sie, ein kleines Mädchen zu imitieren.

»Sei nicht albern«, gab der Großkämmerer gereizt zurück. »Ich werde dir nicht erlauben, eine Amazone als Zofe zu verwenden. Außerdem wissen wir noch nicht, ob sie ansteckende Krankheiten hat. Falls ja, sollen doch die Kerle von Bannions Abschaum die Leidtragenden sein.«

Die Frau nickte demütig und sagte nichts mehr. Der Großkämmerer wandte seine Aufmerksamkeit nun den Leuten zu, die Anspruch auf die vier minervischen Männer erhoben. Es bekümmerte Jan, daß sie an verschiedene ›Gildenmeister‹, was das auch zu bedeuten haben mochte, verkauft werden sollten. Sie wollte nicht von den einzigen anderen minervischen Überlebenden getrennt werden, auch wenn sie Männer waren. Aber sie wurde von ihrem schwarzbärtigen ›Eigentümer‹ durch die Menschenmenge geschoben, und plötzlich fühlte sie sich sehr allein.

Er brachte sie an eine breite Tür, über der ein Schild mit der Aufschrift ENTSEUCHUNG hing. In dem Raum dahinter saß ein gelangweilt dreinblickender Mann mit sehr blasser Haut an einem Schreibtisch. Auf der einen Seite des Tisches lag ein Kleiderstapel. Ein Funke von Interesse glomm in den Augen des Mannes auf, als er Jan sah. Er betrachtete sie lüstern. »Und was haben wir da? Eine von diesen minervischen Amazonen?«

»Die einzige«, antwortete Tanith. »Die übrigen Frauen haben den Sturz gewählt. Außer ihr sind nur noch vier Männer aus Minerva übrig.«

»Verschwendung.« Der Mann an dem Schreibtisch schüttelte mißbilligend den Kopf. »An wen geht sie denn?«

»Bannion. Zu einer seiner Hüllen-Mannschaften.«

Das entlockte dem blaßgesichtigen Mann ein Grinsen. Es war nicht angenehm. Je mehr Jan über Bannion und seine Leute hörte, desto größer wurde ihre Angst.
»Wie heißt du?« fragte der Mann.

»Jan«, murmelte sie.

»Gut, Jan, zieh dich aus. Alles.«

Das war es, was sie befürchtet hatte. »Sie wollen mich ... mich ...« — sie zwang sich, das verhaßte Wort auszusprechen — »... vergewaltigen.«

Die beiden Männer wechselten einen Blick und lachten. »Bilde dir ja nichts ein, Erdenwurm. Glaubst du, wir sind verrückt? Gott weiß, welches Ungeziefer in deinem Inneren herumwimmelt«, erklärte der Mann an dem Schreibtisch verächtlich. »Meine Aufgabe ist es, dafür zu sorgen, daß wenigstens die Außenseite sauber ist. Also zieh dich aus.«

Langsam und zögernd legte Jan ihren Kilt, ihre Weste und ihre Unterwäsche ab. Sie war in schrecklicher Verlegenheit, aber abgesehen davon ängstigte sie der Gedanke, man werde sie einer intimen Durchsuchung unterziehen. Der Bombe in ihrem Körper war sie sich peinlich bewußt. Sie schien an Größe zugenommen zu haben.

»Himmel, sieh dir diese Muskeln an!« Der Mann am Schreibtisch stand auf.

»Alle Amazonen sind — *waren* — so gebaut.« Tanith versuchte, blasiert zu sprechen. »Aber sie ist kleiner als der Durchschnitt.«

Der Schreibtischmann hörte nicht auf, sie von oben bis unten zu mustern. Jan hätte ihm gern einen sehr harten Schlag ins Gesicht versetzt, und gleichzeitig hätte sie sich am liebsten übergeben. »Ein Jammer, das da an Bannions Abschaum zu verschwenden«, sagte er zu Tanith.

»Ja-a. Hör mal, ich muß zurück zum Dienst, also könntest du ein bißchen schnell machen?«

»Nun, ich *will* zwar nicht, aber ich werde, Soldat.« Er

zwinkerte Jan zu, ergriff einen Stock mit einem Haken am Ende, nahm mit ihm ihre Kleider auf und ließ sie in die Öffnung einer Rutsche in der Wand neben seinem Schreibtisch fallen. Er zog einen Hebel. Jan stellte sich vor, wie ihre Kleider jetzt zur Erde hinunterflatterten. »Geh da durch, Mädchen — *marsch!*« befahl er und zeigte auf eine schmale Tür am Ende des kleinen Raums. Jan zögerte. »Mach schon, dir wird nichts passieren. Jedenfalls nicht *da drin.*« Er lachte.

Jan näherte sich mißtrauisch der Tür, öffnete sie und sah vor sich einen großen Duschraum. Sie war erleichtert, daß die Männer nicht daran gedacht hatten, sie zu durchsuchen. Es hatte seine Vorteile, wenn man als eine von Seuchen zerfressene Wilde galt.

Jan ging weiter und stellte sich unter einen der Brauseköpfe. Erwartungsvoll blickte sie nach oben, und plötzlich traf sie ein scharfer Strahl einer weißen Flüssigkeit ins Gesicht, die in ihren Augen brannte und abscheulich roch. Jan keuchte, rieb sich die Augen und stolperte blindlings auf die Tür zu. Offenbar versprühten sämtliche Brauseköpfe im Raum die scheußliche Flüssigkeit. Etwas davon geriet ihr in den Mund, so daß sie würgen mußte. Sie erreichte die Tür und drehte den Knopf. Die Tür wollte sich nicht öffnen. Jan schlug dagegen. »Laßt mich hinaus!« rief sie. »Hilfe!« Die Dämpfe wurden schlimmer. Es machte ihr Mühe, zu atmen. Hustend und würgend sank sie in die Knie.

Das Zischen der Brauseköpfe erstarb. Mit tränenden Augen sah Jan sich um. Die weiße Flüssigkeit floß durch Gitter im Fußboden ab, aber sie selbst war von dem Zeug bedeckt. Sie stand auf und versuchte noch einmal, die Tür zu öffnen. Sie blieb verschlossen. Die Brauseköpfe erwachten von neuem zum Leben, und Jan fuhr entsetzt herum. Doch diesmal versprühten sie anscheinend nichts weiter als gewöhnliches Wasser.

Versuchsweise streckte sie die Hand unter den nächsten Strahl, dann leckte sie daran. Es schmeckte schal, aber es war einwandfrei Wasser. Jan trat unter den Strom und wusch dankbar die brennende und stinkende weiße Flüssigkeit von ihrem Körper. Als sie fertig war, hörte das Wasser auf zu fließen, und die Tür sprang auf.

Jan kehrte in den ersten Raum zurück. Beide Männer betrachteten sie mit boshafter Belustigung. Sie spie auf den Fußboden, teils, um ihre Kehle von dem hartnäckigen Geschmack zu befreien, teils, um ihren Zorn auszudrücken. »Ihr Schweine«, sagte sie. »Ihr hättet mich warnen können. Was war das für ein Zeug?«

Tanith trat vor sie und schlug ihr mit der behandschuhten Hand lässig ins Gesicht. Die Wucht des Schlages warf sie um. »Regel Nummer eins.« Er blickte auf sie nieder. »Du darfst niemals gegen einen Himmelskrieger oder überhaupt einen Freien unverschämt sein. Gegenüber deinen Mitsklaven kannst du dich benehmen, wie du willst, aber wenn du einen Freien noch einmal absichtlich beleidigst, bedeutet das den Sturz für dich. Verstanden?«

Jan nickte stumm und faßte nach ihrer schmerzenden Wange. Blut tröpfelte von der aufgerissenen Lippe. »Die weiße Flüssigkeit war ein wirksames Desinfektionsmittel«, fuhr Tanith fort. »Deine Haut und deine Augen werden noch ein paar Tage brennen, aber du wirst nicht unter längerfristigen üblen Nachwirkungen zu leiden haben.« Er bückte sich und half ihr auf.

Der Schreibtischmann kam, immer noch grinsend, mit einem Kleiderbündel in den Armen. Er gab es Jan. »Zieh das an.«

Jan öffnete das Bündel und sah, daß es aus einem dieser beuteligen, einteiligen Anzüge bestand, die sie schon gesehen hatte. Sie stieg hinein und wunderte sich über den seltsamen Verschluß, der über die ganze Vorderseite lief. Er fühlte sich nicht klebrig an, fügte sich aber wie durch Zauberei zusammen. Tanith fragte: »Wie alt bist du, Jan?«

»Achtzehn.«

Er legte ihr die Hand auf die Schulter. »Ist das alles? Na, es ist Zeit, daß du deine neue Welt zu sehen bekommst. Den Ort, wo du deine restlichen einhundertundzweiundachtzig Jahre oder so verbringen wirst — wenn du Glück hast.«

7

Zuerst war es der Geruch, der bei Jan den stärksten Eindruck hervorrief. Noch nie waren ihr so viele ungewaschene menschliche Körper in solcher Enge begegnet. Es gab auch noch andere Gerüche, und alle waren sie schlecht. Sie bemerkte Haufen von Tierkot auf den Strohmatten, die die Oberfläche der ›Straße‹ bildeten, und sie fragte sich, warum die Leute sich nicht die Mühe machten, ihn aufzusammeln und einfach aus dem Luftschiff zu werfen.

Während sie Tanith die Straße entlang folgte, mußte sie sich ständig daran erinnern, daß sie tatsächlich auf dem Himmelsherrn war. Wäre die niedrige Decke mit den Lampen, die hell wie der Tag leuchteten, nicht gewesen, hätte sie ebensogut über die Hauptstraße einer überfüllten, aber unglaublich schmutzigen Stadt gehen können. Es gab Schaufenster von Läden und eine Vielzahl anderer Gebäudefassaden mit Eingängen und Fenstern zu beiden Seiten dessen, das sie als einen sehr breiten Korridor erkannte. Und es war auch ein sehr langer Korridor — Jan hatte das Gefühl, ihn schon stundenlang durchwandert zu haben, doch sie wußte, wahrscheinlich war es erst fünfzehn Minuten her, daß Tanith und sie aus dem kleinen, sich bewegenden Raum gekommen waren, der sie aus dem Entseuchungsabschnitt nach oben getragen hatte.

Zum ersten Mal sah sie mit eigenen Augen, wie die Menschen innerhalb des Himmelsherrn lebten, und es war ein Schock für sie. Seit ihrer Kindheit hatte sie sich oft ausgemalt, was in dem großen Luftschiff vor sich ging, doch keine ihrer Phantasien hatte sie auf den Schmutz und die Verwahrlosung vorbereitet, die ihr ins Gesicht sprangen, als sie auf die ›Straße‹ hinaustrat. Außer den zahlreichen Menschen in ihren trübseligen Kleidern — manche waren wenig mehr als dreckige Lumpen — gab es viele Tiere: Ziegen, Schweine, Hühner und sogar Schafe. Es trug zu ihrer Verwunderung bei, daß eine Menge Kinder umherliefen, noch dazu unterschiedlichen Alters, was bedeutete, daß die Himmelsleute keine festgesetzte Fortpflanzungszeit kannten ...

Auf dem ganzen Weg zog Jan die Aufmerksamkeit auf sich, und meistens war sie feindseliger Natur. Männer und nicht wenige Frauen verhöhnten sie, nannten sie ›Amazone‹, ›Erdenwurm‹, ›Abschaum der Erde‹ und Schlimmeres. An einer Stelle pflanzte sich ein wütender Mann vor Tanith auf und wollte wissen, was ihn berechtige, einen verseuchten Erdenwurm ins Zentrum ihres Dorfes zu bringen. Tanith legte die Hand bedeutungsvoll auf den Schwertgriff und befahl dem Mann, ihnen aus dem Weg zu gehen. Der Mann tat es, doch nicht, bevor er Jan angespuckt hatte.

Kurze Zeit später warf es Jan aus dem emotionalen Gleichgewicht, daß eine Frau neben ihr herging und zu Tanith sagte: »Das Kind sieht halb verhungert aus, Soldat. Darf ich ihr das hier geben?« Und sie hielt Jan einen großen roten Apfel hin. Jans Magen begann sofort zu knurren, obwohl ihr die Geste verdächtig vorkam. Stimmte etwas mit dem Apfel nicht? War er vergiftet?

Tanith zuckte die Achseln. Jan nahm den Apfel und murmelte der Frau einen Dank zu. Sie betrachtete den Apfel mißtrauisch, aber das Verlangen ihres Magens war stärker als die Befürchtungen ihres Kopfes, und sie biß hungrig hinein. Er war sehr saftig und schmeckte köstlich. In diesem Augenblick kümmerte es sie keinen Deut, ob er wirklich vergiftet war.

Als sie den letzten Bissen des Apfels kaute, machte Tanith, der vor ihr ging, unerwartet halt, und sie stieß gegen seinen Rücken. Er faßte ihr Handgelenk und sagte barsch: »Da hinein!«

Sie standen vor einem offenen Eingang, über dem zu lesen war: DIE GILDE DER GLASGEHER. Jan sagte sich, daß dies ihre letzte Chance sein mochte, Tanith zu entkommen. Zwar war sie schwach aus Mangel an Nahrung, aber sie traute sich immer noch zu, ihn mit einem schnellen, überraschenden Hieb bewußtlos zu schlagen. Das Problem war: Wohin konnte sie *danach* fliehen? Es stand so gut wie fest, daß man sie sofort wiedereinfangen würde, und dann käme der lange Sturz …

Deshalb ließ sie es sich gefallen, daß Tanith sie durch den Eingang in ein matt erhelltes Vorzimmer schob. Zwei Männer hatten es sich auf einer niedrigen Bank an der Wand bequem gemacht, während ein dritter hinter einem großen, aus Korbgeflecht hergestellten Schreibtisch saß. Alle drei waren schwergebaut und in schwarze, einteilige Anzüge gekleidet. Im Gegensatz zu den anderen Himmelsleuten, die Jan bisher gesehen hatte, zeigte ihre Haut eine tiefe Sonnenbräune.

Der hinter dem Schreibtisch stellte den Becher ab, aus dem er getrunken hatte, und fragte fröhlich: »Ist dies unser neuer Erdenwurm, Krieger Tanith?«

Tanith schubste sie nach vorn. »So ist es.«

Der Mann musterte Jan langsam von oben bis unten, ebenso wie es der Mann in dem Quarantäne-Raum getan hatte. Diesmal war sie wenigstens nicht nackt, aber sie hatte das Gefühl, seine Augen könnten durch ihre Kleidung sehen, und sie bekam, auch wenn sie angezogen war, eine Gänsehaut.

»Benny«, sagte der Mann, »bring die beiden zum Boss.«

Einer der auf der Bank sitzenden Männer stand auf und bedeutete ihnen, ihm zu folgen. Jan stellte fest, daß seine einzige sichtbare Waffe eine kleine Keule war, die an seinem breiten Ledergürtel hing. Er führte sie einen kurzen Korridor hinunter, dann durch eine Tür und in einen weiten Raum, der voll war von parfümiertem Rauch. An den Wänden hingen primitive Teppiche, und den größten Teil des Fußbodens bedeckten große Kissen. In der Mitte des Fußbodens saß auf einem Stapel von Kissen der fetteste Mann, den Jan je gesehen hatte. Um ganz genau zu sein, war er der *einzige* fette Mann, den Jan je gesehen hatte, denn Fettleibigkeit war unter den Minervern unbekannt. Sie schätzte ihn auf mindestens zweihundertfünfzig Pfund. Sein einteiliges Kleidungsstück, das mit farbigen Mustern geschmückt war, ließ massige Fettrollen um Hüften, Brust und Oberschenkeln erkennen, und sein Hals war so dick, daß er überhaupt kein Kinn zu haben schien.

Doch er war nicht der einzige seltsame Anblick in diesem Raum. Hinter dem fetten Mann auf dem Kissenstapel kniete ein junges Mädchen und massierte ihm den breiten Nacken. Anfangs glaubte Jan, sie sei nackt, doch dann sah sie, daß das Mädchen ein sehr kleines Lendentuch trug, das kaum mehr war als ein Lederstreifen. Der Mangel an Kleidung und der unterwürfige Gesichtsausdruck, mit dem das Mädchen den Nacken des fetten Mannes knetete, bewirkten, daß Jan sich sowohl für sie schämte als auch von ihr angewidert war.

»Aha, die Amazone!« rief der fette Mann mit seiner tiefen Stimme, als Tanith sie vorwärtsschob. »Und dazu ist sie ein leckerer Bissen, wie sie aussieht.«

Bei seinem lüsternen Blick kam Jan der schreckliche Gedanke, auch er werde ihr befehlen, sich auszuziehen. Aber zu ihrer Erleichterung lachte er nur vor sich hin und sagte zu Tanith: »Sie wird eine feine Glasgeherin abgeben. Sind noch mehr Amazonen zu haben?«

Tanith berichtete, was geschehen war. Der fette Mann gab ein bedauerndes Schmatzen von sich. Er faßte unter eins der Kissen und zog ein Lederbeutelchen hervor, das metallisch klirrte, als er es schüttelte. »Der ausgemachte Preis, Soldat.« Er warf Tanith den Beutel zu. »Du kannst jetzt gehen.«

Tanith ließ den Beutel in seine Gürteltasche gleiten, ohne den Inhalt nachzuprüfen. »Ich danke Ihnen, Gildenmeister.« Er machte kehrt und verließ den Raum schnell. Jan sah ihn mit so etwas wie Bedauern gehen. Er mochte sie gefangengenommen haben, aber er hatte ein zerbrechliches Verbindungsglied zu ihrem früheren Leben dargestellt. Ängstlich sah sie zu dem fetten Mann hin, der inzwischen ein hölzernes Gerät aus einer vor ihm stehenden Schale genommen hatte und daran saugte. Zu Jans Verwunderung stieg aus dem Ende Rauch auf.

»Na, Amazone«, sagte er, »ich hoffe, du kennst deinen Platz und hast nicht vor, ungehorsam zu sein. Die Folgen eines solchen Benehmens sind dir doch sicher erklärt worden?«

Jan nickte und versuchte, demütig dreinzublicken.

»Gut. Du siehst aus, als ob du eine wertvolle Arbeiterin sein wirst. Es wäre mir zuwider, dich allzu bald zu verlieren. Und merke dir, bei welchem meiner männlichen Sklaven du auch landest, du hast ihm zu gehorchen. Wenn ich höre, du hast versucht, auf diesem minervischen Blödsinn zu beharren, lasse ich dich auspeitschen. Du lebst jetzt in einer Männerwelt, Amazone, wo Frauen nichts zu sagen haben.« Er lachte auf. »Nicht etwa, daß meine verstorbene Frau diese Tatsache des Lebens je akzeptiert hätte.«

Der andere Mann lachte ebenfalls, brach damit aber sofort ab, als das Gesicht des fetten Mannes wieder ernst wurde. »Hmmm, da kommt mir der Gedanke, ein leckeres Stückchen Fleisch wie du könnte Unruhe unter den Sklaven hervorrufen. Benny, wenn du sie in die Unterkunft bringst, bleibst du besser eine Weile dort und überwachst den Streit darum, wer sie bekommt. Versuche, eine Entscheidung zu fällen, die ein Mindestmaß an Reibung verursacht.«

»Ich verstehe, Boss.«

Jan wünschte sich jetzt, mit den anderen Frauen in den Käfig zurückgekehrt zu sein. Auf gar keinen Fall wollte sie das sexuelle Eigentum irgendeines viehischen männlichen Sklaven werden. Ihr würde keine andere Wahl bleiben, als sich zu verteidigen, eine Handlung, die früher oder später zu ihrem Tod führen mußte. Je eher sie einen Weg fand, ihre Bombe zu zünden, desto besser.

Der fette Mann faßte von neuem in die Schale, aus der er das raucherzeugende Gerät genommen hatte. Diesmal brachte er einen kleinen Metallstab mit einem Stern am Ende zum Vorschein. Der Stern glühte rot. Er seufzte. »Leider müssen wir dir eine kleine Unannehmlichkeit zufügen, bevor wir dich weiterschicken können, Amazone. Komm her und knie vor mir nieder!«

Jan begriff sofort, was er beabsichtigte, auch wenn sie nicht wußte, *wo*, und trat instinktiv einen Schritt zurück. Sofort legte sich eine kräftige Hand um ihren Nacken und hinderte sie daran, sich noch weiter zu entfernen.

Der fette Mann schüttelte den Kopf, wobei das Fett unterhalb seines Mundes obszön wabbelte, und sagte traurig: »Du darfst mir nie, nie ungehorsam sein, Mädchen. Aber da du gerade erst angekommen bist, will ich nachsichtig gegen dich verfahren. Benny, nur eine schnelle Berührung mit deinem Rummelstock, wenn du so gut sein willst.«

Bevor Jan wußte, wie ihr geschah, sah sie aus dem Augenwinkel, daß der Mann die Spitze des Gegenstandes, den sie für eine Keule gehalten hatte, an ihren rechten Oberarm führte. Sie entdeckte sofort, daß es keine Keule war. Jede Nervenzelle in ihrem gesamten Körper schien in Flammen aufzulodern. Ihre Qualen gingen unendlich über alles hinaus, was sie sich hatte vorstellen können. Wie konnte Mutter Gott so etwas in ihrem Universum zulassen? Sie schrie …

Dann war der Schmerz vorbei, und sie lag auf den Knien und erbrach sich auf den Fußboden. Ihre Blase hatte sich auch geleert, wie sie merkte, aber auf das alles kam es jetzt, wo der schreckliche Schmerz vorbei war, nicht mehr an. Und als Benny sie näher an den fetten Mann heranzerrte, der geschickt das rotglühende, sternförmige Brandeisen auf ihre rechte Wange setzte, gab sie nicht einmal einen Laut von sich. Sie starrte nur in die leeren Augen des anderen Mädchens, das fortfuhr, den Nacken des fetten Mannes zu massieren, auch während er Jan das Zeichen aufbrannte. Jan empfand nicht länger Verachtung für sie. Um einer abermaligen Berührung mit diesem schwarzen Stock zu entgehen, war sie in diesem Augenblick bereit, den Platz der anderen einzunehmen und das gleiche zu tun wie sie.

Der fette Mann legte den glühenden Metallstab in die Schale zurück. »Nun bist du als Sklavin gezeichnet. Fürs Leben. Wie sie. Hier.« Er wies auf das Gesicht des nackten Mädchens. Jetzt erst bemerkte Jan den kleinen schwarzen Stern auf ihrer rechten Wange. Im Grunde sah das recht hübsch aus. »Du darfst nur die Teile des Himmelsherrn betreten und dich in ihnen bewegen, die mit solchen schwarzen Sternen markiert sind«, fuhr der fette Mann fort. »Entdeckt man dich jemals außerhalb dieser Gebiete, wirst du sofort aus dem Himmelsherrn hinausgeworfen. Verstehst du mich, Amazone?«

Ängstlich darauf bedacht, ihn nicht wieder zu verärgern, nickte sie heftig.

»Gut. Benny, du kannst sie jetzt in die Sklavenunterkunft bringen.«

Benny zog sie auf die Füße. Der fette Mann setzte hinzu: »Wenn es sich herausstellt, daß du sauber bist, werden wir uns hoffentlich noch viel besser kennenlernen. Würde dir das gefallen?«

Jan schluckte und sagte: »Ja. Das würde mir gefallen.« Das Mädchen zeigte zum ersten Mal, das es eigenes Leben besaß, und bedachte Jan mit einem Stirnrunzeln. Der fette Mann kicherte und machte mit einer seiner dicken Hände eine entlassende Geste. Benny führte Jan schnell aus dem Raum. Sie blickte nach unten und sah, daß der schwarze Stock, der Mutter Gott sei Dank, wieder an seinem Gürtel hing.

Benny brachte sie in einen sehr engen Korridor, der mehr wie ein Tunnel war. Er war schlecht erleuchtet und stank, und Jan mußte sich bücken, damit sie mit dem Kopf nicht gegen die Decke stieß. Ein kurzes Stück weiter saß eine große Ratte da. Sie sah ihnen ohne ein

Anzeichen von Furcht entgegen, und als Jan nur noch wenige Fuß von ihr entfernt war, verschwand sie plötzlich in einem Loch im Boden.

Schließlich verbreiterte sich der Tunnel, und das Licht wurde besser. Er endete an einer Art Kreuzung, von der Korridore in verschiedene Richtungen abgingen und einer senkrecht nach unten führte. Aus dem letzteren kamen der Lärm rauher männlicher Stimmen und scheußliche Essensgerüche.

»Los, da hinunter!« befahl Benny und zeigte auf die Leiter in dem Schacht. Jan gehorchte, und Benny folgte ihr. Nach einem kurzen Stück kam die Leiter an der Decke eines schmalen, aber sehr langen Raums heraus. Zögernd blickte Jan auf all die Gesichter nieder, die zu ihr hochstarrten. Schweigen hatte sich bei ihrem Erscheinen über den Raum gelegt, aber dann brüllte jemand — ein Mann — laut: »Nicht so schüchtern, mein Schatz, komm runter!« Dem ausbrechenden Gelächter folgten Johlen und Miauen. Jans erster Impuls war, wieder nach oben zu klettern, aber als Benny ihr mit dem Stiefelabsatz scharf auf den Kopf trat, blieb ihr keine Wahl, als auch noch den Rest des Weges hinunterzusteigen.

Wieder trat kurz Stille ein, als die Insassen des langen Raums Benny nach Jan aus dem Loch in der Decke auftauchen sahen. Aber als sie das Ende der Leiter erreichte, ging das Gejohle und Gelächter wieder los, und sie wurde sofort von männlichen Körpern bedrängt. Erst dachte Jan, in dem Raum seien nur Männer anwesend, doch dann entdeckte sie mehrere Frauen am Rand der Menge. Ihrem Gesichtsausdruck nach freuten sie sich entschieden nicht so sehr wie die Männer, sie zu sehen.

Benny kam am Fuß der Leiter an, und zu Jans Erleichterung schuf er rings um sie einen freien Raum, einfach indem er den schwarzen Stock vom Gürtel loshakte und einen Schalter daran drückte. Das Johlen und Lachen verstummte wieder. Dann rief ein Mann: »He, Benny, wer ist Ihre hübsche kleine Freundin?«

»Sie kommt aus dieser Amazonen-Stadt, die wir gestern flachgelegt haben«, teilte Benny den Sklaven fröhlich mit. »Und sie wird bei euch bleiben ...«

Ein wieherndes Gelächter erhob sich, bei dem Jan zusammenzuckte. Benny hob, Ruhe gebietend, den schwarzen Stock. »Nun ist die Sache so, ihr Hüllenschrubber: Der Boss will nicht, daß ihr euch wegen dieser kleinen Amazone schlagt. Zu viele von euch sind im letzten Jahr bei Streitereien ums Leben gekommen oder verstümmelt worden, und er ist gar nicht glücklich darüber. Ihr seid wertvoll für ihn, und es paßt ihm nicht, wenn er Wertsachen ohne triftigen Grund verlieren soll. Seid ihr nicht auch der Meinung?« Er blickte sich im Kreis um.

Zustimmendes Gemurmel war zu hören. Benny fuhr fort: »Gut, also regeln wir es mit Vernunft. Alle, die meinen, dieses Fötzchen hier zu verdienen, sollen die Hand heben.«

Eine Menge Hände flog in die Luft, und wieder gab es viel Gelächter. Bennys Miene verfinsterte sich. »Ich habe nicht ewig Zeit, ihr Idioten, also machen wir es kurz.« Er zeigte mit dem Stock auf einen Mann, der beinahe genau vor ihm stand. »Du, Barth! Wieso hältst du die Hand hoch? Ich weiß genau, daß du schon zwei Frauen hast. Wozu brauchst du noch eine?«

Barth, ein großer Mann mit spektakulärem Bartwuchs, grinste. »Wozu glauben Sie denn?«

Neues Gelächter. Sogar Benny lächelte kurz, doch gleich war die finstere Miene wieder da. »Nimm die Hand herunter, Barth«, befahl er. »Und ihr übrigen, die ihr Frauen habt, nehmt die Hände ebenfalls herunter, ganz gleich, wie sehr ihr euch einbildet, noch eine zur Reserve zu verdienen.«

Widerwillig und langsam senkte sich eine Menge Hände. Aber eine Menge blieb oben. Offenbar gab es in der Sklavenunterkunft sehr viel mehr Männer als Frauen. In diesem Augenblick bemerkte Jan einen Mann, der abseits von dem Rest stand. Er lehnte an der Wand neben zwei Frauen, die zu Jan hinschielten und wie im Selbstgespräch murmelten. Er hatte die Arme gekreuzt und musterte Jan mit betonter Gleichgültigkeit. Ihr war er aufgefallen, weil er im Gegensatz zu den anderen Männern nicht nur bartlos, sondern auch noch vollkommen kahlköpfig war.

Ihre Aufmerksamkeit wurde gewaltsam wieder auf ihre gegenwärtige schlimme Situation gelenkt. Ein Mann trat vor, faßte an ihre linke Hinterbacke und quetschte sie schmerzhaft. »Ich prüfe nur die Ware«, protestierte er, als Benny ihn mit dem schwarzen Stock wegscheuchte. »Man kann schwer sehen, was unter diesem Overall steckt. Warum sagen Sie ihr nicht, daß sie ihn ausziehen soll, Benny?«

Die Menge teilte sich und ließ einen großen Mann durch. Er hatte einen ungewöhnlich langen Unterkiefer und erinnerte Jan in der Art, wie er blickte und sich bewegte, an einen Schimpansen. »Ja, Benny?« fragte er mit leiser Stimme.

»Nicht wahr, du hast keine Frau mehr, seit Wie-war-gleich-ihr-Name vor ein paar Monaten den langen Rutsch gemacht hat, als ihre Sicherheitsleine riß ...«

»Der alte Buncher hat das Seil selber durchgeschnitten«, bemerkte jemand und lachte.

»Das habe ich nicht!« Buncher drehte sich wütend um und versuchte festzustellen, wer diese Anschuldigung ausgesprochen hatte.

»Laßt das jetzt!« fuhr Benny dazwischen. »Ich habe doch gesagt, ich kann nicht den ganzen Tag hier verschwenden. Buncher, willst du sie haben?«

Protestrufe klangen auf. Benny schwenkte bedeutungsvoll seinen Schmerzstock. »Ihr Idioten würdet ewig brauchen, um diese Sache zu regeln, deshalb treffe ich die Entscheidung für euch. Buncher bekommt die

Amazone. Wenn sich wer beschweren will, soll er zum Boss gehen.« Er wandte sich wieder Buncher zu. »Ich nehme an, du willst sie tatsächlich haben, Buncher?«

Jan betrachtete den großen Mann, und ihr wurde elend zumute. Er glotzte sie an. Seine Augen waren klein und ohne Intelligenz. Tatsächlich hatte Jan mehr Intelligenz in den Augen des Durchschnittsschimpansen gesehen. Er nickte langsam. »Ja, ich will sie haben.«

»Gut.« Benny stieß Jan in seine Richtung. Buncher faßte mit einer seiner großen Hände ihren Oberarm und grinste auf sie herab. Es gab Applaus, weiteres Gejohle und verschiedene obszöne Vorschläge. »Ihr anderen laßt dieses glückliche Paar in Ruhe«, befahl Benny. »Wenn ich höre, daß es irgendwelchen Ärger gegeben hat, komme ich und gebe den Verantwortlichen mehr als nur eine Kostprobe von meinem Rummelstock.« Schnell kletterte er die Leiter hinauf. Wieder hatte Jan das Gefühl, verlassen worden zu sein, obwohl sie vor Benny und seinem Schmerzstock viel mehr Angst gehabt hatte als vor Tanith.

»Komm mit, wir gehen jetzt«, sagte der Buncher genannte Mann. Er schob sie durch die lachende Menge und den langen Raum hinunter. Jan erhaschte einen Blick auf etwas, das offensichtlich eine Reihe offener Herde war. Auf den meisten standen dampfende Töpfe, aber auf einem briet ein Ferkel am Spieß. Jan drehte sich der Magen um. Wie sie immer gefürchtet hatte, waren die Himmelsleute Fleischesser …

»Bleibt weg, hört ihr!« brüllte Buncher plötzlich, fuhr herum und hätte Jan beinahe den Arm aus dem Gelenk gerissen. Er schrie auf die Gruppe ein, die ihnen folgte. Die Männer lachten und riefen Beleidigungen, aber als Buncher weiterging und Jan mit sich zog, bemerkte sie, daß die Männer blieben, wo sie waren.

Nach einem langen offenen Abschnitt wurde der Raum plötzlich enger, weil zu beiden Seiten Zellen abgeteilt waren. Sie waren primitiv konstruiert und bestanden aus einer Vielzahl von Materialien, meistens jedoch aus gefärbtem Stoff, der in Flicken zusammengenäht war. Jans Vermutung, daß dies die Einzelunterkünfte seien, erwies sich als richtig, als Butcher vor einer davon stehenblieb und die Decke zur Seite zog, die den Eingang verhüllte. »Hinein!« befahl er und gab ihr einen Stoß, daß sie auf den schmutzigen Strohbelag flog. Ein Huhn lief unter erschrockenem Gackern an ihr vorbei hinaus. Jan sah sich um. Die Zelle war ungefähr acht mal zehn Fuß groß. An einer Wand lag eine schmutzige Matratze. Das einzige andere Möbelstück war eine große Truhe aus Korbgeflecht mit einem Vorhängeschloß. Der Fußboden lag voll von benutztem Geschirr, schmutziger Kleidung, Knochen und anderen Essensresten. Es stank.

Buncher ließ die Decke wieder zurückfallen, horchte eine Weile mißtrauisch auf Geräusche von draußen und kam dann und pflanzte sich vor Jan auf. »Du bist hübsch. Ich mag dich«, teilte er ihr mit flacher, emotionsloser Stimme mit.

Jan stand auf. Sie sah, daß jetzt ein Lichtfunke in seinen Augen war, und wußte, was er bedeutete. Diesmal gab es keinen Weg, dem Verhängnis zu entgehen. »Du willst ... du willst es mit mir machen?« fragte sie ihn zitterig.

Er runzelte die Stirn. »Machen ...?« Dann erhellte sich sein Gesicht. »O ja, ja, wir werden's machen.« Er langte nach ihr. Sie trat zurück. »Und wenn ich nun sage, daß ich dich nicht will?«

Jetzt blickte er zutiefst verwirrt drein. »He? Ich verstehe dich nicht ...« Von neuem langte er nach ihr. Diesmal wich sie ihm nicht aus. Eine seiner vierschrötigen Hände faßte ihre Schulter, die andere zerrte an der Öffnung ihres Anzugs. Sie rückte näher an ihn heran und stieß ihm das rechte Knie mit aller Kraft zwischen die Beine. Er gab ein zischendes Geräusch von sich und krümmte sich, das Gesicht verzerrt vor Schmerz und Schreck.

Als er sich vorbeugte, rammte sie ihm die Faust in die Brust oberhalb des Herzens, dann befreite sie sich aus seinem schwach gewordenen Griff. Er fiel auf Hände und Knie nieder, keuchte und stöhnte. Jan ging schnell um ihn herum, trat ihm von der Seite her in den Magen und hob den Arm, um ihm auf seinen ungeschützten Nacken einen Schlag zu versetzen, der, wie sie hoffte, tödlich sein würde. Aber bevor sie die Handkante auf ihr Ziel niedersausen lassen konnte, wurde ihr Handgelenk von jemandem hinter ihr ergriffen.

Eine belustigte Stimme sagte: »Sehr eindrucksvoll, aber nicht sehr klug, kleine Amazone.«

8

Sie fuhr herum. Es war der Glatzkopf, der ihr vorhin aufgefallen war. Er lächelte sie an, und dabei hielt er weiter ihr Handgelenk fest. Trotz des Schrecks und des Ärgers über sein plötzliches Auftauchen stellte sie erstaunt fest, daß seine Augen von verschiedener Farbe waren. Eins war blau, das andere grün.

Sie stieß mit den steifen Fingern der freien Hand nach seiner Kehle. Als nächstes kam ihr zu Bewußtsein, daß er sie an beiden Handgelenken festhielt. Er war schmächtig gebaut und nicht viel größer als sie, aber er war viel stärker, als er aussah.

»Beruhige dich, kleine Amazone, und benutze deinen Kopf«, riet er ihr freundlich. »Auf die Weise wirst du ihn vielleicht behalten. Vertraue mir, ja?«

»Ich soll *dir* vertrauen?« zischte Jan verächtlich. »Weshalb?«

»Weil ich, zumindest zur Zeit, deine einzige Hoffnung darstelle, am Leben zu bleiben.« Er gab ihre linke Hand frei. »Ich werde auch deine andere Hand loslassen, wenn du versprichst, keinen Versuch zu machen, nach mir zu schlagen oder etwas Törichtes zu tun wie wegzulaufen. In Ordnung?«

Nach einer Pause nickte sie widerstrebend. Sie sah ein, daß ihr im Augenblick keine andere Wahl blieb. »Gut«, sagte er und ließ sie los. Er ging zu Butcher, der immer noch stöhnend auf Händen und Knien lag, und half ihm auf die Füße. Als Bunchers Blick auf Jan fiel, verzerrte sich sein Gesicht vor Wut. »Ich werde ... sie ... *töten!*« keuchte er und versuchte, auf sie einzudringen. Anscheinend kostete es den Glatzkopf nur geringe Mühe, ihn zurückzuhalten. Jans erster Eindruck war bestätigt. Er war tatsächlich stärker, als er aussah.

»Immer mit der Ruhe, Buncher«, warnte der Glatzkopf. Er führte Buncher zu der Matratze hinüber und setzte ihn dort hin. »Töte sie, und Bannion wird sehr böse auf dich sein.«

Buncher, die Hände zwischen die Beine gepreßt, funkelte Jan wütend an. »Okay, ich werde sie nicht töten ... ich werde ihr nur sämtliche Gelenke brechen, und zwar langsam.«

»Ich freue mich, daß du anfängst, deine Phantasie zu benutzen, Buncher«, sagte der Glatzkopf in leichtem Ton. »Aber wenn du noch ein bißchen mehr über die Sache nachdenkst, wirst du erkennen, daß das Ergebnis das gleiche sein wird. Eine Glasgeherin, die nicht gehen kann, ist für Bannion ohne Nutzen. Nein, ich weiß eine viel bessere Lösung. Gib die Amazone mir.«

»Was?« Buncher wandte sich dem Glatzkopf zu, die Augen argwöhnisch zusammengekniffen. »Warum?«

»Nun, offensichtlich seid ihr nicht kompatibel. Ich andererseits habe in der Vergangenheit Erfahrungen mit solchen Frauen gesammelt. Ich weiß, wie man sie behandeln muß. Keine Bange, ich werde die da bald eingebrochen haben, ohne daß ich dafür ihren Körper zerbrechen muß. Sie wird immer noch fähig sein, ihre Arbeit für Bannion zu tun.«

»Versuch es, mich zu zerbrechen, und ich bringe dich um!« teilte Jan dem Glatzkopf zornig mit.

»Halt den Mund!« sagte er, ohne sie anzusehen. »Na, Buncher, was meinst du?«

Buncher schüttelte den Kopf. »Kommt nicht in Frage, Milo. Benny hat sie mir gegeben. Und ich werde sie behalten.«

Der Milo genannte Mann seufzte. »Das trifft sich schlecht, weil ich sie mir nehmen werde, Buncher. Und ich möchte sie mit deinem Segen nehmen.« Er setzte sich neben Buncher auf die schmutzige Matratze und legte dem großen Mann den Arm um die Schultern. Buncher versuchte, sich loszumachen. Er blickte beunruhigt drein. »Keinen von deinen Tricks, Milo! Ich kenne dich ...«

Milo lächelte ihn traurig an. »Das glaube ich nicht. Aber mach dir keine Sorgen, Buncher, ich werde keinen Trick anwenden. Sag jedem, der fragt, einfach, die Amazone habe dir zuviel Ärger gemacht und du habest sie mir gegeben.«

»Nein«, antwortete Buncher. Er versuchte immer noch vergeblich, den um seine Schultern liegenden Arm des kleineren Mannes abzuschütteln.

»Sei vernünftig«, sagte Milo, immer in dem gleichen ruhigen Ton. »Tu, was ich dir sage, und ich bin dir ein paar Gefallen schuldig. Du weißt doch, wie nützlich so etwas ist, nicht wahr, Buncher? Andererseits ...« Milo verstärkte seinen Griff. Buncher zuckte zusammen. Sein Gesicht wurde weiß, und dann traten die Adern an den Seiten seines dicken Halses hervor. »Du bist ein Zauberer, Milo!« ächzte er. »Jeder haßt ... dich. Wir werden dich eines Tages töten ... du wirst schon sehen ...«

»Wie oft hat man das schon versucht? Meine Sicherheitsleine ist dreimal durchgeschnitten worden, und ich bin immer noch da, oder nicht, Buncher? Nicht einmal das Gift in meinem Essen hat Erfolg gehabt, und was Bronskis ungeschickten Versuch in der Latrine angeht ...« Milo schüttelte in gespieltem Kummer den Kopf. »Ich möchte doch wissen, was dem guten alten Bronski zugestoßen ist. Doch genug von den schönen Erinnerungen, sprechen wir über die augenblickliche Situation.« Er faßte fester zu. Jan hörte etwas in Bunchers Innerem brechen. Er gab einen hohen, wimmernden Laut von sich, dann nickte er heftig. Milo ließ ihn los. Buncher zog sich von ihm zurück und wickelte die langen Arme um sich, als sei ihm kalt.

»Nimm sie, nimm sie ...«, murmelte er, ohne Milo anzusehen.

Milo lächelte ihm zu, und sogar Jan spürte die *Verkehrtheit* dieses Lächelns. Ein Schauer des Unbehagens überlief sie. Vielleicht hatte Buncher recht, vielleicht war dieser Mann Milo tatsächlich ein Zauberer.

Milo sagte: »Und wenn dich irgendwer fragt, Buncher, wirst du dann sagen, daß du mir das Mädchen aus deinem eigenen freien Willen gegeben hast?«

»Ja, das werde ich. Ich schwöre es.«

»Brav.« Milo klopfte ihm lobend die Schulter. Buncher zuckte unter der Berührung zusammen. Milo stand auf und lächelte Jan an. »Wir können jetzt gehen.«

»Mit dir gehe ich nirgendwohin«, antwortete sie.

»Du willst hierbleiben? Bei ihm?« Milo wies auf den benommenen Buncher, der immer noch mit um sich geschlungenen Armen auf den Fußboden starrte.

»Nein«, gestand Jan. »Aber ich will ganz bestimmt nirgendwohin mit *dir* gehen.«

Er seufzte, dann fragte er sie nach ihrem Namen. Sie nannte ihn ihm. »Also gut, Jan, sei vernünftig. Du hast keine andere Wahl, als mir zu vertrauen. Ich stelle deine einzige Überlebenschance dar. Ich habe dir schon einmal das Leben gerettet. Wenn du Buncher getötet hättest, wärest du von den anderen hier in Stücke gerissen worden. Und das meine ich wörtlich.«

»Warum willst du mir helfen?«

»Weil du *mir* helfen kannst.«

»Wie?«

»Das wollen wir diskutieren, wenn wir mehr für uns sind. Komm!« Er hielt ihr die Hand hin. Nach langem Zögern sagte sie: »Gut. Ich gehe mit dir, aber ich warne dich, wenn du versuchst, mich zu berühren, werde ich dich töten.«

Er lächelte. »Es sind schon langdauernde Beziehungen auf einer noch weniger romantischen Übereinkunft errichtet worden.« Er glaubte wohl, etwas Spaßiges gesagt zu haben, aber Jan verstand den Witz nicht.

Seine eigene Zelle lag beinahe am Ende des langen Raums. Verglichen mit Bunchers Höhle wirkte sie makellos. Es standen auch Möbel darin, ein Bett, ein kleiner Tisch und ein Stuhl, alles aus kunstvollem Flechtwerk hergestellt. Der Strohbelag des Fußbodens war verhältnismäßig sauber, und es gab keine Spur von Essensresten. Eine der ›Wände‹ zierte sogar ein Gemälde. Es war an dem Rohrstock befestigt, der die abgrenzende Plane hielt. Das seltsame Bild zeigte einen chaotischen Wirbel von Farben, der ein bestimmtes Muster zu bilden schien. Doch konnte Jan nicht erkennen, was es war. Es war wie etwas, das man aus dem Augenwinkel sieht.

Milo setzte sich in den Rohrstuhl, der laut quietschte, und zeigte auf das Bett. Jan ließ sich vorsichtig darauf nieder und behielt ihn dabei mißtrauisch im Auge.

»Entspanne dich«, riet er ihr. »Ich werde nicht über dich herfallen und dir die Kleider runterreißen.«

»Das weiß ich. Wenn du es versuchtest, würdest du schnell tot sein«, erwiderte sie mit einer Überzeugung, die sie nicht spürte. Nach dem, was sie eben in Bunchers Zelle gesehen hatte, war ihr klar, daß sie hilflos gegen ihn sein würde.

Offenbar dachte er das gleiche, denn ihre Bemerkung belustigte ihn. Dann sagte er: »Arme kleine Amazone, man sieht dir an, daß du im Krieg gewesen bist. Du hast ein schlimmes Loch im Kopf. Und das Mal da auf deiner Wange — wer hat dir das zugefügt? Es ist frisch, nicht wahr?«

Sie berichtete ihm von dem Himmelskrieger, der sie geschlagen hatte. Er gab einen mitfühlenden Laut von sich. »Noch andere Verletzungen außer den sichtbaren?« fragte er.

»Nur ein paar Schnittwunden an den Armen und Beinen, aber sie haben aufgehört zu bluten.«

»Und was ist mit inneren Verletzungen? Hast du Schmerzen, gibt es andere Symptome?«

»Der Magen tut mir weh«, gestand Jan. »Er ist nicht in Ordnung, seit ich mich übergeben mußte, als dieser Benny mich mit dem Schmerzstock berührte.«

Milos Gesicht verfinsterte sich. »Er hat den Rummelstock gegen dich benutzt?«

»Ja. Es war schrecklich. Wie funktioniert das? Ist es Zauberei?«

»In einer gewissen Art.« Er fuhr sich mit der Hand über seinen kahlen Kopf, als streiche er Haar zurück. »Paß auf«, sagte er, »ich weiß eine ganze Menge über medizinische Dinge. Ich könnte dich untersuchen, wenn du möchtest.«

Ihre Wachsamkeit hatte ein bißchen nachgelassen, als er Mitgefühl für sie zeigte, doch jetzt war sie sofort wieder auf der Hut. »Ich habe doch gesagt, du wirst mich nicht anfassen. Aus gar keinem Grund.«

»Schon gut, schon gut«, beschwichtigte er sie eilends und hob beide Hände, als wolle er einen Schlag abwehren. »Vergiß, daß ich es gesagt habe, okay? Sprechen wir lieber vom Essen und Trinken. Hast du Durst? Wann hast du zuletzt etwas gegessen?«

Sie hatte Durst und großen Hunger. Zögernd gestand sie es Milo ein. Er trat an eine Korbtruhe ähnlich der in Bunchers Zelle, öffnete sie, nahm eine Feldflasche heraus und warf sie Jan zu. Die Flasche war halb voll Wasser. Jan trank gierig davon.

»Leider ist nichts Frisches zu essen da.« Er kramte in der Truhe herum. »Wie ist es mit getrocknetem und gesalzenem Beef?«

Jan stellte die Feldflasche ab. »Ist das Fleisch?«

Er maß sie mit einem seltsamen Blick. »Laß mich raten. Du bist Vegetarierin.«

»Natürlich. Alle Minerver sind Vegetarier...« Sie hielt inne. Für einen Augenblick hatte sie vergessen, daß es Minerva nicht mehr gab.

Wieder mußte er gespürt haben, was sie dachte, denn er sagte freundlich: »Ich habe hier ein paar Kekse. Sie sind recht nahrhaft. Kein Fleisch darin.« Er warf ihr ein Päckchen zu. Jan wickelte die fettige Verpackung auf und nahm einen der Kekse heraus, und ihre Augen liefen dabei über von Tränen. Er war kunstlos hergestellt, aber er schmeckte herrlich.

Als sie in den zweiten Keks biß, sagte Milo: »Würde es dir etwas ausmachen, über das, was geschehen ist, zu sprechen?« Jan schüttelte den Kopf. »Ich würde gern darüber sprechen.«

»Erzähle mir zuerst etwas über Minerva. Ich gestehe, daß ich wenig über die jüngeren Manifestationen des Ortes weiß; ich bin nur mit seinem historischen Ursprung vertraut. Es überrascht mich sogar, daß ihr immer noch das Basic-Americano sprecht. Ich hätte gedacht, ihr hättet inzwischen eine eigene feministische Sprache entwickelt.«

Jan sah ihn stirnrunzelnd an. Nur wenig von dem, was er sagte, ergab für sie Sinn. In den kommenden Monaten sollte das zu einer sehr vertrauten Situation werden. »Minervas historischer Ursprung …? Was meinst du?«

»Weißt du nicht, wie Minerva angefangen hat?«

»Natürlich. Nachdem die Mutter Gott die Alten Männer für die Zerstörung der Erde bestraft hatte, schuf sie Minerva, damit die Frauen in Wahrheit frei sein konnten.«

Milo betrachtete sie und sagte dann leise: »Jesus Christus.«

»Wer?«

»Spielt keine Rolle. Ich werde es dir ein anderes Mal erzählen. Hör mal, hattet ihr überhaupt keine Geschichtsbücher in eurer Stadt?«

»Bücher?« fragte sie verständnislos.

Er seufzte. »Es war auch nicht zu erwarten. Der Schwamm muß schon vor Jahrhunderten alles Papier vernichtet haben. Aber was ist mit anderen Aufzeichnungen? Elektronischen. Computern. Hattet ihr da unten Computer?«

»Ich weiß nicht, was ein Computer ist, aber wir hatten da unten nichts von den bösen Erfindungen des Mannes.«

»Also weißt du gar nichts über gar nichts.« Er schüttelte verwundert den Kopf. »Mein Gott, du bist noch unschuldiger, als du aussiehst.«

Sie war sich nicht ganz sicher, aber sie hatte das Gefühl, sie sei soeben beleidigt worden. »Was meinst denn *du,* wie Minerva angefangen hat?« fragte sie eingeschnappt.

»Ich meine nicht, ich *weiß.* Minerva war ein Staat im alten Amerika. Oder vielmehr, es war einer der Hauptstaaten, zu denen das alte Amerika in der Zeit unmittelbar vor den Gen-Kriegen zerfiel. Du hast doch sicher von den Gen-Kriegen gehört?«

»Natürlich!«

»Aber nie von den Vereinigten Staaten von Amerika?«

Sie räumte es ein.

»Amerika«, begann er seine Erklärung, »war einmal ein großes Reich. Mit einem anderen großen Reich, Rußland, gründete es eine mächtige Allianz — die russisch-amerikanische Allianz —, die im einundzwanzigsten Jahrhundert praktisch die gesamte Welt regierte.« Er hielt inne und sah sie an. »Verstehst du irgend etwas davon?«

»Nein«, antwortete sie wahrheitsgemäß.

Er seufzte, fuhr aber dessen ungeachtet fort: »Nun, die Allianz endete schließlich, und die beiden Reiche zerfielen in eine Reihe autonomer Staaten. Minerva war einer von ihnen, und es war ziemlich groß. Innerhalb Minervas gab es einen kleineren Staat nur für Frauen, wenn auch das ganze Minerva männliche Bürger zuließ. Doch konnten sie nur Bürger werden, wenn sie sich mit bestimmten Bedingungen einverstanden erklärten — sie mußten sich einer vollständigen genetischen Umwandlung ihrer Körper und Gehirne unterziehen. Diese genetische ›Neuverdrahtung‹ bewirkte, daß bestimmte unerwünschte männliche Eigenschaften gemildert oder ganz ausgelöscht wurden. Eine der Veränderungen bestand darin, daß sie kleiner wurden, während man gleichzeitig die minervischen Frauen so modifizierte, daß sie größer wurden. So eliminierte man die natürliche körperliche Überlegenheit des männlichen Menschen und damit die Hauptursache für die traditionelle Ausnutzung und Unterwerfung der Frauen durch die Männer im ganzen Verlauf der Geschichte mit einem Schlag und ...« Er brach ab.

Jan gähnte.

Milo fragte: »Interessiert dich der Ursprung Minervas nicht?«

»So hat Minerva nicht angefangen. Du redest Unsinn.«

»Die Geschichte, die Mutter Gott habe Minerva höchstpersönlich gegründet, ist in deinen Augen kein Unsinn?« fragte Milo belustigt.

»Nein, natürlich nicht.«

»Also angenommen, die Mutter Gott habe Minerva gegründet, damit die Frauen in Wahrheit frei sein können — wie erklärst du das?« Er wies auf ihre Umgebung. »Hunderte von Jahren war Minerva zusammen mit all den anderen Bodensiedlungen in der Welt unter der Herrschaft der Himmelsherren. Das nenne ich nicht ›Freiheit‹. Eure Göttin scheint euch übers Ohr gehauen zu haben.«

»Sie ist nicht unsere *Göttin*«, protestierte Jan verärgert. »Sie ist die eine wahre Mutter Gott, Schöpferin von allem. Und sie hat Minerva nicht die absolute Freiheit gegeben — sie hat die Himmelsherren als Symbol für das Böse, das von den Männern kommt, übriggelassen, damit wir die Gefahr niemals vergessen.«

»Ein feines Symbol«, murmelte Milo. »Es hat eure Stadt gestern zu Staub zermalmt.«

Jan zuckte zusammen. »Du brauchst mich nicht daran zu erinnern.«

»Entschuldige. Ich versuche nur, dir meinen Standpunkt klarzumachen. Eure Mutter Gott scheint unnötig extreme Maßnahmen zu ergreifen, um euch vor Augen zu führen, daß von den Männern Böses kommt. Ich vermute, es haben nicht viele von euch überlebt.«

Jan ließ den Kopf sinken. »Nein«, erwiderte sie mit gedämpfter Stimme. »Ich bin die einzige. Die einzige Frau, heißt das. Es sind auch noch vier minervische Männer an Bord ...« Sie schlug die Hände vors Gesicht und brach in Schluchzen aus.

Milo ließ sie geduldig eine Weile weinen. Dann sagte er: »Du kannst nicht sicher sein, ob du die einzige weibliche Überlebende eurer Stadt bist. Die Himmelskrieger sind nicht unfehlbar. Es ist nur zu wahrscheinlich, daß sie ein paar übersehen haben, als sie die Ruinen durchsuchten.«

Jan nahm die Hände vom Gesicht und starrte ihn an. »Meinst du wirklich?« fragte sie hoffnungsvoll.

»Ich glaube, es besteht eine gute Chance. Und noch etwas solltest du nicht vergessen — dein Minerva war nicht das einzige seiner Art.«

Das verwirrte Jan. »Wovon sprichst du?«

»Wußtest du es nicht? Es gibt mehr als ein Minerva. Ich weiß von wenigstens einer anderen Stadt, ungefähr so groß wie eure, die innerhalb der Gerichtsbarkeit des *Lord Pangloth* liegt. Sie wird ebenfalls Minerva genannt und liegt weniger als eine Tagesfahrt östlich von hier. Und ich habe von weiteren solchen minervischen Gemeinschaften gehört.« Er lehnte sich auf seinem Sessel zurück und lächelte über ihren erstaunten Gesichtsausdruck. »Du siehst, du bist nicht so allein, wie du gedacht hast.«

9

Die öffentliche Latrine war so schlimm, wie Milo sie in seiner Warnung beschrieben hatte, ein langer, übelriechender Raum mit Reihen von schmutzigen Ausgüssen, Stehbecken und Sitztoiletten in Verschlägen ohne Türen. Glücklicherweise war nur eine einzige andere Person anwesend, als Jan hereinkam, eine Frau, die gerade einen der Verschläge verließ. Sie maß Jan mit einem nicht zu deutenden Blick und eilte an ihr vorbei.

Als sie fort war, trat Jan in einen Verschlag. Sie war nervös und hoffte, Milo werde Wort halten und vor dem Eingang zur Latrine stehenbleiben. Sie hatte ihm gesagt, sie wolle nicht, daß irgendein Mann sie nackt sehe. Das war die Wahrheit, aber sie hatte noch einen anderen Grund. Sie wollte die Brandbombe entfernen. Sie konnte das Ding einfach nicht länger in ihrem Körper herumtragen. Das war viel zu unbequem geworden.

Schnell stieg sie aus dem einteiligen beutelartigen Anzug, und sie fühlte sich exponiert und verwundbar. Nachdem sie sich von der Bombe befreit hatte, setzte sie sich auf die Schüssel, um ihre Därme zu entleeren. Sie wickelte das Tuch von der Bombe ab und untersuchte sie. In ihrem Körper hatte sie sich groß angefühlt, doch jetzt, wo sie auf ihrer Handfläche lag, wirkte sie lächerlich klein für das Werk, das sie vollbringen sollte. Jan seufzte und steckte sie in eine der Taschen ihres Anzugs.

Trotz ihrer Ängste, was ihre nächste Zukunft auf dem Himmelsherrn betraf, hatte sich ihre Stimmung gehoben. Milos Enthüllung über die anderen Minervas hatten alles verändert. Anfangs konnte sie sich nicht dazu bringen, ihm zu glauben. Es kam ihr unmöglich vor, daß niemand in *ihrem* Minerva etwas über diese anderen minervischen Siedlungen gewußt haben sollte, aber Milo war überzeugend gewesen mit seiner Erklärung. »Ich sagte doch, daß das ursprüngliche Minerva ein sehr großes Gebiet bedeckt hat. Als die Pest sich über das Land auszubreiten begann, zerfiel der Staat Minerva wie alle anderen Staaten, und die einzelnen Teile wurden voneinander isoliert. Da ihr Minerver nichts davon hieltet, solche ›bösen‹ Erfindungen wie Radios zu benutzen, stelle ich mir vor, daß die Kommunikation zwischen euren verschiedenen Siedlungen schon vor Jahrhunderten aufgehört hat.«

Der Gedanke, daß irgendwo ein zweites Minerva existierte, auch wenn es voll von Fremden war, machte alles anders. *Irgendwie* würde sie hingelangen ... eines Tages. Aber zuerst hatte sie die einfache Aufgabe zu erfüllen, den *Lord Pangloth* zu zerstören, ganz zu schweigen davon, daß sie sich bemühen mußte, lange genug am Leben zu bleiben, um es versuchen zu können.

Neben der Toilette ragte ein abgenutzter Hebel aus dem Fußboden. Als Jan fertig war, zog sie ihn in der Annahme, er werde die Spülung bewerkstelligen. Aber es gab keine Spülung. Statt dessen zischte Luft aus der Schüssel. Der Hebel betätigte eine Art Luftpumpe, die den Abfall absaugte und zweifellos von Bord stieß, woraufhin er zur Erde fallen würde.

Jan zog sich eilends an und verließ den Verschlag. Die Latrine war immer noch leer. Sie trat an einen der schmutzigen Ausgüsse und drehte den Wasserhahn auf. Ein bißchen braunes Wasser tröpfelte heraus. Milo hatte ihr erzählt, Wasser sei knapp auf dem Luftschiff und streng rationiert. Dieses Wasser war nur zum Waschen da. Jan sehnte sich danach, noch einmal zu duschen — wie Tanith sie gewarnt hatte, juckte ihre Haut von der weißen Flüssigkeit, und sie fühlte sich unbehaglich. Doch sie mußte sich damit zufriedengeben, sich Hände und Gesicht zu waschen.

Auf dem Weg zur Tür der Latrine hörte sie laute Stimmen. Sie fand Milo im Gang draußen drei Männern gegenüberstehen. Die Fremden blickten zornig drein, aber Jan bemerkte, daß sie einen gewissen Abstand von ihm hielten.

»... Du hast gehört, was Benny befohlen hat, Milo!« sagte gerade einer der drei Männer. »Die Amazone sollte Buncher gehören. Was tust *du* mit ihr?«

»Ich habe euch doch erzählt«, erwiderte Milo mit seiner wie üblich ruhigen Stimme, »daß Buncher sagte, ich könne sie haben. Er hat seine Meinung geändert. Vermutlich hat er Angst, sich eine Infektion einzufangen.«

»Quatsch!« schrie ein anderer Mann. »Du hast ihn gezwungen, sie an dich abzutreten, gib es zu!«

»Warum erkundigt ihr euch nicht bei Buncher, wenn ihr mir nicht glaubt?«

»Das haben wir bereits getan. Er sagt das gleiche wie du.«

»Nun, wo liegt dann das Problem?«

»Etwas stimmt nicht mit ihm, Milo. Er sieht nicht gut aus. Wir glauben, daß du ihn verletzt hast.«

»Ich? Ich soll Buncher verletzt haben?« Milo lachte. »Unsinn!«

»Wir wissen, wie du vorgehst, Milo. Du wirst ihm die Amazone zurückgeben müssen.«

Milo kreuzte die Arme. »Nein. Sie bleibt bei mir. Und wenn irgendwer versucht, sie mir wegzunehmen, werde ich sehr ärgerlich werden. Und das wollen wir doch nicht, oder, Jungs?«

Jeder der drei Männer war größer als Milo, aber keiner von ihnen machte eine Bewegung in seine Richtung. Lange herrschte ein angespanntes Schweigen. Dann sagte einer von ihnen böse: »Früher oder später werden wir dich erwischen, Milo. Dein Glück kann nicht andauern, das weißt du selbst. Und dann geht *sie* an Buncher zurück.« Er zeigte auf Jan. »Und wenn er mit ihr fertig ist, werden wir unseren Spaß mit ihr haben. Wir wollen hier keine Amazone, der wir nicht beigebracht haben, wo ihr Platz ist.«

»Ihr könnt die Erziehung der Dame meinen fähigen Händen überlassen«, erwiderte Milo. »Und wenn dieser anregende gesellige Gedankenaustausch jetzt beendet ist, werden wir uns auf den Weg machen. Komm, Jan!«

Ein paar Augenblicke lang rührten die drei sich nicht. Dann drehten sie sich wie *ein* Mann um und verließen den kurzen Korridor. Milo und Jan folgten ihnen zurück in den Hauptraum. »Sie haben Angst vor dir«, sagte sie leise zu ihm.

»Sie sind abergläubisch«, antwortete er. »Nichts als unwissende Narren. Die meisten Sklaven hier waren ursprünglich Plünderer. Sie hatten genug vom Kampf ums Leben im Pestland und signalisierten dem *Lord Pangloth*, daß sie an Bord zu kommen wünschten, obwohl sie wußten, es bedeutete Sklaverei.«

Sie kehrten in Milos Kabine zurück. Jan hörte Geräusche durch die dünnen Trennwände zu den Nachbarkabinen. Die Sprecher bemühten sich anscheinend, ihre Stimmen zu dämpfen.

Wieder winkte Milo ihr, sich auf das Bett zu setzen, während er den Sessel nahm. »Du siehst besser aus«, stellte er anerkennend fest.

»Ich fühle mich auch besser, und das habe ich dir zu verdanken.« Jans Ton war zurückhaltend. Plötzlich kippte das Bett ein wenig, und sie mußte sich an seiner Kante festhalten, um das Gleichgewicht zu bewahren. »Was geschieht da?« fragte sie beunruhigt.

»Alles in Ordnung, das ist nur ein Kurswechsel«, versicherte Milo ihr.

Der Fußboden kippte wieder in die Waagerechte. Jan entspannte sich. »Es ist unglaublich. Bis dahin hatte ich kaum etwas gespürt. Ich muß mich ständig selbst daran erinnern, daß wir in der Luft sind ...«

»Die meiste Zeit hat man in einem Himmelsherrn eine ruhige Fahrt, sogar unter recht turbulenten Bedingungen. Wenn jemand natürlich die dumme Entscheidung trifft, mitten durch das Zentrum eines Gewitters zu fahren, wie es letzte Nacht geschah, kann es ziemlich rauh werden.«

»Es war schrecklich.« Jan erschauerte bei der Erinnerung.

»Und es war alles euretwegen«, teilte Milo ihr mit. »Damit meine ich dich und deine Mit-Minerver. Die Aristos legten es darauf an, auch das letzte Fünkchen an Moral, das ihr noch haben mochtet, auszulöschen. Sie haben jedoch mehr Vertrauen zu dem Anti-Blitz-System des Himmelsherrn als ich. Und ich habe gehört, das Durchschütteln hat überall im Schiff Schäden hervorgerufen. So schnell tun sie das nicht wieder. Aber ihr Minerver habt ihnen gestern mit euren Raketen höllische Angst eingejagt, deshalb denke ich, ihre Überreaktion ist verständlich.«

»Unsere Raketen!« bemerkte Jan bitter. »Was waren sie schon wert!«

»Es war ein bewundernswerter Versuch, und er hätte beinahe Erfolg gehabt. Obwohl ich in dem Fall das Ergebnis mit gemischten Gefühlen betrachtet hätte«, setzte er trocken hinzu.

»Er hat eben *keinen* Erfolg gehabt. Diese Lichtstrahlen haben jede einzelne Rakete zerstört. Wir hatten keine Chance.«

»Ihr konntet nicht wissen, daß der Himmelsherr ein automatisches Laser-Verteidigungssystem besitzt. Tatsächlich bedeutete es eine große Erleichterung für eine Menge Leute an Bord, daß es noch funktionierte. Es ist Jahre her, daß es aktiviert wurde.«

»Das verstehe ich nicht«, sagte Jan.

»Die Lichtstrahlen werden Laser genannt. Sie sind eine besondere Form von Licht, das auf natürliche Weise nicht existiert. Sie geben gute Waffen ab. Die Laser des Himmelsherrn stehen unter der Kontrolle eines Computers — laß uns sagen, eines mechanischen Gehirns. Es benutzt sie, um alles abzuschießen, was sich dem Himmelsherrn nähert, wenn der Computer entscheidet, daß es eine Gefahr darstellt.«

Jan bemühte sich, zu verstehen, was Milo sagte. Die

Vorstellung eines ›mechanischen Gehirns‹ schien besonders weit hergeholt zu sein, ebenso die Möglichkeit, Licht als Waffe zu verwenden. Andererseits hatte sie selbst gesehen, wie die Raketen von türkisfarbenen Strahlen vernichtet wurden. »Wenn der Himmelsherr eine so schreckliche Macht hat«, sagte sie langsam, »warum hat er sie nicht benutzt, um Minerva zu zerstören? Warum hat er statt dessen diese Bomben auf uns abgeworfen?«

»Wie ich sagte, das System ist automatisch. Es ist nicht unter der Kontrolle der Aristos, so gern sie das auch hätten. Der Computer, der es in Betrieb setzt, ist versiegelt und irgendwo versteckt. Er ist von allen anderen Computer-Systemen getrennt — das heißt, von denen, die noch funktionieren —, und wenn es den Technos in der ursprünglichen Gruppe, die dieses Luftschiff übernahm, nicht gelungen ist, hineinzugelangen, dann hat dieser Haufen von technologischen Regressiven keine Chance.«

Jan sah ihn verständnislos an.

Milo holte tief Atem. »Okay, ich will es so ausdrükken: Die Lichtstrahlen sind eine reine Verteidigungswaffe, die unabhängig von den Aristos eingesetzt wird. Auch funktionieren die Strahlen nur gegen unbelebte Objekte — Dinge wie Raketen und andere Projektile. Sie würden keinen Vogel töten, und noch viel weniger ein menschliches Wesen.«

»Warum verhält sich der Himmelsherr so gnädig in diesem Punkt und so grausam in allen anderen?« fragte Jan vollkommen verwirrt.

»Weil, meine unschuldige kleine Amazone, die Himmelsherren in ihrer ursprünglichen Form der Menschheit einen ganz anderen Dienst leisteten. Sie wurden tatsächlich Himmelsengel genannt, teils wegen der Art ihrer Arbeit, teils wegen ihrer Entstehung im Himmel.«

»Im Himmel?«

Milo wies auf die niedrige graue Decke. »Im Weltraum, um genau zu sein. Sie wurden in einer riesigen Raumfabrik gebaut, die die Erde fast tausend Meter über ihrer Oberfläche umkreiste.«

Jans Gesicht verriet ihr Mißtrauen. Machte er sich über sie lustig, oder glaubte er im Ernst an die Märchen, die er ihr erzählte? »Wie soll es irgendwer fertiggebracht haben, eine Fabrik so hoch oben am Himmel zu bauen, und was hätte sie daran gehindert, herunterzufallen?«

Milo rollte in übertriebener Verzweiflung die Augen. »Ich habe im Augenblick nicht die Zeit, dich in den grundlegenden Naturgesetzen zu unterrichten. Du wirst mein Wort dafür nehmen müssen, daß wir in der Alten Zeit die Mittel besaßen, in den Weltraum zu gelangen. In größeren Versionen dieser Raketen, die ihr gestern auf uns abgefeuert habt. Und ebenso wirst du mein Wort für die Tatsache nehmen müssen, daß man, wenn man hoch genug hinaufgeht, den Zug der Schwerkraft nicht mehr spürt. Gerade wegen der fehlenden Schwerkraft wurden ja die Himmelsengel im Weltraum gebaut. Die speziellen Legierungen und Materialien, die man für das Skelett und die Außenhaut eines Luftschiffs braucht, können nur unter den Bedingungen der Schwerelosigkeit erzeugt werden. Sie sind unglaublich stark, aber ultraleicht.«

»Ich verstehe«, nickte Jan.

Milo lachte vor sich hin. »Wirklich? Das bezweifle ich. Ihr Minerver habt jahrhundertelang in eurem gemütlichen Kokon der Unwissenheit gelebt. Und ich will dir noch etwas erzählen, das dir phantastisch vorkommen wird. Wir hatten nicht nur Fabriken im Raum, sondern auch Städte. Im Orbit um die Erde und dazu auf dem Mond und dem Mars.«

»Langsam glaube ich, daß du heute sehr starkes Bier getrunken hast.«

Wieder lachte er. »Über Bier weißt du also Bescheid! Es freut mich, zu hören, daß ihr Amazonen wenigstens ein Laster habt. Wurde in Minerva viel Bier getrunken?«

»Eine ganze Menge«, gab Jan zu. »Allerdings mußten wir aufhören, Bier zu brauen, wenn das Getreide knapp wurde. Zuletzt war nicht mehr viel an Vorräten da, und wir hatten die Rationierung eingeführt. Zwar hatten wir eine Alkoholfabrik, aber sie stellte nicht die Sorte Alkohol her, die man trinken kann. Wir benutzten ihn als Brennstoff. Zum Kochen und Heizen und so weiter.«

»War es Propanol? Oder Butanol?«

Jan zuckte die Achseln. »Wir haben es einfach Alkohol genannt. Er kam aus den großen Fässern in der Fabrik. Sie wurden mit einem braunen Zeug gefüllt, das lebendig war. Man gab alles Mögliche hinein — wie Blätter, Gras, Essensreste und vieles mehr —, und dieses Zeug verwandelte es in Alkohol.«

Milo nickte. »Ja, ich weiß, was es war. Ein durch Gen-Technik synthetisch hergestelltes Bakterium mit der Aufgabe, organische Materie in entweder Propanol oder Butanol zu verwandeln. Zu schade, daß die Gen-Technik heutzutage eine verlorengegangene Kunst ist. Ein bißchen Herumbasteln an einigen dieser Bakterien, und ihr könntet ein Faß haben, das Äthylalkohol herstellt. Die Sorte, die man trinken kann.«

Jan war entsetzt. »Du denkst, wir hätten eine solche Blasphemie begehen können, wenn so etwas noch möglich wäre?«

»Ich sehe keinen Grund, warum ihr es nicht hättet tun sollen. Ihr zogt doch bereits Vorteil aus der ›bösen‹ Wissenschaft, indem ihr eure Alkoholfabrik all diese Jahre weiter in Betrieb hieltet.«

»Aber ich bin sicher, niemand in Minerva wußte, daß die Fabrik das Werk von Gen-Technikern war ...«, protestierte Jan.

»Zu Anfang *muß* es irgendwer gewußt haben.«

»Keine Minerverin würde bewußt irgend etwas benutzen, das von Gen-Technikern erfunden worden ist

— diese Männer waren mehr als alle anderen dafür verantwortlich, daß die Welt in das verwandelt wurde, was sie heute ist.«

»Welche Heuchelei!« erwiderte Milo lachend. »Zunächst einmal waren eine Menge dieser Gen-Techniker Frauen. Und Minerva hat in seiner Frühzeit ausgiebigen Gebrauch von der Gen-Technik gemacht. Die Ergebnisse sind immer noch da. Sieh dir eure minervischen Männer an ... sieh dich, was das angeht, selbst an.«

»Mich selbst?«

»Du bist das, was man nach der Genetik-Entscheidung der Vereinten Nationen von 2062 einen Eins A nennt. Das gibt dir eine Menge Vorteile gegenüber allen vorhergegangenen Generationen der Menschheit. Zum Beispiel hast du eine Lebensspanne von mindestens zweihundert Jahren, und du wirst körperlich niemals älter als fündunddreißig aussehen — und auch dieses Alter erreichst du erst in frühestens weiteren vierzig Jahren. Deshalb bleiben dir alle Schrecken der Alten Zeit erspart, und falls nicht unvorhergesehene Umstände eintreten, kommt dein Tod am Ende schnell und schmerzlos.

Du hast außerdem ein phänomenales Immun-System«, fuhr Milo fort. »Du bist immun gegen alle konventionellen Infektionen und gegen Krankheiten wie Krebs, die die Menschheit so lange geplagt haben. Sicher, du bist anfällig für die meisten der heimtückischeren Designer-Viren, die während der letzten Phasen der Gen-Kriege losgelassen wurden, und für einige der mutierten Schwamm-Spezies, die sich im Augenblick ausbreiten, aber das sind Handicaps, die du mit allen Eins As teilst, und im Ganzen gesehen bist du sehr glücklich dran. Es ist unglaublich, wie alles bei dir heilt — deine Knochen wachsen sehr schnell wieder zusammen, wenn sie gebrochen waren, und dein zentrales Nervensystem ist fähig, sich zu regenerieren. Verletzungen, die einen Prä-Eins-A-Typ fürs Leben lähmen konnten, hast du in wenigen Wochen vergessen. Und dazu kommt noch, daß du nicht menstruierst, außer in Abständen von zwanzig Jahren, falls du nicht während deiner Fruchtbarkeitsperiode schwanger wirst.«

Der Kopf drehte sich ihr. »Ich tue *was* nicht?«

»Du menstruierst nicht.« Milo lächelte über ihre Verwirrung. »In Prä-Eins-A-Zeiten menstruierten die Frauen von der Pubertät bis zum Klimakterium jeden Monat.« Er sah, daß sie ihn nicht verstand, und hielt inne. »Was hat man euch in Minerva überhaupt beigebracht? Über euren Körper, meine ich.«

»Man hat mich gelehrt, in Harmonie mit meinem Körper zu leben«, antwortete Jan. »Indem ich meditiere und den Geist der Mutter Gott fließen lasse ...«

»Nein, nein«, unterbrach Milo sie schnell. »Ich meine, hat man dich gelehrt, wie dein Körper *funktioniert?*«

»Ja. Natürlich.«

»Du weißt also über dein Fortpflanzungssystem Bescheid? Daß du gleich bei deiner Geburt Eier in dir getragen hast?«

Jan nickte. Das wußte sie.

»Weißt du, *wie viele* Eier?«

»So etwa hundert, glaube ich.«

»Richtig. Aber in Prä-Eins-A-Zeiten trug ein neugeborenes Mädchen *eine halbe Million* Eier in seinen Eierstöcken.«

»Ach, wirklich ...«, sagte Jan ungläubig.

»Es ist wahr. Und wenn ein Prä-Eins-A-Mädchen die Pubertät erreichte, was in jener Zeit das Alter bedeutete, in dem ihr Fortpflanzungssystem funktionstüchtig wurde, gaben die Eierstöcke *jeden Monat* ein Ei zur Befruchtung in ihre Gebärmutter ab. Kam es nicht innerhalb von zwei Wochen zur Befruchtung, wurde das Ei zusammen mit der die Gebärmutter auskleidenden Schleimhaut ausgestoßen. Das nannte man Menstruation, und obwohl es die Frauen in unterschiedlichem Maße angriff, hielten die meisten es für eine unangenehme Erfahrung. Abgesehen von der damit verbundenen Blutung konnte es auch schmerzhaft sein, außerdem brachte es die emotionale Ausgeglichenheit in Unordnung. Schuld daran waren wie üblich die Hormone. Wenn das Ei in der Gebärmutter war, bereiteten Hormone die Schleimhaut auf die Befruchtung des Eies vor. Diese drastischen hormonellen Veränderungen waren Ursache all der Widrigkeiten, die die Frauen erduldeten.«

»Ich kann nichts davon glauben. Die Mutter Gott hätte die Frauen nicht so leiden lassen.«

»Deine Mutter Gott war zu jener Zeit noch gar nicht im Amt«, bemerkte Milo trocken. »Gottvater hatte die Leitung in Händen, und offenbar gönnte er es den Frauen.«

»Die Mutter Gott hat es *immer* gegeben, und es wird sie immer geben«, erklärte Jan fest.

»Du sollst recht haben. Jedenfalls, als die Gen-Techniker um die Mitte des 21. Jahrhunderts endlich das Problem lösten, wie der molekulare Zeitschalter abzustellen war, der die als Altern bekannte zellulare Selbstzerstörung verursachte, hieß das, die Unsterblichkeit war in Reichweite. Aber natürlich, wenn die gesamte Menschheit unsterblich wurde, wären die Güter der Erde in kürzester Frist verbraucht worden. Deshalb beschloß man, der Lebensspanne, auf die ein Mensch genetisch umprogrammiert werden konnte, eine Grenze zu setzen. Die Debatte wurde lange Zeit fortgeführt, bis die Vereinten Nationen das Zweihundert-Jahre-plus-Gesetz verabschiedeten. In jener Zeit hatten die Vereinten Nationen noch Gewicht, weil sie von der russisch-amerikanischen Allianz Rückendeckung erhielten.«

»Was waren die Vereinten Nationen?« fragte Jan.

Milo schwenkte ungeduldig die Hand. »Ein anderes Mal. Jetzt geht es darum: Wenn man den Leuten erlaubte, zweihundert Jahre und mehr zu leben, konnte man ihnen nicht erlauben, sich so unbeschränkt wie bisher fortzupflanzen, weil auch dann wieder die Güter der Erde in Gefahr geraten würden. Deshalb bestimmten die Vereinten Nationen, daß Frauen nur für ein Jahr in jeweils zwanzig Jahren fruchtbar sein durften.«

»Willst du behaupten, daß die Frauen vor dieser Zeit *andauernd* fruchtbar waren?« fragte Jan entgeistert.

»Genau das versuche ich dir beizubringen. Und diese beiden von den Vereinten Nationen erlassenen Gesetze veränderten nicht nur das Fortpflanzungssystem der Frauen, sondern die ganze Welt.«

»Wieso?«

»Wegen des geballten Widerstandes gegen die Gesetze. Viel davon kam von religiösen Fundamentalisten ... Die islamischen Staaten lehnten die Idee des genetischen Herumpfuschens am menschlichen Körper in Bausch und Bogen ab. Das sei, sagten sie, gegen das Gesetz Allahs ...«

»Wer ist Allah?« fragte Jan.

»Ein weiterer sehr maskuliner Gott. Er hätte dir nicht gefallen. Jedenfalls waren es nicht nur die islamischen Staaten, es gab auch entschlossenen Widerstand von den westlichen religiösen Fundamentalisten. Von Katholiken und Protestanten — nun frag nicht, was *sie* waren, es würde zu lange dauern, dir das zu erklären. Nimm einfach mein Wort dafür, daß die ganze Auseinandersetzung ziemlich blutig wurde.

Siehst du, als die Vereinten Nationen das Zweihundert-Jahre-plus-Gesetz erließen, erklärten sie gleichzeitig, daß jede einzelne Person auf der Welt, sofern sie nicht zu alt war, um genetisch modifiziert zu werden, berechtigt sei, ihre Lebensspanne so weit verlängern zu lassen. Stell dir die Wirkung vor: Bewohner eines Landes, das aus religiösen Gründen gegen die Langlebigkeitsbehandlung gestimmt hatte, gerieten verständlicherweise in Versuchung, in ein Land zu ziehen, wo sie erlaubt war. Nun, die Hölle brach los, und als der Staub sich schließlich wieder gesetzt hatte, mußten sämtliche

Landkarten der Welt neu gezeichnet werden. Die meisten der größeren Nationen, einschließlich Rußlands und den USA, waren in eine Reihe neuer autonomer Staaten wie dein Minerva zerfallen.«

»Du stellst das alles so überzeugend dar«, meinte Jan verwundert.

»Es ist überzeugend, weil es *wahr* ist«, gab Milo zurück. »Minerva verdankt seine Existenz der Gen-Technik, ganz gleich, mit welchem Mythos über seinen Ursprung man dich gefüttert hat. Und Minervas Einwohner gaben sich mit dem Eins-A-Modell nicht einfach zufrieden. Sie fügten soviel an Modifikationen hinzu, wie sie es nach den damals noch existierenden internationalen Gesetzen durften. Die frühen Feministinnen wollten nicht zugeben, daß die meisten psychischen Unterschiede zwischen Männern und Frauen auf genetischen Ursachen beruhen. Die Vorstellung schmeckte zu sehr nach ›biologischem Determinismus‹, ein damals sehr unbeliebtes politisches Konzept.

Wie dem auch sei, gegen Ende des 20. Jahrhunderts hatte die Forschung über das Funktionieren des menschlichen Gehirns bewiesen, daß der biologische Determinismus eine viel stärkere Kraft in den menschlichen Angelegenheiten darstellte, als vorher irgendwer hatte akzeptieren wollen. Und natürlich nutzten die Feministinnen diese Entdeckungen zu ihrem Vorteil, als sie Jahrzehnte später Minerva gründeten ...«

Jan schüttelte den Kopf. »Tut mir leid. Jetzt komme ich überhaupt nicht mehr mit. Ich verstehe nicht einmal die Hälfte der Wörter, die du verwendest. Was, zum Beispiel, waren diese *Feministinnen,* die du andauernd erwähnst?«

Es verärgerte sie, daß ihn diese Frage ungeheuer amüsierte. Er warf den Kopf in den Nacken und lachte so laut, daß es zorniges Gemurmel aus den benachbarten Kabinen hervorrief.

Endlich sagte er: »Gut, lassen wir es für den Augenblick dabei bewenden. Ich werde deine verspätete Ausbildung in der Geschichte unseres unglücklichen Planeten zu einem späteren Zeitpunkt fortsetzen. Sprechen wir jetzt über etwas anderes — den Preis dafür, daß ich dich beschützen und für dich sorgen werde.«

»Preis?« fragte Jan verwirrt.

»Ja, *Preis,* meine kleine Amazone. Ich sagte doch schon, wir würden einen Handel abschließen. Als Entgelt für meine Hilfe wirst du mir helfen. Du wirst mir etwas geben, das ich brauche.«

»Aber ich habe nichts, was ich dir geben könnte.«

»O doch. Du hast dich selbst.« Und Milo lächelte sie auf die gleiche Weise an, wie er Buncher angelächelt hatte.

10

»Du willst sagen, daß du mir nur dann auch weiterhin helfen wirst, wenn ich zustimme, Geschlechtsverkehr mit dir zu haben?« fragte Jan entsetzt. Sie fühlte sich verraten. Nach all seinem offenkundigen Mitgefühl für sie hatte sie begonnen, ihm zu vertrauen.

Milo zuckte die Achseln. »Du mußt realistisch sein, Jan. In dieser Welt bekommst du nichts umsonst. Besonders in *dieser* Welt hier oben. Und so leid du mir tust, ich bin von Natur aus kein Altruist. Nun finde ich dich sehr attraktiv und charmant, und ich glaube, daß du trotz deiner entsetzlichen Unwissenheit eine anregende Gefährtin abgeben könntest. Um offen zu sprechen, ich brauche eine Frau. Aber ich bin eigen in diesen Dingen, und, wie du bereits selbst gesehen hast, lassen die Frauen in diesem schwebenden Zoo viel zu wünschen übrig.« Er seufzte und fuhr fort: »Seit ich vor drei Jahren gefangengenommen wurde, habe ich nur einige wenige kurze und unbefriedigende Paarungen gehabt. Ich brauchte etwas mehr, und ich glaube, du kannst es mir liefern.«

Jan war auf dem Bett zurückgewichen. »Du beabsichtigst, Geschlechtsverkehr mit mir zu haben, obwohl ich es nicht will«, beschuldigte sie ihn.

»Du drückst das sehr unverblümt aus, aber, nun ja ...«

»Das ist *Vergewaltigung.*«

»Nein, nein, durchaus nicht«, protestierte er. »Ich werde dich nicht *zwingen*, mit mir zu schlafen. Es wird keine Vergewaltigung sein.«

»Wie willst du es dann nennen? Du sagst, du wirst mich dem Rest dieser Tiere hier ausliefern, wenn ich dir nicht erlaube, in mich einzudringen. Das ist Vergewaltigung, soweit es mich betrifft.«

Er musterte sie kühl. »Ich versichere dir, ich habe mehr zu bieten als ein bloßes Eindringen, junge Frau. Aber ich betone noch einmal, daß ich dich nicht mit Gewalt nehmen werde.«

»Nur weil du keine *körperliche* Gewalt anwendest, wird daraus nichts anderes als eine Vergewaltigung.«

Milo fuhr sich mit der Hand über den kahlen Schädel. »Paß auf, denke es dir einfach als ein geschäftliches Angebot. Du mußt etwas tun, das du nicht tun möchtest, um etwas zu bekommen, das du brauchst.«

»Ich verstehe. Ich lasse zu, daß du mich vergewaltigst, und du läßt mich leben. Das nennst du ein geschäftliches Angebot?«

Er blickte verärgert drein. »Ich werde dich *nicht* vergewaltigen, und ja, wenn du deinen Körper verkaufst, *ist* das ein Geschäft. Es wird Prostitution genannt und ist eins der ältesten Gewerbe der Welt. Frauen — *und* Männer — haben seit undenklichen Zeiten ihre Körper für Geld oder Essen oder andere Dinge verkauft.«

»Wenn jemand mit jemand anders keinen Geschlechtsverkehr will, aber um des Überlebens willen dazu gezwungen ist, bedeutet das Vergewaltigung«, erklärte Jan fest.

»Nein, du bist zu pedantisch«, entgegnete Milo. »Nimm zum Beispiel eine Frau, die ein bequemeres Leben haben möchte und mit einem Mann schläft, um es zu erreichen, obwohl sie sich von ihm nicht sexuell angezogen fühlt — das ist doch keine Vergewaltigung, oder?«

Jan dachte nach. »Vielleicht nicht, aber ich sagte: ›Um des Überlebens willen‹, und das ist nicht das gleiche wie in deinem Beispiel. Eine Frau, die gezwungen ist, ihren Körper zu verkaufen, nur um am Leben zu bleiben, wird von den Männern vergewaltigt, die ihre Notlage ausnutzen, ganz gleich, wieviel Geld oder Essen sie ihr geben mögen. Daran gibt es nichts zu deuteln.«

»Ich glaube nicht ...«, begann er und verstummte.

»Was du mir anbietest, ist das Überleben.« Jan nahm schnell ihren Vorteil wahr. »Geschlechtsverkehr oder Tod. Mit anderen Worten, Vergewaltigung.«

Milo sah sie finster an. »Genug von deinem minervischen Dogma«, wehrte er gereizt ab. »Was wir hier haben, ist eine Frage der Semantik, und eine weitere Diskussion ist sinnlos. Ich nenne dir mein Ultimatum. Du hast genau eine Woche Zeit, um dich zu entscheiden, ob du meinen Vorschlag annehmen willst oder nicht. Wenn du ihm zustimmst, wirst du dich mir *freiwillig* hingeben, ohne weiter von Vergewaltigung und anderem minervischem Unsinn zu faseln. Wenn du meinen Vorschlag am Ende der Woche nicht annimmst, werde ich dich nicht länger beschützen, und du wirst hier auf dich selbst angewiesen sein. Und du weißt, was das bedeutet. Akzeptierst du die Bedingungen?«

Jan schwieg eine Weile, dann sagte sie: »Ich habe eine Woche, um meine Entscheidung zu treffen?«

»Ja. Das garantiere ich dir.«

»Gut. Ich werde es dir in einer Woche sagen.« Sie lehnte sich gegen die dünne Wand zurück und kreuzte die Arme. Milo entspannte sich offensichtlich. »Gut.« Er lächelte ihr zu. Jan lächelte nicht zurück.

Sie hatte ihren Entschluß gefaßt und empfand Erleichterung. Bevor die Woche um war, würde sie die Brandbombe da placiert haben, wo sie den größten Schaden anrichten und den Himmelsherrn aus dem Himmel pusten mußte.

Nachdem Jan sich seiner sexuellen Erpressung allem Anschein nach gefügt hatte, zeigte Milo sich von neuem mitfühlend und zumindest oberflächlich charmant. Er bot ihr ein weiteres Biskuit an und sagte, sie würden etwas Substantielleres essen, wenn sie geschlafen hätten. Dann nahm er die dünne Matratze von dem Bett aus Korbgeflecht und legte sie auf den Fußboden. »Du kannst darauf schlafen. Es wird bequemer sein als das Bett.«

Jan dankte ihm und streckte sich auf der Matratze aus. Sie fühlte sich erschöpft, aber gleichzeitig nicht richtig schläfrig. Ihr kam zu Bewußtsein, daß der Gedanke an Schlaf sie ängstigte. Sie fürchtete sich vor dem, was sie träumen würde.

Milo stand vor ihr und blickte auf sie herab. »Du kannst deinen Anzug ausziehen, wenn du möchtest. Ich werde dich nicht belästigen. Ich habe dir mein Wort gegeben.«

»Ich behalte ihn an.«

Milo zuckte die Achseln, öffnete den Reißverschluß seines eigenen beutelartigen Overalls und trat heraus. Jan warf nur einen kurzen, ein bißchen neugierigen Blick auf seinen Körper, legte sich auf die Seite und schloß die Augen. Es war ein wenig bemerkenswerter Körper, wie männliche Körper eben so sind. Vollständig haarlos, sicher, aber minervische Männer hatten auch eine sehr geringe Körperbehaarung. Seine Geschlechtsteile waren anscheinend normal, doch war sich Jan darüber im klaren, daß ihre Bekanntheit mit männlichen Geschlechtsteilen auf ihrer einen einzigen Erfahrung mit Simon beruhte. Seltsam an Milos Körper war allein, daß er nicht sehr kräftig aussah. Bestimmt nicht kräftig genug, um dem schwergebauten Buncher etwas angetan zu haben.

Milo legte sich auf das Bett. Jan hörte es quietschen. Durch die dünnen Wände drang immer noch das Murmeln von Stimmen. Irgendwo, ziemlich weit weg schluchzte eine Frau. Jan fragte sich, ob die Beleuchtung jemals gedämpft oder abgeschaltet wurde. Sie konnte das helle Licht durch die geschlossenen Augenlider sehen.

Das Licht der Deckenlampen wurde rot. Jan sah lodernde Flammen. Minerva brannte von neuem. Sie hörte Schreie, hörte Bomben fallen, sah Helen benommen umherstolpern und einen Arm umklammern, der in einem blutigen Stumpf endete.

Jan öffnete die Augen. Wie sie befürchtet hatte, wartete der Alptraum der letzten beiden Tage innerhalb ihres Kopfes auf sie. Noch bevor sie eingeschlafen war, erkämpften sich die Bilder einen Weg nach draußen. Im

Schlaf würde sie alles noch einmal durchleben müssen. Doch sie wurde jetzt tatsächlich müde. Es würde ihr unmöglich sein, sich lange Zeit wachzuhalten, auch wenn ihre Haut von dieser weißen Flüssigkeit scheußlich juckte. Gegen ihren Willen fielen ihr die Augen wieder zu.

Wer schrie da? Es war ein grauenhaftes Geräusch, hoch und durchdringend. Es zerfetzte die Nerven. Jan sah sich ängstlich um, aber der Rauch war zu dicht. Das Schreien hörte nicht auf, kam näher. Martha rannte aus dem Rauch auf sie zu. Das Fell der Schimpansin brannte von Kopf bis Fuß. Schon konnte Jan das Brutzeln des brennenden Fleisches hören. Martha sprang in ihrer Panik an ihr hoch. »Nein!« schrie Jan. Die starken brennenden Arme der Schimpansin umklammerten sie verzweifelt. Nun begann sie ebenfalls zu schreien ...

Jan schrie und schrie und versuchte mit aller Gewalt, sich von diesen Armen zu befreien. Doch es gelang ihr nicht, sie waren zu stark.

»Still, Amazone«, sagte ihr eine Stimme ins Ohr. »Beruhige dich, es ist nur ein Traum. Dir fehlt nichts ...«

Das Gefühl von Flammen auf ihrem Fleisch verblaßte, obwohl die kräftigen Arme sie weiter festhielten. Jan erkannte, wo sie war, in Milos Kabine, obwohl es jetzt dunkler war. Sie verstummte.

»Um Christi willen, bring das Weib zum Schweigen, ja!« brüllte ein Mann aus einer anderen Kabine.

»Fühlst du dich besser?« fragte Milo sie freundlich.

»Ich ... ich ... weiß nicht. Was ist los mit mir?« Sie zitterte heftig; ihre Glieder flogen wie in Krämpfen. Namenloses Entsetzen erfüllte sie, als werde sie gleich in einen bodenlosen Abgrund stürzen.

»Das ist nur eine verzögerte Reaktion auf alles, was du durchgemacht hast.« Milo hielt sie immer noch fest. Sie wiederum klammerte sich an ihn. Nur so konnte sie verhindern, daß ihr Entsetzen sie wegschwemmte und sie für immer verloren war.

»Entspann dich«, flüsterte Milo. »Atme tief und langsam. Eins ... zwei ... eins ... zwei ...«

Allmählich legten sich Panik und Entsetzen, das Zittern klang ab. Milo ließ sie los. Sie fühlte sich ausgelaugt, krank. Im Halbdunkel sah sie, daß er an seine Truhe ging und eine kleine Schachtel und seine Feldflasche herausholte. Er kniete sich zu ihr auf die Matratze und forderte sie auf, die Hand auszustrecken. Jan tat es, er legte eine Pille auf ihre Handfläche und sagte: »Schluck das. Du wirst dich danach besser fühlen.«

»Was ist das?« fragte Jan mißtrauisch.

Sie sah seine Zähne im Dunkeln aufblitzen. »Du hörst dich schon wieder ganz normal an. Aber keine Bange. Das ist nur ein synthetisches Hormon. Es wird dein Gehirn dazu anregen, mehr von einem besonderen Enzephalin zu produzieren, das dich beruhigt und dich friedlich schlafen läßt. Du solltest es besser nehmen, bevor ich meine Meinung ändere. Diese Dinge sind heutzutage so selten wie Hühnerzähne.«

Jan runzelte die Stirn. »Aber alle Hühner haben Zähne ...«

»Vergiß es. Eine archaische Redensart. Nimm nur die Pille.«

Voller Zweifel steckte sie die Pille in den Mund. Milo reichte ihr die Feldflasche, und sie spülte die Pille mit mehreren willkommenen Schlucken Wasser hinunter. »Ich fühle mich gar nicht anders.« Sie gab ihm die Feldflasche zurück.

»Das kommt noch.« Milo legte Feldflasche und Schachtel wieder in die Truhe. Noch auf den Knien, drehte er sich zu ihr um. »Jan«, fragte er leise, »was hast du in der Tasche?«

»Was?« Für einen Augenblick wußte sie nicht, wovon er sprach. Dann fiel ihr die Bombe ein. Ihr Verstand setzte aus. »Das ist ... äh ... ich ... weiß es nicht ...«, antwortete sie lahm.

»Du weißt nicht, was du in der Tasche hast?« Milo

beugte sich zu ihr vor und pflückte die Bombe geschickt aus der oberen Tasche. Jan wehrte sich nicht. Sie sah, wie er die Bombe in dem trüben Licht untersuchte. »Das ist schwer«, stellte er fest. »Also, was ist das für ein Ding, von dem du nicht weißt, daß du es hast, he, Amazone?«

Er fummelte damit herum. *O Mutter Gott,* dachte Jan, *wenn er den oberen Teil dreht ...*

»Gib es mir zurück«, verlangte sie und streckte die Hand aus. »Dann werde ich es dir sagen.«

Er zögerte lange, bevor er ihr den Zylinder reichte. »Nun?« drängte er mit leiser Stimme.

Etwas geschah mit ihr. Sie sagte sich, daß es die Pille sein mußte. Ihr wurde ... wundervoll zumute. Alle ihre Sorgen und Ängste — sogar ihr Leid — fielen von ihr ab wie alter Schorf von einer verheilten Wunde. Sie fühlte sich gleichzeitig euphorisch und angenehm entspannt.

»Sag mir, was es ist, Jan«, forderte Milo in dem gleichen ruhigen, ermutigenden Ton.

Warum sollte sie ihm nicht die Wahrheit sagen? Was kam es darauf an? Im letzten Augenblick entschloß sie sich dagegen. Statt dessen antwortete sie: »Es ist ein heiliger Gegenstand. Sehr heilig. Alles, was mir von Minerva geblieben ist. Meine Mutter hat ihn mir gegeben.«

»Deine Mutter?«

»Meine Mutter war in Minerva eine Hohe Frau. Von großer Bedeutung. Die Leute, die du die Aristos nennst, wissen das nicht ... halte es vor ihnen geheim ... du wirst es ihnen nicht verraten, nicht wahr ...?«

Sie ließ sich auf die Matratze zurücksinken, stützte sich auf einen Ellbogen. Jetzt wurde sie sehr schläfrig. Wundervoll schläfrig.

»Ich werde es ihnen nicht verraten«, versprach Milo. »Aber was ist das?«

»Ich bin müde«, sagte Jan benommen. »Möchte schlafen.«

»Gleich, Amazone. Erst sag mir, was das ist.«

»Sehr heilig.«

»Das erwähntest du schon. Ich möchte wissen, warum.«

»Es ist ein Amtsstab. Einer von mehreren, die unsere Vormütter von der Mutter Gott bekommen haben.« Die Gewissensbisse, die Jan beim Aussprechen dieser Blasphemie empfand, waren so leicht, daß es sie beinahe nicht gab. »Habe meiner Mutter geschworen, ihn zu bewahren. Mit meinem Leben zu schützen.«

»Ich verstehe«, sagte Milo langsam. »Aber wie ist es dir gelungen, ihn an Bord zu schmuggeln?«

»Hatte ihn versteckt.« Es kostete sie Mühe, die Augen offenzuhalten. Ihr war, als sinke sie in ein tiefes, gemütliches Bett. Sie fühlte sich wieder wie ein Kind; warme Zuversicht strömte aus einer unbekannten Quelle über sie hin.

»Aber wie? Deine eigenen Kleider sind doch bestimmt vernichtet worden.«

Jan kicherte. »In mir ...«

»Oh.« Er begriff. »Natürlich.«

»Will jetzt schlafen.« Jan ließ den Kopf auf die Matratze fallen. Innerhalb von Sekunden war sie eingeschlafen.

Milo blieb, wo er war, und blickte auf sie nieder. Als er sicher war, daß Jan in tiefem Schlaf lag, holte er den Zylinder von neuem aus ihrem Overall, studierte ihn einige Zeit sorgfältig und steckte ihn in Jans Tasche zurück. Er stand auf und ging zu Bett. Dann lag er da und konzentrierte sich darauf, das sexuelle Verlangen zu dämpfen, das die Anwesenheit des Mädchens in ihm hervorgerufen hatte. Endlich schlief er ein, und zum ersten Mal seit Jahrzehnten träumte er von Miranda.

Jan erwachte, und das Wohlgefühl war immer noch vorhanden, wenn auch nicht mehr so intensiv wie zuvor. Sie setzte sich auf. Milo war bereits munter. Er saß angezogen auf seiner Bettkante und sah Jan an. »Geht es dir besser?« erkundigte er sich.

»Ja«, gab sie zu. »Danke.« Sie sah sich um. Das Licht war wieder an. Dann erinnerte sie sich, was geschehen war, kurz bevor sie einschlief, und tastete schnell nach ihrer Tasche. Die Bombe steckte noch darin.

»Keine Bange«, meinte Milo sarkastisch. »Ich habe dein kostbares Erbstück nicht gestohlen.«

Jan spürte, daß sie errötete. »Was war in dieser Pille, die du mir gegeben hast?« fragte sie, um das Thema zu wechseln. »Eine Droge der Alten Wissenschaft?«

»Ein Produkt der Alten Wissenschaft, ja, aber keine Droge in dem Sinn, wie du das Wort wahrscheinlich verstehst«, antwortete Milo. »Wie ich dir schon gestern abend zu erklären versuchte, wird die eigentliche Droge, die bewirkt, daß du dich besser fühlst, von deinem eigenen Gehirn produziert. Die Pille enthielt eine Substanz, die den spezifischen Teil deines Gehirns dazu anregt, große Mengen der ›Droge‹ zu erzeugen.«

Jan bemühte sich, Sinn in seinen Worten zu finden. Wie zuvor war sie sich nicht sicher, ob er ihr ein Märchen erzählte oder die Wahrheit sagte — beziehungsweise das, was er selbst für die Wahrheit hielt. »Du behauptest, es sei eine Droge in meinem Gehirn, und sie habe das wundervolle Gefühl hervorgerufen, das ich hatte, bevor ich gestern abend einschlief?« fragte sie. »Das kann nicht sein, denn sonst hätte ich dieses Gefühl früher schon einmal gehabt.«

Milo seufzte kurz. »Du hast bisher noch nie eine so intensive Wirkung gespürt, weil dein Gehirn noch nie so viel von dem entsprechenden Enzephalin — der ›Droge‹ — in dein Nervensystem abgegeben hat.«

Jan blickte weiter zweifelnd drein. Milo fragte: »Ist dir die Droge bekannt, die man Morphium nennt?«

»Ja. Sie wird aus Mohn gewonnen. Ein Geschenk der Mutter Gott. Sie nimmt den Schmerz …«

»Nun, vor langer, langer Zeit entdeckten Wissenschaftler, daß das menschliche Zentralnervensystem eine eigene Version von Morphium besitzt, was erklärt, warum manche Leute bei schweren Verletzungen keinen Schmerz empfinden — wenigstens nicht sofort. Bei weiteren Forschungen über das biochemische Funktionieren des Gehirns entdeckte man immer mehr Substanzen, die nicht nur Gegenstücke zu Narkotika und Betäubungsmitteln darstellen, sondern auch zu einer breiten Skala anderer die Stimmung verändernder Drogen. Es wurde offenbar, daß das menschliche Denken das Endresultat eines richtigen chemischen Cocktails ist. All die verschiedenen chemischen Bestandteile zu identifizieren und ihre Aufgabe genau zu bestimmen, kostete viele Jahre, und währenddessen wurden mehrere interessante Entdeckungen über die menschliche Natur gemacht. Eine davon betrifft die Depression. Du weißt doch, was das Wort Depression bedeutet?«

»Ja, natürlich. Es bedeutet, daß man sich traurig oder elend fühlt.«

»Fühlst du dich oft so?«

»Nun, nicht *oft*, aber manchmal. In letzter Zeit häufiger ...«

Milo lächelte. »Aber nicht in eben diesem Augenblick, richtig? Obwohl deine gegenwärtige Lage trostlos ist, fühlst du dich gelöst, behaglich — ja?«

Jan gab es zu. Milo sagte: »Das ist die nachklingende Wirkung des Hormons, das ich dir gegeben habe. Aber dank der genetischen Veränderungen, denen sich deine Vorfahren unterzogen haben, bist du physiologisch unfähig, eine Depression von der Art zu bekommen, wie sie vielen Prä-Eins-A-Menschen vertraut war. In der Zeit vor der genetischen Ära litten viele unter einem Zustand, den man manische Depression nannte. Man betrachtete den Zustand als Krankheit — als das Ergebnis eines seelischen oder körperlichen Mangels. Damals galt es als ›normal‹, *nicht* darunter zu leiden; die *natürliche* geistige Verfassung des Menschen war angeblich eine Art emotionalen Gleichgewichts mit einem angeborenen Hang zu einem allgemeinen Gefühl des Wohlbehagens und des vagen Optimismus, was natürlich von äußeren Umständen abhing.«

»Aber das ist doch natürlich, oder nicht?« fragte Jan.

»Das ist eben die Streitfrage«, sagte Milo. »Wie die Wissenschaftler entdeckt hatten, sorgte die Natur dafür, daß menschliche Wesen ständig sozusagen bis zu den Augäpfeln unter Drogen standen, damit sie mit dem Leben fertigwurden. Jedenfalls die *normalen* menschlichen Wesen. Die anomalen, diejenigen, die anfällig für manische Depression oder andere chronische mentale Probleme waren, litten tatsächlich an einer organischen Fehlfunktion des Gehirns: Ihre Gehirne produzierten nicht *genug* von diesen Substanzen, um ihnen den rosigen, wenn auch verzerrten, Ausblick aufs Leben zu vermitteln, den die ›Normalen‹ hatten. Als Folge davon erfuhren diese anomalen Individuen offenbar eine *objektivere* Wahrnehmung der Realität ...«

Jan schüttelte erstaunt den Kopf. »Du redest eine Menge Unsinn.«

»Genau das sagten viele Leute, als diese Theorie zuerst veröffentlicht wurde — sie sei Unsinn. Es liegt in der menschlichen Natur, daß jedes Individuum glaubt, seine oder ihre Wahrnehmung der Realität sei objektiv. Die traurige Wahrheit ist jedoch, daß alles, was wir wahrnehmen — und alles, was wir denken und fühlen — von der Gnade unserer genetischen Programmierung abhängt, die wiederum die Produktion sämtlicher Hormone kontrolliert, die wiederum das Spiel der chemischen Aktivitäten innerhalb unseres Gehirns diktieren. Sogar unsere Wahrnehmung der Zeit selbst ist ein Produkt dieser Prozesse. Das menschliche Konzept der Zeit ist eine biologisch induzierte Illusion; so etwas wie eine lineare Zeit gibt es nicht. Zeit ist statt dessen ...« Er sah sie an und sprach nicht weiter. »Verzeih mir«, sagte er müde. »Ich habe mich wieder einmal von meinem Bedürfnis überwältigen lassen, mit irgend jemandem zu *reden.* Immerzu vergesse ich, daß du trotz all deiner angeborenen Intelligenz eine Wilde bist, wie alle übrigen in diesem Luftschiff.«

»Ich bin keine Wilde!« protestierte Jan.

»Nein? Also verstehst du, was ich sage?« zog er sie auf.

»Nun, nicht viel davon«, gestand sie. »Aber ich weiß, daß du ein ganz falsches Bild von der menschlichen Seele hast. Es ist Teil des minervischen Glaubens, daß die Seele *von dem Körper getrennt ist.* Sie ist Eigentum der Mutter Gott, und wenn wir sterben, nimmt sie sie zurück. Entweder behält sie sie als Teil ihrer selbst im Paradies, oder sie schickt sie, wenn eine weitere spirituelle Reinigung nötig ist, für ein neues Leben zur Erde zurück.«

»Eine tolle Sache, die minervische Theologie!« höhnte Milo. »Himmel und Erde werden zu einer gigantischen Reinigungsanstalt reduziert.«

Seine Worte machten Jan wütend. »Das ist logischer als all der Quatsch, von dem *du* sprichst!«

»Meine arme kleine Amazone, du bist selbst ein Produkt dieses sogenannten Quatsches. Wie ich schon sagte, haben deine eigenen minervischen Gen-Techniker dafür gesorgt. Deine Vorfahren wurden stärker verändert, als es die Spezifikationen der Eins-A-Regelungen vorsahen. Du unterscheidest dich sowohl körperlich als auch geistig nicht nur von den Frauen der prägenetischen Ära der Vergangenheit, sondern auch von den Frauen auf diesem Luftschiff. Deine weiblichen Vorfahren wurden dank dem genetischen Herumbasteln mit dem hormonellen Gleichgewicht nicht nur körperlich größer, sondern auch ein klein wenig maskuliner in ihren Gefühlen. Infolgedessen erfuhren eure Männer eine drastischere Veränderung. Das Endprodukt war ein kleineres, nonaggressives, nicht konkurrierendes, nicht bedrohliches männliches Wesen — kurz, das feministische Ideal dessen, was ein Mann sein soll.«

»Es ist unvorstellbar, daß eine Minerverin jemals Gebrauch von der Gen-Technik machen würde. Aber ich gebe zu, es ist wahr, daß die minervischen Männer verändert wurden«, sagte Jan.

»Durch Zauberei, wie?«

»Die Mutter Gott veränderte sie. Nach den Gen-Kriegen kam eine Gruppe von Männern nach Minerva und bat um Verzeihung. Sie baten auch um Asyl. Die Hohen Frauen fragten die Mutter Gott, was sie tun sollten. Die Mutter Gott sprach zu ihnen und sagte, sie würde jeden Mann, der aufrichtig um Verzeihung bitte, umwandeln, und ihre Söhne würden ebenfalls umgewandelt sein und deren Söhne auch und so weiter ...«

»Wie ich sagte, durch Zauberei.« Milo stand auf und streckte sich langsam, wobei er die Arme über den Kopf hob. »Doch glaube, was du willst. Wenigstens stimmen wir darin überein, daß minervische Männer keine normalen Männer sind. *Nettere* Männer vielleicht, aber keine normalen. Und der große Nachteil für eure frühen Minerverinnen ist, daß die Idee außerhalb des minervischen Staates nicht einschlug. Sicher, viele Männer, die das minervische Ideal eines feministischen Staates unterstützten, ließen sich mit Freuden verändern, aber überall sonst auf der Welt zeigte die Mehrheit der männlichen Bevölkerung keine Neigung, sich der Warteschlange anzuschließen.

Das Problem war, wenn man die Schaltungen im Gehirn eines Mannes bis zu dem Punkt verändern wollte, wo sämtliche unerwünschten maskulinen Züge entweder gedämpft oder vollständig ausgelöscht wurden, mußte man seine Sexualität radikal verändern — die hormonelle Programmierung für die maskuline Sexualität ist dieselbe wie für das typisch maskuline Verhalten. Deshalb waren eure umgewandelten minervischen Männer zwar physisch immer noch männlichen Geschlechts, aber im Vergleich zu den durchschnittlichen nicht umgewandelten Männern hatten sie nur noch sehr wenig Männlichkeit. Deshalb wurden sie von der Welt außerhalb Minervas ›Eunuchen‹ und Schlimmeres genannt.«

»Sie sind keine Eunuchen«, widersprach Jan schnell.

Milo hob die Augenbrauen. »Du sprichst aus persönlicher Erfahrung, nicht wahr?«

Jan spürte, daß ihr Gesicht heiß wurde. »Das geht dich nichts an.«

»Ganz im Gegenteil, alles, was mit dir zu tun hat, geht mich jetzt was an, kleine Amazone. Aber laß nur. Erzähle mir statt dessen, was du für die minervischen Männer im allgemeinen empfunden hast.«

Sie zuckte die Achseln. »Ich mochte sie. Meinen Vater habe ich *geliebt.*«

»Ebenso, wie du deine Mutter geliebt hast?«

»Das nicht ...«

»Was ist der wesentliche Unterschied zwischen minervischen Männern und Frauen? Ich meine nicht die offensichtlichen körperlichen Unterschiede, sondern im Temperament.«

Jan dachte nach. »Nun, die Männer waren wohl weniger ... weniger *kompliziert* als sämtliche Frauen, die ich kannte. Ihre Einstellung zum Leben konnte einem manchmal ein wenig auf die Nerven gehen — sie waren immer fröhlich, friedlich, glücklich ...«

Auf Milos Gesicht breitete sich ein triumphierendes Grinsen aus. »Was meine Behauptung beweist und uns dahin zurückführt, was ich über die Manipulierung des geistigen Zustandes gesagt habe. Eure Gen-Techniker waren gezwungen, die Dosis jener natürlichen Happy-Drogen, die wir alle im Kopf haben, zu erhöhen, damit eure Männer mit ihrer veränderten Stellung im Leben stets zufrieden waren. Ihr Minerverinnen mögt ihnen nicht tatsächlich die Eier abgeschnitten haben, aber kastriert habt ihr sie trotzdem.«

»Ich weiß nur, daß ich lieber mit einem minervischen Mann als mit *dir* zusammen wäre.«

Er grinste auf sie hinab. »Du hältst mich nicht für anregende Gesellschaft?«

»In der ganzen Geschichte Minervas hat niemals ein minervischer Mann eine Frau vergewaltigt.«

»Habe ich gedroht, dich zu vergewaltigen?«

»Ja«, erklärte Jan kalt.

Milos grinsendes Gesicht verfinsterte sich. »Oh, fang nicht wieder *davon* an!« Er bedeutete ihr, aufzustehen. »Komm. Wir wollen uns etwas zu essen besorgen. Es ist nur noch eine Stunde Zeit, bis wir nach oben zur Arbeit gebracht werden.«

Jan stellte sich auf die Füße. »Was ist denn unsere Arbeit? Ich hörte die Aufseher sagen, ich solle Glasgeherin werden. Was ist das?«

»Das werde ich dir sagen, nachdem wir gegessen haben. Ich will dir nicht den Appetit verderben.«

11

»Sieh nicht nach unten, wenn es dich ängstigt«, riet Milo.

»Ich kann nicht anders«, antwortete Jan schwach. Sie klammerte sich mit aller Kraft an die Stützstange. Es war beinahe ebenso schlimm wie damals, als sie in dem Korbkäfig unter dem *Lord Pangloth* gehangen hatte. Der Glaskasten, in dem sie zusammen mit mehreren anderen Sklaven eingeengt waren, stieg langsam in einer weiten, sackenden Höhle, dem Magen eines gigantischen Tieres gleich, nach oben.

Verschlimmert wurde Jans Schwindelgefühl noch dadurch, daß der Glaskäfig und seine schwere menschliche Fracht an zwei schmalen schwarzen Bändern hingen, die so stabil aussahen wie Haarschleifen. Jan konnte nicht verstehen, warum sie unter all dem Gewicht nicht rissen, und Milos kurze und verwirrende Erklärung, die Bänder seien aus einem extrastarken Material gemacht, das von jenseits des Himmels stamme, bedeutete überhaupt keinen Trost für sie.

»Entspann dich und genieß die Aussicht«, sagte Milo fröhlich. »Es ist ein recht bemerkenswerter Anblick, das mußt du zugeben. Ich kenne ihn seit drei Jahren, und doch beeindruckt er mich immer wieder.«

Jan zwang sich, Umschau zu halten. Sie erschauerte. Die gewaltigen, fleischähnlichen Wände wallten langsam, als seien sie lebendig. »Ich verstehe das nicht. Da ist nichts, was das alles oben hält. Warum bricht es nicht über uns zusammen?«

»Ich habe bereits versucht, es dir zu erklären«, sagte Milo. »Wir sind von Gas umgeben. Von Helium. Von Millionen und Abermillionen Kubikfuß Helium. Du kannst es nicht sehen, weil es unsichtbar ist wie Luft. Diese Gaszelle und alle anderen Gaszellen halten den *Lord Pangloth* oben. Stell dir vor, du befändest dich in einer gigantischen Version eines Kinderluftballons.«

»Eines was?« fragte Jan verständnislos.

»Ach ja. Ich vergaß. Keine Kinderluftballons. Es sind nicht einmal Drachen erlaubt. Das Gesetz der Himmelsherren ...« Er rieb sich das Kinn. »Okay, dann stell es dir als eine riesige Seifenblase vor. Du weißt doch, was eine Seifenblase ist?«

Jan maß ihn mit einem geringschätzigen Blick. »Natürlich weiß ich das. Aber es sieht nicht wie eine Seifenblase aus. Seifenblasen sind rund.«

»Das wäre diese auch, wenn sie vollständig mit Gas gefüllt wäre. Das ist sie aber nicht. Wenn nämlich ein Himmelsherr hochsteigt, wird der Druck der ihn umgebenden Luft geringer, und das Gas in der Zelle dehnt sich aus. Tut man bei niedriger Höhe zuviel Gas in die Zelle, wird das Gas bei größerer Höhe die Zelle zerreißen. Verstanden?«

»Ich denke.«

Milo lachte herablassend und wollte ihr das Haar zausen. Jan duckte sich. Einer der anderen Sklaven kicherte höhnisch, doch er verstummte schnell, als Milo sich umdrehte und ihn ansah.

Jan sagte zu Milo: »Du hast mir eine Woche Zeit gegeben, um mich zu entscheiden, erinnerst du dich? Du hast versprochen, mich in der Zwischenzeit nicht zu berühren.«

»Ich wollte freundlich sein, das ist alles.« Es klang verletzt.

»Du bist mir der rechte Freund«, stellte Jan bitter fest.

Der Glaskäfig war beinahe oben in der Gaszelle angelangt. An der Decke der Zelle war etwas befestigt, das wie eine umgekehrte Glaskuppel aussah. Als sie sich der Kuppel näherten, erschien darin eine Öffnung, und der Käfig, der immer noch an seinen unmöglich dünnen Zwillingsbändern hochkletterte, fuhr hinein. Die Kuppel schloß sich unter ihm wieder, und dann sah Jan eine andere Öffnung im Material der Zelle selbst erscheinen. »Gasschleuse«, erklärte Milo. »Verhindert, daß das Gas entweicht.«

Der Käfig kam in einem matt erleuchteten Raum oberhalb der Gaszelle zum Halten. Seine Tür glitt zur Seite. »Hinaus!« befahl Benny. Die Sklaven strömten aus dem Käfig. Jan sah sich staunend um. Der graue, von Schatten erfüllte Raum zwischen dem Fußboden und der niedrigen Decke schien sich unbegrenzt in alle Richtungen zu erstrecken. Ein Irrgarten aus Streben und dünnen Stützpfeilern verband die beiden Oberflächen.

»Wir sind zwischen der inneren und der äußeren Hülle«, bemerkte Milo leise.

»Ruhe!« brüllte Benny. »Holt eure Sachen und geht nach oben, Glasgeher!« Er trat zu Jan. »Amazone, du kannst Milroys Ausrüstung benutzen. Er wird sie bestimmt nicht mehr brauchen.«

Mehrere der Sklaven lachten. Sie gingen zu einer Reihe von hölzernen Schränken, die in der Nähe standen. Milo führte Jan zu einem davon und zeigte ihr, wie sie ihn öffnen mußte.

»Was ist mit Milroy passiert?« Jan betrachtete das bestürzende Sammelsurium von Gegenständen in dem Schrank.

»Er war unvorsichtig«, antwortete Milo, zog eine Steppjacke heraus und reichte sie ihr. »Das kommt zuerst. Du wirst sie brauchen. Da draußen ist es kalt.«

Die Jacke war ihr zu groß, aber Jan war dankbar dafür. Schon hier an diesem seltsamen Ort war es viel kälter, als es unten in der Sklavenunterkunft gewesen war. Milo nahm inzwischen andere Dinge aus ihrem Schrank. »Zieh das über die Jacke«, wies er sie an und gab ihr eine Art Geschirr aus Leder. Sie erlaubte ihm, ihr dabei zu helfen, die vielen Verschlüsse zuzumachen, und versuchte, es zu ignorieren, wenn seine Hände ihren Körper berührten. Wozu mochten die metallenen Ösen an dem Geschirr dienen? Als nächstes kamen Stiefel mit dicken Sohlen aus einem seltsamen, gummiähnlichen Material, dann ein Paar Lederhandschuhe. Stiefel wie Handschuhe sahen abgenutzt aus und hatten einen stechenden Geruch an sich. Dann gab Milo ihr eine lange, aufgewickelte Leine mit metallenen Klips an beiden Enden. Er zeigte ihr, wie sie sie mit Hilfe der einen Öse am Geschirr über der Schulter tragen sollte. Schließlich reichte er ihr einen Stock mit einem Büschel Stoffstreifen am Ende.

Jan starrte ihn an. *Das ist ein Mop,* sagte sie ungläubig zu sich selbst. Erwartete man vielleicht von ihr, daß sie damit die Außenseite des Himmelsherrn reinigte? Ein absurder Gedanke! Die Hülle wurde doch bestimmt von Regenschauern und vom Wind saubergehalten.

»Bewegt euch, ihr faulen Stricke!« schrie Benny und ging zwischen ihnen hindurch. »Wer als letzter oben ist, bekommt einen Kuß von meinem Rummelstock!«

Jan wand sich innerlich im Gedanken an den unerträglichen Schmerz, den ihr die Berührung mit diesem Ding bereitet hatte. Verzweifelt sah sie zu Milo hin, der zu einem Schrank am Ende der Reihe gegangen war und hastig seine eigene Ausrüstung anlegte. Jan ging zu ihm. »Was sollen wir tun?« fragte sie.

Milo wies mit dem Kopf. Jan sah eine Leiter, die von der Decke hing. Die anderen bewegten sich bereits darauf zu. Benny drückte einen Hebel am Fuß der Leiter. Ein Abschnitt in der oberen Hülle glitt zur Seite. Jan sah hellen Sonnenschein und spürte einen kalten Luftzug. Voller Angst, sie könne als letzte oben ankommen, lief sie zu der Leiter, aber jedes Mal, wenn sie versuchte hinaufzusteigen, blockierte einer der anderen Sklaven ihr den Weg. Langsam geriet sie in Panik. Alles würde besser sein, als noch einmal die Wirkung dieses magischen Stocks zu spüren.

Aber die anderen drängten sich weiter vor, bis der letzte Sklave grinsend vor ihr die erste Sprosse betrat. Ängstlich schielte Jan zu Milo hin, und dann merkte sie, daß Milo hinter ihr zurückgeblieben war und darauf wartete, daß sie die Leiter hinaufstieg. Sie tat es und sah erleichtert über die Schulter zurück. Milo folgte ihr.

Benny maß ihn mit einem finsteren Blick, traf aber keine Anstalten, ihn mit dem Schmerzstock zu berühren.

War Milo das Risiko ihretwegen eingegangen, oder hatte er gewußt, daß Benny nur bluffte? überlegte Jan. Doch dann tauchte sie aus der Luke auf, und alle diese Gedanken verschwanden. Für ein paar Augenblicke war sie so desorientiert, daß sie wie erstarrt auf der Leiter stehenblieb. Mit einem scharfen Schlag gegen ihr Bein sagte Milo: »Hinaus, Amazone! Später ist noch viel Zeit, um die Aussicht zu genießen. Zuviel Zeit ...«

Jan kletterte langsam den Rest des Weges hinaus, blieb neben der Luke stehen und stemmte sich gegen die steife Brise, die über die Hülle des Luftschiffes fegte. *Des Luftschiffes.* Sie mußte sich gewaltsam daran erinnern, daß sie tatsächlich oben auf einem Luftschiff stand. So ungeheuer groß war die Hülle, daß Jan das Gefühl hatte, auf magische Weise auf eine andere Welt transportiert worden zu sein. Den Boden konnte sie nicht sehen; was sie nach allen Richtungen sah, war nichts weiter als die gekrümmte, fremdartige Landschaft des Himmelsherrn.

Wie unbedeutend und verwundbar fühlte sie sich! Sie hielt sich an der Reling fest, die einen großen Kreis um die Stelle mit der Luke bildete. Die anderen Sklaven nahmen gar keine Notiz von dem, was sie sahen; lachend und albernd erhoben sie die Stimmen über das Pfeifen des Windes. »Das ist eine Aussicht, was?« Milo trat zu ihr an die Reling. »Ich weiß, was du empfindest. Mir ist es ebenso gegangen, als ich das erste Mal nach oben kam. Aber du wirst es überwinden.«

Jan glaubte ihm kein Wort. Sie konnte sich nicht vorstellen, daß er einmal ebenso empfunden hatte wie sie in diesem Augenblick, auch würde sie sich bestimmt niemals daran gewöhnen, ein Floh auf dem glatten, schimmernden Rücken dieses Riesen zu sein. Sie sah sich die Oberfläche der Hülle genauer an. Auf ihr waren zahllose sechseckige Stücke aus dunkelgrauem Glas festgemacht. Wenn Jan einen Himmelsherrn vom Boden aus betrachtet hatte, war ihr Eindruck immer gewesen, seine obere Hälfte sei mit Fischschuppen bedeckt. Sie fragte Milo, was diese Platten seien.

»Sonnenkollektoren. Oder vielmehr das, was diese Himmelsleute Sonnenkollektoren nennen. Tatsächlich sind es ...«

Er wurde von Benny unterbrochen, der sie zur Eile antrieb. Die Sklaven gingen auf einer Art Fußweg weiter, der von niedrigen Handläufen eingegrenzt war und sich über das Rückgrat der Hülle bis zu der hohen Schwanzflosse erstreckte. Jan glaubte, bis zu der hochragenden Finne sei es mindestens eine Drittelmeile, aber Entfernungen waren in dieser bizarren Landschaft schwer zu schätzen.

Sie und Milo folgten den anderen auf dem Fußweg, und sie hielt sich an der Reling fest. Benny machte den Schluß. Er pfiff vor sich hin.

»Die Sonnenkollektoren sind eigentlich das, was man Solarzellen nennt«, fuhr Milo fort. »Sie absorbieren das Sonnenlicht und wandeln es in Elektrizität um. Das ist die Energie für die Motoren des Himmelsherrn, für die Heizung und das Licht — für alles. Wenn sie einmal alle versagen, werden die Himmelsleute, wie wir früher zu sagen pflegten, bis zum Hals in der Scheiße sitzen.«

»Versagen? Was meinst du?« fragte Jan.

Milo wies auf die Glasplatten. »Das ist Alte Wissenschaft. Die Mitglieder der Techniker-Gilde des Himmelsherrn, die an Bord dieses gigantischen Gasballons intelligenten Menschen noch am nächsten kommen, können sie nicht nachbauen. Es ist darin eine durch Gen-Technik erzeugte Substanz enthalten, die dem Chlorophyll in Pflanzen ähnlich ist. Sie soll in der Theorie bis in alle Ewigkeit wirksam bleiben, aber darauf würde ich nicht wetten. Diese Luftschiffe segeln jetzt schon seit Hunderten von Jahren um die Welt, und die Abnützung zeigt sich deutlich. Es wäre nicht weiter zu verwundern, wenn ein großer Prozentsatz dieser Zellen nicht mehr richtig funktionierte oder sich vielleicht vom Energienetz gelöst hätte. Die Techniker wissen nicht einmal, wie *das* funktioniert, deshalb haben sie, bis die Lichter eines Tages ausgehen, überhaupt keinen Hinweis, wie die Dinge stehen ...«

»Okay, anhalten!« befahl Benny. »Da sind wir, auf Abschnitt fünf. Wo ihr heute arbeitet, Glasgeher.«

Eine große ›5‹ war links von dem Fußweg auf die Hülle gemalt. Die rote Farbe bedeckte mehrere der ›Sonnenkollektoren‹. Jan sagte zu Milo: »Erzähl mir bloß nicht, daß wir alle diese Dinger saubermachen sollen!«

»Kannst du dir einen anderen Grund denken, warum wir mit Mops hier draußen sind?« fragte er grinsend zurück.

»Aber warum müssen sie saubergemacht werden?«

»Schwamm. Es gibt eine besondere Spezies, die sich gern auf Glas ansiedelt. Die durch die Luft fliegenden Sporen setzen sich in den Ritzen zwischen den Zellen fest. Schließlich bedeckt der Schwamm die ganze Zelle und hindert sie daran, das Sonnenlicht zu absorbieren.«

Jan blickte auf die Glassegmente hinunter. »Für mich sehen sie sauber aus«, meinte sie.

»Die hier mögen sauber sein, aber das ist auch nicht die Stelle, wo wir arbeiten werden. Komm mit!« Er half ihr über die Reling. Die anderen Sklaven und Benny waren bereits drüben und zum linken ›Horizont‹ unterwegs. Jan und Milo folgten ihnen, und Jan wurde sich beinahe sofort der Krümmung der Hülle unter ihren Füßen bewußt. Auf dem Fußweg hatte man den Eindruck haben können, die Oberfläche sei vollkommen eben. Ein unangenehmes Gefühl machte sich in Jans Magen breit. Sie wollte sich nicht noch weiter von dem Fußweg entfernen, doch sie wußte, ihr blieb keine andere Wahl.

»Siehst du die beiden Männer mit den Kanistern?« Milo zeigte auf zwei Sklaven, die umfangreiche Metallzylinder auf dem Rücken trugen. »Sie werden als erstes die befallenen Gebiete mit einem Lösungsmittel einsprühen, und wir wischen sie dann einfach ab.«

»Warum fangen sie denn nicht mit dem Sprühen an?« fragte Jan ängstlich.

»Weil wir das befallene Gebiet noch nicht erreicht haben. Dieser ganze Abschnitt der oberen Hülle — die leicht zugänglichen Sektionen — werden von anderen Sklaventrupps gesäubert. Gildenmeister Bannions Glasgeher bekommen die schwierigeren Arbeiten. Darum ist Bannion reich, und darum leben wir besser als die meisten anderen Sklaven.«

»Wir leben *besser?*«

»Glaube mir, das tun wir.«

Sie befanden sich jetzt auf einer richtigen Schräge, aber es gab kein Zeichen, daß die Gruppe ihr Tempo verlangsamte. Wie weit konnten sie denn noch gehen, bevor es so steil wurde, daß sie alle den Halt verloren und an der Hülle hinunterrutschten?

»Wie weit ist es noch?« erkundigte Jan sich besorgt bei Milo.

»Noch ein ganzes Stück, fürchte ich.«

»Aber viel weiter können wir doch sicher nicht mehr gehen«, protestierte sie.

»Was meinst du wohl, warum wir diese Sicherheitsleinen mitschleppen?«

»O Mutter Gott ...«, seufzte Jan.

Jan war neugierig darauf gewesen, wo Milo das Essen, von dem er gesprochen hatte, besorgen wollte. Noch neugieriger war sie geworden, als sie ihm entlang der Reihe improvisierter Kabinen in den großen Gemeinschaftsraum folgte. Sie beide zogen böse Blicke von den wenigen anderen Sklaven auf sich, die bereits wach waren, doch keiner sagte etwas. Milo führte Jan zu der Wendeltreppe. »Hinauf mit dir«, sagte er.

Das überraschte sie. »Wir können einfach *weggehen?* Ich dachte, wir seien hier Gefangene.«

»Wir sind Gefangene, das stimmt, aber wir können an Bord des *Pangloth* gehen, wohin es uns beliebt, solange es ein Ort ist, der das Zeichen trägt.« Er zeigte auf den schwarzen Stern auf seiner Wange. »Bannion muß es dir gesagt haben, als er dich brandmarkte.«

»Ja, ich glaube, das hat er getan.« Jan stieg die Stufen hoch. »Aber zu der Zeit habe ich nicht weiter darauf geachtet.«

»Verständlich. Für keinen Sklaven ist es ein angenehmes Erlebnis, Bannion kennenzulernen. Ich kann mir vorstellen, daß es für eine Frau noch viel schlimmer ist.«

»Ja. Und mir fällt noch etwas ein, das er mir gesagt hat — wenn es sich herausstelle, daß ich sauber sei, würde er mich gern besser kennenlernen.« Sie waren jetzt in dem Tunnel, durch den Benny sie nach unten gebracht hatte. Milo erklärte: »Er meinte damit, wenn ein Sklave, mit dem du geschlafen hast, nicht durch ein sexuell übertragenes Virus in ein einziges Krebsgeschwür verwandelt würde, wolle er dir die Ehre erweisen, dich zu einer seiner persönlichen Sklavinnen zu machen. Kein schlechter Job. Eine Menge gutes Essen und anderer Luxus. Natürlich müßtest du gewisse Unwürdigkeiten auf dich nehmen, zum Beispiel häufig seine Peitsche über den Hintern bekommen. Bannion macht es Spaß, Frauen weh zu tun. Ich möchte sagen, daß es abgesehen vom Geldmachen sein größtes Vergnügen ist.«

Jan dachte an das Mädchen, das bei Bannion gewesen war. Die Vorstellung, so zu werden wie sie, war abstoßend. »Wie kann es jemandem *Vergnügen* machen, einem anderen Menschen weh zu tun?« fragte sie.

»Das ist eine interessante Frage. Um den evolutionären Wert sado-masochistischer Züge hat es eine Menge Spekulationen gegeben, aber ich will dir meine eigenen Theorien ersparen ... Sagen wir einfach, du wirst mit dem Los, bei mir zu bleiben, weitaus zufriedener sein.«

Jan war eine weitere Frage eingefallen. »Du bist bereit, sofort mit mir zu schlafen. Warum hast du nicht ebenso wie der Gildenmeister Angst, dir eine Krankheit von mir einzufangen?«

»Er ist ein abergläubisches Arschloch wie die meisten Himmelsleute. Die Wahrscheinlichkeit, daß eure Siedlung tödliche Viren beherbergte, ist heutzutage sehr gering, aber der Glaube daran hält sich bei diesen Idioten. In Wirklichkeit sind nur die alten Städte immer noch gefährlich. Obwohl es dort keine Menschen mehr gibt, sind einige der Krankheitserreger so konstruiert worden, daß sie ewig leben. Der Boden selbst ist mit ihnen verseucht.«

Jan sagte: »In Minerva hat es lange, lange Zeit keine Seuchen mehr gegeben. Ganz selten stirbt jemand am Schwamm, das ist alles.«

»Du siehst also, ich bin nicht mutig, wenn ich mit dir schlafen will. Nur vernünftig. Und ich finde, es ist unvernünftig, wenn wir die volle Woche warten.«

»Du hast es mir versprochen«, erinnerte sie ihn. »Wir haben ein Abkommen getroffen.«

»Und ich werde es nicht brechen. Ich bitte dich nur, es zu überdenken. Bestimmt wirst auch du vernünftig handeln und meine Forderungen akzeptieren. Alles andere wäre unvernünftig.«

Jan antwortete darauf nicht, und sie legten den Rest des Weges schweigend zurück. Ihr Ziel war, wie sich herausstellte, das im Luftschiff eingeschlossene ›Dorf‹, durch das Jan tags zuvor von dem Himmelskrieger Tanith geführt worden war. Diesmal waren nicht so viele Leute zu sehen; Jan vermutete, es habe mit der frühen Stunde zu tun. Auch war sie keinen Schmähungen ausgesetzt, und sie fragte sich, weshalb. Sie war noch der gleiche ›verseuchte Erdenwurm‹ wie am Vortag. Was hatte sich geändert? War es Milos Anwesenheit? Oder war es das sternförmige Brandmal auf ihrer Wange? Am ehesten lag es wohl daran, daß sie jetzt, wie jeder wußte, Eigentum von Gildenmeister Bannion war ...

Milo blieb an einem Stand stehen, wo Melonen verkauft wurden. Die Frau, die dort bediente, war offensichtlich gar nicht glücklich darüber, Milo zum Kunden zu haben. Sie sah ihn finster an und murmelte etwas vor sich hin, aber sein Geld nahm sie trotzdem.

Er gab Jan die Melone zum Tragen. »Woher hast du das Geld?« erkundigte Jan sich.

»Von Bannion. Er bekommt eine Menge Geld für unsere Arbeit, und er zahlt uns einen Hungerlohn. Gerade genug, um am Leben zu bleiben und sich gelegentlich ein bißchen Luxus zu leisten.« An einen anderen Stand gab es lange Rollen, von denen Jan argwöhnte, daß sie aus getrocknetem Fleisch gemacht waren.

»Davon esse ich nichts«, erklärte sie.

»Du wirst gar nichts bekommen. Das ist für mich. Der seltene Luxus, von dem ich dir erzählt habe.«

Sie machten noch an drei weiteren Ständen halt, wo Milo fremdartig aussehendes Gemüse, ein paar verrunzelte Früchte — Orangen und Birnen — und schließlich Brot kaufte. Dann kehrten sie in die Sklavenunterkunft zurück. Der Gemeinschaftsraum hatte sich in ihrer Abwesenheit gefüllt. Frauen kochten an den Herden, während die Männer um die niedrigen Tische saßen oder es sich auf dem schmutzigen Strohbelag bequem gemacht hatten. Geschnatter erfüllte die Luft, während Jan und Milo die Leiter hinunterstiegen. Es verstummte, sobald sie unten angekommen waren. Die Feindseligkeit war mit Händen zu greifen, aber man ließ die beiden vorübergehen, ohne einen Finger gegen sie zu rühren.

»Ich hoffe, du hast nicht mit einer warmen Mahlzeit gerechnet«, sagte Milo leise. »Aber ich halte es für klug, den anderen aus dem Weg zu gehen, bis sich die Dinge ein bißchen abgekühlt haben.«

Jan war der gleichen Meinung. Je weniger Kontakt sie mit den anderen Sklaven hatte, desto besser fühlte sie sich.

Auch wenn das Essen wenig beeindruckend war, sie

war dankbar dafür, und das sagte sie Milo hinterher. Er zuckte die Achseln und schnitt sich noch eine Scheibe von der Rolle aus getrocknetem Fleisch ab. »Nichts zu danken.«

»Ich werde es wieder gutmachen.«

»Das will ich doch hoffen.« Er sah ihr gerade ins Gesicht, und die Bedeutung war klar.

»Ich meinte, ich werde dir das Geld zurückzahlen.«

»Das ist nicht notwendig — sobald unser Abkommen in die Praxis umgesetzt wird.« Er steckte sich das Stück Fleisch in den Mund und kaute zufrieden, die Augen unentwegt auf Jan gerichtet.

Sie sah zur Seite. Ihr Blick blieb an dem Gemälde an der Wand hängen. »Wer hat das gemacht?« fragte sie, darauf bedacht, das Thema zu wechseln.

»Ich.«

Jan betrachtete die wirbelnden Farben und Formen. »Was soll es sein?«

»Wenn du meinst, was es darstellen soll, lautet die Antwort: Nichts. Es ist ein Hilfsmittel für — nun, die Entspannung. Wenn ich mich auf das Bild konzentriere, erreiche ich leichter einen neutralen Geisteszustand. Was bedeutet, daß ich eine Reihe dieser Neuropeptide auslöse, von denen ich dir erzählt habe — diese natürlichen Happy-Drogen im menschlichen Gehirn.«

»Ich verstehe«, sagte Jan langsam. Das Gemälde sah alles andere als entspannend aus. Sie fürchtete, er werde ihr einen weiteren seiner langen, unsinnigen Vorträge halten, und um dies abzuwenden, fragte sie ihn, wo er gelebt habe, bevor er an Bord des *Lord Pangloth* gekommen war.

»Auf dem Meer«, antwortete er. »In einem See-Habitat.«

»Einem *was?*«

»Nenne es eine schwimmende Stadt. Es hat früher einmal eine Menge von ihnen gegeben. Meine war wahrscheinlich eine der letzten, die noch übrig waren.

Die Meere haben ihre eigene Form der Pest. Sie sind zu gefährlich geworden. Jedenfalls zu gefährlich für menschliches Leben.«

Jan fragte ihn, in welcher Weise.

»Da sind zum Beispiel die Tintenfische. Sie haben da draußen praktisch die Macht übernommen, und das ist den verdammten Japanern zu verdanken.«

Jan verstand beide Ausdrücke nicht, und das sagte sie ihm.

»Die Japaner waren — und sind vielleicht noch — eine Inselrasse«, erklärte Milo. »Sie aßen gern Tintenfische. Das ist eine primitive Art von Tieren mit sehr weichen Körpern und einer Menge Tentakeln. Sie sehen aus, als stammten sie aus einem Alptraum, aber für die Japaner waren sie eine Delikatesse. Das heißt, nicht nur für die Japaner, für andere Leute auch, nur waren die Japaner ganz versessen darauf. Ihre Lieblingssorte war eine Spezies, die *surumeika* genannt wurde. Sie züchteten sie in großen Tintenfisch-Farmen in den Meeren um ihre Inseln. Dann fingen sie an, mit den Genen der Tintenfische herumzuspielen, um größere, schneller wachsende *surumeika* zu erzeugen … und das Unvermeidliche geschah.«

»Was denn?«

»Einige von ihnen gelangten aus den Farmen ins offene Meer. Sie vermischten sich mit natürlichen *surumeika,* und die daraus entstandene Hybride war eine neue Spezies von einem Super-Tintenfisch. Er vermehrte sich schnell, er war zäh — und klug. Dieser neue Tintenfisch hat sich auf Kosten der meisten anderen Fischsorten durchgesetzt. Aber die *surumeika* sind nicht das einzige Risiko der Meere, und schließlich mußten wir unsere Niederlage eingestehen und in ein ungefährlicheres Gebiet umziehen. Irrtümlich hielten wir die küstennahen Gewässer dafür …« Traurig schüttelte er den Kopf.

»*Lord Pangloth?*« fragte Jan.

»Ja. Draußen auf dem Ozean sahen wir so gut wie nie

Himmelsherren. Wurde einer entdeckt, verhielten wir uns, als bedrohe ein starker Sturm das Habitat — wir tauchten mit ihm ein paar hundert Fuß unter die Wasseroberfläche. In dieser Tiefe waren wir vor Bomben ebenso sicher wie vor Stürmen. Glücklicherweise ist die Kunst, in die Tiefe zu tauchen, bei den Waffenmeistern der Himmelsherren in Vergessenheit geraten. Doch als wir in seichterem Wasser lagen, war es uns nicht länger möglich, uns auf diese Weise zu schützen. Wir konnten nicht tief genug tauchen, und als nun der *Lord Pangloth* erschien, uns mitteilte, wir befänden uns in seinem Hoheitsgebiet, und Tribut verlangte, blieb uns keine Wahl, als uns zur Wehr zu setzen.«

»Warum habt ihr den Tribut nicht bezahlt?«

»Wir waren in der gleichen Lage wie deine Leute. Wir lebten hauptsächlich vom Fischen und Plankton-Anbau und konnten kaum unsere eigene Bevölkerung ernähren, deshalb hatten wir keine Lebensmittel übrig. In früheren Zeiten hatten wir Maschinen besessen und konnten bestimmte Erze und chemische Stoffe aus dem Meerwasser gewinnen, aber die meisten von ihnen funktionierten nicht mehr. Sie waren ausgeschlachtet worden, damit wir mit den Ersatzteilen unsere kostbarsten Maschinen in Gang halten konnten — eine solarbetriebene Einheit, die Meerwasser in Süßwasser umwandelte. Also widersetzten wir uns. Wir hatten ein paar primitive Kanonen und Harpunengewehre, die wir gegen die *surumeika* und die Riesenseewürmer eingesetzt hatten, aber sie nützten uns nichts. Die Laser zerstörten die Kugeln und Harpunen, wie sie eure Raketen zerstört haben.

Und natürlich stellten wir für die Bomben des Himmelsherrn ein Ziel wie eine sitzende Ente dar. Die Flutkammern des Habitats wurden aufgerissen, und es sank. Ich war einer der wenigen Überlebenden. Ich wurde aufgefischt, und seitdem bin ich hier.«

»Drei Jahre, hast du gesagt.«

»Ja, drei Jahre. Und es kommt wir wie dreißig vor. Aber eins weiß ich sicher — ich werde keine *weiteren* drei Jahre in diesem Luftzoo verbringen.«

Das ist wahr. Jan dachte an die Bombe in ihrem Overall. Hastig fragte sie: »Wie lange hast du in dieser schwimmenden Stadt gelebt?«

»Seit meiner Geburt. Vor beinahe zwei Jahrhunderten.«

Jan riß vor Überraschung die Augen auf. »Das bedeutet ...«

»Ja«, sagte Milo, »ich bin beinahe am Ende der mir zugemessenen Spanne angelangt. Nach meiner Rechnung bin ich einhundertundachtzig Jahre alt. Was bedeutet, wie du gerade bemerken wolltest, daß ich noch ein Minimum von vierzehn und ein Maximum von neunzehn Lebensjahren übrig habe. Es war aufmerksam von unseren Umprogrammierern, uns mit fünf Jahren ›Unsicherheit‹ am Ende unseres Lebens zu versorgen. Es hätte von äußerst schlechtem Geschmack gezeugt, wüßten wir den genauen Tag, an dem unsere genetische Selbstzerstörung fällig ist, so relativ schmerzlos der Prozeß auch sein mag.« Er lächelte freudlos.

»Ich habe noch nie jemanden kennengelernt, der so alt war wie du.« Jan betrachtete ihn mit neuem Interesse.

»Nicht? Das kann nicht sein«, meinte er erstaunt. »In eurer Stadt müssen doch Menschen ihre volle Zeitspanne zu Ende gelebt haben.«

»Nein. Jedenfalls jetzt nicht mehr. Avedon ist ... *war* eine der ältesten. Sie war über hundert. Aber meine Mutter hat erzählt, als sie ein junges Mädchen war, habe es viele Minerverinnen gegeben, die den Tag der Umwandlung erreichten.«

Milo verzog das Gesicht. »Es war zu erwarten, daß ihr Minerverinnen das so nennen würdet. Doch vermutlich ist es ein weiteres Zeichen der Zeit, daß eure Leute es nicht bis zum Zieljahr geschafft haben. Die zunehmende Härte der Lebensbedingungen da unten auf dem Boden beschleunigt den natürlichen Verschleiß. Andererseits, hier oben habe ich auch noch niemanden gefunden, der so alt ist wie ich. Mit den Aristos mag es anders sein. Sie setzen sich niemals einem Risiko aus, wenn sie nicht unbedingt müssen, deshalb nehme ich an, daß ihre durchschnittliche Überlebensrate hoch ist.«

Jan sah ihn nachdenklich an. »Deshalb weißt du soviel über die Alte Zeit — weil du so alt bist.«

Er lachte. »*So* alt bin ich nicht. Nein, Geschichte war mein Hobby. Wir hatten eine gut ausgestattete Bibliothek an elektronischen Aufzeichnungen auf dem Habitat. Und viel Zeit zum Studieren. Das Leben auf dem Habitat war einigermaßen sicher und ereignislos — bis vor etwa dreißig Jahren, als all dieser sich akkumulierende genetische Scheiß die kritische Masse erreichte und wir plötzlich bis zu den Augäpfeln in Tintenfischen, mutierten Meeresalgen und diesen verdammten Seewürmern saßen ...« Er brach ab, griff nach der Feldflasche und tat einen langen Zug, als versuche er, den sauren Geschmack seiner Erinnerungen hinunterzuspülen. »Es überrascht mich, daß du sagst, ich wisse ›soviel‹ über die Alte Zeit — hatte ich doch den Eindruck, du meintest, ich spräche nichts als Quatsch und Blödsinn.«

Jan schluckte den Köder nicht. Statt dessen erkundigte sie sich: »Beunruhigt es dich nicht, daß du dem Tag ... dem Tag der Umwandlung so nahe bist?«

»Manchmal«, gestand er. »Nicht sehr. Aber ich bin sicher, in zehn Jahren wird es mich beunruhigen, wenn ich solange lebe. Dann werde ich anfangen, diese verdammten Politiker des 21. Jahrhunderts und ihre Zweihundert-Jahr-Regel zu verfluchen. Wenn man bedenkt, daß wir das Geheimnis der Unsterblichkeit in Reichweite hatten und nichts damit anfingen ... Wahnsinn. Und jetzt haben wir es verloren.«

Jan machte ein skeptisches Gesicht. »Hätten wir wirklich unsterblich gemacht werden können?«

»Ja. Auf die gleiche Weise, wie das menschliche Leben von durchschnittlich siebzig Jahren auf zweihundert ausgedehnt wurde. Es ist der gleiche Mechanismus — die genetische Verhinderung der Zellreifung. Das Geheimnis wurde bei der Krebsforschung entdeckt. Anders als normale Zellen, die für gewöhnlich nach fünfzig Teilungen sterben, sind Krebszellen unsterblich. Sie können auf ewig fortfahren, sich zu teilen, weil sie nie die Reife erreichen und weil deshalb die molekularen Uhren in ihren Kernen nicht aktiviert werden. Als man die dafür verantwortlichen Gene identifiziert hatte, war es möglich, normale Zellen dementsprechend zu verändern — nur daß man, statt unsere Zellen unsterblich zu machen, ihre Reife einfach hinausgeschoben hat.«

»Ist jemals irgendwer unsterblich gemacht worden?«

»O ja. Viele Leute wurden der notwendigen genetischen Veränderung unterzogen. Die reichen und sehr mächtigen. Es kostete eine Menge, weil es vom internationalen Gesetz absolut verboten war. Und die Strafen für alle daran Beteiligten waren streng. Aber natürlich waren viele bereit, das Risiko auf sich zu nehmen.«

»Es könnten also noch Unsterbliche am Leben sein?«

»Nein. Diejenigen, die die Gen-Kriege überlebten, wurden in den ihnen folgenden Säuberungsaktionen liquidiert. Da die Verursacher der Gen-Kriege und die Unsterblichen ein und dieselben waren, töteten die Pöbelhaufen zwei Fliegen mit einem Pfahl.«

»Pfahl?«

»Das war seinerzeit der Brauch — man trieb Menschen, die als Unsterbliche verdächtigt wurden, einen Holzpfahl durchs Herz. Das rührt, wie ich glaube, vom Vampir-Mythos her. Natürlich starben eine Reihe von Personen, die *keine* Unsterblichen waren, auf die gleiche Weise. Es waren verworrene Zeiten.«

Ein lauter metallischer Ton erklang. Milo runzelte die Stirn, dann machte er sich daran, die Essensreste wegzuräumen. »Das ist das Signal. Wir müssen an die Arbeit gehen. Aber zuerst könnten wir etwas Ärger mit Benny und den anderen Aufsehern haben.« Er half Jan auf die Füße. »Bleib nur dicht bei mir und überlaß mir das Reden.«

Besorgt sah sie ihm in die beunruhigend verschiedenfarbenen Augen. »Was wird geschehen?«

»Nichts, hoffe ich.«

12

Man wartete schon auf sie. Die anderen Sklaven *und* die Aufseher. Als Milo und Jan den Gemeinschaftsraum betraten, teilten sich die Sklaven, um die drei schwarzgekleideten Aufseher durchzulassen. Benny führte sie an. Seine beiden Gefährten kamen Jan bekannt vor; vermutlich hatte sie sie im Hauptquartier des Gildenmeisters gesehen. Benny pflanzte sich vor Milo auf und stemmte die Hände in die Hüften. Der Schmerzstock baumelte ein paar Zoll von seiner rechten Hand entfernt. Er fragte: »Zum Teufel, was soll das, Milo?«

»Was soll was?« gab Milo mit übertriebener Unschuld zurück.

»Mit *ihr.*« Benny zeigte mit einem Kopfnicken auf Jan. »Ich habe sie Buncher gegeben. Also, wie kommt es, daß du sie hast?«

»Nun, Buncher hat sie mir gegeben, Benny. Wir haben uns darüber geeinigt.«

»Das ist eine verdammte Lüge!« Einer der männlichen Sklaven trat vor. Jan erkannte ihn als einen von den dreien, die sich Milo vor dem Eingang zur Latrine in den Weg gestellt hatten. »Er hat Buncher irgend etwas angetan. Er hat ihn irgendwie gezwungen, ihm die Amazone zu überlassen.«

Milo sah ihn ruhig an. »Ich habe ihm gar nichts angetan. Zeig mir ein Mal an Bunchers Körper, das ich verursacht habe.« Milo blickte ringsum. »Wo steckt Freund Buncher übrigens? Soll *er* doch diese Anschuldigungen erheben, wenn sie erhoben werden müssen.«

»Buncher will nicht aus seiner Kabine kommen«, meldete ein anderer Sklave. »Liegt im Bett. Spuckt Blut.«

Milo wandte sich wieder Benny zu und breitete die Hände aus.

»Na, da haben wir es. Kein Wunder, daß Buncher das Interesse an der Amazone verloren hat. Er fühlt sich nicht gut.«

Benny fixierte Milo mit einem harten Blick. »Also Buncher ist ganz einfach so zu dir gekommen und hat gesagt: ›Milo, alter Freund, hier hast du meine Amazone.‹?«

»Nicht ganz so. Ich habe ihn um sie gebeten. Wir feilschten, und, wie ich Ihnen schon sagte, wir wurden uns einig.«

»Du hast Buncher für sie *bezahlt?*«

»Nein. Ich habe mich bereiterklärt, ihm als Entgelt ein paar Gefallen zu tun«, antwortete Milo.

»Was für Gefallen?«

Milo zuckte die Achseln. »Das wird von Buncher abhängen.«

Jan beobachtete Bennys Gesicht genau. Sein Argwohn und sein Widerwillen gegen Milo waren deutlich zu sehen. Aber da war noch etwas anderes. Wachsamkeit. Sogar eine Spur von Furcht.

»Wenn du sie haben wolltest«, bohrte Benny weiter, »warum hast du dann kein Wort zu mir gesagt, als ich sie herunterbrachte?«

»Ich hatte mich noch nicht entschlossen«, meinte Milo leichthin. »Außerdem, selbst wenn ich Sie gefragt hätte, bezweifele ich, daß Sie sie mir gegeben hätten, Benny. Habe ich recht?«

Benny ignorierte die Frage. »Warum wolltest du sie, Milo?«

Milo drehte sich um, musterte Jan von oben bis unten und erklärte dann gedehnt: »Nun, ich sollte meinen, das ist offensichtlich, Benny.« Das rief Gelächter bei den anderen Sklaven hervor. Benny ließ seinen finsteren Blick über die Gruppe gleiten und brachte es schnell zum Schweigen. Als er sich wieder Milo zuwandte, sah Jan, daß er seine Wut kaum noch beherrschen konnte. Er hätte Milo gern geschlagen, aber irgend etwas hielt ihn zurück. »Milo«, krächzte er, »du weißt, daß deine Tage gezählt sind, nicht wahr? Bei dem nächsten falschen Schritt, den du tust, schickt Bannion dich auf den langen Sturz.« Viele Sklaven reagierten darauf mit einem beistimmenden Gemurmel.

»Das kann ich kaum glauben«, erwiderte Milo mit einem Selbstvertrauen, um das Jan ihn beneidete. »Ich bin ein zu wertvoller Posten für Bannion, als daß er mich einfach so wegwerfen würde. Ich schaffe die Arbeit von mindestens drei anderen Glasgehern. Auch habe ich nie etwas Böses getan. Ich bin Ihnen und den anderen Aufsehern niemals ungehorsam gewesen, und ich habe nie mit einem meiner Mit-Sklaven eine Schlägerei gehabt. Richtig?«

»Du bist einfach nie bei irgend etwas *erwischt* worden.« Bennys Gesicht verfinsterte sich immer mehr. »Aber die Leute in deiner Umgebung haben die komische Gewohnheit, sich zu verletzen. Manchmal tödlich.«

»Man kann es mir nicht zum Vorwurf machen, wenn andere Leute Pech haben.«

»Es heißt, daß du schuld an diesem Pech bist. Es heißt, daß du ein Zauberer bist.«

Milo lachte. »Doch natürlich lacht ein intelligenter Mann wie Sie, Benny, über solche Gerüchte. Sie sind ein Freier, und das dumme Geschwätz abergläubischer Sklaven betrachten Sie mit Verachtung, nicht wahr?«

Benny wußte nicht, was er darauf antworten sollte. Schließlich knurrte er: »Du bekommst eine letzte Chance, Milo. Vergiß das nicht. Und ich werde dich im Auge behalten.«

»Da ich nichts zu verbergen habe, können Sie mich gern beobachten, soviel Sie wollen«, versicherte Milo ihm.

Benny gab ein Grunzen von sich und wandte sich zum Gehen. »Ach, noch eins, Benny«, sagte Milo. Benny drehte sich wieder zu ihm um. »Was?«

»Heißt das, daß ich die Amazone behalten darf?« fragte Milo höflich.

Benny sah zu Jan hin. Anscheinend hatte er vergessen, daß es bei der ganzen Diskussion um sie gegangen war. Er runzelte die Stirn, dann grinste er höhnisch. »Klar. Warum nicht? Genieße sie, Milo. Genieße sie, solange du es noch kannst.«

Danach teilten Benny und die beiden anderen Aufseher die Sklaven in drei Gruppen ein. Jan war nicht überrascht, daß sie und Milo in Bennys Gruppe endeten. Sie verließen die Sklavenunterkunft, und alle drei Gruppen gingen in verschiedenen Richtungen davon. Die Reise nach oben durch den Himmelsherrn hatte Jans Aufmerksamkeit gefesselt, obwohl es außer leeren Korridoren und engen Wendeltreppen wenig zu sehen gegeben hatte. Dann waren sie zu dem Glaskäfig gekommen, und die alptraumhafte Fahrt durch die riesige Gaszelle hatte begonnen.

Unterwegs hatte Milo ihr neben anderen Dingen erklärt, was die große Tafel neben dem Eingang zu dem Käfig bedeutete. Sie zeigte das Bild einer Flamme, die von einer schwarzen Linie durchkreuzt wurde. »Es ist verboten, irgend etwas, das Feuer oder auch nur einen Funken erzeugen kann, über diesen Punkt hinaus mitzunehmen. Der ganze untere Abschnitt des Himmelsherrn ist von den Gaszellen isoliert, aber weiter oben besteht immer die Gefahr, daß Wasserstoff entweicht. Ein einziger Funke könnte eine schreckliche Explosion hervorrufen.«

Sofort wurde sich Jan des Gewichts der Bombe in ihrer Brusttasche bewußt. »Was passiert, wenn jemand das vergißt?« fragte sie. Der Käfig stieg an seinen dünnen Fäden wie eine Spinne in ihrem Netz hoch. »Ich meine, wenn jemand vergißt, daß er einen Feuerstein oder so etwas bei sich hat.«

»Die Strafe ist Tod durch Folter. Und das gilt für die Aristos ebenso wie für die Sklaven und Freien. Ich will dir die Einzelheiten ersparen, wie das Urteil vollstreckt wird. Du siehst sowieso schon ein bißchen grün aus. Verträgst du keine Höhen?«

»Nein«, antwortete Jan und versuchte, die Bombe aus ihren Gedanken zu verbannen. Es war jetzt sowieso zu spät.

»... DESHALB GEBT DAS SIGNAL, DASS IHR BEREIT SEID, ZU OPFERN, WAS MIR RECHTMÄSSIG ZUSTEHT. *(Klick!)* TUT IHR ES NICHT, WIRD MEINE VERGELTUNG SCHNELL UND SCHRECKLICH SEIN ... SCHRECKLICH SEIN ... SCHRECKLICH SEIN ...«

Die bekannten Worte des *Lord Pangloth* klangen Jan von ihrem Standpunkt auf der oberen Hülle nicht so laut und einschüchternd wie früher. Sie war einen langen Weg an der Flanke hinuntergestiegen, aber immer noch lag eine große, gekrümmte graue Fläche unter ihr, die ihr die Sicht auf den Boden direkt unter dem Himmelsherrn versperrte und außerdem seine Ansprache an seine Untertanen dämpfte. Als Jan gehört hatte, der Himmelsherr werde haltmachen, um den Tribut von einer landwirtschaftlichen Siedlung abzuholen, war sie sehr aufgeregt gewesen. Sie hatte gehofft, es sei einer der anderen in Vergessenheit geratenen Teile Minervas, von denen Milo ihr erzählt hatte. Aber er sagte, das sei es nicht — Minerva lag weit im Süden, und sie waren nach Norden gefahren.

Jan schrubbte die Sonnenkollektoren mit ihrem Mop. Sie war jetzt nicht mehr so ängstlich, sie hatte genug Vertrauen zu dem Geschirr und der Leine, daß sie mit beiden Händen arbeitete. Bisher hatte sie eine Hand immer fest um die Leine geklammert, falls sie ungeachtet des Verschlußmechanismus plötzlich anfangen sollte, durch die Ösen an ihrem Geschirr zu rutschen.

Sie stemmte die Füße gegen die Hülle, die an diesem Punkt eine Neigung von vierzig Grad hatte, und lehnte ihren Körper zurück. Wenn sie den Blick nach oben richtete, sah sie ihre Leine über der Krümmung der Hülle zu ihrem fernen Ankerpunkt verschwinden. Etwa fünfzehn Fuß zu ihrer Rechten arbeitete Milo auf einer Höhe mit ihr. Zu ihrer Linken und ein bißchen unter ihr war ein weiterer Sklave. Sie hatten sich in einer unregelmäßigen Reihe über die Hülle verteilt und rückten langsam weiter nach unten vor. Erst putzten sie die Glasplatten zu beiden Seiten, soweit es ihre Leinen erlaubten, und dann stiegen sie ein Stück weiter an den Leinen zu einem neuen Abschnitt der Hülle hinab. Die Sklaven mit den Kanistern hatten vor ihnen das Lösungsmittel versprüht und die Sonnenkollektoren mit der übelriechenden Flüssigkeit eingeweicht.

»Alles okay?« rief Milo ihr zu. Der Himmelsherr hatte zwar angehalten, doch der Wind fegte immer noch mit ziemlicher Geschwindigkeit über die Hülle, und Milo war schwer zu verstehen. »Mir geht es gut«, rief Jan zurück, obwohl ihr die Muskeln der Beine, des Rückens und der Arme heftig schmerzten. Sie fragte sich, wie lange diese Tortur noch andauern werde. Auch hätte sie gern gewußt, was auf dem Boden geschah und was das für ein Ort war, an dem der Himmelsherr seinen Tribut eintrieb. Milo hatte nur noch Zeit gehabt, ihr zu sagen, es sei eine landwirtschaftliche Siedlung und ziemlich groß. Wenn sie über die Schulter blickte, konnte sie in der Ferne wellige Hügel sehen, die anscheinend frei von der Pest waren. Jan hoffte, die Bodenbewohner hatten nichts in der Art von Minervas gescheitertem Angriff auf den Himmelsherrn geplant. Sie fühlte sich so schon verwundbar genug, wie sie da an der dünnen Leine baumelte, auch ohne sich mitten in einer Schlacht wiederzufinden.

Sie hatte von diesem Abschnitt gesäubert, soviel sie konnte; es war Zeit, ein Stück weiter hinabzusteigen. Jan schob den Stiel des Mops unter einen Gurt ihres Geschirrs, faßte die Leine fest mit der rechten Hand und bereitete sich darauf vor, den Bremsmechanismus mit der linken zu lösen. Keine Bange, redete sie sich selbst gut zu. Milo hatte ihr gezeigt, wie es funktionierte, und ihr versichert, daß der Bremsmechanismus, selbst wenn sie die Leine losließ, sich automatisch schloß, sobald die Leine begann, zu schnell durch die Ösen des Geschirrs zu laufen.

Jan löste die Bremse und stieg langsam rückwärts die Krümmung hinab, wobei sie die Leine immer um ein paar Zoll durch die Ösen laufen ließ. Über die Behendigkeit, mit der Milo und die anderen sich bewegten, konnte sie nur staunen, aber die hatten auch mehr Übung als sie.

Als sie meinte, weit genug abgestiegen zu sein, schloß sie die Bremse wieder und zog den Mop unter dem Gurt hervor. In diesem Augenblick warf ein unerwarteter Windstoß sie gegen die Hülle. Sie streckte die Hand aus, um nicht mit dem Gesicht gegen die Sonnenkollektoren zu schlagen, und hätte beinahe den Mop fallengelassen. Da geschah es ...

Ihre Leine wurde schlaff. Sie rutschte nach unten.

Jan schrie. Sie ließ den Mop los und versuchte, die Fingernägel in die Hülle zu graben, weil sie hoffte, sich in den kleinen Lücken zwischen den Sonnenkollektoren halten zu können. Aber die dicken Handschuhe machten das unmöglich. Ebensowenig konnte sie die angeblich ›rutschfesten‹ Sohlen ihrer Stiefel aufsetzen, um ihren Fall zu verlangsamen. Der Winkel war zu steil. Ihre Geschwindigkeit wuchs.

Je schneller sie fiel, desto langsamer schien die Zeit zu vergehen, und Jan hatte reichlich Gelegenheit, die zunehmende Hitze durch die Handschuhe zu fühlen, ihr welliges Spiegelbild mit dem zu einem ›O‹ aufgerissenen Mund in den vorbeisausenden Sonnenkollektoren zu erkennen, dem Entsetzen in dem hohen Schrei nachzulauschen, der aus demselben Mund kam.

Ihre Bahn wurde immer steiler, und dann fiel sie plötzlich senkrecht und verlor den Kontakt mit der Hülle völlig. Jetzt kam nichts mehr als leere Luft, bis sie unten aufschlagen würde.

Wumm! Ein schrecklicher Ruck preßte ihr die Luft aus

den Lungen, schnitt ihren Schrei ab. Verwirrung. War sie bereits auf dem Boden angekommen? Aber sie lebte noch ...

Sie sah eine silbrig-graue Hülle aufblitzen, dann blauen Himmel, ferne Hügel, und sie merkte, daß sie am Ende ihrer Leine kreiselte. Sie mußte sich an irgend etwas auf der Hülle festgehakt haben! Das Gefühl der Erleichterung verflog augenblicklich, als sie die Hoffnungslosigkeit ihrer Situation erkannte. Die Leine konnte sich losreißen, ehe jemandem eine Möglichkeit einfiel, wie sie zu retten war.

Vorsichtig streckte sie die Arme aus und schaffte es, die Drehung zu verlangsamen. Die Hülle war eine deprimierend große Strecke von ihr entfernt. Sie befand sich ein gutes Stück unterhalb des Äquators, und die Hülle krümmte sich vor ihr nach innen. Jan sah eine Reihe großer Fenster, aber sie nützten ihr ebensowenig, als wenn sie tausend Meilen weit weg gewesen wären. Sie konnte auch eins der gewaltigen Triebwerke erkennen. Es war auf einer Höhe mit ihr, aber etwa fünfzig Meter weiter in Richtung des Hecks.

Die Leine ruckte. Jan glaubte, von neuem zu fallen. Panik preßte ihr das Herz zusammen. Sie schloß die Augen. Aber dann erkannte sie, daß sie sich *nach oben* bewegte. Jemand hatte ihre Leine zu fassen bekommen, und man zog sie hinauf.

Es ging langsam vorwärts, und immer wieder kam es zu einem ruckenden Halt. Jedesmal glaubte Jan, sie werde wieder fallen, doch geschah das nicht. Sie zwang sich, ruhig zu bleiben, holte mehrmals tief Atem und sagte sich, gleich werde sie in Sicherheit sein. Sie gab sich Mühe, nicht nach unten zu blicken, aber sie konnte nicht anders. Die Entfernung bis zu der Stadt am Boden war übelerregend groß. Jan versuchte, sich abzulenken, indem sie die Siedlung und das sie umgebende Land studierte. Die Siedlung war kleiner als Minerva, dafür planloser angelegt, und die Häuser waren wenig fachgerecht gebaut. Aber es zog sich keine Mauer um die Stadt, und das Ackerland war offensichtlich unberührt von der Pest. Abgesehen von Weizenfeldern bemerkte Jan Anlagen, die wie ausgedehnte Weingärten aussahen.

Ihre Schulter stieß gegen etwas. Sie wandte den Kopf und sah, daß sie wieder Kontakt mit der Hülle hatte. Nun drehte sie sich so, daß ihr Gesicht nach innen zeigte, und versuchte, sich mit Händen und Zehen festzuhalten, während sie weiter nach oben gezogen wurde. Das gelang ihr nicht, aber sie fühlte sich weniger hilflos, wenn sie etwas tat, als wenn sie nur an der Leine hing.

Die langsame Reise ging weiter. Jan passierte den Äquator der Hülle, und dann sah sie, was sie gerettet hatte. Milo. Irgendwie hatte er die fünfzehn Fuß Entfernung zwischen ihnen beiden überquert und ihre rasch fallende Leine erreicht, bevor das Ende vorbeigesaust war. Er hatte es gepackt (Jan wollte sich gar nicht erst ausmalen, wie wenig Leine noch übriggewesen war, als er sie erreichte) und begonnen, sie hochzuziehen. Sie wußte, er war viel stärker als er aussah, und trotzdem, sie konnte sich nicht vorstellen, wie es ihm gelungen war, ihren Sturz zu bremsen, ohne daß ihm beide Arme aus den Gelenken gerissen worden waren ...

Die anderen Sklaven hatten aufgehört zu arbeiten, um zuzusehen, doch keiner war Milo zu Hilfe gekommen. Ganz im Gegenteil, als Jan in Sicht geriet, begannen sie zu höhnen und zu miauen. Jans Abscheu und Mißtrauen heizten sich plötzlich zu reinem Haß gegen sie auf. Ihre Bedenken, was sie der Sklavenbevölkerung des Himmelsherrn antun würde, wenn es ihr gelang, ihre Bombe zu zünden, verschwanden. Diese Leute verdienten nichts Besseres.

Die Krümmung der Hülle wurde weniger steil, und Jan war imstande, sich an den Sonnenkollektoren festzuhalten und Milo einen Teil der Arbeit abzunehmen. Sie war ihm jetzt nahe genug, daß sie an seinem Gesicht erkennen konnte, welche Anstrengung es ihn kostete. Nur noch wenige Meter trennten sie. Er zeigte ihr ein gezwungenes Grinsen. »Wieder da, Amazone?« rief er ihr zu. »Wie war die Aussicht?«

Es gelang ihr sogar, zurückzulächeln. »Sehr hübsch«, keuchte sie. Die Lücke zwischen ihnen verengte sich. Dann konnte er ihren Arm fassen. Erleichterung überflutete sie. Nur undeutlich wurde sie sich bewußt, daß Milo ihre Leine an sein Geschirr band. »Hier, leg deine Arme um meine Taille und halt dich fest«, instruierte er sie. Sie tat es. Das verstärkte das höhnische Geschrei der anderen Sklaven. Milo begann, sich an seiner eigenen Leine hochzuziehen. Jan klammerte sich an ihn, drückte das Gesicht an seinen Rücken und tat ihr Bestes, daß sie die Füße gegen die schrägen Glasplatten stemmen konnte.

»Was ist passiert?« fragte sie.

»Ich bin nicht ganz sicher, aber ich glaube, Benny hat deine Leine durchgeschnitten«, antwortete Milo über die Schulter zurück. »Er war als einziger da oben.«

»Aber warum?«

»Um mir eins auszuwischen. Mir eine Lektion zu erteilen.«

»Du hast mir das Leben gerettet.«

»So gerade eben. Es war knapp.«

Die Krümmung der Hülle mäßigte sich zu bequemen fünfundzwanzig Grad. Milo sagte, es sei jetzt ungefährlich, wenn sie ihn loslasse. Sie waren beinahe an dem Punkt, wo Jans Leine an einer kleinen Metall-Ösen, die aus der Hülle hervorragte, verankert gewesen war. Benny stand etwa zehn Meter weiter weg. Sein Gesicht war finster.

Die Hand fest um Jans Arm geschlossen, ging Milo weiter auf ihn zu. »He, Benny, das gehörte mit dazu, wie?« rief er fröhlich.

Der Aufseher erklärte rasch: »Ihre Leine ist gerissen. Es gab nichts, was ich hätte tun können, oder?«

»Oh, ich denke, Sie haben genug getan, Benny«, erwiderte Milo immer noch in diesem fröhlichen Ton. Er ließ Jan los, ging zu der Öse, an der Jans Leine befestigt gewesen war, hockte sich hin und prüfte das kurze Stück, das noch daranhing. Dann sah er Benny an.

»Ich sage, die Leine ist gerissen«, knurrte Benny. »Willst du etwas anderes behaupten, Milo?«

Milo stellte sich auf die Füße und ging auf ihn zu. »Sie haben recht, Benny. Sie ist gerissen. Das Problem ist, die Amazone hat ihren Mop fallengelassen. Ich hielte es für eine gute Idee, wenn Sie hinuntergehen und ihn holen würden.«

Die Farbe wich aus Bennys Gesicht. Er machte einen Schritt rückwärts, faßte gleichzeitig nach seinem Schmerzstock. »Bleib mir vom Leibe, Milo!« brüllte er, und die Furcht brach in seiner Stimme durch.

Milo hielt an und hob die Hände. »Ist in Ordnung, Benny. Ich werde Sie nicht berühren.«

»Du hast mich bedroht! Ich habe es gehört! Du kennst die Strafe dafür!« Benny zeigte mit dem Schmerzstock auf Milo.

»Ich? Ich soll *Sie* bedroht haben?« Milos Stimme klang erstaunt. »Die bloße Vorstellung ist absurd. Ich habe nur vorgeschlagen, daß Sie versuchen, ein verlorengegangenes Werkzeug wiederzubeschaffen. Ich weiß doch, wie sich Gildenmeister Bannion wegen solcher Verschwendung anstellt. Schließlich könnte ich mir denken, er wird mehr als nur ein bißchen ärgerlich sein, daß er seine neue Sklavin beinahe schon am ersten Tag verloren hätte.«

Benny senkte den Schmerzstock. »Ich werde ihm sagen, ihre Leine sei gerissen. Er wird mir glauben.«

»Natürlich wird er Ihnen glauben«, versicherte Milo ihm lächelnd.

Milo betrat die Kabine und setzte sich in den Korbsessel. Er bedachte Jan, die auf dem Bett lag, mit einem selbstzufriedenen Lächeln. »Ich war bei Bannion. Habe ihm erzählt, was geschehen ist. Er freut sich gar nicht darüber.«

»Er hat dir geglaubt?« fragte Jan überrascht. »Ich hätte gedacht, er würde Bennys Version akzeptieren.«

»Hat er auch — offiziell. Er kann es sich nicht leisten, gegen das Wort eines seiner Aufseher die Partei eines Sklaven zu ergreifen. Das wäre schlecht für die Disziplin. Aber er weiß, diese Sicherheitsleinen reißen nicht einfach, und er hat auf diese Weise schon zu viele Sklaven verloren. Es ist unter den Sklaven eine gebräuchliche Methode geworden, Rechnungen zu begleichen, und Bannion ist wütend darüber. Das Letzte, was er braucht, ist ein Aufseher, der dabei mitmacht. Es paßt ihm nicht, daß Benny versucht hat, eine wertvolle Sklavin — dich — zu töten, nur um mir eins auszuwischen. Deshalb wird es unserem Freund Benny schlecht ergehen.«

»Gut«, erklärte Jan inbrünstig.

»Oh, und ich habe noch etwas, um dich aufzuheitern. Buncher ist im Laufe des Tages gestorben, wie ich eben gehört habe. Hat ein paar Liter Blut ausgehustet und ist umgekippt.« Milo legte die Hände hinter den Kopf und lehnte sich zurück. Sein Gesichtsausdruck war heiter. »Als ich ihn freundschaftlich ein bißchen umarmte, muß er einen Splitter von einer Rippe in die Lunge bekommen haben.«

Jan starrte ihn an.

In dieser Nacht, nachdem man das Licht gedämpft hatte und sie zu Bett gegangen waren, lag Jan wach auf der Matratze und grübelte, was sie mit Milo anfangen solle. Sie schuldete ihm ihr Leben. Wenn er das Ende ihrer Sicherheitsleine nicht irgendwie zu packen gekriegt hätte — und sie begriff immer noch nicht, wie er es fertiggebracht hatte, es rechtzeitig zu erreichen — läge sie jetzt tot dahinten in jener Stadt, ihr Körper wäre nichts weiter mehr als ein Matsch aus Fleisch und Knochen. Milo hatte sie nicht nur gerettet, er hatte sie auch in die Lage versetzt, ihren Plan, den Himmelsherrn zu zerstören, weiter zu verfolgen. Mit ihrem Tod wären auch alle Chancen, Minerva an seinem Mörder zu rächen, zunichte gemacht gewesen.

Und das brachte sie in ein schreckliches Dilemma. Weil sie Milo jetzt soviel schuldig war, fühlte sie sich verpflichtet, ihm das einzige zu geben, was sie hatte und er wollte — ihren Körper. Mehrmals war sie dicht davor gewesen, ihn aufzuwecken und ihm ihre Entscheidung mitzuteilen, aber so ganz einig war sie sich noch nicht. Der Gedanke, Geschlechtsverkehr mit ihm zu haben, ängstigte sie. Sie hatte nur eine einzige frühere Erfahrung in der Liebe mit einem Mann — die mit Simon. Es war seltsam und interessant gewesen, zwar nicht besonders angenehm, oder auch in keiner Weise schmerzhaft oder bedrückend. Doch sie hatte Simon gut gekannt und die Situation unter Kontrolle gehabt. Schließlich war er ein minervischer Mann gewesen. Mit einem ›unveränderten‹ Mann wie Milo zu schlafen, mochte etwas ganz anderes sein. Der Gedanke, er dringe in sie ein, verletze sie möglicherweise, und sie habe nicht die Macht, etwas dagegen zu tun, jagte ihr Angst ein.

Dazu kam, daß sie Angst vor Milo selbst hatte. Er mochte ihr das Leben gerettet haben, aber er hatte etwas an sich, das sie zutiefst beunruhigte. Sie dachte an die Anschuldigung, die sowohl die Sklaven als auch Benny gegen ihn erhoben hatten: Er sei ein Zauberer. Es war leicht zu glauben. Jan spähte zu dem anscheinend schlafenden Milo hinüber. Er war einfach nicht groß oder muskulös genug, daß er die Dinge hätte tun können, die sie ihn tun gesehen hatte. Die Art, wie er ihren Sturz aufgehalten hatte ... die Art, wie er Buncher im Endeffekt totgedrückt hatte, indem er ihn einfach um die Schultern nahm ...

Jan erschauerte und wandte sich ab. Nein, obwohl sie in seiner Schuld stand, würde sie ihm ihren Körper nicht anbieten. Sie mußte in der Zeit, die ihr noch blieb, bis sie ihr Ziel erreichte und den *Lord Pangloth* in Brand stecken konnte, einen anderen Weg finden, ihn zu entschädigen.

13

Sie hatte alle ihre Reserven an Willenskraft gebraucht, um am folgenden Tag wieder auf die Hülle hinauszugehen und ihr Leben dieser dünnen Leine anzuvertrauen, auch wenn Milo ihr versicherte, es sei unwahrscheinlich, daß der neue Aufseher — Benny war nicht da — den Fehler seines Vorgängers wiederholen werde. Während sie die Sonnenkollektoren säuberte, war sie ein paarmal in Gefahr gewesen, sich von ihrer Furcht überwältigen zu lassen und in schiere Panik zu verfallen. Sie hatte die Augen schließen und sich schreiend anklammern wollen, aber sie zwang sich weiterzuarbeiten. Sie mußte Mitglied einer Glasgeher-Gruppe bleiben — sie konnte sich den Luxus eines Zusammenbruchs nicht leisten. Sie mußte sich mit der Umgebung der oberen Hülle vollständig vertraut machen und besonders mit diesem Niemandsland zwischen den beiden Häuten. Das war von ausschlaggebender Bedeutung für ihren langsam Gestalt annehmenden Plan, wie sie die Brandbombe placieren würde.

Am zweiten Tag war es draußen auf der Hülle nicht mehr so schlimm, obwohl Benny wiederaufgetaucht war. Er war gedämpft, sein Gesicht war geschwollen, und er ging steif. Welche Strafe ihm auch auferlegt worden sein mochte, Bannion hatte ihn, zumindest vorläufig, gezähmt.

Als Jan am vierten Tag nach dem Unfall in einen der Glaskäfige stieg, war sie von Zuversicht und Erregung erfüllt. Ihr Handlungsplan war fertig. Wenn alles gut ging, würde es heute abend geschehen ...

Der Glaskäfig, in dem sie sich diesmal befand, fuhr nicht durch die Mitte einer der Gaszellen nach oben, wie es der erste getan hatte. Statt dessen war er in einem Gebiet *zwischen* zwei Zellen angebracht. »Wir fahren durch einen der Querrahmen«, erklärte Milo und zeigte auf die vorbeiziehenden sechseckigen Muster aus dünnen Metallstreben. »Sie bilden das Skelett des Himmelsherrn. Jeweils zwischen zwei Gaszellen befindet sich ein Querrahmen. Der Aufzug wurde hierher verlegt, weil die Zellen zu beiden Seiten voll von Wasserstoff sind. Die Techniker-Gilde fürchtete, der Aufzug-Mechanismus könne doch einmal einen Funken produzieren, wenn er in der Zelle bleibe.«

Die Neuigkeit, daß sie von Wasserstoff umgeben waren, beunruhigte und erfreute Jan gleichermaßen. Es bot gute Aussichten für ihren Plan, sagte sie zu sich selbst. Über den Punkt, an dem sie die Bombe placieren und zünden würde, dachte sie absichtlich nicht hinaus. Irgendwo im Hinterkopf steckte eine unausgebildete Idee, sie könne nach draußen auf die Hülle gelangen und so weit wie möglich von der in Brand gesetzten Stelle weglaufen, doch danach war alles leer. Sie wußte, ihre Chance, zu überleben, war so gut wie Null.

In den vergangenen paar Tagen hatte Jan eine Menge über den Himmelsherrn gelernt. Eine wichtige Tatsache war, daß beinahe zwei Drittel der großen Gaszellen jetzt mit dem brennbaren Wasserstoff gefüllt waren. Helen hatte recht gehabt. Milo bestätigte, daß Helium, wenn es verlorenging, sei es durch einen Unfall oder durch normales Entweichen, nicht ersetzt werden konnte, wohingegen sich Wasserstoff aus Wasser herstellen ließ. Er erzählte ihr auch von dem Ursprung der Himmelsherren. Sein Bericht hatte nur geringe Ähnlichkeit mit den minervischen Geschichten von diesen Ereignissen aus längstvergangener Zeit. Mit äußerstem Widerstreben begann Jan, sich einzugestehen, daß in der minervischen Version des geschichtlichen Ablaufs viele Lücken klafften, wohingegen die Milos ein nahtloses Ganzes bildete. Sie wollte ihm nicht glauben, doch das, was er zu sagen hatte, faszinierte sie immer stärker.

Laut Milo waren die Himmelsherren ursprünglich Himmelsengel genannt worden. Die als Vereinte Nationen bekannte Organisation hatte sie zu einem doppelten Zweck gebaut. Einmal stellten sie ein billiges und sauberes Mittel zum Transport von Fracht zwischen den Ländern dar, vor allem den Ländern der ärmeren ›Dritten Welt‹. Dann waren sie eine wertvolle Hilfe bei Naturkatastrophen, sie konnten große Mengen von Lebensmitteln in Gebiete bringen, in denen eine Hungersnot wütete, oder im Fall von Erdbeben und Überschwemmungen als schwebender Zufluchtsort für die Opfer dienen, die in den weiten Schlafsälen Betten, Essen und Obdach fanden.

Da war es in den Wirren, die den Gen-Kriegen folgten, nur natürlich, daß die Überlebenden versuchten, den Seuchen-Viren und anderen Bedrohungen zu entrinnen, indem sie sich in diese großen Fluchtburgen am Himmel zurückzogen. Das Problem war, daß eine Menge Leute die gleiche Idee hatten, und eine Zeitlang tobten heftige Kämpfe im Innern und in der Umgebung jedes Himmelsengels, da die verschiedenen Gruppen sich um ihren Besitz stritten. Dabei wurden zwei der Luftschiffe zerstört. Schließlich tauchten die Sieger aus dem Gemetzel auf, und das Leben auf den Himmelsengeln stabilisierte sich. Aber als die Notvorräte, die jedes der Luftschiffe mit sich trug, zu Ende gingen, blieb den Insassen nichts anderes übrig, als ihre Aufmerksamkeit von neuem der Erde zuzuwenden. Sie brauchten Nahrungsmittel und Rohmaterialien, und deshalb zwangen sie diejenigen, die noch auf dem Boden lebten, sie ihnen zu liefern. Die Herrschaft der Himmelsherren hatte begonnen.

Anfangs gab es keine Organisation. Die Himmelsherren waren Rivalen für ein und dieselben Länder, die Nahrungsmittel erzeugten, und Schlachten zwischen diesen Behemothen der Lüfte waren an der Tagesordnung. Als zwei weitere Himmelsherren zerstört worden waren, kam es zu einem Waffenstillstand. Ihm folgte eine Konferenz der Herrscher aller Himmelsherren, bei der die Welt für die übriggebliebenen Luftschiffe in Hoheitsgebiete aufgeteilt wurde. Man vereinbarte, daß sich die Himmelsherren nicht aus dem ihnen zugestandenen Territorium hinausbewegen sollten, und diese Regel war seitdem niemals gebrochen worden. Aber wie Milo meinte, war es unwahrscheinlich, daß sie noch lange beachtet werde ...

»Die Pest hat auf der ganzen Welt die Oberhand gewonnen«, hatte er erklärt. »Zu viele der Bodensiedlungen gehen zugrunde. Wenn ein Himmelsherr entdeckt, daß das ihm zustehende Gebiet nicht mehr genug landwirtschaftliche Gemeinden enthält, um seinen Bedürfnissen gerecht zu werden, wird er selbstverständlich anfangen, in der Nachbarschaft zu räubern. Es geht das Gerücht, daß es bereits Zusammenstöße zwischen Himmelsherren gegeben hat. Irgendwann wird ein richtiger Krieg daraus werden.« Die Aussicht schien ihm zu behagen.

Jan sagte: »Das ist so dumm! Die Menschen hören nicht auf, gegeneinander zu kämpfen, während Mutter Erde um sie herum stirbt. Warum kämpfen die Himmelsherren und die Bodenbewohner nicht zusammen gegen eine weitere Ausbreitung der Pest, bevor es zu spät ist?«

»Alte Gewohnheiten sind schwer zu brechen«, antwortete Milo. »Die Himmelsleute betrachten die Bodenbewohner traditionsgemäß als Untermenschen. Die Vorstellung, sie könnten in diesem Stadium anfangen, mit den ›Erdenwürmern‹ als gleichberechtigten Partnern zu kooperieren, ist bloßes Wunschdenken. Außerdem wüßte ich nicht, wie die Himmelsherren helfen könnten, der Pest Einhalt zu gebieten.«

»Diese Lichter, die Strahlen, die unsere Raketen zerstört haben — sie könnten doch sicher auch benutzt werden, um das Pestland sauber zu brennen?«

»Nun ja, sie *könnten*«, räumte Milo zögernd ein, »aber wie ich dir schon sagte, diese Laserwaffen stehen nicht unter der Kontrolle der Himmelsleute. Sie operieren nur automatisch und nur dann, wenn der Himmelsherr von etwas nicht Lebendigem bedroht wird.« Dann hatte er herablassend gelächelt. »Wie dem auch sei, was hat eine brave kleine Minerverin über Geräte nachzudenken, die von der Wissenschaft des Mannes geschaffen worden sind, he?«

Jan erwiderte steif: »Ich bin überzeugt, wenn solche Geräte für die Aufgabe eingesetzt würden, die Welt zu reinigen, würde die Mutter Gott erwägen, ob nicht auch die Alten Männer erlöst werden könnten.«

Jan kletterte auf die Hülle hinaus und erlebte eine unangenehme Überraschung. Mehrere Himmelskrieger standen um die Luke herum. Alle waren sie mit den üblichen langläufigen Gewehren bewaffnet. Ihre Augen suchten den Himmel ab. Bei der ersten Gelegenheit erkundigte Jan sich bei Milo nach dem Grund für ihre Anwesenheit.

»Hazzini«, lautete die Antwort. »Wir fliegen im Augenblick über Hazzini-Gebiet. Dabei wird es so ungefähr für die nächsten vierundzwanzig Stunden bleiben. Sieh mal, das sind ihre Nester.«

Jan entdeckte voraus eine Zahl hoher Gebilde, die sich aus einer Kette niedriger, von der Pest verseuchter Hügel erhoben. Sie ähnelten großen, verdrehten Baumstämmen. Es war ein Schock für Jan, als ihr klar wurde, daß sie Hunderte von Fuß hoch sein mußten.

»Was sind Hazzini?« Sie hakte das Ende ihrer Sicherheitsleine in eine Öse auf der Hülle. An diesem Tag arbeiteten sie am Bug des Himmelsherrn, und die Aussicht, die dieser Standpunkt bot, war spektakulär.

»Habt ihr in Minerva niemals Hazzini-Überfälle gehabt?« fragte Milo.

»Nicht daß ich wüßte«, rief Jan zurück.

»Nun, wenn es welche gegeben hätte, wüßtest du es bestimmt. Vermutlich lag Minerva außerhalb ihrer Reichweite. Preise dich glücklich. Hazzini sind genetisch geschaffene Tötungsmaschinen, sonst nichts. Eine der großen Gesellschaften schuf sie damals, um sie als Privat-Armee einzusetzen. Das genetische Material stammte aus dem Königreich der Insekten. Die Dinger haben Flügel. Die meisten können nicht so hoch fliegen, aber wie ich hörte, tritt bei ihnen gelegentlich ein Meister dieses Fachs auf.«

»Oh«, sagte Jan. Sie waren jetzt näher an die ›Nester‹ herangekommen, und es wurde deutlich, wie enorm groß die Gebilde waren. An den Seiten ragten Simse hervor, und Jan meinte, dort schwarze Punkte hinausschwärmen zu sehen. Milo und sie machten wie die anderen ›Wischer‹ eine Pause, damit die Sprüh-Kolonne einen ausreichend großen Vorsprung gewann. Der *Lord Pangloth* hatte wegen der verschiedenen Sklavengruppen auf der Hülle seine Fahrt verlangsamt, aber trotzdem fegte ein kräftiger Wind über den Bug, und Jan hatte Schwierigkeiten, das Gleichgewicht zu bewahren. »Warum bewachen die Himmelskrieger uns dann?« fragte sie.

Milo lachte. »Uns? Wen kümmert schon ein Haufen Sklaven? Nein, die Krieger sollen die Luken und andere mögliche Zugänge auf der Hülle bewachen. Und du wirst bemerken, daß unser Freund Benny uns heute uns selbst überlassen hat.«

Jan sah über die Schulter zurück. Der Aufseher war bei der Gruppe von Kriegern an der Luke stehengeblieben. »Du meinst, diese Kreaturen stellen eine Gefahr für uns dar?« fragte Jan. Wieder sah sie nach unten. Die schwarzen Punkte waren jetzt in der Luft, und einige wuchsen zu besorgniserregender Größe an.

»Ich habe schon oft über Hazzini-Territorium gearbeitet«, sagte Milo, »und noch nie erlebt, daß uns eins davon auch nur nahegekommen ist. Aber wenn man den Gerüchten glauben will, ist es in der Vergangenheit schon geschehen, daß Hazzini einen Glasgeher von der Hülle gerissen haben.«

»Sind sie intelligent?«

»Wenn du damit meinst, ob sie Bewußtsein haben, würde ich sagen, nein. Aber schlau sind sie gewiß. Sie sind auf zweierlei programmiert — ihre Feinde zu töten und sich fortzupflanzen —, und ihre Schöpfer haben sie mit genug eingebauter Findigkeit versehen, daß sie in beidem sehr leistungsfähig sind. Und da sie außerdem so geschaffen sind, daß sie praktisch von allem leben können, fressen sie sogar die giftigsten Schwämme. Deshalb gedeihen sie im Pestland. Ich vermute, daß die Welt am Ende mit Pest und Hazzini bedeckt sein wird ...«

Jan verbrachte einen ungemütlichen Tag draußen auf der Hülle. Ständig sah sie sich um, denn es hätte ja einem der Hazzini gelingen können, bis zu dem *Lord Pangloth* hinaufzufliegen, aber obwohl es jedes Mal, wenn das Luftschiff über ein Hazzini-Nest kam, eine Menge Aktivität gab, kam keiner der weit unter ihm tanzenden schwarzen Punkte näher.

Wegen der Hazzini auf dem Boden überdachte Jan noch einmal ihren Plan, die Brandbombe an diesem Abend zu zünden. Aber sie sagte sich, sie suche nur nach einem Vorwand, den Augenblick, an dem es keine Rückkehr mehr gab, hinauszuschieben. Das Ziel war, den *Lord Pangloth* und alle, die sich an Bord befanden, zu vernichten — welchen Unterschied machte es, wie die Himmelsleute starben? Ob sie verbrannten oder abstürzten oder Opfer der Hazzini wurden, war gleichgültig. Auch durfte sie sich von der Tatsache, daß die Hazzini ihre eigene dürftige Hoffnung auf Überleben ganz verschwinden ließen, nicht beeinflussen lassen. Nein, ihr blieb keine Wahl — es mußte an diesem Abend sein.

Bei so schwierigen Arbeitsbedingungen war Jans Körper am Ende der langen Schicht nur noch eine Masse schmerzender Muskeln. Während der kurzen Mittagspause saßen Jan und Milo nebeneinander, und sie beklagte sich, daß die Himmelsleute nicht klug genug seien, Schimpansen zum Säubern der Hülle einzusetzen. »Sie würden perfekte Glasgeher abgeben. Und viel schneller als wir wären sie noch dazu.«

»Das ist wahr«, stimmte Milo ihr zu. »Aber die Himmelsleute verwenden niemals ›veränderte‹ Tiere. Das ist gegen ihre Religion. Sie betrachten sie als unrein. Noch ein kultureller Ausfall als Folge der Gen-Kriege. Ihr Minerver wart nicht die einzigen, die seltsame Vorstellungen über die Alte Wissenschaft entwickelt haben.«

Jan ignorierte den Seitenhieb. Sie war zu erschöpft, um mit ihm zu streiten. »Wir haben keinen Gebrauch von der Alten Wissenschaft gemacht, das stimmt, aber es gab kein Gesetz gegen die Verwendung der Tiere. Es war nicht ihre Schuld, daß sie verändert worden waren. Vor langer Zeit gab es alle möglichen Arten von Tieren in Minerva, aber zu der Zeit, als ich geboren wurde, hatten wir nur noch die Schimpansen. Die anderen waren alle unzuverlässig geworden. Nicht einmal den männlichen Schimpansen konnte man mehr trauen. Wir mußten sie in Käfige sperren, wenn sie ein bestimmtes Alter erreicht hatten.«

»Interessant«, meinte Milo. »Aber das war zu erwarten. Die Gen-Techniker hatten keine Möglichkeit, ihren Designer-Chromosomen eine langfristige Stabilität einzubauen. Mutationen können nicht verhindert werden, also werden immer wieder Fehler im Programm auftreten. Es wird immer öfter zu Atavismen kommen. Wie bei dir.«

»Bei *mir?*« fragte Jan überrascht.

»Klar. Du bist ungewöhnlich klein für eine Minerverin. Du bist offensichtlich ein Atavismus. Oh, ich bin überzeugt, daß du abgesehen von deiner Größe in jeder anderen Beziehung eine genetisch gesunde Minerverin bist — Statur und Gesichtszüge sind bei dir typisch minervisch, du hast einen androgynen Körper mit langen Beinen, kleinen Brüsten, ausgebildeten Muskeln und olivfarbener Haut und ein sehr attraktives Gesicht. Wahrscheinlich ist allein das für die Größe verantwortliche genetische Material angegriffen, aber es wäre interessant, Kinder von dir zu sehen, die einer Vereinigung mit einem nicht-minervischen Mann entsprungen sind.«

Seine klinische Abschätzung ihres Körpers ärgerte sie, obwohl die Erwähnung ihres ›sehr attraktiven‹ Gesichts ihr ein bißchen geschmeichelt hatte. Aber was sie am meisten kränkte, war seine Bemerkung über das Kinderkriegen. *Das ist ausgeschlossen,* dachte sie grimmig. *Nach dem heutigen Abend kann davon keine Rede mehr sein.*

Es lag eine beträchtliche Strecke zwischen der Luke und der Stelle, wo der Glaskäfig darauf wartete, sie nach unten zu befördern. Das paßte Jan perfekt in den Plan. Sie blieb auf dem Weg durch den baulichen Wirrwarr, der in dem Raum zwischen den beiden Hüllen herrschte, hinter der auseinandergezogenen Gruppe der Sklaven zurück. Milo hatte ihr gesagt, das Innere des *Lord Pangloth* sei von den aufeinanderfolgenden Generationen der Himmelsleute so chaotisch vollgestopft worden. »Jahrelang haben sie immer ungeschickter Reparaturen vorgenommen«, sagte er. »Und verschiedene Veränderungen wie zum Beispiel die Umwandlung der Frachträume in Unterkünfte. Ich bezweifle, ob ein Erbauer der ursprünglichen Himmelsengel das heutige Innere noch wiedererkennen würde.«

Jan ergriff ihre Chance. Sie duckte sich hinter einer schrägen Strebe und zog sich dann schnell in den Schutz der Schatten zurück. Sie wollte sich so leise wie möglich so weit wie möglich von den anderen entfernen, bevor ihre Abwesenheit bemerkt wurde. Wegen Milo machte sie sich die meisten Sorgen. Er würde bestimmt als erster sehen, daß sie fehlte, und bestimmt suchte er dann am eifrigsten nach ihr.

Je weiter sie rannte, desto dunkler wurde es. Nur die regulär benutzten Gebiete waren mit Beleuchtung ausgestattet. Jan blieb stehen, duckte sich, lauschte. Die Stimmen der Sklaven verklangen in der Ferne. Dann kam Stille, gestört nur von dem Quietschen der Hüllen. Jan ging weiter. Da sie sich in Richtung der einen Flanke bewegte, wurde die Krümmung des Fußbodens bald stärker, und schließlich mußte sie von neuem haltmachen, weil sie fürchtete, auszurutschen und sich im Dunkeln zu verletzen. Keuchend hielt sie sich an einem Pfeiler fest. Weit entfernt erklang ein Ruf. Es war ihr Name. Man suchte nach ihr.

Jan hatte keine Ahnung, wie lange sie dort in fast vollkommener Finsternis wartete. An einem Punkt kam ihr einer der Sucher ziemlich nahe. Oder zumindest klang seine Stimme laut, als er ihren Namen rief. Jan war sicher, daß es Milo war. Wenn überhaupt jemand sie fand, dann er. Wahrscheinlich ermöglichten es ihm seine Zauberkräfte, im Dunkeln zu sehen …

Aber Milo fand sie nicht, und als alles wieder ruhig war, sagte sich Jan, der erste Teil ihres Plans sei nun verwirklicht. Sie tastete sich weiter, kehrte ein Stück um, bis die Krümmung weniger steil wurde. Dann versuchte sie, zum Bug vorzudringen.

Sie hatte die Orientierung verloren. Wenn sie wissen wollte, wo sie war, mußte sie als erstes die vordere Luke wiederfinden. Hoffentlich war dies der richtige Weg! Jan war erleichtert, als sie einen Lichtschein vor sich sah, doch dann hörte sie das Murmeln von Stimmen und geriet von neuem in Verzweiflung. Auf dem Bauch kroch sie vorsichtig weiter. Ja, sie hatte den Weg zurück zu der Luke gefunden, aber eine Gruppe von Himmelskriegern saß um die Leiter. Die Helme hatten sie abgenommen.

Einen Augenblick lang dachte Jan, die Krieger seien dageblieben, um nach ihr zu suchen, doch dann sagte sie sich, daß sie immer noch wegen der Hazzini Wache hielten.

Jetzt kannte sie ihre Position und zog sich wieder in die Dunkelheit zurück, parallel zu dem Weg zwischen der Luke und der Stelle, wo der Glaskäfig aus seinem Schacht kam. Ihr Ziel war einer der Eingangspunkte in das Netzweg von Fußsteigen unterhalb der inneren Hülle, die zur Überprüfung der Membranen der Gaszellen dienten. Als Milo ihr vor zwei Tagen davon erzählt und ihr einen Fußsteig gezeigt hatte, war ihr sofort klar gewesen, daß dies der perfekte Platz für die Bombe war.

Jan hatte vorgehabt, durch den ihr nächsten Eingangspunkt hinabzusteigen, aber da sich die Krieger an der Luke aufhielten, würde sie einen viel weiter entfernten benutzen müssen.

Als Jan meinte, genügend weit von den Kriegern entfernt zu sein, hob sie den dünnen runden Deckel des Einstiegs, den sie sich ausgesucht hatte. Eine kurze Leiter führte nach unten. Sie stieg hinab. Wenigstens waren die Inspektionstunnel gut beleuchtet. Es waren die seltsamen ›kalten‹ Lampen, die, wie Milo ihr gesagt hatte, lebende Zellen enthielten. Jan schloß den Deckel. Vorgebeugt, um sich den Kopf nicht an der Decke zu stoßen, ging sie den Tunnel entlang. Seine Wände waren die Membrane der großen Zelle, über die sie hinkroch wie ein winziges Insekt. Es war ein unangenehmer Gedanke, daß es unter dem dünnen Drahtgeflecht des Fußsteigs und der Membrane, die sich dagegendrückte, mehr als tausend Fuß in die Tiefe ging.

Sie machte halt. Hier war ein guter Platz. Jan zog ihren Overall aus, hockte sich hin und entfernte die Bombe aus ihrer Vagina. Sie war gezwungen gewesen, sie wieder in ihrem Körper zu verbergen, nachdem Milo ihr erzählt hatte, daß die Krieger mit Stichproben überprüften, ob jemand etwas, das Funken oder Flammen erzeugen konnte, in die Sperrzone mitnahm. Sicher, vielleicht hätten sie die Bombe nicht als das erkannt, was sie war, aber Jan konnte es sich nicht leisten, dieses Risiko einzugehen. Während der letzten vier Tage hatte es jedoch keine Kontrollen gegeben, und jetzt kam es nicht mehr darauf an.

Jan wickelte das Ding aus und betrachtete es. Ihre Mutter hatte gesagt: »Drehe das Ende in der Richtung des Pfeils.« Einfach. Sie wollte die Bombe dann zwischen das Drahtgeflecht und die Oberfläche der Membrane stecken. Dreißig Sekunden später würde sie detonieren und eine brennende Flüssigkeit versprühen. Von Milo hatte sie gehört, daß die Zellmembrane sehr widerstandsfähig sei. Das waren alle Bestandteile des Himmelsherrn, die in jener Fabrik am Himmel, an die sie immer noch nicht recht glauben konnte, hergestellt worden waren. Aber Jan vertraute fest darauf, der Inhalt der Bombe werde sich hindurchbrennen. Und auf der anderen Seite der Membrane warteten Millionen von Kubikfuß Wasserstoff …

Jan holte tief Atem, nahm den Zylinder fest in die linke Hand und hob die rechte, um das obere Ende zu drehen.

Sie brachte es nicht fertig.

Sie versuchte es. Sie versuchte es immer wieder. Tränen mischten sich mit dem Schweiß, der ihr die Wangen hinunterlief, aber sie konnte ihre Hand einfach nicht dazu bringen, ihr zu gehorchen. Sie konnte das Ende des Zylinders nicht drehen. Sie konnte die Verantwortung für den Tod all der Menschen an Bord des *Lord Pangloth* nicht übernehmen, ganz gleich, wie sehr sie sie haßte. O ja, sie hatte keine Skrupel gehabt, vom Dach des Gasthauses Raketen auf den Himmelsherrn abzufeuern, aber das war etwas anderes gewesen. Das war ein Krieg gewesen, ein Kampf ums Überleben. Und sie hatte es nicht allein tun müssen.

Sie mußte auch Rücksicht auf Milo nehmen. Jan mochte ihn nicht, und möglicherweise war er ein Zauberer, aber sie verdankte ihm ihr Leben. Es war nicht anständig gegen ihn gehandelt, daß sie ihn nicht gewarnt hatte. Sie hatte daran gedacht, es zu tun, aber natürlich hätte er sie dann zurückgehalten.

Und schließlich war noch sie selbst da. Sie wollte nicht sterben.

Jan ließ den Kopf sinken und brach in Schluchzen aus. Sie hatte ihre Mutter verraten. Alsa. Minerva ...

Schließlich stand sie auf, zog sich an und steckte die Bombe in die Tasche. Irgendwie mußte sie sie loswerden. Sie vielleicht in der Latrine ausstoßen lassen. Auf dem Rückweg zu dem Eingangsluk versuchte Jan, sich eine Geschichte auszudenken, die ihr Verschwinden erklärte. Vielleicht konnte sie sagen, sie sei umgekehrt, um ein vergessenes Stück der Ausrüstung zu holen, und habe sich verlaufen ...

Sie kletterte durch das Eingangsluk hinaus. *Und jetzt?* fragte sie sich verzweifelt. Sollte sie sich in die Hände der Krieger an der Luke geben? Nein, sie war noch nicht bereit, irgend jemanden zu sehen. Sie wollte allein sein. Am besten ging sie bis in die Nähe des Aufzugschachtes und wartete, bis die anderen zur Schicht des nächsten Tages eintrafen. Jan hatte keine Ahnung, wie viele Stunden das noch dauern mochte, aber sie war so deprimiert, daß es ihr gleichgültig war.

Ein rotes Flackern in der Dunkelheit vor ihr lenkte sie von ihrem Schmerz ab. Was mochte das sein? Techniker, die etwas reparierten? Aber dann wäre das ganze Gebiet, in dem sie arbeiteten, hell erleuchtet gewesen. Jan ging darauf zu, ohne sich darum zu kümmern, ob sie ein Geräusch machte oder entdeckt wurde. Es spielte keine Rolle mehr.

Je näher sie der Quelle des roten Flackerns kam, desto verwirrter wurde sie. Anscheinend war das Licht auf Fußbodenhöhe. Auch wurde ihr kalt. Von irgendwoher wehte eine scharfe Zugluft. Eine offene Luke? Aber in diesem Teil der Hülle gab es gar keine.

Das rote Licht machte ein zischendes Geräusch. Dann sah sie Funken fliegen. *Funken.* Schlagartig erkannte sie, welche Bedeutung das hatte. Jemand benutzte offenes Feuer in der Sperrzone. Wenn irgendwo Wasserstoff entwich ...

Das Licht flammte auf, und in dem größeren roten

Schein erhaschte Jan einen Blick auf eine Gestalt, die neben dem Licht hockte. Die Gestalt war nicht menschlich.

Jan war nicht einmal mehr zwanzig Fuß von dem Flackern entfernt. Sie begann, sich zurückzuziehen, und jetzt gab sie sich wieder Mühe, es lautlos zu tun.

Boing!

Sie war gegen einen Stützpfeiler gestoßen. Er hallte mit schrecklicher Lautstärke nach. Das rote Licht ging abrupt aus. Jan drehte sich um und rannte. Und stieß nach wenigen Schritten mit einem anderen Hindernis zusammen, prallte davon ab und fiel hin. Auf dem Boden liegend lauschte sie auf sich nähernde Schritte. Sie hörte keine, aber ein merkwürdiges Rascheln wurde lauter. Und es kam von der Decke.

Jan raffte sich auf und rannte von neuem, eine Hand schützend vor sich ausgestreckt. Jetzt konnte sie sich recht gut denken, was hinter ihr her war. *Ein Hazzini.* Und vielleicht mehr als eins. Sie hatte das Ding nur kurz gesehen, aber das hatte vollauf genügt, um sie zu überzeugen, daß Hazzini entschieden schlechte Nachrichten waren.

Vor ihr war Licht. Jan näherte sich wieder dem engen beleuchteten Abschnitt. Sie faßte einen Entschluß. Wenn sie den Fußweg erreichte, wollte sie nach links zu der Luke abbiegen, wo die Krieger warteten.

Etwas fiel vor ihr von der Decke. Rutschend kam sie zum Halten. Es war etwa neun Fuß lang. Sein Körper war in Segmente unterteilt. Gefaltete transparente Flügel hingen an den Seiten herunter. Es hatte sechs Gliedmaßen. Auf den beiden hinteren stand es. Eins der vorderen hielt einen sperrigen Gegenstand, der matt glühte. Zwei der anderen Gliedmaßen schossen vor. Eins faßte Jan beim Oberarm, das andere ergriff ihren Knöchel. Rasiermesserscharfe Klauen bohrten sich in ihr Fleisch. Sie schrie. Das Ding warf sie auf den Rücken, ragte über ihr auf, hielt sie weiter fest. Jan spürte, daß ihr Arm und ihr Knöchel bluteten. Wieder schrie sie, als das Hazzini den Kopf auf sie niedersenkte und sie es deutlicher sehen konnte. Es war, als sei der Kopf eines Pferdes mit dem eines Moskitos gekreuzt worden. Anstelle der Ohren entsprossen haarige Fühler hinter den Augen, die viel zu intelligent blickten, um einem Insekt zu gehören. Seine Farbe war schwarz und grau marmoriert, und da und dort auf dem Körper saßen Büschel borstiger schwarzer Haare.

Jan wehrte sich, aber sie wurde festgehalten. Der Kopf kam ihr noch näher. Der Geruch der Kreatur strömte über sie hin. Sie würgte. Dann sah sie durch die Tränen in ihren Augen, daß der ›Mund‹ des Dings sich in drei Segmente teilte und ein Rüssel aus ihm hervorwuchs. Die Spitze des Rüssels sah aus, als sei sie mit Sägezähnen besetzt. Das Ganze rotierte langsam.

Ich bin tot, dachte Jan, obwohl sie sich immer noch verzweifelt wehrte. *Das ist die Strafe der Mutter Gott dafür, daß ich Minerva nicht gerächt habe …*

Immer weiter wuchs der rotierende Rüssel aus dem Mund. Die Zähne an seiner Spitze glitzerten von Flüssigkeit. Jan vermutete, es war Gift oder eine Art Verdauungschemikalie. Aber was das Ding auch mit ihr machen würde, das Endergebnis würde immer das gleiche sein.

Dann erinnerte sie sich an die Bombe.

Mit der freien Hand zog sie sie aus der Tasche, nahm das Ende zwischen die Zähne und drehte es mit einem scharfen Ruck. Ein befriedigendes *Klick!* war zu hören. Mit aller Kraft, die sie aufbringen konnte, rammte Jan die Bombe in den sich niedersenkenden Rüssel. Der Kopf des Hazzini zuckte zurück, schüttelte sich, versuchte, sich von dem Hindernis zu befreien. *Dreißig Sekunden!* hallte ein stummer Schrei durch Jans Gehirn.

Immer heftiger bemühte das Wesen sich, die Bombe loszuwerden. Es faßte seinen Rüssel mit der freien Hand oder Klaue. Gleichzeitig entfiel ihm das Werkzeug, das es bei sich trug. Dann ließ es Jans Schulter los, so daß drei seiner vier vorderen Gliedmaßen mit der Aufgabe beschäftigt waren, die Bombe aus dem Rüssel zu lösen. Aber die vierte Klaue blieb um Jans Knöchel geklammert.

Jan drehte sich auf den Bauch, bekam eine Strebe zu fassen und versuchte, sich loszureißen, aber das Ding faßte fester zu, bis sie die Knochen unter dem Druck knirschen fühlte. Sie schrie und hätte vor Schmerz beinahe das Bewußtsein verloren.

Wie viele Sekunden sind noch übrig?

Das Wesen warf sie wieder auf den Rücken und zog sie näher zu sich heran, während es gleichzeitig fortfuhr, den Kopf zu schütteln und an seinem Mund zu zerren. Das Ende der Bombe war nicht mehr in dem Rüssel sichtbar, und Jan dachte sich, das Hazzini müsse sie wohl unabsichtlich eingesaugt haben. Aber würde die Bombe rechtzeitig explodieren, um sie zu retten? Dann kam ein Geräusch wie ein gewaltiger, erstickter Furz. Der ganze Körper des Hazzini erschauerte krampfhaft und wurde steif. Rauch strömte aus seinem Mund und dann auch aus anderen, bis dahin verborgenen Öffnungen. Das sterbende, vielleicht schon tote Hazzini kreischte in einer solchen Tonhöhe, daß es kaum noch hörbar war.

Der Druck wich von Jans Knöchel. Sie kroch weg von dem Ding. Doch sie war nicht schnell genug. Die Klaue, die ihren Knöchel festgehalten hatte, schoß vor und riß ihren Körper von der Kehle bis zum Unterbauch auf. Mit lautem Krach kippte das Hazzini um. Schwarzer Rauch entströmte ihm.

Jan war, als sei sie in Eiswasser geworfen worden. Sie versuchte, sich aufzusetzen, sah, wie schwer verletzt sie war, und ließ sich auf das harte Deck zurücksinken. Als wolle sie verhindern, daß ihr Körper in Stücke fiel, schlang sie die Arme um sich.

Schließlich wurde es schwarz um sie, und die Bewußtlosigkeit war ihr sehr willkommen.

14

Jan fand, sie sehe lächerlich aus, und das sagte sie auch.

»Unsinn!« rief Mary Anne mit ihrer hohen, trillernden Stimme. »Sie sehen wunderschön aus!« Leiser setzte sie hinzu: »Alles in allem betrachtet.«

›Alles in allem betrachtet‹ bedeutete, dachte Jan ironisch, daß sie für eine körperlich deformierte Amazone, um nicht zu sagen, für einen verseuchten Erdenwurm, passabel war. Obwohl Jan ihre gegenwärtige Erscheinung nicht mit dem Wort *passabel* beschrieben hätte. Sie konnte den Blick von ihrem Bild in dem Bodenspiegel nicht losreißen. Das einzige, was ihr daran gefiel, war die entzückende tiefblaue Farbe ihres Kleides. Das Kleid selbst war ebenso bizarr wie ihre Gestalt. Dank der mannigfachen einengenden Unterkleidung — Mary Anne hatte darauf bestanden, Jan müsse sie tragen — war ihre Taille absurd schmal, aber darunter bauschte sich das Kleid über ihre Hüften und bildete eine Glocke, die bis zum Fußboden ging.

Während sie von der Taille abwärts völlig verborgen war, lag die Sache oben herum genau anders. Der eng sitzende Stoff auf ihrem Oberkörper war vorn so tief ausgeschnitten, daß ihre Brüste beinahe bis zu den Brustwarzen entblößt waren.

Aber selbst mit dem Büstenhalter, der dazu gemacht war, ihre Brüste nach oben zu drücken, reichte sie bei weitem nicht an die üppigen Formen der neben ihr stehenden Mary Anne heran. Diese Leute, dachte Jan, waren entschieden auf seltsame Weise von Brüsten besessen.

Vervollständigt wurde ihr bizarres Aussehen von den bauschigen Ärmeln des Kleides, dem schwarzen Band um ihren Hals, dem weißen Puder auf ihrem Gesicht, der roten Farbe, die ihre Lippen beschmutzte, und der juwelenbesetzten Tiara auf ihrem Kopf. Mary Anne betrachtete ihr Werk mit zufriedenem Lächeln. »Nicht einmal Ihre eigene Mutter würde Sie wiedererkennen«, versicherte sie Jan.

»Wenn meine Mutter mich jemals in einem solchen Aufzug erblickt hätte, hätte sie mich mit ihrem Schwert durchbohrt«, erklärte Jan finster.

»Oooh, sagen Sie doch so etwas nicht!« Mary Anne blickte schockiert drein. »Sie müssen das schreckliche Amazonen-Leben, das Sie geführt haben, vergessen, Jan. Das liegt jetzt alles weit hinter ihnen. Blicken Sie statt dessen in die Zukunft, in der Sie bei uns sein werden. Von jetzt an wird Ihr Leben völlig anders sein.«

»Es sieht ganz so aus«, stimmte Jan ihr leise bei. Wieder einmal überkam sie das starke Gefühl der Unwirklichkeit — als befinde sie sich in einem Traum. So war ihr in den letzten vierundzwanzig Stunden, nachdem man sie in den Aristo-Abschnitt des *Lord Pangloth* gebracht hatte, schon oft zumute gewesen, ja, eigentlich seit sie nach dem Angriff des Hazzini das Bewußtsein zurückerlangt hatte. Sie sah auf ihre bloße Brust nieder. Die Narbe war zu einer dünnen weißen Linie verblaßt. Die Male der primitiven Stiche waren ebenfalls beinahe verschwunden. Aber vielleicht war sie in Wirklichkeit tot. Vielleicht war das alles ein Traum, den die Mutter Gott für sie als einen Vorraum zum Paradies geschaffen hatte. Die Mahlzeiten, die sie gegessen, die parfümierten Bäder, ihr luxuriöses Bett — es hatte alles etwas vom Paradies an sich.

»Lebe ich noch?« Das waren ihre ersten, in schwachem Flüstern hervorgestoßenen überraschten Worte gewesen, als sie die Augen öffnete und Milo sich über sie beugte.

»So gerade eben noch, kleine Amazone«, hatte er mit einem Lächeln geantwortet. »Die Mitglieder der Ärzte-Gilde auf dem *Pangloth* sind kaum mehr als Schlächter, aber wenigstens sind sie fähig, Wunden zu nähen, sogar eine so lange wie deine. Keins deiner inneren Organe ist verletzt worden. Der Blutverlust und der Schock waren es, die dich beinahe umgebracht hätten. Das Schlimmste ist jedoch vorbei. Du mit deinen Regenerationskräften wirst schon durchkommen. Und wirst nicht einmal eine Narbe zurückbehalten, mit der du angeben kannst.«

Jan hatte gemurmelt: »Die Mutter Gott ist mit mir«, und war in tiefen Schlaf gesunken.

Als sie das nächste Mal erwachte, hatte ihr Milo Wasser aus seiner Feldflasche zu trinken gegeben. Jan wurde sich ihrer Umgebung bewußt. Sie war wieder in seiner Kabine. Sie wollte den Kopf heben, um nachzusehen, in welchem Zustand ihr Körper war, aber sie war zu schwach dazu. »Ich ... spüre ... gar keinen Schmerz«, flüsterte sie.

Milo hielt einen Gegenstand hoch, den sie kannte. Eine Injektionsnadel. Das Krankenhaus von Minerva hatte immer noch eine ganze Reihe von ihnen besessen. »Ich habe dir ein Hormon gespritzt, das deine inneren Schmerztöter aktiviert. Hat mich eine Menge Geld gekostet. Ein Freier im Dorf hat einen direkten Draht zu einer der Aristo-Apotheken.«

»Danke ...«

»Meine liebe kleine Amazone, verwechsele meine Großzügigkeit nicht mit Nächstenliebe.« Milo grinste. »Vergiß unsere Abmachung nicht. Ich habe beinahe ebensoviel Interesse daran wie du, daß dieser dein junger Körper wieder normal wird.«

Jan brachte ein schwaches Lächeln zustande.

»Fühlst du dich stark genug, mir zu erzählen, was passiert ist?« fragte Milo.

»Habe mich verlaufen ...«, antwortete Jan stockend. »Bin herumgewandert ... stundenlang. Dann sah ich ... Hazzini. Jagte mich. Packte mich ... Glaubte, es habe mich auseinandergerissen ...« Sie konnte nicht weitersprechen.

Milo fuhr sich mit den Fingern durch sein nicht vorhandenes Haar und betrachtete sie eine Weile schweigend. Dann sagte er: »Weißt du, daß du eine Heldin bist? Es wird allgemein angenommen, daß du auf das Hazzini stießest, ihm sein der Alten Wissenschaft entstammendes Schneidegerät wegnahmst und es damit verbranntest.«

Jan runzelte die Stirn. »Schneidegerät ...?«

»Das Werkzeug, mit dem es die äußere Hülle durchschnitten hatte und gerade die innere Hülle durchschneiden wollte, als du es unterbrachst. Man hat die Theorie entwickelt, ein Hazzini-Nest habe seinen besten Flieger ausgewählt, ihn mit einem Schneidegerät ausgestattet, das die Kreaturen in einer alten Ruine gefunden haben müssen, und ihn angewiesen, sich in den *Pangloth* einzuschleichen und eine oder zwei der Gaszellen zu sabotieren, so daß der *Pangloth* an Höhe verlieren und in Reichweite der anderen Hazzini kommen würde. Das Problem war nur, das Wesen hatte sich nicht klargemacht, daß es dabei war, eine mit Wasserstoff gefüllte Zelle anzubohren. Die Hazzini hätten eine böse Überraschung erlebt, wenn der *Pangloth* als Feuerkugel vom Himmel gefallen und genau auf ihren Nestern gelandet wäre.«

Plötzlich faßte er Jans Schultern. Seine Augen blickten kalt.

»Ich weiß, was da oben wirklich geschehen ist. Und ich weiß, was du vorhattest. Du und das Hazzini hattet an jenem Abend ein ähnliches Ziel im Sinn«, erklärte er finster.

»Was meinst du?«

»Du weißt, wovon ich rede. Dein kostbares minervisches Relikt spielt dabei auch eine Rolle — dieser ›Stab der Autorität‹, den du mit deinem Leben schützen wolltest. Anscheinend hast du ihn verloren.«

»Ich ... habe ... ihn verloren?« Jan fiel es schwer, zu denken. Sie wollte weiterschlafen.

»Oh, hör auf mit dem Theater! Ich hatte wegen dieses Dings von Anfang an einen Verdacht, aber vielleicht hattest du ja doch die Wahrheit gesagt. Und als Lohn für mein Vertrauen plantest du, mich mit allen anderen zu verbrennen, indem du deine Bombe zündetest. In der Skrupellosigkeit könnt ihr Minerver den Himmelsherren wahrscheinlich noch etwas beibringen.«

»Nein ... nein ...«, protestierte Jan schwach und versuchte, den Kopf zu schütteln. »Ich konnte es nicht tun ... als der Zeitpunkt gekommen war. Konnte einfach nicht. Da gab ich auf ...«

Milo durchbohrte sie mit seinem Blick. Schließlich meinte er: »Ich vermute, du sagst die Wahrheit.« Sein Gesicht wurde milder. »Also, nachdem du deine Mission aufgegeben hattest, stolpertest du in das Hazzini. Du mußt deine Bombe benutzt haben, um es zu töten. Die Vorstellung, daß du einem voll ausgewachsenen Hazzini dieses Schneidegerät aus den Klauen reißt und als Waffe verwendest, ist absurd.«

»Ja ...« Nun berichtete Jan ihm, was sie getan hatte. Milo begann wieder zu lächeln. »Einfach so in den Rüssel gesteckt, wie? Sehr geschickt. Das Hazzini hätte dich sonst durchbohrt und ausgesaugt. Menschenblut ist eine Delikatesse für die Kreaturen.«

»Wird man ... wird man die Stücke ... der Bombe finden?« fragte Jan.

»Mach dir keine Sorgen. An dem Kadaver ist keine Autopsie durchgeführt worden. Das Hazzini hatte offensichtlich den Tod durch Verbrennen gefunden, und das Schneidegerät lag daneben. Als die Krieger, die deine Schreie gehört hatten, auf dem Schauplatz erschienen, zogen sie die auf der Hand liegende Schlußfolgerung. Das Hazzini ist über Bord geworfen worden. Deshalb besteht keine Gefahr mehr, daß irgendwer die Wahrheit entdeckt.«

»Gut ...«, murmelte Jan. Sie konnte die Augen nicht mehr offenhalten.

»Schlaf«, riet Milo ihr, und das tat sie dann auch.

Es klopfte an der Tür, die sich hinter den gleichen rosafarbenen Draperien versteckte wie die Wände und die Decke. »Ja?« rief Mary Anne. Ceri, Mary Annes Zofe, betrat den Ankleideraum durch einen Spalt im Vorhang. Wie Jan war Ceri eine frühere Sklavin und trug den gleichen eintätowierten Kreis um den schwarzen Stern auf ihrer Wange. Aber obwohl keine Sklavin mehr, war Ceri doch auch keine Freie. Mary Anne hatte gesagt, sie sei eine Leibeigene, und soweit Jan es beurteilen konnte, war das nur ein anderer Ausdruck für Sklavin. Der Unterschied bestand darin, daß das Leben als Sklave in dem Aristo-Abschnitt des Himmelsherrn dem Leben als Sklave irgendwo anders auf dem Schiff weitaus vorzuziehen war. Ceri hatte Jan auf den ersten Blick gefallen. Die Zofe war ein schlankes Mädchen mit sehr hellem Haar und schönen grünen Augen. Ihr Gesicht verriet sowohl Intelligenz als auch Empfindsamkeit, zwei Eigenschaften, von denen Jan bereits wußte, daß sie an Bord des Himmelsherrn Mangelware waren. Doch sie mußte zugeben, daß sie auch Mary Anne recht gut leiden mochte, obwohl die Frau offenkundig dumm war.

Ceri neigte respektvoll den Kopf vor Mary Anne und meldete mit ihrer leisen, angenehmen Stimme: »Prinz Magid wünscht zu wissen, ob Sie und Ihr Gast schon bereit sind, Herrin. Er wartet im Salon.«

»Wir werden in Kürze kommen, Ceri, Liebling«, antwortete Mary Anne.

Ceri ging hinaus, und Mary Anne strich umständlich ein verirrtes Haar unter Jans Tiara zurück. »Jetzt dauert es nicht mehr lange bis zu Ihrem glorreichen Augenblick«, sagte sie atemlos. »Sie müssen sehr aufgeregt sein.«

»O ja, *sehr*«, antwortete Jan und lächelte Mary Annes Spiegelbild zu.

Prinz Magid, Großkämmerer des *Lord Pangloth,* sah in Jans Augen am heutigen Tag genauso absurd aus wie am Tag ihrer Gefangennahme. Mit seinen langen, etwas dünnen Beinen, die in rot- und orangegestreiften Strumpfhosen steckten, und seiner umfangreichen gepufften Jacke erinnerte er sie an einen bizarren Vogel. Und sie hatte jedes Mal Mühe, ein Lächeln zu unterdrücken, wenn sie auf das glänzend grüne Lederfutteral blickte, der seine Genitalien bedeckte. Es half ihr nicht, daß sie wußte, man nannte das Ding einen Hosenbeutel.

Als sie eintraten, stand er, ihnen den Rücken zukehrend, an einem der Fenster. Er drehte sich um und sagte mit seiner üblichen schrillen Stimme: »Ah, da sind Sie *endlich.*« Seinen Spitzbart befingernd, während die andere Hand auf dem Griff seines Zeremonialschwertes ruhte, machte er eine große Show daraus, Jan zu inspizieren. Er ging im Kreis um sie herum und gab merkwürdige Geräusche durch die Nase von sich. Jan überlegte, wie leicht es sein würde, ihn bei der Kehle zu fassen, sein Schwert aus der Scheide zu reißen und ihm ins Herz zu stoßen. Aber abgesehen von einer kurzen Befriedigung würde sie keinen Vorteil von einer solchen Tat haben, und deshalb sah sie statt dessen zu der Reihe der sich nach außen neigenden Fenster hinaus, die eine ganze Wand des Salons bildeten und eine herrliche Aussicht boten. Die Sonne ging hinter einer fernen Bergkette unter und ließ die Wolken in einem leuchtenden Rot erstrahlen.

Zögernd bequemte sich Prinz Magid zu der Aussage: »Nun ja, ich nehme an, sie wird durchgehen.«

»O Magid, ich finde, sie sieht absolut großartig aus!« rief Mary Anne und verschlang die Hände ineinander.

»Für eine *Amazone* ist sie passabel«, erwiderte er spitz. »Gehen wir. Wir wollen Fürst Caspar doch nicht warten lassen.«

»Du meinst, du willst Lady Jane nicht warten lassen.« Mary Anne rümpfte die Nase. Prinz Magid sah sie finster an, und sie welkte sichtlich unter der Intensität seines Blicks.

In Gesellschaft dieses Paares ging Jan den breiten, teppichbelegten Korridor entlang. Zögernd sagte sie: »Ah, Prinz Magid, ich dachte, ich solle heute abend Lord Pangloth persönlich vorgestellt werden ...«

Prinz Magid seufzte übertrieben und informierte sie herablassend: »Es gibt keinen Lord Pangloth, Mädchen.«

Sie wurde zum vierten oder fünften Mal wach. »Was machst du mit mir?« fragte Jan, aus dem tiefen Brunnen des Schlafs auftauchend. Milo beugte sich über sie.

»Beruhige dich. Ich wechsele nur deinen Verband, das ist alles. Ich habe dir noch einmal das den Schmerz blockierende Hormon gespritzt, deshalb wirst du nicht viel spüren.«

»Will sehen.« Jan versuchte, den Kopf zu heben.

»Das würde ich nicht empfehlen.«

Aber sie war jetzt kräftiger, und es gelang ihr, sich soweit aufzurichten, daß sie an ihrem entblößten Körper entlangsehen konnte. »O Mutter Gott ...«, seufzte sie und ließ den Kopf wieder auf das harte Kissen fallen. Ein gezackter Schnitt lief von der Stelle zwischen ihren Brüsten bis zu ihrem Unterbauch. Die Wundränder wurden von groben schwarzen Stichen zusammengehalten, die aussehen, als sei der, der sie gemacht hatte, zu der Zeit stark betrunken gewesen. Wenn sie nieste oder eine andere zu heftige Bewegung vollführte, dann rissen die Stiche bestimmt, ihr Körper öffnete sich, ihre Gedärme und anderen Organe quollen hervor ...

»Mutter Gott«, murmelte sie noch einmal und schloß fest die Augen. Sie bemühte sich, ganz flach zu atmen.

»Es ist nicht so schlimm, wie es aussieht«, versicherte Milo ihr.

Diese Information war nicht geeignet, Jan aufzumuntern. »Laß mich in Ruhe und laß mich sterben.«

»Nein, wirklich. Die Wunde heilt schnell, wie zu erwarten war. Die Fäden können in ein paar Tagen gezogen werden.«

»Nein!« rief Jan beunruhigt. »Diese Fäden sind alles, was mich zusammenhält!«

Sie fand Milos schallendes Lachen ziemlich beleidigend.

Aber Milo hatte recht. Drei Tage später ging es Jan gut genug, um das Bett zu verlassen und, mit Milos Hilfe, den ganzen Weg zur Latrine zu gehen. Sie war außerdem imstande, von den kräftigen Brühen, mit denen er sie gefüttert hatte, auf feste Nahrung überzuwechseln.

Sie war froh, wenigstens teilweise wieder beweglich zu sein, weil sie sowohl unter der völligen Abhängigkeit von Milo als auch unter der hieraus entstandenen erzwungenen Intimität litt. Gleichzeitig mußte sie einräumen, daß er die Situation nicht im geringsten ausgenutzt und sich als sehr geschickter und tüchtiger Krankenpfleger erwiesen hatte. Aber dadurch geriet sie immer tiefer in seine Schuld, und das paßte ihr nicht. Letzten Endes würde sie ihn bezahlen müssen, und der Preis wurde immerzu höher.

Trotzdem war sie dankbar für seine Gesellschaft, als sie dalag und sich erholte. Er hatte ihr erzählt, daß er vom Dienst befreit worden sei, damit er sich um sie kümmern konnte. Der Befehl war von den Aristos gekommen, nicht von Bannion, betonte er. »Du bist für sie die Sensation des Tages«, sagte er. »Vielleicht können wir unseren Vorteil daraus ziehen ...«

Am fünften Tag erklärte Milo die Wunde für genügend geheilt, daß die Fäden entfernt werden könnten. Da der Vorrat an Schmerzblockern zu Ende gegangen war, wurde es für Jan ein unangenehmes Erlebnis. Sie schloß die Augen, steckte den Daumen zwischen die Zähne und versuchte, nicht aufzuschreien.

Nach einer Zeit, die ihr wie Stunden vorkam, meldete Milo: »Ich bin fertig.« Jan hob den Kopf und sah hin. Die Wunde hatte ihr Aussehen seit jenem ersten Tag drastisch verändert. Sie war immer noch rot und häßlich, war aber soweit verheilt, daß sie nur noch wie ein oberflächlicher Schnitt wirkte. Ähnlich gebessert hatten sich auch die Verletzungen an ihrem Knöchel und ihrem Oberarm. »Ich danke dir«, sagte sie.

»Es war mir ein Vergnügen«, antwortete er in neckendem Ton. Dann kam Jan zu Bewußtsein, daß er die Hand auf ihrem linken Oberschenkel liegengelassen hatte. Plötzlich fühlte sie sich nackt und bloß unter seinem Blick. Sie schob seine Hand weg und zog hastig die dünne Decke bis ans Kinn hoch.

Er nahm ihr Unbehagen mit Belustigung zur Kenntnis. »Jetzt, wo du deine Meinung geändert hast und nicht mehr daran denkst, den *Lord Pangloth* und mich mit ihm in die Luft zu sprengen, sehe ich keinen Grund, warum du deinen Teil unserer kleinen Abmachung nicht erfüllen solltest. Kannst du?«

Nach langer Pause antwortete Jan mit dünner Stimme: »Nein ...«

»Gut. Wenn du wieder ganz gesund bist, erwarte ich deine volle Kooperation.« Er stand von dem Bett auf. »Nun versuche, noch etwas zu schlafen. Ich gehe ins Dorf und kaufe Essen. Ich werde nicht lange bleiben.«

Es dauerte einige Zeit, bis es Jan gelang, in unruhigen Schlaf zu sinken. Als sie erwachte, ragte der dicke, schnaufende Körper von Gildenmeister Bannion vor ihr auf.

15

Die Aristos genossen auf Kosten der anderen Insassen des *Lord Pangloth* den Luxus, viel Raum um sich zu haben. Das wurde Jan bald nach ihrer Ankunft im Aristo-Abschnitt des Luftschiffs klar, doch über jeden Zweifel hinaus bestätigt wurde es, als sie den ›Großen Salon‹ betrat. Er war riesig. Er war Hunderte von Fuß lang und an seinem breitesten Ende ebenso breit. Jan erkannte, daß er im Bug des Himmelsherrn lag, wahrscheinlich nicht weit unterhalb der eigentlichen Nase des Luftschiffs. Zwei Reihen hoher Fenster, viel größer als die in Magids Wohnung, liefen zu einer Rundung am hinteren Ende zusammen. Weiße Wolkenfetzen zogen an den Fenstern vorbei.

Es mußten ungefähr dreihundert Menschen anwesend sein, aber bei der Ausdehnung des Raums wirkte er kein kleines bißchen überfüllt. Nach ihrer Kleidung zu schließen, waren die meisten Leute Aristos, aber es gingen auch viele Diener oder Sklaven zwischen ihnen umher, Tabletts mit Speisen und Getränken in den Händen. Jan stand oben auf der kurzen Treppe, flankiert von Prinz Magid und Mary Anne, und von neuem überflutete sie eine Woge der Unwirklichkeit. Das Gefühl verstärkte sich, als die vielen Menschen unter ihr sich alle in ihre Richtung umdrehten und sich Stille in dem saalartigen Raum ausbreitete.

Dann begann jemand, in die Hände zu klatschen, und nicht lange, da taten es ihm, abgesehen von den Dienern, alle nach. Zu ihrem Schreck erkannte Jan, daß man *ihr* applaudierte.

Prinz Magid berührte ihren Ellbogen, ein Signal, daß sie vorwärtsschreiten solle. Sie tat es. Magid und Mary Anne begleiteten sie die Stufen hinunter. Als sie unten angekommen waren, teilten sich die immer noch applaudierenden Aristos in zwei Gruppen, so daß zwischen ihnen ein breiter Korridor entstand, der sich bis zum Ende des Raums erstreckte. Vor der Rundung, zu der sich die Fensterreihen trafen, erhob sich eine kleine Plattform. Darauf saßen zwei Personen, ein Mann und eine Frau.

Jan wußte, wer sie waren. Der Mann war Fürst Caspar. Die Frau war Lady Jane, seine Mutter. So wie Jan es verstanden hatte, standen sie in der Regierung des Himmelsherrn an oberster Stelle.

Es hatte sie überrascht, daß es keinen Lord Pangloth gab. Vor langer Zeit hatte es einmal einen gegeben. Sogar mehrere, aber von den kleinen Informationsbröckchen, die Magid ihr auf dem Weg zum Großen Salon widerstrebend hatte zukommen lassen, war die Pangloth-Dynastie schon vor Jahrhunderten von einer rivalisierenden Aristo-Familie ausgelöscht worden. Jan hätte gern gewußt, ob sich die gegenwärtigen Aristos vor ähnlichen Machtkämpfen in acht zu nehmen hatten.

Sie schritt durch die applaudierenden Aristos, Magid und Mary Anne einen Schritt hinter ihr, und sie sah, daß Fürst Caspar viel jünger war, als sie erwartet hatte. Tatsächlich war er nichts weiter als ein Jüngling, vermutlich in ihrem Alter oder sogar noch darunter. Er war außerdem, wie Jan mit Interesse bemerkte, das hübscheste männliche Wesen, das sie je gesehen hatte. Sein langes, eckiges Gesicht war von schulterlangem schwarzen Haar umrahmt, seine glatte Haut war sehr weiß, und seine braunen Augen ließen sich nur als riesig beschreiben.

Lady Jane, die ein Stück weiter hinten auf der Plattform saß, war eine ältere Ausgabe ihres Sohns. Sie hatte das gleiche lange, hübsche Gesicht mit den makellosen Wangenknochen und der sehr weißen Haut, nur waren ihre Augen blau statt braun. Und anders als bei ihrem Sohn waren es kalte Augen.

Jan, Magid und Mary Anne hatten die Plattform erreicht. Fürst Caspar und seine Mutter standen auf. Beide waren ganz in Schwarz gekleidet, ausgenommen den Kragen und die Manschetten aus weißer Spitze, die der

Fürst trug, und einen blutroten Edelstein, der zwischen den Brüsten Lady Janes hing. Der Fürst hob die Arme, und das Klatschen hörte abrupt auf. Er sah auf Jan hinunter und lächelte. Es war ein schönes Lächeln, das irgendwo in ihrem Innern irgend etwas in Wallung brachte. Sie lächelte zurück. Dann spürte sie, daß Magid ihr den Zeigefinger scharf in den Rücken stieß, und ihr fiel wieder ein, was sie zu tun hatte. Unbeholfen beugte sie die Knie und neigte den Kopf, wie Mary Anne es ihr beigebracht hatte.

Fürst Caspar sagte: »Jan Dorvin von Minerva, wir alle hier schulden Ihnen große Dankbarkeit. Ohne Ihre tapfere Tat hätte der *Lord Pangloth* von dem eingedrungenen Hazzini zerstört werden können.« Er sprach mit leiser, aber klarer Stimme. »Deshalb ist es uns eine Freude, Ihnen alle früher gegen uns vergangenen Verbrechen zu verzeihen und Ihnen sowohl die Freiheit als auch den Status eines Aristo ehrenhalber zu gewähren. Das bedeutet, Sie werden sich aller unserer Rechte und Privilegien erfreuen, mit der einzigen Ausnahme, daß Sie nicht in eine Aristo-Familie einheiraten dürfen. Willkommen, Jan Dorvin. Und danke.«

»Ich danke *Ihnen,* Hoheit«, antwortete Jan so aufrichtig, wie sie es fertigbrachte.

Fürst Caspar hob die Arme, und es wurde von neuem applaudiert. Wieder knickste Jan und verbeugte sich. Sie kämpfte die Tränen zurück. Scham erfüllte sie. *Mutter Gott, vergib mir,* betete sie. *Es war nicht meine Schuld. Ich wollte den* Lord Pangloth *nicht retten!*

Während Jan bei Hofe vorgestellt wurde, lag Milo auf seinem Bett und träumte ...

Sein gepanzerter Gleiter war auf dem kiesbedeckten Hof vor Kagens Herrenhaus gelandet. Er stieg aus. Ein zweibeiniger Cyberoid blieb stehen, drehte sich für ein paar Augenblicke in seine Richtung und setzte befriedigt seinen Patrouillengang entlang der Mauer fort. Kagen selbst kam, begleitet von einem leergesichtigen Klon-Krieger, aus dem Haus geeilt, um ihn zu begrüßen. Er war offensichtlich sehr aufgeregt. Milo sah ihm mit spöttischer Belustigung entgegen. Kagen hatte sich bis zu dem Punkt verändern lassen, daß physisch keine Spur des alten Kagen übriggeblieben war, aber sein Gang verriet ihn. Er ging immer noch wie der fette Mann, der er gewesen war. Wie der *kleine* fette Mann.

»Ich freue mich, daß du es möglich machen konntest, Haze. Du wirst nicht enttäuscht werden!« Damit schüttelte er Milo die Hand. »Komm und sieh ...«

»Ich hatte eigentlich nicht geglaubt, daß es funktionieren würde«, sagte er atemlos und führte Milo durch den Haupteingang. »Die ersten drei Fötuse habe ich während des Wachstumsbeschleunigungsprozesses verloren. Mit Nummer vier hatte ich dann Glück. Die Weißkittel haben eine ganze Woche lang ununterbrochen gefeiert.«

Kagen stieg mit Milo in den Keller hinunter. Sie kamen zu einer Metalltür, die von einem weiteren Klon-Krieger bewacht wurde. Kagen drückte die Handfläche gegen das Identifikationsschloß, und die Tür glitt zur Seite. Dahinter war es dunkel. »Sie mag das Licht nicht«, erklärte Kagen. In dem matten Licht, das vom Korridor einfiel, erkannte Milo die Umrisse einer Gestalt, die auf einem Bett saß. Es war eine Frau, und, wie es aussah, eine körperlich ganz normale. Zwei Arme, zwei Beine, ein Kopf ...

Kagen drehte das Licht an.

Die Frau — besser gesagt, das Mädchen — schrie auf und bedeckte die Augen mit den Unterarmen. Milo starrte sie an.

»Einzigartig, was? Ein richtiges Sammlerstück«, meinte Kegan stolz.

Ihre Haut war transparent. Darunter waren die pulsierenden Arterien und Venen, die Fettschichten, die Muskelfasern deutlich sichtbar.

»Mädchen, nimm die Hand weg und sieh hierher!« befahl Kagen.

Widerstrebend tat sie es. Verängstigte Augen blickten durch transparente Lider. Zwei grüne Teiche des Lebens saßen in etwas, das wie ein entfleischter, nackter Totenkopf wirkte.

Kagen wandte sich Milo zu. »Na, was hältst du von ihr?«

Milo erwachte und setzte sich auf. Er umklammerte seinen Kopf und stöhnte. Dann beugte er sich vor und erbrach sich auf den Fußboden seiner Kabine.

Endlich sagte die zwitschernde Mary Anne gute Nacht und ließ Jan zu ihrer Erleichterung in ihrem Schlafzimmer allein. Sie entfernte den Rest ihrer Unterkleider — Mary Anne hatte ihr aus dem Ding geholfen, das sie ein Korsett nannte — und schlüpfte in ein Gewand aus dem dünnsten Material, das sie je an ihrer Haut gespürt hatte. Mit einem müden Seufzer setzte sie sich auf das weiche Bett und sah durch ihr einziges Fenster in die sternenlose Nacht hinaus. Die Vorstellung bei Hofe hatte sie erschöpft. All dieses Lächeln und Höflichsein mit den Aristos, wo doch ihre innere Stimme immerzu wiederholte: »Das sind die Leute, die deine Mutter, deinen Vater, alle deine Freunde ermordet haben ... die Leute, die Minerva zerstört haben.« *Aber mir bleibt keine Wahl!* hatte sie argumentiert. *Ich muß tun, was Milo gesagt hat, und Nutzen aus der Situation ziehen. Er hat einen Plan.*

An dem Tag, als sie erwachte und den massigen Gildenmeister in Milos Kabine fand, war sie in Panik geraten. Anfangs hatte sie geglaubt, mit der Kreatur allein zu sein, und das Schlimmste befürchtet. Dann sah sie Milo und einen der Aufseher hinter ihm. Sie hatte Angst, Bannion sei gekommen, um sie mit sich zu nehmen, doch statt dessen war er nur der Bote. Ein Bote für die Aristos. Wichtigtuerisch teilte er ihr mit, Lord Pangloth habe gnädig entschieden, sie für ihre Heldentat zu belohnen, indem er ihr die Freiheit schenke. Sobald es ihr gut genug gehe, werde man sie in die Räume des Großkämmerers Prinz Magid bringen, die vorerst ihr neues Zuhause sein sollten. Bannion hatte ihr die Wange getätschelt und sehnsüchtig gesagt: »Was für eine Verschwendung, meine Liebe. Ich hatte andere Pläne mit dir.«

Er manövrierte seinen Wanst durch den engen Eingang der Kabine nach draußen. Jan sah Milo erstaunt an. Er sah vergnügt aus. »Ich gratuliere.« Damit setzte er sich in den Korbstuhl.

»Ich will nicht bei den Aristos leben«, erklärte Jan.

»Du willst als Sklavin hierbleiben? Du willst weiter als Glasgeherin arbeiten und als Bannions Spielzeug enden?«

»Nein«, gab sie zu. »Aber ...«

»Ah, ich weiß, was es ist. Du willst *mich* nicht verlassen.«

»Quatsch!« entfuhr es ihr. Sofort bereute sie, so unüberlegt gesprochen zu haben. Aber Milo lächelte immer noch. Seine Reaktion war ihr ein Rätsel. »Anscheinend berührt es dich kaum, daß ich bald von hier weggehen werde. Ich dachte, auch du hättest ›Pläne‹ mit mir.«

»Die habe ich immer noch. Nur sind es nicht mehr dieselben.«

Jan runzelte die Stirn. »Das verstehe ich nicht.«

»Ich habe keine Pläne mehr mit deinem Körper, sondern mit deiner neuen erhabenen Position in unserer durch die Lüfte schwebenden Gesellschaft. Du wirst in die Lage kommen, sehr viel für mich zu tun.«

»Zum Beispiel?« fragte Jan mißtrauisch. Sie sah sich schon, wie sie für Milo Luxusartikel aus dem Aristo-Abschnitt schmuggelte.

»Mit deiner Hilfe könnte ich erreichen, was ich in den ganzen drei Jahren, die ich an Bord bin, versuche. Und wenn du das tust, verspreche ich dir zwei Dinge, die deine innigsten Herzenswünsche sind.«

»Und die wären?«

»Deine Freiheit und Rache an dem *Lord Pangloth.*«

Es klopfte an der Tür. Jan unterdrückte ein Stöhnen; sie nahm an, Mary Anne komme zurück. Aber als die Tür sich öffnete, sah sie, daß es Ceri war. Ceri trug ein weißes Hemd, und ihr Haar war verwirrt. Sicher kam sie gerade aus dem Bett. »Die Herrin hat mir befohlen, zu fragen, ob Sie etwas brauchen«, sagte sie. »Von jetzt an sollen Sie mich als Ihre Dienerin betrachten.«

»Ich brauche nichts, danke, und als meine Dienerin werde ich dich gewiß nicht behandeln«, erklärte Jan fest.

»Ich finde, es ist am besten, zu tun, was die Herrin sagt«, entgegnete Ceri. »Das Leben ist dann friedlicher.«

»Mißhandelt sie dich?«

Ceri zuckte leicht die Achseln. »Nein, nicht körperlich. Aber sie kann sehr lästig werden, wenn sie ihren Willen nicht bekommt.«

»Was ist mit Prinz Magid?«

Wieder das leichte Achselzucken. »Am besten ist es, auch ihn zufriedenzustellen«, lautete die dunkle Antwort.

Jan klopfte auf das Bett. »Komm und setz dich. Ich würde gern ein Weilchen mit dir plaudern, falls du nicht Eile hast, in dein eigenes Bett zurückzukehren.«

»Nein.« Ceri kam und setzte sich. Sie sahen sich an. »Du bist sehr hübsch«, versicherte Jan ihr.

»Danke. Du auch.«

Eine Zeitlang schwiegen sie, dann fragte Ceri: »Hast du dich heute abend amüsiert?«

Jan verzog das Gesicht. »Es war eine Tortur. Die Aristos sind seltsame Menschen. Alle, mit denen ich sprach, redeten nur über sich selbst. Sie stellten höflichkeitshalber eine Frage — meistens, ob ich mich von dem

Angriff wieder ganz erholt hätte —, und das war alles, was sie an Interesse für mich zeigten. Danach ging es ausschließlich um ihre Probleme. Nicht etwa, daß sie irgendwelche *echten* Probleme hätten.«

»Nein, sie leben in einer eigenen Welt. Alles, was außerhalb liegt, berührt sie nicht. Ihre Zeit verbringen sie, indem sie spielen, sich ihre ›Unterhaltungen‹ ansehen, miteinander schlafen und Fürst Caspar und seiner Mutter schmeicheln«, sagte Ceri. »Bist du ihnen übrigens vorgestellt worden? Dem Fürsten und Lady Jane?«

»O ja. Und später plauderte er kurz mit mir. Er hat mich für morgen abend nach dem Dinner in seine Privatwohnung eingeladen. Ich habe keine Lust zu gehen, aber vermutlich habe ich keine Wahl.«

»Was hattest du für einen Eindruck von ihm?« fragte Ceri.

»Er ist sehr schön. Für einen Mann ...« Die Andeutung hing in der Luft zwischen ihnen. Jan empfand plötzlich einen überwältigenden Drang, Ceri zu umarmen. Sie brauchte dringend den Trost, die Arme einer anderen Frau um sich zu spüren. Es war solange her ...

Sie gab dem Impuls nach. Sie beugte sich vor und umarmte Ceri, vergrub ihr Gesicht an ihrem Hals. »Halte mich, bitte«, flehte sie.

Ceri legte die Arme um Jan, aber nicht fest. In dieser Stellung blieben sie eine Weile, und dann fragte Ceri: »Möchtest du, daß ich mit dir schlafe?«

»O ja, ja«, seufzte Jan. »Mehr als alles andere.«

Sanft löste sich Ceri aus Jans Armen. Sie stand auf, zog sich das weiße Hemd über den Kopf und ließ es auf den Boden fallen. Darunter trug sie nichts. Sie stand da und sah Jan an. Kühl stellte sie fest: »Du lernst es sehr schnell.«

»Was meinst du?« fragte Jan verwirrt.

»Du lernst schnell, mich als Dienerin zu behandeln. In diesem Tempo wirst du bald eine echte Aristo abgeben.«

Jan schnappte jetzt nach Luft. »Du meinst ... du meinst, ich *zwinge* dich, geschlechtlich mit mir zu verkehren?«

»Tust du das etwa nicht?«

»Nein! Natürlich nicht!« Es entsetzte Jan, daß Ceri das von ihr hatte denken können. »Ich habe nur angenommen, du habest selbst den Wunsch.«

»Ich bin keine Minerverin, Jan«, sagte Ceri ruhig.

Jan dämmerte es. Sie legte die Hand auf den Mund. »Oh, das hatte ich mir nicht klargemacht. Ich meine, ich habe nur ...« Es war ihr peinlich. »Du magst keine Frauen? Ich meine, du schläfst nicht mit Frauen?«

»Ich schlafe mit Frauen. Wenn ich *muß*. Und seit ich für die Aristos arbeite, habe ich mit einer ganzen Menge Frauen geschlafen. Und auch mit einer Menge Aristo-Männern.«

»Willst du damit sagen, daß sie dich zwingen?«

Ceri zuckte die Achseln. »Sagen wir, ich habe in der Sache keine Wahl. Es sei denn, ich will wieder eine gewöhnliche Sklavin sein. Wenigstens sind die Lebensbedingungen hier besser.«

Jan wußte nicht, was sie sagen sollte. Ihre Gefühle waren in Aufruhr; sie schämte sich, sie war verletzt, sie empfand an Ceris Stelle Entrüstung ... und sie war immer noch sexuell erregt. Schnell sagte sie: »Bitte, zieh dein Hemd wieder an. Verzeih das Mißverständnis.«

»Schon in Ordnung.« Ceri bückte sich, hob das weiße Nachtgewand auf, stülpte es sich über den Kopf und zog es herunter. »Bitte, bleib trotzdem«, sagte Jan, »und rede noch ein bißchen mit mir. Aber nur, wenn du möchtest, als meine Freundin. Nicht weil du meinst, du seist dazu verpflichtet.«

Ceri betrachtete sie forschend. Sie lächelte. »Ich bleibe gern eine Weile, als deine *Freundin.*« Sie setzte sich wieder neben Jan aufs Bett.

Jan fragte: »Wie lange bist du schon auf dem *Lord Pangloth*, Ceri?«

»Drei Jahre. Davor habe ich auf dem Meer gelebt. Auf einem See-Habitat. Weißt du, was das ist?«

»O ja. Der Sklave, der — nun — sich meiner annahm, stammt auch von einem See-Habitat. Er sagte, es sei wie eine schwimmende Stadt gewesen.« Ihr kam ein Gedanke. »Vielleicht kommt ihr von demselben! Kennst du einen Mann namens Milo?«

Bei der Erwähnung von Milos Namen verfinsterte sich Ceris Gesicht. »Milo? Das ist der Mann, der dir geholfen hat?«

»Ja. Du kennst ihn also? Er ist ein seltsamer Mensch, aber er hat mir das Leben gerettet. Mehr als einmal, vermute ich.«

»Ich kenne Milo, das stimmt. Und ich mag ihn nicht. Er ist schuld, daß unser See-Habitat vernichtet wurde. Er überzeugte den Rat endlich davon, wir sollten uns näher an die Küste legen. Sicher, die Bedingungen draußen auf dem Ozean hatten sich verschlechtert, aber wir hätten dort noch viele weitere Jahre überleben können. Frag mich nicht, was sein Motiv war, aber seit seiner Ankunft auf dem Habitat versuchte er andauernd, die Leute zu überreden, eine Position näher am Festland sei günstiger für uns.«

Das verwirrte Jan. »Seit seiner Ankunft? Er erzählte mir, er sei in deiner schwimmenden Stadt geboren.«

»Das hat er dir erzählt?« Ceri schüttelte den Kopf. »Nein. Er kam etwa zehn Jahre, bevor der *Lord Pangloth* uns versenkte. Er war in einer merkwürdigen schwimmenden Kapsel. Sie war versiegelt und sehr schwer zu öffnen. Mit ihm in der Kapsel waren drei Leichen. Sie waren schon wochenlang tot. Milo lag in tiefem Koma, und man nahm an, er werde auch bald sterben, aber plötzlich kehrte sein Bewußtsein zurück.«

Jan runzelte die Stirn. »Ich möchte doch wissen, warum er mich belogen hat! Das verstehe ich nicht ...«

»Milo war immer schwer zu verstehen, das kannst du mir glauben«, versicherte Ceri ihr. »Und niemand mochte ihn wirklich, aber weil er soviel wußte, vor allem über Maschinen und Elektronik, sah man in ihm eine Bereicherung der Gemeinschaft. Das heißt, bis er uns in den Untergang lockte. Ich habe alles verloren. Meine Eltern. Meinen Mann ...«

»Dann haben wir vieles gemeinsam.« Jan hätte Ceri gern wieder berührt, dachte jedoch, es sei klüger, das nicht zu tun. Ihre Gedanken kehrten zu Milo zurück. »Er hat mir so vieles erzählt. Was davon mag sonst noch Lüge gewesen sein?«

»Zum Beispiel?«

»Oh, über die Vergangenheit. Die Alte Geschichte. Wie es vor den Gen-Kriegen war und dergleichen. Er behauptete, das habe er von den Geschichtsmaschinen, die ihr in eurer Meeresstadt hattet.«

Ceri schüttelte den Kopf. »Noch eine Lüge. In unserer Bibliothek war nichts mehr übrig als ein paar Romane und technische Handbücher auf Band sowie einige wenige holographische Spielfilme. Über Geschichte gab es da überhaupt nichts.«

Jan wollte gerade fragen, was die Ausdrücke ›Romane‹ und ›holographische Spielfilme‹ bedeuteten, als ihr ein schrecklicher Gedanke kam. »Er hat mir noch etwas erzählt ... Bitte, sag mir, daß wenigstens das die Wahrheit war.«

Ceri betrachtete sie besorgt. »Was ist denn los? Du bist ganz blaß geworden.«

»Milo sagte, meine Stadt sei nur ein *Teil* von Minerva gewesen«, berichtete Jan aufgeregt. »Ich hatte nie etwas von ... Städten wie meiner eigenen gehört. Er hat die Wahrheit gesagt, nicht wahr?« Sie sah Ceri flehend an. Ceri blickte auf ihre Hände nieder, die sie im Schoß verschlungen hielt. »Es tut mir leid, Jan«, antwortete sie leise. »Ich weiß von keinen anderen Teilen Minervas, die überlebt hätten. Eure Stadt war die einzige.«

Jan sog den Atem ein und stieß ihn mit einem einzigen krampfhaften Schluchzen wieder aus. Sie begann zu zittern. Die Überzeugung, Minerva existiere in anderer Form weiter, war von grundlegender Bedeutung für sie gewesen. Der Glaube, daß der Geist Minervas irgendwo von anderen ihrer Art am Leben gehalten wurde, hatte ihr die Willenskraft gegeben, weiterzumachen. Aber jetzt ...

Jetzt mußte sie sich von neuem mit der schrecklichen Erkenntnis vertraut machen, daß sie die letzte lebende Minerverin war. Ihr Körper bebte vor Schluchzen. Es war mehr, als sie ertragen konnte.

Undeutlich wurde sie sich bewußt, daß Ceri sie in den Armen hielt und sanft wiegte. »Nun, nun, Jan, nimm es nicht so schwer«, murmelte Ceri ihr ins Ohr. »Es wird alles in Ordnung kommen. Jesus, du bist noch ein richtiges Kind, oder?«

Jan klammerte sich verzweifelt an sie. Nach langer Zeit hörte ihr Schluchzen auf, aber sie ließ Ceri nicht los. Schließlich sagte Ceri: »Komm, Jan, es ist Zeit, daß du zu Bett gehst.«

Widerstrebend gab Jan sie frei. Sie wollte nicht allein sein, aber sie konnte von Ceri nicht noch mehr verlangen. Ceri zog die Bettdecke zurück, und Jan legte sich gehorsam hin. Zu ihrer Überraschung schlüpfte Ceri neben ihr ins Bett.

»Wa ...?« begann sie, doch Ceri legte ihr zwei Finger auf die Lippen. »Still. Ich tue, was ich tun *möchte.* Als *Freundin.* In Ordnung?«

Jan lächelte. »In Ordnung.«

»Jetzt wird nicht mehr geredet.« Ceri nahm sie in die Arme.

Milo lehnte an der Reling und sah auf das Pestland hinunter, das das Luftschiff überquerte. Jan tauchte auf dem engen, offenen Beobachtungsdeck auf, wo sie sich verabredet hatten. Er drehte sich zu ihr um, grinste und musterte sie von oben bis unten. »Das Maskenkostüm steht dir gut«, teilte er ihr belustigt mit.

»Es war das einfachste Kleid, das ich finden konnte«, antwortete Jan kalt. Sie hatte ein unauffälliges, fußlanges Gewand in Grau und Schwarz an, und so sehr Mary Anne protestiert hatte, sie trug nichts darunter. Sie hielt diese beengende Unterkleidung nicht aus und hatte den Entschluß gefaßt, sie nur noch bei offiziellen Anlässen anzulegen.

Milo betrachtete den tiefen Ausschnitt mit offensichtlicher Anerkennung. »Die Wunde heilt gut. Ich kann die Narbe kaum noch sehen.«

Jan kreuzte die Arme über der Brust.

»Also, wie ist es gestern abend gelaufen? Warst du eine gesellschaftliche Sensation? Hast du Lord Pangloth kennengelernt?« erkundigte er sich neugierig.

»Milo, unser Abkommen gilt nicht mehr. Ich weiß nicht, was dein Ziel ist, aber ich werde dir nicht helfen, es zu erreichen. Ich will dich nie mehr wiedersehen. Ich will nie mehr mit dir sprechen. Das ist der einzige Grund, warum ich heute hergekommen bin — um dir das zu sagen.«

Er blickte überrascht drein. »Was hast du denn? Was ist gestern abend geschehen?«

»Ich habe herausgefunden, daß du mich belogen hast. Es gibt keine anderen in Vergessenheit geratenen Teile Minervas. Mein Minerva war alles, was übriggeblieben war. Und es ist untergegangen. Du hast mir nichts anderes erzählt als Lügen.«

Milo zuckte die Achseln. »Ich fand, es war das Beste, was ich zu der Zeit für dich tun konnte.«

»Es war *was?*« fragte Jan erstaunt.

»Du warst emotional in sehr schlechter Verfassung. Nahe daran, den Willen zum Leben zu verlieren. Du brauchtest etwas, das dich aufrichtete — dir Hoffnung gab und all das. Deshalb erzählte ich dir, was man als eine heilende Lüge beschreiben könnte. Und du mußt zugeben, daß es funktioniert hat.«

Jan ballte die Fäuste. Sie wünschte sich, diesen arroganten, selbstzufriedenen Ausdruck auf seinem Gesicht zu zerschmettern. »Du Schuft — du weißt gar nicht, was du mir angetan hast!«

»Ich habe getan, was ich für das Beste hielt. Und ich finde immer noch, es war richtig. Jetzt genug von dieser Torheit. Du mußt dich an unsere Abmachung halten. Ich habe dir gesagt, was auf dem Spiel steht. Wenn ich Erfolg habe, werden wir beide unsere Freiheit gewinnen, und der *Lord Pangloth* wird in unserer Gewalt sein.«

Jan lachte bitter auf. »Glaubst du, ich werde dir noch irgend etwas glauben? Mutter Gott, wahrscheinlich waren es alles Lügen. Alles, was du gesagt hast, über die Vergangenheit — über *deine* Vergangenheit.«

Milo schüttelte den Kopf. »Nein, ich schwöre, es war keine Lüge.«

»So? Ceri hat mir etwas anderes gesagt.«

Er bekam einen wachsamen Blick. »Ceri?«

»Vielleicht erinnerst du dich an sie. Ihr habt in derselben schwimmenden Meeresstadt gelebt. Jedenfalls erinnert sie sich an dich. Sie mag dich nicht besonders.«

»Ja, ich erinnere mich an sie«, antwortete Milo zögernd. »Du hast also mit ihr gesprochen?«

»Wir sind sehr gute Freundinnen geworden. Sie hat mir erzählt, wie man dich zehn Jahre, bevor du von dem *Lord Pangloth* gefangengenommen wurdest, zusammen mit drei Leichen in einer Kapsel fand. Das ist eine ganz andere Geschichte als die, die ich von dir gehört habe.«

Milo seufzte. »Na gut. Ich gebe zu, ich habe auch da gelogen, aber nur, weil du mir die Wahrheit doch nicht geglaubt hättest.«

»Und was ist die Wahrheit?« fragte Jan skeptisch.

»Die Kapsel war ein Rettungsboot. Es stammte von einem Raumschiff, das ins Meer abgestürzt war.«

»Von einem Raumschiff?«

»Von einem Fahrzeug, das fähig ist, den Weltraum zu durchqueren. Von Planet zu Planet. Das Raumschiff war von dem Planeten Mars gekommen.«

»Mars?« fragte Jan verständnislos.

Milo zeigte nach oben. »Mars. Du hast doch von dem Planeten Mars gehört?«

»Ja, natürlich. Willst du behaupten …?«

»Ja. Ich komme vom Mars.«

ZWEITER TEIL

Die duftende Brise

16

Jan beugte sich über Fürst Caspar und kitzelte seine bloße Brust spielerisch mit einer Locke ihres jetzt langen Haares. »Kommen Sie, mein Fürst und Herr, es ist Zeit zum Aufstehen.«

Ohne die Augen zu öffnen, strich Caspar die Locke zur Seite. »Warum soll ich aufstehen? Es ist noch so früh«, stöhnte er.

»Haben Sie es schon wieder vergessen? Sie haben heute Dienst im Kontrollraum. Wir werden in wenigen Stunden Bandala erreichen.«

»O Scheiße«, murmelte er. Dann: »Es ist mir egal. Kommt es darauf an, ob ich dort herumsitze oder nicht? In Wirklichkeit hat Gorman da unten das Kommando.«

Das ist wahr, dachte Jan, überrascht, daß Caspar es zugab. Doch wahrscheinlich glaubte er es im tiefsten Innern nicht und hatte diese ihn selbst herabsetzende Bemerkung nur des Effekts wegen gemacht. »Unsinn, mein Fürst.« Sie fuhr ihm liebkosend über die Brust. »Sie sind im Kontrollraum unentbehrlich, das wissen Sie selbst. Gorman und seine Techniker sind nur geschickte Hände, die von Ihrem edlen Kopf regiert werden.«

Caspar öffnete die Augen. Jan wurde es nie müde, in diese Augen zu blicken. »Schmeichlerin«, schalt er sie. Aber es klang nicht, als habe er etwas dagegen. Schmeichelei wirkt *immer,* hatte Milo einmal zu ihr gesagt. Das menschliche Ego hat keine emotionale Verteidigung dagegen, selbst wenn der rationale Teil des Geistes sie als das erkennt, was sie ist.

Jan küßte ihn auf den Mund. »Ich spreche die Wahrheit, das wissen Sie, mein Fürst.« Caspar antwortete darauf, indem er die Arme um sie schlang und sie fest an sich zog. Er rollte sie beide auf dem Bett herum, bis sie unter ihm lag. »Schon ... *wieder?*« keuchte Jan.

»Du bist selbst schuld«, sagte er heiser und drang in sie ein. »Es liegt an deinem Amazonen-Geruch ... er erregt mich so.«

Als Caspar sich in sie ergossen hatte, rollte er sich wieder auf den Rücken und war eine Weile still. Dann fragte er: »Wirst du mich heute in den Kontrollraum begleiten?«

»Natürlich, mein Fürst.«

»Du besuchst den Kontrollraum gern, nicht wahr?« Er öffnete die Augen und sah sie an.

Jan war sofort auf der Hut. »Ja, Sire. Ich habe es Ihnen doch gesagt — ich finde es dort sehr interessant.«

»Frauen finden solche Dinge nicht interessant. Maschinen und dergleichen. Was ist dein wirklicher Grund?«

In Jan flackerte Panik auf. Hatte er irgendwie die Wahrheit erraten? Hatte irgend etwas, das sie getan hatte, ihn mißtrauisch gemacht? Sich bemühend, keine Nervosität in ihrer Stimme mitklingen zu lassen, fragte sie: »Was denken denn Sie, was mein wirklicher Grund ist, mein Fürst?«

Er lächelte wissend. »Du hast eine Affäre mit einem der Techniker. Das sind rauhe, muskulöse Männer — die Sorte, die eine Amazone wahrscheinlich sehr attraktiv findet. Sag mir, welcher es ist. Gorman selbst?«

Jan entspannte sich ein bißchen. »Es gibt nur einen Mann in meinem Leben, mein Fürst, und das sind Sie. Ich schwöre es. Wie könnte denn *Raum* in meinem Leben für einen anderen Mann sein, wenn Sie es so vollständig ausfüllen?«

Caspar sah sie nachdenklich an. Schließlich nickte er. Er glaubte ihr, aber er war sich immer noch nicht im klaren. »Was ist denn dann an diesem langweiligen Ort so attraktiv für dich?«

»Ich habe es Ihnen gesagt, mein Fürst. Ich finde es dort interessant. Denken Sie daran, Sire, ich bin eine Amazone und nicht wie normale Frauen.«

Langsam schwand die Verwirrung aus seinem Gesicht. Er akzeptierte diese Erklärung. *Idiot,* dachte Jan. Caspar stützte sich auf einem Ellbogen hoch und lächelte sie an. »Eben weil du nicht bist wie normale Frauen, habe ich dich schon so lange als meine einzige Gefährtin behalten.«

Jan wußte, das war die Wahrheit. Wie Milo ihr gesagt hatte, besaß sie für die Aristos Neuigkeitswert. Aber wie lange würde diese Situation noch andauern? Sie war beinahe sechs Monate bei Fürst Caspar und seiner Mutter, und ihr war klar, daß Caspar ihrer trotz all ihrer ›Amazonen‹-Neuigkeit früher oder später müde werden würde. Lady Jane ließ bereits Anzeichen von Langeweile durchblicken. Sicher, bisher nur kleine Anzeichen, doch es war nichts als eine Sache der Zeit.

Gleich an jenem ersten Abend, als sie mit Fürst Caspar und Lady Jane in ihren Privaträumen diniert hatte, war Jane klargeworden, daß der Sohn und die Mutter gleichermaßen sexuell an ihr interessiert waren. Aber während Caspar ganz unverblümt vorging, war Lady Janes Verhalten subtiler. Jan schloß daraus richtig, daß eine Beziehung, die sie mit der Mutter einging, vor dem Sohn geheimgehalten werden mußte.

Als sie das Milo schilderte, hatte er seelenruhig vorgeschlagen, sie solle doch mit beiden schlafen. »Nutze die Situation aus, so gut du kannst. Nach dem, was du mir erzählst, ist Lady Jane die Macht hinter dem Thron. Sie wird für uns ebenso wertvoll sein wie der Fürst.«

»Du verlangst von mir, daß ich mich für dich prostituiere«, stellte Jan bitter fest.

»Nein, was du auch tun wirst, du wirst es ebenso für dich selbst tun. Ich habe dir gesagt, welchen Preis wir erringen, wenn ich mein Ziel erreiche.«

»*Falls* du die Wahrheit sagst.«

»Du hast keine Wahl, als mir zu glauben, Jan. Ich bin deine einzige Hoffnung.«

»Das habe ich schon einmal gehört«, sagte sie verächtlich. Innerlich mußte sie eingestehen, daß es stimmte. Doch welche dürftige Hoffnung er auch zu bieten hatte, sie wurde immerzu dürftiger. So oft sie auch auf der Tastatur des Gerätes herumspielte, von dem die Techniker behaupteten, es sei ein nutzloses Relikt, während Milo es für den Schlüssel zur Verwirklichung seines Plans hielt, sie kam dem, was er wollte, nicht näher. Auch half es ihr nicht gerade, daß er ihr nicht anvertrauen wollte, worin sein Plan eigentlich bestand. »Es ist das Beste, du weißt es nicht, kleine Amazone. Das Beste für dich. Nur für den Fall, daß du dir bei einem Kissengespräch mit ihren königlichen Hoheiten etwas entschlüpfen läßt.«

Jan hatte protestiert, so etwas werde sie niemals tun, doch es hatte nichts genützt. Er wollte ihr weiter nichts sagen.

Fürst Caspar stieg aus dem Bett, reckte sich träge und bewunderte sein nacktes Bild in dem Bodenspiegel. Jan bewunderte ihn auch; er hatte einen wunderschönen Körper. Wenn es im Bett, sann sie, nur nicht so hoffnungslos mit ihm wäre. Wenn er nur um einen Bruchteil so geschickt im Liebesspiel wie seine Mutter wäre! Aber Lady Jane war auch viel älter — mehr als hundert, hatte sie zugegeben — und natürlich viel erfahrener.

Caspar ging ins Bad. Jan hoffte, es möge einer der seltenen Tage sein, an denen er ein richtiges Bad nahm, aber sie wußte, das war unwahrscheinlich. Im Aristo-Teil des Luftschiffes gab es reichlich Wasser, nur machten die Bewohner keinen Gebrauch davon und zogen es vor, sich und ihre Kleidung mit widerlich süßen Düften zu tränken.

Jan stand auch auf und betrachtete ihr eigenes Spiegelbild. Anders als Caspar, freute sie sich nicht an dem, was sie sah. *Ich werde weich,* dachte sie. *Nein, ich bin weich geworden. Nicht fett, nur weich.* Ihre Muskeln hatten sich geglättet, das Fleisch ihres Rumpfes, ihrer Arme und Beine war konturlos und langweilig geworden. *Und* blaß. Kein Wunder, daß Lady Jane das Interesse an ihr verlor. Die wilde — sogar gefährlich wirkende — ›Amazone‹, die auf die übersättigte Lady Jane so sexuell erregend gewirkt hatte, war praktisch verschwunden.

Als Jan endlich die Bedeutung des Wortes ›Amazone‹ erfuhr — Ceri erklärte es ihr —, war sie ein bißchen belustigt, aber nicht beleidigt gewesen. Es machte ihr nichts aus, daß man die Minerverinnen mit einem mythischen Stamm wilder Kriegerinnen verglich, auch wenn es verächtlich gemeint war.

Caspar kam aus dem Bad, und er trug seinen Lieblingsbademantel. Er war aus schwarzem Pelz, aber das Fell war nicht ordentlich gegerbt worden, und der stechende Geruch war leicht durch das darüberliegende Parfum zu erkennen. »Ich werde gleich nach dem Frühstück in den Kontrollraum gehen. Halte dich bereit, wenn du mitkommen willst.«

»Das werde ich tun, mein Fürst.« Jan nahm ihren Bademantel vom Fußende des Bettes. Sie zog ihn gerade an, als sich die Tür öffnete und Dalwyn eintrat, Caspars Kammerdiener und Leibwächter, der die ganze Nacht vor Jans Schlafzimmer Wache gehalten hatte. Dalwyn war ein großer, gutaussehender Mann, der Fürst Caspar offenbar ganz und gar ergeben war. Er machte Jan gegenüber kein Hehl daraus, daß er ihre Beziehung zu Fürst Caspar mißbilligte, und obwohl sie sich große Mühe gab, nett zu ihm zu sein, war er offen feindselig zu ihr. Dieser Morgen war keine Ausnahme. Ihr Lächeln und ihr freundlicher Gruß entlockten ihm weiter nichts als einen mürrischen Blick. Wie gewöhnlich tat Fürst Caspar, als merke er es nicht.

Die Tür schloß sich hinter beiden Männern. Jan seufzte und warf einen Blick auf die Wanduhr. Es würde eine Stunde dauern, bevor er mit dem Frühstück, das er mit Lady Jane einnahm, fertig war. Kein Grund zur Hast. Sie setzte sich auf das Bett und drückte einen Knopf auf dem Nachttisch. Ceri erschien beinahe sofort. Daß sie Fürst Caspar überredet hatte, ihr Ceri als Zofe zu geben, hielt Jan für ihre beste Idee, seit sie die Geliebte des Fürsten geworden war. Weder Mary Anne noch Prinz Magid waren über diese Entwicklung erfreut gewesen, aber sie hatten sich Caspars Willen beugen müssen.

Jan winkte Ceri, sich in einen der Sessel im Schlafzimmer zu setzen, und gestand: »Ich bin erschöpft.«

»Wieder einmal eine Aufgabe gut erledigt?« fragte Ceri trocken.

»Ich denke, das kann ich mit Recht behaupten«, sagte Jan. »Mutter Gott, er hat eine unglaubliche Potenz. Ein Jammer, daß er beim Liebesspiel so einfallslos ist.«

Ceri betrachtete sie eine Weile forschend und sagte dann zögernd: »Darf ich dir eine persönliche Frage stellen?«

»Du solltest wissen, daß allein du mich fragen kannst, was du willst«, erwiderte Jan mit einem Lächeln. »Was ist es denn?«

»Was ... was empfindest du, wenn du mit dem Fürsten schläfst?« fragte Ceri ernsthaft.

»Was ich *empfinde?*« Jan hob die Augenbrauen. »Meinst du, ob ich *Lust* dabei empfinde?«

»Nun ... ja.«

Jan zuckte die Achseln. »Manchmal bereitet er mir einiges körperliche Vergnügen, obwohl er so unwissend ist.«

»Und obwohl er ein Mann ist?«

Jan bedachte Ceri mit einem listigen Lächeln. »Du willst wissen, wie ich, eine Minerverin, es ertragen kann, mit einem Mann zu schlafen, ja? Aber ich habe dir doch sicher schon erzählt, daß minervische Frauen nicht ausschließlich mit Frauen geschlafen haben. Tatsächlich wurden jüngere Frauen wie ich ermutigt, mit Männern zu experimentieren, damit uns die Sache vertraut war, wenn die Fortpflanzungszeit kam.«

Ceri überlegte. »Ja, aber im Grunde ziehst du es vor, mit Frauen zu schlafen, nicht wahr? Ich meine, sicher vermittelt Lady Jane dir doch mehr Befriedigung.«

»Nun ja. Aber hauptsächlich, weil sie sexuell geschickter ist als Caspar, nicht einfach, weil sie eine Frau ist. Eine echte *emotionale* Befriedigung bekomme ich allerdings von keinem von beiden. Ja, ich finde sie beide attraktiv, dessen ungeachtet, *wer* sie sind und *was* sie sind — ich verbanne es aus meinen Gedanken, wenn ich mit ihnen zusammen bin. Liebe empfinde ich nicht für sie. Du bist es, die ich liebe, Ceri.«

Ceri zuckte zusammen. »Ich dachte, wir seien übereingekommen, darüber nicht mehr zu sprechen.«

»Du hast das Thema sexueller Vorlieben angeschnitten, nicht ich«, hielt Jan ihr vor. Seit jener einen Nacht, als sie bei Hofe vorgestellt worden war, hatte Ceri ihr Bett nicht wieder geteilt. Es war eine einmalige Sache gewesen, wie sie deutlich gemacht hatte. Sie hatte es aus Freundschaft getan; wenn sie wählen konnte, zog Ceri es jedoch vor, nicht mit Frauen zu schlafen. Sie gestattete Jan physischen Kontakt mit ihr — Umarmungen, sogar Küsse —, mehr nicht. Und Jan erlitt seitdem Qualen der Frustration. »Ich wünschte, du würdest deine Meinung ändern, Ceri«, bat Jan. »Wenn Menschen sich lieben, kommt es nicht darauf an, welches Geschlecht sie haben. Und ich liebe dich!«

Ceri geriet in Verlegenheit. »Bitte, Jan, sprich nicht so. Du liebst mich nicht wirklich. Es ist nur, daß ich die erste echte Freundin bin, die du gefunden hast, seit du an Bord des *Lord Pangloth* gekommen bist. Und weil du eine Minerverin bist und jung. Du bist vernarrt, das ist alles, und das ist keine wirkliche Liebe.«

»Ich denke, daß ich meine eigenen Gefühle am besten beurteilen kann«, erklärte Jan entschieden.

»*Niemand* kann seine eigenen Gefühle am besten beurteilen«, entgegnete Ceri.

Jan stöhnte. »So könnte Milo reden.«

Wie üblich verfinsterte sich Ceris Gesicht bei der Erwähnung von Milos Namen. »Wenn du mich liebtest, würdest du meinem Rat über diese Kreatur folgen ...«

»Wechsle das Thema nicht«, fiel Jan schnell ein. Sie wußte nur zu genau, welche Einstellung Ceri zu Milo hatte. Als sie ihr Milos Geschichte wiederholt hatte, war Ceris ungläubige Frage gewesen: »Er behauptet, er komme vom *Mars?*«

»Ja. Und er war sehr überzeugend.«

»Du glaubst tatsächlich, er sei ein fremdes Lebewesen aus dem Weltraum?« sagte Ceri lachend.

»Wundern würde mich das gar nicht, aber er sagt, er sei ein Mensch. Auf dem Mars gebe es eine Kolonie, die vor den Gen-Kriegen gegründet wurde, und dort sei er geboren.«

Ceri bezweifelte auch das. »Es gibt Geschichten über eine solche Kolonie und über Habitate im Raum, aber ohne Unterstützung von der Erde müssen sie schon vor Jahrzehnten ausgestorben sein.«

»Laut Milo floriert die Kolonie auf dem Mars immer noch.«

Ceri blieb skeptisch. »Wie ist er dann zur Erde gekommen, und warum?«

»Er kam in einem Raumschiff, das ins Meer abstürzte. Aber *warum*, das wollte er mir nicht sagen.«

»Und warum hat er *uns* all dieses Zeug über den Mars nicht erzählt?« verlangte Ceri zu wissen. »Warum hat er uns vorgelogen, er komme von einem anderen See-Habitat?«

»Er sagte, er habe seine Gründe gehabt.«

»Ich wette, die hat er gehabt. Jan, wie kannst du nur so leichtgläubig sein! Du weißt, wie oft er dich schon belogen hat. Und jetzt bist du bereit, ihm von neuem zu vertrauen, bereit, an irgendeinem verrückten, schrecklich gefährlichen Plan mitzuarbeiten, bei dem es um die Maschinen im Kontrollraum geht!«

Voller Qual antwortete Jan: »Mir bleibt nichts anderes übrig, siehst du das nicht ein? Ich muß ihm von neuem vertrauen! Er hat versprochen, mir die Mittel zur Rache an dem *Lord Pangloth* in die Hand zu geben! Ich werde keinen Frieden finden, bis ich diese Rache ausgeübt habe!«

»Aber du hast mir erzählt, als du die Chance hattest, den *Lord Pangloth* zu zerstören, brachtest du es nicht fertig. Ich will mich deswegen nicht beschweren, aber wieso glaubst du, daß du es fertigbringen würdest, wenn du durch Milo eine zweite Chance erhieltest?«

Jan berichtigte sie: »Er redet nicht davon, das Luftschiff zu zerstören, sondern es irgendwie unter *Kontrolle* zu bekommen.«

»Er will dir jedoch nicht sagen, wie?«

»Nein«, mußte Jan einräumen. »Noch nicht.«

Mit einem verzweifelten Blick erklärte Ceri: »Langsam glaube ich, dein erstes Urteil über Milo war das richtige. Er *ist* ein Zauberer. Ganz bestimmt hat er irgendeine Zauberei mit deinem gesunden Menschenverstand angestellt.«

Seitdem war nichts geschehen, was Ceris Meinung über Milo und über Jans Beziehung zu ihm hätte ändern können, und Jan hatte es aufgegeben, mit ihr darüber zu argumentieren. »Wir reden von *uns*, nicht von Milo«, sagte sie zu Ceri.

»Jetzt nicht mehr.« Ceri stand auf. »Wenn der Fürst sein rituelles Frühstück mit seiner geliebten Mutter beendet hat, erwartet er, dich angekleidet und fertig zum Ausgehen vorzufinden. Komm, ich lasse dir ein Bad einlaufen. Und während du es nimmst, besorge ich dir etwas zu essen.«

Jan sah sie an und seufzte.

Die Aufzugtüren glitten zur Seite, und Fürst Caspar betrat den Kontrollraum. Jan, die sich pflichtschuldigst ein paar Schritte hinter ihm hielt, folgte ihm. Die zwölf anwesenden Techniker hatten Haltung angenommen. Den rechten Arm mit geballter Faust hebend, salutierten sie dem Fürsten. Caspar setzte sich auf den erhöhten Thron am Ende des Kontrollraums. Jan nahm ihren Platz neben dem Thron ein und legte den Arm auf die Rückenlehne. Dalwyn blieb vor den Aufzugtüren stehen.

»Weitermachen«, befahl Caspar den Technikern. Sofort entspannten sie sich und wandten die Aufmerksamkeit wieder ihren Instrumenten zu. Gorman, der Chef-Ingenieur, näherte sich dem Thron. Er war ein kleiner Mann mit einem ausdruckslosen, nicht zu ergründenden Gesicht. Seine graue Uniform mit dem schwarzen Emblem der Techniker-Gilde — ein Blitz quer durch einen Kreis — auf der linken Brust war wie immer frischgebügelt. Um den Hals hing ihm ein Fernglas. »Wir haben den Zeitplan eingehalten, Sire«, meldete er.

»Gut. Weitermachen, Chef-Ingenieur.« Caspars Ton verriet seinen Mangel an Interesse. Jan wußte, er fand seine Pflichten im Kontrollraum langweilig. Sie wußte auch, daß er, wie alle Aristos, keine Ahnung von den physikalischen Prinzipien hatte, nach denen der *Lord Pangloth* funktionierte. Ohne die Techniker, die sich ihrer Unersetzlichkeit voll bewußt waren, wären die Aristos hilflos gewesen.

Gorman verbeugte sich vor Caspar. »Sehr wohl, Euer Hoheit.« Als er sich aufrichtete, begegnete sein Blick kurz dem Jans. Wieder einmal überkam sie das Gefühl, er könne in sie hineinsehen, könne jedes ihrer Geheimnisse erkennen. Verschiedentlich hatte sie bemerkt, daß er sie beobachtete, wenn sie mit dem Gerät ›spielte‹, das der Gegenstand von Milos Interesse war. Dabei hatte sie versucht, seinen Verdacht mit der Bemerkung abzulenken, ihr gefielen die ›hübschen Farben‹, die auf dem Schirm erschienen, wenn sie die Knöpfe drückte.

Gorman kehrte zu seiner üblichen Position direkt hinter den beiden sitzenden Steuerleuten zurück. Der Kontrollraum war eine Glasblase, die am Boden des Bugs aus der Hülle hervorragte. Nur die Fußsteige und die Ausrüstung verstellten einen Teil des 360 Grad umfassenden Gesichtsfeldes.

Jan war jetzt fähig, zu beurteilen, was an der Einrichtung des Luftschiffes auf die ursprünglichen Erbauer zurückging und was von aufeinanderfolgenden Techniker-Generationen hinzugefügt oder verändert worden war. Je jüngeren Datums die Veränderungen, desto primitiver wirkten sie im Vergleich zu den alten Geräten, wie leicht zu erkennen war.

Nach ihren ersten Besuchen hatte sie Milo beschrieben, in welchem Zustand sich der Kontrollraum befand, und er war fasziniert gewesen. »Das hört sich ganz so an«, meinte er, »als hätten sie im Laufe der Jahre mit ihrem Herumpfuschen immer mehr Funktionen des Zentralcomputers umgangen, weil sie dann das Gefühl einer besseren Kontrolle hatten. Aber offenbar übt der Computer immer noch seinen Einfluß auf viele Vorgänge in dem *Lord Pangloth* aus. Es gibt keine Möglichkeit, wie ein menschlicher Pilot etwas von dieser Größe ohne die Hilfe eines Computers steuern könnte. Schon für die Aufrechterhaltung der Trimmlage müßten *zehn* menschliche Piloten zusammenarbeiten. Der Computer wird ständig nachjustieren, bei den Triebwerken, bei der Temperatur des Gases in den einzelnen Zellen, bei den Stabilisierungsflossen und Aufzügen ...«

»Wir nähern uns Bandala«, verkündete Gorman. »In genau fünf Minuten werden wir über der Stadt sein.«

Jan spähte durch die gekrümmte transparente Wand nach unten. Das Luftschiff fuhr über ein zerklüftetes Bergland. Teile der Hänge waren dicht bewaldet, aber sogar in dieser Höhe hatte die Pest das Land sicher im Griff. Die Pest, so hatte Jan erfahren, gedieh am besten in niedrigen Lagen und bei hohen Temperaturen.

Bandala war das Überbleibsel eines Staates, der ausschließlich schwarz gewesen war. Wie Minerva war es zu einem bloßen Bruchstück seiner früheren Größe geschrumpft, aber im Gegensatz zu Minerva lieferte es nicht Korn und andere Lebensmittel, sondern Metall und Holz. Innerhalb seiner zusammengerückten Grenzen lagen eine Eisenerz-Mine, Schmelzwerke, Gießereien und mehrere kleine Fabriken. Die letzteren waren imstande, eine begrenzte Zahl von metallenen und hölzernen Artefakten herzustellen.

Mit Interesse sah Jan ein weites Tal mit vielen Gebäuden in Sicht kommen. Bandala war viel größer, als Minerva gewesen war, sowohl nach dem Gebiet, das es bedeckte, als auch nach der Anzahl von Häusern, die es enthielt. Einige der Gebäude besaßen hohe Schornsteine, aus denen Rauch aufstieg. Wie in Minerva waren auch hier auf jedem verfügbaren Raum Gemüsegärten angelegt. Jan wußte, es war Bestandteil des gewohnheitsrechtlichen Vertrages zwischen Bandala und dem *Lord Pangloth*, daß der Himmelsherr die Bewohner mit Getreide belieferte, da sie ihr ferngelegenes Ackerland schon vor Jahrhunderten verloren hatten.

Sie wußte auch, daß die Bandaler mit den mageren Getreidevorräten, die der Himmelsherr auf seiner letzten Reise abgeladen hatte, sehr unzufrieden gewesen waren. Die Himmelskrieger hatten ihnen gesagt, mehr sei nicht verfügbar. Und sie hatten die Wahrheit gesprochen. Minerva war nicht die einzige Nahrungsmittel erzeugende Siedlung gewesen, die dem *Lord Pangloth* in letzter Zeit verlorengegangen war. Zwei andere waren im letzten Jahr vollständig von der Pest überrannt worden, und das hatte die Getreide-Erträge des Himmelsherrn drastisch reduziert.

»Mit Ihrer Erlaubnis, Hoheit, werde ich das Fahrzeug anhalten und auf Rufweite hinuntergehen«, sagte Gorman zu dem Fürsten. Caspar nickte. Gorman gab den Steuerleuten einen kurzen Befehl, woraufhin beide scharf an vier großen Hebeln zogen. Der Fußboden vibrierte leicht, und die Triebwerke brüllten ihren Protest hinaus, als sie auf ›Volle Kraft zurück‹ gingen, um das meilenlange Luftschiff über dem Tal anzuhalten. Einige der Triebwerke würden es dann in dieser Position schweben lassen, ganz gleich, wie stark der Wind wehte.

Weitere knappe Kommandos von Gorman, weitere Manipulationen der Hebel durch die Steuerleute. Wieder lief ein Beben durch den Fußboden. Der *Lord Pangloth* begann sich nach unten zu senken. Etwa tausend Fuß tiefer gab Gorman den Befehl zum Stoppen. »Rufen Sie Bangala an«, sagte er. Ein weiterer Techniker drückte einen Schalter auf einer Konsole, und wieder dröhnte die Stimme ›Lord Pangloth'‹ los.

Jan wußte jetzt, daß es nicht die Stimme des letzten Lord Pangloth war. Ihr Eigentümer, seit langem tot, war für die Aufgabe ausgewählt worden, einfach weil er ein eindrucksvoll tiefes Organ besessen hatte. Seine vor langer Zeit gesprochenen Worte waren von einer Maschine festgehalten worden. »Denke dir die Maschine als eine Art Echofalle«, hatte Milo gesagt, als er versuchte, ihr das Prinzip zu erklären. Doch wie sie auch funktionierte, es gab immer mehr Anzeichen, daß die Maschine bald endgültig versagen würde. ›Lord Pangloth'‹ Stimme wurde von vielem lauten Zischen und Knistern begleitet.

Die Ansprache endete. Rauch stieg von einem leeren Viereck im Mittelpunkt des Tals auf. Das Signal der Einwilligung. Das Luftschiff senkte sich noch ein Stück nieder. Jan fiel auf, daß Gorman mit seinem Stellvertreter sprach. Gorman zeigte nach unten. Jan konnte dort nichts entdecken, was vom Normalen abgewichen wäre. Verwirrt sah sie zu Caspar hinüber, doch der war ganz damit beschäftigt, seinen großen Rubinring am Hosenbein zu polieren.

»Euer Hoheit ...«, sprach Gorman den Fürsten an. »Irgend etwas stimmt nicht ...«

»Was meinen Sie?« fragte Caspar desinteressiert.

»Sehen Sie, Sire.« Gorman zeigte. »Drei große Gebäude, die bei unserem letzten Besuch noch nicht da waren. Ich bin mir ganz sicher.«

»Was, Sie meinen diese Wassertanks? Die sind doch bestimmt immer dagewesen«, gab Caspar zurück.

»Früher waren es zwei. Jetzt sind es *fünf*«, betonte Gorman. »Und die drei neuen sind viel größer als die anderen. Zusammen übersteigt die Wasserkapazität dieser zusätzlichen Tanks bei weitem den Bedarf von Bandalas Bevölkerung.«

Was Gorman so in Sorge versetzte, waren große, zylindrische Holzkonstruktionen. Man hatte sie hoch oben auf den Rändern des Tals errichtet.

Caspar betrachtete sie stirnrunzelnd und meinte dann angewidert: »Also wirklich, Gorman! Da haben die Erdenwürmer Wassertürme gebaut, die sie nicht brauchen — na und? Warum sollte uns eine solche Demonstration ihrer Dummheit beunruhigen?«

»Ich weiß es nicht, Sire«, gab Gorman zu. »Aber nach der mit Minerva gemachten Erfahrung glaube ich, daß in diesen ... äh ... ungewöhnlichen Zeiten extreme Vorsicht geboten ist.« Gorman richtete einen bedeutungsvollen Blick auf Jan. »Ich finde, wir sollten auf eine sichere Höhe zurückkehren, bis wir es genau wissen.«

Caspar saugte geräuschvoll an seinem Rubinring. Er haßte es, Entscheidungen zu treffen. Auch hatte er keine Lust, länger als notwendig im Kontrollraum zu bleiben. Andererseits war es nicht klug, einen Rat von Gorman zu ignorieren ... »O gut, Gorman«, sagte Caspar gereizt. »Tun Sie, was Sie wollen. Aber wenn sich diese Verzögerung als reine Zeitverschwendung erweist, werde ich *gar nicht* erfreut sein.«

»Ich danke Ihnen, Sire«, antwortete Gorman ungerührt, drehte sich um und rief den Steuerleuten einen Befehl zu. Das Geräusch der Triebwerke wurde lauter. Der Abstieg des *Lord Pangloth* verlangsamte sich. Die Gipfel der Berge rings um das Tal lagen jetzt auf einer Höhe mit dem Kontrollraum.

»Nach oben, schnell!« kommandierte Gorman.

Es war zu spät. Die drei neuen ›Wassertanks‹ öffneten sich wie große hölzerne Blumen und enthüllten, daß sie etwas ganz anderes als Wasser enthielten.

17

»Alle Einheiten auf Gefechtsstationen!« brüllte Gorman ins Mikrophon, das mit Lautsprechern im ganzen Luftschiff verbunden war. »Wir werden angegriffen!«

»Was ist denn das?« Der Fürst starrte mit großen Augen auf die drei rasch steigenden Objekte.

»Ballons«, klärte Gorman ihn auf. »Heißluftballons. Und dazu verdammt *große.*«

Zwei der Ballons stiegen auf der Backbordseite des *Lord Pangloth* hoch, der dritte auf Steuerbord. Die ›Wassertanks‹ waren, wie man jetzt deutlich sah, Gebilde aus dünnen Brettern, die nur die großen Ballons hatten verbergen sollen. Jan schätzte sie auf eine Länge von etwa achtzig Fuß. Sie waren auf einer Höhe mit der unteren Hülle des Luftschiffes, und sie konnte erkennen, daß unter jedem Ballon ein großer Holzkäfig hing, gefüllt mit Männern, Seilen, Kästen und Gegenständen, die vermutlich Waffen waren. Im Mittelpunkt des Käfigs stand ein Ofen, den Männer wie wild mit Kohle- und Holzstücken heizten. Das Rohr des Ofens verschwand im offenen Hals des darüber aufragenden Ballons.

»Schießt sie ab!« schrie der Fürst. »Fegt sie mit der Kanone aus dem Himmel! Sie haben kein Recht, hier oben zu sein! Sie brechen das erste Gesetz der Himmelsherren!« Er hatte sich erhoben; sein Gesicht war gerötet.

»Sie bewegen sich zu schnell für die Kanone«, sagte Gorman. Das stimmte. Die drei Ballons stiegen schneller als der *Lord Pangloth* und mußten den im Kontrollraum anwesenden Personen bald außer Sicht kommen. Von neuem beugte sich Gorman über das Mikrophon. »Alle Einheiten von Gewehrschützen — Feuer eröffnen!«

Sofort hörte Jan das Knattern der Schüsse. In einem der hölzernen Käfige fiel ein Mann nach hinten um. Die anderen gingen in Deckung, wo sie konnten. Neben dem Käfig erschienen Rauchwölkchen. Die Bandaler schossen zurück, doch dann zuckten Lichtblitze auf. Die automatischen Verteidigungswaffen des *Lord Pangloth* — die Laser — zerstörten bedrohliche Objekte, auch wenn sie so klein wie Gewehrkugeln waren.

»Können wir nicht schneller steigen?« schrie der Fürst.

»Nein, Sire«, antwortete Gorman. »Die Triebwerke laufen mit voller Kraft. Wir erhöhen die Gastemperatur in den Zellen, was uns einen zusätzlichen Auftrieb gibt, doch wird es einige Zeit dauern, bis die Wirkung zu spüren ist.«

Die drei Ballons waren nicht mehr zu sehen. Das Knattern des Gewehrfeuers ging weiter.

»Was bilden diese dummen Erdenwürmer sich ein, Gorman?« fragte der Fürst.

»Ich weiß es nicht«, gestand Gorman. Jan hatte ihn noch nie so beunruhigt gesehen. Sie erkannte, daß er jetzt hilflos war, daß er keine Möglichkeit hatte, zu erfahren, was draußen vor sich ging. Alle Einrichtungen waren dazu bestimmt, sich mit Ereignissen auf dem Boden zu befassen; auf eine Gefahr, die von oben kam, waren Gorman und seine Leute nicht vorbereitet. Das Lautsprechersystem war auch keine Hilfe. Gorman konnte dem Rest des Schiffes Befehle erteilen, aber es war eine Einweg-Kommunikation. Schon vor langer Zeit hatte man es aufgegeben, das ursprüngliche System noch einmal zusammenzuflicken, und die einzige Möglichkeit, eine Botschaft in den Kontrollraum zu befördern, war, daß ein Bote sie brachte. Und bis einer kam, würden die Bandaler zweifellos schon getan haben, was auch immer sie zu tun beabsichtigten.

»Sire, ich werde volle Kraft voraus befehlen. Es ist zu gefährlich, in diesem Gebiet zu bleiben«, teilte Gorman dem Fürsten mit.

»Was?« fragte Caspar erstaunt. »Sie wollen *fliehen?* Nein, kommt nicht in Frage, Gorman. Der *Lord Pangloth* wird niemals vor einem Haufen Erdenwürmern weglaufen ...«

»Betrachten Sie es als einen *vorläufigen* Rückzug, Sire«, sagte Gorman mit bemühter Höflichkeit. »Wir werden wiederkommen, wenn wir eine sichere Höhe erreicht haben, und die Bandaler angemessen bestrafen.«

»Nein.« Caspars Stimme brach vor Zorn. »Ein Himmelsherr wird niemals ...«

Seine Worte wurden von einer gewaltigen Explosion übertönt. Das Deck schwankte; einige der Techniker schrien auf. Dann sah Jan auf der Steuerbordseite des Luftschiffes Trümmer vom Himmel fallen. Verkohltes und brennendes Holz ... geschwärzte Gegenstände, die nichts anderes sein konnten als Leichenteile. Dann kam, langsamer, die brennende, zusammengeknäulte Hülle von einem der Heißluft-Ballons. Aufgerissen flatterte sie wie ein riesiger brennender Lappen nach unten.

Die Techniker brachen in Jubelrufe aus. Der Fürst fuhr Gorman mit triumphierendem Grinsen an: »Sehen Sie, Gorman? Nicht *soviel* gebe ich für die Erdenwürmer! Sie meinten, unsere Kanonen könnten sie nicht treffen, aber sie haben sie getroffen!«

Gorman beobachtete immer noch die fallende Hülle. Sein Gesicht war finster. »Sire, eine unserer Kanonenkugeln hätte eine so schwere Explosion nicht hervorrufen können. Die einzige Erklärung ist, daß die Bandaler eigene Sprengstoffe mit sich führten. Und das bedeutet, daß die beiden anderen Ballons ähnlich ausgerüstet sind. Ich wiederhole, Sire, wir müssen das Gebiet augenblicklich verlassen.«

Fürst Caspars triumphierender Blick erlosch. »Sie glauben, es besteht die Möglichkeit, daß die Bandaler uns Schaden zufügen?«

»Jawohl, Sire. Lassen Sie mich volle Kraft voraus befehlen.«

Caspar nagte besorgt an seiner Unterlippe. Dann

nickte er. »Gut, Gorman, aber Sie tragen die Verantwortung.«

»Volle Kraft voraus!« rief Gorman den Steuerleuten zu.

Sie drückten Hebel. Der Kontrollraum erbebte. Die Triebwerke des *Lord Pangloth* änderten die Richtung und begannen, das meilenlange Fahrzeug vorwärtszutreiben.

Dann kam eine neue Explosion. Sekunden später kippte das Deck wieder, diesmal so heftig, daß mehrere der Techniker das Gleichgewicht verloren. Auch Jan wäre gefallen, wenn sie sich nicht an der Rückenlehne des Throns festgehalten hätte. Caspar war nicht so glücklich, er flog vom Podium und landete auf Händen und Knien hinter Gorman. Der Chef-Ingenieur half ihm auf. Einer der Techniker brüllte: »Sir, wir verlieren an Höhe! Die Instrumente zeigen starken Gasverlust in Zelle sieben!«

Mit weißem Gesicht klammerte der Fürst sich an Gorman und zeterte: »Mein Gott, sie haben uns getroffen! Wir stehen in Flammen!«

»Zelle sieben enthält Helium, Sire! Oder vielmehr, sie *hat* Helium enthalten ...« Gorman versuchte, sich aus dem krampfhaften Griff des Fürsten zu befreien. »Alles Ruhe bewahren!« rief er, was vor allem dem Fürsten galt. »Wie schnell verlieren wir an Höhe?«

»Knapp über einem Fuß pro Sekunde!« antwortete der Techniker, der eine Reihe von Höhenmessern beobachtete. »Siebzig Fuß pro Minute.«

»Sir!« meldete sich einer der Steuerleute. »Wenn wir weiter in diesem Tempo fallen, werden wir die nächste Bergkette genau vor uns treffen.«

»Gorman, tun Sie etwas!« Der Fürst krallte sich noch immer an Gormans Armen fest. »Ich befehle Ihnen, etwas zu tun!«

Gorman tat etwas. Er gab dem Fürsten einen so kräftigen Stoß, daß dieser rückwärts fiel und schwer auf dem Deck landete. Caspars erste Reaktion war Sprachlosigkeit, dann verzerrte nackte Wut seine Züge. »Töte ihn!« befahl er Dalwyn, der bereits auf Gorman zuging. »Er hat es gewagt, Hand an mich zu legen!«

Dalwyn packte Gorman bei der Kehle, war jedoch unsicher, was er tun solle. Er sah fragend zu dem Fürsten hinüber. »Töte ihn!« brüllte Caspar noch einmal, kam auf die Füße und faßte nach seinem Zeremonialschwert. »Oder ich tue es selbst!«

Der Kontrollraum bot ein seltsames Bild. Alles war erstarrt bis auf den Fürsten, der sein Schwert zog und gegen Gorman vorrückte. Ein flehender Blick Gormans traf Jan.

Sie erkannte sofort, was zu tun war, und zögerte keinen Augenblick. Sie trat vor und rief: »Mein Fürst, töten Sie ihn nicht! Sie werden ihn noch nötig brauchen!«

Der Fürst drehte sich zu ihr um. Sein Gesicht war eine zornige Maske. »Was?« fragte er. »Was redest du da, Mädchen? Dieser Dreckskerl hat mich angegriffen. Er *muß* sterben.«

Jan trat nahe an ihn heran und nahm sein Gesicht in beide Hände. »Mein Herr, bitte, hören Sie mir zu«, bat sie. »Ich weiß, er muß bestraft werden, aber nicht jetzt. Der *Lord Pangloth* ist in ernsten Schwierigkeiten und kann nur gerettet werden, wenn Sie und der Chef-Ingenieur zusammenarbeiten. Lassen Sie ihn seine Aufgaben erfüllen, und zwar *schnell*. Jede Sekunde zählt, mein Fürst. Sehen Sie!« Sie deutete nach vorn. Die Bergkette war ihnen gefährlich nahe gekommen.

Caspar starrte sie mehrere Augenblicke lang an, dann steckte er sein Schwert in die Scheide zurück. »Dalwyn, laß ihn los. Gorman, tun Sie, was notwendig ist.«

Dalwyn ließ Gorman los. Gorman rieb sich die Kehle und sagte ruhig: »Steuerleute, volle Kraft zurück und dann nach oben.«

»Und hat unser geliebter Monarch ihn danach hinrichten lassen?« erkundigte Milo sich vergnügt.

»Nein. Lady Jane hat ihm diese drastische Maßnahme ausgeredet. Gorman ist vom Dienst suspendiert und unter Arrest in seiner Unterkunft. Wie ich hörte, wird es eine Art von Gerichtsverfahren geben, aber die Aristos brauchen Gorman zu nötig, als daß sie ihn töten oder auch nur sehr lange aus dem Kontrollraum fernhalten könnten.«

»Die Aristos haben auch Bandala gebraucht, und nun sieh dir an, was sie getan haben ...« Milo zeigte auf die schwarzen Rauchsäulen, die über dem fernen Tal von Bandala zu sehen waren.

»Sie haben lange diskutiert, bis sie zu dem Entschluß kamen, Bandala zu bombardieren«, berichtete Jan. »Lady Jane vertrat wieder die Stimme der Vernunft, doch sie wurde überstimmt. Viele Aristos waren hysterisch ... sie wollten nicht auf sie hören.«

»Also zerstören sie den einzigen Ort innerhalb ihres ständig schrumpfenden Reiches, der sie mit Metall versorgt hat, ganz zu schweigen von dem größten Teil ihres Schießpulvers.« Milo lachte. »Diese Denkungsart bringt Reichen ein rasches Ende.«

»Ich sagte doch, sie hatten Angst.« Jan schlang die Arme um sich. Es war kalt hier draußen an ihrem üblichen Treffpunkt auf dem kleinen Beobachtungsdeck, und ihr dünnes Kleid schützte sie nicht. »Wahrscheinlich war ihre Angst größer als damals, als wir Minerver angriffen. Wir haben ihnen keinen Schaden zugefügt, wohl aber die Bandaler.«

»Und ob«, stimmte Milo ihr beinahe triumphierend zu. »Sogar ich habe mir ein bißchen Sorge um den Ausgang des Kampfes gemacht.«

Nach dem, was Jan später erfuhr, war es knapp gewesen. Gorman hatte recht gehabt, die drei Ballons hatten große Mengen von Sprengstoffen mit sich geführt. Ein glücklicher Treffer mit einer Gewehrkugel hatte die Ladung in einem der Ballons explodieren lassen, aber den anderen beiden gelang es, über den *Lord Pangloth* hinauszusteigen und große Greifhaken auf die Hülle fallenzulassen. Auf jedem Haken saß riskant balancierend ein Mann und verhinderte so, daß sie von den automatischen Lasern zerstört wurden.

Beide Greifhaken bohrten sich ein beträchtliches Stück voneinander entfernt in die Hülle, und nun konnten die Bandaler ihre Ballons an den Leinen nach unten ziehen.

Jeder Käfig enthielt etwa zehn Männer. Die eine Gruppe blieb nur kurze Zeit am Leben, da sie in der Nähe einer großen Einheit von Himmelskriegern herunterkam, aber die zweite hatte mehr Glück und landete weit entfernt von der nächsten Luke. Bis die Himmelskrieger sie erreichten, war es ihnen gelungen, ihre Kiste mit Schießpulver zur Explosion zu bringen. Das riß ein großes Loch in die Hülle des *Lord Pangloth* und beschädigte eine der Gaszellen so, daß sie wahrscheinlich nicht mehr repariert werden konnte. Der unersetzliche Inhalt an Helium war in die Atmosphäre entwichen. Wenn sie natürlich die Explosion zufällig über einer der mit Wasserstoff gefüllten Zellen ausgelöst hätten, wäre der *Lord Pangloth* zum Tode verurteilt gewesen. Aber auch so hatte das Luftschiff einen schweren Schaden erlitten und mochte sogar für immer verkrüppelt sein, wenn es sich als unmöglich erwies, Zelle sieben zu flicken und mit Wasserstoff zu füllen. Im Augenblick hing das Luftschiff ein wenig nach Backbord über und fuhr in einer Höhe von nur tausend Fuß, das Beste, was es fertigbrachte.

Milo seufzte. »Und bei all diesen Ablenkungen hast du die ideale Gelegenheit versäumt, diese neuen Sequenzen von Symbolen zu testen, die ich dir für das Terminal mitgegeben habe.«

Jan wurde böse. »Ablenkungen? Ich glaubte, wir würden gleich abstürzen. Und wir wären auch abgestürzt, wenn Gorman nicht gewesen wäre. Das Letzte, an das ich gedacht habe, war dein blöder Lichterkasten.«

»Ich habe dir immer wieder gesagt, mein ›Lichterkasten‹ ist der Schlüssel, mit dem wir uns eine Quelle großer Macht erschließen werden. Du hättest es hinterher versuchen können, als die Gefahr vorbei war und alle darüber stritten, ob Bandala bombardiert werden sollte oder nicht.«

»Ich war vollauf damit beschäftigt, den Fürsten zu beruhigen. Er verlangte immer noch, Gorman solle hingerichtet werden. Aber keine Bange, ich werde es bei der nächsten Gelegenheit probieren. Da Gorman zur Zeit aus dem Weg ist, wird es leichter für mich sein. Er war der einzige, der mich ständig beobachtete, wenn ich mit deinem Lichterkasten spielte. Ich bin sicher, er hat Verdacht geschöpft.«

Milo zuckte die Achseln. »So, wie du es erzählst, hast du ihm das Leben gerettet. Vielleicht bekommt er seinen alten Posten gar nicht zurück, und wenn, wird seine Einstellung dir gegenüber anders sein als früher.«

»Das bezweifle ich. Er ist kalt — wie du. Er folgt seinen eigenen geheimen Motiven und erlaubt privaten Gefühlen nicht, ihn zu beeinflussen. *Genau* wie du.«

Milo lachte und legte ihr den Arm um die bloßen Schultern. »Wie kannst du mich beschuldigen, kalt zu sein! Du weißt, was ich für dich empfinde.«

Jan entzog sich ihm. »Nicht. Ja, ich weiß, was du für mich empfindest. Zuerst brauchtest du mich fürs Bett, jetzt brauchst du mich für etwas anderes, und wenn du mich überhaupt nicht mehr brauchst, werde ich dir nichts mehr bedeuten.«

»*Alle* menschlichen Beziehungen basieren auf irgendwelchen Bedürfnissen — auf Selbstsucht. Und auch alle menschlichen Emotionen. Die Selbstsucht gleicht dem Überlebenswillen. Wer etwas anderes glaubt, gibt sich einer romantischen Täuschung hin.«

»Du gibst also zu, daß ich überflüssig sein werde, sobald du mich nicht mehr länger brauchst?« fragte sie kühl.

Er lächelte sie an. »Jan, ich kann mir eine Zeit, in der ich dich *nicht* brauchen werde, gar nicht vorstellen.«

»Ich bin sicher, in deinem langen Leben hast du das gleiche schon vielen Frauen gesagt. Möchte doch wissen, wo sie alle geblieben sind. Zweifellos sind sie tot und von dir vergessen.«

Milo verzog schmerzlich das Gesicht. »Du bist in erschreckend kurzer Zeit zur Zynikerin geworden.«

»Ich habe einen guten Lehrer gehabt. Und nun muß ich gehen. Der Fürst zeigt heute abend einem intimen Kreis eine seiner Lieblingsunterhaltungen und möchte, daß ich dabei bin.«

»Die Aristos werden den Abend damit verbringen, sich alte Filme anzusehen?« fragte Milo überrascht. »Nach allem, was heute geschehen ist, und bei dem Zustand, in dem der *Lord Pangloth* sich befindet?«

»Genau das ist der Grund. Sie wollen sich so schnell wie möglich in ihre gemütliche, abgeschirmte Welt zurückziehen. Sie wollen so tun, als habe es den heutigen Tag nie gegeben.«

Doch obwohl Jan das wußte, fand sie die Atmosphäre bei der Party des Fürsten doch sehr seltsam. Niemand erwähnte auch nur den Angriff der Bandaler, der beinahe Erfolg gehabt hätte, niemand diskutierte darüber, was geschehen mochte, wenn der *Lord Pangloth* nicht repariert werden konnte. Statt dessen gab es nur Smalltalk über nichts im besonderen, Scherze und gezwungenes Lachen. Ja, sie taten so, als sei alles wie üblich. Und Jan hatte den Verdacht, daß sie es vielleicht sogar glaubten.

Nachdem sie gegessen und eine Menge getrunken hatten, machten sie es sich alle in pelzbezogenen Sesseln vor einer Wand bequem, die aus schwarzem Glas zu bestehen schien. Jan saß neben dem Fürsten. Er legte seine Hand auf ihren Oberschenkel und streichelte ihn durch den Stoff ihres Kleides. Sie merkte, daß er sexuell erregt war und hielt es für eine weitere Reaktion auf die traumatischen Geschehnisse des Tages. Diese Nacht würde sie wohl kaum Ruhe finden.

Die Lichter gingen aus, und die Glaswand verschwand. Die ›Unterhaltung‹ hatte begonnen.

Als sie das erste Mal gesehen hatte, was den Fürsten und seine Freunde so sehr belustigte, war Jan bis ins Innerste erschreckt worden. Es konnte einen schon aus der Fassung bringen, wenn sich die Glaswand plötzlich in ein Tor verwandelte, das geradewegs in den Mittelpunkt einer anderen Welt führte — einer Welt, die *wirklicher* aussah als ihre eigene, wo die Farben leuchtender und die Menschen größer und attraktiver waren. Jan hatte gekeucht vor Furcht und den Arm des Fürsten umklammert. »Was passiert da?« hatte sie gerufen.

Er hatte gelacht und ihr gesagt, sie solle ruhig sein. »Sieh zu und genieße es. Das ist nur eine Unterhaltung.« Also hatte sie sich gezwungen, stillzusitzen und durch die Lücke, wo die vierte Wand gewesen war, auf merkwürdige Dinge zu blicken — Menschen, deren Gesichter plötzlich riesengroß wurden, schwindelerregende Flüge über fremdartige Landschaften und Städte, die aus Glastürmen voll von farbigen Lichtern bestanden, Kämpfe zwischen verschiedenen Gruppen, die Waffen von grauenhafter Wirksamkeit benutzten, aus Metall gemachte Wesen, die wie Menschen sprachen ... Am Ende fürchtete Jan, ihr Kopf werde von der bloßen *Menge* unglaublicher Bilder platzen.

Am nächsten Tag brannte Jan darauf, es Milo zu erzählen und von ihm eine Erklärung für das Phänomen zu bekommen. »Das war ein holographischer Film«, sagte er. »Die ›Glaswand‹ projiziert Bilder in drei Dimensionen. Produziert hundertprozentigen Realismus, deshalb wundert es mich gar nicht, daß es dich umgehauen hat.«

Jan wollte wissen, woher die Bilder gekommen seien. »Sie sind gespeichert — konserviert —, aber verlange jetzt nicht, ich solle dir erklären, wie. Wahrscheinlich stammen sie noch aus dem frühen 21. Jahrhundert. Um was ging es in dem Film?«

Sie hatte nicht gewußt, daß es bei der ›Unterhaltung‹ um etwas ging. Sie hatte nur unzusammenhängende Bilder gesehen, die in ihrer Gesamtheit ein Chaos bildeten. Dann fragte Milo sie, was für Kleider die Leute getragen hatten. »Sie waren ganz ähnlich wie die Aristos angezogen ... und, ach ja, sie haben viel *gesungen*.«

»Gesungen?« fragte Milo und lachte. »Jetzt weiß ich, aus welcher Periode der Film ist, aus der Mitte des 21. Jahrhunderts. Teil einer langen Serie von phantastischen musikalischen Geschichten. Sie wurden unglaublich populär, wenn ich auch nie begriffen habe, warum. Ich finde sie banal. Immerhin, die Vorfahren der Aristos müssen sie hochgeschätzt haben. Es würde mich gar nicht wundern, wenn sie ihre Kleidung der Mode in diesen Serien nachempfunden hätten und aus diesem Grund in diesen Kostümen herumlaufen.« Er schien diesen Gedanken sehr komisch zu finden und lachte lange. Jan war immer noch verwirrt.

»Ich verstehe das nicht«, klagte sie. »Waren das Bilder aus der Vergangenheit vor den Gen-Kriegen? Hat es wirklich auf anderen Welten große Städte aus Glas gegeben?«

»Tut mir leid, nein, Jan. Nichts davon war wirklich. Es war alles nur ausgedacht. Eine der Serien spielte in einer imaginären Zukunft und handelte von einem pseudo-mittelalterlichen Imperium, das die Galaxis regierte.«

»Oh«, sagte Jan. Sie war ein bißchen enttäuscht. »Es hat aber alles so *wirklich* ausgesehen. Wie wird das gemacht? Und woher sind diese schönen Menschen gekommen? Und wenn sie sangen, hatten sie so schöne Stimmen ...«

»Diese Menschen haben niemals existiert, Jan. Wie die Glasstädte und alles andere, was du gesehen hast, wurden sie in einem Computer erzeugt. Stell sie dir als unglaublich realistische Gemälde vor... Gemälde, die reden und sich bewegen können ...«

Jan hatte ihm damals nicht geglaubt, und selbst jetzt noch, als sie die gleiche Unterhaltung vielleicht zum dreißigsten Mal ansah, fand sie es schwer, zu akzeptieren, daß die schönen Menschen niemals gelebt oder geatmet hatten, daß sie das Produkt eines mechanischen Gehirns der Alten Zeit waren.

Trotzdem machte es ihr für gewöhnlich Spaß, sich den Film anzusehen — sie war inzwischen fähig, seine Handlung zu erkennen —, nur heute abend konnte sie sich nicht auf das Schauspiel konzentrieren. Immerzu mußte sie daran denken, was Milo ihr vorhin zum Abschied gesagt hatte: »Du mußt dir mit dem Computer-Terminal mehr Mühe geben. Ich habe das Gefühl, daß die Zeit knapp wird. In der Regel glaube ich nicht an Vorzeichen, aber die heutige Beinahe-Katastrophe kommt mir wie eine Warnung vor.«

Jan wußte, was er meinte. Sie teilte das Gefühl, daß die Tage des *Lord Pangloth* und aller, die sich in ihm befanden, gezählt waren.

Diese Vorahnungen erwiesen sich genau eine Woche später als richtig, an dem Morgen, als der *Lord Pangloth* der *Duftenden Brise* begegnete.

18

Es wurde ein schwieriges Manöver ausgeführt. Der *Lord Pangloth* schwebte ganz dicht über der Oberfläche eines Sees, um eine große Menge Frischwasser an Bord zu nehmen. Das Wasser wurde durch einen langen beschwerten Schlauch nach oben gepumpt. Man brauchte es nicht nur, um den normalen Vorrat zu ergänzen, sondern auch, um es in der Elektrolyse-Fabrik des Luftschiffes in Wasserstoff umzuwandeln und damit Zelle sieben zu füllen, die inzwischen — wie man hoffte, erfolgreich — repariert worden war.

Das Manöver war schwierig, weil das Luftschiff natürlich schwerer wurde, je mehr Wasser man an Bord pumpte, und um dies durch stärkeren Auftrieb auszugleichen, mußte die Temperatur in den Gaszellen stetig erhöht werden. So heikel war die Operation, daß Gorman vorübergehend aus dem Arrest geholt worden war, um sie zu überwachen. Die Atmosphäre im Kontrollraum war demzufolge sehr gespannt, was Jan die perfekte Gelegenheit bot, von neuem Versuche an dem Computer-Terminal durchzuführen. Milo hatte ihr eine neue Reihe von Permutationen dessen mitgegeben, was er den ›Zugangscode‹ nannte. Es machte ihr Schwierigkeiten, all die Zahlen im Kopf zu behalten.

Jan merkte nicht gleich, daß etwas nicht stimmte, so vertieft war sie in ihr Tun. Erst als sie Caspar nach Gorman rufen hörte, kam ihr zu Bewußtsein, daß ein Notfall vorliegen mußte; bis dahin hatte der Fürst so getan, als sei Gorman nicht vorhanden. Jan blickte von dem frustrierend leeren Schirm hoch. Alle starrten durch die Backbordseite des Kontrollraums hinaus. Und dann sah sie es …

Ein paar Augenblicke lang glaubte sie, das sphärische Objekt sei wieder ein Heißluft-Ballon, doch dann erkannte sie, daß ein anderes Luftschiff auf der gleichen geringen Höhe genau auf sie zuhielt.

Ein anderes Luftschiff?

Im Kontrollraum redeten alle gleichzeitig. Den Stimmenwirrwarr übertönte Caspars ungläubiger Ruf: »Gorman, wie ist das denn möglich? Wie können die Erdenwürmer ein *Luftschiff* gebaut haben?«

»Ich glaube nicht, daß das irgend etwas mit Erdenwürmern zu tun hat, Sire.« Gorman betrachtete das sich nähernde Luftschiff durch sein Fernglas. »Das ist ein anderer Himmelsherr.«

Caspar blickte drein, als habe er eben einen sehr heftigen Tritt in den Hintern bekommen. Und er war nicht der einzige, wie Jan bemerkte.

»Aber das ist unmöglich!« stieß Caspar schließlich hervor.

Gorman ignorierte ihn. »Pump-Mannschaft, Arbeit einstellen und Schlauch einziehen«, rief er ins Mikrophon. Dann: »Steuerleute, bringt uns sofort nach oben. Wartet nicht, bis der Schlauch eingezogen ist ...«

Wieder sah Jan zu dem anderen Himmelsherrn hin. Er war schon viel größer geworden, und sie schätzte, daß die Entfernung nicht einmal mehr zwei Meilen betrug. Sie erkannte Einzelheiten auf dem runden Gesicht, das er ihnen zuwandte. Die untere Hälfte war gruselig bemalt, und wie der *Lord Pangloth* trug er riesige Augen an den Seiten.

»Mit voller Geschwindigkeit nach oben!« befahl Gorman. Jan mußte sich an der Rückenlehne von Caspars Thron festhalten, als sich der Bug scharf hob und das Luftschiff vorwärtsschoß.

»Alle Einheiten auf die Gefechtsstationen!« schrie Gorman ins Mikrophon. Jan konnte hören, wie seine verstärkte Stimme in anderen Teilen des *Lord Pangloth* widerhallte. Sie hörte auch Sirenen und Alarmglokken.

»Aber was hat ein anderer Himmelsherr in unserem Territorium zu suchen?« entrüstete sich der Fürst.

Gorman ignorierte ihn. Er betrachtete den Eindringling wieder durch sein Fernglas. »Das ist nicht der *Lord Matamoros,* soviel steht fest.«

Der *Lord Matamoros,* soviel wußte Jan, war der Himmelsherr, dessen Hoheitsgebiet im Süden an das des *Lord Pangloth* grenzte.

»Warum wenden wir nicht, Gorman?« fragte der Fürst. »Wir müssen wenden und den Eindringling angreifen!«

Gorman ließ sein Fernglas sinken und sah Caspar an. »Ich rate zur Vorsicht, Sire. Der Eindringling ist uns gegenüber im Vorteil, und nach der Art, wie er auf uns zukam, verfolgt er einen bestimmten Angriffsplan.«

»Und warum greifen wir dann *ihn* nicht an?« Der Fürst geriet in Erregung. »Gorman, ich befehle Ihnen, zu wenden und den Eindringling anzugreifen!«

Jan sah einen Muskel in Gormans Wange zucken und erwartete eine Wiederholung der Geschehnisse von vor einer Woche. Aber Gorman behielt die Beherrschung und antwortete vorsichtig: »Sire, was schlagen Sie vor, *wie* wir den Eindringling angreifen sollen?«

Der Fürst blickte verständnislos drein. »Nun, wir fahren einfach nahe an ihn heran und eröffnen …« Er sprach nicht weiter. In seinen Augen dämmerte Verstehen.

Gorman nickte. »Genau. Seine Laser würden jede unserer Kanonen- und Gewehrkugeln abfangen.«

»Aber … aber …« Caspar schlug sich mit dem Problem herum. Gorman wartete geduldig. Als feststand, daß von seiten des Fürsten kein Lichtstrahl der Weisheit kommen werde, sagte er: »Es gibt für uns keine Möglichkeit, dem Eindringling Schaden zuzufügen.«

Jan, die im Kontrollraum niemals etwas sagte, wenn sie nicht angesprochen wurde, entschied, die ungewöhnlichen Umstände geböten ihr, die Regel zu brechen. »Chef-Ingenieur, ebensowenig wie wir den Eindringling mit Kanonen- oder Gewehrkugeln treffen können, kann er uns treffen.«

Caspar drehte sich rasch zu ihr um. »Ha!« rief er. »Die Amazone hat recht! Wir haben nichts zu befürchten!« Er wandte sich wieder Gorman zu. »Also welchen Grund haben wir zum Davonlaufen?«

Gorman sah kurz zu Jan hinüber, bevor er dem Fürsten antwortete. »Möglicherweise gar keinen. Aber bei der Frechheit, mit der der Eindringling sich uns näherte, habe ich meine Zweifel. Vielleicht hat er eine uns unbekannte Methode des Angriffs auf einen anderen Himmelsherrn entwickelt.«

Alle drehten sich um und beobachteten den Eindringling, der sich jetzt hinter dem *Lord Pangloth* befand. Er wendete, um die Verfolgung aufzunehmen. Die grellen Farben zogen sich über seine ganzen Flanken. Auf die Schwanzflosse war ein großer roter Kreis gemalt.

»Die *Duftende Brise*«, murmelte Gorman.

»Sie kennen seinen Namen?« fragte der Fürst scharf. »Woher kommt er? Was hat er für ein Territorium?«

»Er ist einer der Himmelsherren des Orients. Des Fernen Ostens. Er hat einen langen Weg hinter sich.«

»Aber *warum?*« fragte der Fürst.

Gorman zuckte die Achseln. »Welchen Grund er auch gehabt haben mag, wir können mit ziemlicher Sicherheit davon ausgehen, daß freundliche Gefühle uns gegenüber nicht mit im Spiel sind.«

»Sir, der Eindringling holt auf!« meldete einer der Techniker.

»Das wundert mich gar nicht«, sagte Gorman. »Da Zelle sieben nur teilweise gefüllt ist, sind wir sehr viel langsamer als er.« Er richtete den Blick auf den klaren blauen Himmel. »Da ist nicht einmal eine Wolke, in der wir uns verstecken könnten ...«

»Was sollen wir tun?« fragte der Fürst.

»Da wir ihm nicht davonlaufen können, müssen wir ihn ausmanövrieren«, antwortete Gorman. »Steuerleute, hart nach Steuerbord!«

So begannen sie, in der Luft Katze und Maus zu spielen, und es sollte beinahe fünf Stunden dauern. Aber trotz Gormans Geschick war schon bald zu erkennen, wie das Duell ausgehen würde — im Grunde konnte der Chef-Ingenieur nur das Unvermeidliche hinausschieben ...

Während dieser fünf Stunden kamen mehrere der höherrangigen Aristos in den Kontrollraum herunter, auch Lady Jane und Prinz Magid. Lady Jane erfaßte die Situation mit einem Blick, und nachdem sie an Gorman ein paar knappe Fragen gerichtet hatte, stellte sie sich schweigend neben Jan. Ihr Gesicht war grimmig. Prinz Magid dagegen belästigte Gorman ebenso wie Caspar mit sinnlosen Fragen und Vorschlägen.

Um halb drei Uhr nachmittags fuhr die *Duftende Brise* schließlich in weniger als fünfhundert Fuß Entfernung längsseits des *Lord Pangloth* dahin. Der Eindringling war nahe genug, daß die vielen Menschen, die sich auf den Decks und oben auf der Hülle drängten, deutlich zu sehen waren. Doch bisher war von dem anderen Luftschiff noch kein Zeichen einer offenen Aggression ausgegangen.

»Können wir nicht das Feuer auf ihn eröffnen?« fragte der Fürst sehnsüchtig. »Ich weiß, es wäre Zeitverschwendung, aber es wäre wenigstens eine *Geste.*«

»Eine Geste, die er als provokativ betrachten könnte«, erwiderte Gorman. »Ganz zu schweigen von der Verschwendung wertvoller Munition.«

»Ganz meiner Meinung«, erklärte Lady Jane ruhig. »Warten wir ab, was er von uns will.«

»Und was gibt das jetzt?« murmelte Gorman stirnrunzelnd. Die *Duftende Brise* beschleunigte und überholte den *Lord Pangloth.* Dann machte das andere Luftschiff etwas, das wie eine Wahnsinnstat aussah. Es begann, dem *Pangloth* den Weg abzuschneiden. Schreckensrufe erklangen im Kontrollraum. »Wir werden kollidieren ...!« schrie jemand.

»Volle Kraft zurück!« rief Gorman. »Schnell!«

Die Triebwerke brüllten auf, aber die Lücke zwischen dem *Pangloth* und dem anderen Luftschiff, das jetzt quer vor ihm lag, schrumpfte mit furchterregender Geschwindigkeit zusammen. Jan und Lady Jane klammerten sich aneinander fest. Jan schloß die Augen und wartete auf den Zusammenstoß. Er kam nicht. Lady Jane stieß einen langen Seufzer aus.

Jan hob den Blick. Die Hülle des Eindringlings war immer noch zweihundert Fuß von ihnen entfernt. Er begann, langsam zurückzuweichen. Die kreischenden Triebwerke schoben den *Lord Pangloth* in die entgegengesetzte Richtung. Doch dann sah Jan Menschen aus dem anderen Luftschiff springen, von beinahe jedem Deck. Sie hingen an großen Dreiecken in leuchtenden Farben.

Gorman griff hastig nach dem Mikrophon. »Alle Gewehrschützen-Einheiten, Feuer auf sich nähernde Ziele eröffnen! Feuer eröffnen!«

Die Luft zwischen den beiden Himmelsherren füllte sich rasch mit den leuchtenden, flatternden Dreiecken und ihren schwarzgekleideten Passagieren. Es waren Hunderte.

»Was sind das für Fallschirme?« schrie Caspar. »Sie fallen nicht, sie schweben!«

»Sie schweben nicht — sie *gleiten*«, antwortete Gorman. »Das habe ich befürchtet. Die Herren der *Duftenden Brise* haben eine Methode entwickelt, einen anderen Himmelsherrn anzugreifen. Unsere Laser-Verteidigungen werden gegen sie nicht aktiviert ...«

Die Angreifer kamen näher. Einige wurden von Gewehrkugeln getroffen und fielen schreiend von ihren Gleitern, die außer Kontrolle durch die Luft taumelten. Aber die meisten flogen unverletzt weiter und gerieten den im Kontrollraum Anwesenden bald außer Sicht, da sie auf der oberen Hülle zu landen beabsichtigten.

Ihnen folgte eine Welle größerer Gleiter. Unter ihnen hingen jeweils zwei Personen, die verwegen in Drahtschlingen hockten und eine Stange umfaßten, mit denen sie offensichtlich die Richtung des Gleiters kontrollierten.

Jan meinte, hinter einem Paar der sich nähernden größeren Gleiter etwas glitzern gesehen zu haben — als habe der Faden eines Spinnennetzes einen Sonnenstrahl eingefangen. Gorman war es auch aufgefallen. »Steuerleute, nach unten, *schnell* ...«

Aber als der *Lord Pangloth* tiefer hinunterging, tat es der Eindringling ihm nach und hielt sich mit ihm genau auf der gleichen Höhe. Gorman schlug sich vor Zorn und Frust mit der Faust in die Handfläche. Er befahl einem seiner Männer: »Pryce, gehen Sie nach oben und stellen Sie fest, wie die Dinge stehen! *Schnell,* wir müssen wissen, was sich da abspielt!«

Der Mann eilte die Wendeltreppe neben dem Aufzug hoch, die eigentlich ausschließlich den Aristos vorbehalten war. Jan sah, daß von dem anderen Luftschiff schwarze Linien zu ihnen herüberwuchsen.

»Seile«, antwortete Gorman bitter auf die Frage des Fürsten, was das sei. »Die letzte Gleiter-Welle hat dünne Drähte hinter sich hergezogen. Die werden jetzt benutzt, um schwerere Trossen herüberzuziehen. Sie wollen uns festbinden.«

»Genug davon!« brüllte Fürst Caspar los. Er zog sein Schwert und wandte sich dem Aufzug zu. »Ich gehe nach oben und schlage diesen Abschaum zurück! Wer ist mit mir?«

Keiner der anderen Aristo-Männer rührte sich. Lady Jane trat vor. »Caspar, sei nicht tollkühn. Du darfst dein Leben nicht sinnlos in Gefahr bringen. Laß das die Himmelskrieger erledigen.«

»Warum sollen sie den ganzen Spaß allein haben? Nein, ich gehe nach oben.«

»Nein, Caspar.« Lady Jane sprach lauter als bisher.

»Du mußt hierbleiben. Möglicherweise brauche ich deinen Schutz.«

Das ließ ihn zögern. »O *Mutter*...«, jammerte er. »Du brauchst doch nicht *meinen* Schutz. Du bist hier vollkommen sicher. Aber ich werde Dalwyn bei dir lassen, wenn du dir tatsächlich Sorgen machst...«

»Ich will, daß *du* bei mir bleibst, Caspar«, erklärte Lady Jane fest. »Es ist deine Pflicht.«

Caspar stampfte mit dem Fuß auf den Boden. »Aber ich muß etwas *tun*, Mutter! Ich kann nicht einfach hier warten und nichts tun!«

»Ich stimme Ihnen zu, Sire«, mischte sich Gorman ein. »Ich schlage vor, wir befehlen den Bug-Batterien, das Feuer auf die *Duftende Brise* zu eröffnen.« Alle sahen ihn an. »Aber die Laser... unsere Kanonenkugeln werden ihr Ziel nicht erreichen«, gab der Fürst zu bedenken.

Gorman zuckte die Achseln. »Wahrscheinlich nicht. Immerhin könnten wir bei dieser Entfernung eine Chance haben. Und andernfalls ist es möglich, daß die entstehenden Explosionen und Laser-Blitze einige von diesen verdammten Seilen durchtrennen.«

»Dann los!« befahl der Fürst. »Geben Sie den Befehl!«

Gorman nahm das Mikrophon. »Achtung, Bug-Batterien. Eröffnen Sie das Feuer nach eigenem Ermessen.«

Etwa fünfzehn oder zwanzig Sekunden später verkündete ein Dröhnen, das eine der Kanonen abgefeuert worden war. Zum Erstaunen aller Menschen im Kontrollraum gab es auf der Hülle des Eindringlings eine Explosion. Die Kugel war dicht neben einem Triebwerk eingeschlagen, und als der Rauch sich verzog, war ein Loch von vielleicht zwölf Fuß Durchmesser mit gezackten Rändern zu sehen.

»Keine Laser!« überschrie der Fürst die Jubelrufe. »Ihre Laser funktionieren nicht!«

Gorman brüllte bereits ins Mikrophon. »Achtung, alle Batterien! Feuer eröffnen! Feuer eröffnen! Das Ziel ist ohne Verteidigungen! Ich wiederhole: *Das Ziel ist ohne Verteidigungen!*«

Hoffnungsvoll warteten sie auf das Geräusch weiterer Kanonenschüsse. Es kam nicht.

»Was ist los mit diesen Trotteln?« tobte der Fürst. »Warum schießen sie nicht?«

»Ich glaube, ich weiß, warum«, erwiderte Gorman mit grimmigem Gesicht.

»Damit ist die Frage entschieden«, sagte Caspar. »Ich gehe nach oben. Ich werde selbst den Befehl über eine der Batterien übernehmen und diese Bande von Piraten eigenhändig aus dem Himmel pusten!«

Doch bevor er einen Schritt tun konnte, kamen auf der Wendeltreppe Schritte von oben heruntergeklappert. Es war der Techniker, den Gorman ausgeschickt hatte, die Lage zu überprüfen.

»Schlechte Nachrichten«, keuchte er noch auf den Stufen. »Die Angreifer sind im Innern des *Lord Pangloth*. Es sind Hunderte. Sie kämpfen wie Dämonen. Unsere Himmelskrieger sind ihnen nicht gewachsen.«

Fürst Caspar trat vor und packte den Mann bei der Schulter. »In welche Abschnitte des Schiffes sind sie eingedrungen?«

»Ich bin mir nicht sicher — da oben herrscht ein einziges Durcheinander. Menschen laufen vor den Angreifern in der einen Richtung weg und treffen auf Menschen, die in entgegengesetzter Richtung fliehen. Aber ich hörte jemanden sagen, die Feinde seien mit Sicherheit in den Quartieren Eurer Lord- und Ladyschaften, Sire.«

O Mutter Gott, dachte Jan, als sie das hörte. *Ceri.*

»Wir sind erledigt«, murmelte Prinz Magid.

»Nicht unbedingt«, sagte Gorman. »Wir haben das Nervenzentrum des *Lord Pangloth* immer noch unter unserer Kontrolle. Und wenn wir die Luke schließen und den Aufzug außer Betrieb setzen, sollten wir die Kontrolle auch behalten.«

»Was soll uns das denn nützen?« fragte der Fürst. »Wir sind hilflos! Sehen Sie sich diese Seile an! Wenn wir versuchen sollten zu fliehen, würden wir diese Piraten hinter uns herziehen!«

»Aber es hindert uns nichts daran vorwärtszufahren, Sire«, machte Gorman geltend.

»Sie meinen, wir sollen den Feind *rammen?* Damit würden wir auch uns selbst zerstören.«

»Ich schlage vor, wir *drohen,* die *Duftende Brise* zu rammen und zwingen die Angreifer so, mit uns zu verhandeln«, sagte Gorman. »Wenn sie glauben, daß wir nur bluffen, nun, dann ...« — er zuckte die Achseln — »ist es besser, von eigener Hand zu sterben als von diesen Orientalen abgeschlachtet zu werden.«

Eine Weile herrschte Schweigen im Kontrollraum. Dann nickte Caspar zustimmend. »Sie haben recht, Gorman. Lassen Sie den Eingang sofort schließen.«

Doch bevor jemand etwas unternehmen konnte, hörte man von neuem Schritte auf der Wendeltreppe. In der Annahme, der erste der Feinde betrete den Kontrollraum, zogen Caspar und Dalwyn die Schwerter und stürmten vorwärts.

Eine von Blut durchtränkte Gestalt kam in Sicht. Der Mann trug einen zerfetzten Overall und hatte ein fremdartiges Schwert in der Hand, wie Jan noch nie eins gesehen hatte. Anfangs erkannte sie ihn nicht. Dann kam er unten an, und sie keuchte vor Überraschung. Es war Milo.

19

Milo blieb am Fuß der Treppe stehen, blickte in die Runde und grinste breit. »Verzeihen Sie mein Eindringen, königliche Hoheiten, aber ich habe etwas sehr Wichtiges zu erledigen. Meine Absicht war, eher hier zu sein, aber dort oben herrscht ein mörderischer Verkehr.«

Die Aristos und die Techniker starrten Milo verständnislos an. Dalwyn entdeckte das Brandmal auf Milos Wange. »Das ist ein Sklave!« rief er.

»Ein *Ex*-Sklave, möchte ich sagen, wenn ich das Chaos da oben in Betracht ziehe.« Sein Blick fiel auf Jan. »He, Jan!« rief er fröhlich. »Ich hatte gehofft, dich hier zu finden. Wo ist das Terminal?«

Jan zeigte darauf. Lady Jane fragte: »Du kennst ihn?«

Jan nickte. »Sein Name ist Milo. Das ist der, von dem ich Ihnen erzählt habe. Der sich meiner ... äh ... angenommen hat.«

Milo sah Fürst Caspar und Dalwyn an, die mit gezogenen Schwertern vor ihm standen. »Aus dem Weg, Verehrungswürdige. Ich möchte euch nicht weh tun, aber ich muß unbedingt zu dem Terminal da drüben.«

»Sklave!« befahl der Fürst. »Leg dein Schwert nieder, oder du wirst die Folgen zu tragen haben.«

»Ich sage es nur noch einmal — geht mir aus dem Weg! Es wird nicht mehr lange dauern, bis die Japse herunterkommen, und vorher habe ich eine Menge zu tun.« Er hob das seltsame Schwert.

»Dalwyn«, sagte der Fürst, »töte ihn.«

Dalwyn griff an.

Milo bewegte sich nicht, er *verschwamm*. Gleichzeitig war das übelkeiterregende Geräusch zu hören, mit dem scharfes Metall durch Fleisch und Knochen fährt, und plötzlich flog Dalwyns Kopf durch die Luft. Sein enthaupteter Körper sank zu Boden und blieb zuckend liegen. Jan hatte einen Augenblick lang den Eindruck, er versuche, wieder aufzustehen, aber zu ihrer Erleichterung lag er still. Sie sah Milo an. Er grinste immer noch. Seine Augen hatten einen wahnsinnigen Blick. »Der Nächste!« sagte er zu Caspar.

»Er ist ein Zauberer!« keuchte jemand.

Caspar sah furchtsam auf Dalwyns enthaupteten Leichnam hinunter. Langsam senkte er sein Schwert und wich vor Milo zurück.

»So ist's recht«, lobte Milo und war mit einem Satz an dem Terminal. Die Leute stießen in dem Bemühen, ihm ja aus dem Weg zu gehen, aneinander. Milo betrachtete das Terminal voller Befriedigung, dann drehte er sich um. »Jan!« Er winkte ihr. »Komm her, ich brauche dich.«

Jan blieb stehen. Die Erscheinung, die sie als Milo kannte, entsetzte sie. Sie hatte die ganze Zeit mit ihrem Verdacht recht gehabt. Er war ein Zauberer. Kein menschliches Wesen konnte sich so schnell bewegen.

»Jan!« rief er von neuem, diesmal ungeduldig. »Steh nicht bloß herum, du Dummkopf! Komm her!«

»Geh lieber zu ihm«, murmelte Lady Jane und drückte Jans Hand ermutigend.

Zögernd trat Jan hinter dem Thron hervor und ging zu Milo hinüber. Er betrachtete sie spöttisch. »Einen Augenblick lang habe ich geglaubt, du seist zur anderen Seite übergelaufen. Hier ...« Er reichte ihr das fremdartige Schwert, das noch voll war von Dalwyns Blut. »Halte es mit beiden Händen — ja, so. Ich möchte, daß du mir den Rücken deckst, während ich arbeite. Nähert sich jemand, stößt du einen Schrei aus und schwingst das Schwert gegen ihn.« Er drehte sich um, drückte Tasten auf der Konsole und ignorierte Jan vollständig. Sie wußte nicht, was sie tun sollte. Verlegen sah sie die anderen an. Sie erwiderten den Blick, manche von ihnen anklagend.

Jan hatte keine Ahnung, was als Nächstes geschehen werde, aber dann kamen Kampfgeräusche von oben, Rufe und Schreie und das Klirren von Metall auf Metall. Die Leiche eines Himmelskriegers, bedeckt mit schrecklichen Wunden, rutschte auf dem Rücken die Wendeltreppe herunter. Ein Trupp Männer folgte. Sie waren von kleinem Wuchs, und sie trugen ausladende Gewänder in leuchtenden Farben, Rüstungen und Helme. Und sie schwangen Schwerter von der gleichen Art, wie Jan eines hielt.

Caspar und mehrere andere liefen ihnen entgegen, und sehr schnell herrschte das völlige Chaos. Milo warf über die Schulter einen Blick auf das Handgemenge. »Ich verlasse mich auf dich, Kleines«, rief er Jan über den Lärm zu. »Decke meinen Rücken — ich brauche mehr Zeit.«

Jans Gedanken waren ein einziges Durcheinander. Sie wußte nicht, was sie tat oder was sie tun *würde.* Zu vieles geschah gleichzeitig — alles war außer Kontrolle ...

Caspar erhielt einen bösen Hieb über den Unterarm. Das Schwert fiel ihm aus der Hand, und dann ging er unter dem Gewicht von dreien seiner kleinen Angreifer zu Boden. Offensichtlich wollten sie ihn lebendig gefangennehmen. Jan konnte jetzt ihre Gesichter erkennen. Sie hatten glatte, nichtssagende Züge mit Augen, die irgendwie in die Länge gezogen wirkten.

Immer mehr Eindringlinge ergossen sich die Treppe herunter in den Kontrollraum. Die Verteidiger würden bald überwältigt sein. Jan wartete nur darauf, daß der erste der Angreifer sich in ihre Richtung wandte. In ihrer Nähe stand Gorman, der dem Kampf mit Seelenruhe zusah. Jetzt wandte er seine Aufmerksamkeit ihr zu. »Was macht er da?« Er wies auf Milo.

»Ich weiß es nicht«, antwortete Jan.

»Ich glaube, Sie wissen es doch«, entgegnete er. »Schon von Anfang an war mir klar, daß Sie irgend etwas im Schilde führten. Nun, was Sie und dieser Dämon auch geplant haben mögen, es ist jetzt zu spät.« Er ging auf die Steuerhebel zu. Jan konnte sich denken, was er vorhatte.

»Milo! Der Chef-Ingenieur! Er will das andere Luftschiff mit dem *Lord Pangloth* rammen!«

»Was?« Er hörte ihr nicht zu. Er war zu konzentriert mit der Konsole beschäftigt. Jan wiederholte die Warnung mit voller Lungenkraft. Ohne sich umzusehen, sagte Milo: »Dann töte ihn.«

»Ihn töten? Ich?«

Aber er ignorierte sie schon wieder. Jan drehte sich um und sah, daß Gorman die Kontrollen erreicht hatte. Zögernd ging sie ihm nach. Was sollte sie tun? Sie brachte es nicht fertig, ihn kaltblütig umzubringen. Vielleicht konnte sie ihn mit der flachen Klinge bewußtlos schlagen ...

Doch bevor sie ihn erreichte, sprang einer der Angreifer dazwischen. Gerade als Gorman sich mit dem ersten Hebel zu schaffen machte, traf eine Klinge seinen Nakken, und sein Kopf kollerte über die Kontrollen.

Jan drehte sich wieder zu Milo um. Drei Feinde näherten sich ihm aus verschiedenen Richtungen. Anscheinend merkte er nichts davon. »Milo!« rief Jan. »Hinter dir!«

Fast unwillig wandte Milo sich von der Konsole ab. Der nächste der drei Fremden drang bereits mit erhobenem Schwert auf ihn ein. Wieder *verschwamm* Milo. Dann wand sich der Angreifer auf dem Deck, und Milo hatte sein Schwert. Das Schwert sauste nach unten ...

Milo sah den anderen beiden entgegen. Sie griffen ihn gleichzeitig an, stießen schrille Schreie aus, hielten die Schwerter bereit. Milo verschwamm. Beide Angreifer fielen. Einer starb schnell; ihm war die Kehle durchgeschnitten. Der andere saß da und meditierte verständnislos über der Masse dampfender Eingeweide, die zwischen seinen Schenkeln lag.

Jetzt rückten weitere Feinde an, doch da sie die Beweise von Milos Kampfkraft unmöglich ignorieren konnten, bewegten sie sich viel vorsichtiger. Milo winkte Jan. »Hierher, schnell!«

Sie stellte sich neben ihn, und er gab ihr das Schwert zum zweiten Mal. »Halte sie von mir ab«, befahl er. »Ich brauche nur noch ein bißchen mehr Zeit.«

»Bist du wahnsinnig?« fragte Jan heiser. »Ich kann doch das nicht, was du eben getan hast!«

»Blicke so drein, als ob du es könntest. Bluffe, Mädchen, *bluffe!*« Er widmete sich wieder der Konsole.

Jan sah dem Halbkreis näherrückender Angreifer entgegen. Ihre Gesichter waren grimmig, aber ihre Augen waren wachsam, vorsichtig. Sie hielt das Schwert auf die gleiche Weise wie sie, mit beiden Händen und so, daß die Klinge sich schräg vor ihrer rechten Schulter erhob, und sie gab sich Mühe, ebenso grimmig auszusehen. Aber sie hatte keine Ahnung, was sie tun sollte, wenn einer der Feinde auf sie eindrang. Sie war an einen völlig anderen Fechtstil gewöhnt — bei der Methode der Eindringlinge ging es nur ums Hacken und Aufschlitzen, und sie hielt nicht viel von ihren Chancen, auch nur einen einzigen Hieb zu parieren.

Sonst hatte der Kampf im Kontrollraum ein Ende gefunden. Die meisten Techniker lagen tot am Boden, aber die Aristos hatte man mit wenigen Ausnahmen lebendig gefangengenommen. Jan erhaschte einen Blick auf Lady Jane, die zwischen zwei Angreifern auf die Knie gedrückt wurde. Vor ihr lag ein dritter, und ihr Dolch ragte unter seinem Kinn hervor.

Der Halbkreis kam näher. Dann griff einer der Krieger mit einem nervenzerfetzenden Schrei an. Jan parierte den nach unten geführten Schwerthieb mehr durch den Instinkt als durch Geschicklichkeit. Gerade noch rechtzeitig, um einem gemeinen Seitenhieb auszuweichen, der ihr tief in die Taille gegangen wäre, sprang sie zurück. Der Krieger wollte sich von neuem auf sie stürzen. »Milo!« schrie sie.

»Eureka!« hörte sie Milo hinter sich rufen, kurz bevor die beiden Klingen mit lautem Klirren aufeinandertrafen. Diesmal war es pures Glück, daß ihr der Schädel nicht gespalten wurde. Und jetzt blitzte die Klinge des Kriegers aus einem Winkel auf sie zu, der es ihr unmöglich machte, sie abzufangen.

Sie wurde mit einem Ruck weggerissen. Gleichzeitig wurde ihr das Schwert aus den Händen genommen. Als Nächstes kam ihr zu Bewußtsein, daß Milo sich vor ihr befand. Und dann war er es nicht mehr — er war plötzlich zu ihrer Rechten. Der Krieger, der Jan angegriffen hatte, fiel mit weit ausgebreiteten Armen rückwärts. Seine metallene Brustplatte klaffte und enthüllte einen blutigen Abgrund in seiner Brust. Die anderen Krieger fanden keine Zeit zum Reagieren, bevor Milo sich durch sie bewegte. Sie hätten ebensogut im Boden verwurzelte Weizenähren sein können, was ihre Hoffnung betraf, seiner schwirrenden Klinge zu entgehen. Die Luft war erfüllt von spritzendem Blut und gellenden Todesschreien.

Dann war alles vorbei. Leichen — einige so zerstükkelt, daß sie keine Ähnlichkeit mehr mit Menschen hatten — lagen in großen Blutlachen. Milo war wieder sichtbar. Er senkte sein Schwert und sah sich in dem Kontrollraum um. Die übriggebliebenen Eindringlinge und ihre Aristo-Gefangenen betrachteten ihn in furchtsamem Schweigen. Er wandte sich Jan zu, wischte Blut von seinem Gesicht und grinste sie an. Wieder hatten seine Augen diesen wahnsinnigen Blick. Geschwollene Adern pulsierten an der Seite seines Halses und an den Schläfen. »Ich glaube, ich habe ihre Aufmerksamkeit gewonnen«, meinte er, drehte allen anderen den Rücken und ging zu der Konsole. Jan sah, daß sich auf dem grünen Schirm Symbole und Buchstaben reihten. Ein Blip in der oberen rechten Ecke flackerte dringend. »Da ist es!« triumphierte Milo. »Genau das, was ich wissen wollte. Schritt eins ist getan, nun könnte es ein bißchen schwierig werden, bevor wir Erfolg mit Schritt zwei haben. Nimm deine Augen in acht.«

Die letzte Bemerkung verwirrte Jan, bis er, wieder mit

einer verwischten Bewegung, sein Schwert auf die Konsole niedersausen ließ. Die Klinge fuhr hindurch, Funken stoben in alle Richtungen. Jan keuchte: »Warum hast du das Gerät zerstört?«

»Ich habe alles, was ich von ihm wissen wollte, und sonst soll es niemand anders erfahren.«

Wieder erklangen Schritte auf der Wendeltreppe. Milo drehte sich um, Jan auch. Weitere Eindringlinge kamen in den Kontrollraum, Krieger, aber auch ein Mann, der nach seiner prunkvollen Rüstung und seinem Flügelhelm einen hohen Rang einnehmen mußte. Die Krieger traten vor ihm zur Seite, er stolzierte durch die entstandene Gasse, schnauzte Fragen. Als er die vor Milo zuhauf liegenden Leichen sah, blieb er abrupt stehen. Er musterte Milo, schrie weitere Fragen an die ihn umgebenden Krieger. Einer zeigte auf Milo und berichtete dem Neuankömmling etwas in ehrerbietigem Ton. Die Augenbrauen des Neuankömmlings, dünne schwarze Linien, hoben sich langsam. Dann sagte er etwas, das offenbar ein Befehl war. Der Krieger, der seine Frage beantwortet hatte, blickte plötzlich sehr unglücklich drein und tat zögernd einen Schritt vorwärts.

Milo seufzte. »Der Offizier will es selbst sehen. Dieses Schwein.« Der Krieger griff Milo mit einem Schrei an. Milo tötete ihn. Der Neuankömmling wirkte angemessen beeindruckt. Dann überzog sein Gesicht der Ausdruck der Überraschung, als Milo ihn in seiner eigenen Sprache ansprach.

Der Austausch war kurz. Er endete damit, daß der Offizier heftig nickte, kehrtmachte und zu der Wendeltreppe lief. Er eilte die Stufen hinauf, gefolgt von zweien seiner Krieger. Erstaunt sagte Jan zu Milo: »Du sprichst ihre Sprache?«

»Nur ein bißchen. Mußte sie vor langer Zeit aus geschäftlichen Gründen lernen. Damals, als die Japaner die internationale Wirtschaft beherrschten.«

»Japaner?« fragte Jan.

»Ja. Diese Kerle sind Japaner. Ich habe dir schon einmal von ihnen erzählt. Das sind die, die so gern Tintenfische aßen. Außerdem hassen sie alle Fremden. Japan ist einer der wenigen Staaten, die nach den Eins-A-Gesetzen nicht in Teile zerfielen ...« Er wurde unterbrochen. Lady Jane sagte mit ruhiger, klarer Stimme: »Du, Dämon, Zauberer, oder was du bist!« Einer der beiden Krieger, die sie festhielten, gab ihr sofort einen harten Schlag ins Gesicht, aber sie sprach weiter: »Warum tötest du den Rest dieser gelben Ungeheuer nicht?«

Milo lächelte ihr zu. »Warum sollte ich, Königliche Hoheit?« fragte er spöttisch.

»Hilf uns, die Kontrolle über den *Lord Pangloth* zurückzugewinnen ... *au!*« Ihr Kopf flog in den Nacken, als sie wieder, und diesmal heftiger, geschlagen wurde, aber sie war nicht zum Schweigen zu bringen. »Hilf uns, und du kannst deinen Preis selbst nennen. Alles, was du willst ...« Sie erhielt einen weiteren Schlag. Blut tröpfelte aus einem Riß in ihrer Unterlippe.

»Ich bin bereits dabei, einen Handel abzuschließen«, teilte Milo ihr gutgelaunt mit, »nur nicht mit Ihnen. Sie und Ihre ganze Gruppe kostümierter Narren sind bereits ausgestorben. Sie sind schon seit langer Zeit ausgestorben, Sie hatten es nur nicht gemerkt. Aber jetzt werden Sie es gleich herausfinden ...«

Weitere Offiziere kamen die Treppe herunter, angeführt von dem, der mit Milo gesprochen hatte. Befehle erklangen, und die Aristos wurden auf die Treppe zugetrieben. Die Offiziere näherten sich Milo, blieben jedoch in respektvoller Entfernung von ihm stehen. Einer, der prächtiger gekleidet war als die anderen, redete ihn mit einer Reihe kurzer Stakkato-Wörter an. Milo antwortete ihm, zeigte auf die rauchenden Trümmer des Computer-Terminals. Der Blick des Offiziers wanderte von dem zerstörten Gerät zurück zu Milo. Er runzelte die Stirn, nickte kurz, drehte sich auf dem Absatz um und schritt davon. Die anderen Offiziere folgten ihm, ausgenommen zwei, die zurückblieben, um Milo und Jan zu bewachen.

»Was geht vor?« flüsterte sie ihm zu.

»Wie ich sagte, ich schließe einen Handel ab. Um unser Leben.«

»Was ist mit Ceri?«

»Ceri? Ach, deine kleine Freundin von dem See-Habitat. Was soll mit ihr sein?«

»Kannst du sie in deinen Handel nicht mit einschließen?« fragte Jan bittend.

Seine Zähne strahlten weiß im Kontrast zu dem auf seinem Gesicht trocknenden Blut. »Warum sollte ich? Du hast mir erzählt, daß sie mich verabscheut. Außerdem werden die Japse sie nicht umbringen. Sie ist kein Aristo und kein Himmelskrieger. Wahrscheinlich ist sie inzwischen vergewaltigt worden, aber das ist das Schlimmste, was ihr widerfahren wird.«

Jan zuckte zusammen. »Ich flehe dich an, Milo. Versuche, sie zu retten. Ich möchte nicht von ihr getrennt werden ...«

»Aha, so ist das, sie hat dein minervisches Blut in Wallung gebracht! Nun, tut mir leid, das kommt überhaupt nicht in Frage. Schätze dich glücklich, daß ich *dich* mit einschließe.«

Weitere Eindringlinge betraten den Kontrollraum. Ihrer Kleidung nach waren sie keine Krieger. Aufgeregt prüften sie die Ausrüstung und die Kontrollen, und so mußten sie das japanische Äquivalent der Techniker des *Pangloth* sein. Die Art, wie sie gelegentlich furchtsame Seitenblicke auf Milo und die zerhackten Leichen auf dem Boden warfen, verriet, daß sie sehr genau wußten, wer er war und wessen er fähig war.

Etwa zehn Minuten später kam der erste Offizier zurück, und nachdem er kurz mit den anderen beiden gesprochen hatte, winkte er Milo, ihm zu folgen. »Komm!« sagte Milo zu Jan. »Halte dich dicht bei mir und bleibe ruhig, ganz gleich, was geschieht.«

Eskortiert von den drei Offizieren und sechs Kriegern stiegen sie die Wendeltreppe hinauf. Auch auf der nächsten Ebene lagen viele Leichen, doch das waren alles Himmelskrieger. Von weither kamen Rufe und Schreie; hier in diesem Teil des *Lord Pangloth* war der Kampf ein für allemal beendet.

Milo und Jan wurden ein kurzes Stück über den Hauptkorridor geführt, der vom Eingang zu dem Kontrollraum ausging, und dann ließ man sie in eine Techniker-Latrine eintreten. Die Tür schlug hinter ihnen zu. Es war kein Versuch gemacht worden, Milo zu entwaffnen.

»Puh!« sagte er, und plötzlich erschlaffte er. Er ließ das Schwert zu Boden fallen, trat an eins der Waschbekken, beugte sich über den Rand und wusch sich Kopf und Gesicht mit Wasser. Sein Körper schien vor Jans Augen zu schrumpfen.

»Bist du in Ordnung?« fragte sie.

»Nein, aber ich werde es wieder sein, sobald ich etwas zu essen bekomme. Ich habe bei all dem Spiel und Spaß einen großen Teil meiner Treibstoff-Reserven verbrannt.« Er trank eine Menge Wasser, zog seinen zerfetzten Overall aus und begann, sich das Blut vom Körper zu waschen.

»*Bist* du ein Zauberer?« Jan dachte an die furchterregende Geschwindigkeit, mit der er diese ganze Horde von Kriegern niedergemäht hatte.

»Ich selbst nicht«, antwortete er lässig. »Aber man könnte wohl sagen, ich sei das *Werk* von Zauberern. Sie haben mir einen komprimierten Metabolismus gegeben. Meine innere Chemie ist nicht wie deine — sie unterscheidet sich von ihr ebenso radikal, wie du dich von einem Prä-Eins-A-Typ unterscheidest. Du bist im Grunde immer noch — nun, äh ... menschlich.«

»Und du bist es *nicht?*«

»Technisch gesprochen, nein.«

»Wo hat man das mit dir gemacht? Auf dem Mars?«

Milo schüttelte den Kopf. »Nein, viel früher. Vor dem Mars.«

»*Vor* dem Mars?« wunderte Jan sich. »Was meinst du damit?«

Milo gähnte. »Später. Ich werde dir alles später erklären. Im Augenblick brauche ich Schlaf.« Und zu ihrem Erstaunen legte er sich auf den Boden, schob sich den zusammengerollten Overall als Kissen unter den Kopf und schloß die Augen.

»Wie kannst du in einer solchen Zeit schlafen?« rief Jan.

»Weil ich muß. Muß wiederaufladen ... wird nicht lange dauern ... nimm Schwert ... weck mich auf, wenn ...« Er schlief bereits.

Jan betrachtete ihn eine Weile, dann tat sie, wie er gesagt hatte. Sie nahm das Schwert, setzte sich mit dem Gesicht zur Tür, den Rücken an eine Wand gelehnt und das Schwert quer über den Oberschenkeln. Auch sie fühlte sich erschöpft, aber sie war viel zu angespannt, um zu schlafen. Und sie machte sich zuviel Sorgen um Ceri.

Ungefähr zwei Stunden vergingen. Während dieser Zeit spielte sich draußen eine Menge an Aktivitäten ab. Der *Lord Pangloth* erbebte gelegentlich, und das Deck kippte jedes Mal, aber Jan konnte sich nicht vorstellen, was das zu bedeuten hatte.

Am Ende der zweiten Stunde erwachte Milo plötzlich, stand auf und zog schnell seinen zerlumpten und blutbefleckten Overall an. »Alles ruhig?« fragte er Jan.

»Nein, aber es ist niemand hereingekommen«, antwortete sie. »Wie fühlst du dich?«

»Besser. Aber ich brauche dringend Nahrung.« Er trat an eins der Waschbecken und trank noch mehr Wasser.

»Du hast komische Geräusche von dir gegeben«, sagte Jan zu ihm. »Kurz bevor du aufwachtest. Und gezuckt hast du.«

»Träume. Schlechte.« Er spritzte sich Wasser ins Gesicht, wischte es ab und richtete sich auf. Er sah Jan an und lächelte. Ihr kam es gezwungen vor. Was er auch geträumt haben mochte, es hatte ihn erschüttert. »Und wie fühlst du dich?« fragte Milo.

»Nicht besonders gut«, gestand Jan. »Was meinst du, was wird mit uns geschehen?«

»Das hängt davon ab, wie gut ich darin sein werde, diese Kinder der aufgehenden Sonne zu überzeugen, daß ich ihnen etwas anzubieten habe, das sie haben wollen.«

»Was ist das?«

»Habe ich dir doch gesagt — Informationen.«

»Ja, aber über was?« fragte Jan ungeduldig.

Bevor Milo antworten konnte, wurde es draußen vor der Tür laut. Milo drängte Jan mit Gesten, ihm das Schwert zu geben. Jan reichte es ihm rasch. Die Tür flog auf und knallte gegen die Wand. Ein Offizier trat vorsichtig ein. Jan war sich nicht sicher, ob sie ihn schon gesehen hatte. Sie sahen sich alle so ähnlich. Es machte ihr Schwierigkeiten, diese Leute auseinanderzuhalten. Vier Krieger folgten ihm. Er grüßte Milo mit einem kurzen Neigen des Kopfes und sagte etwas sehr schnell. Milo nickte.

»Wir sollen mitkommen«, übersetzte Milo für Jan. »Uns wird die Ehre einer Audienz bei dem Oberbonzen zuteil, bei ihrem Kriegsherrn.«

Sie wurden hinausgeführt und in den Aristo-Abschnitt des Schiffes gebracht. Die Korridore waren von den Toten gereinigt worden, aber wo man auch hinsah, waren Pfützen aus geronnenem Blut. Die Eindringlinge schienen überall zu sein, sie eilten mit dem Gehabe von Menschen, die etwas sehr Wichtiges zu erledigen haben, in den Gängen hin und her. Von den ursprünglichen Bewohnern dieser Quartiere, den Aristos, gab es keine Spur. Jan vermutete, daß man sie alle irgendwo eingesperrt hatte. Von neuem machte sie sich Gedanken um Ceri ...

Ihr Ziel war, wie sie bald merkte, der Große Salon. Aber als sie und Milo hineingeführt wurden, sah sie, daß er vollkommen umgestaltet worden war. Farbige Banner hingen von der Decke, und der Raum war mit tragbaren Stoffschirmen abgeteilt, auf denen Bilder von Bergen, Seen, fremdartigen Bäumen und anderen Dingen, die Jan nicht kannte, gemalt waren.

»Die Dekorateure sind bereits dagewesen«, murmelte Milo.

Ihre Eskorte bedeutete ihnen weiterzugehen. Krieger glitten bei ihrer Annäherung hinter die Schirme. Sie kamen durch vier verschiedene Trennwände, bevor sie den letzten Abschnitt erreichten.

Auf der Plattform, wo Caspar auf seinem Thron gesessen hatte, saß ein anderer Mann auf einem anderen Thron. Hinter ihm hing ein rotes Banner mit dem Bild einer seltsamen schwarzen Eidechse, die Feuer spie. Zu seinen Füßen saßen zwei Frauen in merkwürdigen Gewändern. Ihre Gesichter waren weiß angemalt.

Aber Jans Aufmerksamkeit wurde von etwas anderem gebannt. Zu beiden Seiten des Throns erhob sich ein Speer, und auf jeden dieser Speere war ein abgeschlagener Kopf aufgespießt.

Jan sah erst in die erloschenen Augen von Fürst Caspar und dann in die von Lady Jane.

20

»Du wolltest doch Rache«, murmelte Milo ihr ins Ohr, während sie sich der Plattform näherten. »Da ist sie, im Rohzustand.«

Jan antwortete nicht. Ihr Blick hing an Caspars Gesicht. Sie fühlte sich elend. Dann rief der Offizier, der den Befehl über ihre Eskorte hatte, etwas, das offenbar ›Halt‹ bedeutete. Sie waren immer noch rund fünfzehn Fuß von der Plattform entfernt. Ihre Eskorte verbeugte sich tief. Der Mann auf dem Thron erhob sich langsam. Er war viel größer als die anderen Eindringlinge. Der viereckige Schnitt seiner Robe, die den Roben der Krieger glich, ließ ihn massiger erscheinen, als er war, aber auch ohne das war er ein ungewöhnlich großer Mann. Eine durchschnittliche minervische Frau hätte winzig neben ihm gewirkt.

Er blickte auf sie herab. Seine schmalen Augen gaben keinen Hinweis auf seine Gedanken oder seine Stimmung. In perfektem Americano sagte er: »Ja, ja, Milo Haze, es ist lange her. Wo haben Sie sich in diesen letzten vier Jahrhunderten versteckt gehalten?«

Jan streifte Milo überrascht mit einem Blick und sah, daß auch er vor einem Rätsel stand. Er runzelte die Stirn und musterte den Riesen scharf. »Ich kenne Sie?« fragte er.

»Wir sind uns ein paarmal bei Biotech-Konferenzen begegnet. Natürlich können Sie mich heute nicht mehr wiedererkennen. Ich habe mich nämlich ein wenig *verändert.*« Der große Mann zeigte flüchtig ein dünnes Lächeln. »Sie andererseits haben sich wenig verändert. Zumindest auf der *Außenseite.* Nach dem, was meine Samurai mir von Ihren Taten erzählen, ist Ihr Inneres auf ganz raffinierte Art frisiert worden.«

Milo nickte. In verwundertem Ton stellte er fest: »Dann sind Sie also auch ein Unsterblicher ...«

»In der Tat, das bin ich. Und bis heute stand ich unter dem Eindruck, ich sei der letzte, der noch übrig ist.

Mein Name ist Shumi Horado. Erinnern Sie sich jetzt an mich?«

»Horado ...«, wiederholte Milo langsam. »Die Horado Corporation. Ja, ich erinnere mich. Sie waren damals ein kleiner Mann mit schütter werdendem Haar ...«

Wieder lächelte der Kriegsherr dünn und berührte seine Brust mit den Fingerspitzen. »Alles ist Eitelkeit, nicht wahr, Mr. Haze? Ich habe mir zusätzliche dreißig Zoll an Größe und einen Kopf voller Haare gegönnt. Während Sie eine Glatze und Augen in zwei verschiedenen Farben plus alle Ihre anderen Veränderungen gewählt haben. Und auf die Gefahr hin, unhöflich zu sein, muß ich zuerst über die letzteren mit Ihnen sprechen. Ich habe Ihnen dieses Schwert gelassen, das Sie zweifellos einem meiner Krieger gewaltsam abgenommen haben, und Sie dürfen das als Vertrauensbeweis werten. Aber nur für den Fall, daß Sie den Gedanken hegen, es gegen mich zu benutzen — oh, ich bin sicher, so etwas denken Sie nicht —, seien Sie versichert, daß ich geschützt bin.«

Er klatschte in die Hände. Sofort wurden die Schirme zu beiden Seiten weggerollt, und es waren Krieger zu sehen, die so etwas wie ganz kleine Gewehre in den Händen hielten. »Automatische Waffen«, erklärte der Kriegsherr. »Ich möchte behaupten, daß es die einzigen sind, die noch funktionieren. Vor rund achtzig Jahren habe ich einen tadellos erhaltenen Hort gefunden. Also seien Sie gewarnt: Ganz gleich, wie schnell Sie sich bewegen können, Mr. Haze, Sie werden tot sein, bevor Sie mich erreichen.«

»Ich habe nicht die Absicht, etwas dergleichen zu tun«, erwiderte Milo. »Meine gewalttätigen Aktivitäten mit dieser Waffe zielten nur darauf hin, Ihre Aufmerksamkeit zu erringen. Obwohl ich natürlich keine Ahnung hatte, daß Sie es sind. Wie man Ihnen sicher gesagt hat, möchte ich Ihnen ein Angebot unterbreiten.«

»Ja, dahingehend bin ich informiert worden.« Der Kriegsherr klatschte von neuem in die Hände. Diesmal tauchten Diener hinter den Schirmen auf. Sie trugen Klappstühlchen und stellten sie hinter Jan und Milo auf. Der Kriegsherr bedeutete den beiden, sich zu setzen. Er selbst ließ sich wieder auf seinem Thron nieder. »Aber bevor wir über das Geschäft reden, Mr. Haze, wollen wir die alten Höflichkeitsformen beachten. Sie und Ihre Gefährtin werden mit mir einen Becher *sake* trinken.« Zum dritten Mal klatschte er in die Hände.

Jans Bestürzung wuchs, als ein Diener ihr einen kleinen Becher mit einer klaren Flüssigkeit brachte. Was ging hier vor? Wieso kannte Milo diesen furchterregenden Riesen? Was hatte all das Gerede über Unsterblichkeit zu bedeuten?

Wieder verirrte sich ihr Blick zu Fürst Caspars Kopf auf dem Speer. Sein Mund hing in einem stummen Schrei offen. Seine Lippen waren ganz weiß geworden. Vor ein paar Stunden hatte sie diese Lippen noch geküßt ...

Es waren noch mehr Köpfe da. Als die Schirme weggerollt worden waren, hatte sie gesehen, daß vor den Fenstern auf beiden Seiten eine ganze Reihe von Speeren angebracht war. Andere Schirme verhinderten die Feststellung, wie weit sich diese Reihen von abgehauenen Köpfen erstreckten, aber Jan vermutete, daß die Wände des Großen Salons vom einen Ende zum anderen voll davon waren. Wenn das stimmte, waren sämtliche Aristo tot.

Sie nahm einen Schluck von dem Getränk. Es war bitter und trieb ihr die Tränen in die Augen. Aber die Wärme, die es durch ihren Körper sandte, war ihr willkommen.

»Wer ist Ihre junge Gefährtin?« erkundigte sich der Kriegsherr.

Erschrocken sagte sich Jan, daß er sie meinte.

»Ihr Name ist Jan Dorvis. Eine Minerverin. Eine der

letzten. Der *Lord Pangloth* hat ihre Stadt zerstört. Sie steht jetzt unter meinem Schutz. Zu welcher Vereinbarung wir auch kommen mögen, sie gilt für sie mit.«

Der Kriegsherr zuckte leicht die Achseln. »Ganz wie Sie wünschen.« Er musterte Jan. »Ein stämmiges Geschöpf«, bemerkte er. »Gar nicht nach meinem Geschmack.« Er wandte sich wieder Milo zu. »Ich erinnere mich, daß Ihr Ruf, was Frauen angeht, in der alten Zeit die Dimension des Mythologischen erreichte. Ein Gerücht, das ich hörte, ließ sogar mich staunen. Es ging um eine Frau mit Namen — wie nur? Hieß sie Miriam?«

»Miranda«, sagte Milo steif.

»War an dem Gerücht etwas Wahres?«

»Ja. Es handelte sich um eine Tatsache.«

Der Kriegsherr lachte vor sich hin. »Wie ich sagte, alles ist Eitelkeit, aber *das* heißt, sie zum Extrem treiben. Was ist aus ihr geworden?«

»Sie ist tot.«

»Verzeihen Sie mir.« Der Kriegsherr neigte den Kopf. »Ich sehe, daß das Thema immer noch schmerzlich für Sie ist, obwohl inzwischen so viele Jahre vergangen sind. Sprechen wir statt dessen davon, wie Sie es geschafft haben, in dieser ganzen Zeit am Leben zu bleiben.«

»Ich verließ den Planeten«, sagte Milo. »Konnte einen Platz in einem der letzten Shuttle bekommen, bevor die außerirdischen Gemeinschaften die Quarantäne verhängten. Reiste zum Belvedere-Habitat.«

»Belvedere. Ach ja, das erste und größte im Orbit«, überlegte der Kriegsherr. »Es existiert noch? Ich habe mir vor Jahren regelmäßig Sendungen von Belvedere und den anderen Habitaten angehört, aber inzwischen hat unsere Funkausrüstung den Geist aufgegeben.«

»Belvedere existiert noch. Ebenso die anderen drei Habitate und die Marskolonien. Die Mondkolonien sind vor langer Zeit ausgestorben. Es gab keine Möglichkeit, wie sie autark hätten werden können, und den anderen außerirdischen Gemeinschaften fehlte es an Hilfsgütern, um sie zu unterstützen.«

»Und wie lange sind Sie auf Belvedere geblieben?«

»Solange ich konnte. Bis sich das unvermeidliche Problem erhob. Das Problem, unsterblich zu sein, natürlich.«

»Die Belvederier waren in dieser Hinsicht nicht liberal eingestellt?«

»Ganz im Gegenteil. Und außerdem, wenn sie entdeckten, daß ich ein Unsterblicher war, hätten sie mich automatisch als Inhaber einer leitenden Stellung in einer der Gen-Gesellschaften oder als ein Staatsoberhaupt identifiziert. So oder so wäre ich hingerichtet worden — entweder als illegaler Unsterblicher oder als Kriegsverbrecher.«

»Und welche Lösung fanden Sie?« fragte der Kriegsherr.

»Es besteht ein regelmäßiger, wenn auch nicht häufiger Verkehr zwischen den außerirdischen Gemeinschaften. Ich machte ein paar dieser Reisen zu einem anderen Habitat, es war Creuse City, als freiwilliges Mannschaftsmitglied mit. Dann ergab sich eine Gelegenheit zur Fahrt zu der Marskolonie, und ich ergriff sie. Es war eine lange Reise.« Milo seufzte. »Was ich tat, mußte ich tun. Mein Überleben stand auf dem Spiel.« Er sah den Kriegsherrn an. »Sie verstehen?«

»Gewiß.«

Milo streifte Jan mit einem Blick und fuhr fort: »Wir waren sechs an Bord. Ich war der einzige, der den Mars lebendig erreichte. Meine Geschichte lautete, ein Druckabfall, verursacht durch einen Mikrometeor, habe die anderen getötet. Zufällig war ich zu der Zeit mit Wartungsarbeiten in der Schleuse beschäftigt gewesen und hatte deswegen meinen Anzug getragen. Man nahm es mir ab.«

Der Kriegsherr meinte: »Aber wie hatte sich Ihre Situation dadurch verbessert? Da Belvedere und die Marskolonie in Funkverkehr miteinander standen, konnte es den Marskolonisten doch nicht verborgen bleiben, wer Sie waren und, noch wichtiger, wie *alt* Sie waren.«

»Ich tauschte die Identität mit einem der anderen Mannschaftsmitglieder. Soweit es die Belvederier anging, war ich tot.«

»Und die Täuschung wurde nie entdeckt?«

Milo schüttelte den Kopf. »Die Belvederier wollten, daß der Überlebende zum Zwecke einer Untersuchung nach Belvedere zurückgeschickt werde, aber ich bat um politisches Asyl auf dem Mars. Sie verstehen, es gibt politische Differenzen zwischen Mars und Belvedere. Die Marsianer weigerten sich, mich auszuliefern. Sie machten geltend, die Ergebnisse ihrer eigenen Untersuchung der Tragödie sollten ausreichen, die Belvederier zufriedenzustellen.«

»Und so blieben Sie auf dem Mars.«

»Solange ich konnte«, erwiderte Milo. »Bis ich schließlich wieder vor dem gleichen Problem stand. Ich war wieder bis auf einige wenige Jahre an meinen 200. Geburtstag herangekommen.«

»Und welche Lösung fanden Sie bei dieser Gelegenheit?«

»Eine ganz ähnliche wie beim letzten Mal. Ich beteiligte mich an einer Expedition nach Starshine, dem als letzten gegründeten Raum-Habitat. Es sollte eine Handelsmission sein. Wir mußten, den Bewohnern war es gelungen, eine breite Palette von Medikamenten synthetisch herzustellen, die uns auf dem Mars schon vor langer Zeit ausgegangen waren. Wir wiederum wollten ihnen Saatgut mitbringen, damit sie die Ernteerträge in ihren hydroponischen Gärten verbessern könnten. Die Expedition war natürlich nicht unbedingt notwendig und entzog der Kolonie dringend benötigte Güter, aber bis dahin hatte ich eine recht einflußreiche Stellung errungen.«

Der Kriegsherr nickte anerkennend.

»Das Schiff erreichte Starshine nie«, berichtete Milo. »Das konnte ich nicht erlauben. Starshine und Belvedere hatten eine Allianz gebildet. Es gab viel Verkehr zwischen den beiden, und ich konnte das Risiko nicht eingehen, jemandem von Belvedere oder Starshine zu begegnen, der am Leben gewesen war, als ich das Habitat vor einhundertundsechzig Jahren verlassen hatte. Es war unwahrscheinlich, aber eine entschiedene und gefährliche Möglichkeit.«

»Welches Unglück befiel nun *diese* Expedition?« fragte der Kriegsherr lächelnd.

»Ein Riß im Haupttreibstofftank. Wir konnten Starshine unmöglich mehr erreichen, aber wir hatten genug Treibstoff, um uns bis zur Erde zu mogeln und die Schwerkraft den Rest tun zu lassen. Leider war das Schiff nicht dazu gebaut, in die dichte Atmosphäre der Erde einzutreten, und zerbrach auf dem Weg nach unten. Ich und noch ein paar von der Crew landeten mit einem Rettungsboot im Meer. Lange Zeit trieben wir dahin, und die anderen, die nicht meine ... äh ... besonderen Eigenschaften besaßen, starben. Ich wurde von einem See-Habitat aufgefischt. Ich lebte dort, bis der *Lord Pangloth* es angriff und ich in Gefangenschaft geriet. Und das wäre es dann, bis *Sie* kamen.«

Jan wußte, er berichtete nicht alles. Ceri hatte gesagt, Milo habe die Bewohner des See-Habitats überredet, näher am Land zu ankern. Warum? Er mußte einen Grund gehabt haben.

Der Kriegsherr dachte über das Gehörte nach. Dann sagte er: »Und während Ihrer Zeit auf dem *Lord Pangloth* haben Sie etwas entdeckt, das, wie Sie annehmen, von großem Wert für mich sein wird. Ich gestehe, daß ich neugierig bin, um was es sich dabei handelt.«

Milo lächelte ihm zu. Jan kannte dieses Lächeln. Es war das Lächeln, das sie nicht mochte. »Bevor ich es Ihnen erzähle«, wehrte Milo ab, »möchte ich hören, welche Abenteuer *Sie* im Laufe der Jahre erlebt haben.«

Der Kriegsherr winkte lässig ab. »Mr. Haze, mit Ihnen verglichen habe ich seit den Gen-Kriegen ein Leben von unendlicher Langeweile geführt. Als ich mich einmal auf der *Duftenden Brise* etabliert hatte — zugegeben, ein etwas schwieriges und von viel bedauerlichem Blutvergießen begleitetes Unterfangen —, war ich der Gefahr entronnen. Mit der absoluten Macht in Händen war meine Unsterblichkeit kein Problem mehr. Die traditionelle japanische Vorliebe für den Gehorsam gegenüber der Autorität wirkte natürlich zu meinen Gunsten. Und ich förderte die Situation, indem ich meine eigene modifizierte Version von *Bushido* kultivierte, was unter anderem dazu führte, daß ich zur Gottheit erhoben wurde. Meine Untertanen *erwarten* daher, daß ich unsterblich bin. Es hat seinen Vorteil, Mr. Haze, innerhalb einer Gesellschaft zu leben, die kulturell rückschrittlich ist, statt bei Ihren Technokraten im Weltraum.«

»Sie haben Glück gehabt«, stimmte Milo ihm zu.

Der Kriegsherr warf einen Blick in die Richtung von Fürst Caspars abgeschlagenem Kopf, dann wies er auf die lange Reihe von Aristo-Köpfen. »Merkwürdig, nicht wahr, daß diese Americanos dem Anschein nach ebenfalls kulturell rückschrittlich waren? Ich muß zugeben, daß ich nicht verstehe, warum sie einen in den Grundzügen mittelalterlichen europäischen Lebensstil angenommen haben, obwohl es eine solche Gesellschaft im kulturellen Gedächtnis Amerikas doch gar nicht gibt. Vielleicht können Sie, der Sie selbst ein Americano sind, mir dieses Geheimnis erklären.«

»Alte Filme.« Milo machte eine wegwerfende Handbewegung. »Sie haben recht, es ist keine echte kulturelle Regression. All die Möbel und der andere Schrott stammen aus alten Filmen.« Er erzählte dem Kriegsherrn von der Serie phantastischer »Unterhaltungen«, die Jan im Aristo-Abschnitt gesehen hatte.

Der Kriegsherr lachte. »Wie typisch für die Americanos!« Dann streckte er den Arm nach Lady Janes

Kopf aus und streichelte ihre Wange mit den Fingerspitzen.

»Lassen Sie das!«

Niemand war überraschter als Jan selbst, als sie ihre laute Stimme hörte. Ein beunruhigendes Schweigen folgte. Der Kriegsherr drehte ihr langsam den Kopf zu. Milo seufzte. »Bitte, verzeihen Sie meiner Gefährtin. Ihre Manieren lassen manchmal etwas zu wünschen übrig. Außerdem war sie mit der Verstorbenen zu Ihrer Linken ... äh ... intim befreundet.«

Der Kriegsherr wandte seinen Blick Milo zu. »Eine minervische Gefangene war intim befreundet mit einem Mitglied der herrschenden Klasse des *Lord Pangloth?*« Es klang leicht verwundert. »Wie ist denn das zuwegegekommen?«

»Nun, das ist eine lange, aber recht interessante Geschichte ...«, begann Milo.

Jan wurde von neuem von Wut gepackt. Sie redeten immer noch, als sei sie gar nicht da, und obwohl der Kriegsherr sie einschüchterte und sie wußte, es wäre klug, in seiner Anwesenheit vorsichtig zu sein, konnte sie nicht anders, als sich von neuem einzumischen. »Ist es nicht genug, daß Sie alle diese Menschen ermordet haben? Müssen Sie auch noch ihre Überreste mit Mißachtung behandeln?«

Wieder wandte sich der Kopf des Kriegsherrn langsam in ihre Richtung. Wieder entstand ein langes Schweigen, gebrochen nur von Milos kaum hörbarem Gemurmel: »Jesus ...«

»Mädchen«, sagte der Kriegsherr zu Jan, »deiner Unverschämtheit wegen kann ich befehlen, dich hinauszuführen und in einen Raum zu bringen, wo man dich an einen Holzrahmen binden wird. Dort zieht man dir die Haut vom Körper ab, jeden *Zoll* deiner Haut. Die Operation wird mit großer Genauigkeit durchgeführt, deine Haut in einem vollständigen Stück entfernt. Dein rohes Fleisch wird mit Salz eingerieben, die Haut wieder um deinen Körper gelegt und zugenäht. Dann bringt man dich wieder zu mir, und wenn ich zu der Überzeugung gelange, daß du in angemessener Zerknirschung um Verzeihung bittest, könnte ich dir die Gnade eines schnellen Todes erweisen. Ich brauche nur ein einziges Mal in die Hände zu klatschen, um diese Prozedur in Gang zu setzen ...« Er hob die Hände, hielt sie eine ganze Weile ein Stück voneinander entfernt in der Luft schweben und ließ sie wieder in den Schoß fallen. »Ich will jedoch aus zwei Gründen gnädig sein. Der eine ist, daß du unter Milo Hazes Schutz stehst, und es wäre ungastlich von mir, ihn auf diese Weise in Verlegenheit zu bringen. Der zweite ist, daß du in Unkenntnis darüber bist, welchen Platz du als Frau und in meinem Herrschaftsbereich einnimmst, und dir deshalb der Schwere deines Vergehens nicht bewußt warst.« Er forderte Milo auf: »Bitte, fahren Sie fort mit dem, was Sie gerade sagen wollten.«

Milo berichtete in gedrängter Form von den Ereignissen in Zusammenhang mit Jans Versuch, den *Lord Pangloth* in die Luft zu sprengen, von ihrer Begegnung mit dem Hazzini und ihrer daraus folgenden Adoption durch die Aristos. Jan wartete währenddessen darauf, daß das wahnsinnige Hämmern ihres Herzens nachließ. Sie hatte keinen Zweifel, daß der Kriegsherr nur um Haaresbreite davon entfernt gewesen war, seine Drohung wahrzumachen.

Milo war zu Ende mit seiner Zusammenfassung. Der Kriegsherr richtete die Augen wieder auf Jan, und ihr wurde eiskalt unter seinem erbarmungslosen Blick. Ob in diesen ausdruckslosen Augen jetzt ein Schimmer neuen Respekts für sie lag, ließ sich unmöglich sagen. »Du hattest die Frechheit, mir wegen der Hinrichtung dieser Leute — deiner früheren Feinde — Vorwürfe zu machen, und doch warst du bereit, das gesamte Luftschiff und jeden, der sich darauf befand, zu vernichten.«

Jan öffnete den Mund zum Antworten und schloß ihn abrupt wieder.

»Du darfst sprechen«, erlaubte er ihr.

Vorsichtig erklärte Jan: »Ich brachte es nicht fertig, als es soweit war. Ich konnte all diese Menschen nicht kaltblütig umbringen.«

»Während ich es *kann,* wie du damit andeutest.« Er schüttelte den Kopf. »Du beurteilst mich falsch. Ich bin kein grausamer Mensch. Aber ich hatte keine andere Wahl, als die herrschende Klasse des *Lord Pangloth* zu eliminieren. Eine Alternative gab es nicht. Und ich versichere dir, im allgemeinen sind sie schnell gestorben. Was diese scheinbar barbarische Zurschaustellung betrifft ...« — er wies auf die Köpfe links und rechts von ihm — »so ist das einfach die wirkungsvollste Art, Vertretern der einzelnen Faktionen des *Lord Pangloth* zu zeigen, daß die alte Ordnung unwiderruflich hinweggefegt wurde und daß schon der bloße Gedanke an weiteren Widerstand gegen mich die Sinnlosigkeit selbst ist.«

Er fragte Milo: »Beschäftigt Sie jemals der Gedanke, Sie könnten wahnsinnig werden?«

Das verblüffte Milo. Es dauerte einen Augenblick, bevor er antwortete, und er wählte seine Worte mit sichtlicher Sorgfalt. »Wahnsinnig? Erwecke ich den Eindruck, ich könnte ...«

»Die Frage richtete sich mehr an mich selbst als an Sie«, fiel der Kriegsherr ihm ins Wort. »Es gibt Zeiten, in denen ich den Verdacht habe, ich könne wahnsinnig sein, und ich frage mich, ob das eine Nebenwirkung der Unsterblichkeit ist. Wie ist Ihre Meinung?«

»Ich habe an mir selbst noch keine Zeichen mentaler Instabilität entdeckt«, antwortete Milo zögernd. »Auch sehe ich keinen Grund, warum die Unsterblichkeit zum Wahnsinn führen sollte, obwohl man vielleicht, wenn man Tausende von Jahren gelebt hat, an emotionalen Spannungen unbekannter Natur leiden wird. Oder vielleicht wird einem das Leben selbst einfach langweilig.«

»Langeweile«, meinte der Kriegsherr nachdenklich. »Ja, bei Gelegenheit quält sie mich, aber eher bereitet es mir vage Sorgen, daß ich zum Solipsismus neige, zu der Lehre, nach der nur das Ich wirklich ist. Es mag mit meiner vergeistigten Lebensweise zu tun haben. Ich habe hier in meinem Königreich solange die Rolle Gottes gespielt, ohne einen mir Gleichgestellten zu haben, dem ich mich anvertrauen könnte, daß ich allmählich dahin gerate, die Rolle als Realität zu akzeptieren. Was meinen Sie dazu?«

Wieder wählte Milo seine Worte mit Sorgfalt. »Ich vermute, eine derartige Gefahr besteht. Aber die Tatsache, daß Sie objektiv darüber sprechen können, zeigt, daß Sie der Täuschung nicht erlegen sind.«

»*Noch* nicht jedenfalls«, berichtigte der Kriegsherr mit leichtem Lächeln. »Und ich muß Ihnen sagen, Mr. Haze, ich finde die heutige Begegnung mit Ihnen unterhaltsam. Und zweifellos bedeutet Ihre Anwesenheit eine gute mentale Therapie für mich. Es ist auch amüsant, nach so langer Zeit wieder einmal Americano zu sprechen. Wissen Sie, ich kann mich noch erinnern, daß Ihre Sprache einmal Englisch genannt wurde.«

»Ich mich auch«, sagte Milo. »Ich kann mich sogar noch an England erinnern. Tatsächlich habe ich London noch einen Monat vor der Katastrophe einen Besuch abgestattet.«

»Ah ja.« Der Kriegsherr nickte. »Dieser Reaktor. Tschernobyl wurde er genannt, nicht wahr?«

»Nein. Das war der in Rußland. Einige Jahre vorher. Der Name des englischen Reaktors fällt mir im Augenblick nicht ein. Der Unterschied war, daß der erste Unfall wegen der gerade herrschenden Wetterbedingungen in Rußland nicht allzu viel Schaden anrichtete. In England waren die Wetterbedingungen das genaue Gegenteil, und der Dreck kam auf ganz Südengland herunter.«

»So ein Unglück«, stimmte der Kriegsherr zu. »Aber verglichen mit den Verwüstungen, die die Pest heutzutage anrichtet, kommt einem die Zerstörung eines einzigen kleinen Landes unbedeutend vor.«

»Ist die Pest in Ihrem Teil der Welt ebenso schlimm wie hier?«

»Schlimmer. Das ist der Grund, weshalb die Himmelsherren des Ostens Krieg gegeneinander führen und weshalb ich hier bin.«

»Ich hatte mich schon gefragt, warum Sie eine so weite Reise gemacht haben«, gestand Milo.

»Mir blieb gar nichts anderes übrig. Wie Ihnen nicht entgangen sein kann, funktioniert das Laser-Verteidigungssystem der *Duftenden Brise* nicht mehr. Es ist vor einigen Jahren vollständig zusammengebrochen. Und die mit mir rivalisierenden östlichen Himmelsherren entdeckten das. Es wäre nur noch eine Frage der Zeit gewesen, bis die *Duftende Brise* das Opfer eines erfolgreichen Angriffs seitens eines anderen Himmelsherrn wurde. Deshalb entschied ich mich, die lange Fahrt zu einem anderen Kontinent zu wagen, wo die Verwundbarkeit der *Duftenden Brise* unbekannt sein würde. Mein Plan war, den ersten Himmelsherrn, der mir begegnete, anzugreifen und darauf zu vertrauen, daß meine Samurai ihn überwältigen würden, bevor die Verteidiger erkannten, daß ich keinen Laser-Schutz besitze.« Er zuckte die wattierten Achseln. »Der Plan funktionierte. Als die Krieger des *Pangloth* dahinterkamen, daß sie ungestraft Kanonenkugeln auf mein Luftschiff abfeuern konnten, war es für sie zu spät. Meine Männer hatten die Kanonen bereits erreicht.«

»Immerhin ging es um Haaresbreite«, bemerkte Milo.

»Sicher, aber ich muß gestehen, daß ich an dem Endergebnis nie gezweifelt habe.« Er lächelte. »Sie sehen, das ist ein weiterer Beweis, daß mein Glaube an meine eigene Allmacht wächst.«

»Und was haben Sie jetzt vor?«

»Ich werde meine Basis auf dem *Lord Pangloth* errichten. Die meisten seiner ursprünglichen Bewohner —

diejenigen, die überlebt haben —, kommen auf die *Duftende Brise,* wo sie natürlich unter meiner strengen, aber humanen Kontrolle stehen werden. Wenn dann meine Flotte aus zwei Schiffen besteht, werde ich Schritte unternehmen, um sie zu vergrößern, bis ich so viele Tribut-Gebiete beherrschte, daß das langfristige Überleben meines Volkes — und meiner selbst — gesichert ist.«

»Klingt vernünftig«, lobte Milo. »Und ich hoffe, wir kommen zu einem Einverständnis, so daß meine Gefährtin und ich an dieser Ihrer glänzenden Zukunft teilhaben können. Natürlich als Bezahlung für das, was ich Ihnen zu bieten habe.«

»Welche Form sehen Sie diese Bezahlung annehmen?«

»Nun, ich ziehe es vor, sie als Geschenk zu betrachten. Was ihre Form betrifft ...« — Milo ließ seine Blicke im Großen Salon umherwandern — »so sind Sie von ihr umgeben. Der *Lord Pangloth* wäre mir durchaus recht.«

Nach langer Pause fragte der Kriegsherr leise: »Und was hätten Sie anzubieten, daß es einen ganzen Himmelsherrn wert wäre?«

»Das ist doch klar: Einen *brandneuen* Himmelsherrn«, strahlte Milo. »Einen Himmelsherrn, der sozusagen noch im Einwickelpapier steckt. Ganz neu und glänzend und voll von kostbarem Helium. Er wird viel leistungsfähiger sein als jeder andere der noch existierenden Himmelsherren, die alle langsam in Stücke fallen, wie Sie sehr gut wissen. Und zweifellos wird er voll von funktionierenden Geräten der Alten Wissenschaft sein. Er stellt buchstäblich eine fliegende Schatztruhe dar, und sie wird ganz Ihnen gehören.«

Der Kriegsherr bemerkte trocken: »Und wo genau haben Sie diesen jungfräulichen Himmelsherrn verborgen?«

»Es ist kein Himmelsherr, sondern ein Himmels*engel*«, korrigierte Milo. »Und sein augenblickliches Zuhause ist natürlich das Paradies.« Grinsend zeigte Milo nach oben.

21

»Hast du im Ernst vor, eine Partnerschaft mit dieser… dieser *Kreatur* einzugehen?« fragte Jan.

Milo stopfte sich weiter Essen in den Mund, wozu er geschickt die beiden Gegenstände benutzte, die er ›Eßstäbchen‹ nannte. Jan, die ungeduldig auf seine Antwort wartete, lief in dem kleinen Dienerzimmer, das man ihnen im Aristo-Abschnitt zur Verfügung gestellt hatte, hin und her. Schließlich rülpste Milo zufrieden. »Ah, köstlich! Nach all diesen Jahren wieder einmal japanische Speisen zu genießen! Willst du bestimmt nicht noch etwas haben? Du hast nur ein bißchen Reis gegessen.«

»Ich habe keinen Hunger. Außerdem enthalten alle anderen Gerichte Fleisch.«

»Nein, nicht alle.« Milo nahm eine Schüssel vom Tisch und hielt sie ihr hin. »Das ist Fisch.«

Jan betrachtete die glitzernden weißen Brocken und verzog das Gesicht. »Fischfleisch ist auch Fleisch.«

»Das ist wahr.« Milo steckte sich ein Stück in den Mund. Jan sah angeekelt weg. »Wirst du meine Frage beantworten?« drängte sie.

»Alles zu seiner Zeit«, wehrte er ab. »Warum setzt du dich nicht einfach hin und versuchst, dich zu entspannen? Die Ereignisse des heutigen Tages sind zu einem sehr befriedigenden Abschluß gekommen.«

»Für *dich* vielleicht.«

»Und für dich auch. Erstens einmal besitzt du deine Haut noch, obwohl du dir große Mühe gegeben hast, sie zu verlieren. Ich hätte dich umbringen können, als du mit deinem verrückten Gekläff anfingst.«

»Ich konnte nicht anders. Die Art, wie er Lady Janes Kopf berührte, als sei er sein Spielzeug, machte mich wütend.«

»Lady Jane kümmerte es nicht mehr, also warum mußtest du dich darüber aufregen?« Milo aß noch etwas von dem Fisch.

»Hast du gar keine Achtung vor den Toten?« fragte Jan kalt.

»Ich habe nicht viel Achtung vor den Lebenden. also warum sollte ich die Toten anders behandeln?« Milo lächelte.

Jan blickte auf ihn nieder und nickte. »Ja, du unterscheidest dich überhaupt nicht von ihm. Ihr seid beide Mörder; er tötet lediglich in größerem Maßstab.«

»Das ist keine Art, mit deinem Beschützer zu reden«, gab Milo lachend zurück. »Mir allein hast du es zu verdanken, daß du nicht in diesem Augenblick die Qualen der Verdammten erleidest. Es war ihm ernst mit dem, was er über das Geschundenwerden sagte, weißt du. Er hat nicht nur versucht, dir Angst einzujagen.«

»Ja, ich weiß.« Jan erschauerte. Sie schlang die Arme um sich.

Milo betrachtete sie mit lüsternem Grinsen. »Es wäre ein Jammer gewesen, wenn er seine Drohung ausgeführt hätte. Deine Haut ist einer deiner größten Vorzüge. Nur schade, daß du dich entschlossen hast, das meiste davon wieder zu bedecken. In Aristo-Tracht hast du mir viel besser gefallen.«

»Aber ich habe *mir* nicht gefallen.« Als sie und Milo in diese Kabine gebracht worden waren, hatte sie ihn gebeten, bei ihrer Eskorte neue Kleider zu verlangen. Zuerst erhielt sie ein kompliziertes Gewand von der Art, wie es die Frauen trugen, die zu Füßen des Kriegsherrn gesessen hatten. Die Krieger wußten nicht, was sie denken sollten, als Jan es zurückwies und statt dessen Männerkleidung forderte. Das zweite Mal brachten sie ihr das, was sie jetzt trug, lose sitzende Jacke und Hose, beides in Schwarz. Das Problem war nur, daß die Jacke weder Knöpfe noch einen anderen Verschluß hatte und das einzige Mittel, sie zusammenzuhalten, ein Stoffgürtel war, der die Aufgabe unzureichend erfüllte. Trotzdem fand Jan die Sachen nach den beengenden Aristo-Kleidern sehr bequem.

Milo war mit dem Fisch fertig und griff nach einer anderen Schüssel. »Seetang«, stellte er begeistert fest. »Also, das kannst du essen, ohne gegen eins deiner minervischen Prinzipien zu verstoßen.«

»Ich sagte doch, ich habe keinen Appetit. Ich bin zu angespannt, und ich mache mir solche Sorgen.«

»Um was hast du dir Sorgen zu machen? Wir sind nicht in unmittelbarer Gefahr, wir haben zu essen, wir haben eine Unterkunft und ein warmes Bett. Und alles läuft, wie ich es geplant habe.«

»Ich mache mir nicht so sehr um mich Sorgen wie um Ceri«, gestand Jan. »Warum kannst du mir meine Bitte nicht erfüllen und versuchen herauszufinden, ob sie in Sicherheit ist?«

»Weil ich den Kriegsherrn und seine Untergebenen im Augenblick schon um genug Gefälligkeiten gebeten habe. Ich will mein Glück nicht versuchen, indem ich ihn mit Fragen um eine Dienerin belästige, auch wenn sie dein Betthäschen ist.«

»Das ist sie nicht!« fuhr Jan auf, und das Blut stieg ihr ins Gesicht.

Milo lachte. »Du solltest dich sehen, Amazone. Du errötest wie eine frisch Verliebte. Du meine Güte, was hast du in diesen letzten paar Monaten für ein aktives Sexualleben geführt — mit Fürst Caspar, Lady Jane *und* deiner kostbaren Meeresnymphe. Welch ein Unterschied zu der zurückhaltenden kleinen Minerverin, als die du an Bord des *Lord Pangloth* kamst.«

»Gerade du weißt doch, warum ich mit Caspar und Lady Jane geschlafen habe«, erwiderte Jan zornig. »Und was Ceri angeht, irrst du dich. Ja, ich gebe zu, ich liebe sie, aber wir sind kein Paar. Das war ihre Entscheidung, nicht meine.«

»Du hast *niemals* mit ihr geschlafen?« fragte Milo mit wissendem Lächeln.

»Das geht dich nichts an.«

»Hab ich's mir doch gedacht.« Wieder lachte er.

Jan bemühte sich, die Selbstbeherrschung zu wahren. »Milo, *bitte*. Ich flehe dich an, mir zu helfen, herauszufinden, was aus ihr geworden ist.«

Milo legte seine Eßstäbchen hin — alle Schüsseln waren jetzt leer — und beäugte Jan abwägend. »Nun gut«, meinte er schließlich. »Aber als Entgelt verlange ich, daß du mit mir schläfst. Jetzt. Da.« Er zeigte auf das Bett. »Was sagst du dazu?«

Bei dem Gedanken an einen intimen Kontakt mit Milo verkrampfte sich ihr ganzer Körper vor Abscheu. Ihr erster Impuls war, *nein* zu rufen, doch sie bezwang sich — sie mußte an Ceri denken. Nach langem Zögern erklärte sie mit schwerer Zunge: »Wenn es das ist, was du willst, werde ich es tun.«

Er kniff die Augen zusammen. »Warum entdecke ich ein so extremes Widerstreben? Was habe ich an mir, das du so unverdaulich findest? Schließlich bist du fähig gewesen, deine minervische Moral beiseitezuschieben, als es darum ging, mit Fürst Caspar zu schlafen, einem Mann, der einen Großteil der Verantwortung an der Vernichtung deiner Leute trug. Findest du mich vielleicht körperlich abstoßend? Es kann nicht mein Geruch sein, denn ich habe keinen.«

Jan fand ihn in der Tat körperlich abstoßend, doch sie konnte nicht genau sagen, warum. Und es war nicht nur sein Körper, es war seine ganze Persönlichkeit. Je mehr sie von ihm erfuhr, desto unangenehmer wurde er ihr und desto stärker wurde ihre Überzeugung, er habe die Wahrheit gesprochen, als er sich selbst als nicht mehr menschlich beschrieb. Anscheinend war er stolz darauf, in ihr erweckte es dagegen eine atavistische Furcht ... und Widerwillen.

»Nun?« fragte er ungeduldig.

»Hör zu, ich bin bereit, als Entgelt dafür, daß du Ceri findest, mit dir zu schlafen, also wollen wir meine persönlichen Gefühle heraushalten. Du hast ihnen noch nie viel Beachtung geschenkt, also warum jetzt damit anfangen?« Sie begann, den Knoten ihres Stoffgürtels zu lösen.

Milo hob müde die Hand. »Mach dir keine Mühe. Ich habe dich nur getestet. Zum Spaß. Ich habe heute soviel meiner selbst verbraucht, daß meine Libido so tot ist wie eine leere Batterie. Ich könnte jetzt ebensowenig mit dir schlafen, wie ich fliegen könnte. Das geht nicht gegen dich.«

Jan empfand gleichzeitig Erleichterung und Enttäuschung. »Und was ist mit Ceri?«

»Vergiß sie«, riet er ihr kalt. »Wenn sie tatsächlich noch lebt, hat man sie inzwischen zweifellos auf die *Duftende Brise* gebracht.« Er wies auf die Lichter des anderen Himmelsherrn, die durch das kleine Fenster zu sehen waren. Die beiden großen Luftschiffe schwebten jetzt, durch ein Netzwerk von Trossen verbunden, Seite an Seite. Zerbrechliche hölzerne Gangways führten von einer Hülle zur anderen, und Jan und Milo hatten kurz zuvor einen wahren Exodus beobachtet, als ein Strom von besiegten Untertanen des *Lord Pangloth* über diese Gangways in die *Duftende Brise* getrieben wurde.

»Du Schuft!« Jans Augen brannten. »Du grausamer Schuft! Wie kann ich sie vergessen? Sie bedeutet mir alles.«

Milo goß sich ein Glas von dem *sake* genannten Getränk ein. Er leerte das Glas, dann sagte er zu ihr: »Du mußt realistisch sein. Ich setze schon dadurch, daß ich *dich* mit einschließe, meinen Plan aufs Spiel. Es gibt keinen Weg, daß wir es zu dritt schaffen könnten.«

»Schaffen? Wohin?« Jan runzelte die Stirn.

»Auf den Boden hinunter. Wir werden das Schiff verlassen. Natürlich nicht gleich, aber in zwei Tagen, wenn wir uns den Ruinen des Armstrong-Raumhafens nähern.«

Jan wußte nicht, was sie davon halten sollte. »Wieso? Dahin wolltest du doch. Du hast dem Kriegsherrn gesagt, das Kommunikationsgerät befinde sich dort.«

»Du bist trotz allem immer noch so naiv, Jan«, seufzte Milo. »Glaubst du, ich würde diesem Mann wirklich trauen? Sobald er hat, was er will, wird er meine Exekution anordnen. Ich kann mir sogar vorstellen, wie es sich abspielen würde — er würde mich einladen, zur Feier des Tages mit ihm zu essen oder zu trinken, und plötzlich würden seine Krieger mit den automatischen Gewehren auftauchen und mich mit Kugeln durchsieben.« Der Gedanke entlockte Milo ein anerkennendes Lächeln. »Außerdem operiert er, während seine Lichter zum größten Teil ausgegangen sind.«

»Wie bitte?«

»Ich meine, daß sein Verdacht, er habe die Realität nicht mehr fest im Griff, begründet ist.« Milo goß sich noch einmal *sake* ein.

»Ich verstehe nicht«, sagte Jan. »Was du ihm über den Himmelsherrn oben im Himmel erzählt hast — war das alles nicht wahr?«

»O doch. Jedes einzelne Wort.«

Milo hatte dem Kriegsherrn beschrieben, wie er und die anderen Leute in dem marsianischen Raumschiff die Entdeckung gemacht hatten. »Es war, nachdem ich den Haupttreibstofftank sabotiert hatte und die Entscheidung gefallen war, wir wollten jede Hoffnung, Starshine zu erreichen, aufgeben und statt dessen die Richtung zur Erde einschlagen. Von ihr waren wir immer noch rund 15 000 Meilen entfernt, als auf unserem Radarschirm ein großes Objekt vor uns erschien. Es war so groß, daß wir dachten, es könne ein weiteres Habitat sein, obwohl nichts davon bekannt war, es sei ein fünftes Raum-Habitat gebaut worden. Dann grub unser Computer die Lösung des Geheimnisses aus seinem Speicher aus. Das Objekt war Paradies, wie man die Fabrik genannt hatte, in der die Himmelsengel gebaut worden waren.

Zwischen uns kam es zum Streit«, fuhr Milo fort. »Die Mehrheit wollte einen Teil unseres noch übrigen kostbaren Treibstoffs dazu verwenden, den Kurs zu ändern und Paradies abzufangen. Der Gedanke dabei war, in der Fabrik könnten sich Treibstoffvorräte befinden. Ich sprach natürlich dagegen, denn das letzte, was ich mir wünschte, war, daß wir doch noch nach Starshine gelangten. Ich wurde überstimmt, und mir blieb keine Wahl, als die anderen tun zu lassen, was sie wollten.

Als wir uns schließlich der Bahn unseres Ziels angepaßt hatten und ihm näherkamen, mußte ich zugeben, daß Paradies einen beeindruckenden Anblick bot. Ein zylinderförmiges Skelett von anderthalb Meilen Länge, umgeben von Batterien von Solarzellenflächen. Aber das wirklich Erstaunliche war, was wir innerhalb des Gerüsts erblickten — ein Himmelsengel.

Dann erlebten wir eine weitere Überraschung. Paradies fragte uns über Funk, wer wir seien. Einen schrecklichen Augenblick lang glaubte ich, der Ort sei bewohnt, doch wie sich herausstellte, sandte ein Computer das Signal. Wir identifizierten uns und baten um Erlaubnis zum Andocken. Aber als wir — was kein Wunder war — den richtigen Zugangscode nicht angeben konnten, verweigerte der Computer uns die Erlaubnis.

Inzwischen forschte ich in meinen vagen Erinnerungen an Nachrichten über Paradies und hatte einigen Erfolg. Paradies hatte immer automatisch gearbeitet. Es hatte zwar einige wenige menschliche Aufseher gegeben, aber die Himmelsengel waren von Robotern unter der Kontrolle eines Zentralcomputers gebaut worden.

Auch fiel mir ein, daß die Fabrik schon geraume Zeit vor den Gen-Kriegen aufgegeben worden war, als man glaubte, die Gen-Revolution habe die Lebensbedingungen in der Dritten Welt so verbessert, daß kein Bedarf an Himmelsengeln mehr bestehe. In meinem Gedächtnis befand sich jedoch keine Information darüber, daß ein fertiger Himmelsengel in der Fabrik zurückgelassen worden sei.

Die einzige mögliche Erklärung war, daß der Computer mit dem Bauprogramm weitergemacht hatte, nachdem die Menschen gegangen waren. Die Fabrik war in jeder Beziehung noch am Leben — der elektromagnetische Meteor-Abwehrschirm war in Betrieb, und als wir näher herankamen, bemerkten wir spinnenähnliche Roboter, die in der Anlage und auf der Hülle des Himmelsengels herumliefen. Und als wir doch anzudocken versuchten, machte der Computer es uns durch Ausweichmanöver unmöglich. Da uns der Treibstoff ausging, mußten wir aufgeben und — sehr zu meiner Erleichterung — unsere Reise zur Erde fortsetzen.

In den Jahren danach habe ich viel über diesen jungfräulichen Engel da oben nachgedacht. Und mir fiel etwas ein. Dieser Computer, der die Fabrik leitet, wartet auf ein Signal von der Erde, er solle den fertigen Himmelsengel an seinen Bestimmungsort schicken. Wie ich mich erinnere, erfolgt auch das Niedergehen automatisch. Sie senden also das richtige Signal, warten eine Weile, und siehe da, ein brandneuer Himmelsengel wird aus dem Himmel zu Ihnen herabsteigen. Das Problem ist natürlich, man muß das richtige Signal und die Mittel, es auszustrahlen, finden.«

»Und Sie glauben, dieses Problem gelöst zu haben?« erkundigte sich der Kriegsherr.

»Jetzt ja«, antwortete Milo. »In mir stieg eine weitere Erinnerung auf. Die Himmelsengel wurden von einer Kommandozentrale der Vereinten Nationen kontrolliert. Ich brauchte nur noch zu entdecken, wo sie liegt, hinzureisen und das entsprechende Kommando zu senden.«

»Aber woher wissen Sie, daß die Kommandozentrale nach all dieser Zeit noch funktioniert?« fragte der Kriegsherr.

»Weil ich Kontakt mit ihr hergestellt habe. Oder vielmehr mit dem Computer, der sie betreibt. Das war es, was ich im Kontrollraum des *Pangloth* getan habe, als Ihre Krieger eintrafen. Seit ich an Bord dieses Luftschiffes gebracht wurde, habe ich nach einem Weg gesucht,

Zugang zum Kontrollraum zu erhalten. Ich sagte mir, es bestehe eine Chance, daß der Computer des *Pangloth* immer noch Verbindung mit der Kommandozentrale habe. Nur fiel mir leider nichts ein, wie ich an ihn gelangen könnte. Doch dann kam meine kleine Gefährtin hier und verpflichtete sich die Aristos zu Dank. Durch sie entdeckte ich ein noch funktionierendes Terminal im Kontrollraum, was sehr ermutigend war, aber keine der Variationen aller möglichen Zugangscodes erhielten eine Antwort. Entweder ignorierte der befehlshabende Computer das Signal, oder das Signal kam wegen einer fehlerhaften Ausrüstung entweder auf dem *Pangloth* oder in der Zentrale nicht durch. Ich sagte mir, wenn ich Jan weiter herumprobieren lasse, könne das in alle Ewigkeit so fortgehen — ich mußte selbst an das Terminal gelangen.

Und als heute Sie und Ihre *Duftende Brise* auf dem Schauplatz erschienen«, schloß Milo, »bot sich mir endlich die perfekte Gelegenheit. Ich gab verschiedene Codes ein, und es dauerte nicht lange, bis ich Antwort von dem Computer der Kommandozentrale erhielt, ganz wie ich es erhofft hatte. Nun fragte ich ihn, wo er sei, und er teilte es mir mit. Die Kommandozentrale befindet sich auf dem Armstrong-Raumhafen, der nur etwa vierundzwanzig Fahrtstunden von hier an der Ostküste liegt. Sobald wir zu einer Vereinbarung gekommen sind, werde ich Ihnen die genauen Koordinaten geben.«

Der Kriegsherr fragte: »Und auf welche Weise wollen Sie, wenn wir diese Kommandozentrale erreicht haben, herausfinden, wie das Signal lautet, das den neuen Himmelsherrn zur Erde holt?«

»Diese Information wird irgendwo im Computer des Zentrums gespeichert sein. Ich bin sicher, ich kann sie ihm abschmeicheln, wenn man mir genug Zeit dafür läßt. Also was sagen Sie, Shumi Horado, Kriegsherr der Himmel: Kommen wir ins Geschäft?«

Der Kriegsherr hatte natürlich ja gesagt.

…»Aber wenn alles, was du ihm erzählt hast, wahr ist, *schenkst* du ihm doch das neue Luftschiff für nichts und wieder nichts«, meinte Jan verwirrt.

»Ah, es ist nicht *alles* wahr«, erklärte Milo lächelnd. »Die Kommandozentrale ist nicht auf dem Armstrong-Raumhafen, sondern in einer nahegelegenen Stadt. Oben in einem Gebäude, das man den Himmelsturm nennt. Ich erinnere mich an ihn. Sehr eindrucksvoll. Sollte leicht zu finden sein, wenn wir die Stadt einmal erreicht haben.«

Jans Schultern sackten herunter. Plötzlich wurde sie von Erschöpfung überwältigt. Sie setzte sich in einen Sessel und sagte müde zu Milo: »Und *wie* sollen wir in die Stadt gelangen?«

»Wir werden fliegen.«

»Ach, wirklich? Womit? Hast du irgendwo einen *dritten* Himmelsherrn im Salz liegen?«

»Wir werden mit einem dieser japanischen Gleiter in die Stadt fliegen.«

»O Mutter Gott, das meinst du im Ernst …«

Milo nickte.

»Sie kommen mir furchtbar gefährlich vor.«

»Unsinn. Es macht großen Spaß, mit ihnen zu fliegen. Ich habe es früher schon als Sport getan. Wir haben sie Drachen genannt. Natürlich war das, bevor ich mich unsterblich gemacht hatte. Danach konnte ich das Risiko nicht mehr eingehen …«

»Was für ein Risiko? Du sagtest doch, sie seien nicht gefährlich.«

»Nun, Unfälle gibt es immer. Wenn man unsterblich ist, verändert sich die Einstellung zu Risiken. Man hat mehr zu verlieren.«

»Das kann ich mir vorstellen«, bemerkte Jan trocken. Ihr fiel noch etwas ein. »Du beabsichtigst, eine *Stadt* zu betreten! Was ist mit den Seuchensporen?«

Milo zuckte die Achseln. »Das Risiko müssen wir auf uns nehmen. Aber mit etwas Glück brauchen wir den

Boden gar nicht erst zu berühren. Wir werden gleich auf dem Himmelsturm landen.«

»Das *Risiko.* Du hast gerade gesagt, daß du es vermeidest, Risiken einzugehen«, hielt Jan ihm vor.

»In diesem Leben ist es nicht möglich, *alle* Risiken zu vermeiden«, erwiderte er gleichmütig.

Jan musterte ihn argwöhnisch. »Warum habe ich nur das Gefühl, die Seuchensporen stellten für mich allein eine Gefahr dar? Gehe ich recht in der Annahme, daß zu deiner Unsterblichkeit ein absolut zuverlässiges Immunsystem gehört?«

»Ich bezweifle, daß so etwas möglich ist«, antwortete er, »obwohl ich zugebe, daß mein Immunsystem leistungsfähiger ist als deins. Doch keine Bange, die Wahrscheinlichkeit, daß wir in ein aktives Seuchengebiet geraten, ist äußerst gering.«

»Ich habe schon einmal etwas anderes gehört«, murmelte Jan.

Milo gähnte. »Jedenfalls ist das der Grund, warum du dir Ceri ebensogut aus dem Sinn schlagen kannst. Der Gleiter trägt nur uns beide.«

»Ich werde sie mir *nicht* aus dem Sinn schlagen«, erklärte Jan entschieden.

»Auch gut. Bleib hier, wenn du möchtest. Ich bin sicher, du wirst es genießen, als Geisha zu leben und Horados Samurais gefällig zu sein. Wenn du glaubst, eine Frau habe es bei den Aristos schlecht gehabt, warte nur ab, bis du die japanische Variante kennenlernst.«

Das brauchte er Jan nicht erst zu sagen. So wenig sie bisher von dem Leben in Horados Gesellschaft gesehen hatte, es hatte genügt, sie zu überzeugen, daß Frauen hier auf gar keiner Ebene Status besaßen. Sie waren den Männern völlig unterworfen.

»Nun?« fragte Milo.

»Nein, ich will nicht hierbleiben«, gestand Jan. »Trotzdem kann ich Ceri nicht einfach im Stich lassen. Ich *kann nicht* ...«

Milo fuhr sich mit den Fingern über die Kopfhaut und runzelte die Stirn. »Paß auf«, sagte er schließlich, »ich kann es nicht garantieren, aber vielleicht gibt es eine Möglichkeit, sie Horado später abzukaufen.«

»Wie meinst du das?« fragte Jan hoffnungsvoll.

»Nun, wenn wir die Kontrolle über unseren Himmelsengel haben, können wir mit Horado vielleicht einen Handel abschließen. Ihm irgendwelche Technologie der Alten Wissenschaft im Austausch für deine Meeresnymphe anbieten.«

»Du glaubst wirklich, er wäre einverstanden?«

»Warum denn nicht?« wunderte sich Milo. »Nur vergiß nicht, garantieren kann ich gar nichts.«

Jan sah ihn fest an. »Milo«, sagte sie langsam, »du sollst mir *versprech*en — du sollst mir auf das, was dir heilig ist, *schwören*, daß du, wenn alles so läuft, wie du es planst, wegen Ceri mit Horado verhandeln wirst.«

Er seufzte. »Ich gebe dir mein Ehrenwort. Nun wollen wir dieses Gespräch beenden und zu Bett gehen. Ich muß immer noch eine Menge Schlaf nachholen.« Er stand auf und zog seinen Kimono aus. »Du kannst das Bett mit mir teilen, wenn du möchtest. Wie ich dir sagte, bin ich augenblicklich unfähig zum Sex, deshalb kannst du unbesorgt sein.«

»Wenn es dir nichts ausmacht«, entgegnete Jan, »würde ich es vorziehen, allein zu schlafen. Auf dem Fußboden.«

Milo zuckte die Achseln. »Wie du willst.« Mit nichts als so etwas wie einem Lendentuch bekleidet, stieg er ins Bett, streckte die Hand aus und dämpfte das Licht.

Jan blieb in ihrem Sessel sitzen. Nach einer Weile sagte sie: »Milo, warum nimmst du ausgerechnet mich mit?«

»Wir sind doch Partner, hast du das vergessen? Wir haben eine Abmachung. Du hast mir geholfen, und jetzt helfe ich dir.«

»Irgendwie kann ich nicht glauben, daß du es dir zur

Gewohnheit gemacht hast, deine Seite eines Handels einzuhalten. Du brauchst mich nicht mehr, also könntest du mich ohne weiteres hier lassen.«

»Wer sagt, daß ich dich nicht mehr brauche?«

»Milo, ich werde dich niemals lieben.«

Nach kurzem Schweigen entgegnete er: »Wir werden sehen. Es ist schon Seltsameres passiert.«

Jan saß eine Weile in der Dunkelheit, dann begann sie von neuem: »Milo?«

»Was ist denn jetzt noch? Ich will schlafen.«

»Der Kriegsherr. Er erwähnte eine Frau. Miranda. Wer war sie?«

Milo antwortete lange Zeit nicht. Dann sagte er: »Sie hat mir sehr nahegestanden.«

»Hast du sie geliebt?«

»So etwas wie Liebe gibt es nicht, aber, ja, es lag mir mehr an ihr, als mir jemals, von meiner eigenen Person abgesehen, an irgend jemandem gelegen hat.«

»Was hat sie zu etwas so Besonderem gemacht?«

»Sie war ich.«

22

»Bist du wahnsinnig? Du *kannst* nicht hierbleiben! Es ist zu gefährlich! Wir müssen weg, und zwar bald. Die Idioten haben bereits das Hauptquartier meiner Gesellschaft zerstört! Als nächstes werden sie hierherkommen!«

Milo und Miranda waren im Seezimmer. Holographische Schirme schufen die Illusion, man sei am Strand einer tropischen Südsee-Insel. Geräuscheffekte und verborgene Wärmelampen verstärkten die Wirkung. Miranda, die Jackett und Hose eines alten und sehr wertvollen Herren-Abendanzugs trug, lag träge in einer zwischen zwei Palmen befestigten Hängematte. Sie saugte an dem Strohhalm, der aus der Kokusnuß-Nachbildung hervorragte, und antwortete ruhig: »Es ist mir ernst, Milo. Ich komme nicht mit. Ich bleibe. Hier bin ich sicher, zumindest vorläufig. Der Besitz hat die besten Verteidigungsanlagen. Wohin ich später gehen werde, nun, das weiß ich noch nicht. Aber irgendwie werde ich überleben.«

Milo sah sie ungläubig an. »Was ist in dich gefahren? Du weißt, daß du nicht aus eigener Kraft überleben kannst. Du kommst mit mir, basta. Also steh auf und packe einen Koffer.«

Miranda trank durch den Strohhalm. »Milo, du begreifst anscheinend nicht, was ich dir sage. Ich sage, daß ich nicht länger mit dir zusammen sein möchte. Hast du verstanden?«

»Wovon redest du?« fragte er. »Du kannst nicht ohne mich leben! Ich *bin* dein ganzes Leben! Um Gottes willen, ich habe dich *geschaffen!*«

Plötzlich warf sie ihm die imitierte Kokosnuß an den Kopf. Er duckte sich. Die Kokosnuß rollte über den Strand und verschwand in einer der holographischen Projektionen. Das Geräusch von brechendem Glas war zu hören. Miranda sprang aus der Hängematte und zeigte anklagend mit dem Finger auf Milo. »Ja!« schrie sie. »Sag das noch einmal! Halte mir noch einmal vor, was ich dir schuldig bin! Das ist alles, was ich in meinem kurzen Leben zu hören bekommen habe — daß der große Milo Haze eine Rippe von seinem eigenen perfekten Körper genommen und daraus die perfekte Frau geschaffen hat. Das heißt, die perfekte Frau für Milo Haze! Eine Frau nach seinem Bilde!« Ihr Gesicht war verzerrt vor Wut, und ihre Brüste wogten heftig.

Die Intensität ihres Zorns verblüffte Milo. »Ist ja gut, ist ja gut ...«, murmelte er beschwichtigend. »Immer mit der Ruhe. Du hast in der letzten Zeit unter starkem Stress gestanden, und es ist verständlich, daß du die Nerven verlierst. Du weißt ja gar nicht, was du sagst. Du liebst mich immer noch ebenso sehr, wie ich dich liebe.« Er trat nahe an sie heran, schob die Hände unter ihr offenes Herren-Jackett und streichelte ihre Brüste. Miranda schlug seine Hände weg und wich zurück.

»Ich liebe dich nicht! Und du liebst mich nicht! Du liebst nur dich selbst!« rief sie voller Verachtung. »Das ist der einzige Grund! Der einzige Grund für meine Existenz! Wir sind im Bett nicht zwei Menschen, die sich lieben, da bist nur du, und du masturbierst mit dir selbst!«

»Du sollst nicht auf diese Weise von uns sprechen, Miranda«, tadelte er.

»Ist die Wissenschaft nicht etwas Wundervolles?« fuhr sie in dem gleichen verächtlichen Ton fort. »Früher brauchte ein Mann dazu nichts anderes als seine Hand; heute kann er für eine lächerliche Milliarde Dollar etwas wie mich bekommen — einen weiblichen Klon seiner selbst, entstanden in einem künstlichen Mutterleib, einem beschleunigten Wachstumsprozeß unterzogen und mit zusammengeschusterten Erinnerungen vollgepfropft — alles in einem Zeitraum von sechs Jahren. Der vollkommenste Wichsapparat für einen Mann mit einem wuchernden Narziß-Komplex. Ja, *das* nenne ich Fortschritt!«

Ihre Worte brannten in ihm. »Miranda, so sehe ich dich nicht. Du bist ebenso real wie ich …«

»Oh, vielen Dank«, warf sie sarkastisch ein. »Von dir ist das ein echtes Kompliment.«

Milo holte tief Atem. Am liebsten hätte er Miranda gepackt und diesen selbstgefälligen, herablassenden Ausdruck von ihrem Gesicht geschüttelt, aber es war unklug, wenn er die Beherrschung verlor. Diese seltsame Einstellung mußte bei ihr eine vorübergehende emotionale Verirrung sein, und solange er ruhig blieb, würde es ihm gelingen, ihr das auszureden. Er sagte ernst: »Miranda, wir haben eine besondere — eine einzigartige — Beziehung. Wir stehen uns näher als irgendein anderes Paar auf der Welt.«

»Wenn wir uns so nahestehen, wie es zwei Menschen nur möglich ist, dann sei Gott der Menschheit gnädig«, spottete sie.

»Du kannst es nicht leugnen! Du liebst mich ebenso sehr, wie ich dich liebe. Du hast keine Wahl, du bist …« Er merkte, daß er einen Fehler gemacht hatte, und verstummte.

Miranda beendete den Satz für ihn. »… *konditioniert* worden, dich zu lieben. Ja, dessen bin ich mir durchaus bewußt, Milo. Und ich habe dich tatsächlich geliebt. Aber die Konditionierung wirkt nicht mehr. Sie wirkt nicht mehr, weil du nicht mehr der gleiche Mann bist.«

»Was meinst du denn damit?«

»Ich meine all diese ›Verbesserungen‹, die du an dir hast vornehmen lassen. Sie haben einen kumulativen Effekt auf dich gehabt. Sie haben dich auf eine Weise verändert, die du nicht vorausgesehen hattest. Langsam bekomme ich sogar das Gefühl, daß du nicht einmal mehr menschlich bist.«

»Was für ein Quatsch!« rief er. »Du mußt betrunken sein!«

»Nein, das bin ich nicht. Ich sage dir die Wahrheit. Du hast eine unsichtbare Grenzlinie zwischen dem

Menschsein und etwas anderem überschritten. Du hast dich aus der menschlichen Rasse hinausgeplant, Milo.«

»Unsinn! Ich gebe zu, ich habe mich verändert, aber ich bin immer noch menschlich!« behauptete Milo grimmig.

»Menschlich?« fragte Miranda schrill. »Welches menschliche Wesen fühlt keinen Schmerz? Welches menschliche Wesen ist unfähig Furcht zu empfinden? Panik? Entsetzen?«

»Und warum macht das Fehlen dieser menschlichen Unzulänglichkeiten mich *weniger* menschlich? Warum soll die Menschheit durch die Fähigkeit, Schmerz, Furcht und Entsetzen zu erleben, definiert werden?«

»Ich könnte dir viele Gründe nennen, aber der wichtigste ist, daß du, wenn du selbst keinen Schmerz und keine Furcht empfindest, kein Mitgefühl mit uns übrigen hast, die darunter leiden. Und deshalb bist du nicht länger einer von *uns*. Du hast dich von dem Rest der Menschheit abgeschnitten.«

Milo schüttelte den Kopf. »Nein, nein, du verstehst das nicht. Ich erinnere mich nur zu gut, wie es ist, wenn man unter diesen Gebrechen der sogenannten Menschheit zu leiden hat. Ich bin nicht weniger menschlich, nur, weil ich jetzt davon frei bin. Ich fühle sogar mehr Mitleid für euch andere als früher. Du weißt nicht, was dir entgeht, Miranda. Seit den letzten Verbesserungen fühle ich mich wie befreit. Und du könntest wie ich sein, wenn du nicht so dumm gewesen wärest.«

»Ich danke dir noch einmal für das Geschenk der Unsterblichkeit, Milo, aber all diese anderen Geschenke, die du mir angeboten hast, interessieren mich nicht.«

»Eines Tages wirst du bedauern, sie zurückgewiesen zu haben«, erklärte er kalt.

»Dieser Tag wird niemals kommen, Milo, das verspreche ich dir. Ich mag weiter nichts als ein genetisches Echo von dir sein, aber trotzdem bin ich menschlich. Und das möchte ich bleiben.«

Milo spürte, daß seine Selbstbeherrschung ins Wanken geriet. Er brauchte all seine Willenskraft, um nicht Hand an sie zu legen. »Ich wiederhole: Ich *bin* ein Mensch. Ein *Über*mensch ja, aber in den Grundzügen immer noch ein Mensch.«

»Das möchtest du vielleicht gern glauben, Milo, aber du bist es nicht. Du bist nicht fähig, zu erkennen, was du geworden bist. Die menschliche Persönlichkeit ist das Produkt eines unendlich komplizierten biologischen Prozesses, und die Wissenschaft hat noch einen weiten Weg zurückzulegen, bis sie ihn entschleiert hat. Man kann nicht einfach große Stücke aus dem System heraushacken — wie es deine Gen-Techniker mit dir gemacht haben —, ohne etwas Entscheidendes zu zerstören ...« Miranda nickte bekräftigend. »Ja ... ja ... das ist es. In gewissem Sinn hast du dich selbst *getötet*, Milo.« Sie lachte auf. »Eigentlich ist es ein Witz. Soviel Geld und Mühe, um dich in einen Übermenschen zu verwandeln, und dabei hast du eine Art Selbstmord begangen. Du läufst herum und hältst dich für unsterblich, und innerlich bist du tot, und die Ameisen fressen bereits an deiner Seele.«

»Halt den Mund!« explodierte er und hob die Hand, als wolle er sie schlagen. »Ich höre mir diesen abergläubischen Blödsinn nicht mehr an! Also, zum letzten Mal: Kommst du mit oder nicht?«

»Nein, Milo. Denn ich ertrage es einfach nicht mehr, in deiner Gegenwart zu sein. Das liegt nicht nur an deiner veränderten Persönlichkeit, es ist auch physisch. Diese ›Verbesserungen‹ haben dich auf irgendeine Weise verpfuscht. Ich sage dir nichts als die Wahrheit: Du stößt mich körperlich ab. Und das ist mir mit jeder einzelnen *deiner* Zellen in *meinem* Körper ernst.«

Milo ließ die Hand langsam sinken. Er sah sie eine ganze Weile schweigend an, dann drehte er sich um und verließ den ›Strand‹. Er ging durch eine der holographischen Projektionen und zur Tür hinaus. Mit dem Aufzug fuhr er bis zur Flieger-Garage auf dem Dach. Einer der kleineren Haus-Cyberoiden kam ihm entgegen, als er die Garage betrat. »Guten Abend, Mr. Haze. Gehen Sie aus?«

»Ja«, antwortete Milo kurz und ging zu seinem Flieger. Er hatte keinen festen Plan, nur die vage Idee, aus dem Staat hinauszukommen. Und danach? Nun, so, wie sich die neueren Seuchen ausbreiteten, sollte er vielleicht in Erwägung ziehen, den Planeten ganz zu verlassen.

»Es ist eine angenehme Nacht für einen Flug.« Der Cyberoid war ihm gefolgt.

»Gewiß.« Milo lächelte ironisch. Gerade wollte er einsteigen, als ihm etwas einfiel. Mirandas Maschine parkte auf der anderen Seite der Garage. Er zeigte darauf. »Mach das Fahrzeug gebrauchsunfähig«, befahl er. »Öffne die Wartungsklappe und zerstöre die Antriebseinheit.«

»Aber, Sir«, antwortete der Cyberoid mit seiner höflich schnurrenden Stimme, »das ist Teil des Besitzes, den zu schützen ich programmiert bin.«

»Und ich hebe deine vorprogrammierten Anweisungen auf. Tu, was ich dir gesagt habe!«

»Sehr wohl, Sir.« Der Cyberoid ging zu Mirandas Flieger hinüber, öffnete die Wartungsklappe am Heck, hinter der die Antriebseinheit steckte, und fuhr mit seinem gegliederten Greifarm hinein. Milo hörte, daß Metall zermalmt wurde. Befriedigt traf er von neuem Anstalten, in seinen eigenen Flieger zu steigen, aber wieder blieb er stehen. Da war ein Geräusch. Ein fernes Gemurmel?

Nein. Es klang mehr wie das zornige Summen von Hornissen. Milo drückte den Knopf für die manuelle Kontrolle der Garagentür. Sie glitt auf, und er ging auf das Dach hinaus. Jetzt war das Geräusch deutlicher zu hören. Er wußte, was es verursachte; trotzdem rief er den Cyberoiden zu sich, um es sich von ihm bestätigen zu lassen. »Menschen«, antwortete der Cyberoid auf seine Frage. »Viele. Sie kommen hierher.«

»Ja.« Milo trat an die Brüstung und blickte über den Garten hinweg zur Mauer, die von den verschiedenfarbenen Lichtern seines Verteidigungssystems funkelte.

»Erwarten Sie Besucher, Sir?« erkundigte sich der Cyberoid.

»Nein, aber meine Frau erwartet welche. Das fällt unter ihre Verantwortung.« Er eilte in die Garage zurück.

»Wie viele Gäste erwartet Ihre Frau? Nach dem Geräusch zählt die sich nähernde Gruppe viele Hunderte.«

»Keine Bange. Ich bin überzeugt, Miranda ist imstande, sie alle zu bewirten. Sie liebt es, große Gesellschaften zu geben.« Damit stieg Milo in seinen Flieger. Die gepanzerte Luke schloß sich. Milo befahl dem Fahrzeug-Computer, den Flieger auf eine Höhe von tausend Fuß zu bringen und dort zu verweilen.

Aus dieser Höhe bekam Milo über die Sensor-Monitore ein klares Bild des Geschehens. Der Cyberoid hatte mit seiner Schätzung zu niedrig gegriffen. Tausende von Menschen rückten durch den Wald auf die nördliche Mauer zu. Milo vermutete, daß sie von Luxton, der seinem Besitz nächsten großen Stadt, kamen. Er hatte gehört, der Ort sei von der Seuche befallen worden.

Er holte sich die Vergrößerung einer Gruppe auf einen der Monitore. Alle trugen sie Waffen. Gewehre, Äxte, sogar Gartenwerkzeuge. Milo lächelte vor sich hin. Das erinnerte ihn an ein visuelles Klischee aus alten Horror-Filmen — die Horde wütender Bauern auf dem Marsch, um die Burg des lokalen Vampirs oder wahnsinnigen Wissenschaftlers niederzubrennen. Es fehlten nur noch die Fackeln.

Die breite, unregelmäßige Front des sich nähernden Mobs war nur noch etwa hundert Meter von der Mauer entfernt. Milo entschloß sich, es den Angreifern leichter zu machen. Er schaltete den Haus-Computer zu und gab ihm den codierten Befehl, der alle früheren Befehle aufhob und die Verteidigungsanlagen lahmlegte, ausgenommen die Cyberoiden, die als eigenständige Einheiten handelten. Dann lehnte er sich zurück und bereitete sich darauf vor, das Schauspiel zu genießen.

Der Mob brauchte nicht lange, um auf das Grundstück zu kommen. Eine Reihe von Explosionen riß an verschiedenen Stellen Lücken in die Mauer, durch die sich die Menschenmenge ergoß. Im Garten stießen die Angreifer auf die erste echte Opposition. Drei der großen Außen-Cyberoiden empfingen sie mit einer verheerenden Mischung aus Maschinengewehr- und Laser-Feuer. Hunderte von Menschen starben in den ersten dreißig Sekunden, aber es kamen ihnen so viele nach, daß die Cyberoiden keine Chance hatten, die Invasion aufzuhalten. Sie wurden von dem bloßen Gewicht der Körper schnell überwältigt, umgeworfen und dann, als sie hilflos waren, zu formlosen Klumpen aus Metall und Plastik zusammengedroschen. Der Mob strömte auf das Haus zu.

Aus einer perversen Laune heraus schaltete Milo das audio-visuelle Überwachungssystem des Hauses ein. Miranda hielt sich immer noch in dem Seezimmer auf, aber die Spezialeffekte waren abgeschaltet, und sie blickte aus einem der Vorderfenster. Milo rief ihren Namen, und sie wandte sich der Überwachungseinheit zu, die er aktiviert hatte. »Milo?« fragte sie ängstlich. »Bist du das? Was ist los? Warum funktionieren die Verteidigungssysteme nicht?«

»Muß eine Panne sein«, antwortete er. »Vielleicht ist es auch Sabotage. Du hast nicht mehr viel Zeit. Starte sofort mit deinem Flieger. Halte dich nicht damit auf, etwas zu packen.«

»Wo bist du?«

»Etwa tausend Fuß oberhalb des Hauses. Komm zu mir. Schnell.«

Sie warf einen letzten Blick aus dem Fenster, dann rannte sie aus dem Zimmer. Milo lächelte befriedigt und unterbrach die Verbindung. Eine weitere Explosion war zu hören. Er sah Rauch an der Vorderseite des Hauses aufsteigen. Jetzt mußten sie in das Erdgeschoß eindringen. Es würde nicht mehr lange dauern ...

Er zielte einen der Sensoren auf die Tür der Dachgarage. Und wartete.

Eine Minute später kam Miranda durch diese Tür. Sie blickte nach oben. Milo holte ihr Gesicht heran. Ihre Augen waren weit aufgerissen vor Furcht. Wahrscheinlich war ihr der Mob dicht auf den Fersen. Milo malte sich aus, was sie empfunden hatte, als sie entdeckte, daß ihr Flieger nicht funktionierte. Wieder lächelte er.

Miranda rannte auf das Dach hinaus, schwenkte heftig die Arme. Offenbar konnte sie seine Lichter sehen. Dann blitzte es in der Garage von Gewehrschüssen. Aha, der Haus-Cyberoid tat seine Pflicht. Oder vielleicht versuchte er, den ›Gästen‹ Kanapees auf einem Tablett zu servieren, und verstand nicht, warum auf ihn geschossen wurde. Bei dieser Vorstellung lachte Milo laut heraus.

Der erste Angreifer kam durch die Garagentür. Ein Mann mit einem automatischen Gewehr. Eine Frau folgte ihm. Sie schwang eine Machete. Weitere drängten heraus ...

Miranda rannte, aber sie konnte nirgendwohin, es sei denn, sie sprang vom Dach. Sie trieben sie in eine Ecke, umringten sie. Immer noch winkte sie Milo aufgeregt. Milo beugte sich vor und schaltete die Lichter seines Fliegers ab. Aufmerksam verfolgte er auf dem Schirm, wie Miranda in Stücke gehackt wurde. Erst als von ihr kein Fetzchen mehr unter dem tobenden Mob zu sehen war, merkte er, daß er eine pulsierende Erektion hatte.

Er kam im Sturzflug mit dem Flieger herunter. Er war über ihnen, bevor sie wußten, wie ihnen geschah. Seine Laser und Schußwaffen hatten rasch alle Menschen auf dem Dach getötet. Dann warf er eine Bombe auf das Haus und flog nach Süden davon.

23

Blitze erhellten in kurzem Aufzukken die höheren Türme der fernen City. Jan war überwältigt. Sie hatte noch nie eine City gesehen, und schon allein ihre Größe beeindruckte sie sehr. Wie hatte man Häuser so hoch in den Himmel hinauf erbauen können, ohne daß sie an ihrer Basis zusammenbrachen? Und zu denken, daß alle diese Gebäude einmal voll von Menschen gewesen waren! Es war schwer, sich vorzustellen, daß es jemals so viele Menschen zur selben Zeit gegeben hatte.

»Es müssen Tausende und Abertausende von Menschen dort gelebt haben«, sagte sie zu Milo.

»Was?« fragte er geistesabwesend. Es paßte gar nicht zu ihm, daß er in den letzten Minuten schweigend an der Reling gelehnt und grübelnd auf die Stadt geblickt hatte. Jan wiederholte ihre Worte, und er antwortete: »Mehr als das. Die Stadt hatte eine Einwohnerzahl von über sechs Millionen.«

»Sechs *Millionen?*« Jan konnte es nicht glauben.

»Es ist wahr. Ich habe diese Stadt gut gekannt. Das letzte Mal, als ich sie sah, war sie voller Leben. Alle diese Türme waren hell erleuchtet. Auf den Straßen herrschte Verkehr. Flieger zogen am Himmel dahin ...« Er verstummte wieder.

Jan sagte sich, daß er Erinnerungen aus all jenen vergangenen Jahrhunderten von neuem durchlebte, und für einen Augenblick tat er ihr leid. »Dieser große Turm im Zentrum, ist das der, den wir erreichen müssen? Der Himmelsturm?«

»Still«, warnte er sie und blickte über die Schulter zu ihrer allgegenwärtigen Eskorte, zwei schweigsamen Samurai, die zehn Fuß von ihnen entfernt auf dem offenen Deck standen. Jan und Milo hatten theoretisch die Erlaubnis des Kriegsherrn, sich frei in den öffentlichen Abschnitten des *Lord Pangloth* zu bewegen, aber immer, wenn sie ihre Kabine verließen, folgten ihnen zwei Krieger. Milo hatte gemeint, er bezweifele, daß sie Americano verstünden; er war sich so gut wie sicher, daß allein der Kriegsherr mit der Sprache vertraut war. Trotzdem durften sie das Risiko nicht eingehen, offen vor den Samurai zu sprechen.

»Du mußt flüstern.« Er hielt seinen Kopf dicht neben ihren. »Ja, das ist der Himmelsturm. Ich hoffe nur, er weckt bei unserem Freund Horado keine alten Erinnerungen.«

»Wann fliehen wir?« fragte Jan. Die City lag bereits sehr weit zurück, und bei dem Gedanken, das ganze Stück in einem der japanischen Gleiter zu fliegen, wurde ihr Magen unruhig. Und mit jeder Sekunde, die verging, entfernte sich der *Lord Pangloth,* der einen großen Bogen um sie geschlagen hatte, weiter von der Stadt. Er fuhr jetzt nach Norden auf den Ort zu, der als der Armstrong-Raumhafen bekannt war.

»Wenn es ganz dunkel geworden ist«, flüsterte Milo.

»Wie werden wir dann sehen, wohin wir fliegen?« fragte Jan besorgt.

»Habe ich dir das nicht gesagt? Ich kann sehr gut im Dunkeln sehen.«

Jan wunderte nichts mehr an Milos Eigenschaften. Sie nickte nur und sagte: »Ja, aber ich nicht.«

»Mach dir keine Sorgen. Das Steuern übernehme ich. Du folgst einfach meinen Anweisungen, und alles wird gutgehen. Unser einziges Problem ist das Gewitter da oben in den Bergen. Hoffen wir, daß es in die andere Richtung zieht.«

»Und was ist mit unserem zweiten Problem?« Jan wies mit einem leichten Neigen des Kopfes auf die beiden Samurai mit den ernsten Gesichtern, die so taten, als betrachteten sie die Stadt und nicht sie und Milo.

Milo warf einen kurzen Blick in ihre Richtung und zuckte die Achseln. »Sie sind kein Problem. Im Gegenteil, sie werden uns von Nutzen sein. Das heißt, *einer* von ihnen.« Er erläuterte das nicht näher, und Jan stellte keine Fragen. Sie würde früh genug herausfinden, was er im Sinn hatte. Sollte er inzwischen Spaß an seinem dramatischen Spielchen haben.

Die City verschwand allmählich in der Ferne, und bald hatte Jan Schwierigkeiten, ihre Türme auszumachen, wenn ein Blitz niederfuhr. Was sie deutlich sehen konnte, waren die Lichter der *Duftenden Brise,* die dem *Lord Pangloth* im Abstand von etwa einer Meile folgte. Es war unvermeidlich, daß ihre Gedanken immer wieder zu Ceri zurückkehrten — hatte man sie auf die *Duftende Brise* gebracht, oder war sie noch auf dem *Pangloth?* War sie in Sicherheit? Was passierte mit ihr in eben diesem Augenblick?

Daß sie sich diese Fragen stellte, machte ihre Angst um Ceri nur noch schlimmer. Deshalb versuchte Jan, sie aus ihrem Kopf zu verbannen. Sie sah zu Milo hinüber, der wieder stumm ins Leere starrte. Das löste eine andere Reihe beängstigender Fragen aus: Jetzt vertraute sie ihr Leben wieder dieser seltsamen Kreatur an, von der sie bereits wußte, daß man ihr nicht trauen durfte! Was sollte daraus werden? Je mehr sie über Milo erfuhr, desto geheimnisvoller und beunruhigender kam er ihr vor. Und noch immer konnte sie nicht sagen, wieviel von seinen Berichten über die Alte Zeit die Wahrheit war und wieviel er aus Gründen, die allein er kannte, erfunden hatte.

Was er ihr zum Beispiel über die Frau mit Namen Miranda erzählt hatte, war nur schwer zu schlucken: Sie sei buchstäblich er selbst in weiblicher Form gewesen, ein aus einer seiner Zellen gezüchteter Klon mit gentechnisch verändertem Y-Chromosom. Auf diese Weise war es Milo möglich gewesen, sich selbst zu heiraten. »Eine Ehe, die in einem himmlischen Reagenzglas geschlossen wurde«, hatte er mit bitterem Humor gesagt. Jan hatte den Eindruck, die Beziehung zu seinem Klon sei nicht so gelaufen, wie er es beabsichtigt hatte, aber trotz ihrer fortgesetzten Fragen weigerte er sich, ihr mehr über Miranda zu erzählen. Dem Kriegsherrn hatte er knapp erklärt, Miranda sei gestorben. Jan machte sich ihre eigenen Gedanken über die Umstände, unter denen sie gestorben war.

»Es ist Zeit«, murmelte Milo.

Es kam überraschend für Jan. »Was ist ...«, begann sie, aber Milo bewegte sich bereits auf ihre beiden Wächter zu. Er sagte etwas zu ihnen in ihrer Sprache. Für Jan klang es wie eine Frage. Die Samurai runzelten die Stirn und wechselten Blicke, als Milo sich ihnen näherte. Dann *verschwamm* er ...

Den Wächtern blieb keine Zeit, das Schwert zu ziehen. Jan sah einen von ihnen zurückfliegen. Er prallte von der Wand hinter ihm ab und fiel auf die Knie. Blut strömte aus seiner Nase. Milo hielt den anderen beim Kopf gepackt. Er drehte dem Mann mit furchterregender Kraft den Hals um. Die Nackenwirbel knirschten dabei scheußlich. Jan wandte das Gesicht zur Seite. Als sie wieder hinsah, lag der Samurai auf dem Boden, das Gesicht nach hinten, und Milo beugte sich über den ersten Mann. Er schlug ihm mit der Handkante in den Nacken. Der Wächter kippte nach vorn und rührte sich nicht mehr. Milo löste das Wehrgehenk des Toten und warf es samt dem in der Scheide steckenden Schwert und den Messern Jan vor die Füße. Er hob die Leiche hoch, trug sie an die Reling und hievte sie hinüber, ohne daß ihm die geringste Anstrengung anzumerken war. Die Dunkelheit verschluckte den fallenden Leichnam schnell. Milo kehrte zu dem anderen Toten zurück und machte sich daran, ihn auszuziehen.

Alles war so schnell gegangen, daß Jan sich desorientiert fühlte. Eben waren noch zwei lebende, atmende menschliche Wesen mit ihnen auf dem kleinen Deck gewesen, und jetzt, einen Wimpernschlag später, wie es schien, waren beide tot, und einer von ihnen stürzte durch die Nacht dem Boden zu ...

Milo legte die Kleider und die Rüstung des toten Kriegers an. »Sammle die Waffen ein«, sagte er zu Jan. »Du wirst sie brauchen.« Sie gehorchte. Milo setzte den Helm des Samurai auf und fragte mit einem unerfreulichen Grinsen: »Wie sehe ich aus?«

»Alles ist dir zu klein. Du wirst damit niemanden täuschen ... jedenfalls nicht für lange«, antwortete Jan.

»Ich habe auch nicht damit gerechnet, völlig unbemerkt hin und zurück zu kommen«, meinte er ungerührt. »Vor allem dann nicht, wenn ich einen Gleiter durch den Korridor trage. Aber die Verkleidung wird mir einen kleinen Vorsprung geben, und das ist alles, was ich brauche. Bis bald ...« Er nahm den beinahe nackten Toten und warf ihn ebenso mühelos über die Reling wie den ersten. Dann lief er das Deck hinunter und verschwand durch die Luke.

Jan seufzte. Sie drehte sich um, lehnte sich an die Reling und versuchte, die Waffen mit ihrem Körper zu verdecken, falls einer der Japaner sich in Milos Abwesenheit auf das Deck wagen sollte. Unter ihrer Jacke hatte sie eine Wasserflasche und einen Beutel mit ein paar Reiskuchen. Sie wußte, die nächsten zehn Minuten würden sehr lang werden. Milo hatte geschätzt, so lange werde er brauchen, um das nächste Gleiter-Lager zu erreichen, einen Gleiter zu stehlen und auf das Deck zurückzukehren. Jan fragte sich, was sie tun solle, wenn er überhaupt nicht wiederkam. Sich mit einem der Messer umbringen? Über Bord springen? Alles wäre besser, als in die Hände des über Milos Verrat wütenden Kriegsherrn zu fallen.

Wie sie erwartet hatte, verging die Zeit mit qualvoller Langsamkeit. Jans Handflächen begannen zu schwitzen, und bei dem leisesten Geräusch fuhr sie zusammen. Wo blieb Milo? Er mußte doch schon länger als zehn Minuten fort sein ...

Wieder erschrak sie. Da kam jemand. Im Laufschritt. Milo tauchte aus der Luke auf. Unter dem einen Arm trug er einen zusammengefalteten Gleiter, in der anderen Hand hielt er ein Schwert. Jans erster Gedanke war, der Gleiter sehe so lächerlich klein aus, daß er unmöglich zwei Personen tragen könne. Dann bemerkte sie das Blut an der Klinge.

Milos Augen hatten den wilden Blick, den sie früher schon an ihm gesehen hatte. Er grinste wie ein Wahnsinniger. »War ein bißchen schwieriger, als ich erwartet hatte. Habe da hinten ein ziemliches Chaos zurückgelassen, aber die Überlebenden haben sich inzwischen wahrscheinlich aufgerappelt und sind wie der Teufel hinter mir her. Wir haben nicht viel Zeit.« Er steckte das Schwert in die Scheide und begann den Gleiter zu entfalten. Jan kam es wie Zauberei vor. Das Ding wuchs und wuchs — Abschnitte metallener Rohre dehnten sich zu dem Vierfachen ihrer ursprünglichen Länge aus; das seidene Tuch schien endlos zu sein ... Bald bedeckte der Flügel des Gleiters die volle Länge des kleinen Decks. Milo trat mit dem Fuß gegen die Reling. Sie zersplitterte. Noch zwei Tritte, und sie war ganz verschwunden. Jan wich von der Kante zurück. Der Gedanke, getragen von nichts als einem zerbrechlichen Gebilde aus Seide, hohlen Metallstreben und Draht in den schwarzen Abgrund zu springen, verlor immer mehr an Anziehungskraft.

»Schnell!« drängte Milo. »Leg die Waffen an und steig in diese Gurte!« Er selbst kletterte bereits in sein Ledergeschirr, das mit Drähnen am Mittelpunkt des Gleiters befestigt war. Jan gürtete sich in aller Eile mit Schwert und Messern und stieg in die Gurte, die genau um ihre Oberschenkel und ihre Taille paßten. Der Gleiter ruhte jetzt auf seiner hinteren Flügelspitze. Am Mittelpunkt, wo die Drähte der Geschirre festgemacht waren, ragte ein Dreieck aus drei Metallrohren hervor. »Faß die Stange — so!« sagte Milo und griff nach dem Rohr, das die Basis des Dreiecks bildete. Jan tat es ihm nach. Ihr Herz klopfte schmerzhaft.

»Wenn wir in der Luft sind, hältst du deinen Körper gestreckt und tust genau, was ich dir sage. Verstanden?«

»Ja«, antwortete Jan mit trockenem Mund.

»Gut. Tritt an den Rand und halte dich bereit, mit aller Kraft zu springen, wenn ich das Zeichen gebe.«

Sie gingen bis an den äußersten Rand des Decks. Der seidene Flügel stand hinter ihnen beinahe senkrecht. »Ich zähle bis drei.« Milo beugte die Knie. Jan auch. Der Wind verfing sich in ihrem langen Haar und blies es ihr ins Gesicht. Der Seidenstoff des Flügels begann zu flattern.

»Eins ...«

Zornige Rufe hinter ihnen. Die Japaner waren da.

»Zwei ... *drei!*«

Das Wissen, daß sich das Deck gleich mit wütenden japanischen Kriegern füllen werde, überwand jedes letzte Bedenken, das Jan wegen des Sprungs hatte. Sie strengte alle ihre Kräfte an, um vom Rand des Decks wegzukommen. Schon krachten Gewehrschüsse, und sie fühlte eine Kugel nahe an ihrem Ohr vorbeischwirren.

Weitere Schüsse, doch sie und Milo sausten schon durch die kalte Nachtluft nach unten. Mehrere Augenblicke lang glaubte Jan, sie fielen außer Kontrolle. Aber nein. Sie glitten. Sie *flogen.*

»Verlagere dein Gewicht nach links!« befahl Milo.

»Was?« Der Gleiter ging in den Horizontalflug über. Die Luft rauschte so schnell vorbei, daß Jans Augen tränten. Nicht, daß es etwas zu sehen gegeben hätte.

»Nach links verlagern — auf mich zu!« brüllte Milo. »Jetzt!«

Jan tat, was er verlangt hatte. Sie spürte, daß sein Körper sich in die gleiche Richtung bewegte. Der Gleiter kippte nach links, dann merkte Jan, daß sie wendeten. Augenblicke später rief Milo: »Okay, stop! Halte deinen Körper wieder gerade!« Jan tat es. »Gut«, sagte Milo. »Wenigstens fliegen wir in die richtige Richtung, aber wir brauchen mehr Höhe, wenn wir die Stadt erreichen wollen. Hoffen wir, daß wir einem Aufwind begegnen.«

Jan entdeckte, daß ihr das Fliegen langsam Spaß machte. Wie ein Pfeil schossen sie lautlos durch die Nacht …

»Scheiße«, grunzte Milo.

»Was ist?«

»Wir haben einen Riß im Flügel. Von einer Kugel oder einem Schwerthieb.« Jan sah über die Schulter. Sie konnte gerade noch die Umrisse des Flügels ausmachen, der in der Dunkelheit über ihnen hochragte. Von einem Riß im Stoff sah sie nichts. »Ist das schlimm?« fragte sie.

»Noch nicht, aber der Riß wird größer.«

»Oh.« Ihre gehobene Stimmung war wie weggeblasen. Sie spähte nach unten, versuchte, abzuschätzen, wie hoch über dem Boden sie waren.

»Scheiße«, sagte Milo noch einmal. »Wir schaffen es nicht bis zur Stadt.«

»Werden wir abstürzen?«

»Das glaube ich nicht, nur mag uns ein langer Marsch bevorstehen. Und das ist Pestland da unter uns.«

Jan hatte keine Ahnung, wieviel Zeit vergangen war, bis sie einen heftigen Ruck spürte und die Stange beinahe losgelassen hätte. Milo brüllte: »Festhalten!«, und dann stellte sich der Gleiter auf die Nase und stürzte nach unten. Jan schrie.

Sie schienen Tausende von Fuß zu fallen, und dann stellte sich der Gleiter überraschend wieder waagerecht. »Bist du okay?« rief Milo.

»Ich glaube«, antwortete Jan zitterig. »Ich dachte, es sei zu Ende mit uns.«

»Die Dinger sind so gebaut, daß sie aus Sturzflügen automatisch wegziehen. Das Problem ist, wir haben dank dieser Turbulenz noch mehr an Höhe verloren, und ich weiß nicht, wie …« Deutlich war das Reißen von Stoff durch das Flattern des Flügels und das Rauschen der Luft zu hören. Der Gleiter kippte heftig nach rechts. Diesmal machte er keinen Sturzflug, sondern beschrieb eine Spirale. Milo rief etwas. Jan konnte es nicht verstehen.

Es mochte Stunden oder nur Sekunden später sein, da krachte der Gleiter in etwas hinein und Jan erhielt einen Schlag auf die Stirn, und ihr Bewußtsein kreiselte ins Nichts davon ...

Als sie wieder zu sich kam, hing sie mit dem Kopf nach unten in ihren Gurten. Sehen konnte sie überhaupt nichts. »Milo?« stöhnte sie. Es kam keine Antwort. Sie tastete blindlings nach ihm und konnte ihn nicht finden. Was war geschehen? Wo war sie? Der Gleiter hatte die Nase offenbar nach unten gekehrt, aber war das auf dem Boden, oder steckte er in den Ästen eines hohen Baums fest? Jan befühlte ihr Gesicht. Es war klebrig — zweifellos von Blut —, und auf ihrer Stirn gleich über dem Haaransatz wölbte sich eine Beule. »Milo!« rief sie von neuem, diesmal lauter.

Etwas hustete in der Dunkelheit. Jan kannte diesen Laut. Die großen Katzen hatten ihn oft von sich gegeben, wenn sie um die Stadtmauer von Minerva schlichen. Ihr fiel ein, wo sie war. Im Pestland. Und zwar allein. Milo hatte sie im Stich gelassen. Oder er war tot.

Jan zog ihr Kurzschwert. Es gab ihr ein bißchen Trost, aber sie fühlte sich immer noch lächerlich verwundbar und preisgegeben, wie sie da mit dem Kopf nach unten hing. Sie stocherte mit dem Schwert herum und fand Milos leeres Geschirr neben sich hängen. Dann traf sie auf eins der metallenen Rohre. Unter Schwierigkeiten gelang es ihr, es zu fassen. Dabei verlagerte der Gleiter sich leicht, und es riß etwas. Ja, das Ding hatte sich in den Zweigen eines Baums verfangen. Aber Jan hatte immer noch keine Ahnung, wie hoch oben sie war. Eins allerdings war sicher: Dem Geräusch nach würde nicht viel dazugehören, den Gleiter ganz loszureißen.

Jan kam zu einem Entschluß. Sie mußte es wagen

und hinunterspringen, bevor der Gleiter fiel und sie mit sich nahm. Sie steckte das Kurzschwert ein und faßte nach der Haltestange des Gleiters. Mit der einen Hand hielt sie sich daran fest, mit der anderen begann sie, die Gurte ihres Geschirrs zu lösen.

Als sie den letzten Verschluß geöffnet hatte, glitt das Geschirr von ihr ab, und plötzlich stürzte sie. Verzweifelt hangelte sie mit der zweiten Hand nach der Stange.

Da war sie! Jan ächzte. Ihr Körper schwang herum, und mit einem Mal hing ihr ganzes Gewicht an ihren Armen. Dann schwang sie hin und her, und ihre Beine baumelten in der leeren Luft. Sie tastete mit den Zehen, hoffte, Boden zu berühren. Aber da war keiner. Wie weit entfernt mochte er sein? Fünf Fuß? Zehn? Fünfzig? Es konnte einen verstauchten Knöchel, gebrochene Knochen oder den Tod bedeuten.

Bring es hinter dich, ermahnte Jan sich, holte tief Atem und ließ die Stange los ...

Im Fallen zog sie die Knie an, rollte sich instinktiv zu einer Kugel zusammen.

Sie fiel und fiel ...

Ich werde sterben!

Sie fiel in etwas sehr Weiches. Es bremste ihren Fall, und trotzdem war der Aufprall immer noch heftig genug, daß sie keine Luft mehr bekam. Sie machte eine Rolle vorwärts durch das Zeug und lag schließlich auf dem Rücken, verzweifelt bemüht, Luft in ihre Lungen zu saugen. Die Substanz, in der sie gelandet war, bedeckte auch ihr Gesicht, was das Atmen noch schwieriger machte. Sie kratzte sie ab, und da verriet der Gestank ihr, was es war ...

Schwamm!

»Puh«, stöhnte Jan angeekelt. Sie setzte sich auf und wischte sich das Zeug eilends von der Kleidung. Dann stellte sie sich auf die Füße und tat einen versuchsweisen Schritt. Sofort sank sie bis an die Knie in die elastische, widerliche Substanz ein. Fast hätte sie sich übergeben, doch sie sagte sich, daß der Schwamm ihr das Leben gerettet hatte. Ohne ihn hätte sie sich bestimmt den Hals gebrochen, ganz zu schweigen von jedem anderen Knochen in ihrem Körper.

Ihr kam ein Gedanke. Wenn sie den Fall aus dem Gleiter überlebt hatte, mußte Milo ihn auch überlebt haben. Doch wo steckte er? Wahrscheinlich war er schon weit weg von hier, dachte sie bitter. Vielleicht hatte er sie für tot gehalten. Oder hatte er gemeint, bei einem Fußmarsch werde sie ihm nur lästig sein? So oder so, er hatte sie im Stich gelassen.

Sie hörte diese Katze wieder husten. Diesmal klang es näher. Jan zog das längere der beiden Schwerter, hielt es mit beiden Händen und drehte sich in die Richtung, wo sie die große Katze vermutete. Mit abergläubischem Erschauern erinnerte sie sich an den schwarzen Panther am Stadttor. An den, der an Carlas Tod schuld war. Es konnte doch unmöglich derselbe sein …

Wieder ein Geräusch. Genau hinter ihr.

Jan wollte sich umdrehen, doch sie wußte, es war bereits zu spät.

24

»Vorsichtig mit dem Ding, du Dummkopf!« warnte Milo sie gereizt.

»Milo! Der Mutter Gott sei Dank ...« Jan fühlte sich wie erlöst. Sie ließ das Schwert sinken. »Ich dachte, du hättest mich im Stich gelassen.«

Er trat dicht an sie heran. Sie konnte in der Dunkelheit eben seine Umrisse erkennen. »Das habe ich auch«, sagte er.

»Du hast ...?« fragte Jan überrascht. »Aber du bist zurückgekommen ...«

»Frag mich nicht, warum«, erklärte er kalt. »Ich weiß es selbst nicht. Sorge du nur dafür, daß ich meinen Entschluß nicht bereue.«

Wieder ein Husten von der großen Katze. Jetzt *sehr* nahe. »Milo ...?«

»Ja, ich sehe das Tier. Ein Tiger. Säbelzahn. Groß. Etwa zwanzig Meter entfernt.« Er senkte die Stimme. »Er hat mich gerade entdeckt. Duckt sich. Wir haben ihn gegen den Wind, deshalb hat er unseren Geruch nicht wahrgenommen.«

Jan war irrational erleichtert, daß die große Katze kein Panther war, obwohl sie wußte, ein Säbelzahn war noch tödlicher. Sie hörte, daß Milo von ihr wegging. »Wohin gehst du?« fragte sie ängstlich.

»Nirgendwohin«, antwortete er leise. »Ich stelle mich ein paar Meter vor dir mit dem Rücken zu der Katze.« Vorsichtig zog er eins seiner Schwerter.

»Aber warum drehst du dem Tiger den Rücken zu?« Jan war beunruhigt. »Dann siehst du ihn ja nicht kommen!«

»Sei still!« befahl Milo.

Sie gehorchte. Erst war alles ruhig, und dann hörte sie, wie sich etwas bewegte. Vor ihrem geistigen Auge sah sie den Säbelzahn durch den geräuschdämpfenden Schwamm schleichen. Jetzt konnte er jeden Augenblick in Sprungweite sein. Sie spannte die Muskeln an, war bereit zum Weglaufen. Dann kam ein Schwirren, gefolgt von einem lauten Aufschlag. Etwas Schweres landete ganz in ihrer Nähe in dem Schwamm. Starker Tiergeruch wehte herüber. »Milo ...?«

»Ich bin noch da. Die Katze ist nicht mehr da.«

»Was ist geschehen?«

»Ich habe ihr den Kopf abgeschlagen.«

»Aber woher wußtest du, wann du zuschlagen mußtest? Du hattest ihr ja den Rücken zugekehrt.«

»Ich kann ebensogut hören, wie ich im Dunkeln sehen kann. Auch dieser Sinn ist verbessert. Als diese arme Mieze durch den Schwamm trampelte, machte sie soviel Lärm wie ein Cyberoid, der die Treppe herunterfällt. Nun komm, wir wollen uns ein Obdach suchen. Es hat keinen Sinn, während der Nacht zu versuchen, näher an die Stadt heranzukommen. Wahrscheinlich würdest du in einen Peitschenbaum stolpern.« Jan fühlte, daß er ihr Handgelenk ergriff, und ließ sich durch die undurchdringliche Schwärze führen. Der Schwamm machte das Vorankommen schwierig. Es war, als wate man durch einen See aus klebriger Flüssigkeit, und schon bald schmerzten Jan die Beine. »Wohin gehen wir?« fragte sie.

»Ich suche nach einem passenden Baum«, antwortete Milo. »Durch den Schwamm sind die meisten hier tot und verfault.«

Jan dachte an seine Bemerkung, sie könne in einen Peitschenbaum hineinstolpern, und fragte nervös: »Kannst du im Dunkeln gut genug sehen, um einen Peitschenbaum zu entdecken?«

»Wir wollen es hoffen.« Er lachte leise.

Jan fand das gar nicht lustig. Peitschenbäume waren berüchtigt für ihre Hinterlist. Sie machten andere Baumarten so täuschend nach, daß es unmöglich war, sie von ihnen zu unterscheiden, das heißt, bis die peitschenähnlichen Ranken durch die Luft zischten und das unglückliche Opfer an den Stamm zogen, aus dem dann plötzlich riesige Dornen hervorwuchsen, um es aufzuspießen und langsam die Flüssigkeit aus seinem Körper zu saugen. »Woher stammen die Peitschenbäume?« erkundigte sich Jan bei Milo.

»Wie so viele andere Dinge hier im Pestland wurden sie von Gen-Technikern geschaffen.«

»Aber *warum*? Warum schafft jemand absichtlich etwas so Gräßliches?«

Milo lachte. »Die Mutter Gott hat den Mann erschaffen, oder nicht?«

»Ich weiß doch, daß du nicht an die Mutter Gott glaubst. Du machst dich lustig über mich.«

»Klar. Aber um deine Frage zu beantworten: Die Peitschenbäume wurden von Gen-Technikern im Auftrag eines sehr reichen Mannes namens Planus geschaffen. Ihm ging es darum, auf eine ganz neue Weise Eindringlinge von seinem weitläufigen Grundbesitz abzuhalten, arme Schlucker, die nach was Eßbarem Ausschau hielten. Diese Peitschenbäume sind eigentlich gar keine Bäume. Sie sind eine Kreuzung aus Tier und Pflanze. Weder das eine noch das andere.« Nach einer Pause setzte er hinzu: »Wie ich.«

»Wie du?« fragte Jan verwirrt.

»Ja. Weder das eine noch das andere.« Seine Stimme klang bitter. »Das hat mir einmal jemand vor langer Zeit gesagt. Ich habe ihr nicht geglaubt. Aber, zum Teufel, was soll's, ich habe überlebt, und das allein zählt. Darum dreht sich schließlich alles.«

Jan, die nicht verstand, wovon er redete, antwortete nicht. Er fuhr fort, und sie hatte den Eindruck, er spreche mehr mit sich selbst als zu ihr. »Überleben. Der Grund für alles, und doch bleibt es das grundlegende Geheimnis. Warum haben komplizierte Moleküle die Fähigkeit entwickelt, sich zu reproduzieren? Laufen natürliche chemische Prozesse automatisch darauf hinaus? Ist es die Folge des chemischen Verlangens, das in jeder Materie steckt, in einer mathematisch harmonischen

Form zu verharren?« Plötzlich faßte Milo ihren Arm fester. »Sieh mal!«

»Wohin?« fragte Jan nervös. »Du weißt, daß ich überhaupt nichts sehen kann.«

»Nach oben, du Dummkopf. Zum Himmel.«

Jan tat es und sah eine Traube von Lichtern vorüberziehen. »Der *Lord Pangloth!*« keuchte sie.

»Oder die *Duftende Brise.* Offensichtlich gibt der Kriegsherr nicht so schnell auf. Er hat es sich nun einmal in den Kopf gesetzt, einen glänzend neuen Himmelsengel zu bekommen.«

Da stach ein Strahl intensiven weißen Lichts aus der dunklen Masse des Luftschiffs nach unten. Er berührte den Boden etwa hundert Meter vor ihnen und beleuchtete die geisterhaften Umrisse der mit Schwamm überwucherten Bäume und der großen, freistehenden Schwammgewächse. Der Lichtstrahl begann vor- und zurückzuwandern. »Schnell, hier entlang«, drängte Milo und führte Jan zu einem Gebilde, das einem riesigen Pilz ähnelte. Sie ducken sich unter seinen Hut. Der Strahl schwenkte jetzt in ihre Richtung. »Sitz still ... rühr keinen Muskel«, befahl Milo.

Jan hatte jede Absicht, sich vollkommen still zu verhalten ... bis ihr etwas Kaltes und Schleimiges in den Nacken fiel. Sie stieß einen Schreckensruf aus, drehte den Kopf und sah einen dicken weißen Wurm über ihre Schulter kriechen. Als ein zweiter in ihrem Nacken landete, schrie sie laut und sprang auf. »Nicht ...«, warnte Milo, doch es war zu spät. Sie war gegen den Pilzhut gestoßen, er zerbarst in pulvrige Stücke und ließ sie ohne Deckung vor dem sich schnell nähernden Lichtstrahl.

»Du blödes Weib!« schnauzte Milo und zog sie neben sich nieder. »Hinlegen!«

Aber da sah Jan, daß der Boden jetzt mit großen, sich windenden Würmern bedeckt war. Offenbar waren sie in dem Pilzhut gewesen, hatten wahrscheinlich von ihm gefressen. »O Mutter Gott ...«, stöhnte sie und versuchte, wieder aufzustehen. Milo drückte sie mit dem Gesicht nach unten in den matschigen Boden. »Lieg still, oder ich bringe dich um«, zischte er. Jan spürte, wie sie die Würmer mit ihrem Gewicht zermalmte, wie sie sich unter ihr wanden. Der Magen drehte sich ihr um ...

Der Lichtstrahl kam durch die Bäume genau auf sie zu. Sie hatten keine Chance. Und dann, als er weniger als fünfzig Fuß von ihnen entfernt war, erklang ein harter Schrei, und etwas, das auf zwei Beinen stand, wurde von dem Strahl angeleuchtet. Es war kein Mensch, sondern eins von den Reptilen, die aufrecht auf den Hinterbeinen gehen. Ein kleines.

Vor Schrecken kreischend, ergriff das Reptil die Flucht. Der Strahl folgte ihm oder versuchte es zumindest, während das Wesen durch die grausige Szenerie des Pestlandes raste. Allmählich verschwand der Strahl in der Ferne und ebenso die Triebwerke des Luftschiffes. Jan befand sich wieder in vollkommener Dunkelheit. Erst jetzt sprach Milo. »Dafür sollte ich dich hier zurücklassen.« Seine Stimme klang kalt und flach.

Jan schämte sich. »Es tut mir leid, Milo. Ich habe mich wie ein Kind benommen.«

»Nein. Du hast dich wie eine dumme Frau benommen.«

Zorn wallte in ihr auf, aber sie schluckte ihren Protest hinunter. Sie hatte nicht das Recht, sich zu verteidigen. Sie hatte sich tatsächlich dumm benommen. Schließlich fragte sie stockend: »Wirst du mich nun zurücklassen?«

Von Milo kam keine Antwort. Das Schweigen dauerte an, bis Jan dachte, er sei bereits gegangen, so leise, daß sie es nicht gehört hatte. Dann faßten seine Hände, ehe sie sich dessen gewahr wurde, den Stoff ihrer japanischen Jacke. Er warf sie auf den Rücken und sich über sie. »Du bist mir etwas schuldig«, erklärte er kalt.

Erst wollte sie sich wehren, doch dann hörte sie auf, um sich zu schlagen. Wieder hatte er recht. Sie *war* ihm etwas schuldig, auch wenn er ein Monster war. Und sie wußte, ohne ihn würde sie niemals lebendig aus dem Pestland hinausgelangen. Ihr blieb gar nichts anderes übrig, als ihn sich nehmen zu lassen, was er wollte.

Deshalb rührte sie sich nicht, als er ihr grob das Wehrgehenk und die Kleider abriß und ebenso grob in sie eindrang. Sie lag auf dem ekligen Schwamm und dem kalten Schleim der zerquetschten Würmer, sie versuchte, den körperlichen Abscheu, den sie vor Milo empfand, zurückzuwürgen, und sie hoffte, daß es schnell vorbei sein werde.

Das war es nicht. Sie hätte voraussehen müssen, daß es bei Milo anders sein würde als bei dem armen Fürsten Caspar. Der eifrige und übererregte Caspar brauchte nie lange, bis er seine Säfte in ihrem Körper abgefeuert hatte, aber Milo war ein solcher Mangel an Selbstbeherrschung fremd. Ganz im Gegenteil. Milo hatte so viele seiner Körperfunktionen von diesen längst toten Gen-Technikern verbessern lassen, da war zu vermuten, daß seine sexuelle Leistungsfähigkeit auch ›verbessert‹ worden war. Er nahm sie wieder und wieder in einer Vielzahl von Positionen, er kam jedes Mal zum Höhepunkt, aber die Erektion war immer fast sofort wieder da.

Jan versuchte, sich zu entspannen, sich dem Geschehen zu überlassen — aber obwohl ihr Körper bis zu einem gewissen Grad reagierte, blieb ihre Seele von dem, was geschah, ausgeschlossen. Auch als sie sich einreden wollte, es sei Fürst Caspar, der sie mit bisher nie erreichter, kalter Geschicklichkeit fickte, gelang es ihr nicht, ihren tiefverwurzelten Abscheu zu besiegen. Stattdessen simulierte sie Lustempfinden, wie sie es manchmal bei Caspar getan hatte, schrie und stöhnte und erschauerte und hoffte, daß es Milo überzeugen werde.

Schließlich erreichte er einen Orgasmus von einer Heftigkeit, die weit über die früheren Male hinausging. Er stieß einen durchdringenden Schrei aus, und sein Körper verfiel in krampfhafte Muskelkontraktionen.

Dann sank er neben ihr zu Boden. Jan hörte ihn keuchen. Sie wartete eine Weile, bis sie sagte: »Das war wundervoll ...«

Aus der Dunkelheit kam eine für sie völlig überraschende Ohrfeige. Sie brannte auf ihrer Wange und ließ ihre Zähne klappern. Bevor sie reagieren konnte, faßten Milos Hände ihren Hals. »Miststück«, zischte er. »Was meinst du, mit wem du es zu tun hast? Glaubst du, daß du *mich* jemals täuschen könntest?«

Die Nacht, die Jan hoch oben in der Astgabel eines Baums verbrachte, war für sie die schrecklichste seit damals, als sie mit den anderen Gefangenen in dem Korbkäfig gesteckt hatte. Es war unmöglich, zu schlafen, denn sie wußte, dann würde sie bestimmt hinunterfallen. Sie wäre schon beinahe hinuntergefallen, als sie sich erleichterte. Sogar das Essen und Trinken war eine gefährliche Operation gewesen, da sie beide Hände brauchte, um sich festzuhalten.

Zu ihrem Unbehagen trug der Zustand ihrer Kleider bei, die klebrig waren und stanken, und die Male um ihre Kehle, die das Schlucken schmerzhaft machten. Mehrere entsetzliche Augenblicke lang war sie überzeugt gewesen, Milo werde sie töten. Doch gerade als sie das Bewußtsein zu verlieren drohte, hatte er ihren Hals losgelassen und ihr brüsk befohlen, aufzustehen und sich anzuziehen. Seitdem hatte er kaum noch mit ihr gesprochen. Er kündigte nur an, er habe einen passenden Baum gefunden, und gab ihr ein paar kurze Ratschläge, wie sie hinaufklettern solle.

Später hatten sie gehört, wie sich etwas sehr Großes dem Baum näherte. »Was ist das?« rief Jan ängstlich aus. Milo, der auf einem Ast dicht unter ihr saß, antwortete, es sei ein besonders großes Reptil.

Es war so schwer, daß der Boden unter seinen Tritten bebte und Jan sich noch fester an den Baum klammerte. Sie hörte, daß andere Bäume umgeworfen wurden. Das

Wesen mußte so riesig sein, daß es sich einfach seinen eigenen Pfad durch den Pestwald schuf. »Milo ...!« rief sie und rechnete damit, auch ihr Baum werde jeden Augenblick geknickt. Aber er rief zurück: »Keine Bange, sein Weg wird uns verfehlen. Knapp.«

Milo behielt recht. Jan gewann einen flüchtigen Eindruck von einem unmöglich großen Wanst, der sich sehr nahe an ihnen vorbeischob, und dann verklangen die den Boden erschütternden Schritte langsam. »Es muß *enorm* gewesen sein«, sagte Jan.

»Das war es. Der größte Dinosaurier, den ich je gesehen habe. Ein Brachiosaurier, wie er aussah ... Nicht, daß diese Tiere echte Dinosaurier wären. Genetisch stammen sie nicht einmal von Reptilien ab, sondern von Säugetieren. Von hundeähnlichen Säugetieren, um genau zu sein. Ja, diese sogenannten Dinosaurier sind in Wirklichkeit nichts als zu groß geratene Hunde.« Er lachte hart auf. »Gentechniker-Spielzeuge für reiche Leute. Für ihre einstigen Horror-Parties.«

Abgesehen von diesem Beinahe-Zusammenstoß mit dem Riesentier hatten sie während der langen Nacht keine Probleme mit irgendwelchen anderen Wesen, obwohl sich aus den Rufen und Schreien, die in regelmäßigen Abständen ertönten, deutlich schließen ließ, daß dieses Gebiet des Pestlandes mit *irgend etwas* dicht bevölkert war. Jan war sehr erleichtert, als es endlich hell wurde. Ihr Rücken und ihr Hals waren steif, ihr Geschlecht war wund von Milos heftigen sexuellen Attakken, und ihre Glieder schmerzten von der Anstrengung, den Baum nicht loszulassen.

Das Morgengrauen enthüllte ein deprimierendes, aber vertrautes Bild. Pestland in allen Richtungen. Überall Schwammgewächse. Sie hingen von den Bäumen wie Stücke eines verfaulenden Leichentuchs, sie erhoben sich in mannigfachen bizarren Formen vom Boden. Sie hatten unterschiedliche Farben — Jan sah mehrere riesige Boviste, die leuchtend rot waren —, aber die meisten zeigten ein schmutziges Weiß. Es war die Farbe, die für Jan mit Tod und Verfall zusammenhing. Dazu *roch* die Luft nach Verfall; Jan wußte, daß es die muffige Ausdünstung des Schwamms war. Und das würde schlimmer werden, wenn die Sonne den Schwamm erst erwärmte.

Sie begann den langen Abstieg zum Boden, und ihre Muskeln protestierten heftig. Milo kletterte nicht, wie sie erwartet hatte, vor ihr hinunter, sondern gab ihr den Weg frei und begann dann, in den höchsten Wipfel hinaufzusteigen. »Was hast du vor?« Jan machte halt.

»Ich will feststellen, wo wir sind. Habe heute nacht die Orientierung verloren. Müßte die Stadt von oben sehen können.«

Jan setzte ihren Weg fort. Am Boden ging sie ein kurzes Stück zur Seite und erleichterte sich hinter einem faulenden Baum. Als sie zurückkehrte, war Milo da. Sein Gesicht war finster. »Nicht gut. Wir sind in diesem verdammten Gleiter weiter vom Kurs abgekommen, als ich gedacht hatte.«

»Wie weit weg ist die Stadt?«

»Zu weit. Ich konnte gerade noch die Türme am Horizont erkennen. Wir werden Tage brauchen, durch diesen Dreck zu marschieren.« Er nahm einen Reiskuchen aus der Innentasche seiner Jacke und begann zu essen. Zwischen zwei Bissen sagte er: »Das Problem ist, wir haben nicht genug Lebensmittel und Wasser.«

»*Ich* habe nicht genug, meinst du doch wohl.« Jan dachte daran, daß Ceri ihr erzählt hatte, Milo habe im Meer überlebt, während seine Gefährten an Hunger und Durst gestorben waren. »Du brauchst nicht zu essen und zu trinken, um am Leben zu bleiben. Das weiß ich von Ceri.«

Er sah sie finster an. »Es ist wahr, ich kann meinen Metabolismus ebenso verlangsamen, wie ich ihn beschleunigen kann, aber das bedeutet, daß ich in eine Art Winterschlaf gehen muß. Ich kann nicht gleichzeitig marschieren und Winterschlaf halten. Ich brauche Nahrung und Wasser ebenso wie du.«

»Also was sollen wir tun?«

»Einfach weitergehen und hoffen, daß sich etwas ergibt. Vielleicht treffen wir auf Räuber oder Wanderer, und ich kann sie ihrer Vorräte wegen töten. Aber irgendwie glaube ich nicht recht daran, daß wir so nahe an der City irgendwelche anderen Menschen sehen werden.«

Jan holte ihre Wasserflasche hervor und schüttelte sie. Es klang, als sei sie nicht einmal mehr halb voll. Sie nahm einen Schluck und steckte die Flasche wieder ein. »Irgendwelche Anzeichen von den Himmelsherren?«

Milo nickte. »Die *Duftende Brise* kreuzt etwa zehn Meilen östlich. Der Kriegsherr muß mit dem *Pangloth* zum Armstrong-Raumhafen weitergefahren sein, um nachzuprüfen, ob meine Geschichte vielleicht doch nicht ganz erlogen war. Ich hoffe nur, er kommt nicht auf den Gedanken, daß wir versucht haben, die Stadt zu erreichen. Das könnte verschüttete Erinnerungen an den Himmelsturm auslösen. Andererseits wird er davon ausgehen, niemand könne so wahnsinnig sein, daß er eine City betritt.«

»Ja«, stimmte Jan verdrießlich zu, »wer außer uns könnte so wahnsinnig sein?«

Zum ersten Mal an diesem Tag lächelte Milo und schien wieder er selbst zu sein, aber der Stimmungswechsel war nicht von Dauer. Er übernahm auf dem Weg zu der fernen Stadt die Spitze und verfiel wieder in grimmiges Schweigen.

Jan stapfte hinter ihm her durch den stinkenden Schwamm und grübelte über ihre Beziehung zu ihm nach, die durch den Geschlechtsverkehr am vergangenen Abend anders geworden war. Milo hatte endlich bekommen, was er wollte, nur hatte es ihn nicht befriedigt. Was hatte er nun wirklich gewollt? Nicht einfach Sex. Hatte er erwartet, sie durch den Akt irgendwie umzuwandeln? In was? In eine Liebende — obwohl sie ihn bereits gewarnt hatte, das könne sie ihm niemals sein? Möglich. Er hatte in seiner Überheblichkeit geglaubt, er könne allein durch die Macht seines Penis Besitz von ihr ergreifen. Oder vielleicht war es nicht ganz so einfach. Vielleicht hatte er gehofft, sie werde sich in ihn verlieben, obwohl er leugnete, daß es so etwas wie Liebe überhaupt gab.

Doch auf welche andere Art er jetzt auch für sie empfand, es verhieß nichts Gutes für ihr weiteres Überleben. Er mußte erkannt haben, daß sich ihre Einstellung zu ihm niemals ändern würde, und deshalb mochte er sie als entbehrlich betrachten, als einen Gegenstand, auf den er leicht verzichten konnte, sobald er ihm unbequem wurde.

Der Vormittag verging, ohne daß sich etwas Besonderes ereignete. Obwohl sie viele Geräusche im Wald hörten, wurden sie von nichts bedroht. Zwar kamen sie an einem Peitschenbaum vorbei, aber da er erst vor kurzem frische Beute gemacht hatte, war er deutlich als das zu erkennen, was er war, und bedeutete deshalb keine Gefahr. Die Beute — ein großes wolfsähnliches Tier — wurde von den Tentakeln des Baums in einer obszönen Umarmung gegen den Stamm gedrückt. Der Körper des Wolfs fiel bereits unter dem Fell ein. Die Dornen des Baums hatten ihn fast ausgesaugt.

Jan und Milo schlugen einen Bogen um den Baum. »Warum werden Peitschenbäume niemals vom Schwamm befallen?« erkundigte Jan sich.

»Wie ich dir schon sagte, sind sie keine richtigen Bäume. Abgesehen davon sind sie so entworfen, daß es ganz hübsch schwer ist, sie umzubringen. Sie sind voll von Toxinen. Zu tödlich auch für den zähesten Schwamm, der sie befallen möchte.«

Um die Mittagszeit machten sie eine Ruhepause. Jan ließ sich dankbar zu Boden fallen. Es hatte sie erschöpft, sich durch den Schwamm zu kämpfen, und in ihren Muskeln hämmerte der Schmerz. Außerdem war es unangenehm heiß. Die Gewitterwolken des Vorabends waren verschwunden, und die Sonne brannte ungehindert auf das Pestland nieder.

»Mutter Gott ... der Gestank ...«, stöhnte Jan. Nicht nur der Schwamm stank, sie selbst auch. Ihre schleimverkrusteten Kleider rochen in der Hitze widerlich, und sie hätte alles für ein Bad gegeben. Sehnsüchtig dachte sie an das Badezimmer ihrer Wohnung auf dem *Lord Pangloth* und schalt sich in Gedanken für diese Schwäche.

Dazu hatte sie schrecklichen Durst. Sie holte ihre Wasserflasche hervor. Ihre Absicht war, nur zwei Schlucke zu nehmen, doch bevor sie wußte, was sie tat, hatte sie den ganzen Rest Wasser ausgetrunken. Jan seufzte heimlich. Wie sollte sie einen Marsch von noch zwei oder drei Tagen ohne einen Tropfen Wasser durchstehen? Sie schielte zu Milo hinüber, der auf dem Rükken lag. Würde er sein restliches Wasser mit ihr teilen? Sie fragte ihn besser jetzt nicht.

Zehn Minuten später, und Jan war dabei einzuschlummern. Sie wußte, das war hier im Freien gefährlich, aber Milo würde es ihr doch sicher sagen, wenn etwas Bedrohliches auftauchte.

Ein Geräusch machte sie wieder hellwach. Sie lauschte angestrengt. Ja, da war es wieder! Sie hatte es sich nicht eingebildet.

Es war ein *Plätschern.*

Jan setzte sich auf. »Milo, hast du das gehört?«

Er antwortete nicht. Sie sah zu ihm hin. Anscheinend schlief er. Gut. So konnte sie auf eigene Faust handeln. Wäre das schön, wenn sie ihm bei ihrer Rückkehr verkünden könnte, sie habe eine Quelle für frisches Wasser gefunden! Es würde dazu beitragen, ihr dummes Benehmen in der vergangenen Nacht wiedergutzumachen.

Sie stand auf. Es plätscherte von neuem. Das Geräusch kam von irgendwo links her. Jan ging in die Richtung, von der sie hoffte, es sei die richtige. Als Vorsichtsmaßnahme zog sie ihr Kurzschwert …

Sie war, so schätzte sie, fünfzig Meter gegangen, als die klaustrophobische Zusammenballung von faulenden Bäumen und Schwammgewächsen ein Ende nahm und sie sich in einer Lichtung fand. In der Mitte der Lichtung lag ein kleiner See. Er war beinahe vollkommen rund, und Jan fragte sich, ob er künstlich angelegt sei.

Welchen Ursprung er auch haben mochte, sie fand ihn wunderbar. Sie ging hin zu ihm, und sie fühlte ein starkes Verlangen, sich die Kleider vom Leib zu reißen und in die spiegelglatte Oberfläche einzutauchen.

Sie erstarrte. Die Oberfläche des kleinen Sees war ganz glatt, und sie sah keinen Bach, der in ihn einmündete oder aus ihm abfloß. Was also hatte das Plätschern verursacht? Das Schwert zur Verteidigung hebend, sah Jan sich auf der Lichtung um. Kein Zeichen von jemand anderem in der Nachbarschaft. Ihr Blick kehrte zu dem See zurück. Vorsichtig ging sie weiter und blieb sofort stehen, als eine große Blase auf der Oberfläche erschien und mit einem plätschernden Geräusch barst. Gleich entspannte sie sich wieder. Das Geheimnis war gelüftet.

Aber was rief die Blasen hervor? Gas vielleicht? Drang es am Boden des Sees aus der Erde? Oder entstand es durch verfaulende Vegetation unter dem Wasser? Jan trat an den Rand des Sees und spähte hinein. Anscheinend war er tief; seine Ufer fielen steil ab. Ob das Wasser trinkbar war? Es sah so verlockend aus …

Jan ließ sich auf ein Knie nieder, wölbte die freie Hand und tauchte sie ins Wasser. Es fühlte sich überraschend kalt an. Vorsichtig kostete sie es mit der Zungenspitze, dann rollte sie eine kleine Menge im Mund hin und her. Es schien in Ordnung zu sein. Jan wollte ein paar Schlucke riskieren.

Ein lauteres Plätschern ließ sie aufblicken. In der Mitte des Sees war ein Kopf erschienen, froschähnlich und dunkelgrün. Er hatte große, hervorstehende Augen und ein sehr breites Maul. Das Maul grinste sie an. Jan sprang auf und wollte davonlaufen, als das Maul sich öffnete und aus ihm mit verblüffender Geschwindigkeit eine lange Zunge hervorschoß. Ehe Jan wußte, wie ihr geschah, hatte sich das Ende um ihr Bein gewickelt. Sie wurde mit einem Ruck umgerissen und unerbittlich über die Uferkante gezerrt.

Blindlings hackte sie mit ihrem Schwert um sich. Die Klinge traf etwas, durchschnitt es, und abrupt hörte das Zerren auf. In panischer Angst kletterte sie aus dem See. Ein Blick über die Schulter zurück zeigte ihr, daß der Kopf verschwunden war, aber das Wasser in der Mitte des Sees schien zu kochen. Jan rannte los. Gleichzeitig gab es eine richtige Wasserexplosion. Das Wesen war aus dem See gesprungen. Es war groß und hatte kräftige Hinterbeine. Die Muskeln spannten sich, bereiteten sich auf den nächsten Sprung vor …

Jan wußte, sie hatte keine Chance. Das Wesen segelte über ihren Kopf weg, landete mit einem Plumps fünf Meter vor ihr und drehte sich zu ihr um. Schlitternd kam Jan zum Halten.

Das Wesen war riesig. Noch im Hocken ragte es über ihr auf. Das große Maul öffnete sich von neuem. Jan sah Blut aus den Winkeln tröpfeln. »Klugscheißer«, knurrte das Froschwesen. »Du hast mich verletzt. Es dauert Wochen, bis diese vier Fuß Zunge nachwachsen …« Es streckte eins seiner vorderen Gliedmaßen nach Jan aus. Die langen Finger an der menschenähnlichen Hand waren mit bösartig aussehenden Klauen bestückt. »Ich will dich etwas lehren, bevor ich dich fresse, Frau. Bevor ich mit dir zu Ende bin, wirst du mich anflehen, ich solle mein Abendmahl halten, nur damit du es hinter dir hast …«

Plötzlich erstarrte das Wesen und stieß ein Schmerzgebrüll aus. Es fuhr herum, und Jan bemerkte eine große und tiefe Schnittwunde in seinem Rücken. Eine verschwommene Gestalt erschien neben dem Wesen. Ein Schwert blitzte auf. Das Wesen brüllte von neuem. Eins seiner Vorderbeine war abgetrennt.

Milo!

Immer wieder und wieder blitzte das Schwert auf, und bald lag das Wesen auf dem Rücken und trat schwach mit den Hinterbeinen, während Blut aus mehreren tödlichen Wunden strömte. Milo wurde sichtbar und wischte sein blutverschmiertes Langschwert ab. Er maß Jan mit einem verächtlichen Blick. »Du blödes Weib. Du hast dir soviel Mühe gegeben, dich töten zu lassen, daß ich das nächste Mal warten werde, bis es dir gelungen ist. Du bist absolut unbrauchbar ... *Was, zum Teufel ...?*«

Ein Metallnetz war über Milos Kopf gefallen, und es hatte sie beide gleichermaßen überrascht.

25

Der hölzerne Käfig, der auf zwei großen Rädern montiert war und von zwei krank aussehenden Ochsen gezogen wurde, holperte langsam durch das Pestland. Jan und Milo waren nicht die einzigen Gefangenen. Es waren noch drei weitere mit ihnen im Käfig, zwei Männer und eine Frau. Sie trugen schmutzige Gewänder, die alles bis auf die Gesichter bedeckten, und zeigten den gleichen Ausdruck verdrossener Resignation. Die Gesichtszüge der Männer schienen unter den dichten schwarzen Bärten identisch zu sein. Jan nahm an, daß sie Zwillinge waren. Sie sahen gut aus, aber auf eine Weise, die Jan zu aggressiv maskulin fand. Sie hatte sogar den Eindruck, sie *röchen* nach Männlichkeit. Die Frau andererseits war von einer fast beseligenden Schönheit; Jan meinte, die Knochenstruktur unter ihrer makellosen weißen Haut müsse so zart wie Eierschalen sein. Unglücklicherweise war sie von einem Buckel entstellt, der unter ihren umfangreichen Kleidern deutlich sichtbar war.

Ihre Wächter waren ebenfalls ungewöhnliche Erscheinungen, einige in größerem Ausmaß als andere. Wieder sah Jan zu dem Mann hin, der neben dem Käfig auf Rädern herging. Sein Gesicht war von tiefen Furchen durchzogen, und das Fleisch hing lose an seinem Hals und unter seinem Kinn. Sein dünnes Haar hatte weiße Streifen, als habe er versucht, es in der Art der Hohen Frauen von Minerva zu färben.

Alle Wächter trugen ähnliche Markierungen im Gesicht, aber dieser eine Mann war am schlimmsten davon betroffen. Jan hätte gern gewußt, ob es die Narben von rituellen Verletzungen seien, und hatte Milo danach gefragt. Aber er weigerte sich immer noch zu sprechen. Er lag nur stumm mit nicht zu deutendem Gesichtsausdruck in dem ihn eng umschließenden Metallnetz. Jan vermutete, er sei wütend auf sich selbst, weil er sich von diesen heruntergekommenen Menschen so leicht hatte überrumpeln lassen. Aber es war alles so schnell geschehen, als seien die Metallnetze aus dem Nichts gekommen. Während Jan verblüfft zusah, wie das Netz über Milo fiel und daran angebrachte Seile ihn von den Füßen rissen, war schon ein zweites Netz durch die Luft auf sie zugeflogen. Bald darauf lag sie ebenso wie Milo mit an den Körper gefesselten Armen hilflos am Boden. Und dann umringten die zerlumpten Menschen mit den vernarbten Gesichtern sie, lachten und stießen Triumphschreie aus. Sie waren mit Speeren, Mistgabeln und Äxten — alles rostig — bewaffnet, hatten aber, soweit Jan es erkennen konnte, keine Gewehre. Sie sprachen Americano mit einem seltsamen Akzent, so daß sie schwer zu verstehen waren. Ein Wort tauchte immer wieder auf. *Hesekiel.*

Jan hatte dieses Wort seit ihrer Gefangennahme viele Male gehört und inzwischen erkannt, daß es jemandes Name war. Soviel sie aus der Unterhaltung hatte entnehmen können, war Hesekiel der Anführer. Und offenbar würde er sehr zufrieden mit seinen Leuten sein, wenn sie mit fünf Gefangenen zurückkehrten. Oder, wie einer der Männer es ausgedrückt hatte, mit ›diesen fünf Greueln in den Augen des Herrn‹. Es hatte unheilverkündend geklungen.

Sie zogen durch die Nacht, ohne einmal haltzumachen. Jan gelang es, trotz aller Unbequemlichkeit ein paar Stunden zu schlafen. Glücklicherweise hatten die Männer ihr das Netz abgenommen, bevor sie sie in den fahrbaren Käfig steckten. Sie hatten ihr die Hände auf dem Rücken gefesselt und die Füße zusammengebunden. Ebenso hatten sie es mit den anderen Gefangenen gemacht, nur mit Milo nicht. Jan bezweifelte, daß sie es länger als zwei Stunden in der grausamen Enge des Metallnetzes ausgehalten hätte, und Milo tat ihr in immer stärkerem Maße leid, obwohl er wie üblich durch nichts verriet, ob er Schmerzen litt.

Jan war mit schrecklichem Durst wieder aufgewacht

und hatte einen der Wächter um Wasser gebeten. Aber er hatte nur gelacht und mit dem Speerschaft gegen den Käfig geschlagen. »Du glaubst, daß du Durst hast, Unreine?« fragte er mit seinem kaum verständlichen Akzent. »Warte nur, bis Hesekiel dich in die Hölle schickt, wo du hingehörst — dann wirst du wissen, was *wirklicher* Durst ist!«

Im ersten Morgenlicht wurden die Türme der Stadt über den Baumwipfeln sichtbar und zeigten Jan, daß sie ihr viel näher gekommen waren. Bis zum Stadtrand konnten es nur noch ungefähr zehn Meilen sein. In der Mitte des Vormittags erreichten der Käfig und seine zerlumpte Eskorte ihren Bestimmungsort. Sie kamen durch eine Lücke in einer Abschirmung, die aus getarnten Metallnetzen bestand, in eine kleine Siedlung. Zum ersten Mal, seit er in den Käfig geworfen worden war, kämpfte sich Milo zum Sitzen hoch und zeigte Interesse an seiner Umgebung.

Es war ein trostloser Ort. Die Hütten, aus schwammverseuchtem Holz gebaut, waren niedrig und häßlich. Die Atmosphäre wurde noch bedrückender durch die getarnten Netze, die über der ganzen Siedlung hingen und sie in andauerndem Dämmerlicht hielten.

Sie gelangten auf einen Platz in der Mitte des baufälligen kleinen Dorfes, und der fahrbare Käfig wurde angehalten. Leute kamen aus den Hütten, und bald war der Käfig von einer Menge umringt. Nun konnte sich Jan einige der Leute genauer ansehen, und sie keuchte auf vor Angst und Abscheu.

Das waren *lebende Leichname!* Ihre verwelkte Haut hing von den Knochen in einem Zustand fortgeschrittenen Verfalls. Ihre Gesichter waren so entstellt, daß sie kaum noch menschlichen Wesen ähnelten! Es war unmöglich, daß Leute so aussehen und trotzdem immer noch am Leben sein konnten. Offenbar waren sie in die Hände von Zauberern gefallen, die diese unglücklichen Wesen durch Magie am Leben hielten!

Unwillkürlich rückte Jan näher an Milo hran. Er lachte zynisch. »Was ist los?«

»Diese Wesen … Mutter Gott, was sind sie? Sind sie von Zauberern aus ihren Gräbern geholt und wiederbelebt worden?«

Wieder lachte Milo. »Du siehst zum ersten Mal ein Leiden, das früher einmal jedes menschliche Wesen befallen hat, vorausgesetzt, es lebte lange genug. Man nennt es ›Alter‹. Diese Leute müssen die Überreste einer der großen Fundamentalisten-Gemeinden sein. Sie betrachteten genetische Verbesserungen als ›unnatürlich‹ und dem Willen Gottes widersprechend und zogen es vor, im Laufe vieler Jahre auf die Art, die du hier siehst, langsam zu verfaulen. Ein hübscher Anblick, nicht wahr? Ohne diese Gen-Techniker, die du so sehr verabscheust, hättest du das gleiche Schicksal zu erwarten, jedenfalls bei diesen Umweltbedingungen.«

Jan bedeckte das Gesicht mit den Händen. »Nein, ich glaube dir nicht! Die Mutter Gott würde nicht so grausam sein!«

»Sie vielleicht nicht«, erwiderte er zynisch, »aber Gott der Vater war es oder die Natur oder die blinden Kräfte des Zufalls — je nachdem, was deiner Meinung nach den Kosmos regiert …«

»Hesekiel!«

Ein lautes Gebrüll stieg von der Menge auf, und dann teilte sie sich. Hesekiel war eingetroffen. So etwas wie Hesekiel hatte Jan noch nie gesehen. Er war aus Metall gemacht und bestand aus einem großen, kastenartigen Kopf, etwa fünf Fuß breit, und zwei stämmigen Beinen, die in großen, klauenbewehrten Füßen endeten. Beim Gehen rasselte er geräuschvoll und hinterließ tiefe Fußabdrücke im Boden. »Jesus«, flüsterte Milo. »Das glaube ich nicht … nach all diesen Jahren …«

Das Ding machte neben dem Käfig halt. Es ragte mehr als zehn Fuß in die Höhe, so daß es ebenso groß war wie der Käfig auf seiner mit Rädern versehenen

Plattform. Oben auf dem Kopfkasten war ein Bündel von Metallrohren montiert, und an einer Seite hing ein mechanischer Arm. Dann entdeckte Jan etwas, das einem großen Fernglas glich und auf einem zweiten mechanischen Arm saß, der vorn aus dem Kasten herausragte. Das Fernglas richtete sich erst auf sie — sie erschauerte —, und dann auf die anderen vier Gefangenen. Das Ding begann zu sprechen.

»Ich bin Hesekiel, der Hammer des Herrn. Ich bin das Instrument, das euch an euren rechtmäßigen Platz in der Hölle senden wird, denn eure Anwesenheit hier beleidigt den Herrn schwer.« Seine Stimme war laut, aber flach, ohne Modulation, ohne Gefühl. Jan lief es kalt das Rückgrat hinunter.

Das Ding trat einen Schritt zurück. »Öffnet den Käfig. Ich will diese Verfluchten inspizieren.«

Die Menge gab einen weiten Raum um den Käfig frei. Zwei Mitglieder der Eskorte öffneten die Tür und zerrten die Gefangenen heraus. Bald lagen alle fünf auf dem Boden vor dem Hesekiel genannten Ding. Es zeigte mit seinem mechanischen Arm auf Milo. »Warum ist der hier so streng gefesselt?«

Einer der Wächter trat vor. »O großer Hesekiel, Hammer des Herrn, er ist ein Dämon seltener Art. Wir haben gesehen, wie er sich so schnell bewegte, daß das Auge nicht folgen konnte. So war er fähig, den großen Froschdämon vom Runden See zu töten.«

Das Fernglas streckte sich auf seinem Arm in Milos Richtung. Das Ding sagte: »Ihr habt recht daran getan, vorsichtig zu sein. Betäubt ihn, bevor ihr das Netz entfernt. Dann legt ihm Eisen um die Glieder.«

»Ja, großer Hesekiel.« Der Mann drehte sich um, zog eine Keule aus seinem Gürtel, beugte sich über Milo und schlug ihm zweimal hart auf den Kopf. Milo grunzte und erschlaffte. Jan hoffte, er sei nicht tot. Aber, sagte sie sich, es war bestimmt mehr dazu nötig, Milo umzubringen.

Sie hörte auf, sich um Milo zu sorgen, als sich ein anderer ihrer Wächter mit einem Messer in der Hand über sie beugte. Er wollte jedoch nicht ihr Fleisch aufschneiden, nur ihre Kleider. Bald war sie nackt, aber immer noch sicher gefesselt. »Auf die Füße!« befahl der Mann und zog sie grob in die Höhe. Die anderen drei Gefangenen waren ebenfalls entkleidet worden. Jan betrachtete sie mit Staunen. Die beiden Männer waren oben herum normal, aber von der Taille abwärts waren sie mit dichtem, verfilztem Fell bedeckt. Und statt der Füße hatten sie *Hufe* ...

Von der Menge kam ein Schnaufen und zorniges Murmeln. Das Metallwesen rief: »Sehet! Sie sind das Ebenbild ihres Herrn!«

Jan fielen noch andere Dinge an den beiden Menschentieren auf. Ihren Stirnen entsprossen kleine Hörner ... und ihre Geschlechtsteile waren so groß, daß sie beinahe absurd wirkten. Aber ihr größtes Interesse erweckte das Mädchen. Sie besaß einen makellos schönen Körper, entstellt nur von zwei Flügeln mit weißen Federn, die aus ihren Schulterblättern wuchsen.

Hesekiel zeigte auf sie und sagte sehr laut: »Sehet die Hinterlist des Dunklen! Er hat einen Dämon nach dem Bilde eines Dieners des Herrn geschaffen! Aber laßt euch nicht täuschen!« Nun war Jan an der Reihe. Sie wurde herumgedreht, so daß Hesekiel mit seiner Optik jeden Zoll ihres Körpers inspizieren konnte. Schließlich erklärte das Ding: »Ich kann kein Zeichen von Satanswerk an ihr finden. Warum habt ihr sie zu mir gebracht?«

Einer der Wächter antwortete nervös: »Sie war mit dem Mann beisammen, der sich wie ein Dämon bewegte, großer Hesekiel. Sie muß auf irgendeine Weise befleckt sein.«

»Ach ja, der Mann.« Hesekiel richtete sein Fernglas auf Milo. In diesem Augenblick kam eine verrunzelte Kreatur, ganz gebückt, knorrig wie ein Baum, durch die

Menge, die Arme voll von Ketten und Handschellen. Für Jan war die Entdeckung, daß es eine Frau war, ein Schock. Die klägliche Kreatur warf ihre Last neben Milo zu Boden. Sofort wickelten ihn zwei der Männer aus dem Netz, schnitten ihm die Kleider ab und legten ihm Fesseln um Handgelenke und Knöchel. Hesekiel studierte ihn lange Zeit. »Auch an dem hier kann ich kein Zeichen von Satanswerk finden«, meinte er schließlich.

»Aber, Erhabener, wir haben ihn gesehen. Wir alle. Er bewegte sich, wie nur ein Dämon sich bewegen kann.«

Hesekiel neigte den Kopf in der Annäherung an ein menschliches Nicken. »Es ist wohlbekannt, daß nicht alle Zeichen des Dunklen an der Außenseite liegen. Aber bevor ich ihn mit dem Zorn des Herrn schlage, muß ich ihn befragen. Steckt ihn wieder in den Käfig. Das Mädchen auch. Ich werde sie beide befragen, wenn er wieder bei Bewußtsein ist.«

Grobe Hände hoben Jan hoch und stießen sie durch die Öffnung des Käfigs. Sie hatte kaum Zeit, sich aus dem Weg zu rollen, bevor Milo hinter ihr hineingeworfen wurde. Die Tür wurde zugeworfen und verriegelt.

»Diese anderen, die in den Augen Gottes verflucht sind, sollen auf dem Rad zerbrochen und so auf den Weg geschickt werden, um ewige Qualen in dem niemals erlöschenden Feuer der Hölle zu erleiden!« rief Hesekiel. »Holt die Räder ...«

Mehrere Leute eilten davon und kehrten kurz darauf zurück, in ihrer Mitte fünf Räder rollend, die ebenso groß waren wie die unter dem Käfig. Jedes wurde auf einen Baumstumpf montiert, der ungefähr eine Höhe von drei Fuß hatte. Die Stricke der drei Gefangenen wurden durchgeschnitten. Die beiden Männer wehrten sich, als man sie mit dem Rücken, Arme und Beine gespreizt, auf die Räder legte und ihre Hände und Füße am Radkranz festband. Das geflügelte Mädchen unterwarf sich dagegen der gleichen Behandlung ohne irgendein Zeichen des Widerstandes. Jan sah, daß sie jede Hoffnung aufgegeben hatte, und das Herz tat ihr weh um sie. Ihre Flügel waren grausam unter ihr eingeklemmt, und einer ragte durch die Speichen des Rades nach unten. Jan verstand nicht, wie jemand wünschen konnte, einem Wesen von so exquisiter und zarter Schönheit ein Leid anzutun.

»Einwohner Babylons«, sagte Hesekiel, der hoch über ihnen aufragte. »Von Rechts wegen müßtet ihr auf dem Scheiterhaufen verbrannt werden, aber Feuer würde die bösen Riesen, die am Himmel unserer hiesigen Existenz umherschleichen, aufmerksam machen. Deshalb sollt ihr auf gnädigere Art zu eurem Herrn geschickt werden, als ihr es verdient. Ich bin sicher, Gott wird es mir verzeihen.«

Einer der Leute, in denen Jan immer noch lebende Leichname sah, reichte Hesekiel einen großen Hammer. Hesekiel ergriff ihn mit seinem einzigen Arm, hob ihn in die Höhe, schlug ihn heftig auf das Schienenbein des geflügelten Mädchens und zerschmetterte es. Das Mädchen stieß einen schrillen Schmerzensschrei aus. Darauf zerschmetterte Hesekiel auch ihre anderen Gliedmaßen mit ebenso bösartigen Schlägen seines Hammers. Entsetzt wandte Jan das Gesicht ab. Zu ihrer Überraschung sah sie, daß Milos Augen offen waren und er dem Geschehen gespannt zuschaute. Sie sah auch, und sie konnte es kaum glauben, daß er eine Erektion hatte.

Der Abscheu überwältigte sie. »Mutter Gott, dir ist das ein *Genuß!*« beschuldigte sie ihn laut.

»Still!« flüsterte er. »Sie sollen noch nicht wissen, daß ich wach bin.«

Jan versuchte, diesen neuen Aspekt von Milos Charakter zu begreifen, aber ihre Gedanken befanden sich in einem einzigen, übelkeiterregenden Durcheinander. Hinter ihrem Rücken dröhnten weitere knochenbrechende Hammerschläge, und einer der Männer begann zu schreien. Die schrillen Schreie des Mädchens waren immer noch zu hören. Jan steckte die Finger in die Ohren, konnte die Geräusche jedoch nicht ausschließen. Noch mehr Hammerschläge, noch mehr splitternde Knochen, noch mehr Schreie …

Sie sah wieder zu Milo hin, und er begegnete ihrem Blick. Seine Lippen bewegten sich. Jan nahm die Hände von den Ohren. » … Ich sagte, es mag eine gräßliche Todesart sein, aber es geht verhältnismäßig schnell«, sagte Milo leise. »Es sei denn, jemand hat großes Pech.«

»Wie kann das schnell gehen?« erregte sich Jan. »Er hat ihnen nur die Arme und Beine zerschmettert. Sie werden tagelang Qualen ausstehen. Und das werden wir auch.«

»Nein. Der Schock wird sie töten. Schock ist ein drastischer Abfall des Blutdrucks. In den Geweben um die Bruchstellen gibt es starke Blutungen, und schon jetzt müßten die drei in einem Zustand tiefen Schocks sein. Bald wird der Blutdruck nicht mehr genügen, ihre Gehirne ausreichend mit Sauerstoff zu versorgen, und sie werden sterben.«

»Ich bin überzeugt, diese Information wird mir ein großer Trost sein, wenn sie mich auf eins dieser Räder binden«, erklärte Jan bitter. »Und ebenso das Wissen, daß du körperliche Lust dabei empfinden wirst, wenn mir die Arme und Beine gebrochen werden.«

Milo zuckte leicht die Achseln. »Ich gebe zu, ich habe starke sado-sexuelle Neigungen, aber ich versichere dir, dich sterben zu sehen, würde für mich überhaupt keine Lust bedeuten.«

»Wenn das keine Erleichterung ist!« entgegnete Jan mit heftigem Sarkasmus. »Vor allem, weil es erst zwei Tage her ist, daß du selbst versucht hast, mich umzubringen …«

»Pst«, warnte er. »Sie kommen.«

Jan drehte sich um. Hesekiel führte die Menge zu dem Käfig zurück. Die drei Opfer stöhnten und zuckten schwach auf den Rädern, waren anscheinend jedoch schon bewußtlos. Vielleicht hatte Milo doch recht, dachte Jan. Der Gedanke, daß die sie erwartende Folter kurz sein würde, lockerte den Knoten in ihrem Magen ein bißchen.

»Ah, der Dämon ist wieder wach.« Hesekiel musterte Milo durch die Holzstäbe des Käfigs mit dem fernglasähnlichen Gerät. »Jetzt wirst du meine Fragen beantworten. Bist du eine Kreatur Babylons? Gibt der Dunkle dir die Macht, dich schneller zu bewegen als eine der natürlichen Schöpfungen des Herrn?«

»Warum sollte ich deine Fragen beantworten, Hesekiel?« antwortete Milo der Maschine lässig. »Du wirst doch nur glauben, was du glauben willst. Ich werde meinen Atem nicht verschwenden.«

»Wenn du meine Fragen nicht freiwillig beantwortest, werden wir dich und deine unreine Gefährtin zum Sprechen *zwingen*«, drohte Hesekiel. »Und ich verspreche dir, die Tortur wird tausendmal schlimmer sein als der Schmerz, auf dem Rad zerbrochen zu werden.«

»Und wer gibt dir die Vollmacht, diese Dinge zu entscheiden?« fragte Milo das Metallwesen, das sich Hesekiel nannte.

»Der Herr gibt mir die Vollmacht!« behauptete Hesekiel mit lauter Stimme. »Denn so spricht der Herr Gott: Ich werde dich zu einer verlassenen Stadt machen, den Städten gleich, die nicht mehr bewohnt sind. Dann werde ich die Tiefe über dich bringen, und große Wasser sollen dich bedecken. Dann werde ich dir jene senden, die in die Hölle hinuntersteigen, die aus der Alten Zeit, und ich werde dich in die niedrigen Teile der Erde versetzen, an von altersher verlassenen Orten, zusammen mit denen, die in die Hölle hinabsteigen, damit du nicht bewohnt werdest, und ich werde das Land der Lebenden mit Glorie erfüllen. Ich werde dich zum Schrecken machen, und du *sollst nicht länger sein*. Obwohl man nach dir suchen wird, sollst du niemals wieder gefunden werden, spricht der Herr Gott!« Die Menge murmelte »Amen«.

Mit einiger Mühe stellte Milo sich auf die Füße. »Dein Name ist nicht Hesekiel«, erklärte er fest.

»Ich *bin* Hesekiel, der Hammer des Herrn!«

»Du bist nichts als ein alter, schrottreifer *Cyberoid!* Wie ist deine Betriebsnummer, und wie lautet der Name deines Eigentümers?«

Das Fernglas am Ende des Arms zuckte. »Wa-was hast du gesagt?« Hesekiels Stimme schwankte.

»Du hast es gehört, Cyberoid!« rief Milo. »Deine Nummer und den Namen deines Eigentümers will ich wissen! Du bist gesetzlich verpflichtet, sie mir zu nennen!«

Hesekiel schaukelte auf seinen stämmigen Beinen vor und zurück. Er setzte von neuem zum Sprechen an, aber es kam nichts als eine Reihe sinnloser Laute heraus. Milo lachte und bog die Arme. Es klickte, und die Handschellen fielen von seinen Gelenken. Er bückte sich und faßte nach den Ketten um seine Knöchel. »Vollkommen verrostet«, sagte er zu Jan. Die Ketten zerbrachen unter seinen Händen. Er verschwamm. Die Holzstäbe des Käfigs flogen nach außen. Von den Umstehenden kamen Angstschreie, dann Keuchen, als sie Milo sich hinter Hesekiels großem Kopfkasten materialisieren sahen. Milo riß an etwas. Ein metallener Schieber öffnete sich unter protestierendem Kreischen. Milo steckte die Hand hinein, und Hesekiel schrie. Es war ein flacher, emotionsloser Laut wie seine Sprache, und doch spürte Jan, welche schreckliche Qual sich darin ausdrückte. Die Gruppe zerlumpter Menschen brach in Jammern aus. Einige fielen auf die Knie, andere machten kehrt und rannten davon.

Milo warf den Kopf in den Nacken und brach in lautes Lachen aus. Sein Gesicht hatte den wahnsinnigen Ausdruck, den Jan damals im Kontrollraum an ihm bemerkt hatte. Wieder war er größer als sonst, wieder strahlte er Macht aus … und noch etwas anderes. Er zog seine Hand aus Hesekiels Kopf zurück, und langsam verklang der Schrei des Wesens. Strahlend sah Milo zu Jan hinunter. »Eindrucksvoll, wie?«

Sie blickte in stummem Staunen zurück. Und in Furcht.

»Jetzt, mein lieber alter Cyberoid«, sagte Milo zu der Maschine, »wirst du in den Käfig fassen und behutsam die Fesseln meiner Gefährtin lösen. Tu ihr irgendwie weh, und ich werde dein Gehirn kochen. Los!«

Hesekiel zitterte. Langsam streckte er seinen mechanischen Arm aus. Jan zuckte zurück, als eine Klinge aus einem der metallenen ›Finger‹ herausfuhr. Aber Hesekiel durchschnitt ihre Fesseln, ohne ihren Körper zu berühren. »Sitz nicht herum!« rief Milo ihr zu. »Komm zu mir! Diese klappernde alte Maschine bedeutet für uns ein kostenloses Transportmittel bis zum Himmelsturm!«

Zögernd stieg Jan aus dem Käfig und stellte sich hinter Hesekiels Rücken. Milo reichte ihr die Hand herunter und half ihr auf einen schmalen Sims, der am Hinterkopf entlanglief. Es waren auch Griffe angebracht. Als Jan neben Milo stand, schlug er Hesekiel mit der flachen Hand auf den Kopf. »Cyberoid! Deine Nummer und der Name deines Eigentümers!«

Sehr langsam, als werde jeder einzelne Laut aus ihm herausgequetscht, antwortete das Wesen: »Meine Betriebsnummer ist 0008005. Mein Herr ist Hilary Du Cann von der Phobos Corporation.«

»So ist es recht«, lobte Milo.

Hesekiel gab ein ächzendes Geräusch von sich. »Aber das ist ... lange her. Mein Herr ist tot ... und ich habe einen neuen Namen ... Er lautet ...«

Milo faßte in das Fach in Hesekiels Kopf. Ein Funke sprang zwischen den Enden zweier gebrochener Drähte auf. Hesekiel schrie von neuem.

»Du hast *keinen* neuen Namen!« donnerte Milo. »Du bist immer noch 0008005 und das Eigentum von Hilary Du Cann!«

»Ja! Ja! Bitte, keinen Schmerz mehr!« bettelte Hesekiel.

»Es wird keinen Schmerz mehr geben, 0008005, aber nur, wenn du kooperierst«, teilte Milo dem Maschinenwesen mit.

»Das werde ich! Das werde ich!«

»Fein. Für den Anfang wirst du mir deinen Code für eine Befehlsstornierung nennen.«

»Das ... das *kann* ich nicht! Es ist ... Unbefugten nicht erlaubt ... Zugang zu nehmen ... Arghhh!«

Zum dritten Mal gab Hesekiel diesen gräßlichen Laut von sich. Jan zuckte zusammen. Sie sah Milo an. Er grinste vor Vergnügen.

»Der Code ... das Codewort ist ... Mozart-McCartney. Der Stornierung eines Befehls muß das Wort ›Mozart-McCartney‹ folgen ...«

Milo lachte. »Gut. Hör genau zu, ich storniere alle früheren Befehle. Ich bin dein neuer Herr. Mein Name ist Milo. Du wirst jedem meiner Befehle gehorchen. *Mozart-McCartney.* Verstanden?«

»Ja«, sagte Hesekiel. »Sie sind mein neuer Herr. Ihr Name ist Milo. Ich werde jedem Ihrer Befehle gehorchen.«

»Habt ihr es gehört?« rief Milo den am Boden kauernden Menschen zu. Niemand antwortete. Einige wimmerten. Milo lächelte Jan zu. »Unser Schicksal hat sich zum Besseren gewendet, wie?«

»Es sieht so aus«, erwiderte Jan zitterig. »Ich verstehe nur nicht, *wie.* Warum gehorcht diese Maschine jetzt dir?«

»Das ist keine Maschine, das ist ein Cyberoid. In ihm steckt ein menschliches Gehirn ... nun, der *größte Teil* eines menschlichen Gehirns.«

»Du meinst, das da war einmal ein *Mensch?*« fragte Jan bestürzt.

»Nein. Sein Gehirn stammt von einem ungeborenen Fötus, der in einem Laboratorium herangereift ist. Man konditionierte Cyberoiden, den Befehlen ihrer Eigentümer zu gehorchen, aber da sich eine hundertprozentige Sicherheit nicht garantieren läßt, wurde ihnen ein Sicherheitsfaktor eingebaut ... ein Gerät, das in direkter Verbindung mit ihren Schmerzzentren stand. Es konnte in dem Fall, daß ein Cyberoid außer Kontrolle geriet, durch ein spezifisches Funksignal aktiviert werden. Bei ihm habe ich es manuell aktiviert.« Milo wies auf die Drähte in dem Fach. »Ich habe außerdem seine alte Konditionierung wiedererweckt. Von jetzt an müßte er sich eigentlich kooperativ zeigen, aber der Vorsicht halber werde ich mich in Reichweite des Schmerz-Aktivators halten.« Wieder ließ er die Handfläche auf Hesekiels Kopf klatschen. »Hör mir zu, 0008005. Du wirst deinen hiesigen Gefolgsleuten befehlen, uns Kleidung zu bringen. Vorzugsweise sauberere als die Lumpen, die sie selbst anhaben. Und unsere Waffen. Sie werden uns auch mit Essen und Wasser und den Mitteln, beides zu tragen, versorgen. Hast du verstanden?«

»Ich habe verstanden, Milo.«

»Dann tu es.«

Hesekiel wiederholte der am Boden kauernden, entsetzten Gruppe, die sie umgab, Milos Anweisungen. Nach einigem nervösen Gemurmel wurden drei Frauen abgesandt, die verlangten Gegenstände zu holen. Eine kehrte kurz darauf zurück und legte ein Kleiderbündel vor dem Cyberoiden nieder. Milo sagte zu Jan: »Steig hinunter und zieh dich an. Ich bleibe hier oben und sorge dafür, daß unser Freund sich gut benimmt.«

Jan kletterte von Hesekiels Rücken hinunter und ging vorsichtig um ihn herum, wobei sie ständig ein Auge auf seine stämmigen Beine gerichtet hielt. Sie traute dem Maschinenwesen immer noch nicht, trotz seiner zur Schau getragenen Unterwürfigkeit. Die Kleider waren alles andere als sauber und rochen schlecht, allerdings nicht so schlecht wie die, die man ihr vom Leib geschnitten hatte. Sie suchte sich eine beutelartige Hose aus, die weniger Löcher als die anderen hatte, ein Hemd aus einem groben, schweren Stoff und ein Paar abgetragene Lederstiefel. Während sie das anzog, brachten die beiden anderen Frauen ihre und Milos Waffen, zwei Wasserbeutel und einen Sack, der vermutlich Lebensmittel enthielt. Die beiden Frauen — von denen eine nichts als ein gebücktes Skelett, überzogen mit runzeliger Haut, war — setzten ihre Bürden nervös innerhalb von Jans Reichweite ab und entfernten sich hastig. Wie die anderen Dorfbewohner warfen sie ständig ebenso schockierte wie ungläubige Blicke auf Hesekiel.

Als Jan fertig angezogen war und auch ihr Wehrgehenk angelegt hatte, kletterte sie mit den Lebensmitteln und dem Wasser wieder auf Hesekiels Rücken. Milo zeigte ihr, wie sie in Hesekiels Kopf die Drähte, die ihm extreme Schmerzen bereiteten, zusammenfügen mußte. Dann stieg er hinunter, um sich anzuziehen und seine eigenen Waffen zu holen. Jan sah die drei Fremden auf den Rädern. Sie erschauerte beim Anblick ihrer zerschmetterten Glieder, stellte jedoch mit Erleichterung fest, daß sie entweder bewußtlos oder bereits tot waren.

Milo kam wieder zu ihr. Sie sagte: »Du hättest auch sie retten können. Warum hast du es nicht getan?«

»Diese Spielzeuge?« Milo streifte sie mit einem kurzen Blick. »Nein. Das Timing wäre falsch gewesen. Ich mußte den Cyberoiden überrumpeln.«

»Du hättest es tun können, Milo«, erklärte Jan unbeeindruckt. »Aber du wolltest das Mädchen leiden und sterben sehen, nicht wahr?«

»Glaub, was du willst. Mir ist das egal. Nur vergiß nicht, daß *du* noch am Leben bist und diese Spielzeuge tot sind. Oder bald tot sein werden.«

Ja, ich bin noch am Leben, dachte Jan, *aber für wie lange?* »Warum nennst du sie Spielzeuge?«

»Weil sie das waren. Oder vielmehr ihre Großeltern oder Urgroßeltern. *Sex*-Spielzeuge, geschaffen, ihren Eigentümern sexuelles Vergnügen zu bereiten. Viele der

Spielzeuge vererbten ihre Eigenschaften nicht weiter, aber die Vorfahren von denen hier haben es offensichtlich getan.« Er schlug dem Cyberoiden auf den Kopf. »Es ist Zeit, daß wir uns in Marsch setzen, 0008005. Doch vorher eine Frage. Sind von deinen Waffensystemen noch welche in Betrieb?«

»Ja. Nicht die Schußwaffen. Für die habe ich keine Munition. Aber mein Laser funktioniert noch.«

»Gut«, stellte Milo erfreut fest. »Das Haus da, dreißig Grad zu deiner Linken. Das uns nächste Haus. Schieß deinen Laser darauf ab!«

Das Bündel von Metallrohren auf dem Kopf des Cyberoiden schwenkte herum. Eine Linie aus leuchtend rotem Licht bildete sich zwischen dem Ende eines Rohrs und der baufälligen Hütte, die Milo bezeichnet hatte. Augenblicklich ging das ganze Gebilde unter großem Getöse in Flammen auf. Die Dorfbewohner ächzten vor Entsetzen. Milo, der sich offensichtlich amüsierte, befahl Hesekiel, ein weiteres Bauwerk in Brand zu stecken. Als dieses aufloderte, erklangen Schreie aus dem Innern. Eine Tür flog auf. Kinder und eine Zahl jüngerer Frauen mit Babies auf dem Arm strömten heraus. In Jans Augen wirkten sie alle halb verhungert und in schlechtem Gesundheitszustand. »Hör auf!« schrie sie Milo zu, während der Cyberoid weiter seinen Laserstrahl auf die Hütte gerichtet hielt. Milo ignorierte sie. Erst als das ganze Haus in Flammen stand, wies er Hesekiel an, den Strahl auf ein weiteres zu richten. Bald brannte der größte Teil der Siedlung, und das Feuer griff auf die Tarnnetze über.

»War das notwendig?« überschrie Jan das Prasseln des brennenden Holzes und die Schreie der fliehenden Bewohner.

»Warum verschwendest du dein Mitgefühl auf diesen Abschaum? Die Leute wollten dich eben noch ermorden, um sich ihren Gott gnädig zu stimmen.« Seine Faust donnerte auf den Kopf des Cyberoiden nieder. »In

Ordnung, 0008005, gehen wir. Halte die Richtung zur Stadt ein. Du weißt doch, welche Richtung das ist?«

»Ja«, antwortete das Maschinenwesen und stampfte los.

Schon bald waren sie wieder in hellem Sonnenschein. Hinter ihnen brannte die schaurige Siedlung von Hesekiels Leuten lichterloh und schickte eine schwarze Rauchwolke über das Pestland.

Der Cyberoid schwankte beim Gehen wild von einer Seite zur anderen, und Jan wurde es schwer, sich an den kleinen Griffen festzuhalten, die, wie Milo ihr sagte, für die Wartungstechniker angebracht worden waren. Er meinte außerdem, Hesekiel müsse irgendwo Zugang zu einer noch in Betrieb befindlichen Energiequelle haben, an der er seine Treibstoffzelle aufzuladen pflege. Wahrscheinlich befinde sie sich in der Stadt.

Als sie etwa eine Stunde unterwegs waren, befahl Milo dem Cyberoiden zu Jans Erleichterung, haltzumachen. »Was ist?« fragte sie. Milo spähte angestrengt in die Bäume zu ihrer Linken.

»Ich habe etwas glitzern sehen. Wie Glas. Jetzt ist es fort.«

»Mir ist nichts aufgefallen.«

»Natürlich nicht«, bemerkte er selbstgefällig und ließ Hesekiel nach links abschwenken.

Es dauerte nicht lange, und die toten Bäume standen weniger dicht. Sie kamen auf eine große Lichtung hinaus. In ihrer Mitte war ein Durcheinander aus weißen Steinen über ein ziemlich ausgedehntes Gebiet verstreut.

Der Cyberoid näherte sich dem Rand der Ruine. »Sieht wie die Überreste eines Landhauses aus. Eines großen«, meinte Milo. »Möchte doch wissen, was ich hier aufblitzen gesehen habe!« Er befahl dem Cyberoiden anzuhalten. »Du steigst ab und überprüfst den Ort«, sagte er zu Jan. »Ich bleibe hier oben und sorge dafür, daß unsere fundamentalistische Blechdose nicht auf komische Gedanken kommt.« Dankbar stieg Jan von dem Rücken des Maschinenwesens. »Zuerst muß ich pinkeln«, sagte sie zu Milo und ging auf die nächsten Steinblöcke zu. Sie hatte sie beinahe erreicht, als sie einen Schrei hörte und sich umdrehte …

Es geschah gerade noch rechtzeitig, um zu sehen, daß der Cyberoid sich Milo mit seinem mechanischen Arm vom Hinterkopf pflückte, ihn zu Boden schleuderte und ihn mit seinen großen Metallfüßen zerstampfte.

26

»Und ich will meinen Ruhm unter den Heiden verbreiten, und alle die Heiden sollen das Urteil sehen, das ich vollstreckt habe, und meine Hand, die ich auf sie gelegt habe!«

Diese Worte röhrte Hesekiel, während er weiter auf Milo herumstampfte. Jan wollte hinlaufen und blieb wieder stehen. Sie konnte nichts tun, um Milo zu helfen. Sein Körper war bereits eine formlose Masse aus blutigem Fleisch. Er mußte tot sein.

Milo der Unsterbliche. Tot.

Hesekiel hörte auf, Milos Überreste zu zermalmen. Das Fernglas drehte sich auf seinem metallenen Stiel in Jans Richtung. Die Ansammlung von Rohren auf dem Kopf des Cyberoiden folgte. Jan warf sich zu Boden. Der rote Strahl brannte über ihr durch die Luft. Sie rollte sich weiter, sprang auf und duckte sich hinter dem Steinblock.

»Ich bin Hesekiel, der Hammer des Herrn!« donnerte das Maschinenwesen. Sie hörte seine großen Füße näherkommen.

Den Steinblock zwischen sich und Hesekiel haltend, rannte Jan tiefer in die Ruinen hinein. Im Zickzack, immer wieder Deckung suchend, wand sie sich durch die verstreuten Trümmer und hoffte, den Cyberoiden in dem Irrgarten loszuwerden. Doch Hesekiels Stimme wurde lauter. »Daher werde ich, spricht Gott der Herr, dich zum Blut bereiten, und Blut soll dich verfolgen, und auch wenn du Blut nicht gehaßt hast, soll es dein Verfolger sein!«

Jan lief schneller. Sie bog um eine weitere Ecke ...

... und fand sich in einer Sackgasse.

Eingestürzte Mauern und Steinblöcke bildeten eine Straße. Sie endete vor einer glatten weißen Wand, die zu hoch war, als daß Jan hätte hinüberklettern können. Es war zu spät zum Umkehren; Hesekiel war ihr schon zu nahe. Sie saß in der Falle.

Das Bewußtsein, daß Jan beobachtete, war nicht menschlich, und es beobachtete sie mit einer Objektivität, die in ihrer Absolutheit erschreckend war. Zwar hatte es organische Komponenten in seinem System, doch waren diese, Produkte eines seit langem verschwundenen Laboratoriums, rein synthetisch und ermangelten der Attribute, die allem natürlichen Leben gemeinsam sind. Die Wesenheit hatte buchstäblich keine Emotionen, keine Ängste, keine Wünsche, keine Neugier, überhaupt keine Empathie mit der ganzen Welt, die sie durch ihre Myriaden von Sensoren beobachtete. Sie war darauf programmiert, sich selbst zu erhalten, besaß jedoch nicht den angeborenen Überlebenswillen, in den sich alle natürlichen, im genetischen Schmelzofen der Evolution geschmiedeten Organismen teilen. Sie war einfach *Verstand,* sonst nichts, und deshalb war sie nicht wirklich lebendig.

Aber innerhalb ihres Systems aus elektronischen und organischen Komponenten schlief ein anderer Verstand, und der war menschlich. Oder vielmehr, er war menschlich *gewesen.* Der erste Verstand dachte mehrere Nanosekunden über das Problem nach und entschied dann, die Situation rechtfertige die Aktivierung des anderen Verstandes ...

»Ashley. Wach auf!«

»Was?« *(— gereizt —)*

»Sieh doch!«

Der andere Verstand besah es sich. Dann *(— sagte —)* er: »Jesus H., auf was wartest du noch, du lahmes Gehirn?« *(— aufgeregt —)* »Laß sie ein!«

Jan sah, daß in der Wand vor ihr auf wunderbare Weise eine Öffnung erschien. Sie hielt sich nicht mit Nachdenken auf, sondern stürzte sich hindurch — und stieß augenblicklich gegen eine zweite Wand. Zu ihrer Bestürzung fand sie sich in einem kleinen engen Raum wieder, und die einzige Tür war die, durch die sie gekommen war. Sie drehte sich um und sah Hesekiel die Gasse heraufstampfen. »Und der Herr sprach zu ihm«, blökte er, »gehe durch die Mitte der Stadt, durch die Mitte Jerusalems und mache ein Zeichen auf die Stirnen der Menschen, die all der Greuel wegen, die dort geschehen, seufzen und weinen!« In panischer Angst suchte Jan nach einer Möglichkeit, die Öffnung zu verschließen, doch es gab keine.

Hesekiel blieb davor stehen und bückte sich. »Und zu den anderen sprach er vor meinen Ohren: Geht ihm durch die Stadt nach und erschlagt sie, laßt euer Auge niemanden übersehen und habt kein Mitleid.« Er streckte seinen mechanischen Arm durch die Öffnung. Jan drückte sich gegen die Wand. »Nein!« schrie sie. »Laß mich in Ruhe!«

Plötzlich schloß sich die Öffnung. Es klirrte, und das Ende von Hesekiels Arm fiel abgetrennt zu Boden. Der Boden selbst begann rasch unter Jans Füßen zu sinken, und sie merkte, daß sich der ganze Raum auf die gleiche Art wie die Aufzüge im *Lord Pangloth* nach unten bewegte. Es kam ihr wie eine sehr lange Strecke vor, bis die Fahrt sich verlangsamte und aufhörte. Jan hielt den Atem an. Die Öffnung erschien wieder und ließ helles Licht herein. Sie brauchte eine Weile, bis ihre Augen sich an das Licht gewöhnt hatten. Dann sah sie, daß sie vor einem großen Raum stand, der so luxuriös eingerichtet war wie die königlichen Wohnungen auf dem *Pangloth.*

»Entschuldigung. Das Licht ist offensichtlich zu hell für dich. Ich werde es dämpfen. Es ist so lange her, daß die Lampen benutzt worden sind.« Das war die Stimme eines Mädchens, freundlich und ermutigend. Jan trat in den Raum, sah jedoch niemanden. Die Helligkeit wurde gemildert, und plötzlich stand das Mädchen da. Jan begriff nicht, wieso sie es vorher nicht gesehen hatte. Die Fremde näherte sich ihr, und Jan erschrak. Für einen Augenblick hatte sie geglaubt, es sei Ceri. Aber nun sah sie, daß es wohl eine starke Ähnlichkeit gab, das Mädchen aber nicht Ceris Double war. Ihre Augen waren braun statt blau, und ihr Haar war viel heller.

Fünf Fuß von Jan entfernt blieb sie stehen und lächelte herzlich. Sie trug seltsame Kleider, eine sehr enge blaue Hose, deren Bund auf den Hüften saß, und ein ebenso enges gelbes Hemd, das vorn verknotet war und ihre Taille freiließ. Ihre Füße waren bloß. »He, ich bin Ashley! Wie heißt du?« sagte das Mädchen fröhlich.

Jan nannte ihr ihren Namen und fragte, ob sie sich setzen dürfe. Sie hatte zu zittern begonnen. Die Reaktion setzte ein.

»Oh, natürlich!« antwortete Ashley. »Setz dich, wohin du willst, Jan.«

Jan ließ sich auf eine gutgepolsterte Couch fallen und schlang die Arme um sich. Ihr fiel auf, daß Ashley stehenblieb. »Warum hat dieser Cyberoid versucht, dich zu töten?« erkundigte Ashley sich.

Jan schüttelte müde den Kopf. »Ich weiß es nicht. Er war wahnsinnig, glaube ich. Jedenfalls hat Milo das auf dem Weg hierher gesagt ... er sei im Laufe der Jahre wahnsinnig geworden ... Milo sagte, er sei sehr, sehr alt ... Milo ...« Sie konnte einfach nicht akzeptieren, daß Milo *tot* war. Es war unmöglich!

»Milo war der Mann, den der Cyberoid tötete, bevor er anfing, dich zu jagen?« fragte Ashley sanft.

»Ja. Du hast es gesehen?« Das wunderte Jan.

»Nein. Ich habe mir eine Aufzeichnung angesehen. War er dein Mann?«

»Nein ... nicht mein Mann.« Jan lächelte schief. Sie fragte sich, was Ashley mit ›Aufzeichnung‹ meinte.

»Dann dein Liebhaber? Dein Freund?«

Jan seufzte. »Nein. Er war nicht einmal mein Freund, nicht wirklich. Er war einfach *Milo* ... und jetzt ist er tot. Ich komme nicht darüber hinweg. Und ich weiß nicht, was ich jetzt tun soll.« Zu ihrer eigenen Überraschung brach sie in Tränen aus. Sie wußte, sie weinte nicht um

Milo, sondern um sich selbst. »Ich werde nicht fähig sein, ohne ihn im Pestland zu überleben.«

»Du kannst hierbleiben, Jan«, sagte Ashley. »Solange du möchtest. Es ist so lange her, daß ich Gesellschaft hatte.«

»Du lebst hier ganz allein?«

»Ja. Abgesehen von Carl, und der zählt nicht. Er ist eigentlich nicht männlich, er ist nur ein Computerprogramm, aber ich nenne ihn Carl, damit er ein bißchen menschlicher wirkt. Nicht etwa, daß es etwas nützt ...« Sie seufzte sehnsüchtig, doch dann erhellte sich ihr Gesicht wieder. »Bitte, sag, daß du hierbleiben willst! Es würde mich so glücklich machen.«

Jan wischte sich die Augen und sah sich in dem großen Raum mit der niedrigen Decke um. Dann richtete sie den Blick wieder auf Ashley. Sie spürte, etwas war nicht richtig mit ihr, aber sie konnte nicht sagen, wieso. »Was genau ist das hier für ein Ort?« fragte sie.

»Ein Bunker«, antwortete das Mädchen. »Ursprünglich wurde er als Schutzbunker gegen Atombomben gebaut, aber Jahre später ließen meine Eltern ihn als Zuflucht während der Gen-Kriege umrüsten.« Ashleys Gesicht wurde traurig. »Gerettet hat er sie aber nicht. Eines der späteren Designer-Viren drang durch die Filter und anderen Barrieren ein, und sie starben. Hier drin ...« Ashley drehte sich um und zeigte auf eine von verschiedenen geschlossenen Türen, die aus diesem Raum hinausführten.

»Aber *du* hast überlebt.« Jan geriet immer mehr in Verwirrung. Ihr Eindruck, daß etwas an Ashley sehr merkwürdig sei, verstärkte sich.

»O ja, ich habe überlebt. Und ich nehme an, ich werde immer weiter leben.« Die Aussicht erfreute sie anscheinend nicht.

Jan hatte eine Eingebung. »Du bist eine Unsterbliche!« rief sie. »Wie Milo!«

»Dein Freund war ein Unsterblicher?« fragte Ashley

erstaunt. »Ich dachte, sie seien alle schon vor Jahrhunderten getötet worden. Jedenfalls ist er jetzt kein Unsterblicher mehr, oder?«

»Aber du mußt unsterblich sein«, stellte Jan fest. »Du sagtest, deine Eltern seien während der Gen-Kriege gestorben. Und du siehst nicht älter aus als ich.«

»Wie alt bist du denn?« fragte Ashley in einem Ton, der nach echtem Interesse klang.

Jan hätte gewünscht, das Mädchen würde beim Thema bleiben. »Ich bin achtzehn ... nein, ich muß inzwischen neunzehn sein.« Sie mußte vor zwei oder drei Monaten Geburtstag gehabt haben, aber sie war mit dem Kalender durcheinandergeraten.

»Dann bin ich jünger als du. Ich bin erst siebzehn. Und ich werde immer siebzehn bleiben. Süße siebzehn.« Wieder seufzte sie sehnsüchtig.

Langsam fragte Jan sich, ob Ashley verrückt sei. Vielleicht war sie ein Flüchtling aus dem Pestland wie sie, durch Zufall in dieses seltsame unterirdische Gebäude geraten, und jetzt erfand sie Geschichten über ihre Vergangenheit. Jan überlegte, wie sie mit Ashley umgehen sollte, wenn sich ihr Verdacht bestätigte, und fragte: »Woher bekommst du Lebensmittel und Wasser? Und wäre es genug für uns beide, wenn ich hierbliebe?«

Ashley legte einen Finger an die Lippen. »Oh, daran habe ich gar nicht gedacht. Einen Augenblick, ich werde Carl fragen.« Für einen Sekundenbruchteil blickten ihre Augen leer, dann lächelte sie Jan zu. »Carl sagt, er kann den Lebensmittel-Synthesizer wieder aktivieren. Das organische Grundmaterial ist tiefgefroren und muß aufgetaut werden, was einige Zeit erfordert, aber etwas Wasser kann er dir auf der Stelle besorgen. Da unten fließt ein unterirdischer Bach.« Sie wies auf den Fußboden.

Jan starrte sie an. Ashley war tatsächlich verrückt. »Äh ... dieser Carl hat eben mit dir gesprochen und dir das alles mitgeteilt?« fragte sie zögernd.

Ashley nickte. »Wir haben eine direkte Verbindung.«

»Ich verstehe.« Jan tat, als erkläre das alles. »Es gibt hier also Essen und Wasser.« Bei der Erwähnung des Wassers kam ihr zu Bewußtsein, daß sie schrecklichen Durst hatte, und sie hoffte, das Wasser sei nicht nur eine weitere von Ashleys Phantasien. Aber das Mädchen machte zumindest einen körperlich gesunden Eindruck, so daß sie Essen und Wasser von irgendwoher bekommen haben mußte. Merkwürdig war nur, daß sie diese Dinge nicht von selbst erwähnt hatte. »Braucht ihr, du und Carl, denn nichts zu essen und zu trinken?«

»Ich habe dir doch gesagt, Carl ist ein Computerprogramm. Programme essen und trinken nicht.« Sie kicherte nervös.

»Und was ist mit dir?«

Ashley biß sich auf die Unterlippe und blickte verlegen drein. Sie antwortete nicht.

»Nun?« drängte Jan.

»Ich glaube, ich erzähle es dir besser«, sagte Ashley traurig. »Früher oder später hättest du es ja doch herausgefunden.«

»Was denn?«

»Das.« Ashley stellte sich vor Jan hin, die auf der Couch saß, und streckte ihr die rechte Hand entgegen. Jan wollte sie fassen ...

... und ihre Hand glich durch Ashleys Hand, als sei sie gar nicht da.

»Siehst du?« Ashley seufzte.

Jan wich auf der Couch zurück. In ihren Augen stand das Entsetzen. »Du bist ein Gespenst!« rief sie.

»Nun, in gewisser Weise, ja.«

Jan geriet in Panik. Der luxuriös eingerichtete Raum war plötzlich ein furchterregender Ort geworden. Sie war in ihm Hunderte von Fuß unter der Erde mit diesem toten *Ding* gefangen. »Ich will hier raus! Bitte, laß mich gehen!« flehte sie.

»Ich hatte Angst, daß du so reagieren würdest.«

Ashley entfernte sich von der Couch. »Paß auf, ich bin kein Gespenst, wie du es dir vorstellst.«

»Du bist nicht tot?« fragte Jan nervös.

»Oh, tot bin ich schon«, gab Ashley zu. »Oder vielmehr, mein *ursprüngliches* Ich ist tot. Ich bin nur eine Aufzeichnung.«

»Eine *was?*«

»Du weißt doch, eine Aufzeichnung. Eine Kopie. Es hat einmal vor Jahrhunderten ein wirkliches lebendiges Mädchen namens Ashley Vee gegeben, und von ihrem Geist wurde eine Kopie gemacht und in einem Computer gespeichert. Und ich bin diese Kopie.«

»Aber ich kann dich sehen«, protestierte Jan.

»Was du siehst, ist eine holographische Projektion, die von dem Computer generiert wird. Du weißt doch, was ein Hologramm ist?«

Jan dachte an die ›Unterhaltungen‹ der Aristos. Milo hatte sie holographische Projektionen genannt, und auch sie waren bemerkenswert realistisch gewesen. Sie entspannte sich ein bißchen. »Du bist also kein Gespenst?«

»Kein *richtiges*. Nur ein elektronisches. Deshalb geh bitte nicht. Es gibt nichts, wovor du Angst haben müßtest. Bitte, sag, daß du bleiben wirst.«

Jan wußte nicht, was sie tun sollte. Es beruhigte sie, daß Ashley keine übernatürliche Erscheinung war, aber trotzdem fand sie ihre Anwesenheit entnervend. Die holographischen Leute in den ›Unterhaltungen‹ hatten auch wirklich ausgesehen, aber sie hatten mit ihr keine Gespräche geführt. »Wer hat dir ... dies ... angetan? Und warum?« fragte Jan zögernd.

»Meine Eltern«, antwortete Ashley. »Ich hatte dieses gefährliche Hobby, verstehst du. Gleiterfliegen. Weißt du, was ein Gleiter ist?«

»Nur zu gut«, sagte Jan kläglich. Und sie erzählte Ashley, wie sie mit einem japanischen Gleiter von dem *Lord Pangloth* geflohen sei.

»Oh, ich meine keine Drachen. Mein Gleiter sah wie ein Flugzeug aus, mit Cockpit und allem. Er trug den Namen *Pegasus,* und er hatte eine Flügelspanne von mehr als hundert Fuß. Ich konnte Tausende von Fuß mit ihm aufsteigen. Es war herrlich. Aber meine Eltern hatten recht. Ich stürzte ab. Und starb.«

Jan erschrak. »Du meinst, du kannst dich erinnern, daß du *gestorben* bist?«

»O nein. Die Aufzeichnung wurde zwei Wochen vor meinem Tod auf den neuesten Stand gebracht. Deshalb habe ich an diese letzten zwei Wochen ›meines‹ Lebens, den Absturz eingeschlossen, keine Erinnerung. Jedenfalls hatten meine Eltern Angst, ich würde eines Tages umkommen, und wollten mich auf irgendeine Weise konservieren. Ihre ursprüngliche Absicht war, die Aufzeichnung meiner Persönlichkeit und meiner Erinnerungen in einen Klon meiner selbst zu implantieren, aber trotz ihres Reichtums waren sie nicht so mächtig, daß sie es arrangieren konnten, mich klonen zu lassen. Zu der Zeit, als ich lebte, war so etwas illegal, verstehst du. Deshalb gaben sie sich mit dem Zweitbesten zufrieden. Mit einem Hologramm. Mit mir.«

Jan schwieg eine Weile und musterte Ashley scharf. Die Illusion war perfekt. Man konnte kaum glauben, daß sie nicht aus Fleisch und Blut war. »Was ist das — nun, ich meine, für ein *Gefühl?* Wenn man so ist wie du?«

Ashley runzelte die Stirn. »Das ist schwierig in Worte zu fassen. Ich kann dir nur versichern, es ist ganz bestimmt nicht das gleiche, wie lebendig zu sein ... wie *wirklich* zu sein.«

»Aber du denkst, und du hast Gefühle, nicht wahr?« forschte Jan.

»O ja, denken kann ich. Wenigstens *denke* ich, daß ich denken kann. Wie kann man da sicher sein? Mit den Gefühlen ist es ebenso. Ich *denke,* daß ich Gefühle habe, doch sie sind nicht die gleichen wie die, die ich hatte, als ich lebendig war. Verstehst du, was ich meine?«

»Nein«, gestand Jan.

Ashley seufzte. »Es ist schwierig zu erklären ... Es ist, als seien meine Gefühle *Imitationen*. Unwirklich. Ja« — sie nickte — »ich fühle entschieden unwirklich. Andererseits ist das nicht überraschend ... Ich bin schließlich nur ein elektronischer Schatten meines früheren Ichs.« Sie lächelte Jan an und setzte hinzu: »Aber ich verblasse, das weiß ich. Die menschlichen Stückchen von mir. Ich fürchte, am Ende werde ich genau wie Carl sein. Und, o Gott, ist der *langweilig*.«

Jan versuchte, sich vorzustellen, wie es für Ashley sein mußte, es ging jedoch über ihre Fähigkeiten hinaus. »Wie lange bist du schon ... äh ... so?«

»Eine Sekunde, ich werde Carl fragen.« Und dann sagte sie ohne Pause: »Vierhundertundneununddreißig Jahre.«

»So lange? Wie schrecklich! Wie verbringst du deine Zeit hier unten? Es muß sehr langweilig für dich sein.«

»Ist es auch, wenn ich wach bin. Die meiste Zeit schlafe ich. Nun, ich schlafe nicht richtig — ich träume nicht oder so etwas —, ich bin einfach abgeschaltet. Und wenn ich wach bin, kann ich machen, daß die Zeit sehr schnell vergeht, was eine Hilfe ist. Um mit dir zu reden, mußte ich meine Gedankenprozesse verlangsamen. Seit meinem letzten Besucher habe ich meine subjektive Zeit nicht mehr so langsam vergehen lassen.«

»Wann war das?« fragte Jan.

»Oh, ungefähr vor achtzig Jahren. Sein Name war Vic. Ein sehr hübscher Junge. Er suchte Zuflucht in den Ruinen, um Räubern zu entkommen, die ihn verfolgten. Er blieb zehn Jahre hier, dann wurde er krank und starb. Es gefiel ihm hier unten nicht, zu schade. Das ist er da drüben.« Ashley drehte sich um und zeigte. Im gleichen Augenblick wurden die Lampen heller, und Jan sah am anderen Ende des Raums etwas liegen, das wie ein Totenschädel und ein Gerippe aussah.

Es entsetzte sie. »Du hast ihn einfach dort liegen lassen?«

»Was konnte ich sonst tun? Mir fehlt es an Substanz, wie du bereits bemerkt hast.« Ashley lachte. »Früher waren hier einmal zwei Servo-Mechanismen, die den Bunker sauber hielten, aber sie sind schon vor langer Zeit zusammengebrochen.«

Jan kam ein besorgniserregender Gedanke. »Du sagtest, Vic habe gehen wollen. Warum hat er es nicht getan?«

»Oh, Carl wollte es ihm natürlich nicht erlauben. Carl ist mein Beschützer, verstehst du. Er will nicht, daß man draußen von der Existenz dieses Bunkers erfährt. Deshalb läßt er meine Besucher niemals gehen.«

»Mich auch nicht?« fragte Jan.

Ashley nickte ernst. »Ich fürchte, nein. Du wirst dich doch nicht darüber aufregen, oder?«

27

»Weißt du, was mir aus meinem früheren Leben am meisten fehlt?« fragte Ashley.

»Was denn?«

»Das Fliegen. Für mich war es das Höchste, meinen Gleiter zu fliegen. Ich liebte es so sehr, da oben am Himmel zu sein.«

»Alles wäre besser, als hier unten festzusitzen«, erklärte Jan mit Nachdruck. Sie war erst zwölf Tage in dem Bunker, und schon deprimierte der Ort sie zutiefst. Anfangs war sie froh gewesen, eine Zuflucht vor den Gefahren des Pestlandes, besonders vor Hesekiel, und dazu noch Essen und Trinken — auch wenn sich letzteres als äußerst fad erwiesen hatte — gefunden zu haben. Doch sehr schnell war sie unruhig und nervös geworden. Die Tatsache, daß ihr nicht erlaubt war zu gehen, verstärkte ihre Abneigung gegen das Leben im Bunker. Wenn sie freie Wahl gehabt hätte, wäre sie vielleicht bereit gewesen, einen Monat oder mehr hier ganz glücklich zu verbringen. So, wie die Dinge lagen, wünschte sie sich verzweifelt, an die Oberfläche zurückzukehren, auch wenn sie keine Ahnung hatte, was sie tun würde, wenn es ihr gelänge. Sie seufzte.

Ashley betrachtete sie besorgt. »Es tut mir leid, daß es dir hier unten nicht gefällt.« Heute trug sie eine sehr kurze Hose, die sie passenderweise ›Shorts‹ nannte, ein weißes Hemd, weiße Schuhe und weiße Söckchen. Das nannte sie ihre Tenniskleidung. Jan hatte sie einmal gefragt, warum sie jeden Tag in anderen Kleidern erscheine. Ashley hatte achselzuckend geantwortet: »Meine Eltern hatten dadurch einen stärkeren Eindruck von Realität. Von mir wurden holographische Fotos in Unmengen von unterschiedlichen Sachen gemacht, verstehst du, und sie sind alle mit mir zusammen im Computer gespeichert. Außerdem liebe ich es auch jetzt noch, attraktiv auszusehen. Mom pflegte zu sagen, ich sei eine eitle kleine Exhibitionistin, aber ich war tatsächlich hübsch, nicht wahr?« Und sie drehte sich, um sich Jan zu präsentieren. Jan sagte ausdruckslos: »Ja, das warst du. Sehr hübsch.« Die Tatsache, daß Ashleys schöner Körper so wenig Substanz hatte wie ein Schatten, geriet ihr, wie sie selbst merkte, in mehr als einer Beziehung unter die Haut. Und ihre nicht nur flüchtige Ähnlichkeit mit Ceri machte es noch schlimmer. Ein weiterer Grund, den Bunker zu verlassen und an die Oberfläche zurückzukehren ...

»Es gefällt mir nicht, gefangen zu sein. Wenn ich jeden Tag nur ein paar Minuten frische Luft schöpfen dürfte, würde es mir wahrscheinlich gar nicht soviel ausmachen, hier unten zu leben.«

»Jan, du weißt, wenn es nach mir ginge, könntest du ganz nach deinen Wünschen kommen und gehen, aber Carl hat zu bestimmen, und er traut dir nicht.«

»Das weiß ich.« Jan hatte bei mehreren Gelegenheiten versucht, mit Carl direkt zu sprechen. Es war ein entnervendes Erlebnis, mit einer körperlosen Stimme zu sprechen, die menschlich *klang*, aber in ihren Antworten frustrierend *unmenschlich* war.

»Übrigens, warum willst du dich oben von neuem in Gefahr begeben? Dieser wahnsinnige Cyberoid sucht wahrscheinlich immer noch nach dir.«

»Du hast mir erzählt, Carl habe seit über einer Woche keine Spur mehr von ihm entdeckt.«

»Nicht in der Nachbarschaft der Villa, aber Carls Sensor-Reichweite hat ihre Grenzen. Der Cyberoid könnte im Wald lauern.«

»Das glaube ich auch«, stimmte Jan besorgt zu. Sie hatte immer noch Alpträume von Hesekiel. Dann rannte sie durch einen endlosen steinernen Irrgarten, und der Cyberoid war ihr dicht auf den Fersen, schrie seine verrückten Worte über Tod und Rache und hinterließ blutige Fußspuren. Das Blut stammte von Milo ...

»Was ist mit den Himmelsherren? Sind sie wieder gesichtet worden?«

»Ich werde Carl fragen«, sagte Ashley. »Ja. Einer von ihnen ist vor zwei Stunden beinahe genau über uns weggezogen.«

»*Verdammt.*« Carl hatte seit Jans Ankunft beinahe jeden Tag entweder den *Lord Pangloth* oder die *Duftende Brise* gesichtet. Der Kriegsherr gab nicht auf. Jan erschauerte bei dem Gedanken daran, was er mit ihr machen würde, wenn sie ihm wieder in die Hände fiele.

»Siehst du wohl?« fragte Ashley, als habe sie ihre Gedanken gelesen. »Du bist viel besser dran, wenn du hier unten bleibst. Nun komm, mach kein so finsteres Gesicht mehr und erzähl mir weiter von deinen Abenteuern.«

Ashley zeigte eine unersättliche Neugier auf Jans Leben, und Jan hatte ihr den Gefallen getan, ihr stundenlang von Minerva und den Ereignissen, die der Bombardierung und ihrer Gefangennahme gefolgt waren, zu berichten. »Abenteuer? Ich habe keine Abenteuer erlebt. Ich bin durch eine *Tortur* gegangen.« *Und sie dauert weiter an,* setzte Jan in Gedanken hinzu.

»Nun, für mich hört sich das alles wie Abenteuer an«, meinte Ashley. »Mach schon, erzähl mir noch einmal von Fürst Caspar. Er muß traumhaft gewesen sein.«

Jan seufzte. »Was kann ich dir denn sonst noch von ihm erzählen?«

»Sag mir, was sich abgespielt hat, wenn ihr zusammen im Bett wart.«

Jan konnte nicht umhin, ein bißchen schockiert zu sein. »Warum willst du das wissen?«

Ashley lächelte verschmitzt. »Was glaubst du denn?«

»Ich möchte ja nicht unhöflich sein«, erklärte Jan vorsichtig, »aber ich verstehe nicht, wieso du Interesse an Sex hast, wo du doch keinen ... äh ... Körper besitzt.«

»Das habe ich dir doch gesagt — ich habe immer noch Gefühle. Na ja, es sind mehr die *Erinnerungen* an Gefühle ...«

»Gefühle, ja, das verstehe ich. Ich habe Sex eigentlich immer« — Jan überlegte — »für ein *Gelüst* gehalten.«

»O ja, ich habe Gelüste. Das ist doch genau dasselbe wie Gefühle, oder?«

»Mag sein«, gab Jan zweifelnd nach.

»Meine Gelüste sind mit allem übrigen von mir aufgezeichnet worden«, teilte Ashley ihr mit. »Daran hat man nicht gedacht, als man mich zu dem machte, was ich bin. Es hätte weiter keine Rolle gespielt, wenn ich in einen geklonten Körper übertragen worden wäre, aber so, wie es jetzt um mich steht, ist es mir natürlich unmöglich, meine Gelüste zu befriedigen. Anfangs war es einfach schrecklich; ich hatte die ganze Zeit Hunger. Aber dann nahm ein Techniker eine Korrektur vor und dämpfte mein Gelüst auf Essen irgendwie. Die Wissenschaftler sagten, sie könnten nicht alle meine Gelüste entfernen, ohne Gefahr zu laufen, Teile meiner Persönlichkeit vollständig auszulöschen.«

Jan versuchte sich vorzustellen, wie es sein mochte, ein Geist ohne Körper zu sein. Wenn man über 400 Jahre Hunger empfand und dabei wußte, man würde nie mehr die Chance bekommen zu essen ... »Du Arme«, sagte sie.

»Oh, jetzt habe ich mich daran gewöhnt«, stellte Ashley fröhlich fest. »Außerdem werden meine Gelüste ebenso wie alle meine anderen ›Gefühle‹ sowieso allmählich verblassen, und eines Tages werde ich gar keine mehr haben.«

»Aber im Augenblick verspürst du immer noch ein ... äh ... sexuelles Verlangen?«

»Ja. So etwas in der Art. Es war ein bißchen ein Problem, als Vic hier war. Er war sehr hübsch, das habe ich dir doch erzählt, nicht wahr?« Sehnsüchtig sah sie zu den Knochen an der Wand hin. »Für ihn war es auch ein bißchen ein Problem. Manchmal machte es ihn wahnsinnig, daß er nicht imstande war, mich zu berühren.«

Jan fühlte einen Hauch von Mitgefühl für den toten Vic. »Hast du jemals einen Liebhaber gehabt? Ich meine, als du lebendig warst?«

»Na klar, zwei sogar. Einer war mein Fluglehrer. Er war schon über dreißig, aber er war ein traumhaft zärtlicher Liebhaber. Wir haben es einmal in seinem Ausbildungsgleiter getrieben, fünfzehntausend Fuß hoch. Herrlich!« In genüßlicher Erinnerung schüttelte Ashley den Kopf. »Also komm jetzt, erzähl mir alles, was du mit deinem Fürsten Caspar angestellt hast. Ich will *alles* hören!«

Weitere drei Tage schleppten sich dahin. Jan fühlte sich immer deprimierter in dem Bunker, der aus fünf Einzelräumen bestand. Abgesehen von dem größten, dem Wohnzimmer, gab es zwei Schlafzimmer — in einem lagen die Knochen von Ashleys Eltern —, eine Küche und ein Bad. Wenigstens waren das die zugänglichen Gebiete, aber Jan wußte, es gab auch noch unzugängliche, die verschiedene Maschinen verbargen, darunter die Projektoren, die Ashleys holographisches Bild schufen. Es konnte in jedem Teil des Bunkers erscheinen. Die Energiequelle für alle diese Anlagen, das hatte Jan von Carl erfahren, war die Hitze tief innerhalb der Erde.

In der Hoffnung, sie könne Carl überreden, sie hinauszulassen, verbrachte Jan zu Ashleys Ärger immer mehr Zeit damit, sich mit ›ihm‹ zu unterhalten. Er weigerte sich hartnäckig, den Grund für ihre Gefangenschaft zu diskutieren, lieferte ihr aber bereitwillig jede andere Art von Information, die sie verlangte. Mehr um die Langeweile zu vertreiben als aus einem anderen Grund stellte sie Fragen über die Alte Welt vor den Gen-Kriegen. Sie wollte wissen, ob Milo ihr die Wahrheit gesagt oder sich auch in diesem Fall nur Geschichten ausgedacht hatte. Als Antwort dämpfte Carl das Licht, und in der Luft erschien ein leuchtender Schirm. Carl verkündete, er werde eine Reihe von Nachrichtensendungen aus der in Rede stehenden Periode abspielen. Das entlockte Ashley ein Stöhnen. »O Gott, als ob man wieder zur Schule ginge ...«

Zwei Tage lang betrachtete Jan fasziniert die Bilder und lauschte den verschiedenen Stimmen aus der Vergangenheit. Anfangs fiel es ihr schwer, dem Ablauf zu folgen — viele der Wörter hatten für sie keine Bedeutung —, aber nach und nach begriff sie das Gesamtbild. Es paßte zu dem, was Milo ihr erzählt hatte, und zu dem bißchen, was sie von Ceri wußte.

Lange vor den Gen-Kriegen hatte es für die Welt zwei verschiedene Bedrohungen gegeben. Die eine kam von den Atomwaffen, die ursprünglich von den beiden großen Imperien der zweiten Hälfte des 20. Jahrhunderts kontrolliert worden waren, der Sowjetunion und den Vereinigten Staaten von Amerika. Als sich diese Waffen am Ende des Jahrhunderts auf immer mehr Länder verteilten, waren die Großmächte sehr nervös geworden. Dann kam der ›Klein-Harmageddon-Krieg‹ im Mittleren Osten, wo man zum ersten Mal seit dem Zweiten Weltkrieg Atombomben einsetzte. Es brachte die Herrscher der beiden wichtigsten Großmächte zu Beginn des 21. Jahrhunderts zu dem Entschluß, die russisch-amerikanische Allianz zu bilden. Als erstes erklärte die Allianz sämtliche Atomwaffen für verboten. Es gab viel Opposition gegen dieses Ultimatum, nicht nur von Ländern, die seit langer Zeit eigene Atomwaffen besaßen, zum Beispiel einem Land, das Frankreich genannt wurde, sondern auch von der Föderation islamischer Staaten, die im ›Klein-Harmageddon-Krieg‹ gesiegt hatten.

Die Allianz ging erbarmungslos gegen diese Opposition vor. Sie benutzte ein paar ihrer Atomwaffen mit ›chirurgischer Präzision‹, wie die Kommentatoren es nannten, im Verein mit ihren ›die Erde umkreisenden Laserwaffen‹ und ›brannte die Problemzonen aus‹. Als der Staub sich gesetzt hatte, war die Islamische Föderation wieder zu einer Ansammlung einzelner Länder geworden, und Frankreich war auf ein reines Agrarland reduziert. Die anderen Nationen erkannten die Gewichtigkeit des Arguments an und gaben ihre Atomwaffen an die Allianz ab. Als diese sich überzeugt hatte, daß es sonstwo auf der Welt keine derartigen Waffen und auch keine Möglichkeit, sie in Zukunft herzustellen, mehr gab, vernichtete sie ihr eigenes nukleares Arsenal und die noch übrigen Reaktoren. Das Atomzeitalter war vorbei.

Die andere große Bedrohung war zu Beginn der Achtzigerjahre des 20. Jahrhunderts aufgetaucht, obwohl sie wahrscheinlich schon lange Zeit vorher unbemerkt dagewesen war. Es war eine Seuche, hervorgerufen von einem Virus, das normalerweise nur Tiere befiel. Die vorherrschende Theorie lautete, das Virus habe die ›Spezies-Barriere‹ von einer Spezies afrikanischer Affen zu den Menschen übersprungen.

Woher es auch stammen mochte, das Virus breitete sich rasch aus, und gegen Ende des 20. Jahrhunderts hatte es einen von zehn Menschen auf dem Planeten infiziert. Es dezimierte buchstäblich die Bevölkerung und besaß genetische Eigenschaften, die es sehr schwierig machten, es zu bekämpfen. Die Gen-Techniker — in diesen frühen Berichten wurden sie, wie Jan auffiel, ›Mikrobiologen‹ genannt — versuchten jahrelang, einen ungefährlichen Impfstoff zu finden, doch ohne Erfolg.

Einen parallel dazu verlaufenden Angriff auf das Virus führten bereits seit einiger Zeit andere Gen-Techniker durch. Sie versuchten, ein *eigenes* Virus, ein synthetisches ›Killer-Virus‹ zu schaffen, indem sie das genetische Material des Seuchen-Virus veränderten. Ein Virus ist ein genetischer Parasit, es dringt in eine Zelle ein und raubt die DNS der Zelle, um sich selbst zu reproduzieren. Der Theorie zufolge sollte das Killer-Virus das Seuchen-Virus in dem befallenen System nicht nur aufspüren und vernichten, sondern auch modifizierte DNS in die Zellkerne tragen, die die DNS des Seuchen-Virus neutralisieren und so eine weitere Reproduktion verhindern würde. Um diese Theorie in die Praxis umzusetzen, waren jedoch wesentliche Durchbrüche in der Erforschung und Manipulierung der menschlichen DNS notwendig. Die Größe der Aufgabe läßt sich mit einem einzigen verblüffenden Bild symbolisieren: Wenn man die DNS eines einzigen menschlichen Wesens in einer geraden Linie auslegen könnte, würde die Kette 8000mal zum Mond und zurück zur Erde reichen.

Zum Schluß hatten sie jedoch Erfolg — ihr synthetisches Virus wirkte sowohl als Heilmittel wie auch als Super-Impfstoff, und die Seuche wurde schnell ausgerottet.

Aber das war nicht einmal der größte Durchbruch auf dem Gebiet der Gen-Technik am Menschen. Die Erschaffung des synthetischen Virus hatte andere wichtige Auswirkungen auf die ganze menschliche Rasse. Ebenso wie das Virus benutzt worden war, um infizierte Zellen zu heilen, konnte man jetzt alle möglichen Veränderungen an der menschlichen DNS vornehmen. Es war möglich, das Immunsystem zu verbessern, Krankheiten wie Krebs zu besiegen, die menschliche Lebensspanne zu verlängern ... alle die Modifizierungen vorzunehmen, die schließlich zum Eins-A-Menschen führten.

Gleichzeitig hatte die Gen-Technik auf anderen Gebieten ebenfalls gewaltige Fortschritte erzielt — man hatte neue Getreidearten geschaffen, die gegen Krankheiten immun waren und auf unfruchtbarem Boden wuchsen. Der ›Bio-Chip‹ ersetzte den Silikon-Chip, was zu leistungsfähigeren Computer-Systemen führte. Neue Bakterien-Arten übernahmen eine ganze Palette industrieller Funktionen; sie erzeugten billige Treibstoffe ebenso wie einen Ersatz für Holzpulpe, der zu Papier verarbeitet werden konnte. Da waren die biologischen Treibstoff-Zellen und das synthetische Chlorophyll, das Sonnenstrahlen in Elektrizität verwandelte ...

Die Liste der Wunder schien endlos zu sein. Es sah ganz so aus, als seien alle traditionellen Geißeln der Menschheit für immer verschwunden. Die Gen-Techniker hatten die Welt an die Schwelle eines wahren Goldenen Zeitalters geführt.

Doch es sollte nicht sein.

Nach den längst toten Stimmen, die die Bilder auf dem schwebenden Schirm begleiteten, war es die genetische Veränderung des Menschen zum Eins A, die indirekt zu den Gen-Kriegen führte. Bis dahin und auch noch einige Zeit danach besaßen die Vereinten Nationen die eigentliche Macht, da die russisch-amerikanische Allianz ihnen Rückendeckung gab. Sie hatten genug Macht, um die Einhaltung ihrer Gesetze auf den verbotenen Gebieten der mikrobiologischen Forschung und der Gen-Manipulation zu erzwingen, aber, wie Milo erzählt hatte, mit der Ankunft des Eins A zerfielen die größeren Nationen in unabhängige Teilstaaten. Die Auflösung sowohl der USA als auch Rußlands in kleinere Gebilde bedeutete natürlich das Ende der Allianz und damit das Ende der Macht, die von den Vereinten Nationen ausgeübt worden war.

Aus dem nun folgenden Chaos tauchten die multinationalen Gesellschaften, deren Reichtum zum größten Teil auf Patenten für Gen-Technik beruhte, als die wahren Machthaber auf. Und da die Vereinten Nationen nicht mehr über die Einhaltung ihrer Gesetze wachten, gab es keine Einschränkungen für die Gentechnik mehr. Die Gesellschaften konnten tun, was immer sie wollten.

Schon früher hatte es Gerüchte gegeben, die Reichen und Mächtigen experimentierten auf verbotenem Gebiet. Es wurde von unglaublichen Schöpfungen gemunkelt, die hinter verschlossenen Türen versteckt waren, von Milliardären, die ihre privaten Inseln und Besitztümer mit allen möglichen exotischen Kreaturen bevölkerten — sexuellen Phantasien, mit Hilfe der Gen-Techniker zu Fleisch und Blut geworden. Und gewisse Staatsoberhäupter und Gesellschaften sollten geheime Armeen aus schrecklichen Wesen aufbauen, die nichts anderes als lebende Waffen waren.

Alle diese Gerüchte erwiesen sich als wahr.

Da es die Vereinten Nationen wie auch die Allianz nicht mehr gab, begannen die Gesellschaften, gegeneinander Krieg zu führen. Die unabhängigen Staaten wurden in den Konflikt hineingezogen, indem sie der einen oder der anderen Partei Treue geloben mußten. Die Gen-Kriege hatten begonnen.

Nach einem Jahrzehnt des Kampfes mit ihren durch Gen-Technik geschaffenen Armeen traten die Kriege in eine neue und noch tödlichere Phase ein, als eine der Gesellschaften mit dem Einsatz biologischer Waffen begann, obwohl alle Gesellschaften ursprünglich geschworen hatten, das nicht zu tun. Es war der Anfang vom Ende.

Die ersten Ziele waren landwirtschaftlicher Art — Getreideernten und dergleichen. Dann traten Schwämme auf den Plan, dazu bestimmt, lebenswichtige Teile von elektronischen Systemen und außerdem praktisch alles andere zu fressen. Schließlich geschah das Unvermeidliche: Die Designer-Seuchen, die Menschen töteten, wurden losgelassen.

Millionen und Abermillionen starben. Ganze Städte wurden buchstäblich über Nacht entvölkert. Zivilisationen brachen zusammen.

Carl informierte Jan an dieser Stelle, weitere Nachrichtenbänder gebe es nicht.

Jan war zutiefst bewegt von dem, was sie in den zwei Tagen auf dem Schirm gesehen hatte, am meisten jedoch von einem Bericht über Minerva, kurz nachdem es als unabhängiger Staat ins Leben getreten war. Jan weinte, als sie erkannte, welch ein trauriger Überrest einer einstmals großartigen Gesellschaft *ihr* Minerva gewesen war. Widerstrebend mußte sie auch einsehen, daß die frühen Minerver *doch* Gebrauch von der Alten

Wissenschaft gemacht hatten. Tatsächlich beruhte, wie Milo gesagt hatte, schon die Erschaffung einer Gesellschaft, in der die Frauen die natürliche Ungleichheit der Geschlechter beseitigen konnten, auf dem Werk von Gen-Technikern.

Aber obwohl es allem widersprach, was sie im Religionsunterricht gelernt hatte, war sie jetzt fähig, sich mit diesem Wissen abzufinden. Wichtig war das Ideal, das hinter dem Staat Minerva stand. Sie empfand es als schwer auf ihr lastende Verantwortung, daß sie durch das Schicksal oder die Mutter Gott zu der letzten lebenden Verkörperung dieses Ideals auserwählt worden war. Sie mußte dafür sorgen, daß das Ideal am Leben blieb. Und nicht nur das, sondern daß es auch irgendwie wieder aufblühen werde ...

Die Hoffnung ist gering, dachte Jan bitter.

Zwei weitere Tage vergingen, und nach den Ausflüchten, die Carl machte, wenn sie verlangte, freigelassen zu werden, kam Jan langsam auf den Verdacht, nicht er halte sie gefangen, sondern *Ashley.*

Ein logischer Gedanke. Auf allen anderen Gebieten hatte Ashley die Kontrolle über Carl. Sie war entschlossen, Jan bei sich zu behalten, gab aber Carl die Schuld, damit Jan nicht böse auf sie wurde. Wenn dem so war, mußte Jan sich von nun an darauf konzentrieren, Ashley zu überreden, daß sie sie freiließ.

Aber wie?

Es war am Morgen des sechzehnten Tages. Jan schnitt sich im Bad die Haare, weil ihr die lange Aristo-Frisur lästig geworden war. Sie betrachtete ihr Bild im Spiegel, und plötzlich fiel ihr eine Lösung ihres Problems ein. Wie erstarrt stand sie da, und der Plan wuchs in ihrem Geist wie ein sprießendes Samenkorn. Der Sprößling wuchs ... er entwickelte Wurzeln, breitete Blätter aus, und schließlich öffnete sich eine Blüte. *Die Lösung war gefunden.*

28

Jan kehrte ins Wohnzimmer zurück. Sie bemühte sich, ihre Aufregung zu verbergen, und fragte mit ruhiger Stimme: »Ashley, bist du da?«

»Natürlich«, erklang Ashleys Stimme, und sie materialisierte sich vor Jan. Heute trug sie ein langes schwarzes Kleid, das eine Brust unbedeckt ließ. Sie sah sehr schön aus. »Über was möchtest du dich unterhalten?«

»Über das Fliegen.«

Ashleys Gesicht erhellte sich. »Mein Lieblingsthema!«

»Ich weiß. Was würdest du sagen, wenn ich behauptete, es gebe eine Möglichkeit, daß du wieder fliegen könntest?«

Ashley starrte sie an. »Was meinst du? Es gibt keine solche Möglichkeit. Ich bin hier unten gefangen. Wie du. Nein, bei mir ist es schlimmer. Ich bin in einem Computer. Das weißt du doch.«

»Ja. Ich habe eine Menge über Computer gelernt. Erst von Milo und jetzt von Carl. Ich habe dir von Milos Plan erzählt, nicht wahr? Daß er vorhatte, den Himmelsturm in der Stadt aufzusuchen und den Computer, der sich darin befindet, zu benutzen, um den Himmelsengel aus dem Raum herunterzurufen?«

»Ja, ja«, antwortete Ashley ungeduldig. »Aber was hat das mit *mir* zu tun?«

»Du und Carl könnt aus dem Computer herausgenommen werden, nicht wahr? Das, was wesentlich an euch ist, meine ich. Die Programme.«

»Natürlich. Wir sind auf dem gleichen Stück Software. Warum?«

»Der Computer-Typ hier — kann man seine Teile mit denen anderer Computer austauschen? Zum Beispiel mit denen in der Stadt?« fragte Jan.

»Höchstwahrscheinlich.« Nach einer Pause setzte Ashley hinzu: »Ich habe eben Carl gefragt, und er meint, ja. Alle Bio-Chip-Computer-Systeme waren kompatibel.«

Jan fuhr fort: »Wenn ich also eure ›Software‹ nehme, sie in die Stadt bringe und in den Computer des Himmelsturms eingebe, würdet du und Carl wieder zum Leben erwachen — innerhalb *jenes* Computers?«

»Ja.« Es klang zweifelnd. »Vorausgesetzt, der Computer dort funktioniert noch ...«

»Das tut er. Milo hat das vom Kontrollraum des *Lord Pangloth* aus festgestellt.«

»Und?« Ashley zuckte die Achseln. »Was könnte es mir nützen, wenn ich auf diesen anderen Computer übertragen würde? Ich hätte nicht einmal mehr meine Hologramm-Projektionseinrichtung.«

»Ich war noch nicht fertig. Einmal innerhalb dieses Computers, hättet du und Carl die Kontrolle über ihn, richtig? Ihr wäret imstande, seine Funktionen zu übernehmen?«

»Ja.« Ashley seufzte. »Vorausgesetzt, du hättest die ursprüngliche Software zuerst herausgenommen.«

»Gut. Dann könntet du und Carl tun, was Milo beabsichtigte. Ihr könntet den Himmelsturm-Computer veranlassen, das Signal zu senden, mit dem der Himmelsengel aus dem Raum heruntergerufen wird?«

»Nun, Carl könnte es, nehme ich an.« Ashley runzelte die Stirn. »Ich verstehe immer noch nicht, worauf du hinauswillst.«

»Wenn ich Zugang zu dem Himmelsengel hätte, könnte ich eure Software wieder aus dem Computer des Turms herausnehmen und in den des Himmelsengels einsetzen. Und was würde dann geschehen?«

Ashley antwortete darauf nicht gleich. Jan nahm an, daß sie mit Carl kommunizierte. Dann riß Ashley die Augen auf vor Erregung. »Ich würde mit jedem einzelnen Sensor des Himmelsengels in Verbindung stehen. Ich könnte jede seiner Bewegungen kontrollieren. Ich *wäre* der Himmelsengel!«

»Das habe ich mir gedacht«, erklärte Jan mit Befriedigung.

»Also auf was warten wir noch?« rief Ashley. »Fangen wir an! Ich werde dir zeigen, wie du die Software entfernen mußt.«

»Beruhige dich«, warnte Jan sie. »Du mußt wissen, daß nichts von dem, was ich eben gesagt habe, in Frage kommt.«

Es warf Ashley um. »Warum nicht? *Warum* kommt es nicht in Frage?«

»Nun, zunächst einmal kann ich doch hier nicht weg! Carl erlaubt es nicht.«

»Oh, ist das alles?« fragte Ashley erleichtert. »Mach dir keine Sorgen, ich werde ihn bald zur Vernunft gebracht haben.«

Das habe ich mir gedacht, sagte Jan triumphierend zu sich selbst.

Jan war beinahe fertig zum Aufbruch. Aber jetzt, als der letzte Augenblick nahe war, widerstrebte es ihr plötzlich, an die Oberfläche zurückzukehren. Es war sicher unten in dem Bunker, während es auf der Oberfläche tausendfache Gefahren gab. Und selbst mit den Waffen, die sie von Ashley bekommen hatte — sie hatten in einem verborgenen Fach im Elternschlafzimmer gelegen —, standen ihre Chancen, den Himmelsturm zu erreichen, nicht gut. Außerdem war da die Wahrscheinlichkeit, daß sie den Seuchenviren oder -sporen, die immer noch in der City selbst lauerten, zum Opfer fallen würde.

Als sie von diesen Ängsten sprach, hatte Ashley sich mit Carl beraten und dann fröhlich erklärt: »Oh, du kannst einen Seuchenschutzanzug tragen!« Eine weitere verborgene Tafel war im Elternschlafzimmer zur Seite geglitten und hatte eine Reihe von hängenden einteiligen Anzügen aus einem glatten weißen Material enthüllt. Jan nahm einen heraus und sah ihn sich an. Er hatte eine Kapuze, die den Kopf vollständig bedecken würde. Wie die alten Kleider Ashleys, die Jan jetzt trug, weil sie sie den stinkenden Lumpen von Hesekiels Leuten vorzog, war der Anzug ungeachtet seines hohen Alters anscheinend in gutem Zustand. Sie fragte Ashley nach dem Grund.

»Oh, wahrscheinlich hat das mit dem Fehlen von Luft zu tun«, antwortete Ashley uninteressiert. »Carl pumpt alle Luft aus dem Bunker, wenn ich keine — hm — Besucher habe. Er senkt auch die Temperatur. Los, zieh den Anzug an!«

Jan stieg gehorsam in den Seuchenschutzanzug und machte alle Verschlüsse zu. Sie spähte durch die Sichtscheibe des Kopfteils. Unter der Sichtscheibe ragte ein Stutzen vor, der Luft einließ, wenn sie einatmete. Jan nahm an, er enthielt Filter, um schädliche Organismen draußen zu halten. Ashley bestätigte dies.

»Funktionieren die Filter?« fragte Jan.

»Ich weiß es nicht. Die Anzüge sollten in einem Notfall benutzt werden. Wenn Mom und Dad aus irgendeinem Grund einen Ausflug an die Oberfläche unternehmen mußten. Aber es hat sich nie eine Gelegenheit dazu ergeben. Die Seuche ist vorher hier eingedrungen.«

»Durch Filter von der gleichen Art?« Jan sank der Mut.

»Ich glaube schon«, gab Ashley zögernd zu.

»Nun, dann ist dies Zeitverschwendung.« Damit öffnete Jan den Verschluß der Kapuze und schlug sie zurück, so daß sie ihr auf den Rücken hing. Sie entschloß sich jedoch, den Anzug anzubehalten. Das Material war vertrauenerweckend dick und würde ihr draußen im Pestland einigen Schutz bieten.

Die beiden Waffen, die sie nach Carls Ratschlägen aus dem kleinen Arsenal ausgewählt hatte, sahen Flinten ähnlich. Die eine, informierte Carl sie, war ein Laser. Die andere feuerte Explosionsgeschosse ab, die laut Carl ›intelligente Kugeln‹ waren. »Wenn du das Ziel ins Fadenkreuz des Fernrohrs oben auf der Waffe gebracht hast, drückst du einfach den Feuerknopf. Das Bild im

Fernrohr ist dem ›Gehirn‹ des Projektils eingeprägt, und es wird alle notwendigen Manöver ausführen, um sein Ziel exakt zu erreichen. Dann explodiert es.«

Jan war beeindruckt. Sicher würde die Waffe mit Hesekiel fertigwerden, falls sie dem Wesen begegnen sollte.

»Ich habe die Energie-Einheiten bei beiden Waffen neu aufgeladen«, sagte Carl, doch dann setzte er ausdruckslos hinzu: »Der Laser sollte ordnungsgemäß funktionieren, aber ich kann nicht garantieren, daß die Munition in der anderen Waffe nicht verdorben ist.«

»Oh, großartig«, murmelte Jan.

Nun stand sie im Wohnzimmer, und das Gewicht beider Waffen, ihres Wehrgehenks und eines Rucksacks mit Essen und Wasser drückte sie nieder. »Fertig?« fragte Ashley gespannt. Sie sah sehr aufgeregt aus.

»Ich denke schon«, antwortete Jan ohne Begeisterung.

»Carl und ich schalten jetzt ab. Dann wird sich ein Fach öffnen und die Computer-Konsole freilegen. Carl hat dir gesagt, wie du die Software herausnehmen sollst?«

»Ja.«

»Der Aufzug arbeitet automatisch. Carl sagt, es gebe keine Anzeichen von dem Cyberoiden oder von einem der Himmelsherren.«

»Gut.« Jans Mund war trocken.

»Dann wollen wir mal ... Oh, und — Jan, du wirst *sehr* vorsichtig mit der Software umgehen, nicht wahr? Ich weiß, daß ich nicht wirklich lebendig bin, aber trotzdem will ich nicht sterben. Nicht schon wieder.«

»Mach dir keine Sorgen, ich werde auf dich aufpassen.«

Ashley verschwand. Schweigen herrschte.

»Ashley, Carl?« fragte Jan.

Keine Antwort. Plötzlich fühlte sie sich sehr allein.

Dann zuckte sie zusammen. Mit einem mechanischen Winseln öffnete sich ein Fach in der Wand vor ihr. Eine Reihe von Lichtern war zu sehen. Jan trat an die Konsole und drückte die beiden Knöpfe, die Carl ihr bezeichnet hatte. Eine kleine Glasscheibe glitt in der Konsole zur Seite. Jan faßte hinein und nahm die Software hinaus. Es überraschte sie, daß sie aus einem Röhrchen von ungefähr vier Zoll Länge und anderthalb Zoll Dicke bestand. Sie konnte kaum glauben, daß es alle Erinnerungen Ashleys, ihren Verstand und ihre Gefühle enthielt, ganz zu schweigen von Carl. Vorsichtig verpackte Jan das Röhrchen in ihrem Rucksack und ging zum Aufzug. Die Tür öffnete sich.

Hesekiels mechanische Hand lag immer noch auf dem Fußboden des Aufzugs. Jan zögerte. Dann stieg sie darüber hinweg und schleuderte sie mit der Stiefelspitze in das Wohnzimmer hinaus. Die Tür schloß sich.

Als sie sich wieder öffnete, wurde Jan von hellem Sonnenschein geblendet. Der Gestank des Schwamms stieg ihr in die Nase, und sie würgte. Sie war versucht, die Kapuze wieder überzuziehen, doch sie fürchtete, damit ihr Gesichtsfeld und ihren Hörbereich einzuschränken, und sie wollte scharf auf jedes Anzeichen von Hesekiel achten.

Die Gasse zwischen den Steinblöcken war leer. Jan trat vorsichtig aus dem Aufzug, den Laser in den Händen. Die Projektilwaffe hing ihr über der Schulter. Vorsichtig ging sie den Weg zurück, auf dem sie vor neunzehn Tagen hergekommen war, bis sie die Stelle sehen konnte, wo Milo den Tod gefunden hatte. An dem großen weißen Steinblock blieb Jan zögernd stehen. Sie rechnete immer noch damit, daß der Cyberoid jeden Augenblick schreiend aus einem Versteck vorspringen werde.

Schließlich näherte sie sich dem Schauplatz von Milos Tod. Es war nichts mehr von ihm übrig als Knochen. Tiere hatten sein Fleisch gefressen, Insekten hatten die verbleibende organische Materie von den Knochen geschabt.

Seine Knochen schimmerten.

Jan hockte sich neben ihnen hin. Es waren keine normalen Knochen. Anscheinend waren sie aus einer Mischung aus Metall und einem anderen Material gemacht. Keiner war durch Hesekiels Angriff beschädigt worden. Sogar Milos Schädel war intakt. Ebenso wie die anderen Knochen hatte er einen bläulichen Schimmer.

Behutsam berührte Jan ihn. Sie faßte einen Entschluß, hakte einen Finger durch eine Augenhöhle und hob den Schädel auf. Er war sehr leicht. Sie stand da und sah sich prüfend die umstehenden Bäume an. Dann nahm sie den Rucksack ab und steckte Milos Schädel hinein. Sie schulterte den Rucksack wieder und machte sich auf den Weg in die Stadt.

In der Mitte des Nachmittags erreichte Jan den Rand der Stadt. Bis dahin war sie gekommen, ohne daß sich etwas Besonderes ereignet hatte, ausgenommen eine Begegnung mit einer der großen Echsen. Sie trampelte zwischen den Bäumen auf sie zu, aber sie hatte den Laser abgefeuert, und das Tier war zu einem zuckenden Fleischberg zusammengebrochen, obwohl es noch etwa fünfzig Fuß entfernt war. Von Hesekiel hatte es kein Zeichen gegeben, aber Jan wurde das Gefühl nicht los, er sei in der Nähe. Und folge ihr.

Die Außenbezirke der Stadt bestanden aus den Ruinen von Wohnhäusern, von denen jede von einem ziemlich weitläufigen Grundstück umgeben war. Der Schwamm, bemerkte Jan, wucherte hier nicht so üppig wie im Wald. Sie setzte sich zum Ausruhen auf die Überreste einer Steinmauer, stellte den Laser senkrecht neben sich, nahm eine der Feldflaschen mit Wasser aus dem Rucksack und trank.

Ein paar Minuten später entschloß sie sich weiterzugehen, doch erst zog sie die Kapuze über und schloß sie. Vielleicht nützte ihr das überhaupt nichts, oder vielleicht war es schon zu spät, und eine der Designer-Seuchen war bereits in ihrem Körper an der Arbeit. Aber es war besser als nichts.

Im Gehen blickte Jan ständig zurück und hielt den Laser schußbereit. Sie wollte Hesekiel — oder jemandem anders — keine Chance geben, sie zu überrumpeln. Gelegentlich sah sie auch nach oben, aber der klare Himmel blieb frei von Himmelsherren.

Je weiter Jan in die Stadt vordrang, desto weniger Schwamm gab es. Es war, als ob sogar diese ekligen Gewächse einen Ort so schrecklichen Todes scheuten. Unter der Kapuze wurde es Jan heiß, und der Schweiß lief ihr das Gesicht herunter, aber sie war entschlossen, die Kapuze aufzubehalten. Darüber, was sie tun würde, wenn sie unbedingt Wasser trinken oder pinkeln mußte, wollte sie sich später Gedanken machen.

Sie kam an Fahrzeugen vorüber. Einige hatten Räder, aber viele hatten keine, und sie fragte sich, wie die letzteren sich bewegt haben mochten. Ab und zu spähte sie ins Innere, aber von den längst toten Eigentümern war keine Spur geblieben außer ein paar Kleiderfetzen. Die Polsterung der Sitze sah jedoch beinahe neu aus.

Die Gebäude wurden höher und standen enger beisammen. Immer noch konnte Jan den oberen Teil des Himmelsturms aufragen sehen, aber er schien nicht näherzukommen. Beunruhigt stellte sie fest, daß die Sonne bald untergehen würde.

Der Schall ihrer Schritte auf der merkwürdigen Straßendecke wurde von den Mauern und Gebäudefassaden zu beiden Seiten zurückgeworfen. Jan hielt sich in der Mitte der Straße und beäugte nervös die dunkel werdenden Eingänge und leeren Fenster. Das Gefühl, beobachtet zu werden, verstärkte sich. Jan blieb stehen und lauschte angestrengt. Wenn Hesekiel in der Nähe wäre, würde sie seine schweren Schritte doch bestimmt hören! Aber da war überhaupt kein Geräusch. Sie ging weiter. Den Laser, der ihr so etwas wie ein tröstliches Gefühl gab, hielt sie fest umklammert.

Die Sonne versank hinter den hohen Gebäuden. Lange Schatten füllten das künstliche Tal, das Jan durchwanderte. Sie wünschte, Milo wäre bei ihr, trotz allem, was sie gegen ihn gehabt hatte. Sie dachte an seinen Schädel, der in ihrem Rucksack steckte, und fragte sich von neuem, warum sie ihn mitgenommen hatte. Wahrscheinlich, weil sie seinem Andenken etwas schuldig zu sein glaubte …

Der Kopf tat ihr weh. War es das erste Symptom einer Seuche? Durst hatte sie auch. Wenn sie krank war, machte es keinen Unterschied mehr, ob sie die Kapuze abnahm, um Wasser zu trinken.

Sie widerstand der Versuchung. Es wurde jetzt schnell dunkel. Jan blieb stehen und holte die neu aufgeladene Taschenlampe hervor, mit der Carl sie versorgt hatte. Es war schwierig, die Lampe und den Laser gleichzeitig zu halten, aber es machte ihr Mut, den starken Lichtstrahl vor sich hin- und herzuschwenken. Das Gefühl, beobachtet zu werden, blieb trotzdem.

Bis Jan den Platz betrat, an dem der Himmelsturm stand, war sie erschöpft. Benommen schaukelte sie auf den Hacken zurück, legte den Kopf in den Nacken und sah an dem Turm hoch. Wie, in aller Welt, sollte sie an seine Spitze gelangen? An den Seiten waren Glaszylinder zu sehen, die offensichtlich Außenaufzüge waren, aber ohne jede Energiequelle waren sie nutzlos.

Der Platz war mit Platten in unterschiedlichen Farben gepflastert. Sie zeigten Bilder von Ballons ähnlich denen, die die Bandaler benutzt hatten. Jan überquerte den Platz und sah, daß ein Springbrunnen in Betrieb war. Von neuem blieb sie stehen und betrachtete ihn. Wie war es möglich, daß das Wasser nach all dieser Zeit noch sprudelte? Nun machte sich ihr Durst stärker bemerkbar als zuvor.

Jan wandte sich von dem Springbrunnen ab und ging weiter auf den Himmelsturm zu. Unten war er auf allen Seiten offen und wurde von Säulen getragen, die als Stützen eines so gewaltigen Gebäudes lächerlich dünn wirkten. Jan stieg ein paar Stufen hinauf und betrat das Innere. Sie leuchtete mit der Taschenlampe. Die Eingangshalle war leer bis auf einen kreisrunden Aufzug und eine Treppe, die in die Decke hineinführte. Jan setzte sich auf die unterste Stufe. Erst wollte sie sich eine Weile ausruhen und dann den langen Aufstieg beginnen. Sie hoffte, daß die Treppe bis ganz nach oben führte, denn andernfalls hätte sie nicht gewußt, was sie tun sollte.

Jan erwachte mit einem Ruck. Sie hatte nicht einschlafen wollen. Sie setzte sich auf und tastete nach dem Laser und der Taschenlampe. Die Taschenlampe fand sie. Den Laser nicht.

Als das panische Flattern in ihrem Magen stärker wurde, schaltete sie die Taschenlampe ein. Der Strahl beleuchtete eine große Gestalt, die zehn Fuß von ihr entfernt auf dem Fußboden der Eingangshalle saß. Der Laser lag neben ihr.

Es war der schwarze Panther.

29

Die Augen des Panthers glühten gelb im Licht der Taschenlampe. Er saß auf den Hinterbeinen wie eine Hauskatze, die Vorderbeine waren gestreckt. Jan meinte, er grinse sie an, wie er es an jenem längst vergangenen Tag getan hatte.

Der Schreck lähmte sie. Sie verstand nicht, wie der Panther hier in dieser Stadt sein konnte, Hunderte Meilen von der Stelle entfernt, wo Minerva gestanden hatte. Bestimmt strafte die Mutter Gott sie für irgendeine Sünde, die sie begangen hatte. Strafte sie …? Nein … *verhöhnte* sie.

Jan überlegte, ob sie nach der Projektilwaffe greifen solle, die ihr immer noch über der Schulter hing. Aber sie wußte, der Panther wäre über ihr, bevor sie das Gewehr losmachen und mit ihm zielen konnte. Und dann war es möglich, daß es nicht einmal funktionierte. Sie hatte ihre Schwerter, aber auch hier konnte der Panther sie in der Zeit, die sie brauchte, um eins davon zu ziehen, leicht angreifen. Sehnsüchtig lugte sie nach dem Laser, der neben dem Vorderfuß des Panthers lag. Der Panther sagte mit dem vertrauten Zischen: »Hässsslichess Ding. Nicht mögen. Du nicht anfassssen.«

»Nein, ich werde es nicht anfassen«, versicherte Jan ihm nervös.

Der Panther fixierte sie weiter mit seinen großen gelben Augen. Sollte sie, um ihn abzulenken, die Taschenlampe nach ihm werfen? Aber auch das würde sinnlos sein.

Schließlich fragte Jan: »Warum bist du mir gefolgt? Wie hast du mich gefunden?«

Der Panther zischte: »Dir folgen …? Ich dir nicht folgen.«

»Doch, das hast du getan«, beschuldigte Jan ihn. »Den ganzen Weg von Minerva. Wo du Carla getötet hast, nachdem ich mich geweigert hatte, dich in die Stadt zu lassen.«

»Junge Missssy reden Quatsch«, sagte der Panther und bekräftigte es mit einem Schnauben.

»Du spielst mit mir!« Jan hatte gesehen, wie minervische Katzen Mäuse quälten, bevor sie sie töteten. »Warum tötest du mich nicht einfach, damit wir es hinter uns bringen?«

»Warum ich sollen töten Missssy?« fragte der Panther. »Nur töten Missssy, wenn du versuchen, mich verletzzen. Diese Katzze töten nur *männliche* Menschen. Immer vertrauen *weiblichen* Menschen. Sie nie versuchen, verletzzen Katzze.«

Das verwirrte Jan. Welches Spiel trieb der Panther jetzt? Dann kam ihr der Gedanke, den Strahl der Taschenlampe auf den unteren Teil seines Körpers zu richten. Bei dem, was sie sah, hätte sie vor Erleichterung beinahe laut herausgelacht. Oder vielmehr, bei dem, was sie *nicht* sah.

Es war allerdings nicht dasselbe Tier. Es war ein Weibchen.

Aber auch wenn Jan sich erleichtert fühlte, daß dieser Panther nicht der Panther war, mit dem sie am Stadttor von Minerva gesprochen hatte, und dazu noch ein Weibchen, traute sie ihm nicht. Aber sie wollte abwarten, was sich entwickelte, bevor sie einen tollkühnen Schritt unternahm. Das Pantherweibchen hatte ihr erzählt, es habe sie bemerkt, als sie den Platz betrat, und sei neugierig gewesen, was ein Mensch an diesem ›Todesort‹ zu suchen habe. Jan ihrerseits fragte das Tier, was *es* in der Stadt tue. Habe es nicht auch Angst vor der Krankheit?

»Sein hier jetzzt lange Zzeit. Nicht krank«, antwortete das Pantherweibchen. »Mutter mich warnen, sollen wegbleiben. Mutters Mutter sie warnen. Aber ich alte Katzze. Müde. Jagd da draussssen nicht gut ...« Das Weibchen wandte den Kopf, um das Pestland zu bezeichnen. »Ich risskieren kommen her. Warten, aber nichtss passssieren. Wasssser gut. Jagd besssser. Tiere kommen her. Keine Menschen. Du ersster.«

Jan wußte nicht recht, ob sie dem Tier glauben sollte oder nicht. ›Lange Zeit‹ konnte nach dem Zeitbegriff des Tieres von ein paar Tagen bis zu ein paar Monaten alles bedeuten. Andererseits würden der Seuche schon ein paar Tage genügen, um zuzuschlagen, und das Pantherweibchen wirkte gesund. Jan war heiß, sie hatte Hunger und Durst, und sie mußte verzweifelt nötig pinkeln. Lange konnte sie unmöglich mehr in dem Anzug bleiben.

»Hast du eine Maschine in der Stadt gesehen?« fragte sie die Pantherin.

»Maschschine?«

»Eine, die auf zwei Beinen geht. Wie ein Mensch.«

Das Pantherweibchen schlug mit dem dicken Schwanz. »Sehen keine Maschschine, die gehen.«

Das ist wenigstens etwas, dachte Jan. Sie verlagerte ihr Gewicht auf der unbequemen Stufe, wobei sie darauf achtete, sich langsam zu bewegen, um das Tier nicht zu beunruhigen. Dann faßte sie einen Entschluß. »Ich werde meine Waffen ablegen. Ich will dir nichts Böses. Verstanden?«

»Verstanden.«

Jan legte die Taschenlampe auf den Boden. Der Strahl zeigte immer noch auf die große Katze. Langsam streifte sie die Projektilwaffe von der Schulter, faßte sie beim Lauf und legte sie so neben die Taschenlampe, daß sie deutlich sichtbar war. Sie nahm den Rucksack und das Wehrgehenk ab und ließ beides zu Boden fallen. Das Pantherweibchen beobachtete jede Bewegung mit ihren unergründlichen gelben Augen. Jan sagte: »Ich werde etwas aus meinem Rucksack hier nehmen. Es ist keine Waffe. Nur ein Wasserbehälter.«

Die Pantherin nickte. Jan holte eine der beiden Feldflaschen heraus. Nach langem Zögern löste sie die Verschlüsse und schob die Kapuze zurück. Sie holte tief

Atem. *So,* jetzt war es zu spät. Sie hob die Feldflasche und trank.

Als sie das nächste Mal erwachte, brach der Morgen über der Stadt der Türme an. Das Pantherweibchen lag etwa fünfzehn Fuß entfernt von ihr. Es war wach und sah sie an. Es hatte sie also nicht gefressen, solange sie schlief, aber das brauchte nichts anderes zu bedeuten, als daß es sie sich zum Frühstück aufgehoben hatte. Jan richtete sich in ihrem improvisierten Bett auf, das aus dem Seuchenschutzanzug und dem Rucksack bestand, und sagte: »Guten Morgen.«

Das Pantherweibchen gab ein tief in der Kehle entstehendes Grollen von sich. Jan entschloß sich, das als freundliche Antwort auszulegen. Vielleicht war es ein Schnurren. Seltsamerweise fühlte sie sich fröhlich, hauptsächlich, weil sie noch am Leben war. Das Tier hatte sie nicht getötet, und, soviel sie wußte, war es nicht von der Seuche befallen. Kein schlechter Anfang für den Tag, alles in allem betrachtet.

Jan stand auf und ging auf den Platz hinaus. Das Tier blieb, wo es war, drehte jedoch den Kopf und sah Jan nach. Jan ging zu dem Springbrunnen, schöpfte Wasser mit den Händen und trank. Das Wasser schmeckte kalt und frisch. Sie sah sich auf dem Platz um. Nichts bewegte sich. Bestimmt konnte der rasselnde Hesekiel nicht nahe herankommen, ohne von dem Pantherweibchen bemerkt zu werden. Sie zog Ashleys Kleider aus — Hemd, Hose, Schlüpfer und Stiefel, die das tote Mädchen zuletzt vor Jahrhunderten getragen hatte —, stieg in den Springbrunnen und tauchte unter. Das Wasser war erschreckend kalt, aber gleichzeitig wunderbar belebend. Auf dem Rücken liegend, sah Jan zu dem Himmelsturm hoch. Sie brauchte nichts anderes zu tun, als hinaufzusteigen, den Computer zu finden, Ashleys und Carls Software in ihn einzusetzen und ihm zu befehlen, den Himmelsengel aus seinem hochgelegenen Horst zur Erde herunterzurufen. Ganz einfach!

Sie erreichte die Spitze des Turms erst am Nachmittag. Mehrere Male hatte sie haltmachen und sich ausruhen müssen, in ihren Beinen hämmerte der Schmerz, und ihre Lungen rangen nach Luft. Das Pantherweibchen, das sie begleitete, rastete, wenn sie es tat, obwohl an ihr kein Zeichen von Anstrengung zu bemerken war. Jan vermutete, sie hätte ohne Probleme bis ganz nach oben und wieder hinunter sprinten können.

Während einer der ersten Pausen hatte sie das Tier gefragt, warum sie mit ihr komme. Inzwischen hatten sie eine Situation gegenseitigen Vertrauens erreicht — Jan trug den Laser wieder über der Schulter. Das Pantherweibchen, das sich *Frusa* nannte, zuckte die Achseln. »Katzze Langeweile. Katzze neugierig.« Das akzeptierte Jan. Anders als normale Tiere waren die ›verbesserten‹ Tiere für so menschliche Dinge wie Langeweile anfällig. Sie versuchte, Frusa die Gründe für ihre Mission zum Himmelsturm zu erklären, war sich jedoch nicht sicher, wieviel sie davon verstand.

»Der Mutter Gott sei Dank!« rief Jan erleichtert, als sie das Ende der Treppe erreichte. Aber dann sah sie, daß sie immer noch nicht am Ziel war. Das Stockwerk, in dem sie sich befand, war ohne jede Ausrüstung und offensichtlich früher einmal als Aussichtsplattform benutzt worden, denn der kreisrunde Raum besaß ringsum Fenster. Das Kontrollzentrum des Himmelsengels mußte in dem Stockwerk darüber liegen. Aber wie sollte sie hineingelangen?

In der Mitte des Fußbodens stand eine dicke Metallsäule, die anscheinend das einzige Transportmittel in den obersten Abschnitt des Turms darstellte. Jan sah sie sich genau an. Frusa setzte sich hin und beobachtete sie. Zweimal mußte Jan um die Säule herumgehen, bevor sie die Umrisse der Tür bemerkte, die bündig in die glänzende Oberfläche eingelassen war. Da war auch eine enge Öffnung von vielleicht zwei Zoll, in die man vermutlich eine Art Schlüssel stecken mußte. Jan versuchte, die Tür mit den Fingernägeln aufzubekommen, doch das gelang ihr nicht. Aus Enttäuschung trat sie mit dem Fuß dagegen und sprang erschrocken zurück, denn sie hörte eine Stimme: »Wenn Sie das noch einmal tun, werde ich die Polizei rufen.«

Jan blickte ringsum, aber abgesehen von Frusa war der Raum leer. Sie richtete den Blick wieder auf die Tür. Die Stimme war aus der Säule gekommen. Steckte jemand hinter der Tür? »Wer sind Sie?« fragte sie vorsichtig.

»Ich bin eine öffentliche Informationsdienststelle, und zu Ihrer Information teile ich Ihnen mit: Da Sie Mitglied der Öffentlichkeit sind, können Sie hier nicht eintreten. Im obersten Stockwerk des Himmelsturms ist Unbefugten der Zutritt nicht gestattet.« Die Stimme, es war die eines Mannes, klang gereizt.

Das Pantherweibchen war herübergekommen und schnüffelte an der Tür. »Sprechen wie Mann, aber ist kein Mann. Niemand hier«, sagte sie zu Jan.

Jan nickte. Sie hatte sich bereits gedacht, daß es eine künstliche Stimme war wie die Carls oder Ashleys und daß sie von einer Art Maschine in der Säule erzeugt wurde. »Bitte, lassen Sie mich ein. Ich *bin* befugt. Ich habe eine wichtige Mission zu erfüllen.«

»Wie lautet Ihr Ermächtigungscode?« Die Stimme klang irgendwie sarkastisch.

»Hm, ich habe keinen, aber Sie müssen mir glauben — es ist von lebenswichtiger Bedeutung, daß ich in das oberste Stockwerk gelange.«

»Das höre ich jeden Tag, Madam, glauben Sie mir. Bitte, gehen Sie jetzt. Die Besuchszeit ist beinahe vorbei. Und nehmen Sie Ihr Tier mit.«

Langsam wurde Jan wütend. »Paß auf, Maschine oder was du bist, die Besuchszeit hier drinnen ist schon eine sehr lange Zeit vorbei. Tatsächlich schon mehrere hundert Jahre. Die Stadt da draußen ist tot. Mein Tier und ich sind die einzigen Lebewesen in einem Umkreis von Meilen. Was für Instruktionen du früher einmal auch bekommen hast, sie haben keine Bedeutung mehr. Deshalb verlange ich, *daß du mich einläßt!*«

Die Stimme antwortete nicht gleich. Schließlich sagte sie: »Im obersten Stockwerk des Himmelsturms ist Unbefugten der Zutritt nicht gestattet.«

Jan stöhnte. Sie gab der Tür einen weiteren Fußtritt. Die Stimme sagte: »Jetzt ist Schluß! Ich muß Sie davon informieren, daß ich die Polizei rufe.«

»Nur zu«, murmelte Jan. Nach kurzer Überlegung nahm sie den Laser von der Schulter, warnte Frusa, sie solle zur Seite gehen, zielte auf das Schloß und feuerte. Funken flogen, Metall brutzelte. Die Stimme sagte: »Also, jetzt sind Sie in *großen* Schwierigkeiten, Madam!«

»Oh, halt den Mund!« Jan hielt den Laserstrahl weiter auf das Schloß gerichtet.

Sie mußte die Tür richtig durchschmelzen, bevor sie aufschwang und eine enge Wendeltreppe aus einem durchscheinenden Material enthüllte. Die Stimme war verstummt, nachdem sie Jan noch mehrmals gewarnt und ihr mit der Polizei gedroht hatte. Ein Gefühl des Triumphs bemächtigte sich Jans. Sie stieg die Wendeltreppe hinauf. *Beinahe am Ziel!* Und sie hatte es ohne Milo geschafft.

Oben an der Treppe stieß sie auf einen kleinen runden Raum vor einer weiteren Tür. Jan seufzte. Sie erwartete eine neue Diskussion mit einer mechanischen Stimme, aber als sie einen leuchtenden Knopf an der Tür berührte, glitt sie problemlos auf. Jan trat hindurch. Ein Strom frischer Luft traf sie. Das hätte ihr sagen sollen, daß etwas nicht stimmte, aber sie war so hingerissen von ihrem Erfolg, daß sie nicht darauf achtete.

Dann sah sie die drei Samurai. Sie hatten mit untergeschlagenen Beinen um ein Kohlenbecken gesessen, auf dem Schüsseln mit Essen dampften. Überall lagen Schlafsäcke und Waffen herum, und es war offensichtlich, daß sie sich schon beträchtliche Zeit in dem Himmelsturm aufhielten. Von Jans Erscheinen hatten sie nichts bemerkt, bis die Tür aufging, doch jetzt reagierten sie mit beunruhigender Geschwindigkeit, griffen nach ihren Schwertern und sprangen auf die Füße.

Jan hob den Laser und drückte den Feuerknopf. Nichts geschah. Vermutlich hatte sie die Energie erschöpft, als sie die Tür unten durchgeschmolzen hatte. Der ihr nächste Samurai stieß einen schrillen Schrei aus und drang auf sie ein.

Etwas Großes und sehr Schweres sprang an Jan vorbei und schleuderte sie zur Seite. Es war Frusa. Sie warf den vordersten Samurai um. Er schrie. Sie tat nichts weiter, als daß sie ihm eine Kopfnuß gab, aber das riß ihm das halbe Gesicht weg. Und Frusa ließ sich dadurch in ihrem Vorwärtsstürmen nicht einmal aufhalten. Sie griff den zweiten Samurai an, bevor er Zeit auch nur für den Versuch fand, sich zu verteidigen. Der dritte stand wie gelähmt mit weit aufgerissenen Augen da, während Frusa dem zweiten die Kehle aufschlitzte. Dann erwachte er zum Leben, hob sein Schwert und wollte auf Frusa einschlagen.

Jan warf den Laser nach ihm. Er traf ihn an der Schulter, ließ ihn zur Seite taumeln. Jan zog ihr Kurzschwert und stürmte vor, doch ehe sie ihn erreichte, schlug Frusa von neuem zu und warf den Samurai mit einem mörderischen Prankenhieb um. Die großen Kiefer schnappten durch Fleisch und Knochen zu und schnitten den Schrei des Mannes ab. Jan drehte das Gesicht zur Seite.

Als sie wieder hinsah, saß das Pantherweibchen ruhig neben dem Leichnam. Blut lief ihr über das schwarze Fell ihres Kinns. »Ich danke dir«, sagte Jan schwach.

»Sie Männer. Katzze mag keine Männer. Töten Männer.«

»Das kann man wohl sagen ...«, murmelte Jan. »Woher wußtest du, daß sie hier waren?«

»Ihr Geruch. Nachdem du Leiter hochsteigen. Starker Männergeruch.«

Jan nickte. Das mußte gewesen sein, als sie die zweite Tür öffnete. Sie erinnerte sich an den Luftzug und sah sich um. Das oberste Stockwerk des Himmelsturms war wie das Innere eines riesigen Kristalls. Die geschwungenen Wände und die Decke bestanden aus facettiertem, durchscheinendem Glas, das die Luft schimmern machte. Sämtliche Geräte waren mit Glasplatten abgedeckt, so daß man die geheimnisvollen Muster sehen konnte, die von ihrem elektronischen Nervensystem erzeugt wurden. Jan entdeckte, wo die Samurai in den Raum eingedrungen waren — dicht unter der Decke klaffte ein vier Fuß großes Loch. Auf einem Fußsteig unterhalb des Loches lagen drei zusammengefaltete Gleiter. Entweder hatten sie die Kristallscheibe eingeschlagen, oder sie hatten eine Sprengladung angebracht.

Aus der Anwesenheit der Japaner im Himmelsturm mußte Jan alle möglichen finsteren Schlußfolgerungen ziehen. Es bedeutete, daß sich der Kriegsherr erinnert hatte, wo sich das Kontrollzentrum des Himmelsengels tatsächlich befand, was Milo von Anfang an befürchtet hatte. Es bedeutete außerdem, daß der Kriegsherr das Signal, mit dem der übriggebliebene Himmelsengel zur Erde gerufen wurde, vielleicht schon gesendet hatte.

Das Geräusch von reißendem Fleisch lenkte sie ab. Sie drehte sich um und sah, daß das Pantherweibchen begonnen hatte, einen der toten Samurai zu verschlingen. Jan verzog das Gesicht. »Was machst du da?« fragte sie.

Das Weibchen schluckte einen großen Bissen hinunter. »Katzze hungrig. Katzze essssen.«

»Nun ... kannst du das nicht anderswo tun?« Jan versuchte, nicht hinzusehen.

Die Katze zögerte, knurrte und zog die Leiche zur

Tür. Jan nahm den Rucksack ab und setzte sich darauf. Sie mußte nachdenken. Schon kamen ihr Zweifel an ihrer ersten Deutung der Anwesenheit dieser Japaner im Turm. Wenn der Kriegsherr sie zurückgelassen hatte, damit sie Milo und ihr einen Hinterhalt legten, hätte er bestimmt mehr als drei Männer abgeordnet. Er kannte Milos Fähigkeiten. Drei hätten niemals eine Chance gegen ihn gehabt. Auch besaßen sie offenbar keine Gewehre; sie waren nur mit Schwertern bewaffnet. Vielleicht waren sie nur eine von mehreren Samurai-Gruppen, die in der ganzen Stadt verteilt waren, um nach Milo und ihr Ausschau zu halten. Vielleicht waren sie nur durch Zufall in den Himmelsturm geraten. Hatte sie nicht gleich, als sie die Stadt betrat, das Gefühl gehabt, beobachtet zu werden? Aber warum hatte man sie nicht angegriffen? Vielleicht, weil die Japaner nach zwei Personen suchten. Eine einzelne Frau würde ihre Neugier erregt haben, aber sie konnten nicht wissen, daß sie es war. Außerdem war nur Milo für den Kriegsherrn von Bedeutung.

Welchen Grund es auch für ihre Anwesenheit im Himmelsturm geben mochte, eins stand fest: Es bedeutete, daß der *Lord Pangloth* oder die *Duftende Brise* zurückkommen würden.

Jan öffnete den Rucksack und suchte darin nach dem Röhrchen, das Ashley und Carl enthielt. Dabei berührte sie etwas Metallisches und erkannte, daß es Milos Schädel war. Sie nahm ihn heraus und stellte ihn vor sich auf den Fußboden. Die leeren Augenhöhlen starrten sie anklagend an. Jan versuchte, zu analysieren, was sie gegenüber Milo und seinem Tod empfand, doch in ihrem Kopf herrschte ein zu großes Durcheinander. Die einzelnen Teile mußten erst zur Ruhe kommen, bevor sie auch nur beginnen konnte, ihre Gefühle zu prüfen.

Jan lächelte dem Schädel traurig zu. »Ja, Milo, wir haben es geschafft. Mit ein bißchen Hilfe von einer Katze.« Von neuem faßte sie in den Rucksack und fand das

Röhrchen. Dann studierte sie die verschiedenen transparenten Geräte in dem runden Raum.

Da alles fremd für sie aussah, brauchte sie einige Zeit, bis sie den Teil des Computers gefunden hatte, der die Software beherbergte. Besorgt stellte sie durch den gläsernen Deckel fest, daß dieser Computer mit einer ganzen *Reihe* ähnlicher Röhrchen bestückt war. Sie drückte die Knöpfe, die die Röhrchen ausstießen, und setzte ihr Röhrchen ein. Dann wartete sie.

Nichts geschah.

30

Von der anderen Seite des Raums kam ein lautes Piepen. Jan fuhr zusammen und drehte sich um. Ein Schirm war aus einer Konsole gestiegen, und es flackerte ein rotes Licht darauf. Erleichtert eilte Jan hinüber. Mindestens eine Minute war vergangen, seit sie das Röhrchen eingesetzt hatte, und sie hatte schon Angst bekommen, der Computer funktioniere nicht mehr.

Wörter erschienen auf dem Schirm: »Hallo! Ich bin es, Ashley! Der alte Carl, das lahme Gehirn, hatte ein bißchen Schwierigkeiten, die Dinge in den Griff zu bekommen. Den Stimmen-Synthesizer kann er noch nicht aktivieren. Er möchte, daß du von den ursprünglichen Software-Röhrchen so viele wieder in die Zentraleinheit einsetzt, wie du kannst. Es sind Infos darauf, die er braucht. Er möchte sie auf unsere Software kopieren. Bitte, beeile dich! Ich sehne mich danach, wieder sehen und hören zu können. Alles Liebe, Ashley.«

Jan, die nicht sehr gut im Lesen war, brauchte eine Weile, bis sie das Wesentliche der Botschaft auf dem Schirm verstanden hatte. Sie runzelte die Stirn. »Zentraleinheit? Was ist das?« fragte sie.

Die Wörter auf dem Schirm blieben dieselben. Jan las die Botschaft noch einmal durch und begriff, daß Ashley sie nicht hören konnte. Dann legte sie sich zurecht, daß sich das Wort ›Zentraleinheit‹ auf die Stelle des Computers beziehen mußte, in die sie das Röhrchen eingesetzt hatte. Sie kehrte dorthin zurück und betrachtete die sechs anderen Röhrchen, die sie auf dem Glasdeckel liegengelassen hatte. Jetzt war nur noch Platz für fünf. Kam es darauf an, welche fünf es waren? Nun, das würde sich bald herausstellen, dachte Jan, und schob die Röhrchen in die Öffnung.

Der Computer nahm sie summend eins nach dem anderen entgegen und zog sie tief in sich hinein. Auf anderen Geräten begannen weitere Lichter zu blinken.

Jan spürte, daß der runde Kristallraum zum Leben erwachte.

Die Luft knisterte. Eine Stimme sagte: »Ah, so ist es besser! Licht und Ton! Hei, Jan! Habe ich dir gefehlt?«

Es war Ashley. Die Stimme war nicht die gleiche wie die in dem Bunker — sie war weder männlich noch weiblich —, doch es war unmißverständlich Ashley. »Hallo, Ashley.« Jan hielt Ausschau nach der Quelle der Stimme. »Kannst du mich jetzt sehen? Und hören?«

»Jawoll. Der Ort ist vollgestopft mit Sensoren, innen und außen. Aber Carl konnte sie nicht aktivieren, bis er die Anweisungen von den anderen Programmen erhielt. Willst du jetzt das letzte einsetzen?«

Jan sah, daß eins der Röhrchen sich wieder aus dem Computer herausschob. Sie nahm es und ersetzte es durch das sechste. Während der Computer es sich einverleibte, rief Ashley: »Wow, was ist denn hier passiert? Wer sind diese Kerle?«

Jan konnte sich denken, daß sie damit die toten Japaner meinte. Sie hatte es die ganze Zeit vermieden, die in großen Lachen gerinnenden Blutes liegenden Toten anzusehen. »Das sind Männer des Kriegsherrn. Sie warteten hier.«

»Jesus, hast *du* das mit ihnen gemacht?«

»Natürlich nicht. Das war Frusa.«

»Frusa? Wer ist Frusa?«

»Sie ist eine Katze.«

In diesem Augenblick kam das Pantherweibchen, zweifellos durch den Klang von Stimmen neugierig geworden, durch die Tür herein. »Jesus«, staunte Ashley, »das ist vielleicht eine Katze!« Das Pantherweibchen schnüffelte und sagte zu Jan: »Höre Stimme, aber niemand hier.«

»Es ist jemand hier, Frusa. Ihr Name ist Ashley. Sie ist eine Freundin. Ashley, sag doch etwas Nettes zu Frusa.«

»Hallo, Mieze. Du bist richtig süß. Weißt du was? Ich

hatte einmal einen Mantel genau wie dein Fell. Oh, aber es war kein echtes Fell, es war synthetisch.«

Das Pantherweibchen sah Jan an. »Niemand hier.« Damit drehte es sich um und ging wieder zur Tür hinaus.

»Tut mir leid«, entschuldigte sich Jan bei Ashley. »Ich glaube, wenn Frusa jemanden nicht riecht, existiert er nicht für sie.«

Eine Pause entstand, bevor Ashley antwortete: »Sie hat ja recht. Ich existiere nicht. Carl möchte mit dir reden. Tschüß.«

»Ashley...?«

»Dies ist Carl.« Es war die gleiche Stimme und doch unendlich anders. »Ich habe Kontakt mit dem Computer hergestellt, der die Himmelsengel-Fabrik kontrolliert. Im Augenblick sende ich die Code-Sequenz, die den Abschuß des Himmelsengels aus der Fabrik einleiten wird.«

»Oh, das geht aber schnell«, meinte Jan überrascht. »Wo hast du den Code gefunden?«

»Im Gedächtnis dieses Computers.«

»Ja, natürlich.« Das hätte sie wissen müssen. »Es läuft also alles ausgezeichnet. Der Himmelsengel wird ohne jede Schwierigkeit hierherkommen?« Jan konnte nicht glauben, daß es so leicht sein würde ...

»Alle Systeme funktionieren. Ich sehe keine Schwierigkeiten voraus.«

»Großartig. Wann wird er hier sein?«

»In achteinhalb Tagen.«

»In achteinhalb Tagen? Das ist eine lange Zeit.«

»Er hat auch einen langen Weg zurückzulegen. Vier Tage braucht er, um die Erdatmosphäre zu erreichen. Beim Niedergehen endet sein Weg über Australien. Es wird bei Höchstgeschwindigkeit weitere vier Tage dauern, bis er diesen Ort erreicht.«

»Was ist Australien?«

»Ein Inselkontinent auf der südlichen Hemisphäre.«

»Warum kannst du den Himmelsengel nicht direkt zu uns herunterholen, statt ihn in dieses Australien zu schicken, das so weit weg ist?« fragte Jan.

»Das Manöver, einen Himmelsengel durch die Atmosphäre nach unten zu bringen — und zwar intakt —, ist sehr kompliziert. Die mathematischen Grundlagen sind ebenfalls sehr kompliziert und integraler Bestandteil des ganzen Systems. Es wäre unklug, wollte ich das System in dieser Phase ändern. Es mögen Zufallsfaktoren auftreten, die das ursprüngliche Programm fähig ist zu kompensieren, während ich auf diesem Gebiet unwissend bin. Ich rate dir, dem vorgegebenen Plan zu folgen.«

Jan seufzte. »Wenn du meinst ...« Achteinhalb Tage. Wenn nun der Kriegsherr währenddessen zurückkehrte? Oder, was wahrscheinlicher war, wenn andere Japaner kamen, um diejenigen, die im Himmelsturm gewartet hatten, abzulösen? Nun, sie hatte das Pantherweibchen als Schutz, falls es Frusa nicht zu langweilig wurde und sie davonwanderte. Und dann war da der Laser, nur daß er ...

»Carl, gibt es eine Möglichkeit, wie du den Laser neu aufladen könntest?«

»Nein. Ich habe Energie, aber nicht die Mittel, sie auf die Brennstoffzelle des Lasers zu übertragen.«

»Oh«, sagte Jan enttäuscht. Damit blieb ihr nur die Projektilwaffe, und was die anging, hatte Carl ihre Zweifel erweckt. Dann fiel ihr etwas ein. »Carl, woher kommt die Energie?«

»Von der Sonne. Außen am Turm sind Reihen von Solarenergie-Rezeptoren angebracht.«

Solar-Rezeptoren. Jan nickte. Nur verstand sie nicht, warum der Schwamm sie im Laufe der Jahre nicht völlig überwuchert hatte, wenn niemand da war, der sie sauberhielt. Andererseits war die Stadt bemerkenswert frei von jeder Art Schwamm. »Wirst du mir Bescheid sagen, wenn der Himmelsengel gestartet ist?«

»Natürlich.«
»Gut. Nun laß mich mit Ashley reden.«
»Sie ist nicht erreichbar.«
»Nicht erreichbar? Was meinst du damit?«
»Sie ist incommunicado. Sie wünscht nicht mit dir zu kommunizieren. Oder mit mir.«
»Aha. Du meinst, sie schmollt.« Frusas Bemerkung hatte Ashley offenbar verdrossen. »Nun gut, lassen wir sie schmollen.« Jan seufzte und zwang sich, die beiden Leichen auf dem Fußboden anzusehen. Als erstes mußte sie sie loswerden. Sie hatte nicht die Absicht, die nächsten achteinhalb Tage in ihrer Gesellschaft zu verbringen. Also stieg sie die Treppe hinunter, um das Pantherweibchen zu suchen. Frusa beendete gerade im nächsten Stockwerk ihre Mahlzeit. Jan drehte sich der Magen um, doch es gelang ihr, ihn zu bändigen. Frusa sah sie mit ihren unergründlichen Augen an. Jan fragte: »Hm, könntest du wohl, wenn du hier fertig bist, nach oben kommen und die beiden anderen essen?«
»Katzze jetzzt nicht hungrig. Bauch voll.«
Jan dachte nach. »Aber du könntest sie doch ... äh ... für später irgendwo aufbewahren. Für die Zeit, wenn du von neuem hungrig bist, meine ich.«
Das Pantherweibchen sah sie an. »Mögen frisches Fleisch. Töten, dann essssen.«
»Oh«, meinte Jan. »Nun, weißt du, ich würde die Überreste gern loswerden. Ich finde sie ... unangenehm. Und da ich mich länger als eine Woche in diesem Raum aufhalten muß, und die Leichen nach einer Weile ...« Sie konnte unter Frusas beunruhigendem Blick nicht weitersprechen. Jan hatte den deutlichen Eindruck, das Pantherweibchen halte sie für nicht ganz richtig im Kopf. »Ist in Ordnung«, versicherte sie ihm. »Ich werde mich selbst darum kümmern.«
Sie wollte schon wieder nach oben gehen, machte jedoch noch einmal halt. »Frusa, diese Stimme, die du gehört hast, Ashleys Stimme ... Ich weiß, es ist für dich

schwer zu verstehen, aber da spricht eine *Art* von wirklicher Person, und ich wäre dir dankbar, wenn du das nächste Mal ... äh ... höflich zu ihr wärest.«

»Stimme kommt von nichts. Kein Mensch da. Warum spricht mit nichts?«

»Ich gebe es auf«, murmelte Jan und ging. Auf der Kristalltreppe überlegte sie, ob Ashleys Bemerkung, Frusa erinnere sie an einen ihrer früheren Mäntel, der wahre Grund für die scheinbare Begriffsstutzigkeit des Pantherweibchens sein mochte.

Carl empfing sie oben mit der Meldung: »Der Himmelsengel — Registraturcode A810 JLX — wurde vor drei Minuten erfolgreich von der Fabrik abgeschossen und hält Kurs zur Erde.«

»Wunderbar!« rief Jan aus. »Steht er jetzt unter deiner Kontrolle?«

»Nein. Er steht unter der Kontrolle des Programms in seinem Bordcomputer. Aber ich habe eine direkte Funkverbindung mit ihm. Ich empfange einen ständigen Strom von Informationen.«

»Ich verstehe.« Jan staunte über sich selbst, so blasiert benahm sie sich, was die Alte Wissenschaft anging. Da sprach sie seelenruhig mit einem Computer, der seinerseits mit einem anderen Computer sprach, der sich eine unvorstellbare Strecke von ihnen entfernt im Weltraum befand. Und *dieser* Computer steuerte ein meilenlanges Luftschiff durch die Leere. »Carl, Milo hat mir einmal erzählt, im Weltraum gebe es keine Luft. Wie bewegt sich der Himmelsengel dann vorwärts? Die Triebwerke der Himmelsherren funktionieren nur in Luft.«

»Der Himmelsengel ist mit Raketenmotoren ausgerüstet, die keine Luft brauchen. Wenn er in die Atmosphäre eintritt, werden sie abgestoßen.«

Jan dankte Carl für die Information und wandte ihre Aufmerksamkeit widerwillig der grausigen Aufgabe zu, die Leichen der Samurai zu entfernen. Sie löste das Problem, indem sie sie in ihre Schlafsäcke wickelte und sie, einen nach dem anderen, über die Treppe in den Aussichtsraum unten zerrte. Von dort brachte sie sie noch ein Stockwerk tiefer und ließ sie auf den Stufen liegen. In den Computer-Raum zurückgekehrt, sah sie, daß das Pantherweibchen das Blut vom Fußboden leckte. Jan war sich nicht sicher, ob Frusa ihr damit einen Gefallen tun wollte — und sie entschloß sich, nicht zu fragen.

Ashley schwieg mehrere Stunden lang. Es war dunkel geworden, als sie sich schließlich wieder meldete. Jan aß gerade eine Mahlzeit aus Reibekuchen und synthetisches Obst, die Carl noch in dem Bunker hergestellt hatte. »He, hier bin ich wieder.« Es klang niedergeschlagen.

»Hallo, Ashley. Wie fühlst du dich?«

»Okay. Wo ist der Panther?«

»Draußen. Sieht sich nach jagdbarer Beute um und überprüft, ob noch weitere Japaner in der Nähe sind.«

»Ich mag dieses Tier nicht.«

»Ich bin auch nicht verrückt nach ihm«, gestand Jan. »Erinnert mich an einen anderen Panther, dem ich einmal begegnet bin. Aber ich denke, man kann Frusa vertrauen.«

»Ich hoffe, du hast recht. Um deinetwillen. Wenn sie draußen nichts zu fressen findet, könnte sie auf die Idee kommen, *dich* zu verspeisen.«

»Oh, das glaube ich nicht«, erklärte Jan ohne rechte Überzeugung. Sie wünschte, Ashley hätte ihre geheimen Ängste nicht ausgesprochen.

»Carl sagt, der Abschuß des Himmelsengels sei gut verlaufen. Er sei unterwegs.«

»Ja, ich bin sehr erleichtert. Wenn er doch nur eher hier sein könnte als in acht Tagen!«

»Ich kann es auch kaum erwarten. Ich kann nicht glauben, daß ich wieder imstande sein werde zu fliegen. Carl sagt, das Sensor-System des Himmelsengels sei sehr fortschrittlich. Ich werde die Luft *fühlen*, die über die Hülle streicht.«

»Klingt herrlich.« Jan warf einen Blick zu dem klaffenden Loch in der geschwungenen Decke hoch, durch die eine steife und immer kälter werdende Brise wehte. Vorhin hatte sie es sich von dem Fußsteig aus genauer angesehen. Es war zu groß, als daß sie es irgendwie hätte verbarrikadieren können. Wie hatten die drei Samurai es nur geschafft, ihre Gleiter auf einer so heiklen Oberfläche zu landen?

Bei weiteren Erkundungen hatte sie zunächst eine Tür entdeckt, die zu einem schmalen, von Glas umschlossenen Beobachtungsdeck hinausführte. Es zog sich rings um die Kuppel des obersten Stockwerks. Jan hatte auf die Dächer der benachbarten Gebäude hinuntergesehen und versucht, Zeichen von anderen japanischen Beobachtungsposten zu entdecken. Doch sie hatte nichts Verdächtiges bemerkt.

Eine weitere Tür führte in einen röhrenförmigen Raum. Am Ende befand sich eine runde Tür, doch sie ließ sich nicht öffnen. Carl hatte ihr später erklärt, was das war.

»Dort stellt der Himmelsengel die Verbindung mit dem Turm her. Das Rohr wird ausgefahren und rastet in einen Sockel in der Nase des Himmelsengels ein.«

»Also werde ich den Himmelsengel auf diesem Weg betreten können?«

»Ja.«

»Warum ist diese Anlegestelle überhaupt gebaut worden? Warum sind die Himmelsengel hierhergekommen?«

»Dies ist der Ort, wo sie offiziell in Dienst gestellt wurden. Hier im Himmelsturm wurde jedes Mal, wenn ein Himmelsengel aus dem Raum eintraf, eine Taufzeremonie abgehalten.«

»Taufzeremonie?«

»Man gab ihnen Namen.«

»Oh, ich verstehe.«

Seitdem überlegte Jan sich, wie sie *ihren* Himmelsengel nennen würde, wenn er kam. Der Name *Minerva* bot sich an, doch sie hätte ihn auch gern nach ihrer toten Freundin und Liebhaberin Alsa genannt.

Sie erwähnte das Problem Ashley gegenüber. Ashley meinte: »Oh, das ist nicht schwer. Nenne ihn doch einfach nach mir! Nenne ihn *Ashley Vee.* Schließlich werde ich der Himmelsengel *sein.*«

Jan zeigte sich nicht beeindruckt von diesem Vorschlag. »In diesem Fall könnte ich ihn ebensogut *Carl* nennen, weil er den Himmelsengel auch kontrollieren wird.«

»Oh, er zählt aber nicht. Die eigentliche Leitung habe ich.«

»Ja, ich weiß.« Jan dachte an die Situation im Bunker. Sie hatte sorgfältig vermieden, jemals die plötzliche Wende in Carls Politik, was Besucher im Bunker betraf, zu erwähnen. Jetzt kam ihr der Gedanke, es könne schwieriger werden, als sie gedacht hatte, die Kontrolle über den Himmelsengel zu ergreifen und zu behalten, sobald Ashleys Programm einmal im Computer war.

Sie verbrachte eine unangenehme erste Nacht im Computerraum. Die Kälte und der harte Fußboden hielten sie lange wach, und als sie schließlich doch einschlief, hatte sie einen bösen Traum. Sie war wieder im Haus ihrer Mutter in Minerva. Es klopfte an der Tür. Sie öffnete, und da stand Ceri, unverletzt, und lächelte sie an. Jan wollte sie voller Freude umarmen, doch als sie näherkam, veränderte Ceris Gesicht sich ... Es wurde grauenhaft gefurcht wie die Gesichter der Hesekiel-Jünger. Ceri rief Jan zu, sie solle ihr helfen, aber Jan konnte nur angewidert zurückweichen. Dann fiel das faltige, hängende Fleisch von Ceris Gesicht ab, bis nur noch ein grinsender Totenschädel übrig war ...

An dieser Stelle wachte Jan auf. Zitternd lag sie da und überlegte, ob der Traum bedeutete, Ceri sei tot.

»Jan! Wach auf!«

»Hm ... Was?« Sie öffnete die Augen. Zuerst sah alles fremd aus, doch dann lieferte ihr Gedächtnis ihrem Bewußtsein die notwendigen Informationen, die ihr das Innere des Computer-Raums nur allzu bekannt machten. »Carl ... was ist?«

»Der Himmelsengel ist gerade über dem Horizont erschienen. Du müßtest ihn von hier sehen können. Er kommt aus südwestlicher Richtung.«

Jan sprang von ihrem Bettzeug hoch und lief zur Tür, die auf das Beobachtungsdeck hinausführte. Die Sonne war soeben aufgegangen, und der Himmel war frei von Wolken. Aufgeregt suchte sie den Horizont ab. *Da!* Etwas glitzerte im Sonnenschein. Das war er, der Himmelsengel! Endlich ...

Vor vier Tagen hatte es ausgesehen, als werde alles mit einer Katastrophe enden. Carl hatte das Niedergehen des Himmelsengels in die obere Atmosphäre beschrieben: »Er betritt jetzt die Exosphäre. Die Bremsraketen feuern noch ... Geschwindigkeit wird auf 4840 Meilen die Stunde reduziert.«

»Warum bewegt er sich so schnell?« fragte Jan. »Warum schwebt er nicht einfach durch die Luft?«

»Er hat eine Masse von mehreren tausend Tonnen. Um ein Objekt mit einer solchen Masse zu verlangsamen, braucht man eine Energie, die die Raketen nicht liefern können. Soviel Treibstoff haben sie nicht. Sie werden das Bremsmanöver einleiten, und die Atmosphäre selbst wird als eigentliche Bremse benutzt werden.«

»Aber ich verstehe immer noch nicht, warum er nicht herunterschweben kann«, beharrte Jan auf ihrer Meinung. »Er ist doch mit Gas gefüllt, oder?«

»Nein«, antwortete Carl. »Das Helium befindet sich noch in flüssigem Zustand. Es wäre sinnlos, die Gaszellen zu füllen, bevor der Himmelsengel die unteren Ebenen der Atmosphäre erreicht hat. Ohne Luftdichte gibt es keinen Auftrieb ... Geschwindigkeit jetzt 4200 Meilen die Stunde. Bremsraketen feuern noch. Der Himmelsengel wird jeden Augenblick die oberen Schichten der Ionosphäre streifen ...

Temperatur der Außenhülle beginnt zu steigen ... Hitzeschild funktioniert ...«

»Hitzeschild?« fragte Jan.

»Eine vorübergehende Bedeckung der Außenhülle. Sich überlappende Keramikplatten. Wie Glas. Sollen den Himmelsengel vor den Wirkungen der Reibung schützen. Werden automatisch abgeworfen, wenn ... FUNKTIONSSTÖRUNG! FUNKTIONSSTÖRUNG!«

Das plötzliche Lauterwerden von Carls Stimme machte Jan Angst. »Was heißt das?« rief sie.

»Zwei der Raketenmotoren haben sich vorzeitig abgeschaltet.« Carls Stimme klang wieder normal. »Der Himmelsengel wird mit zu hoher Geschwindigkeit in die dichtere Atmosphäre eintreten.«

»Aber du hast gesagt, er werde die Atmosphäre benutzen, um langsamer zu werden!«

»Die Raketen werden in diesem Stadium noch gebraucht. Es hat eine Funktionsstörung in der Treibstoffversorgung gegeben. Blockierte Leitung. Oder es ist Treibstoff aus den Tanks ausgelaufen. Mir stehen noch keine Informationen zur Verfügung ... Geschwindigkeit immer noch 4000 Meilen die Stunde ... zu schnell ... die Leistung der noch arbeitenden Raketenmotoren genügt nicht ...«

»Was wird geschehen?« Jan war außer sich vor Sorge.

»Der Hitzeschild könnte verbrennen ... oder der Aufprall könnte die Hülle beschädigen, so daß sich der Himmelsengel auflösen wird ...«

»O nein!« schrie Jan. »Kannst du denn nichts tun?«

»Nein. Das Programm des Bordcomputers versucht es mit einem Ausgleichsmanöver, aber ich habe keine Kontrolle über seine Maßnahmen ... Der Himmelsengel hat jetzt eine Höhe von 350 Meilen — ein gutes Stück innerhalb der Ionosphäre. Hüllentemperatur weiter steigend … Jetzt habe ich den Kontakt mit Himmelsengel A810JLX verloren …«

»Was willst du damit sagen? Was ist geschehen? Ist er explodiert?«

»Zustand des Himmelsengels unbekannt. Ich habe den Funkkontakt mit ihm verloren. Der Grund mag sein, daß die Reibung zu einer heftigen Ionisierung um den Himmelsengel geführt hat und sie die Signale stört.«

»Was ist eine Ioni … ist auch egal … Sag mir nur, was sich abspielt!«

»Ich kann dir nichts sagen.«

Eine Minute verging. Noch eine und noch eine. Jan litt Qualen der Ungewißheit. So weit gekommen zu sein, um im letzten Augenblick alles zu verlieren …

»Ich habe wieder Kontakt mit dem Himmelsengel«, verkündete Carl so ausdruckslos wie eh und je. »Hitzeschild ist noch vorhanden. Geschwindigkeit auf 800 Meilen die Stunde herabgesetzt. Er tritt gerade in die Atmosphäre ein. Es ist kein ernsthafter Schaden entstanden. Raketenmotoren werden jetzt abgeworfen. Flüssiges Helium wird in gasförmigen Zustand übergeführt. Gaszellen werden aufgeblasen … Triebwerke aktiviert …«

Jan stieß einen Freudenschrei aus und wünschte, sie hätte jemanden, den sie umarmen könnte.

Das war vier Tage her. Und nun kam der Himmelsengel endlich in Sicht.

Ja, er war schon deutlich zu sehen und kam geradenwegs auf den Turm zu. Anders als die Himmelsherren trug er keine Markierungen, Muster oder Riesenaugen. Abgesehen von den Stellen, wo die Sonnenkollektoren im Licht der ersten Morgensonnenstrahlen glitzerten, war seine Hülle weiß. Reinweiß.

Dann entdeckte Jan das andere Luftschiff. Es war ein

gutes Stück hinter dem Himmelsengel, doch offensichtlich verfolgte es ihn.

Ein Himmelsherr.

Und er war nicht allein. Dahinter kam *noch einer.*

Jans Magen verkrampfte sich. Die beiden Himmelsherren konnten nur der *Lord Pangloth* und die *Duftende Brise* sein. Der Kriegsherr kam.

31

»Carl!« rief Jan in panischer Angst und rannte in den Computerraum zurück. Die Antwort kam jedoch von Ashley. »Hei! Ist das nicht herrlich? In wenigen Minuten werden wir auf dem Himmelsengel sein.«

»Wo ist denn Carl?« fragte Jan. »Ich muß ihn sprechen.«

»Das kannst du nicht«, sagte Ashley gereizt. »Ich bin an der Reihe, die Stimme zu benutzen. Ihr beiden habt lange genug miteinander geredet.«

»Hör mal, du verrückter Geist, das ist wichtig! Direkt hinter dem Himmelsengel kommen zwei Himmelsherren! Sag das Carl! Er muß etwas tun!«

»Jesus, deswegen brauchst du doch nicht gleich grob zu werden, Jan!«

»Mutter Gott, hilf mir«, stöhnte Jan. »Dann sprich du mit Carl. Berichte ihm von den Himmelsherren.«

Nach kurzem Schweigen verkündete Ashley: »Carl weiß über die Himmelsherren Bescheid. Er sagt, der Himmelsengel werde volle zwölf Minuten vor dem ersten Verfolger hier eintreffen. Das lasse dir reichlich Zeit, an Bord zu gehen. Mit uns natürlich.«

Jan teilte Ashleys und Carls Zuversicht nicht. Wie lange würde der Himmelsengel brauchen, um die Verbindung mit dem Turm herzustellen? Und dann mußte sie selbst noch den ganzen Weg von der Nase zum Kontrollraum zurücklegen. Wie lange würde das dauern? Sie lief wieder auf das Beobachtungsdeck hinaus. Der Himmelsengel war so nahe, daß er in seiner Größe einschüchternd wirkte. Sein Schatten fiel schon auf die Randbezirke der Stadt.

Jan sah, daß der unmittelbar folgende Himmelsherr der *Lord Pangloth* war, den der Kriegsherr übernommen hatte. Sie hielt Ausschau nach dem dritten Luftschiff, der *Duftenden Brise* — war Ceri an Bord? Lebte sie überhaupt noch?

Jan holte tief Atem und ging wieder hinein. »Ashley, ich *muß* Carl sprechen!« rief sie laut.

»Oh, schon gut.«

»Carl?«

»Hier bin ich.«

»Was muß ich tun, wenn der Himmelsengel eintrifft?«

»Sobald er anlegt, gebe ich dem Bord-Computer den Befehl, den Eingang zu öffnen und deinen Eintritt zu genehmigen. Du wirst unsere Software aus diesem Computer herausholen und auf den Himmelsengel bringen. Du wirst sie in den Bord-Computer einsetzen.«

»Ja, aber werde ich die *Zeit* haben, all das zu tun, bevor der Kriegsherr kommt?«

»Das ist zweifelhaft«, räumte Carl ein. »Andererseits, was soll er machen, selbst wenn er kommt? Der Himmelsengel wird von seinem automatischen Verteidigungssystem geschützt.«

»Oh, *irgend etwas* wird er schon machen — hab du nur keine Sorge«, erwiderte Jan grimmig. Sie fing an, ihre Besitztümer einzusammeln — den Rucksack, das Wehrgehenk, die Feldflasche, die noch übrigen Lebensmittel ... Sie erstarrte, als sie jemanden die Wendeltreppe heraufkommen hörte. Dann sah sie, daß es Frusa war, und entspannte sich.

Das Pantherweibchen sah sie an und bemerkte: »Du riechst nach Angst.«

»Das überrascht mich gar nicht«, erklärte Jan. »Paß auf, ich werde diesen Ort sehr bald verlassen. Du kannst mitkommen, wenn du möchtest.«

»Wohin?«

»In ein großes ... äh ... Ding, das durch die Luft fährt.«

»Ein Himmelsherr?«

»Nun ja.« Verdammte Katze. »Eigentlich ein Himmelsengel. Willst du mitkommen?«

»Wass Katzze essssen?«

»Essen?« Jan runzelte die Stirn. Das war eine berechtigte Frage. »Nun, ich bin sicher, daß Vorräte an Bord sein werden.« Sie *hoffte,* daß Vorräte an Bord waren.

»Frisches Fleisch?« erkundigte sich Frusa.

»Hm, das glaube ich nicht«, gestand Jan.

»Katzze hierbleiben.«

Insgeheim war Jan erleichtert. Obwohl sie dem Tier großen Dank schuldig war, vertraute sie ihm immer noch nicht ganz. »Gut. Danke für alles. Paß auf dich auf, Frusa.«

Das Pantherweibchen gab ein kehliges Geräusch von sich, drehte sich um und ging. *Seltsames Tier,* dachte Jan.

»Jan, der Himmelsengel wird gleich anlegen«, verkündete Carl. »Es wird einige Vibrationen geben.«

Jan wartete. Der Fußboden bebte, und sie hörte ein fernes Klirren. Der Himmelsengel war da.

»Ich habe die Genehmigung erhalten, daß du an Bord des Himmelsengels gehen darfst«, sagte Carl. »Ich schalte mich ab. Nimm jetzt die Software heraus.«

Jan trat an den Computer. Sie drückte den Knopf, der die Software-Röhrchen ausstieß. Sie glitten mit quälender Langsamkeit heraus. Jan mußte warten, bis die anderen fünf draußen waren, bevor sie an das gelangen konnte, das Carls und Ashleys Programme enthielt. Als es aus der Maschine kam und sie aufgeregt danach faßte, rutschte es ihr durch die schweißfeuchten Finger und fiel zu Boden. Bei dem Klappern blieb Jan fast das Herz stehen. Atemlos blickte sie auf das Röhrchen hinunter und erwartete, es werde sich vor ihren Augen auflösen. Aber es sah aus, als sei es noch heil. Jan bückte sich, hob es vorsichtig auf und überprüfte es. Bildete sie es sich nur ein, oder lief ein Haarriß von einem Ende zum anderen?

Jetzt hatte sie keine Zeit, sich darüber Sorgen zu machen. Sie steckte das Röhrchen in die Tasche und lief zu der Tür, die in den Tunnel führte.

Die Tür öffnete sich. Der Tunnel war viel länger geworden. Die runde Tür am Ende war verschwunden, und Jan konnte in den Himmelsengel hineinblicken.

Sie hastete den Tunnel entlang und betrat einen runden Raum, der in der Mitte eine Plattform und darum drei Reihen bequemer Sitze hatte. Leise Musik spielte. Eine angenehme, sexuell neutrale Stimme sagte: »Willkommen. Sie befinden sich an Bord des Himmelsengels A810JLX. Ich habe die Genehmigung erhalten, Sie einzulassen, aber ich bin nicht informiert worden, ob Sie zu der Delegation gehören, die die Taufzeremonie vornehmen wird, oder ob Sie ein Wartungstechniker sind.«

»Ich bin hier, um dich zu taufen«, antwortete Jan schnell. »Dein Name lautet jetzt *Alsa von Minerva.*«

»Ach ja?« fragte die Stimme verwirrt. »Aber das ist nicht die normale Prozedur! Aufgrund welcher Vollmacht haben Sie ...«

»Das spielt keine Rolle«, unterbrach Jan. »Ich muß in den Kontrollraum. Wie komme ich am schnellsten hin?«

»Ich werde Sie von einer Eskorte hinführen lassen.«

»Was? Eine Eskorte?« fragte Jan überrascht. Es waren doch bestimmt keine lebenden Wesen an Bord!

Auf der gegenüberliegenden Seite des runden Raums glitt eine Tür auf, und eine große Metallspinne trippelte auf sechs Metallbeinen herein. Jan wich ein Stückchen zurück und zog dabei ihr Langschwert. »Es besteht kein Grund zur Beunruhigung«, erklärte die Spinne mit einer ebenso angenehmen und beruhigenden Stimme wie der Raum. »Ich bin Ihre Eskorte. Bitte, folgen Sie mir.« Sie kehrte zu der offenen Tür um. Nach ein paar Sekunden des Zögerns folgte Jan ihr. Sie nahm an, daß die Spinne eine Maschine war wie Hesekiel, obwohl sie hoffte, daß sie kein menschliches Gehirn enthielt.

Die Spinne, deren Körper aus einer glänzenden Metallkugel von etwa anderthalb Fuß Durchmesser bestand, führte Jan einen langen Korridor hinunter und in einen Aufzug. Auch in dem Aufzug spielte Musik. Er setzte sich nach unten in Bewegung. Die Spinne bemerkte liebenswürdig: »Ein schöner Tag für die Taufzeremonie, nicht wahr?«

Jan, die das Wesen mit einiger Nervosität im Auge behalten hatte, lachte laut heraus.

»Habe ich etwas Komisches gesagt?« fragte die Spinne, und es klang, als sei sie mit sich selbst zufrieden.

Vor lauter Lachen konnte Jan nicht antworten.

Die Aufzugtür öffnete sich auf einen anderen Korridor. Die gleiche Musik spielte. Jan kam gar nicht darüber weg, wie fremdartig alles auf dem Himmelsengel wirkte — ohne all die Veränderungen, die Abnutzungen und den Schmutz, die im Laufe der Jahrhunderte in den Himmelsherren zusammengekommen waren, stellte das Luftschiff eine ganz andere Welt dar. Der Gang, der sich vor ihr erstreckte, hatte eine hellblaue Decke, weiße Wände, geschmückt mit Wandgemälden, und einen dikken Teppich auf dem Fußboden. Die weiche Beleuchtung war angenehm für die Augen.

»Hier entlang«, bat die Spinne und trippelte weiter.

Die Tür öffnete sich und zeigte ein vertrauteres Bild. Jan erkannte den Kontrollraum, obwohl er sich sehr von dem auf dem *Lord Pangloth* unterschied. »Da wären wir«, verkündete die Spinne. »Kann ich sonst noch etwas für Sie tun?«

»Nein. Warte hier«, antwortete Jan geistesabwesend. Sie eilte an die Rückwand des Kontrollraums, spähte durch die gekrümmte Glasscheibe hinaus und versuchte festzustellen, wie nahe der *Lord Pangloth* war. Aber die ausladende Hülle des Himmelsengels blockierte die Sicht. Jan sah nach unten, und da entdeckte sie zu ihrem Schrecken, daß ein zweiter großer Schatten neben dem Schatten des Himmelsengels über der Stadt lag. Der *Lord Pangloth* mußte tatsächlich sehr nahe sein. Sie ächzte.

»Ist etwas nicht in Ordnung?« fragte die Stimme, die sie als erstes gehört hatte, höflich.

»Ich kann nichts *sehen*«, beklagte Jan sich.

»Sagen Sie mir, was Sie sehen möchten, und ich werde es Ihnen zeigen«, erbot sich die Stimme.

»Ich möchte in alle Richtungen gleichzeitig sehen!«

Reihen von Monitoren erwachten zum Leben. Jan wandte sich ihnen zu. Sie brauchte ein paar Augenblikke, bevor sie begriff, was sie sah. Von verschiedenen Stellen auf der Hülle des Himmelsengels wurden Bilder auf die Schirme übertragen. Ja, der *Lord Pangloth* war sehr nahe. Er war höher als der Himmelsengel und stieg zu einer Position genau längsseits von ihm nieder. Die *Duftende Brise* war noch ein Stück entfernt.

»Wo ist dein Software-Input?« fragte Jan hastig und sah sich um. Von einer Konsole kam ein Läuten, und ein grünes Licht begann zu blinken. Jan ging hin und nahm das Röhrchen aus der Tasche. Sie setzte es in die Konsole ein und wartete. »Carl? Ashley?« fragte sie zögernd. Es kam keine Antwort.

»Mit wem möchten Sie sprechen?« fragte die Stimme des Schiffes.

»Mit den Programmen auf der Software, die ich soeben in dein System eingeführt habe.«

»Der Software-Träger ist leer«, informierte die Stimme sie ruhig.

»Was heißt das?« schrie Jan.

»Es sind keine aktiven Programme darauf. Er ist leer.«

Entsetzen erfaßte Jan. Also hatte sie das Röhrchen doch beschädigt. Der Aufprall hatte Carl und Ashley vernichtet. Sie blickte auf die Schirme. Was sie dort sah, stürzte sie in noch tiefere Verzweiflung. Von den Decks des *Lord Pangloth* stiegen massenhaft Gleiter in die Luft wie Schwammsporen an einem windigen Tag im Pestland.

»Himmelsengel!« rief Jan. »Du mußt sofort starten. Löse dich von dem Turm und entferne dich von hier mit Höchstgeschwindigkeit.«

»Es tut mir leid«, antwortete die Stimme, »aber ohne Befehlscode kann ich Ihren Befehlen nicht gehorchen.«

Vor Enttäuschung hätte Jan am liebsten geschrien. »Du *mußt* mir gehorchen! Wir können jeden Augenblick eine Invasion hier haben! Sieh doch! Sieh dir deine eigenen Schirme an, wenn du mir nicht glaubst!« Sie zeigte auf den nächsten Schirm. Einige der Gleiter flogen zur Spitze des Himmelsturms. Sie wollten auf die gleiche Weise wie die drei Samurai in das oberste Stockwerk gelangen. Und von dort konnten sie durch den Verbindungstunnel in den Himmelsengel kommen.

»Kannst du wenigstens die Tür in deinem Bug schließen?« flehte Jan.

»O ja, das kann ich«, sagte sie Stimme.

»MILO HAZE!«

Die Stimme dröhnte über die Stadt, hallte von den Mauern ihrer Türme wider.

»MILO HAZE! ANTWORTEN SIE MIR!«

Die Stimme kam von dem *Lord Pangloth.* Es war der Kriegsherr.

»MILO HAZE! SIE HABEN VERLOREN!«

Jan überflog die Reihe der Schirme. Sie sah Gleiter auf der oberen Hülle landen. »Wie bist du ausgerüstet?« fragte sie die Metallspinne. Zur Antwort fuhr diese einen mechanischen Arm aus ihrem Kugelkörper aus. »Ich habe noch weitere, wenn Sie sie brauchen«, versicherte sie Jan.

»Ich meinte *Waffen*«, sagte Jan. »Hast du vielleicht welche?«

»O nein«, antwortete die Spinne. »Keine Waffen.«

Jan versuchte ruhig zu bleiben, doch es fiel ihr schwer. Immerzu flackerten Erinnerungen daran auf, wie der Kriegsherr ihr das Schinden bei lebendigem Leibe beschrieben hatte.

»ERGEBEN SIE SICH, MILO HAZE! ICH WERDE GNÄDIG SEIN!«

»Sind viele von deiner Art an Bord?« fragte Jan die Spinne.

»Ja. Fünfhundert Wartungs- und Dienstleistungsmechaniker sind im aktiven Dienst, und weitere fünfhundert sind gelagert.«

»Hör mir zu«, flehte Jan. »Leute wollen in das Luftschiff eindringen. Du und die anderen, die wie du sind, müßt sie aufhalten — sie angreifen, sie töten!«

»Das ist unmöglich«, wehrte die Spinne ab. »Wir sind unfähig, einem menschlichen Wesen absichtlich Schaden zuzufügen.«

»Mutter Gott, gib mir Kraft …« Jan versuchte es von neuem. »Ihr braucht ihnen keinen Schaden zuzufügen, ihr braucht sie nur zu überwältigen, ihnen die Waffen wegzunehmen …«

»So etwas könnte Verletzungen zur Folge haben, und deshalb kann es nicht in Erwägung gezogen werden. Es tut mir leid.«

»Als ob dir das leid täte!« Jan gab der Spinne einen Fußtritt. Sie trippelte ein Stück von ihr weg, doch sonst tat sie nichts.

»MILO HAZE! VERSUCHEN SIE NICHT ZU FLIEHEN! ES IST ZU SPÄT!«

Das stimmt, dachte Jan bitter und starrte auf die Schirme. Auf der oberen Hülle wimmelte es bereits von Samurai. *Milo hat Glück gehabt, daß ihm das erspart geblieben ist …*

»He! Was ist denn da los?«

Jan fragte sich, ob sie eine Halluzination habe. »Ashley?«

»Ja, ich bin es! In voller Lebensgröße!«

Jan konnte es nicht glauben. »Du bist okay? Carl auch?«

»Aber klar.«

»Ich glaubte schon, ich hätte euch beide gelöscht! Wo wart ihr? Der Computer hier sagte, eure Software sei leer.«

»Das war Carls Werk. Er entdeckte, daß alle möglichen Sicherheiten in das System eingebaut waren, um zu verhindern, daß nicht genehmigte Programme in den

Himmelsengel eingeführt würden. Er mußte sich einen Weg ausdenken, sie zu umgehen. Das dauerte eine Weile. Habe ich dir gefehlt?«

»Und wie!« erklärte Jan inbrünstig. Schnell berichtete sie Ashley, was sich abspielte.

»Kein Problem mehr«, lachte Ashley. »Carl und ich haben jetzt die Kontrolle über das System. Carl sagt, für den Anfang könnten wir von dem Himmelsturm ablegen.«

»Ja, ja!« rief Jan. »Er soll tun, was er für das Beste hält.«

»Was *wir* für das Beste halten«, korrigierte Ashley.

»Okay, was *du* und Carl für das Beste haltet.«

Der Himmelsengel bewegte sich bereits. Jan sah die Spitze des Turms zurückweichen.

»HAZE! ES IST ZU SPÄT! SIE KÖNNEN NICHT ENTKOMMEN! ERGEBEN SIE SICH SOFORT, UND ICH WERDE MICH GNÄDIG ERWEISEN! ANDERNFALLS WIRD IHR TOD EIN EINZIGER LANGER SCHREI SEIN!« donnerte die Stimme des Kriegsherrn über die Stadt.

»Carl sagt, die Japaner dringen in den Himmelsengel ein«, meldete Ashley.

»Das weiß ich. Hat er oder hast du irgendwelche Ideen, wie wir sie loswerden können?«

»Ja. Die Roboter. Diese Spinnendinger.«

»Das habe ich bereits versucht«, sagte Jan. »Die Spinne hier weigert sich, weil dabei Menschen verletzt werden könnten.«

»Jetzt haben Carl und ich die Leitung«, erklärte Ashley stolz. »Sie werden tun, was wir sagen — wir haben das Zentralprogramm übernommen.«

»Dann gib den Befehl«, drängte Jan. »Schnell!«

»Er ist schon gegeben.«

Jan mußte aus dem Weg springen, als die Spinne plötzlich zum Leben erwachte und auf den Aufzug zuschoß. Sie verschwand darin, und die Tür schloß sich.

Ashley gab bekannt: »Wir haben die anderen fünfhundert aus dem Lager geholt, falls wir Verstärkung brauchen.«

»MILO HAZE! GEBEN SIE AUF! MEINE KRIEGER SIND BEREITS AN BORD IHRES SCHIFFES. WEITERER WIDERSTAND IST SINNLOS!«

Der Himmelsengel stieg jetzt über den *Lord Pangloth* hinaus. Jan sah, daß die Triebwerke des anderen Luftschiffes ihre Abzugsöffnungen nach unten kehrten, um ebenfalls aufzusteigen.

»Laß uns den Bastard aus dem Himmel pusten!« regte Ashley an.

»Nichts würde mir größere Freude bereiten«, antwortete Jan. »Aber *wie?*«

»Oh, habe ich dir das nicht erzählt? Nein, habe ich nicht. Carl hat das System infiltriert, das die Laser kontrolliert. Wir haben sie jetzt voll unter Kontrolle. Also, was meinst du? Fangen wir an zu schießen?«

Es dauerte ein paar Augenblicke, bis sich die Information gesetzt hatte. Dann begriff Jan, daß die Laser von nun an dazu gebracht werden konnten, auf *alles* zu feuern. Sie fiel schnell ein: »Nein, noch nicht. Gibt es eine Möglichkeit, daß ich mit dem Kriegsherrn spreche?«

Nach einer Pause antwortete Ashley: »Ja, es ist eine Verstärkeranlage vorhanden. Sie war für die Verständigung mit Flüchtlingen auf dem Boden gedacht, sagt Carl, und dieser Kriegsherr wird bald selbst ein Flüchtling auf dem Boden sein. Carl aktiviert den Verstärker gerade. Fang an zu sprechen.«

»Kriegsherr Horado ...«, begann Jan zögernd und erschrak, als sie ihre Worte genauso hallen hörte wie die des Kriegsherrn. »Kriegsherr Horado, hören Sie mir zu. Ich bin Jan Dorvin. Ich bin allein. Milo ist tot. Er wurde schon vor Wochen von einem Cyberoiden getötet.«

Der Kriegsherr lachte. Es klang wie obszöner Donner. »MILO HAZE TOT? VON EINEM CYBEROIDEN GETÖTET? WIE AUSSERORDENTLICH KOMISCH ...

UND NUN, MÄDCHEN, MACH SCHLUSS MIT DEINEN SPIELCHEN UND LASS MEIN SCHIFF LÄNGSSEITS KOMMEN.«

Jan sah auf die Monitor-Schirme. Hunderte der Metallspinnen strömten auf die obere Hülle hinaus. Schwerter blitzten; die Japaner versuchten, sich zu verteidigen. Sie erklärte dem Kriegsherrn: »Ich habe die Mittel, Sie zu vernichten. Ich habe volle Kontrolle über das Laser-System. Falls Sie meinen Forderungen nicht nachkommen, werde ich das Feuer eröffnen.«

Der Kriegsherr schwieg kurze Zeit. Dann dröhnte er: »DU BLUFFST, MÄDCHEN. UND MEINE SAMURAI WERDEN JETZT JEDEN AUGENBLICK DEINEN KONTROLLRAUM BETRETEN.«

»Ihre Samurai erleiden gerade eine vernichtende Niederlage«, teilte Jan ihm mit. »An Bord dieses Schiffes gibt es Roboter. Ebenso wie die Laser stehen sie unter meiner Kontrolle. Wollen Sie sich jetzt meine Forderungen anhören?«

Ashley fiel ein: »Warum erst Forderungen stellen? Laß ihn uns einfach abschießen.«

»Ich will Ceri, falls sie noch am Leben ist.«

»Ja, aber du hast selbst gesagt, wenn sie noch am Leben wäre, würde sie auf dem anderen Schiff sein. Also laß uns das Feuer eröffnen. Ein einziger Laserstrahl, und der ganze Wasserstoff wird ein wunderbares Feuerwerk abgeben.«

»MÄDCHEN, DU BIST EIN ÄRGERNIS. MEINE VERGELTUNG WIRD DIR VORKOMMEN, ALS DAUERE SIE EWIG.«

Jan war versucht, Ashleys Vorschlag zu folgen, aber sie brachte es nicht über sich, den Befehl zu geben. Zum zweiten Mal war sie unfähig, den *Lord Pangloth* zu zerstören. »Es sind Frauen und Kinder an Bord. Ich kann sie nicht ermorden«, sagte sie zu Ashley. »Statt dessen möchte ich, daß du und Carl auf die Triebwerke des *Lord Pangloth* schießt. Vernichtet sie alle.«

»Och, das macht keinen Spaß.«

»Tu, was ich dir sage!« befahl Jan. Hier war der erste Test. Wer kontrollierte den Himmelsengel in Wirklichkeit?

Eine dünne Linie aus türkisfarbenem Licht erschien plötzlich zwischen einem der Triebwerke des *Lord Pangloth* und einem unsichtbaren Punkt oberhalb von Jans Kontrollraum. Das Metallgehäuse des Triebwerks wurde schwarz und krümmte sich. Weitere Lichtstrahlen leuchteten auf. Weitere Triebwerke des *Lord Pangloth* begannen zu schrumpfen wie Obststücke, die ins Feuer geworfen werden.

Der Kriegsherr stieß einen Wutschrei aus.

Der *Lord Pangloth* geriet außer Kontrolle. Weder seine Steuerleute noch sein Computer waren fähig, den plötzlichen Verlust so vieler Triebwerke an Backbord auszugleichen. Er machte eine enge Drehung und verlor gleichzeitig an Höhe.

Der Himmelsengel manövrierte mit einer Geschwindigkeit und einer Anmut, die die Himmelsherren schon vor Jahrhunderten verloren hatten. Er folgte dem *Lord Pangloth* nach unten. Die türkisfarbenen Linien in der Luft suchten sich neue Ziele. Weitere Triebwerke wurden zerstört.

»MÄDCHEN! MÄDCHEN!« brüllte der Kriegsherr. »ICH WILL MIT DIR REDEN! STELL DAS FEUER EIN. WIR WOLLEN MITEINANDER VERHANDELN! WAS WILLST DU?«

»Dazu ist es zu spät«, teilte Jan ihm kalt mit.

»Das war das letzte«, meldete Ashley. »Alle Triebwerke sind hin. Kümmern wir uns jetzt um die Ruder und Höhensteuer.«

Die Strahlen schnitten durch die große Schwanzflosse und die Seitenfinnen wie Messer durch Butter. Nun war der *Lord Pangloth* vollkommen hilflos. Er war der Gnade des Windes ausgeliefert. Mit nach unten hängender Nase trieb er über der Stadt dahin. Die großen gemalten

Augen am Bug, die einst soviel Furcht in Jan erweckt hatten, kamen ihr jetzt beinahe komisch vor.

»SPRICH MIT MIR, FRAU! ICH WERDE MIR DEINE FORDERUNGEN ANHÖREN!«

»Wie kommen wir mit den Samurai zurecht?« erkundigte sich Jan bei Ashley.

»Diejenigen, die ins Innere gelangten, sind tot«, antwortete Ashley. »Von denen auf der Hülle sind einige mit ihren Gleitern entkommen. Die anderen sind ebenfalls tot.«

So viele Tote, dachte Jan niedergeschlagen, aber sie hatten keine Wahl gehabt. »Gut«, sagte sie. »Nun kommt die *Duftende Brise* an die Reihe.«

Der Kommandant der *Duftenden Brise* hatte, als er sah, was dem *Lord Pangloth* widerfuhr, sein Schiff gewendet und mit Höchstgeschwindigkeit die Flucht ergriffen. Aber der Himmelsengel, der den Vorteil eines kompletten Satzes funktionierender Triebwerke hatte, holte ihn mühelos ein. Der Kommandant, ein Japaner, sprach kein Americano, Carl war jedoch fähig, Jans Forderung, sich zu ergeben, in perfektem Japanisch zu senden. Anfangs weigerte der Kommandant sich und feuerte als symbolische Geste des Widerstands ein paar Raketen in Richtung des Himmelsengels ab. Als die Laser des Himmelsengels das erste der unersetzlichen Triebwerke verbrannt hatten, gab er schnell nach.

Mit einer Eskorte von zehn der Metallspinnen ging Jan an Bord der *Duftenden Brise.* Sie rechnete mit Ärger, doch es gab keinen. Der Kommandant und seine Männer verhielten sich erstaunlich unterwürfig, und überall, wo sie erschien, beugten sich die Köpfe, und die Samurai boten ihr ihre Schwerter dar. Die gefangenen Americanos von dem *Lord Pangloth,* das stellte Jan schnell fest, hatten bei den Japanern unter schrecklichen Bedingungen leben müssen, Bedingungen, die ihre eigene Zeit der Sklaverei im Vergleich human erscheinen ließ.

Als sie einen weiteren stinkenden Raum besichtigte, der als Unterkunft für dreißig halb verhungerte Americanos diente, schob sich zu ihrer Überraschung eine große Vogelscheuche von einem Mann, dem das faltige Fleisch um den Körper schlotterte, durch die Menge und fiel vor ihr auf die Knie. »Mein liebes Mädchen, rette mich, ich bitte dich, aus dieser Hölle!« Er rang die Hände. »Erinnerst du dich, wie ich dir geholfen habe? Wie ich dir Essen und Obdach gegeben habe?«

Zu ihrem Schreck erkannte Jan in dem vor ihr knienden Mann Gildenmeister Bannion. Sie berührte das Brandmal auf ihrer Wange. »Ja, ich erinnere mich sehr gut. Und aus Dankbarkeit für alles, was Sie für mich getan haben, werde ich meinen metallenen Freunden hier nicht befehlen, Sie auf der Stelle in Stücke zu reißen.« Damit verließ sie den Raum. Eine Lehrerin hatte ihr einmal gesagt, sich an jemandem zu rächen, sei immer ein unbefriedigendes Erlebnis, aber sie entdeckte, daß es in Wirklichkeit sogar sehr befriedigend war ...

Sie durchsuchte die ganze *Duftende Brise*, betrachtete die hohlwangigen abgezehrten Gesichter und stellte immer wieder die gleiche Frage. Endlich, in dem fünfzigsten oder hundertsten stinkenden, überfüllten Raum, fand sie sie.

32

Der Körper des Kriegsherrn saß in seinem Thronsaal, aber sein Geist weilte anderswo, hatte sich in irgendeine mentale Sackgasse tief in seinem Schädel verlaufen. Der Fußboden des Thronsaals kippte sowohl nach vorn als auch nach Steuerbord. Der *Lord Pangloth* hatte schwere Schlagseite und verlor immer weiter an Höhe. Zuerst war er in östliche Richtung getragen worden. Dann war der Wind umgesprungen, und nun trieb er über dem Meer. Wenn der Kriegsherr sich seiner Umgebung bewußt gewesen wäre, hätte er sich auf seinem Thron umdrehen und durch die großen schrägen Fenster am Bug sehen können, daß die graue, kabbelige Wasseroberfläche immer näherkam.

Ebenso ignoriert wurde von ihm die Leiche seines Chef-Piloten, die, eine Spur rutschigen Blutes hinterlassend, mehrere Fuß von der Stelle vor dem Thron weggeglitten war, wo der Kriegsherr ihn mit seinem Langschwert aufgeschlitzt hatte.

Dem Piloten war die undankbare Aufgabe zugefallen, den Kriegsherrn zu informieren, es bestehe keine Hoffnung mehr, den *Lord Pangloth* zu retten. Ohne die Triebwerke und die Steuerung gab es keine Möglichkeit, eine sichere Höhe beizubehalten. Der Auftrieb, den das Gas in den Zellen gab, genügte nicht, vor allem, weil Zelle Nummer sieben nie wieder auf volle Kapazität hatte gebracht werden können. Alles Entbehrliche war über Bord geworfen worden, darunter — auf Befehl des Kriegsherrn — dreihundert Menschen.

Von diesem Punkt an hatte der Kriegsherr sich in sich selbst zurückgezogen und alle folgenden nervösen Annäherungen von seinen verängstigten Offizieren und Dienern ignoriert. Inzwischen hatten sie es aufgegeben und warteten mit ihrem üblichen Stoizismus auf das Unvermeidliche. Keiner von ihnen kam auch nur entfernt auf den ehrenrührigen Gedanken, mit einem Gleiter von dem zum Untergang verurteilten Luftschiff zu fliehen.

Schließlich berührte der Bug des *Lord Pangloth* die Meeresoberfläche. Es war eine kurze Begegnung, nicht mehr als ein Kuß, obwohl sie die Fenster zerschmetterte und die Hülle an mehreren Stellen aufriß. Der nächste Kontakt dauerte länger. Der dritte war für immer.

Sehr langsam legte der *Lord Pangloth* seinen meilenlangen Körper auf den Ozean. Seine im Weltraum hergestellten Streben kreischten unter Strapazen, die zu erdulden sie nicht gemacht waren. Wasser rauschte durch leere Fensteröffnungen und durch Luken, die einem solchen Druck nicht widerstehen konnte.

Innerhalb des wabenartig durchlöcherten unteren Teils flohen die Japaner vor dem steigenden Wasser, das nicht nur die Gefahr des Ertrinkens, sondern auch noch andere Gefahren mit sich brachte. Nur zu deutlich bewies das ein langer, sehniger Tentakel, der sich einen Korridor entlangschlängelte ...

Langsam stieg das Wasser an den großen Fenstern des Thronsaals hoch. Es ergoß sich über den Fußboden, aber der Kriegsherr nahm nichts davon wahr. Selbst als eins der Fenster hinter ihm eingedrückt wurde und einen Schwall von Wasser einließ, reagierte er nicht. Sein Thron und sein Körper wurden nach vorn geschleudert. Dann riß ihn der Schock des eisigen Wassers aus seinem mentalen Refugium. Er schrie. Der instinktive Überlebenswille war zu stark, als daß er ihm hätte widerstehen können; er schlug in dem brodelnden schwarzen Wasser um sich, bis ihn etwas unter der Oberfläche packte.

In aller Frühe erwachte Jan, lag da und spürte das Gewicht der Zukunft auf sich lasten. Es war soviel zu tun, es gab so viele Verantwortungen ... Ihre Pläne waren immer noch vage, aber die Grundidee, die sie mit Ceri, Ashley und Carl diskutiert hatte, war, alle anderen

Himmelsherren zu besiegen und sie auf die gleiche Weise unter Kontrolle zu bringen wie die *Duftende Brise*. Carl hatte eine Kopie von seinem und Ashleys Programm hergestellt, und sie war in das Computer-System der *Duftenden Brise* eingesetzt worden. Inzwischen hatte Carl das andere Luftschiff schon wieder auf volle Leistungsfähigkeit gebracht, indem er die Roboter und die elektronischen Ersatzteile benutzte, die in dem Himmelsengel gelagert waren. Die Americanos und Japaner an Bord hatten keine Möglichkeit, die Kontrolle über das Luftschiff zurückzugewinnen.

Jan hatte den beiden Gruppen mitgeteilt, sie hätten die Wahl, zusammen in Frieden auf der *Duftenden Brise* zu leben oder auf dem Boden abgesetzt zu werden. Die Americanos, die die Japaner an Zahl übertrafen, wollten sich natürlich an ihren früheren Bedrückern rächen. Jan war gezwungen gewesen, als vorläufige Maßnahme viele Spinnen an Bord zu lassen, um die beiden Parteien auseinanderzuhalten. Eine Abordnung von Americanos hatte angefragt, warum sie nicht auf den Himmelsengel umziehen könnten, wo es jede Menge Platz gebe. Jan antwortete ihnen, sie werde einige der Frauen und Kinder aufnehmen, um den Druck der Überfüllung auf der *Duftenden Brise* zu mildern. Aber es würden keine Männer an Bord des Himmelsengels gelassen, ausgenommen die beiden Minerver, die sie zu ihrer freudigen Überraschung immer noch am Leben auf dem japanischen Luftschiff entdeckt hatte.

Wahrscheinlich würde es Jahre dauern, sämtliche Himmelsherren zu erobern, und danach wurden Jans Pläne noch vager. Sie hoffte, sie könne die Laser-Kraft der ganzen Flotte gezähmter Himmelsherren dazu benutzen, das Pestland in der Umgebung der noch bestehenden Bodensiedlungen zu säubern. Der Himmelsengel enthielt Vorräte an gefrorenen Samen und Tier-Embryos ... Es mochte möglich sein, wenn die Himmelsleute und die Bodenbewohner unter Jans Leitung und mit Hilfe des unschätzbaren Carl zusammenarbeiteten, weite Landstrecken von der Pest zurückzugewinnen.

Jans zweite große Sorge war, wie sie von neuem eine minervische Gesellschaft aufbauen könne. Es war von entscheidender Bedeutung, die kostbaren minervischen Gene zu erhalten und weiterzugeben. Sie würde von jedem der beiden Minerver ein Kind bekommen, aber dann was? Sollte sie die Männer sich mit gewöhnlichen Frauen fortpflanzen lassen? Es würde die minervische Gen-Mischung verwässern, aber vielleicht wäre es besser als nichts. Minervische Gene würden sich ausbreiten.

Plötzlich wurde ihr schlecht. Ohne Ceri zu stören, stieg sie schnell aus dem Bett, ging ins Bad und erbrach sich in das Waschbecken. Als es vorbei war, spülte sie sich den Mund aus und wusch sich das Gesicht mit Wasser. Im Spiegel sah sie Ceri neben sich auftauchen, einen besorgten Ausdruck auf dem schönen Gesicht. Ceri war fast wieder die Alte, zumindest körperlich — obwohl ihre häufigen Alpträume und ihre vehementen Haßausbrüche gegen alle Männer Jan verrieten, daß es lange dauern würde, bis die emotionalen Wunden, die sie von japanischen Männern empfangen hatte, heilen würden.

Ceri legte Jan die Hände auf die Schultern. »Jetzt ist dir zum dritten Mal hintereinander am Morgen schlecht geworden.«

Jan lächelte ihr im Spiegel beruhigend zu. »Ich bin okay. Die meiste Zeit geht es mir gut. Das ist sicher nur eine Reaktion auf all meine Sorgen und Probleme.«

»Auch dann finde ich, du solltest dich von einer dieser medizinischen Maschinen untersuchen lassen.«

»Das werde ich, wenn ich Zeit dazu finde.«

»Tu es gleich, tu es für mich«, bat Ceri.

Jan drehte sich um und küßte sie auf die Lippen. »Für dich tue ich alles.«

Ungläubig blickte Jan auf den Schirm. »Ich kann nicht schwanger sein! Das ist unmöglich! Bis zu meiner Fortpflanzungszeit ist es noch beinahe ein Jahr!«

»Es ist nicht daran zu zweifeln. Die Maschine funktioniert einwandfrei«, erwiderte Carl.

Jan wandte sich verzweifelt Ceri zu. »Wie kann ich schwanger sein? Das ist verrückt! Selbst wenn ich geschwängert werden könnte, habe ich doch seit Fürst Caspar mit keinem Mann mehr geschlafen ... und nach dieser Maschine hat die Befruchtung vor genau sieben Wochen stattgefunden ...« Sie brach ab. Ihr fiel ein, was Milo ihr angetan hatte. In dieser grauenhaften Nacht im Pestland.

Es war *sein* Kind. Sie wußte es.

»Milo«, stieß sie benommen hervor. »Er war es. Er war nicht menschlich. Wer weiß, wie sein Samen von den Gen-Technikern verändert worden war und was der in meinem Fortpflanzungssystem bewerkstelligen konnte.« Sie klammerte sich an Ceri. Panik in den Augen. »Was soll ich tun?«

Ohne zu zögern sagte Ceri kalt: »Töte es.«

Jan schüttelte den Kopf. »Nein. Nein, das kann ich nicht. Ich werde es austragen müssen. Mutter Gott, bitte, laß es ein *Mädchen* sein!«

Eine Stunde später hatte Jan sich beträchtlich beruhigt. Sie war im Kontrollraum allein. Wenn Carl und Ashley den Himmelsengel steuerten, war eine Mannschaft überflüssig. Jan sah über die Einöde hin zu den seltsamen, oben abgeflachten Bergen am Horizont. Der Himmelsengel war auf der Suche nach dem *Lord Matamoros,* der das südlich von dem Territorium des *Lord Pangloth* gelegene Gebiet beherrschte. Carl hatte berechnet, daß sie ihn jetzt jeden Tag abfangen konnten, und Jan wollte bei der Begegnung im vollen Besitz ihrer geistigen Fähigkeiten sein.

Langsam fand sie sich mit dem Wissen darüber, was

sie in sich trug, ab. Auch wenn sich das Kind als männlich herausstellen sollte, würde noch nicht alles verloren sein. Es hätte dann ebenso *ihre* Gene wie die Milos. Das bedeutete, es bestand eine gute Chance, daß es Milo überhaupt nicht ähnlich war.

Sie dachte an Milos Schädel, den sie in einem Schrank ihrer Wohnung unter Verschluß hielt. Sie sah die grinsenden Kiefer vor sich, sie spürte die Arroganz, die Milo sogar im Tod ausstrahlte, und das stärkte ihre Entschlossenheit noch.

Sie würde ihn besiegen.

Sie *mußte* es tun — für Minerva.

HEYNE BÜCHER

Neuland

Heyne Science Fiction Band 2000
Autoren der Weltliteratur schreiben über die Welt von morgen.

Die Zukunft hat schon seit jeher die besten Autoren der Weltliteratur fasziniert. Gerade in jüngster Zeit hat sich dieses Interesse deutlich verstärkt. Etablierte Schriftsteller wie Doris Lessing, Patricia Highsmith, Fay Weldon, Lars Gustafsson, Friedrich Dürrenmatt oder Italo Calvino haben sich ebenso mit der Welt von morgen auseinandergesetzt wie die führenden Kultautoren der jüngeren Generation, z.B. Ian McEwan, Paul Auster, Martin Amis, Peter Carey oder T. C. Boyle.
Der vorliegende Sammelband bietet erstmals einen repräsentativen Überblick über einen bisher, sehr zu Unrecht, wenig beachteten Bereich der Weltliteratur. Erzähler aus Australien, Brasilien, Deutschland, Großbritannien, Italien, Kanada, Rußland, Schweden, der Schweiz und den USA versammeln sich hier zu einem Gipfeltreffen literarischer Imagination. Neuland – in jeder Beziehung.

Karl Michael Armer/Wolfgang Jeschke
Neuland
06/5000

Wilhelm Heyne Verlag
München